Victoria Holt

Die Gefangene des Paschas

Aus dem Englischen übersetzt
von Margarete Längsfeld

Roman

Droemer Knaur

CIP-Titelaufnahme der Deutschen Bibliothek

Holt, Victoria:
Die Gefangene des Paschas : Roman / Victoria Holt.
Aus dem Englischen übersetzt von Margarete Längsfeld. –
München: Droemer Knaur, 1991
ISBN 3-426-19272-1

© Copyright für die deutschsprachige Ausgabe bei
Droemersche Verlagsanstalt Th. Knaur Nachf., München 1991
Titel der englischen Originalausgabe: The Captive
© Copyright by Victoria Holt, 1989
Umschlaggestaltung: Atelier ZERO, München
Satzarbeiten: IBV Satz- und Datentechnik GmbH, Berlin
Druck und Bindearbeiten: Mohndruck, Gütersloh
Printed in Germany
ISBN 3-426-19272-1

2 4 5 3 1

Inhalt

Das Haus in Bloomsbury

Mit siebzehn Jahren hatte ich das wohl ungewöhnlichste Erlebnis, das einer jungen Frau zustoßen kann. Es verschaffte mir Einblick in eine Welt, die allem widersprach, was ich meiner Erziehung gemäß hätte erwarten können. Von da an hat sich mein Leben grundlegend geändert.

Ich hatte stets den Eindruck, meine Eltern müßten mich in einem Augenblick der Geistesabwesenheit gezeugt haben. Ich konnte mir ihr Erstaunen, ihre Verblüffung, ja Bestürzung vorstellen, als die Anzeichen meiner bevorstehenden Ankunft offenbar wurden. Ich erinnere mich, wie ich einmal, als ich noch ganz klein und der Aufsicht meines Kindermädchens vorübergehend entschlüpft war, meinem Vater auf der Treppe begegnete. Wir sahen uns so selten, daß wir uns bei diesem Anlaß wie Fremde gegenüberstanden. Er hatte seine Brille auf die Stirn geschoben und zog sie nun herunter, um dieses fremde Wesen, das sich da in seine Welt verirrt hatte, näher in Augenschein zu nehmen, so als suche er sich zu entsinnen, was das sei. Dann trat meine Mutter in Erscheinung; sie erkannte mich offenbar sogleich, denn sie sagte: »Ach, das Kind. Wo ist das Kindermädchen?«

Ich wurde schleunigst auf zwei vertraute Arme gehoben und fortgeschafft; und als wir außer Hörweite waren, vernahm ich Gemurmel: »Unnatürliche Bande. Mach dir nichts draus. Du hast deine gute alte Nanny, die hat dich lieb.«

Das wußte ich, und ich war zufrieden; denn neben meiner guten alten Nanny hatte ich den Butler Mr. Dolland, die Köchin Mrs. Harlow, das Stubenmädchen Dot und das Dienstmädchen Meg, dazu Emily, die Hausmagd. Und später Felicity Wills.

In unserem Haus gab es zwei getrennte Bereiche, und ich wußte, zu welchem ich gehörte. Es war ein großes Haus an einem Platz im Londoner Bezirk Bloomsbury. Es war zu unserem Wohnsitz erkoren worden, weil es in der Nähe des Britischen Museums lag, über das man im Erdgeschoß immer mit solcher Ehrfurcht sprach, daß ich, als ich zum erstenmal für alt genug befunden wurde, durch seine geheiligten Pforten zu treten, eine himmlische Stimme zu vernehmen erwartete, die mir befahl, meine Schuhe auszuziehen; denn dort, wo ich stünde, sei heiliger Boden.

Mein Vater, Professor Cranleigh, leitete die ägyptische Abteilung dieses Museums. Er war eine Kapazität auf dem Gebiet Altägypten und besonders der Hieroglyphen. Und meine Mutter lebte durchaus nicht in seinem Schatten. Sie nahm teil an seiner Arbeit, begleitete ihn auf seinen häufigen Vortragsreisen und war Verfasserin eines beachtlichen Buches mit dem Titel *Die Bedeutung des Steins von Rosette,* das Seite an Seite mit dem halben Dutzend Büchern meines Vaters in einem Raum neben seinem Arbeitszimmer, der Bibliothek, einen Ehrenplatz einnahm.

Sie hatten mich Rosetta genannt, und das war eine große Ehre. Es verknüpfte mich mit ihrer Arbeit, was mir das Gefühl gab, daß sie zu irgendeiner Zeit etwas für mich empfunden haben mußten. Das erste, was ich sehen wollte, als Felicity Wills mich ins Museum mitnahm, war dieser alte Stein. Ich betrachtete ihn staunend und hörte hingerissen zu, als sie mir erzählte, daß die seltsamen Zeichen den Schlüssel zur Entzifferung der Schriften der alten Ägypter darstellten. Ich konnte den Blick nicht von der Basalttafel wenden, die für meine Eltern von solcher Wichtigkeit war, aber was ihr in meinen Augen wirkliche Bedeutung verlieh, war der Umstand, daß sie fast denselben Namen trug wie ich.

Als ich etwa fünf Jahre alt war, befanden meine Eltern, ich müsse eine Schulbildung erhalten. Die Aussicht auf eine Gouvernante rief in unserem Bereich des Hauses eine gewisse Beklommenheit hervor.

»Gouvernanten«, verkündete Mrs. Harlow, als wir alle am Küchentisch saßen, »sind komische Geschöpfe. Weder Fisch noch Fleisch.«

»Nein«, warf ich ein, »das sind richtige Damen.«

»Kann schon sein«, fuhr Mrs. Harlow fort, »zu fein für uns, nicht fein genug für die.« Sie zeigte an die Decke, um anzudeuten, daß sie die oberen Regionen des Hauses meinte. »Hier unten spielen sie sich mächtig auf, und oben tun sie lammfromm. Tja, komische Geschöpfe, diese Gouvernanten.«

»Ich habe gehört«, sagte Mr. Dolland, »sie soll die Nichte von irgendeinem Professor sein.«

Mr. Dolland schnappte sämtliche Neuigkeiten auf. Er war »pfiffig wie 'ne Wagenladung Affen«, wie Mrs. Harlow sich ausdrückte. Dot hatte ihre eigenen Quellen, die sich ihr auftaten, wenn sie bei Tisch bediente. »Das ist dieser Professor Wills«, sagte sie. »Sie waren zusammen auf der Universität, aber dann hat er was anderes gemacht, Naturwissenschaften oder so was. Der hat 'ne Nichte, und sie suchen eine Stellung für sie. Sieht ganz so aus, als kriegten wir Professor Wills' Nichte ins Haus.«

»Ob die schlau ist?« fragte ich bang.

»Oberschlau, wenn du mich fragst«, sagte Mrs. Harlow.

»Daß die mir ja nicht im Kinderzimmer dreinredet, das lass' ich mir nicht bieten«, verkündete Nanny Pollock.

»Dafür ist sie sich bestimmt zu fein. Die läßt sich ihr Essen aufs Zimmer bringen. Das heißt, du mußt immer mit 'nem Tablett die Treppe rauf, Dot. Oder du, Meg. Ich kann euch sagen, wir kriegen 'ne richtige Madam ins Haus.«

»Ich will nicht, daß die herkommt«, erklärte ich. »Lernen kann ich auch bei euch.«

Darauf mußten sie lachen.

»Sag, was du willst, Schätzchen«, meinte Mrs. Harlow, »wir ham nicht das, was man Bildung nennt. Außer vielleicht Mr. Dolland.«

Alle blickten Mr. Dolland liebevoll an. Er wahrte nicht nur die Würde unseres Bereiches, er unterhielt uns auch und ließ sich ab und an überreden, eine kleine »Nummer« zum besten zu geben. Er war ein vielseitiger Mann, was nicht verwunderlich war, war er doch einst Schauspieler gewesen. Ich hatte ihn gesehen, wie er sich anschickte, nach oben zu gehen, der formvollendet gekleidete, würdevolle Butler; ein andermal sah ich ihn, wie er mit seiner grünen Moltonschürze um seine recht füllige Mitte Silber putzte und ein

Lied anstimmte. Dann saß ich da und lauschte, und die andern schlichen herbei, um sich an dieser Kostprobe von Mr. Dollands mannigfachen Talenten zu erfreuen. »Ach wißt ihr«, erklärte er bescheiden, »Singen ist nicht mein Fach. Operettenbühnen waren nichts für mich. Ich hab's immer mehr mit dem richtigen Theater gehabt. Ich hatte es im Blut, vom Augenblick meiner Geburt an.«

An diesem großen Küchentisch sitzen, das gehört zu meinen glücklichsten Erinnerungen an jene Zeit. Ich besinne mich auf die Abende – es muß Winter gewesen sein, denn es war dunkel, und Mrs. Harlow zündete die Paraffinlampe an und stellte sie mitten auf den Tisch. Im Küchenkamin knisterte ein Feuer, und während meine Eltern auswärts auf einer Vortragsreise waren, umfing uns ein wunderbares Gefühl von Frieden und Geborgenheit.

Mr. Dolland erzählte von seiner Jugendzeit, als er auf dem Wege war, ein großer Schauspieler zu werden. Es war nicht so gekommen, wie er geplant hatte – sonst hätten wir ihn ja nicht bei uns gehabt –, worüber wir froh sein mußten, obwohl es für Mr. Dolland bedauerlich war. Er hatte etliche Statistenrollen gespielt, und einmal war er als Geist in *Hamlet* aufgetreten; er hatte tatsächlich derselben Truppe angehört wie Henry Irving. Er verfolgte den Werdegang des großen Schauspielers, und einige Jahre zuvor hatte er sein Idol als vielbeklatschten Mathias in *Die Glocken* bewundert.

Ab und zu beglückte er uns mit Szenen aus dem Stück. Wir verfielen in tiefes Schweigen. Ich saß neben Nanny Pollock und griff nach ihrer Hand, um mich zu vergewissern, daß sie bei mir war. Am wirkungsvollsten war es, wenn der Wind heulte und wir den Regen an die Fenster prasseln hörten.

»Es war eine Nacht wie diese, als der polnische Jude ermordet wurde…«, deklamierte Mr. Dolland mit hohltönender Stimme; er berichtete, wie Mathias den Tod des Juden herbeigeführt hatte und seitdem vom Klang der Glocken verfolgt wurde. Wir saßen schaudernd, und hinterher lag ich im Bett und blickte ängstlich auf die Schatten im Zimmer, gespannt, ob sie sich in den Mörder verwandeln würden.

Mr. Dolland war im Hause sehr geachtet. Das wäre er ohnehin gewesen, doch mit seinem Talent zu unterhalten bewirkte er, daß wir ihn liebten, und wenn ihm auch die Welt des Theaters die Anerkennung verweigert hatte, das Haus in Bloomsbury lag ihm zu Füßen.

Es waren glückliche Erinnerungen. Diese Menschen waren meine Familie, bei ihnen fühlte ich mich geborgen.

Ins Eßzimmer wagte ich mich damals nur unter Dots schützenden Fittichen, wenn sie den Tisch deckte. Ich reichte ihr das Besteck an, das sie auf dem Tisch verteilte. Ich sah ihr bewundernd zu, wie sie die Servietten mit flinker Hand zu phantasievollen Formen faltete und plazierte.

»Sieht es nicht fabelhaft aus?« meinte sie, ihr Werk begutachtend. »Nicht, daß es denen auffiele. Die quatschen nur dauernd, sie reden und reden, und du hast keinen blassen Schimmer, wovon. Manche reden sich richtig in Rage. Man könnte meinen, die schweben in höheren Regionen, es geht bloß um Sachen, die vor langer Zeit passiert sind, um Orte und Menschen, von denen du nie gehört hast. Und sie kommen dabei richtig in Fahrt.«

Ich begleitete Meg durchs Haus. Wir machten gemeinsam die Betten. Wenn sie sie abzog, schlüpfte ich aus meinen Schuhen und sprang auf die Federplumeaus, weil ich es herrlich fand, wie meine Füße darin versanken. Und dann half ich ihr beim Beziehen der Betten.

»Auf links drehn und den Zipfel greifen,
auf rechts dann übers Kissen streifen«,
sangen wir. »Hier«, sagte Meg, »steck's noch 'n bißchen fester. Du willst doch nicht, daß ihre Füße rausgucken, oder? Die würden ja dann so kalt wie der Stein, nach dem du getauft bist.«

O ja, ich hatte es gut und fühlte mich keineswegs durch den Mangel an elterlicher Zuwendung benachteiligt. Ich war meinem Namenspatron und all diesen ägyptischen Königen und Königinnen vielmehr dankbar, weil sie meine Eltern so sehr beanspruchten, daß sie für mich keine Zeit mehr erübrigen konnten. Ich verbrachte glückliche Tage mit Bettenmachen, Tischdecken, ich schaute Mrs. Harlow beim Fleischschaben und Puddingrühren zu, wobei mir gelegentlich ein Leckerbissen in den Mund geschoben wurde, und lauschte den dramatischen Szenen aus Mr. Dollands verpfuschter Vergangenheit. Und immer waren Nanny Pollocks liebevolle Arme da, wenn ich Trost brauchte. Es war eine glückliche Kindheit, und auf die Zuwendung meiner Eltern konnte ich gut verzichten.

Dann kam der Tag, an dem Felicity Wills, die Nichte von Professor Wills, als meine Erzieherin ins Haus kommen sollte, um sich um die Grundlagen meiner Bildung zu kümmern, bis weitere Pläne für meine Zukunft gemacht würden.

Ich hörte die Droschke vorfahren. Wir standen am Fenster des Kinderzimmers – Nanny Pollock, Mrs. Harlow, Dot, Meg, Emily und ich.

Ich sah sie aussteigen und den Kutscher ihr Gepäck bis an die Haustür bringen. Sie war jung und wirkte unbeholfen und nicht im mindesten furchteinflößend.

»So ein junges Ding«, bemerkte Nanny.

»Wartet's nur ab«, meinte Mrs. Harlow betont pessimistisch. »Wie ich immer sage, nach dem Aussehen allein kann man nicht gehen.«

Endlich erfolgte die erwartete Vorladung in den Salon. Nanny hatte mir ein sauberes Kleid angezogen und mir die Haare gekämmt.

»Denk dran, deutlich zu antworten«, sagte sie. »Und hab keine Angst. Dir wird nichts geschehen, und Nanny hat dich lieb.«

Ich gab ihr einen innigen Kuß und ging in den Salon, wo meine Eltern und Felicity Wills mich erwarteten. »Ah, Rosetta«, sagte meine Mutter, die mich wohl nur deswegen erkannte, weil sie mit mir gerechnet hatte. »Das ist deine Gouvernante, Miß Felicity Wills. Unsere Tochter Rosetta, Miß Wills.«

Sie trat auf mich zu, und ich glaube, schon von diesem Augenblick an habe ich sie geliebt. Sie war so zierlich, so hübsch, wie ein Bild, das ich irgendwo gesehen hatte. Sie ergriff meine Hände und lächelte mich an. Ich erwiderte ihr Lächeln.

»Ich fürchte, Sie müssen auf jungfräulichem Boden beginnen, Miß Wills«, sagte meine Mutter. »Rosetta hat noch nie Unterricht gehabt.«

»Ich bin überzeugt, sie hat schon eine Menge gelernt«, meinte Miß Wills.

Meine Mutter hob die Schultern.

»Rosetta kann Ihnen das Schulzimmer zeigen«, sagte mein Vater.

»Eine ausgezeichnete Idee«, wandte sich Miß Wills, immer noch lächelnd, an mich.

Das Schlimmste war vorüber. Gemeinsam verließen wir das Wohnzimmer. »Es ist ganz oben«, sagte ich.

»Ja, Schulzimmer sind oft oben im Haus. Damit wir ungestört sind, nehme ich an. Ich hoffe, daß wir gut miteinander auskommen. Dann bin ich also deine erste Erzieherin.« Ich nickte. »Ich will dir was verraten«, fuhr sie fort. »Du bist meine erste Schülerin. Also sind wir beide Anfängerinnen.«

Das knüpfte sogleich ein Band zwischen uns. Mir war viel fröhlicher zumute als am Morgen beim Aufwachen, wo ich als erstes an ihre Ankunft gedacht hatte. Ich hatte mir eine grimmige alte Dame vorgestellt, und hier war ein hübsches junges Mädchen. Sie konnte nicht älter als siebzehn sein, und sie hatte bereits gestanden, daß sie noch nie unterrichtet hatte.

Es war eine freudige Überraschung. Ich wußte, es würde alles gut werden.

Das Leben hatte eine neue Wendung genommen. Zu meiner großen Freude entdeckte ich, daß ich nicht so unwissend war, wie ich befürchtet hatte.

Irgendwie hatte ich mir mit Mr. Dollands Hilfe das Lesen beigebracht. Ich hatte die Bilder in der Bibel betrachtet und die Geschichten geliebt, die er mit dramatischer Betonung erzählte. Ich war von den Bildern fasziniert: Rachel am Brunnen, Adam und Eva, wie sie bei der Vertreibung aus dem Paradies über die Schulter zu dem Engel mit dem Flammenschwert zurückblicken, Johannes der Täufer, der im Wasser steht und predigt. Und ich hatte natürlich Mr. Dollands Wiedergabe der Rede Heinrichs V. vor Harfleur gelauscht und konnte sie aufsagen, genau wie einen Teil von »Sein oder Nichtsein«. Mr. Dolland sah sich gern als Hamlet.

Miß Wills war sehr zufrieden mit mir, und wir waren von Anfang an Freundinnen.

Für meine Freunde in der Küche galt es allerdings zunächst eine gewisse Abneigung zu überwinden. Aber Felicity – ich duzte sie bald, wenn wir allein waren –, war so herzlich und keineswegs hochnäsig, wie Mrs. Harlow befürchtet hatte, daß die Schranke zwischen der Küche und denen, die sich Mrs. Harlow zufolge »was Besseres dünken«, bald überwunden war. Bald schon wurden ihr die Mahlzeiten nicht mehr auf dem Zimmer serviert, sondern Felicity setzte sich zu uns an den Küchentisch.

Solche Zustände wären in einem ordentlichen Haushalt natürlich nicht geduldet worden, aber einer der Vorteile, Eltern zu haben, die in einer abgehobenen Gelehrtensphäre fern einer irdischen Hausordnung lebten, war die Freiheit, die wir genossen. Und wie wir sie genossen! Wenn ich auf meine Kindheit zurückblicke, die manche Leute vielleicht als vernachlässigt bezeichnen würden, kann ich nur frohlocken, denn sie gehörte zum Wunderbarsten und Liebevollsten, das einem Kind zuteil werden kann. Während man sie erlebt, merkt man natürlich nicht, wie gut man es hat. Erst wenn sie vorüber ist, kommt die Erkenntnis.

Mit Felicity machte das Lernen Spaß. Jeden Vormittag unterrichtete sie mich. Sie stellte alles so interessant dar und ließ es so aussehen, als entdeckten wir die Dinge gemeinsam. Nie gab sie vor, alles zu wissen. Wenn ich eine Frage stellte, sagte sie freimütig: »Das muß ich nachschlagen.« Sie erzählte mir von sich. Ihr Vater war vor einigen Jahren gestorben, und sie waren sehr arm. Sie hatte zwei jüngere Schwestern. Zum Glück hatte ihr Onkel, Professor Wills, der Bruder ihres Vaters, die Familie unterstützt und Felicity diese Stellung verschafft. Sie gestand, daß sie gefürchtet hatte, zu einem überklugen Kind zu kommen, das mehr wüßte als sie selbst.

Wir lachten darüber. »Nun ja«, sagte sie, »die Tochter von Professor Cranleigh. Er ist eine Kapazität und in akademischen Kreisen sehr geachtet.«

Ich wußte nicht recht, was akademische Kreise waren, aber ich glühte vor Stolz. Immerhin war er mein Vater, und es war angenehm, zu wissen, daß er hoch angesehen war. »Er und deine Mutter sind sehr gefragt«, erklärte sie. Das war eine weitere gute Nachricht; würden sie uns doch auch fürderhin nicht im Wege sein.

»Ich hatte gedacht, es gäbe eine strenge Beaufsichtigung und Vorschriften und so weiter. Insofern hat sich alles viel besser angelassen, als ich erwartet hatte.«

»Ich dachte, du wärst fürchterlich… weder Fisch noch Fleisch.«

Das fanden wir sehr lustig, und wir lachten. Wir lachten sehr viel. Und ich lernte schnell. Im Geschichtsunterricht ging es um Menschen – darunter sehr eigenartige –, nicht bloß um Namen und eine Reihe von Daten. Erdkunde war wie eine aufregende Reise um die Welt. Wir hatten einen großen Globus, den wir rundherum drehten;

wir suchten uns Orte aus und stellten uns vor, wir befänden uns dort.

Sicher hätten meine Eltern diese Lernmethode nicht gutgeheißen, aber sie erwies sich als vorzüglich. Nie hätten sie eine Erzieherin eingestellt, die wie Felicity aussah und zugab, nicht über die notwendigen Voraussetzungen zu verfügen und noch nie unterrichtet zu haben, wäre sie nicht die Nichte von Professor Wills gewesen.

Somit hatten wir allen Grund dankbar zu sein, und wir waren uns dessen bewußt.

Auf unseren Spaziergängen entdeckten wir, was für eine interessante Gegend Bloomsbury war, und wir machten ein Spiel daraus, zu erkunden, wie es wurde, wie es heute war. Es war aufregend, zu erfahren, daß es vor einem Jahrhundert ein einsames Dorf namens Lomesbury gewesen war und zwischen der St. Pancras Kirche und dem Britischen Museum Felder und freies Land lagen. Wir fanden das Haus, das der Maler Sir Godfrey Kneller bewohnt hatte. Und es gab die Elendsquartiere, in die wir uns nicht hineinwagen konnten – ein Straßengewirr, wo die ganz Armen Seite an Seite mit den kriminellen Elementen lebten, die sich dort in Sicherheit wiegen konnten, da niemand das Viertel zu betreten wagte.

Mr. Dolland, der in Bloomsbury geboren und aufgewachsen war, erzählte gern von den alten Zeiten, und wie zu erwarten stand, wußte er eine Menge darüber. Bei den Mahlzeiten gab es allerlei interessante Gespräche über dieses Thema. An den Winterabenden saßen wir am Tisch, das Licht der Lampe beschien die Reste von Mrs. Harlows Pasteten oder Puddings und die leeren Gemüseschüsseln, während Mr. Dolland von seiner Jugendzeit in Bloomsbury berichtete.

Er war in der Gray's-Inn-Straße geboren und hatte als Junge seine Umgebung erkundet, über die er viel zu erzählen wußte.

Ich erinnere mich so gut an Einzelheiten aus jener Zeit. Mr. Dolland konnte sehr anschaulich schildern, und wie alle Schauspieler liebte er es, seine Zuhörer in Bann zu schlagen. Nirgendwo hätte er ein aufmerksameres Publikum finden können, wenn es auch kleiner war, als er es sich vielleicht gewünscht hätte.

»Schließt die Augen«, sagte er, »und stellt es euch vor. Mit den Häusern sieht alles ganz anders aus. Stellt euch diese Gegend vor, als wär's auf dem Land. Ich selbst habe mich auf dem Land nie wohl gefühlt.«

»Da sind Sie wie ich, Mr. Dolland«, sagte Mrs. Harlow. »Sie haben gern ein bißchen Leben um sich.«

»Geht es uns nicht allen so?« fragte Dot.

»Ich weiß nicht«, warf Nanny Pollock ein. »Manche schwören aufs Land.«

»Ich bin auf dem Land geboren und aufgewachsen«, piepste Emily.

»Mir gefällt es hier«, sagte ich, »mit uns allen zusammen.«

Nanny nickte beifällig über diese Bemerkung.

Ich sah, daß Mr. Dolland in der Stimmung war, uns etwas zum besten zu geben, und ich überlegte, ob ich um »Noch einmal stürmt, noch einmal, liebe Freunde« oder um *Die Glocken* bitten sollte.

»Ah«, sagte Mr. Dolland, »hier hat sich eine Menge verändert. Wenn ihr nur um Jahre zurücksehen könntet.«

»Schade, daß wir uns aufs Hörensagen verlassen müssen«, sagte Felicity. »Ich finde es spannend, Leute von früher erzählen zu hören.«

»Leider«, sagte Mr. Dolland, »kann ich so weit nicht zurückgehen, aber ich weiß Geschichten von meiner Großmutter. Sie hat hier gelebt, bevor all die Häuser gebaut wurden. Sie pflegte von einem Bauernhof zu erzählen, der dort stand, wo jetzt der höchste Punkt der Russell Street ist. Sie konnte sich noch an die Misses Capper erinnern, die da gewohnt haben.«

Ich lehnte mich freudig zurück in der Erwartung, eine Geschichte über die Misses Capper zu hören. Als Mr. Dolland dies sah, lächelte er mir zu und sagte: »Du möchtest wohl hören, was sie mir von ihnen erzählt hat, Rosetta?«

Ich nickte, und er begann: »Sie waren zwei alte Jungfern, die Damen Capper. Die eine hatte Pech in der Liebe, die andere hatte nie Gelegenheit dazu. Das machte sie verbittert gegenüber allen Männern. Sie waren wohlhabend, die beiden. Ihr Vater hatte ihnen den Hof hinterlassen. Sie haben ihn allein bewirtschaftet. Einen Mann wollten sie nicht dahaben. Sie sind mit ein, zwei Melkerinnen ausgekommen. Alles wegen dieser Abneigung gegen das andere Geschlecht.«

»Weil die eine Pech in der Liebe hatte«, sagte Emily.

»Und die andere nie Gelegenheit dazu hatte«, ergänzte ich.

»Psst«, mahnte Nanny. »Laßt Mr. Dolland weitererzählen.«

»Ein seltsames Gespann waren sie, die beiden. Sind auf alten grauen Stuten ausgeritten. Sie konnten das männliche Geschlecht nicht leiden, aber angezogen haben sie sich, als gehörten sie selbst dazu, mit Zylinderhüten und Reithosen. Wie zwei alte Hexen sahen sie aus. In der ganzen Gegend waren sie als die verrückten Cappers bekannt.«

Ich fand das sehr spaßig und lachte herzhaft, womit ich mir nur ein weiteres vorwurfsvolles Kopfschütteln von Nanny einhandelte. Ich hätte es besser wissen müssen. Man durfte Mr. Dolland nicht unterbrechen, wenn er in vollem Schwung war.

»Nicht, daß sie etwas richtig Niederträchtiges getan hätten. Aber es machte ihnen Spaß, hier und da Schabernack zu treiben. Die Buben ließen dort gern ihre Drachen steigen – war ja alles freies Feld. Eine von den Damen Capper ist mit einer Schere herumgeritten. Sie ist den Buben mit den Drachen hinterhergaloppiert und hat die Schnüre durchgeschnitten, und die Buben standen da, die Schnüre in der Hand, und sahen ihre Drachen ins Jenseits fliegen.«

»Ach, die armen kleinen Buben. So eine Gemeinheit«, sagte Felicity.

»So waren die Damen Capper eben. In der Nähe floß ein Bach, in dem die Buben zu baden pflegten. Nichts taten sie an einem heißen Sommertag lieber als ins Wasser zu tauchen. Ihre Kleider ließen sie hinter einem Busch liegen. Die andere Miß Capper hat sie beobachtet. Sie ist hingeflitzt und hat ihnen die Kleider weggenommen.«

»So eine gemeine Alte«, sagte Dot.

»Sie sagte, die Buben seien in ihr Grundstück eingedrungen, und Eindringlinge müßten bestraft werden.«

»Eine kleine Verbotstafel hätte doch sicher genügt?« meinte Felicity.

»Das war nicht die Art der Damen Capper. Es wurde viel geklatscht über die beiden. Ich wünschte, ich hätte sie erleben können. Die hätte ich gern gesehen.«

»Sie hätten es sich nicht gefallen lassen, daß die Ihren Drachen abschnitten und ins Jenseits schickten, Mr. Dolland«, sagte ich.

»Die waren ganz schön gerissen, die zwei. Und dann waren da natürlich die vierzig Schritte.«

Wir lehnten uns zurück, um die Geschichte von den vierzig Schritten zu hören.

»Ist das eine Gespenstergeschichte?« fragte ich gespannt.

»So etwas Ähnliches.«

»Vielleicht hören wir sie lieber morgen früh«, sagte Nanny mit einem Blick auf mich. »Die Kleine regt sich über Gespenstergeschichten immer so auf. Ich möchte nicht, daß sie die halbe Nacht wach liegt und sich einbildet, Dinge zu hören.«

»Ach, Mr. Dolland«, bettelte ich. »Bitte erzählen Sie's uns jetzt. Ich kann es nicht erwarten. Ich möchte die vierzig Schritte hören.«

Felicity lächelte mich an. »Wird schon nicht so schlimm sein«, sagte sie, genauso gespannt wie ich, und nachdem er uns Appetit gemacht hatte, sah Mr. Dolland ein, daß er fortfahren mußte.

Nanny wirkte etwas verstimmt. Sie war Felicity nicht so gewogen wie wir übrigen. Sie wußte wohl von meiner Zuneigung und fürchtete, es würde meine Anhänglichkeit an sie selbst schmälern. Sie hätte sich keine Gedanken zu machen brauchen. Ich war durchaus fähig, alle beide zu lieben.

Mr. Dolland räusperte sich und setzte die Miene auf, die er wohl zur Schau getragen haben mußte, wenn er in den Kulissen auf seinen Auftritt wartete. Er begann theatralisch: »Es waren einmal zwei Brüder. Das war vor langer Zeit, als König Karl auf dem Thron saß. Dann starb der König, und sein Sohn, der Herzog von Monmouth, hielt sich für einen besseren König als Karls Bruder James, und es gab einen Kampf zwischen ihnen. Der eine der beiden Brüder war für Monmouth und der andere für James, somit kämpften sie als Feinde auf verschiedenen Seiten. Wichtiger aber war für sie ihre Verehrung für eine gewisse junge Dame. Ja, die beiden Brüder liebten dieselbe Frau, und das gedieh so weit, daß sie übereinkamen, die Entscheidung durch einen Zweikampf herbeizuführen. Diese junge Dame war die Schöne von Bloomsbury und hatte eine hohe Meinung von sich, wie bei solchen jungen Damen üblich. Sie war stolz, weil sie um sie kämpfen wollten. Sie sollten mit Degen kämpfen, wie es dazumal der Brauch war. Dergleichen nannte man ein Duell. Nahe dem Capper-Hof lag ein Stück Brachland, das immer in schlechtem Ruf gestanden hatte. Es war der Schlupfwinkel von Wegelagerern, und niemand, der seine fünf Sinne beisammenhatte, ging nach dem Dunkelwerden dorthin. Das schien ein guter Platz für ein Duell.« Mr. Dolland nahm das große Tranchiermesser vom Tisch und schwang es geschickt, wobei er auf und ab schritt und mit einem unsichtbaren Gegner focht. Er hielt das Messer gekonnt, und es sah so echt aus, daß ich die zwei Männer beinahe kämpfen sehen konnte. Er hielt einen Augenblick inne, wies auf den Küchenherd und sagte: »Dort auf einer Böschung saß die Ursache des Übels. Jede Minute genießend, sah sie jeden der zwei Brüder bereit, den anderen ihretwegen zu töten.« Der Küchenherd wurde zu einer Böschung. Ich sah das Mädchen vor mir, sie ähnelte Felicity ein wenig, nur daß Felicity zu gütig war, um zu wünschen, daß jemand ihretwegen stürbe. Es war alles so lebendig, wie immer, wenn Mr. Dolland eine »Nummer« zum besten gab. Er vollführte einen dramatischen Stoß und fuhr mit hohltönender Stimme fort: »Just als der eine Bruder den anderen am Hals traf und eine Ader durchtrennte, stach der andere seinen Bruder durchs Herz. So starben beide Brüder auf Long Fields, wie es damals hieß. Später wurde der Name in Southampton Fields geändert.«

»Nein, so was«, sagte Mrs. Harlow. »Was die Menschen nicht alles aus Liebe tun.«

»Und welcher ist ihr erschienen?« fragte ich.

»Du mit deinen Gespenstern«, sagte Nanny mißbilligend. »Für die Kleine muß immer ein Gespenst dabeisein.«

»Hört weiter«, sagte Mr. Dolland. »Wie sie so hin und her gingen« – er führte noch einen Degenkampf vor, um seine Worte zu untermalen –, »machten sie vierzig Schritte auf der blutbefleckten Erde, und wo die Brüder hingetreten waren, ist nie wieder etwas gewachsen. Die Menschen pflegten hinzugehen und die Fußabdrücke zu betrachten. Meine Großmutter sagte, sie seien deutlich zu erkennen gewesen, und die Erde war rot, wie mit Blut befleckt. Niemand ist nach dem Dunkelwerden dort hingegangen.«

»Da ist schon vorher keiner hingegangen«, erinnerte ich ihn.

»Aber die Wegelagerer waren jetzt nicht mehr da, und trotzdem ging niemand hin.«

»Hat man etwas *gesehen?*« fragte Dot.

»Nein, es war nur so ein unheimliches Gefühl, daß etwas nicht mit rechten Dingen zuging. Es hieß, wenn es regnete und die Erde durchweicht war, könne man die Fußabdrücke noch sehen, und sie seien rot gefärbt. Man pflanzte etwas an, aber nichts wollte gedeihen. Die Fußabdrücke sind geblieben.«

»Was ist aus dem Mädchen geworden, um das sie gekämpft haben?« fragte Felicity.

»Ihre Spur hat sich verloren.«

»Hoffentlich sind sie ihr erschienen«, sagte ich.

»Sie hätten nicht solche Narren sein sollen«, meinte Nanny. »Ich habe keine Nachsicht mit Narren. Habe ich nie gehabt und werde ich nie haben.«

»Ich finde es ziemlich traurig, daß beide gestorben sind«, bemerkte ich. »Es wäre besser, einer wäre am Leben geblieben, um zu bereuen. Und das Mädchen war die ganze Mühe ohnehin nicht wert.«

»Du mußt dich mit dem abfinden, was ist«, sagte Felicity. »Du kannst das Leben nicht ändern, um ein gutes Ende herbeizuführen.«

Mr. Dolland fuhr fort: »Jemand hat ein Theaterstück darüber geschrieben. *Das Feld der vierzig Schritte.*«

»Haben Sie da mitgespielt, Mr. Dolland?« fragte Dot.

»Nein, das war etwas vor meiner Zeit. Ich hatte davon gehört, und das hat mein Interesse für die Geschichte der Brüder geweckt. Jemand namens Mayhew schrieb es mit seinem Bruder. Ein hübsches Zusammentreffen, Brüder schreiben über Brüder. Es wurde im Theater an der Tottenham Street aufgeführt. Es ist eine ganze Weile gelaufen.«

»Nicht auszudenken, daß das alles hier in der Nähe geschah«, sagte Emily.

»Man weiß eben nie, was irgendwem von uns irgendwann zustoßen kann«, bemerkte Felicity ernst.

So verging die Zeit. Die Wochen wurden zu Monaten und die Monate zu Jahren. Es waren glückliche, ungetrübte Tage, und wenig vermochte unsere heitere Ruhe zu stören. Mein zwölfter Geburtstag nahte. Felicity dürfte damals vierundzwanzig gewesen sein. Mr. Dolland ergraute an den Schläfen, was ihn sehr vornehm aussehen ließ und seinen Nummern eine gewisse Größe verlieh. Nanny klagte häufiger über Rheumatismus, und Dot verließ uns, um zu heiraten. Wir vermißten sie, doch Meg nahm ihren Platz ein und Emily den von Meg, und es wurde für unnötig befunden, eine neue Hausmagd einzustellen. Zu gegebener Zeit kam Dot mit einem niedlichen, pummeligen Baby nieder, das sie stolz zu uns brachte, um es bewundern zu lassen.

Diese Tage bargen viele glückliche Erinnerungen, doch ich hätte mir darüber im klaren sein müssen, daß sie nicht ewig währen konnten.

Ich entwuchs der Kindheit, und Felicity war eine schöne junge Frau geworden.

Veränderungen schleichen sich äußerst heimtückisch an. Felicity war gelegentlich zu den Abendessen gebeten worden, die meine Eltern zu geben pflegten. Natürlich nur, erklärte sie mir, weil sie noch eine Dame brauchten, damit sich beide Geschlechter zahlenmäßig die Waage hielten; und als Professor Wills' Nichte war sie als Gast annehmbar, obwohl sie nur die Erzieherin war. Diese Veranstaltungen machten ihr keinen Spaß. Ich erinnere mich an das einzige kleine Abendkleid, das sie besaß. Es war aus schwarzer Spitze, und sie sah sehr hübsch darin aus, aber in ihrem Kleiderschrank hing es als bedrückende Erinnerung an diese Abendessen, die einzigen Gelegenheiten, zu denen sie es trug. Sie war immer froh, wenn meine Eltern verreisten, weil es dann keine Abendeinladungen geben konnte. Man konnte nie sicher sein, wann sie zur Teilnahme aufgefordert wurde, denn die Einladung an sie war gewöhnlich ein Entschluß in letzter Minute. Sie war, wie sie sagte, ein ihr höchst widerstrebender Notbehelf.

Als ich älter wurde, bekam ich meine Eltern etwas häufiger zu Gesicht. Ab und zu trank ich Tee mit ihnen. Ich glaube, sie waren in meiner Gegenwart noch verlegener als ich in ihrer. Unfreundlich waren sie nie. Sie stellten eine Menge Fragen über meinen Unterricht, und da ich über die Gabe verfügte, Fakten zu sammeln, und Liebe zur Literatur besaß, konnte ich ihnen ein einigermaßen klares Bild von mir geben. Waren sie von meinen Fortschritten auch nicht besonders begeistert, so waren sie doch nicht so ungehalten, wie sie hätten sein können.

Dann setzten die ersten Anzeichen der Veränderung ein, wenngleich ich sie damals nicht erkannte.

Eine Abendeinladung stand bevor, und Felicity wurde zur Teilnahme befohlen. »Mein Kleid sieht schon so abgenutzt und fade aus, wie es Schwarz mit der Zeit eben wird«, sagte sie zu mir.

»Es steht dir sehr gut, Felicity«, versicherte ich ihr.

»Ich komme mir so fremd vor, eine richtige Außenseiterin. Alle wissen, ich bin die Erzieherin, bloß dazugebeten, damit die Zahl stimmt.«

»Aber du bist hübscher als alle, und interessanter bist du auch.«

Das brachte sie zum Lachen. »Diese gelehrten alten Professoren halten mich für eine leichtsinnige, hohlköpfige Schwachsinnige.«

»Die sind selber hohlköpfige Schwachsinnige«, sagte ich.

Ich war bei ihr, als sie sich ankleidete. Sie hatte ihr schönes Haar hochgesteckt, und ihre Nervosität verlieh ihren Wangen einen Hauch von Rosa, was ihr gut zu Gesicht stand.

»Du siehst reizend aus«, sagte ich ihr. »Alle werden dich beneiden.«

Das brachte sie abermals zum Lachen, und es freute mich, sie etwas aufgeheitert zu haben. Mir kam der schreckliche Gedanke, daß ich bald an diesen langweiligen Essen würde teilnehmen müssen.

Um elf Uhr abends kam sie in mein Zimmer. Noch nie hatte ich sie so schön gesehen. Ich setzte mich im Bett auf. Sie lachte. »Oh, Rosetta, ich muß dir was erzählen.«

»Psst«, sagte ich. »Wenn Nanny Pollock dich hört, wird sie sagen, du solltest meinen Schlaf nicht stören.« Wir kicherten, und sie setzte sich auf meine Bettkante. »Es war so spaßig.«

»Was?« rief ich aus. »Ein Essen mit den alten Professoren und spaßig?«

»Nicht alle waren alt. Da war einer...«

»Ja?«

»Er war sehr interessant. Nach dem Essen...«

»Ich weiß«, unterbrach ich. »Die Damen lassen die Herren allein, damit sie sich beim Portwein über Sachen unterhalten können, die zu gewichtig oder zu anstößig für weibliche Ohren sind.« Wieder lachten wir. »Erzähl mir mehr über diesen nicht so alten Professor«, sagte ich. »Ich wußte gar nicht, daß es so was gibt. Ich dachte, die werden alle alt geboren.«

»Man lernt nie aus.«

Jetzt fiel mir auf, daß sie regelrecht strahlte. »Nie hätte ich gedacht, daß dir so ein Abendessen Spaß machen würde«, sagte ich. »Du machst mir Hoffnung. Mir ist nämlich der Gedanke gekommen, daß eines Tages von mir erwartet wird, daran teilzunehmen.«

»Es kommt immer darauf an, wer da ist«, sagte sie und lächelte in sich hinein.

»Du hast mir noch nichts von dem jungen Mann erzählt.«

»Er war so um die Dreißig, würde ich sagen.«

»Oh, das ist aber nicht sehr jung.«

»Für einen Professor schon.«

»Was ist sein Fach?«

»Ägypten.«

»Das scheint sehr beliebt zu sein.«

»Deine Eltern verkehren vornehmlich in diesen Kreisen.«

»Hast du ihm erzählt, daß ich nach dem Stein von Rosette benannt bin?«

»Allerdings.«

»Hoffentlich war er entsprechend beeindruckt.«

Wir setzten unser leichtfertiges Geplauder fort, und der bloße Umstand, daß Felicity einmal Spaß an einer Abendeinladung gehabt hatte, brachte mich nicht auf den Gedanken, dies könne der Beginn einer Veränderung sein.

Schon am nächsten Tag machte ich die Bekanntschaft von James Grafton. Felicity und ich waren gerade auf unserem Morgenspaziergang; seit wir die Geschichte von den vierzig Schritten gehört und die Stätte ausfindig gemacht hatten, gingen wir oft dorthin. Es gab tatsächlich einen Flecken Erde, wo das Gras spärlich wuchs, und es sah dort wirklich so verlassen aus, daß man sich bemüßigt fühlte, der Geschichte Glauben zu schenken. In der Nähe war eine Bank. Dort ließ ich mich gern nieder. Mr. Dollands Schilderung des Vorfalls war so lebhaft gewesen, daß ich die Brüder bei ihrem tödlichen Kampf vor mir sah.

Die Macht der Gewohnheit ließ uns die Richtung zu der Bank einschlagen und uns niedersetzen. Nicht lange, und ein Mann kam auf uns zu. Er lüftete seinen Hut und machte eine Verbeugung. Er stand da und lächelte uns an, und Felicity errötete geziemend. »Na so etwas«, sagte er, »Sie sind es wirklich, Miß Wills.«

Sie lachte. »Oh, guten Morgen, Mr. Grafton. Dies ist Miß Rosetta Cranleigh.«

Er verbeugte sich vor mir. »Guten Morgen. Darf ich mich einen Augenblick setzen?«

»Bitte«, sagte Felicity.

Ich wußte instinktiv, daß dies der junge Mann war, den sie am Abend zuvor beim Essen kennengelernt hatte, und daß diese Begegnung verabredet war. Wir unterhielten uns eine Weile über das Wetter. »Dies ist wohl ein Lieblingsplatz von Ihnen«, meinte er, und ich hatte das Gefühl, daß er sich angestrengt bemühte, mich in die Unterhaltung einzubeziehen.

»Wir kommen oft hierher«, erklärte ich.

»Die Geschichte von den vierzig Schritten hat uns neugierig gemacht«, sagte Felicity.

»Kennen Sie sie?« fragte ich. Er verneinte, und ich erzählte sie ihm. »Wenn ich hier sitze, kann ich mir alles genau vorstellen«, sagte ich.

»Rosetta ist eine Romantikerin«, informierte ihn Felicity.

»Die meisten von uns sind im Grunde Romantiker«, erwiderte er und lächelte mich warmherzig an. Er erklärte uns, er sei auf dem Weg zum Museum. Es seien etliche Papyrusrollen aufgetaucht, und Professor Cranleigh gestatte ihm, sie sich anzusehen. »Es ist sehr aufregend, wenn etwas ans Licht kommt, das womöglich unseren Wissensstand erweitert«, fuhr er fort. »Professor Cranleigh hat uns gestern abend von einigen wunderbaren Entdeckungen berichtet, die man in jüngster Zeit gemacht hat.«

Er erzählte weiter von diesen Entdeckungen, und Felicity hörte hingerissen zu. Mir wurde plötzlich klar, daß etwas Bedeutendes im Gange war. Felicity entglitt mir. Es schien lächerlich, so etwas zu denken. Sie war liebevoll und fürsorglich wie stets, aber sie wirkte ein wenig geistesabwesend, so als dächte sie, während sie mit mir sprach, an jemand anderen. Aber ich kam nicht gleich bei dieser ersten Begegnung mit dem sympathischen Professor Grafton auf die Idee, daß Felicity verliebt war.

Wir trafen ihn danach mehrmals, und ich wußte, daß keine dieser Begegnungen Zufall war. Er kam ein-, zweimal zum Essen in unser Haus, und jedesmal saß Felicity mit am Tisch. Ich hatte den Eindruck, daß meine Eltern in das Geheimnis eingeweiht waren.

Felicity kaufte sich ein neues kleines Abendkleid. Wir gingen zusammen in das Geschäft. Es war nicht ganz das, was sie gern gehabt hätte, aber das beste, das sie sich leisten konnte. Da sie seit ihrer Begegnung mit James Grafton noch hübscher geworden war, sah sie reizend darin aus. Das Kleid war blau – so blau wie ihre Augen, und sie strahlte.

Mr. Dolland und Mrs. Harlow merkten bald, was vorging. »Wie schön für sie«, meinte Mrs. Harlow. »Gouvernanten haben ein hartes Los. Sie sind so anhänglich, und wenn sie nicht mehr erwünscht sind, geht es zum nächsten Kind, und immer so weiter, bis sie zu alt sind. Und was wird dann aus ihnen? Sie ist ein hübsches junges Ding, und es wird Zeit, daß sie einen Mann findet, der für sie sorgt.«

Ich muß gestehen, ich war bestürzt. Wenn Felicity Mr. Grafton heiratete, würde sie nicht mehr bei mir sein. Ich versuchte, mir ein Leben ohne sie vorzustellen.

Sie bekundete großes Interesse für das alte Ägypten, und wir gingen oft ins Britische Museum. Ich verspürte nicht mehr die bange Ehrfurcht wie in meiner Kindheit; ich war sehr gefesselt und, angespornt von Felicity, vom ägyptischen Saal fast so gebannt wie sie. Besonders die Mumien hatten es mir angetan... es war ziemlich morbid. Ich hatte das Gefühl, wenn ich mit ihnen allein im Raum wäre, würden sie zum Leben erwachen.

Manchmal gesellte sich dort James Grafton zu uns. Dann streifte ich umher und ließ ihn mit Felicity flüstern, während ich die Gesichter von Osiris und Isis betrachtete, wie es jene, die sie für göttlich hielten, vor vielen Jahren getan haben mochten.

Eines Tages kam mein Vater in den Saal und entdeckte uns. Nach einem Augenblick der Verwirrung dämmerte es ihm, daß seine eigene Tochter sich hier in seinem Allerheiligsten befand. Ich stand vor dem mumienförmigen Sarg von König Menkara – einem der ältesten in der Sammlung –, als mein Vater zu mir trat. Seine Augen leuchteten plötzlich freudig auf. »Nanu, Rosetta. Es freut mich, dich hier zu sehen.«

»Ich bin mit Miß Wills gekommen«, sagte ich.

Er drehte sich langsam zu Felicity und James um. »Ich verstehe.« Er hatte einen Gesichtsausdruck, der bei anderen vielleicht spitzbübisch zu nennen gewesen wäre, aber bei ihm war es nur nachsichtiges Verständnis. »Wie ich sehe, fühlst du dich zu Mumien hingezogen.«

»Ja«, erwiderte ich. »Es ist unglaublich, daß die Überreste dieser Menschen nach all den Jahren noch da sind.«

»Ich freue mich über dein Interesse. Komm mit mir.« Ich folgte ihm zu Felicity und James. »Ich gehe mit Rosetta in mein Zimmer«, sagte er. »Vielleicht treffen wir uns dort in, sagen wir, einer Stunde?«

»Oh, danke, Sir«, sagte James.

Ich wußte, was mein Vater tat. Er ermöglichte ihnen, eine Zeitlang allein zu sein. Es war ein amüsanter Gedanke, daß mein Vater Amor spielte.

Er führte mich in sein Zimmer, das ich noch nie gesehen hatte. Die Wände waren vom Fußboden bis zur Decke mit Büchern vollgestellt, und mehrere Glasvitrinen enthielten alle möglichen Gegenstände, unter anderem mit Hieroglyphen bedeckte Steine und mehrere gemeißelte Bildnisse. »Nun siehst du zum erstenmal, wo ich arbeite«, sagte er.

»Ja, Vater.«

»Es freut mich, daß du ein bißchen Interesse zeigst. Wir leisten hier wunderbare Arbeit. Wärst du ein Junge gewesen, so hätte ich gewünscht, daß du mir nachfolgst.«

Ich hatte das Gefühl, mich für mein Geschlecht entschuldigen und es verteidigen zu müssen. »Wie meine Mutter...« begann ich.

»Sie ist eine außergewöhnliche Frau.«

Natürlich. Da konnte ich kaum mithalten. Außergewöhnlich war ich nicht. Ich hatte meine glückliche Kindheit mit Menschen im Erdgeschoß verbracht, die mich unterhielten, mich liebten und mit meinem Los zufrieden sein ließen.

Da die Verlegenheit, die unsere Begegnungen stets hervorriefen, sich auch jetzt einzustellen schien, erging er sich in einer Beschreibung von Einbalsamierungsmethoden, der ich aufmerksam lauschte, wobei ich die ganze Zeit darüber staunte, daß ich im Britischen Museum war und mit meinem Vater sprach.

Schließlich gesellten sich Felicity und James zu uns. Es war ein ungewöhnlicher Morgen, und jetzt wurde mir bewußt, daß eine Veränderung im Gange war.

Bald darauf verlobte sich Felicity mit James Grafton. Ich war aufgeregt und bange zugleich. Es war schön, Felicity so glücklich zu sehen und zu wissen, daß ihre Existenz gesichert war, worüber ich mir nie Gedanken gemacht hatte, bis Mrs. Harlow darauf hinwies. Aber es blieb freilich die Frage, was aus mir werden sollte. Meine Eltern schenkten mir nun mehr Aufmerksamkeit, was an sich schon beunruhigend war. Mein Vater hatte mich im Britischen Museum entdeckt und mein Interesse an den Exponaten im ägyptischen Saal bemerkt. Anschließend hatten wir uns ein wenig in seinem Zimmer dort unterhalten. Ich war nicht ganz so dumm, wie sie bislang angenommen hatten. Ich besaß einen Verstand, der zwar all die Jahre geschlummert hatte, aber möglicherweise würde ich mich mausern und eine der Ihren werden.

Felicity wollte im März des nächsten Jahres heiraten. Ich hatte meinen dreizehnten Geburtstag hinter mir. Felicity sollte bis eine Woche vor der Hochzeit bei uns bleiben, danach würde sie ins Haus von Professor Wills ziehen, der ihr die Stellung bei uns verschafft hatte, und nach der Heirat würde sie sich mit James in Oxford niederlassen, wo er an der Universität arbeitete. Die große Frage war, wie sollte es mit meiner Ausbildung weitergehen?

Ein Geldgeschenk ihres Onkels versetzte Felicity in die Lage, ihre spärliche Garderobe zu ergänzen, ein Unternehmen, an dem ich mich mit großer Begeisterung beteiligte, wenngleich ich der schwerwiegenden Frage wegen meiner Zukunft und der Aussicht auf die Leere, die Felicitys Fortgang unweigerlich hinterlassen würde, nie ganz ausweichen konnte. Ich versuchte mir vorzustellen, wie es ohne sie sein würde. Sie war ein Teil meines Lebens geworden und stand mir näher als alle übrigen. Würde eine neue Gouvernante von der eher traditionellen Art ins Haus kommen, die sich mit Mrs. Harlow und den anderen nicht verstand? Es gab nur eine Felicity auf der Welt, und es war ein Glück für mich gewesen, sie all die Jahre bei mir zu haben. Aber es liegt wenig Trost darin, sich an vergangenes Glück zu erinnern, das einem demnächst entrissen wird, so daß man in eine ungewisse Zukunft blickt.

Etwa drei Wochen vor der Hochzeit riefen meine Eltern mich zu sich. Seit ich meinem Vater im Britischen Museum begegnet war, hatte sich unsere Beziehung leicht verändert. Sie kümmerten sich mehr um mich, und obwohl ich mir immer gesagt hatte, ich sei glücklich ohne ihre Zuwendung, freute es mich jetzt doch ein wenig, daß sie mich mit ihrer Aufmerksamkeit bedachten.

»Rosetta«, sagte meine Mutter, »dein Vater und ich halten die Zeit für gekommen, daß du ein Internat besuchst.«

Das kam natürlich nicht unerwartet. Felicity hatte mit mir darüber gesprochen. »Es ist ziemlich wahrscheinlich«, hatte sie gesagt, »und bestimmt das beste. Gouvernanten sind gut und schön, aber im Internat lernst du Gleichaltrige kennen, und das wirst du genießen.«

Ich konnte mir nicht vorstellen, daß ich irgend etwas so genießen würde wie das Zusammensein mit ihr, und dies sagte ich ihr. Sie nahm mich fest in ihre Arme. »In den Ferien kannst du uns besuchen kommen.«

Daran erinnerte ich mich jetzt, und deswegen war ich vorbereitet.

»Gresham ist eine sehr gute Schule«, sagte mein Vater. »Sie wurde uns wärmstens empfohlen. Ich denke, sie ist durchaus angemessen.«

»Du wirst im September hingehen«, fuhr meine Mutter fort. »Dann fängt das neue Schuljahr an. Es gilt gewisse Vorbereitungen zu treffen. Und da ist freilich noch Nanny Pollock.« Nanny Pollock! Sie sollte ich also auch verlieren. Eine große Traurigkeit überkam mich. Ich dachte an die liebevollen Arme, die geflüsterten Koseworte, den Trost, der mir zuteil wurde. »Wir werden ihr ein gutes Zeugnis ausstellen«, sagte meine Mutter. »Sie war exzellent«, ergänzte mein Vater.

Veränderungen. Veränderungen allüberall. Und die einzige, die glücklicheren Verhältnissen entgegenging, war Felicity. Alles habe stets sein Gutes, pflegte Mr. Dolland zu sagen. Aber wie ich die Veränderung haßte!

Die Wochen vergingen allzu rasch. Jeden Morgen erwachte ich mit einem beklemmenden Gefühl in der Magengrube. Die Zukunft rückte bedrohlich näher, unbekannt und beängstigend. Ich hatte zu lange in ungestörter Heiterkeit gelebt.

Nanny Pollock war sehr traurig. »So kommt es immer«, sagte sie. »Die Küken bleiben nicht ewig klein. Da sorgst du für sie wie für deine eigenen, und dann kommt der Tag. Sie sind erwachsen geworden. Sie sind nicht mehr deine Babys.«

»Ach Nanny, Nanny. Ich werde dich nie vergessen.«

»Ich dich auch nicht, Herzchen. Ich hatte meine Lieblinge, aber wie die da oben nun mal sind, da warst du mehr als mein kleines Baby, falls du verstehst, was ich meine.«

»Ja, Nanny.«

»Nicht, daß sie grausam wären oder hartherzig, nein, bestimmt nicht. Sie sind bloß irgendwie geistesabwesend, so vertieft in diese komischen Schriften und ihre Bedeutung und diese Könige und Königinnen all die Jahre in ihren Särgen. Ungesund und unnatürlich ist das, ich hab' nie viel davon gehalten. Kleine Babys sind wichtiger als 'n Haufen tote Könige und Königinnen und all die Zeichen, die sie gekritzelt haben, weil sie nicht ordentlich schreiben konnten.« Das amüsierte mich, und sie freute sich, mich lächeln zu sehen. Sie wurde ein wenig heiterer. »Ich komm' schon zurecht«, sagte sie. »Ich hab' eine Kusine in Somerset. Sie hält ihre eigenen Hühner. Ich mag gerne ein richtig frisches Frühstücksei, am selben Morgen gelegt. Vielleicht geh' ich zu ihr. Mir ist nicht danach, noch mal eine andere... aber vielleicht tu' ich's doch. Jedenfalls muß ich mir darüber keine Sorgen machen. Deine Mutter sagt, es hat keine Eile. Ich kann hierbleiben, bis ich was finde, das mir zusagt.«

Felicity heiratete in Oxford, wo Professor Wills sie zum Traualtar führte. Ich fuhr mit meinen Eltern zur Hochzeit. Wir tranken auf das Wohl der Neuvermählten, und ich sah Felicity in ihrem erdbeerfarbenen Reisekostüm, das ich mit ihr ausgesucht hatte. Sie sah strahlend aus, und ich sagte mir, ich müsse mich für sie freuen, auch wenn ich mir selbst leid tat.

Als ich nach London zurückkehrte, wollten sie alles über die Hochzeit hören. »Sie muß eine reizende Braut gewesen sein«, sagte Mrs. Harlow. »Hoffentlich ist sie glücklich. Gott segne sie. Sie hat es verdient. Bei diesen Professoren kann man nie wissen. Das sind komische Geschöpfe.«

»Wie Gouvernanten, wie Sie immer gesagt haben«, erinnerte ich sie.

»Nun ja, ich glaube, sie war keine richtige Gouvernante. Sie war was Besonderes.«

Mr. Dolland schlug vor, wir sollten alle auf das Wohl und das Glück des glücklichen Paares trinken. Gesagt, getan. Die Unterhaltung verlief trübsinnig. Nanny Pollock hatte sich fast entschieden, eine Zeitlang zu ihrer Kusine nach Somerset zu ziehen. Sie hatte etwas zuviel Wein getrunken und wurde rührselig. »Gouvernanten, Kindermädchen... es ist ihr Los. Sie sollten es besser wissen. Sie sollten nicht an den Kindern anderer Leute hängen.«

»Aber wir werden uns nicht verlieren, Nanny«, versicherte ich ihr.

»Nein. Du kommst mich besuchen, nicht wahr?«

»Natürlich.«

»Aber es wird nicht dasselbe sein wie jetzt. Du wirst eine erwachsene junge Dame sein. Die Schule, die verändert einen.«

»Sie ist dazu da, daß sie einen bildet.«

»Es wird nicht dasselbe sein«, beharrte Nanny Pollock und schüttelte betrübt den Kopf.

»Ich weiß, wie Nanny zumute ist«, sagte Mr. Dolland. »Felicity ist fort. Damit hat es angefangen. So ist es immer, wenn sich etwas ändert. Hier ein bißchen, da ein bißchen, und man merkt, daß alles anders wird.«

»Und eh man sich's versieht«, fügte Mrs. Harlow hinzu, »ist alles wie umgewandelt.«

»Man kann eben im Leben nicht stehenbleiben«, meinte Mr. Dolland philosophisch.

»Ich will nicht, daß sich was ändert«, rief ich. »Ich will, daß wir alle so weiterleben wie bisher. Ich wollte nicht, daß Felicity heiratet. Ich wollte, daß alles bleibt, wie es immer war.«

Mr. Dolland räusperte sich und deklamierte feierlich:

»*The Moving Finger writes; and, having writ,*
Moves on: nor all thy Piety nor Wit
Shall lure it back to cancel half a Line,
Nor all thy Tears wash out a Word of it.«

Mr. Dolland lehnte sich zurück und verschränkte die Arme. Alles schwieg. Mit seiner üblichen dramatischen Betonung hatte er uns klargemacht, daß dies das Leben war und daß wir alle hinnehmen müssen, was wir nicht ändern können.

Sturm auf See

Als die Zeit gekommen war, fuhr ich ins Internat. Ich war eine Weile unglücklich, gewöhnte mich aber rasch ein. Das Gemeinschaftsleben gefiel mir. Da ich mich schon immer für andere Menschen interessiert hatte, schloß ich bald Freundschaften und beteiligte mich an Schulveranstaltungen.

Felicity hatte mich hinreichend unterrichtet, und ich war weder übermäßig gescheit noch dumm. Ich war guter Durchschnitt, was vielleicht das beste ist, denn es erleichtert einem das Leben. Niemand beneidete mich um meine Kenntnisse, und niemand verachtete mich, weil es mir daran gemangelt hätte. Ich mischte mich bald unter die anderen und wurde ein ganz normales Schulmädchen.

Die Tage vergingen rasch. Schulfreuden, -dramen und -triumphe wurden ein Teil meines Lebens. Dennoch dachte ich oft wehmütig an die Mahlzeiten in der Küche zurück, vor allem an Mr. Dollands »Nummern«. Wir hatten in der Schule Theaterkurse und führten in der Turnhalle Stücke auf. Ich spielte den Bassanio in *Der Kaufmann von Venedig* und heimste einen bescheidenen Erfolg ein, der sicher dem Umstand zu verdanken war, daß ich viel bei Mr. Dolland abgeschaut hatte.

Dann kamen die Ferien. Nanny Pollock hatte sich endgültig entschieden, nach Somerset zu ziehen, und ich verbrachte eine Woche bei ihr und ihrer Kusine. Nanny hatte sich an das Landleben gewöhnt, und ein Jahr, nachdem sie Bloomsbury verlassen hatte, brachte der Tod einer entfernten Verwandten wieder völlige Zufriedenheit in ihr Leben. Die Verstorbene, eine junge Frau, hinterließ ein zweijähriges Kind, und die Verwandten waren ratlos, wer sich des Waisenkinds annehmen solle. Das war eine gottgesegnete Gelegenheit für Nanny Pollock; ein Kind, das sie umsorgen und zu ihrem eigenen machen konnte und das ihr nicht entrissen werden würde wie die Kinder anderer Leute.

Zu Hause wurde nun von mir erwartet, daß ich die Mahlzeiten mit meinen Eltern einnahm, und wenn sich auch mein Verhältnis zu ihnen erheblich verändert hatte, so dachte ich doch sehnsüchtig an die Mahlzeiten in der Küche zurück. Aber wenn meine Eltern außerhalb Londons Forschungen betrieben oder Vorträge hielten, konnte ich den alten Brauch wiederaufleben lassen.

Natürlich vermißten wir Felicity und Nanny Pollock, aber Mr. Dolland war wie immer glänzend in Form, und Mrs. Harlows Bemerkungen hatten die Würze der alten Zeiten bewahrt. Und ich besuchte natürlich Felicity, die sich jedesmal freute, mich zu sehen. Sie war sehr glücklich. Sie hatte ein Baby namens James und widmete sich voller Begeisterung der Aufgabe, eine gute Ehefrau und Mutter zu sein. Eine gute Gastgeberin war sie auch. Für einen Mann in James' Position war es unumgänglich, ab und zu Gäste zu haben, daher hatte sie es lernen müssen. Da ich nun fast erwachsen war, konnte ich an ihren Abendgesellschaften teilnehmen und stellte fest, daß ich sie genoß.

Bei einem solchen Anlaß machte ich die Bekanntschaft von Lucas Lorimer. Felicity hatte mir schon von ihm erzählt. »Übrigens«, sagte sie, »Lucas Lorimer kommt heute abend. Er wird dir gefallen. Die meisten Leute mögen ihn. Er ist charmant, sieht recht gut aus und versteht es, jedem das Gefühl zu geben, ungeheuer interessant zu sein. Du weißt, was ich meine. Laß dich nicht täuschen. So ist er zu allen. Er ist eine ziemlich rastlose Natur, nehme ich an. Er war eine Zeitlang beim Militär, hat aber seinen Abschied genommen. Sein älterer Bruder Carleton hat kürzlich das Gut in Cornwall geerbt. Es ist recht ansehnlich, glaube ich. Der Vater ist erst vor ein paar Monaten gestorben, und Lucas weiß nicht recht, was nun werden soll. Auf dem Gut gibt es viel zu tun, aber er ist ein Charakter, der das Heft lieber selbst in der Hand hätte. Er ist im Moment ein bißchen unsicher, was er anfangen soll. Vor ein paar Jahren fand er im Garten von Trecorn Manor – so heißt das Gut in Cornwall – ein Amulett, eine Art Relikt. Der Fund verursachte einige Aufregung. Es war etwas Ägyptisches, und man steht vor einem Rätsel, wie es dahin gekommen ist. Dein Vater ist damit befaßt.«

»Ich nehme an, es ist mit Hieroglyphen bedeckt.«

»Daran müssen sie seine Herkunft erkannt haben.« Sie lachte. »Lucas hat seinerzeit ein Buch darüber geschrieben. Sein Interesse war geweckt, und er hat ein wenig nachgeforscht. Er fand heraus, daß es ein Orden für militärische Verdienste war, und das führte ihn zu alten ägyptischen Bräuchen. Er stieß auf welche, von denen man noch nie gehört hatte. Ein, zwei Leute wie dein Vater haben sich für das Buch interessiert. Nun, du wirst ihn ja kennenlernen, dann kannst du dir selbst ein Urteil bilden.«

Ich lernte ihn an jenem Abend kennen. Er war groß, schlank und geschmeidig; seine Lebhaftigkeit sprang einem sofort ins Auge. »Das ist Rosetta Cranleigh«, stellte Felicity mich vor.

»Ich bin entzückt, Sie kennenzulernen.« Er nahm meine Hände und sah mich an. Felicity hatte recht. Er gab einem das Gefühl, wichtig zu sein, und man hatte das Empfinden, daß seine Worte keine bloße Förmlichkeit seien. Ich war geneigt, ihm trotz Felicitys Warnung zu glauben.

Felicity fuhr fort: »Professor Cranleighs Tochter und eine ehemalige Schülerin von mir. Tatsächlich die einzige, die ich je hatte.«

»Das ist alles so aufregend«, sagte er. »Ich kenne Ihren Vater. Ein ausgezeichneter Mann.«

Felicity überließ uns unserem Geplauder. Die meiste Zeit führte er das Wort. Er erzählte mir, wie hilfreich mein Vater gewesen und wie dankbar er sei, daß der bedeutende Gelehrte ihm so viel Zeit gewidmet habe. Dann bat er mich, von mir zu erzählen. Ich bekannte, daß ich noch zur Schule ging, daß ich die Ferien hier verbrachte und noch ein gutes Jahr vor mir hatte.

»Und was machen Sie dann?«

Ich hob die Schultern.

»Sie werden über kurz oder lang verheiratet sein, dessen bin ich sicher«, sagte er, womit er andeutete, meine Reize seien dergestalt, daß die heiratsfähigen Männer in Wettstreit treten würden, um mich zu erringen.

»Man weiß nie, was kommt.«

»Wie wahr«, bemerkte er, als habe meine banale Äußerung meine Weisheit bewiesen. Felicity hatte recht. Er war bestrebt zu gefallen. Es war ziemlich offensichtlich, nachdem man gewarnt worden war, und dennoch angenehm, wie ich mir gestehen mußte.

Bei Tisch saß ich neben ihm. Man konnte sich ganz zwanglos mit ihm unterhalten. Er erzählte mir von dem Fund im Garten und daß dieser gewissermaßen sein Leben verändert habe. »Meine Familie war stets dem Militär verbunden, und ich hatte mit der Tradition gebrochen. Mein Onkel war Oberst und Regimentskommandeur. Er hielt sich selten in England auf, stets erfüllte er an irgendeinem entlegenen Posten des Empires seine Pflicht. Ich merkte, daß das kein Leben für mich war, und nahm meinen Abschied.«

»Es muß sehr aufregend gewesen sein, dieses Relikt zu finden.«

»O ja. Während meiner Militärzeit war ich eine Weile in Ägypten. Das machte den Fund besonders interessant. Ich sah es einfach da liegen. Die Erde war feucht, und ein Gärtner war gerade damit beschäftigt, etwas zu pflanzen. Der Fund war mit Hieroglyphen bedeckt.«

»Sie hätten den Stein von Rosette gebraucht.«

Er lachte. »Oh, ganz so unlesbar war es nicht. Ihr Vater hat es entziffert.«

»Das freut mich. Ich heiße nach dem Stein.«

»Ich weiß. Felicity hat es mir erzählt. Sie sind sicher sehr stolz darauf.«

»Das war ich einst. Als ich zum erstenmal im Museum war, habe ich ihn voller Staunen betrachtet.«

Er lachte. »Namen sind bedeutsam. Sie werden es nie erraten, wie mein erster Vorname lautet.«

»Sagen Sie's mir.«

»Hadrian. Stellen Sie sich vor, mit einem solchen Namen befrachtet zu sein. Die Leute würden einen andauernd fragen, wie man mit dem Grenzwall vorankomme. Hadrian Edward Lucas Lorimer. Hadrian kam aus dem genannten Grund nicht in Frage. Edward – es gibt so viele Edwards auf der Welt. Lucas ist nicht so gebräuchlich, also wurde ich Lucas gerufen. Aber ist Ihnen aufgefallen, was meine Initialen ergeben? Das ist sehr ungewöhnlich: HELL, Hölle.«

»Ich bin sicher, das ist höchst unangemessen«, sagte ich lachend.

»Oh, Sie kennen mich nicht. Haben Sie noch einen anderen Namen?«

»Nein. Bloß Rosetta Cranleigh.«

»R. C., Römisch-Catholisch.«

»Nicht annähernd so amüsant wie Ihrer.«

»Ihrer läßt auf große Frömmigkeit schließen, wogegen ich ein Satanssproß sein könnte. Das ist bedeutungsvoll, finden Sie nicht? Der Hinweis auf Menschen in entgegengesetzten Sphären? Ich bin sicher, es betrifft unsere kommende Freundschaft. Sie werden mich vom Pfad des Bösen abbringen und einen guten Einfluß auf mein Leben ausüben. Ich würde gerne denken, daß es diese Bedeutung hat.«

Ich lachte, und wir schwiegen eine Weile, dann sagte er: »Sie interessieren sich bestimmt für die Geheimnisse Ägyptens. Als Tochter Ihrer Eltern müssen Sie sich einfach dafür interessieren.«

»Nun ja, mit Maßen. Im Internat hat man nicht viel Zeit, sich mit Dingen zu befassen, die nichts mit der Schule zu tun haben.«

»Ich wüßte gerne, was die Worte auf meinem Stein wirklich bedeuten.«

»Ich dachte, man hat sie Ihnen entziffert.«

»Das schon, gewissermaßen. Diese Dinge sind alle so rätselhaft. Die Bedeutung ist in Worte gekleidet, die nicht ganz klar sind.«

»Warum müssen die Menschen sich so unklar ausdrücken?«

»Um ein mysteriöses Element hineinzubringen, meinen Sie nicht? Das steigert das Interesse. Mit den Menschen ist es genauso. Wenn Sie etwas Untergründiges in ihrem Charakter entdecken, finden Sie sie interessanter.« Er lächelte mich an, und seine Augen sagten etwas, das ich nicht verstand. »Irgendwann werden Sie merken, daß ich recht habe«, sagte er.

»Sie meinen, wenn ich älter bin?«

»Ich glaube, es ärgert Sie, wenn man auf Ihre Jugend anspielt.«

»Ja. Ich vermute, es soll mich darauf hinweisen, daß ich vieles noch nicht zu begreifen vermag.«

»Sie sollten Ihre Jugend in vollen Zügen genießen. Die Dichter haben gesagt, sie vergeht viel zu schnell. ›Pflücke die Rose, eh sie verblüht.‹« Er lächelte mich mit nahezu zärtlichem Wohlwollen an. Das machte mich etwas nachdenklich, und ich nahm an, daß es ihm auffiel.

Nach dem Essen ging ich mit den Damen hinaus, und als die Herren sich zu uns gesellten, sprach ich nicht wieder mit ihm. Später fragte mich Felicity, wie er mir gefallen habe. »Ihr habt euch offenbar sehr gut verstanden«, meinte sie.

»Ich glaube, er gehört zu denen, die sich mit jedermann gut verstehen... oberflächlich.«

Sie zögerte eine Sekunde, bevor sie sagte: »Ja, du hast recht.«

Später kam es mir bedeutsam vor, daß mir von diesem Besuch die Begegnung mit Hadrian Edward Lucas Lorimer am deutlichsten in Erinnerung geblieben war.

Als ich in den Weihnachtsferien nach Hause kam, erschienen mir meine Eltern lebhafter als sonst, ja geradezu erregt. Ich konnte mir nur eines denken, was eine solche Wirkung auf sie ausübte: eine neue Erkenntnis. Ein Durchbruch im Verständnis ihrer Arbeit? Ein neuer Stein, der den von Rosette ersetzte?

Es war nichts dergleichen. Sie wünschten mich unverzüglich zu sprechen. »Es hat sich etwas sehr Interessantes ergeben«, sagte meine Mutter. Mein Vater lächelte mich nachsichtig an. »Und«, setzte er hinzu, »es betrifft dich.« Ich war verblüfft. »Laß es dir erklären«, sagte meine Mutter. »Wir sind auf eine hochinteressante Vortragsreise eingeladen. Sie führt uns nach Kapstadt und auf dem Rückweg nach Baltimore und New York.«

»So? Dann werdet ihr lange fort sein.«

»Deine Mutter schlug vor, die Arbeit mit Ferien zu verbinden«, sagte mein Vater.

»Er hat in letzter Zeit viel zu schwer gearbeitet. Natürlich wollen wir nicht ganz untätig sein. Er kann an seinem neuen Buch arbeiten...«

»Natürlich«, murmelte ich.

»Wir planen, mit dem Schiff nach Kapstadt zu fahren... eine lange Seereise. Wir werden uns dort ein paar Tage aufhalten, wenn dein Vater seinen Vortrag hält. Das Schiff fährt unterdessen weiter nach Durban, und wenn es nach Kapstadt zurückkehrt, gehen wir wieder an Bord. Es legt in Baltimore an, wo wir es abermals verlassen werden – für einen weiteren Vortrag –, danach fahren wir über Land nach New York, wo dein Vater seinen letzten Vortrag halten wird, und dann nehmen wir ein anderes Schiff nach Hause.«

»Das klingt aufregend.«

Es entstand eine kurze Pause. Mein Vater sah meine Mutter an und sagte: »Wir haben beschlossen, dich mitzunehmen.«

Ich war zu verblüfft, um gleich zu antworten. Dann stammelte ich:
»Ist das... ist das wirklich euer Ernst?«

»Es wird dir guttun, etwas von der Welt zu sehen«, sagte mein Vater gütig.

»Wann, wann?« fragte ich.

»Wir brechen Ende April auf. Es gilt eine Menge Vorbereitungen zu treffen.«

»Da bin ich noch in der Schule.«

»Du würdest am Ende des Sommerhalbjahres sowieso abgehen. Wir finden, daß es dir nicht schadet, wenn du es abkürzt. Schließlich bist du dann fast achtzehn, also reif genug.«

»Ich hoffe, du freust dich«, sagte mein Vater.

»Ich bin bloß... so überrascht.«

Sie lächelten mich an. »Du wirst deine eigenen Vorbereitungen treffen müssen. Du könntest dich mit Felicity Wills – oder vielmehr Mrs. Grafton – beraten. Sie ist seit ihrer Heirat ziemlich erfahren. Sie wird wissen, was du benötigst. Vielleicht zwei, drei Abendkleider für festliche Anlässe, und etliche, hm, zweckmäßige Kleidungsstücke.«

»O ja, ja«, sagte ich. Wenn ich es recht bedachte, war ich nicht sicher, ob ich mich freuen sollte oder nicht. Die Idee, zu reisen und andere Länder kennenzulernen, war verlockend. Andererseits würde ich in Gesellschaft meiner Eltern und vermutlich von lauter Leuten sein, die ihre eigene Gelehrsamkeit so wichtig nahmen, daß sie mich zu einem unwissenden Dummerchen degradieren würden.

Die Aussicht auf neue Kleider stimmte mich froh. Ich konnte es nicht erwarten, mich mit Felicity zu beraten. Ich schrieb ihr und berichtete ihr von dem Vorhaben. Sie antwortete unverzüglich. »Wie aufregend. James muß im März für ein paar Tage in den Norden. Ich habe ein großartiges Kindermädchen. Sie betet Jamie an und er sie auch. Ich kann für ein paar Tage nach London kommen, und wir werden in Einkäufen schwelgen.«

Als die Wochen vergingen, war ich von der Aussicht auf eine Auslandsreise so begeistert, daß ich die damit verbundenen Nachteile vergaß. Bald darauf kam Felicity nach London, und wie ich erwartet hatte, stürzte sie sich voller Begeisterung in das Unternehmen, mir die richtigen Kleider auszusuchen. Ich merkte, daß sie mich jetzt in einem anderen Licht sah; ich war kein Schulmädchen mehr. »Du hast wundervolles Haar«, sagte sie. »Dein größter Vorzug. Das müssen wir berücksichtigen.«

»Mein Haar?« Mir war nie etwas Besonderes daran aufgefallen, außer daß es ungewöhnlich blond war. Es war lang, glatt und dicht.

»Eine Farbe wie Mais«, sagte Felicity. »Das, was man goldfarben nennt. Wirklich äußerst attraktiv. Du kannst alles mögliche damit anstellen. Du kannst es hochstecken, wenn du würdevoll aussehen willst, oder es mit einem Band im Nacken zusammenhalten oder sogar flechten, wenn du sittsam wirken möchtest. Du wirst viel Freude daran haben. Und wir nehmen vornehmlich blaue Stoffe, um deine Augenfarbe zur Geltung zu bringen.«

Meine Eltern waren nach Oxford gefahren, daher ließen wir den alten Brauch wiederaufleben und aßen in der Küche. Es war wie einst, und wir bewogen Mr. Dolland, im Gedenken an frühere Tage seinen Hamlet oder Heinrich V. und die unheimlichen Stellen aus *Die Glocken* zu rezitieren. Wir vermißten Nanny Pollock, doch ich schrieb ihr, was sich ereignete. Sie war jetzt sehr glücklich, ganz in Anspruch genommen von der kleinen Evelyn, die ein »Frechdachs« sei und sie an mich erinnere, als ich in ihrem Alter war. Ich stolzierte in meinen neuen Kleidern in der Küche herum, was Meg und Emily zu Ohs und Ahs und Mrs. Harlow, die etwas über die heutige Mode murmelte, zu ein paar spitzen Bemerkungen veranlaßte. Es waren überaus glückliche Tage, und hin und wieder kam mir der Gedanke, daß die Reisevorbereitungen vielleicht vergnüglicher wären als die Reise selbst.

Ich sagte Felicity mit Bedauern Lebewohl, und sie kehrte nach Oxford zurück. Rasch nahte der Tag, an dem wir nach Tilbury fahren würden, um uns auf der *Atlantic Star* einzuschiffen. In der Küche wurde beständig von der bevorstehenden Reise gesprochen. Keiner von uns war je im Ausland gewesen, nicht einmal Mr. Dolland, der immerhin einmal beinahe nach Irland gefahren wäre; aber das war, wie Mrs. Harlow betonte, ein anderes Paar Stiefel. Ich würde ins richtige Ausland gehen, und das könne gefährlich sein. Man wisse nie, wie man mit Ausländern dran sei, bemerkte sie, und ich würde eine Menge von ihnen zu sehen bekommen. Sie würde nicht in die Fremde wollen, und wenn man ihr hundert Pfund dafür böte.

Meg sagte: »Niemand wird Ihnen hundert Pfund bieten, um ins Ausland zu gehen, Mrs. Harlow. Seien Sie unbesorgt.« Mrs. Harlow warf Meg, die sich ihrer Meinung nach immer zuviel herausnahm, einen mißbilligenden Blick zu.

Und dann wurde das ständige Gerede über das Ausland, seine Reize und seine Nachteile, plötzlich von einem Mord überschattet. Wir hörten es von den Zeitungsjungen, die es auf der Straße ausriefen. »Gräßlicher Mord. Mann mit Kopfschuß in verlassenem Bauernhaus aufgefunden.« Emily wurde hinausgeschickt, um eine Zeitung zu kaufen, und Mr. Dolland nahm am Tisch Platz, setzte seine Brille auf und las den Versammelten vor. Der Mord war zu dieser Zeit die Hauptnachricht, weil sich sonst nichts Wichtiges ereignete. Man nannte ihn den Bindon-Boys-Mord, und die Presse befaßte sich in schauerlicher Manier damit, auf daß die Leute überall von dem Fall läsen und gespannt wären, was als nächstes geschehen würde.

Mr. Dolland hatte seine eigenen Theorien, und Mrs. Harlow meinte, er habe von solchen Dingen genausoviel Ahnung wie die Polizei. Das komme daher, daß er zahlreiche Theaterstücke kenne, die von Mord handelten. »Man sollte ihn hinzuziehen, finde ich«, verkündete sie. »Er würde die Geschichte rasch aufklären.«

Mr. Dolland saß am Tisch, sonnte sich im Glanze solcher Bewunderung und erläuterte seine Ansichten. »Es muß dieser junge Mann sein«, sagte er. »Alles weist auf ihn hin; er hat bei der Familie gelebt, gehörte aber nicht dazu. Das kann heikel sein, o ja.«

»Wieso kam er dorthin?« fragte ich.

»Er war offenbar adoptiert. Ich vermute, er war eifersüchtig auf den anderen jungen Mann. Eifersucht kann die Menschen rasend machen.«

»Ich kann verlassene Häuser nicht ausstehen«, sagte Mrs. Harlow. »Mir gruselt davor.«

»Die Sache war natürlich so: Er ging in das verlassene Bauernhaus, Bindon Boys, wie sie es nennen, und hat ihn da erschossen«, fuhr Mr. Dolland fort. »Dieser Cosmo war der älteste Sohn, und schon das allein muß den jungen Mann eifersüchtig gemacht haben, da er nun mal der Außenseiter war. Dann war da diese Witwe, Mirabel heißt sie. Er wollte sie für sich, und dieser Cosmo kriegt sie. Da habt ihr das Motiv. Er lockt Cosmo in das verlassene Bauernhaus und erschießt ihn.«

»Er wäre vielleicht davongekommen«, sagte ich, »wenn der jüngere Bruder, Tristan – hieß er nicht so? –, wenn der ihn nicht auf frischer Tat ertappt hätte.« Ich fügte die Geschichte zusammen. Sir Edward Perrivale hatte zwei Söhne, Cosmo und Tristan. Dazu den Adoptivsohn Simon, der mit fünf Jahren ins Haus gekommen war. Simon war als Mitglied der Familie aufgezogen worden, aber man hatte ihn offenbar immer spüren lassen, daß er nicht richtig dazugehörte. Sir Edward, ein kranker Mann, war just zur Zeit des Mordes gestorben, so daß er wohl kaum etwas davon mitbekommen hatte. Bindon Boys war ein baufälliges Bauernhaus auf dem Gut der Perrivales. Die drei jungen Männer waren mit der Verwaltung des großen Gutes an der Küste von Cornwall befaßt. Die Vermutung lag nahe, daß Simon Cosmo in das verlassene Bauernhaus gelockt und kaltblütig erschossen hatte. Er hatte vermutlich geplant, die Leiche beiseite zu schaffen, aber da war Tristan hereingekommen und hatte ihn mit dem Gewehr in der Hand erwischt. Es gab offensichtlich ein hinreichendes Motiv. Der Adoptivsohn muß auf die anderen beiden eifersüchtig gewesen sein; und er liebte anscheinend die Witwe, die mit Cosmo verlobt war.

Der Mord erregte bei den Dienstboten größtes Interesse, und ich muß gestehen, daß er auch mich zu fesseln begann. Vielleicht war mir ein wenig bange vor der bevorstehenden Reise mit meinen Eltern, und ich klammerte mich an etwas, das meine Gedanken ablenkte. Ich war genauso aufgeregt wie die anderen, wenn wir am Küchentisch saßen und Mr. Dolland zuhörten, der seinen Verstand gegen Scotland Yard ausspielte. »So etwas nennt man einen klaren Fall«, verkündete er.

»Das gäbe ein gutes Theaterstück«, meinte Mrs. Harlow.

»Da bin ich nicht so sicher«, erwiderte Mr. Dolland. »Man weiß von Anfang an, wer der Mörder ist. In einem Stück muß es eine Menge Fragen und Hinweise und dergleichen geben, und dann kommt ein überraschender Schluß.«

»Vielleicht ist es nicht so klar, wie es aussieht«, gab ich zu bedenken. »Es *scheint,* daß Simon es getan hat, aber er sagt, daß er es nicht war.«

»Natürlich sagt er das, wie denn auch nicht?« warf Mrs. Harlow ein. »Das sagen sie alle, um sich zu retten, und schieben die Schuld auf jemand andern.«

Mr. Dolland preßte die Handflächen aneinander und blickte zur Decke. »Haltet euch an die Tatsachen«, sagte er. »Ein Mann bringt einen Fremden ins Haus und behandelt ihn wie seinen Sohn. Die anderen mögen ihn nicht, und der Junge verübelt es ihnen, daß sie ihn nicht als ihresgleichen anerkennen. Das staut sich im Lauf der Jahre auf. Haß herrscht im Haus. Und dann kommt diese Witwe dazu. Cosmo will sie heiraten. Immer war dieser Groll zwischen ihnen. Darum hat Simon Cosmo getötet, und Tristan kommt herein und findet ihn.«

»Die haben so ausgefallene Namen«, meinte Meg mit einem kleinen Kichern. »Ich hatte immer eine Vorliebe für ausgefallene Namen.«

Alle ignorierten die Unterbrechung und warteten darauf, daß Mr. Dolland weiterspräche. »Also, da ist diese Sache mit der Witwe. Das brachte das Faß zum Überlaufen. Cosmo bekommt alles. Und Simon? Er ist kaum etwas Besseres als ein Dienstbote. Empörung flammt auf. Da habt ihr den geplanten Mord. Ah, aber ehe er die Leiche beiseite schaffen kann, kommt Tristan herein und vereitelt seinen Plan. Im Theater gehen Morde immer schief. Das muß so sein, sonst gäbe es keine Stücke darüber, und Theaterstücke fußen auf dem wirklichen Leben.«

Wir hingen alle an seinen Lippen. Emily sagte: »Ich kann nicht anders, dieser Simon tut mir leid.«

»Ein Mörder!« rief Mrs. Harlow. »Du bist nicht bei Sinnen, Mädchen. Wie würde dir das gefallen, wenn er daherkäme und dir eine Kugel durch den Kopf jagte?«

»Warum sollte er das tun? Ich bin nicht Cosmo.«

»Dafür kannst du deinem Schicksal dankbar sein«, sagte Mrs. Harlow. »Und unterbrich Mr. Dolland nicht.«

»Wir können nichts tun«, fuhr er weise fort, »als abwarten.«

Wir brauchten nicht lange zu warten. Die Zeitungsjungen riefen auf der Straße: »Dramatische Wendung im Bindon-Boys-Fall. Lesen Sie alles darüber.«

Und wir lasen es begierig. Offenbar war die Polizei im Begriff gewesen, Simon Perrivale zu verhaften. Was sie zögern ließ, war Mr. Dolland ein Rätsel – und jetzt war Simon verschwunden.

»Wo ist Simon Perrivale?« fragten die Schlagzeilen. »Wer hat den

Mann gesehen?« Dann: »Polizei auf der Spur. Mit Verhaftung wird stündlich gerechnet.«

»So«, verkündete Mr. Dolland. »Er ist getürmt. Deutlicher hätte er nicht sagen können: ›Ich bin schuldig.‹ Sie werden ihn finden, keine Bange.«

»Na hoffentlich«, sagte Mrs. Harlow. »Man fühlt sich ja seines Lebens nicht mehr sicher, wenn Mörder frei herumlaufen.«

»Er hat keinen Grund, Sie zu ermorden, Mrs. Harlow«, sagte Meg.

»Ich würde ihm nicht über den Weg trauen«, versetzte Mrs. Harlow.

»Die Polizei wird ihn bald finden«, versicherte Mr. Dolland. »Ihre Männer suchen überall.«

Doch die Tage vergingen, und von einer Festnahme war nichts zu hören. Dann verschwand der Fall aus den Schlagzeilen. Das goldene Jubiläum der Königin trat an seine Stelle, und für einen gemeinen Mord, dessen Hauptbeteiligter das Weite gesucht hatte, war kein Platz mehr. Zweifellos würde das Interesse von neuem aufflammen, wenn er verhaftet würde; aber vorerst wurden die Nachrichten von Bindon Boys auf die hinteren Seiten verbannt.

Drei Tage vor unserer Abreise bekamen wir Besuch. Ich war in meinem Zimmer, als meine Eltern mich in den Salon rufen ließen. Dort erwartete mich eine Überraschung. Als ich hereinkam, trat mir Lucas Lorimer entgegen, um mich zu begrüßen.

»Mr. Lorimer sagt, daß ihr euch bei den Graftons kennengelernt habt«, erklärte meine Mutter.

»O ja.« Ganz naiv verriet ich meine Freude.

Er nahm meine Hände und sah mir lächelnd in die Augen. »Es war mir ein großes Vergnügen, die Bekanntschaft von Professor Cranleighs Tochter zu machen«, sagte er, womit er gleichzeitig meinem Vater und mir schmeichelte.

Meine Eltern lächelten mich nachsichtig an. »Wir haben gute Nachrichten«, sagte mein Vater. Alle drei betrachteten mich, als seien sie im Begriff, einem Kind eine Freude zu machen. »Mr. Lorimer fährt auch mit der *Atlantic Star*«, sagte meine Mutter.

»Na, so was!« rief ich erstaunt.

Lucas Lorimer nickte. »Eine große Überraschung für mich, und eine große Ehre. Man hat mich gebeten, zur gleichen Zeit, wie Professor Cranleigh seinen Vortrag hält, eine Rede über meine Entdeckung zu halten.«

Ich hätte am liebsten losgeprustet. Die feine Unterscheidung zwischen einer Rede und einem Vortrag amüsierte mich. Ich konnte nicht recht glauben, daß er so bescheiden war, wie er sich anhörte. Der Ausdruck in seinen Augen strafte seine Worte Lügen.

»Und deshalb«, fuhr mein Vater fort, »wird Mr. Lorimer mit uns auf der *Atlantic Star* fahren.«

»Das«, erwiderte ich aufrichtig, »wird sehr vergnüglich sein.«

»Ich kann Ihnen gar nicht sagen, wie froh ich bin, daß ich mitkomme«, erklärte er. »Es war wirklich ein großes Glück, daß ich diesen Fund im Garten gemacht habe.«

Mein Vater bemerkte lächelnd, die Botschaft auf dem Stein sei etwas schwer zu entziffern gewesen; natürlich nicht die Hieroglyphen, sondern die exakte Bedeutung. Das sei bezeichnend für den arabischen Geist, erklärte er weiter. Dieser sei stets mit Unklarheiten behaftet.

»Aber das macht es ja so interessant«, warf Lucas Lorimer ein.

»Es war nett von Ihnen, herzukommen«, fuhr mein Vater fort, »und uns über Ihre Einladung und Ihren Entschluß, sie anzunehmen, zu unterrichten.«

»Mein lieber Herr Professor, wie könnte ich die Ehre ausschlagen, ein Podium mit Ihnen zu teilen – nun ja, nicht direkt zu teilen, aber, wollen wir sagen, Ihnen auf dem Fuße folgen zu dürfen?« Meine Eltern waren sichtlich entzückt, was bewies, daß sie imstande waren, aus der vergeistigten Atmosphäre, in der sie gewöhnlich lebten, aufzutauchen und sich in einer kleinen Schmeichelei zu sonnen. Lucas wurde gebeten, zum Mittagessen zu bleiben; wir unterhielten uns dabei über die Reise, und von meiner Mutter ermuntert, sprach mein Vater über das Thema der Vorträge, die er in Südafrika und Nordamerika halten würde.

Ich hatte nur einen Gedanken: Er wird mit uns auf dem Schiff sein. Er wird mit uns in den fremden Städten sein. Damit hatte das Vorhaben beträchtlich an Reiz gewonnen, und irgendwie wurde meiner bangen Erwartung die Spitze genommen. Lucas Lorimers Gegenwart würde dem Abenteuer Würze verleihen.

Zum erstenmal an Bord eines Schiffes zu gehen war ein spannendes Erlebnis. Ich war mit meinen Eltern nach Tilbury gefahren und hatte auf dem Weg dorthin brav ihrer Unterhaltung gelauscht, bei der es hauptsächlich um die Vorträge meines Vaters ging. Ich war ganz froh darüber, weil es mich der Anstrengung des Redens enthob. Vater erwähnte Lucas Lorimer und war gespannt, wie seine Rede aufgenommen würde.

»Er verfügt freilich nur über eine oberflächliche Kenntnis des Themas, aber ich habe gehört, er hat eine unbeschwerte Art, es darzustellen. Nicht gerade die rechte Einstellung, aber eine gewisse Leichtigkeit mag ab und zu gestattet sein.«

»Er wird hoffentlich vor Leuten sprechen, die etwas davon verstehen«, sagte meine Mutter.

»O ja.« Mein Vater wendete sich lächelnd an mich. »Wenn du Fragen stellen möchtest, darfst du nicht zögern, Rosetta.«

»Ja«, ergänzte meine Mutter, »wenn du ein wenig darüber weißt, erhöht das deine Freude an den Vorträgen.«

Ich dankte ihnen. Offenbar waren sie nicht völlig unzufrieden mit mir.

Ich hatte eine Kabine neben der meiner Eltern, die ich mit einem Mädchen teilen sollte, das zu seinen Eltern nach Südafrika fuhr, wo sie eine Farm betrieben. Sie hatte die Schule beendet und war etwas älter als ich. Mary Kelpin hieß sie und war leidlich sympathisch. Sie hatte diese Reise schon mehrmals gemacht und war erfahrener als ich. Mary wählte die untere der beiden Kojen, was mich nicht im mindesten störte. Ich hätte mich sicher etwas beengt gefühlt, wenn ich unten schliefe. Sie teilte den Kleiderschrank, den wir gemeinsam benutzen mußten, peinlich genau mit mir, und ich dachte, daß wir in der Zeit, die wir auf See waren, einigermaßen miteinander auskommen würden.

Wir liefen am frühen Abend aus, und Lucas Lorimer hatte uns sogleich entdeckt. Ich hörte seine Stimme in der Kabine meiner Eltern. Ich ging nicht zu ihnen, sondern beschloß, das Schiff zu erkunden. Ich begab mich auf dem Niedergang zu den Gemeinschaftsräumen und dann hinauf aufs Deck, um einen letzten Blick auf den Pier zu werfen, bevor wir in See stachen. Ich lehnte an der Reling und beobachtete die Betriebsamkeit unten, als er zu mir trat. »Ich dachte mir, daß ich Sie hier finden würde«, sagte er. »Sie wollen bestimmt das Schiff ablegen sehen.«

»Ja«, erwiderte ich.

»Ist es nicht lustig, daß wir die Reise zusammen machen?«

»Lustig?«

»Das wird es bestimmt. Ein erfreulicher Zufall.«

»Es hat sich ganz selbstverständlich ergeben. Kann man das Zufall nennen?«

»Ich sehe, Sie nehmen es mit der Sprache sehr genau. Sie müssen mir helfen, meine Rede zu konzipieren.«

»Haben Sie sie noch nicht fertig? Mein Vater arbeitet seit einer Ewigkeit an seinem Vortrag.«

»Das ist sein Beruf. Meine Rede wird ganz anders. Ich werde mit den Geheimnissen des Ostens beginnen. Ein bißchen Anklang an *Tausendundeine Nacht.*«

»Vergessen Sie nicht, daß Sie vor Fachleuten sprechen.«

»Oh, ich hoffe, ein größeres Publikum anzuziehen – die phantasievollen, romantisch veranlagten Leute.«

»Das gelingt Ihnen bestimmt.«

»Ich bin so froh, daß wir zusammen fahren«, sagte er. »Und Sie sind nun kein Schulmädchen mehr, das ist an sich schon aufregend genug, nicht?«

»Ja, ich denke schon.«

»Auf der Schwelle zum Leben und zum Abenteuer.« Das Tuten einer Sirene zerriß die Luft. »Das bedeutet wohl, daß wir jetzt auslaufen. Ja, tatsächlich. Adieu, England. Willkommen, neue Länder, neue Eindrücke, neue Abenteuer.« Er lachte. Mir war beschwingt und froh zumute, weil er mit uns fuhr.

Die gute Stimmung hielt an. Der Kapitän und einige Mitreisende machten viel Aufhebens um meine Eltern. Die Nachricht, daß sie in Kapstadt und Nordamerika Vorträge halten würden, verbreitete sich rasch, und man betrachtete sie mit einer gewissen Ehrfurcht. Lucas war sehr beliebt und allseits begehrt. Er hatte keine Hemmungen; wenn er zu einer Gruppe stieß, gab es sogleich Gelächter und allgemeine Heiterkeit. Er besaß die Gabe, alles amüsant erscheinen zu lassen. Er war reizend zu mir, aber zu allen anderen auch. Das Leben meisterte er unbeschwert und leicht, und ich denke, dank seiner seltenen Begabung erreichte er stets, was er wollte.

Meine Kabinengenossin war mächtig beeindruckt. »Was für ein charmanter Mann!« sagte sie. »Und du hast ihn gekannt, bevor er an Bord kam. Hast du ein Glück!«

»Ich bin ihm auf einer Abendgesellschaft kurz begegnet, und dann besuchte er uns, um uns mitzuteilen, daß er an Bord sein würde.«

»Es ist natürlich wegen deines Vaters.«

»Was meinst du?«

»Daß er so freundlich zu dir ist.«

»Er ist zu allen freundlich.«

»Er ist sehr attraktiv… zu attraktiv«, fügte sie düster hinzu und musterte mich nachdenklich. Sie betrachtete mich offenbar als Einfaltspinsel, weil ich ihr törichterweise erzählt hatte, daß ich vorzeitig von der Schule abgegangen war, um diese Reise machen zu können. Sie hatte die Schule im Vorjahr beendet, also mußte sie ungefähr ein Jahr älter sein als ich.

Ich hatte das Gefühl, daß sie mich vor Lucas warnen wollte. Das sei nicht nötig, hätte ich ihr am liebsten scharf erwidert, doch dann fürchtete ich, zu grob zu sein. In einem hatte sie recht: Ich hatte keine Ahnung, wie es auf der Welt zuging.

Wie dem auch sei, die Zeit, die ich mit Lucas verbrachte, war auf jeden Fall vergnüglich. An einem der ersten Tage suchten wir uns einen geschützten Platz an Deck, denn die See war zuweilen etwas rauh, und es ging ein starker Wind. Meine Eltern verbrachten die meiste Zeit in ihrer Kabine, und ich war mir selbst überlassen, um Erkundungen anzustellen. Dies tat ich mit großem Eifer, und bald fand ich mich auf dem Schiff zurecht. Die kleine Kabine war beengend, zumal ich sie mit der ziemlich geschwätzigen und etwas gönnerhaften Mary teilen mußte. Ich war froh, so oft wie möglich nach draußen zu kommen. Ich fand meine obere Koje ziemlich stickig. Ich wachte immer früh auf und lag wartend da, bis es Zeit war aufzustehen. Bald aber entdeckte ich, daß ich die Leiter heruntersteigen konnte, ohne Mary aufzuwecken. Ich zog mich an und ging an Deck. Der frühe Morgen war erfrischend. Ich setzte mich an unseren geschützten Platz, sah aufs Meer und beobachtete den Sonnenaufgang. Ich liebte den Anblick des Morgenhimmels; manchmal war er zart perlmutterfarben, ein andermal blutrot. Meine Phantasie sah Bilder in den Wolkenhaufen, die am Himmel trieben, und ich lauschte auf die Wellen, die längsseit klatschten. Zu keiner anderen Zeit war es so schön wie am Morgen.

Ein Mann in blauem Arbeitsanzug pflegte den Teil des Decks zu schrubben, wo ich jeden Morgen saß. Ich hatte mit ihm Bekanntschaft geschlossen, falls man es so nennen konnte. Er kam mit Scheuerlappen und Eimer, kippte das Wasser aus und schrubbte drauflos. Um diese Stunde war das Deck fast verlassen. Als er näher kam, sagte ich: »Guten Morgen. Ich bin herausgekommen, um etwas frische Luft zu schnappen. In der Kabine ist es so stickig.«

»O ja«, sagte er und schrubbte weiter.

»Bin ich Ihnen im Weg? Ich rücke ein Stück.«

»O nein, lassen Sie nur. Ich mache meine Runde und wische diesen Teil später.«

Er sprach kultiviert, ohne jeden Akzent. Ich betrachtete ihn – ziemlich groß, hellbraune Haare und ausgesprochen traurige Augen.

»Um diese Zeit sehen Sie sicher nicht viele Leute draußen sitzen«, sagte ich.

»Nein.«

»Sie halten mich bestimmt für verrückt.«

»Nein, nein. Ich kann verstehen, daß Sie an die Luft wollen. Und dies ist die schönste Zeit des Tages.«

»Oh, da stimme ich Ihnen zu.«

Ich bestand darauf aufzustehen, und er verrückte meinen Stuhl und schrubbte weiter.

Das war am ersten Morgen. Am nächsten Morgen sah ich ihn wieder. Am dritten Morgen hatte ich das Gefühl, daß er nach mir Ausschau hielt. Es war nicht direkt verabredet, aber es gehörte bald zum alltäglichen Ablauf. Wir wechselten ein paar Worte, »Guten Morgen«, »Schöner Tag heute« und so weiter. Er hielt beim Schrubben immer den Kopf gesenkt, als sei er vollkommen in sein Tun vertieft.

»Sie lieben das Meer, nicht wahr?« fragte er am vierten Morgen.

»Ich glaube, ja«, erwiderte ich. Ich sei noch nicht sicher, da ich zum erstenmal auf dem Meer sei.

»Es nimmt einen gefangen. Faszinierend. Es kann sich so rasch verändern.«

»Wie das Leben«, sagte ich, an die Veränderungen in meinem Dasein denkend. Er erwiderte nichts, und ich fuhr fort: »Ich nehme an,
Sie haben viel Erfahrung mit dem Meer?«

Er schüttelte den Kopf und ging davon.

Die Mahlzeiten an Bord waren interessant. Lucas Lorimer saß als
Freund der Familie mit an unserem Tisch, und Kapitän Graysom
pflegte die hübsche Sitte, sich während der Reise immer an einen anderen Tisch zu setzen, so daß er die meisten Passagiere kennenlernte. Er wußte viele Geschichten von seinen Abenteuern auf See zu
erzählen, und dieser sympathische Brauch ermöglichte es allen, sie
zu hören.

»Er hat es leicht«, sagte Lucas. »Er hat sein Repertoire und muß
nichts weiter tun als seine Vorstellung an jedem Tisch wiederholen.
Er weiß genau, wo er eine Pause machen muß, damit gelacht werden
kann und er die beste dramatische Wirkung erzielt.«

»Darin sind Sie ihm ein bißchen ähnlich«, sagte ich zu ihm. »Oh, ich
meine nicht im Wiederholen, aber Sie wissen auch, wann Sie eine
Pause machen müssen.«

»Ich sehe, Sie kennen mich zu gut; das beunruhigt mich.«

»Dann lassen Sie sich beruhigen. Ich finde, die Fähigkeit, Menschen
zum Lachen zu bringen, ist eine der größten Gaben, die man haben
kann.«

Er ergriff meine Hand und küßte sie. Meine Eltern, die während dieses Gesprächs mit am Tisch saßen, waren ein wenig erschrocken.
Ich denke, es war ihnen klargeworden, daß ich erwachsen wurde.

Bei einem Spaziergang rund ums Deck begegneten Lucas und ich
Kapitän Graysom. Er machte täglich einen Rundgang auf dem
Schiff, wohl um sich zu vergewissern, daß alles in Ordnung war.

»Na, wie geht's?« fragte er beim Näherkommen.

»Bestens«, antwortete Lucas.

»Werden Sie schon seefest? Man ist es nicht immer von Anfang an.
Aber wir haben einigermaßen Glück mit dem Wetter ... bis jetzt.«

»Wird es nicht anhalten?« fragte ich.

»Um Ihnen das zu sagen, bedarf es eines Klügeren, als ich es bin,
Miß Cranleigh. Unsere Vorhersagen sind nie absolut zuverlässig.
Das Wetter ist unberechenbar. Alle Anzeichen stehen auf Schön,
und dann erscheint etwas Unvorhergesehenes am Horizont, und
unsere Vorhersagen werden über den Haufen geworfen.«

»Vorhersagbarkeit kann ein bißchen langweilig sein«, meinte Lucas. »Es liegt immer ein gewisser Reiz im Unerwarteten.«

»Ich bin nicht sicher, ob das auch für das Wetter zutrifft«, sagte der Kapitän. »Wir laufen bald in Madeira ein. Gehen Sie an Land?«

»O ja«, rief ich. »Ich freue mich schon darauf.«

»Schade, daß wir nur einen Tag haben«, sagte Lucas.

»Das reicht, um Vorräte an Bord zu nehmen. Die Insel wird Ihnen gefallen. Sie müssen den Wein dort kosten. Er ist sehr gut.« Damit verließ er uns.

»Welche Pläne haben Sie für Madeira?« fragte Lucas.

»Meine Eltern haben noch nichts gesagt.«

»Ich würde Sie gern durch die Stadt begleiten.«

»Oh, danke. Sind Sie schon mal dortgewesen?«

»Ja«, erwiderte er. »Bei mir sind Sie daher gut aufgehoben.«

Es war ein erhebendes Gefühl, am Morgen aufzuwachen und Land zu sehen. Ich war zeitig an Deck, um die Ansteuerung zu beobachten. Ich sah die üppig grüne Insel aus dem klaren, aquamarinblauen Meer aufsteigen. Die Sonne war warm, und kein Wind bewegte das Wasser.

Mein Vater hatte eine leichte Erkältung und blieb an Bord. Er hatte genug Beschäftigung, und meine Mutter wollte bei ihm bleiben. Sie hielten es für eine ausgezeichnete Idee, daß ich mit Mr. Lorimer an Land ging, der sich freundlicherweise erboten hatte, mich mitzunehmen. Ich war zufrieden und hatte deswegen ein leichtes Schuldgefühl; aber es würde ohne sie viel vergnüglicher sein. Lucas sprach es nicht aus, doch ich war sicher, daß er meine Ansicht teilte.

»Da ich schon einmal hier war, sollte ich mich eigentlich auskennen«, sagte er. »Und wenn es etwas gibt, was ich noch nicht kenne —«

»Was sehr unwahrscheinlich ist...«

»— werden wir es gemeinsam entdecken«, schloß er.

Und damit machten wir uns auf den Weg. Ich sog die Luft tief ein, die mit Blumenduft gewürzt schien. Und wirklich, Blumen waren überall. Es gab Stände, die überquollen mit Blumen in leuchtenden Farben, ebenso solche mit Körben, bestickten Taschen, Schals,

Tischdecken und Zierdeckchen. Der Sonnenschein, die Menschen, die in einer fremden Sprache – Portugiesisch, nahm ich an – ihre Waren feilboten, die Aufregung, in einem fremden Land zu sein, und Lucas Lorimers Gesellschaft – das alles stimmte mich so heiter, wie ich es schon lange nicht mehr gewesen war.

Es war wirklich ein denkwürdiger Tag. Lucas war der vollendete Begleiter. Sein Lächeln bezauberte die Leute, wohin wir auch kamen. Er war einer der nettesten Menschen, denen ich je begegnet war.

Er wußte tatsächlich gut über die Insel Bescheid. »Sie ist sehr klein«, sagte er. »Ich war eine Woche hier, und in dieser Zeit bin ich fast überall gewesen.« Er mietete einen Ochsenkarren, und wir fuhren durch die Stadt, zur Kathedrale, wo wir anhalten ließen, um sie zu besichtigen, dann am Markt vorbei, wo es noch mehr Blumen, Körbe sowie Tische und Sessel aus Weidengeflecht gab. Von der Stadt aus erhaschten wir ab und zu einen Blick auf die *Atlantic Star,* die vor dem Hafen ankerte, und auf die Barkassen, die die Passagiere zwischen Ufer und Schiff übersetzten.

Lucas meinte, wir müßten den Wein kosten. Wir gingen in einen Weinkeller, wo wir uns an einen der kleinen Tische setzten, die wie Fässer geformt waren. Man brachte uns Gläser mit kleinen Kostproben von Madeirawein, wohl in der Hoffnung, wir möchten ihn für so gut befinden, daß wir ein paar Flaschen kauften.

In dem Keller war es dunkel – ein starker Kontrast zu der strahlenden Helligkeit draußen. Wir saßen auf Schemeln und betrachteten einander. Lucas hob sein Glas. »Auf Sie, auf uns und auf viele Tage wie den heutigen.«

»Der nächste Halt ist Kapstadt, glaube ich.«

»Vielleicht haben wir beide dort Gelegenheit, das Vergnügen zu wiederholen.«

»Sie werden mit Ihrem Vortrag beschäftigt sein.«

»Bitte nennen Sie es nicht Vortrag. Das Wort hat so einen strengen Beigeschmack. Ich wurde sozusagen als leichter Kontrast zu dem Professor hinzugebeten. Ich fühlte mich geehrt, und sehen Sie, es hat uns hierhergeführt. Nennen Sie es also eine Rede. Das ist weniger schwülstig. Und ich muß gestehen, ich habe das Gefühl, daß sie Ihre Eltern schockieren wird. Sie handelt von schauerlichen Dingen wie Flüchen und Grabräubern.«

»Vielleicht hören die Leute so etwas lieber als…«

»Das soll mich nicht kümmern. Wenn sie ihnen nicht gefällt, dann eben nicht. Drum weigere ich mich, meine Vergnügungen von Vorbereitungen überschatten zu lassen. Es ist ein großes Glück, daß wir zusammen reisen.«

»Für mich ist es jedenfalls erfreulich.«

»Wir werden langsam beduselt. Das macht der Wein. Er ist gut, nicht? Wir müssen eine Flasche kaufen, um uns für die unentgeltliche Kostprobe erkenntlich zu zeigen.«

»Hoffentlich zahlen sich alle unentgeltlichen Kostproben aus.«

»Bestimmt, sonst würde man den Brauch nicht beibehalten, nicht wahr? Es ist ja auch sehr angenehm, hier in dem dämmerigen Raum auf diesen unbequemen Schemeln zu sitzen und den ausgezeichneten Madeirawein zu trinken.«

Einige von unseren Mitreisenden kamen in den Keller. Wir riefen uns Grüße zu. Alle wirkten sehr ausgelassen.

Ein junger Mann kam an unserem Tisch vorbei. »Oh, guten Tag«, sagte Lucas. Der junge Mann blieb stehen. »Ach«, sagte Lucas, »ich glaubte Sie zu kennen.«

Der junge Mann starrte Lucas eisig an, und da erkannte ich ihn. Heute trug er nicht den Arbeitsanzug, in dem ich ihn sonst immer gesehen hatte. Es war der junge Mann, der morgens die Decks schrubbte.

»Nein«, sagte er. »Ich glaube nicht…«

»Verzeihung. Ich dachte bloß einen Augenblick, ich hätte Sie schon mal irgendwo gesehen.«

Ich lächelte. »Sie müssen sich an Bord begegnet sein.«

Der Decksmann hatte sich straff aufgerichtet und musterte Lucas mit einer Spur Unbehagen im Blick.

»So wird es wohl sein«, sagte Lucas.

Der junge Mann ging weiter und setzte sich in einer dunklen Ecke des Kellers an einen Tisch.

Ich flüsterte Lucas zu: »Er ist ein Decksmann.«

»Sie scheinen ihn zu kennen.«

»Ich bin ihm ein paarmal morgens begegnet. Ich gehe hinauf, um den Sonnenaufgang zu beobachten, und er kommt um die Zeit, um die Decks zu schrubben.«

»Er sieht nicht wie ein Decksschwabberer aus.«

»Weil er seinen Arbeitsanzug nicht anhat.«

»Danke, daß Sie mich aufgeklärt haben. Der arme Kerl wirkte ein bißchen verlegen. Hoffentlich schmeckt ihm der Wein so gut wie uns. Kommen Sie, kaufen wir eine Flasche, um sie mit aufs Schiff zu nehmen. Vielleicht nehmen wir besser zwei. Die trinken wir heute abend beim Essen.« Wir kauften den Wein und traten hinaus in den Sonnenschein. Langsam begaben wir uns zu der Barkasse, die uns zum Schiff zurückbrachte. Am Kai blieben wir an einem Stand stehen, wo Lucas für mich eine mit scharlachroten und blauen Blumen reich bestickte Tasche erstand. »Ein Andenken an einen glücklichen Tag«, sagte er. »Als Dank, weil ich ihn mit Ihnen verbringen durfte.«

Wie reizend er war; *mir* hatte er ganz bestimmt einen glücklichen Tag beschert. »Ich werde immer daran denken, wenn ich die Tasche sehe«, sagte ich zu ihm. »An die Blumen, die Ochsenkarren, den Wein...«

»Und sogar an den Decksschwabberer.«

»Ich werde mich an jede Minute erinnern«, versicherte ich ihm.

Auf See schließt man rasch Freundschaft. Nach Madeira hatten wir mildes Wetter mit ruhiger See. Lucas und ich waren seit unserem Landausflug noch engere Freunde geworden. Ohne uns zu verabreden, trafen wir uns regelmäßig an Deck. Er setzte sich zu mir, und wir plauderten zwanglos, während wir über das ruhige Wasser glitten. Lucas erzählte mir viel von sich und berichtete, wie er mit der Familientradition gebrochen hatte, daß ein Sohn die militärische Laufbahn einschlug. Aber die war nichts für ihn. Er wußte noch nicht recht, was er wollte. Er war rastlos und reiste viel, meistens in Gesellschaft von Dick Duvane, seinem Freund und ehemaligen Burschen. Sie hatten dem Militär zur gleichen Zeit den Rücken gekehrt und waren seither unzertrennlich gewesen. Dick war jetzt in Cornwall und machte sich auf dem Gut nützlich, und Lucas nahm an, daß auch er eines Tages dort landen würde. »Bloß, im Augenblick bin ich noch unsicher«, sagte er. »Auf dem Gut gibt es genug zu tun, um meinen Bruder und mich zu beschäftigen. Vermutlich wäre es etwas anderes, wenn ich es geerbt hätte. Mein Bruder Carleton trägt die Verantwortung, und er ist der vollendete Gutsherr, der ich niemals sein werde. Er ist der feinste Kerl auf der Welt, aber ich spiele nicht gerne die zweite Geige. Das widerspricht meiner hochmütigen Natur. Deshalb habe ich mich nach meinem Abschied vom Militär ein wenig treiben lassen; ich war viel unterwegs. Ägypten hat mich immer fasziniert, und als ich den Stein im Garten fand, schien es mir wie ein Wink des Schicksals. Und das war es auch, denn jetzt bin ich hier, auf Reisen mit herausragenden Persönlichkeiten wie Ihren Eltern und natürlich ihrer reizenden Tochter. Und das alles, weil ich einen Stein im Garten fand. Aber ich rede die ganze Zeit von mir. Wie steht es mit Ihnen? Was haben Sie für Pläne?«

»Gar keine. Sie wissen ja, ich habe die Schule abgebrochen, um diese Reise zu machen. Wer weiß, was die Zukunft bringt?«

»Das kann man freilich nie genau wissen, aber manchmal hat man Gelegenheit, sie zu beeinflussen.«

»Haben Sie Ihre beeinflußt?«

»Ich bin gerade dabei.«

»Und das Gut Ihres Bruders liegt in Cornwall?«

»Ja. Es ist übrigens nicht weit von dem Ort, der kürzlich in den Zeitungen erwähnt wurde.«

»Ach... welcher?«

»Haben Sie von dem jungen Mann gelesen, der kurz vor der Verhaftung verschwunden ist?«

»O ja, ich erinnere mich. Simon Soundso, nicht? Hieß er nicht Perrivale?«

»Richtig. Er trug den Namen des Mannes, der ihn adoptiert hat, Sir Edward Perrivale. Das Gut liegt zehn, zwölf Kilometer von unserem entfernt. Perrivale Court. Eine herrliche alte Villa. Ich bin vor langer Zeit einmal dortgewesen. Mein Vater war mit irgendeiner Angelegenheit in der Nachbarschaft befaßt, und Sir Edward interessierte sich dafür. Ich bin mit meinem Vater hinübergeritten. Als ich in der Zeitung über den Fall las, fiel mir das alles wieder ein. Da waren zwei Brüder und der Adoptivbruder. Wir waren alle erschüttert, als wir es lasen. Man rechnet nie damit, daß solche Dinge Leuten zustoßen, die man kennt, wenn auch nur flüchtig.«

»Das ist ja hochinteressant. Bei uns zu Hause haben sie ausgiebig darüber geredet. Die Dienstboten, nicht meine Eltern.«

Während wir uns unterhielten, kam der Decksschwabberer vorbei; er schob einen mit Bierflaschen beladenen Sackkarren. »Guten Morgen«, rief ich. Er nickte einen Gruß und schob weiter.

»Ein Freund von Ihnen?« fragte Lucas.

»Das ist der, der immer das Deck schrubbt. Erinnern Sie sich, er war in dem Weinkeller.«

»Ach ja, stimmt. Er wirkt ein bißchen griesgrämig, nicht?«

»Er ist vielleicht etwas zurückhaltend. Es könnte sein, daß die Mannschaft nicht mit den Passagieren sprechen soll.«

»Er scheint anders als die anderen.«

»Ja. Er sagt nie viel mehr als guten Morgen und vielleicht noch eine Bemerkung über das Wetter.«

Wir verbannten den Mann aus unseren Gedanken und sprachen von anderen Dingen. Lucas erzählte mir von dem Gut in Cornwall und den exzentrischen Leuten, die dort lebten. Ich erzählte ihm von zu Hause und von Mr. Dollands »Nummern« und brachte ihn mit meinen Schilderungen des Küchenlebens zum Lachen.

»Sie haben es anscheinend sehr genossen.«

»O ja, ich habe Glück gehabt.«

»Wissen Ihre Eltern das?«

»Sie interessieren sich wirklich nicht für irgend etwas, das nach Christi Geburt geschah.« So verliefen unsere Plaudereien.

Als ich mich am nächsten Morgen in aller Frühe aufs Deck setzte, sah ich den Decksschwabberer, aber er kam nicht in meine Nähe.

Wir nahmen Kurs auf Kapstadt, und der Wind hatte den ganzen Tag zugenommen. Ich sah meine Eltern kaum. Sie verbrachten viel Zeit in ihrer Kabine. Mein Vater vervollständigte seinen Vortrag und arbeitete an seinem Buch, und meine Mutter half ihm dabei. Ich sah sie bei den Mahlzeiten, wenn sie mich mit dieser milden Geistesabwesenheit betrachteten, an die ich mich gewöhnt hatte. Mein Vater fragte, ob ich genügend Beschäftigung hätte. Ich möge in seine Kabine kommen, dort würde er mir etwas zum Lesen geben. Ich versicherte ihm, daß ich das Bordleben genösse, daß ich genug zu lesen hätte und daß Mr. Lorimer und ich gute Freunde geworden seien. Darüber schienen sie erleichtert, und sie wandten sich wieder ihrer Arbeit zu.

Der Kapitän, der gelegentlich mit uns speiste, berichtete, zu den schlimmsten Stürmen, die er erlebt habe, hätten die am Kap gehört. Alten Seeleuten sei es als Kap der Stürme bekannt. Wir könnten keinesfalls damit rechnen, daß das schöne Wetter, dessen wir uns bisher erfreut hatten, anhalte. Wir müßten das Unangenehme mit dem Angenehmen in Kauf nehmen. Und Unangenehmes stünde uns gewiß bevor.

Meine Eltern blieben in ihrer Kabine, aber ich hatte das Bedürfnis nach frischer Luft und ging aufs Oberdeck. Auf ein solches Toben war ich nicht gefaßt. Das Schiff wurde heftig geschüttelt; es war, als sei es aus Kork. Es stampfte und rollte dermaßen, daß ich dachte, es würde kentern. Die hohen Wellen erhoben sich wie drohende Berge, bevor sie umschlugen und über das Deck schwappten. Der Wind zerrte an meinen Haaren und meinen Kleidern. Mir war, als wolle die wütende See mich emporheben und über Bord werfen. Es war erschreckend und gleichzeitig belebend. Ich war von Meerwasser durchnäßt, und es war mir fast unmöglich, aufrecht zu stehen. Atemlos klammerte ich mich an die Reling.

Als ich dort stand und mit mir rang, ob es klug sei, das schlüpfrige Deck zu überqueren, um wenigstens der unmittelbaren Wut des Sturmes zu entkommen, sah ich den Decksmann. Er schwankte auf mich zu, seine Kleider waren feucht. Die Gischt hatte sein Haar dunkel gefärbt, so daß es wie eine schwarze Kappe aussah, und Meerwasser glitzerte auf seinem Gesicht.

»Alles in Ordnung mit Ihnen?« rief er mir zu.

»Ja«, rief ich zurück.

»Sie sollten nicht hier oben sein. Gehen Sie lieber runter.«

»Ja«, rief ich.

»Kommen Sie, ich helfe Ihnen.«

Er taumelte zu mir und fiel gegen mich.

»Ist es öfter so schlimm wie heute?« keuchte ich.

»Kann ich nicht sagen. Ist meine erste Reise.« Er hatte meinen Arm genommen, und wir torkelten wie Betrunkene über das Deck. Er öffnete eine Tür und schob mich hinein. »So«, sagte er. »Wagen Sie sich nicht noch einmal hinaus bei so einer See.«

Ehe ich ihm danken konnte, war er verschwunden. Taumelnd begab ich mich in meine Kabine. Mary Kelpin lag auf der unteren

Koje. Ihr war regelrecht übel. Ich ging nach meinen Eltern sehen. Sie fühlte sich beide nicht wohl. Wieder in meiner Kabine, nahm ich ein Buch, kletterte auf die obere Koje und versuchte zu lesen. Das war gar nicht so einfach.

Den ganzen Nachmittag warteten wir auf das Nachlassen des Sturms. Das Schiff schaukelte immerzu, es knarrte und ächzte wie im Todeskampf. Am Abend flaute der Wind ein wenig ab. Ich war imstande, in den Speisesaal zu gehen. Die Schlingerleisten an den Tischen waren hochgeklappt, um zu verhindern, daß das Geschirr herunterrutschte. Es waren nur wenige Leute da. Ich sah Lucas sofort. »Ah«, sagte er, »nicht viele von uns sind tapfer genug, sich in den Speisesaal zu wagen.«

»Haben Sie jemals so einen Sturm erlebt?«

»Ja, einmal auf dem Heimweg von Ägypten. Wir passierten Gibraltar und kamen zum Golf. Ich dachte, mein letztes Stündlein hätte geschlagen.«

»Das dachte ich heute nachmittag auch.«

»Das Schiff wird den Sturm überstehen. Morgen ist das Meer vielleicht so glatt wie ein See, und dann fragen wir uns, wozu die ganze Aufregung war. Wo sind Ihre Eltern?«

»In ihrer Kabine. Sie waren nicht in der Verfassung herunterzukommen.«

»Viele andere offenbar auch nicht.«

Ich erzählte ihm, daß ich an Deck gewesen und von dem Decksmann einigermaßen streng gerügt worden war.

»Er hatte ganz recht«, sagte Lucas. »Es muß äußerst gefährlich gewesen sein. Sie hätten leicht über Bord gespült werden können. Ich schätze, wir sind gerade noch an einem Hurrikan vorbeigekommen.«

»Da merkt man erst, wie gefährlich die See sein kann.«

»Allerdings. Mit den Elementen ist nicht zu spaßen. Das Meer ist wie das Feuer, ein guter Freund, aber ein böser Feind.«

»Wie es wohl sein mag, wenn man Schiffbruch erleidet?«

»Entsetzlich.«

»In einem offenen Boot treiben«, murmelte ich.

»Weit unangenehmer, als es sich anhört.«

»Ja, das kann ich mir denken. Aber der Sturm scheint nachzulassen.«

»Darauf würde ich nicht bauen. Wir müssen auf jedes Wetter gefaßt sein. Vielleicht war dies eine heilsame Lektion für uns.«

»Die Menschen lernen ihre Lektionen nicht immer.«

»Ich weiß nicht, warum, wenn sie doch ein gutes Beispiel haben, wie tückisch die See sein kann. Eben noch lächelnd, und im nächsten Moment wütend, boshaft.«

»Hoffentlich erleben wir keinen Hurrikan mehr.«

Es war zehn Uhr vorbei, als ich in meine Kabine kam. Mary Kelpin lag im Bett. Ich ging nach nebenan, um meinen Eltern gute Nacht zu sagen. Mein Vater hatte sich hingelegt, meine Mutter las in irgendwelchen Papieren. Ich erklärte, daß ich mit Lucas Lorimer gegessen hätte und jetzt zu Bett ginge.

»Hoffen wir, daß das Schiff morgen etwas stetiger ist«, sagte meine Mutter. »Diese ewige Bewegung stört Vaters Gedankenfluß, und er hat noch an dem Vortrag zu arbeiten.«

Ich schlief unruhig und wachte in den frühen Morgenstunden auf. Der Wind nahm zu, und das Schiff schaukelte noch stärker als tags zuvor. Ich wurde beinahe aus meiner Koje geworfen. Schlafen war unmöglich. Ich lag still da, lauschte auf das Heulen des Sturms und auf das Geräusch der mächtigen Wellen, die längsseit schlugen.

Plötzlich hörte ich ungestümes Glockenläuten. Ich wußte sofort, was das bedeutete, denn an unserem ersten Tag auf See hatten wir an einer Übung teilgenommen, die uns mehr schlecht als recht auf einen Notfall vorbereitete. Man hatte uns gesagt, wir müßten uns warm anziehen und die Rettungswesten anlegen, die im Kleiderschrank in unseren Kabinen aufbewahrt wurden, und uns zu dem Sammelpunkt begeben, der uns zugewiesen worden war.

Ich sprang von meiner Koje. Mary Kelpin war schon dabei, sich anzuziehen. »Es ist soweit«, sagte sie. »Dieser gräßliche Wind... und jetzt das.« Ihre Zähne klapperten. In der Enge war es nicht leicht für uns zwei, uns gleichzeitig anzuziehen. Sie war vor mir fertig, und als ich alle Knöpfe geschlossen und meine Rettungsweste übergezogen hatte, eilte ich in die Kabine meiner Eltern.

Die Alarmglocken läuteten unaufhörlich. Meine Eltern machten ängstliche Gesichter, und mein Vater suchte aufgeregt seine Papiere zusammen. Ich sagte: »Dazu ist jetzt keine Zeit. Kommt, zieht eure warmen Sachen an. Wo sind eure Rettungswesten?« In dieser Situation gewann ich die Erkenntnis, daß ein bißchen Ruhe und gesunder Menschenverstand gegenüber Gelehrsamkeit im Vorteil sind. Meine Eltern waren rührend folgsam und überließen sich meiner Obhut; endlich waren sie soweit, daß sie die Kabine verlassen konnten.

Der Laufgang war menschenleer. Mein Vater blieb plötzlich stehen, und etliche Papiere fielen ihm aus der Hand. Ich hob sie hastig auf.

»Ach«, sagte er bestürzt, »ich habe die Aufzeichnungen vergessen, die ich gestern gemacht habe.«

»Egal. Unser Leben ist wichtiger als deine Aufzeichnungen.«

Er rührte sich nicht von der Stelle. »Ich kann nicht... ich muß sie holen.«

Meine Mutter sagte: »Vater braucht seine Aufzeichnungen, Rosetta.«

Ich sah den hartnäckigen Ausdruck in ihren Gesichtern und sagte schnell: »Ich hole sie. Geht ihr in den Salon, wo sich alle versammeln sollen. Wo sind die Aufzeichnungen?«

»In der oberen Schublade«, sagte meine Mutter.

Ich schob meine Eltern sanft zu dem Niedergang, der zum Salon führte, und kehrte um. Die Aufzeichnungen waren nicht in der oberen Schublade. Ich kramte herum und fand sie weiter unten. Die Rettungsweste hinderte mich sehr in meinen Bewegungen. Ich schnappte mir die Aufzeichnungen und eilte hinaus.

Die Glocken hatten zu läuten aufgehört. Es war schwierig, aufrecht zu stehen. Das Schiff schlingerte, und ich wäre fast gestürzt, als ich den Niedergang erklomm. Von meinen Eltern war nichts zu sehen. Ich nahm an, sie wären am Treffpunkt zu den anderen gestoßen und eiligst an Deck gebracht worden, wo die Rettungsboote auf sie warteten.

Der Sturm hatte an Heftigkeit zugenommen. Ich stolperte und rutschte, bis ich am Schott zum Stillstand kam. Ich rappelte mich benommen auf und sah mich nach meinen Eltern um. Wo konnten sie in der kurzen Zeit, die ich gebraucht hatte, um die Aufzeichnungen zu holen, nur hingegangen sein? Ich umklammerte die Papiere, während ich mich mühsam zum Deck kämpfte. Dort war die Hölle los. Die Leute drängten zur Reling. Vergebens suchte ich meine Eltern unter ihnen. In der stoßenden, schreienden Menge kam ich mir plötzlich schrecklich allein vor.

Es war entsetzlich. Dem Wind schien es eine tückische Freude zu bereiten, uns zu peinigen. Meine Haare flogen mir wild um den Kopf und wehten mir in die Augen, und ich konnte nichts sehen. Die Aufzeichnungen wurden mir aus der Hand gerissen. Sekundenlang führten sie über meinem Kopf einen wilden Tanz auf, bevor sie von dem heftigen Wind gepackt wurden und in die schäumenden Wassermassen flatterten.

Wir hätten zusammenbleiben sollen, dachte ich. Und dann: Warum? Wir sind nie zusammengewesen. Aber dies war etwas anderes. Wir waren in Gefahr. Der Tod starrte uns ins Gesicht. Ein paar Aufzeichnungen waren es doch gewiß nicht wert, sich in solch einem Augenblick zu trennen? Die Leute stiegen in die Boote. Ich wußte, daß ich noch lange nicht an der Reihe war... und als ich sah, wie die zerbrechlichen Boote in die tückische See herabgelassen wurden, da war ich nicht sicher, ob ich mich einem von ihnen anvertrauen wollte.

Das Schiff erzitterte plötzlich und gab ein Ächzen von sich, als könne es mehr nicht ertragen. Wir schienen zu kentern, und ich stand im Wasser. Dann sah ich ein Boot umschlagen, während es herabgelassen wurde. Ich hörte die Schreie der Insassen, als die See sie gierig packte und in die Tiefe zog.

Ich fühlte mich benommen und irgendwie dem Geschehen entrückt. Der Tod schien so gut wie sicher. Ich sollte mein Leben verlieren, fast bevor es richtig begonnen hatte. Ich dachte an die Vergangenheit, wie es Ertrinkende angeblich immer tun. Aber ich ertrank nicht... noch nicht. Ich war auf diesem lecken, zerbrechlichen Dampfer, der beispiellosen Wut der Elemente ausgeliefert, und wußte, daß ich im nächsten Augenblick von der vergleichsweisen Sicherheit des Decks in die graue See geworfen werden konnte, wo es keine Hoffnung auf Überleben gab. Der Lärm war ohrenbetäubend, die Schreie und Gebete der Menschen, die Gott anflehten, sie aus der Gewalt der See zu erretten, das Tosen des Sturms, das heftige Heulen und die aufgewühlte See... es war wie eine Szene aus Dantes *Inferno*.

Wir waren machtlos. Ich nehme an, der erste Gedanke der Menschen, die dem Tod ins Gesicht sehen, gilt ihrer eigenen Rettung.

Wenn man jung ist, scheint einem der Tod vielleicht so fern, daß man ihn nicht ernst nehmen kann. Er holt andere Menschen, alte Menschen zumal. Man kann sich eine Welt ohne einen selbst nicht vorstellen; man hält sich für unsterblich. Ich wußte, daß in dieser Nacht viele Menschen im Wasser ihr Grab finden würden, aber ich konnte nicht glauben, daß ich unter ihnen sein würde.

Benommen stand ich da und wartete; ich versuchte, meine Eltern zu entdecken. Ich dachte an Lucas Lorimer. Wo war er? Ich wünschte, ich könnte ihn sehen. Flüchtig ging mir der Gedanke durch den Kopf, daß er wohl nach wie vor gelassen und ein wenig zynisch sein würde. Ob er über den Tod ebenso unbekümmert plaudern würde wie über das Leben?

Da sah ich das umgekippte Boot. Es wurde im Wasser umhergeworfen. Es kam dicht an die Stelle, wo ich stand. Dann richtete es sich auf und tänzelte unter mir.

Jemand packte mich unsanft am Arm. »Sie werden im nächsten Augenblick über Bord gespült, wenn Sie hier stehenbleiben.«

Ich drehte mich um. Es war der Decksmann. »Es ist aus mit ihr. Sie wird kentern, das ist sicher.« Sein Gesicht war naß von Gischt. Er starrte das Boot an, das von der Gewalt des Windes nahe an die Schiffsseite gedrückt wurde. Eine riesige Welle hob es fast auf unsere Höhe. Der Decksmann schrie: »Das ist unsere Chance. Los, springen!« Zu meiner Verwunderung gehorchte ich. Er hielt meinen Arm noch gepackt. Es kam mir ganz unwirklich vor. Ich segelte durch die Luft und tauchte dann in die schäumende See. Wir waren neben dem Boot. »Festhalten!« schrie er über das Getöse hinweg.

Ich gehorchte instinktiv. Er war dicht bei mir. Es kam mir wie Minuten vor, doch es können nur Sekunden gewesen sein, bis er im Boot war. Ich klammerte mich an der Seite fest. Dann packte er mich und hievte mich neben sich hinein. »Festhalten... festhalten, um Himmels willen«, schrie er.

Es war ein Wunder. Wir waren noch immer im Boot, völlig außer Atem. »Festhalten, festhalten«, rief der Decksmann immerzu.

Was in den folgenden Minuten geschah, weiß ich nicht genau. Ich merkte nur, daß ich heftig umhergeworfen wurde und die Gewalt des Windes mir den Atem nahm. Ich vernahm ein lautes Krachen, als die *Atlantic Star* sich aufbäumte und dann umschlug. Das Meerwasser hatte mir die Sicht genommen, mein Mund war voll davon. In einem Augenblick waren wir auf einem Wellenkamm, im nächsten in den Tiefen des Ozeans.

Ich hatte mich von dem sinkenden Schiff in ein kleines Boot gerettet, das einer solchen See bestimmt nicht standhalten konnte. Das mußte das Ende sein.

Die Zeit hatte aufgehört zu existieren. Ich hatte keine Ahnung, wie lange ich mich an die Seiten des Bootes klammerte, während nur eines wichtig schien: nicht aufzugeben. Ich spürte den Mann dicht neben mir. Er schrie gegen den Wind: »Wir treiben noch. Wie lange...« Seine Stimme verlor sich im Getöse.

Ich konnte die *Atlantic Star* gerade noch ausmachen. Sie war noch im Wasser, aber in einer ungewöhnlichen Lage. Ihr Bug schien verschwunden. Es gab kaum eine Chance, daß jemand auf ihr überlebte.

Wir schaukelten heftig und waren darauf gefaßt, daß jede Welle unser Leben beenden konnte. Rings um uns tobte und wütete die See, und dieses zerbrechliche kleine Boot wollte dem ungeheuerlichen Meer trotzen. Was wäre wohl aus mir geworden, wenn dieser Mann nicht im rechten Augenblick gekommen wäre und mich aufgefordert hätte, mit ihm zu springen? Es war ein Wunder! Ich konnte es kaum fassen. Aber wo waren meine Eltern? Ob sie sich hatten retten können?

Dann schien der Sturm nicht mehr ganz so grimmig zu sein. War es Einbildung? Vielleicht nur eine vorübergehende Flaute. Immerhin ein kleiner Aufschub. Ein Rettungsboot kam in unsere Nähe. Ich suchte es mit den Augen ab in der Hoffnung, meine Eltern darin zu erspähen. Ich sah angespannte, weiße Gesichter, unkenntlich, fremd. Plötzlich erfaßte eine Welle das Boot. Eine Sekunde hing es in der Luft, dann wurde es von einer anderen Riesenwelle überrollt. Ich hörte die Schreie. Das Boot war noch da. Abermals wurde es emporgehoben. Es schien aufrecht zu stehen. Ich sah Körper ins Meer tauchen. Dann fiel das Boot herab und schlug um. Es war kieloben im Wasser, bevor es wieder hochkam und die See es auf die Seite warf wie ein Kind, das plötzlich eines Spielzeugs überdrüssig ist. Ich sah Köpfe scheinbar endlose Minuten lang im Wasser auf und ab tauchen und dann verschwinden. Ich hörte meinen Retter rufen:

»Sehen Sie, da treibt jemand auf uns zu.« Es war ein Mann. Plötzlich erschien sein Kopf dicht neben uns. »Holen wir ihn an Bord, schnell, sonst geht er unter und nimmt uns mit.«

Ich streckte meine Arme aus. Ich war von Bewegung überwältigt, denn der Mann, den wir ins Boot zu hieven suchten, war Lucas Lorimer. Es dauerte eine ganze Weile, bis es uns gelang. Er fiel bäuchlings hin und war ganz still. Ich hätte ihm gern zugerufen: Sie sind in Sicherheit, Lucas. Und ich dachte dabei: Soweit irgend jemand von uns in Sicherheit sein kann.

Wir drehten ihn auf den Rücken. Als mein Retter ihn erkannte, hielt er den Atem an. Er rief mir zu: »Er ist in sehr schlechter Verfassung.«

»Was können wir tun?«

»Er ist halb ertrunken.« Er beugte sich über Lucas und begann das Wasser aus seinen Lungen zu pumpen. Er bemühte sich um Lucas' Leben, und ich fragte mich, wie lange er durchhalten konnte. Er hatte Erfolg. Lucas sah ein wenig belebter aus. Mir fiel auf, daß mit seinem linken Bein etwas nicht in Ordnung war. Ab und an befühlte er es mit der Hand. Er war nur halb bei Bewußtsein, aber er merkte, daß da etwas nicht stimmte.

»Mehr kann ich nicht tun«, murmelte mein Retter.

»Wird er durchkommen?«

Er zuckte die Achseln.

Nach ungefähr zwei Stunden begann der Wind ein wenig nachzulassen. Die Böen kamen weniger häufig, und wir trieben immer noch auf dem Wasser.

Lucas hatte die Augen nicht geöffnet, er lag reglos auf dem Boden des Bootes. Mein anderer Gefährte war mit dem Boot beschäftigt. Ich wußte nicht, was er da machte, es schien aber wichtig, und der Umstand, daß wir uns über Wasser hielten, verriet mir, daß er damit umzugehen verstand. Er sah auf und merkte, daß ich ihn beobachtete. »Sie sollten lieber schlafen«, meinte er. »Sie sind erschöpft.«

»Sie auch.«

»Ach, es gibt genug zu tun, um mich wach zu halten.«

»Es ist besser geworden, nicht? Haben wir eine Chance?«

»Daß man uns findet? Vielleicht. Wir haben Glück. Unter dem Sitz sind ein Kanister Wasser und eine Dose Biskuits als Notration verstaut. Das wird uns eine Zeitlang am Leben halten. Wasser ist das wichtigste. Damit können wir überleben, jedenfalls eine Weile.«

»Und er?« Ich deutete auf Lucas.

»Er ist übel dran. Aber er atmet. Er war halb ertrunken... und es sieht so aus, als wäre sein Bein gebrochen.«

»Können wir etwas tun?«

Er schüttelte den Kopf. »Nichts. Wir haben nichts da. Er muß warten. Wir müssen nach einem Schiff Ausschau halten. Sie können nichts tun, also versuchen Sie zu schlafen. Danach werden Sie sich besser fühlen.«

»Und Sie?«

»Vielleicht später. Für ihn können wir nichts mehr tun. Wir müssen die Richtung nehmen, wohin der Wind uns treibt. Wir können nicht steuern. Wenn wir Glück haben, geraten wir auf einen Handelsschiffsweg. Wenn nicht...« Er zuckte die Achseln. Dann sagte er beinahe zärtlich: »Für Sie ist es das beste, ein bißchen zu schlafen. Das wirkt Wunder.«

Ich befolgte seinen Rat und schloß die Augen.

Als ich erwachte, war die Sonne aufgegangen. Ein neuer Tag war angebrochen. Ich blickte mich um. Der rotgefleckte Himmel warf einen rosa Widerschein aufs Meer. Es ging immer noch ein starker Wind, der weiße Kämme auf die Wellen setzte. Das bedeutete, daß wir flott vorankamen. Wohin, konnte man nur vermuten. Wir waren dem Wind ausgeliefert.

Lucas lag noch auf dem Boden des Bootes. Der andere Mann sah mich eindringlich an. »Haben Sie geschlafen?« fragte er.

»Ja, ziemlich lange, wie es scheint.«

»Sie hatten es nötig. Fühlen Sie sich besser?«

Ich nickte. »Was ist geschehen?«

»Sie sehen, die See ist ruhiger.«

»Es stürmt nicht mehr.«

»Drücken Sie die Daumen. Im Augenblick hat es nachgelassen. Es kann natürlich binnen weniger Minuten wieder losgehen... aber vorerst haben wir eine kleine Chance.«

»Meinen Sie, es besteht Hoffnung, daß man uns findet?«

»Eine Chance von fünfzig zu fünfzig.«

»Und wenn nicht?«

»Das Wasser wird nicht lange reichen.«

»Sie sagten etwas von Biskuits.«

»Hm. Aber Wasser ist wichtiger. Wir müssen es rationieren.«

»Was ist mit ihm?« Ich deutete auf Lucas.

»Sie kennen ihn.« Das war eine Feststellung, keine Frage.

»Ja. Wir haben uns an Bord angefreundet.«

»Ich sah Sie mit ihm sprechen.«

»Ist er schwer verletzt?«

»Ich weiß nicht. Wir können ohnehin nichts tun.«

»Was ist mit seinem Bein?«

»Muß geschient werden, denke ich. Wir haben nichts da...«

»Ich wünschte...«

»Wünschen Sie sich nicht zuviel. Das Schicksal könnte Sie für unersättlich halten. Wir sind gerade erst wie durch ein Wunder davongekommen.«

»Ich weiß. Das ist Ihnen zu verdanken.«

Er lächelte mich schüchtern an. »Wir müssen weiter auf Wunder hoffen«, sagte er.

»Ich wünschte, wir könnten etwas für ihn tun.«

Er schüttelte den Kopf. »Wir müssen vorsichtig sein. Wir könnten binnen einer halben Sekunde kentern. Seine Chancen stehen so gut wie unsere.«

Ich nickte. »Meine Eltern...« begann ich.

»Vielleicht haben sie ein Rettungsboot erwischt.«

»Ich sah, wie ein Boot heruntergelassen wurde... und unterging.«

»Viel Hoffnung besteht für keins von ihnen.«

»Es wundert mich, daß dieses winzige Boot sich gehalten hat. Wenn wir hier heil herauskommen, ist das allein Ihnen zu verdanken.«

Wir verfielen in Schweigen. Nach einer Weile holte er den Wasserkanister hervor. Wir tranken jeder einen Schluck. Er schraubte ihn sorgsam zu. »Wir müssen es einteilen«, sagte er. »Es ist unser Lebenssaft, denken Sie daran.«

Ich nickte.

Die Stunden vergingen. Lucas öffnete die Augen und sah zu mir auf. »Rosetta?« murmelte er.

»Ja, Lucas?«

»Wo...« Seine Lippen formten das Wort, aber es kam fast kein Laut heraus.

»Wir sind in einem Rettungsboot. Das Schiff ist gesunken, glaube ich. Es ist alles gut. Sie sind hier mit mir und mit...« Es war absurd, daß ich den Namen nicht wußte. Er mochte einst ein Decksmann gewesen sein, aber jetzt war er unser Retter, der Mann, dem wir unser wunderbares Entkommen zu verdanken hatten.

Doch Lucas hätte es sowieso nicht richtig hören können. Er zeigte keinerlei Verwunderung, sondern schloß die Augen wieder. Er sagte etwas. Ich mußte mich über ihn beugen, um ihn zu verstehen. »Mein Bein...«

Wir mußten etwas damit anstellen. Aber was? Wir hatten keine Medikamente, nichts, und wir mußten uns im Boot vorsichtig bewegen. Selbst in dieser ruhigen See konnte es beängstigend schaukeln, und dabei hätte leicht einer über Bord gehen können.

Die Sonne stieg höher, und es wurde sehr heiß. Zum Glück wehte ständig eine leichte Brise. Sie blies uns sachte vorwärts, aber niemand von uns hatte eine Ahnung, in welche Richtung. »Es wird einfacher sein, wenn die Sterne herauskommen«, sagte unser Retter.

Ich hatte seinen Namen erfahren, John Plaidy. Mir schien, er hatte ihn etwas zögernd genannt.

»Haben Sie etwas dagegen, wenn ich John zu Ihnen sage?« fragte ich ihn, und er antwortete: »Dann sage ich Rosetta zu Ihnen. Wir stehen jetzt auf gleicher Stufe, wir sind nicht mehr Passagier und Decksmann. Die Todesangst ist ein guter Gleichmacher.« Ich erwiderte: »Ich brauche diese Angst nicht, um Sie beim Vornamen zu nennen. Es wäre doch absurd, zu rufen: ›Mr. Plaidy, ich ertrinke, bitte retten Sie mich.‹« – »Äußerst absurd«, pflichtete er mir bei. »Aber ich hoffe, daß Sie das keinesfalls tun müssen.«

Ich fragte ihn: »Werden Sie den Kurs nach den Sternen bestimmen können, John?«

Er zuckte die Achseln. »Ich bin kein gelernter Navigator, aber ein bißchen bekommt man auf See schon mit. Wenn es eine klare Nacht wird, haben wir wenigstens eine Ahnung, wohin es uns treibt. Letzte Nacht war es zu bewölkt, um etwas zu sehen.«

»Die Richtung könnte wechseln. Sie sagten, sie hinge vom Wind ab.«

»Ja, wir müssen uns von ihm treiben lassen. Dabei fühlt man sich schrecklich hilflos.«

»Wie immer im Leben, wenn man in wesentlichen Dingen auf andere angewiesen ist. Glauben Sie, Mr. Lorimer wird sterben?«

»Er wirkt ziemlich kräftig. Ich glaube, das Ärgste ist sein Bein. Es muß einen Schlag abbekommen haben, als das Rettungsboot umschlug.«

»Ich wünschte, wir könnten etwas tun.«

»Das beste ist, die Augen offenzuhalten. Wenn wir das kleinste Zeichen am Horizont sehen, müssen wir auf uns aufmerksam machen. Eine Flagge hissen…«

»Wo nehmen wir eine Flagge her?«

»Ihr Unterrock an einem Stock oder dergleichen.«

»Sie sind sehr erfinderisch.«

»Mag sein, aber zuerst brauchen wir noch einmal etwas Glück.«

»Vielleicht wurde uns unser volles Quantum schon zuteil, als wir von dem sinkenden Schiff wegkamen.«

»Aber wir brauchen noch ein bißchen mehr. Tun wir also alles, um es zu finden. Halten Sie die Augen offen. Ein Fleckchen am Horizont, und wir geben ein Signal.«

Der Morgen verging langsam. Es wurde Nachmittag. Wir trieben gemächlich dahin. Lucas schlug ab und zu die Augen auf und sagte etwas, aber es war klar, daß er die Situation nicht ganz erfaßte. Die Sonne war zum Glück von ein paar Wolken verdeckt, die sie erträglicher machten. Ich wußte nicht, was schlimmer war – Regen, der Sturm bedeuten könnte, oder diese sengende Hitze. John Plaidy war erschöpft eingeschlafen. Im Schlaf sah er sehr jung aus. Ich dachte über ihn nach. Das lenkte mich von der gegenwärtigen verzweifelten Lage ab. Wieso war er Decksmann geworden? Bestimmt gab es in seiner Vergangenheit etwas zu verbergen. Er hatte etwas Geheimnisvolles. Er war verschwiegen, beinahe heimlichtuerisch, immer auf der Hut. Während der letzten Stunden hatte ich diese Eigenschaften allerdings nicht beobachtet, weil er sich nur darauf konzentrierte, unser Leben zu retten. Dies hatte eine gewisse Beziehung zwischen uns entstehen lassen. Das war wohl ganz natürlich.

Meine Eltern gingen mir nicht aus dem Kopf. Ich versuchte mir vorzustellen, wie sie in ihrer kindlichen Verwunderung, mit der sie das Dasein betrachteten, soweit es sich nicht um das Britische Museum drehte, an Deck gekommen waren. Von den praktischen Seiten des Lebens hatten sie keine Ahnung. Sie hatten sich nie damit befassen müssen. Das hatten ihnen andere abgenommen, damit sie sich ungehindert ihren Forschungen widmen konnten.

Wo mochten sie jetzt sein? Ich dachte mit einer Art zärtlicher Verzweiflung an sie. Ich stellte mir vor, wie sie hastig in ein Rettungsboot verfrachtet worden waren, während Vater immer noch den Verlust seiner Aufzeichnungen beklagte, mehr als den seiner Tochter.

Vielleicht tat ich ihnen unrecht. Vielleicht lag ihnen mehr an mir, als mir bewußt war. Hatten sie mich nicht Rosetta genannt, nach dem kostbaren Stein?

Ich suchte den Horizont ab. Ich durfte nicht vergessen, daß ich auf dem Ausguck war. Ich mußte bereit sein, wenn ein Schiff in Sicht kam. Ich hatte meinen Unterrock ausgezogen, der nun an einem Stück Holz befestigt war. Wenn ich irgend etwas erblickte, das nach einem Schiff aussah, würde ich John wecken und keine Zeit verlieren, meine improvisierte Flagge zu schwenken.

Der Tag zog sich hin, und nichts war zu sehen – nur die unendliche Wasserfläche ringsum, überall, bis an den Horizont. Wohin ich auch blickte, war nichts als Leere.

Es war dunkel geworden. John Plaidy wachte auf. Er schämte sich, so lange geschlafen zu haben.

»Sie hatten es nötig«, sagte ich. »Sie waren vollkommen erschöpft.«

»Und Sie haben Wache gehalten?«

»Ich schwöre, von einem Schiff war nichts zu sehen.«

»Irgendwann muß eins auftauchen.«

Wir tranken etwas Wasser und aßen ein Biskuit.

»Wie steht es mit Mr. Lorimer?« fragte ich.

»Wenn er aufwacht, geben wir ihm etwas.«

»Kann er so lange ohne Bewußtsein bleiben?«

»Sollte er vielleicht nicht, ist er aber. Ist vielleicht auch gut so. Das Bein könnte arg schmerzen.«

»Wenn wir doch nur etwas tun könnten.«

Er schüttelte den Kopf. »Wir können nichts machen. Wir haben ihn an Bord gehievt. Das war alles, was wir tun konnten.«

»Und Sie haben ihn künstlich beatmet.«

»So gut es ging. Ich glaube, es hat genutzt. Mehr konnten wir nicht tun.«

»Ich wünschte, es käme ein Schiff.«

»Da stimme ich Ihnen von Herzen zu.«

Die Nacht brach über uns herein. Unsere zweite Nacht. Ich schlummerte ein wenig und träumte, ich sei in der Küche in Bloomsbury.

»Es war eine Nacht wie diese, als der polnische Jude ermordet wurde...«

Eine Nacht wie diese! Da wachte ich auf. Das Boot bewegte sich kaum. Undeutlich sah ich John Plaidy, der vor sich hin starrte.

Ich schloß die Augen. Ich wollte in die Vergangenheit zurückgleiten.

Unser zweiter Tag war angebrochen. Die See war vollkommen glatt, und wieder war ich betroffen von der Leere der unendlichen Wasserfläche. Es schien auf der weiten Welt nur uns und unser Boot zu geben.

Lucas kam im Laufe des Vormittags zu sich. Er sagte: »Was ist mit meinem Bein?«

»Ich nehme an, es ist gebrochen«, sagte ich. »Wir können nichts tun. Bald wird uns ein Schiff aufnehmen, meint John.«

»John?«

»John Plaidy. Er ist großartig. Er hat uns das Leben gerettet.«

Lucas nickte. »Wer ist sonst noch da?«

»Nur wir drei. Wir sind in einem Rettungsboot. Wir haben unwahrscheinliches Glück gehabt.«

»Ich bin so froh, daß Sie hier sind, Rosetta.« Ich lächelte ihn an. Wir gaben ihm etwas Wasser. »Das hat gutgetan«, sagte er. »Ich komme mir so hilflos vor.«

»Das sind wir alle«, erwiderte ich. »Wir sind auf ein Schiff angewiesen.«

Am Nachmittag glaubte John Land zu sichten. Er rief mir aufgeregt zu und deutete auf den Horizont. Ich konnte nur einen dunklen Buckel erkennen. Ich starrte hin. War es ein Wunder? Sehnten wir es so sehr herbei, daß unsere gemarterte Phantasie es heraufbeschworen hatte? Wir trieben erst zwei Tage und Nächte umher, aber es schien eine Ewigkeit. Ich hielt meine Augen fest auf den Horizont gerichtet.

Das Boot schien nicht von der Stelle zu kommen. Wir waren auf ruhiger See, und sollte wirklich Land in der Nähe sein, konnten wir es womöglich nicht erreichen.

Der Nachmittag zog sich hin. Das Land war verschwunden, und uns sank der Mut. »Unsere einzige Hoffnung ist ein Schiff«, sagte John. »Weiß der Himmel, ob die Möglichkeit besteht. Ich habe keine Ahnung, wie weit wir von den Handelsschiffswegen entfernt sind.«

Ein leichter Wind kam auf. Er trieb uns eine Weile voran. Ich war auf dem Ausguck und sah wieder Land. Es war jetzt ganz nahe.

Ich rief John. »Sieht wie eine Insel aus«, sagte er. »Wenn nur der Wind in der richtigen Richtung weht...«

Mehrere Stunden vergingen. Das Land kam näher, dann verschwand es. Der Wind nahm zu, und dunkle Wolken waren am Horizont. Ich merkte John an, daß er besorgt war.

Plötzlich stieß er einen Freudenschrei aus. »Wir kommen näher. O Gott, bitte hilf uns! Der Wind, er sei gepriesen, er treibt uns hin.«

Ich war sehr aufgeregt. Lucas schlug die Augen auf und fragte: »Was gibt's?«

»Ich glaube, Land ist in der Nähe«, erklärte ich ihm. »Wenn nur...«

John war an meiner Seite. »Es ist eine Insel«, sagte er. »Sehen Sie, wir treiben darauf...«

»Ach John«, murmelte ich, »kann es sein, daß unsere Gebete erhört wurden?« Er drehte sich plötzlich zu mir und küßte mich auf die Wange. Ich lächelte, und er faßte meine Hand ganz fest. Wir waren in diesem Augenblick zu bewegt für weitere Worte.

Wir befanden uns in seichtem Wasser, und das Boot lief scharrend auf. John sprang heraus, ich folgte ihm. Während ich dastand und das Wasser meine Füße umspülte, überkam mich ein ungeheures Triumphgefühl.

Es dauerte sehr lange, bis wir das Boot auf trockenes Land gezogen hatten. Die Insel, auf der wir gelandet waren, war sehr klein, kaum mehr als ein steil aus dem Meer ragender Felsen. Wir sahen ein paar verkrüppelte Palmen und spärliche Laubbäume.

Als erstes nahm John eine gründliche Untersuchung des Bootes vor, und zu seiner Freude fand er in einem Fach unter dem Sitz weitere Biskuits und noch einen Kanister Wasser, außerdem einen Erste-Hilfe-Kasten mit Verbandszeug und ein Seil, mit dem wir das Boot an einen Baum binden konnten, was uns ein wunderbares Gefühl der Sicherheit gab. Die Entdeckung des Wassers freute John besonders. »Das wird uns noch ein paar Tage am Leben halten.«

Mein erster Gedanke galt Lucas' Bein. Mir fiel ein, daß Dot sich einmal den Arm gebrochen und Mr. Dolland ihn geschient hatte; dann war der Arzt gekommen und hatte ihn für sein entschlossenes Handeln gelobt. Es war mir in allen Einzelheiten geschildert worden, und ich versuchte mich nun zu entsinnen, was Mr. Dolland getan hatte.

Mit Johns Hilfe tat ich, was ich konnte. Wir ertasteten den gebrochenen Knochen und versuchten ihn zusammenzufügen. Wir fanden ein Stück Holz, das als Schiene diente. Das Verbandszeug kam uns dabei zustatten. Lucas sagte, es fühle sich jetzt schon besser an, doch ich fürchtete, daß unsere Bemühungen nicht sehr erfolgreich und in jedem Fall viel zu spät gekommen waren.

Es war seltsam, diesen bislang so überlegen spöttischen Mann von Welt dermaßen hilflos und auf uns angewiesen zu sehen. John hatte die Führung übernommen. Er schien dazu geboren. Er sagte, er habe bei Übungen auf der *Atlantic Star,* an denen alle Mannschaftsangehörigen teilnehmen mußten, gelernt, wie man sich im Notfall zu verhalten habe. Das komme ihm jetzt zustatten. Er wünsche, er hätte besser aufgepaßt, aber er erinnere sich wenigstens an einiges, was man ihm beigebracht hatte.

Wir waren ungeduldig, die Insel zu erkunden. Wir fanden ein paar Kokosnüsse. John schüttelte sie und hörte die Milch gluckern. Er hob die Augen zum Himmel. »Da oben sorgt einer für uns«, sagte er.

Die Tage, die ich auf der Insel verbrachte, werden mir für immer unvergeßlich bleiben. John erwies sich als überaus erfinderisch; er war praktisch veranlagt und sann beständig auf neue Mittel, die uns überleben halfen.

Wir müßten die Zeit festhalten, meinte er. Er wollte zu diesem Zweck Kerben in einen Stock machen. Wir waren drei Nächte auf dem Meer gewesen, damit konnten wir beginnen. Lucas bekam jetzt alles mit, was geschah. Es machte ihn wahnsinnig, daß er sich nicht bewegen konnte, aber ich denke, seine Hauptsorge war, er könne uns behindern. Wir versuchten ihn zu überzeugen, daß dem keineswegs so war und wir jemanden brauchten, der die ganze Zeit Wache hielt. Er konnte im Boot auf dem Ausguck bleiben, während John und ich die Insel nach Nahrung absuchten oder andere notwendige Verrichtungen erledigten. Unsere Rettungswesten waren mit Pfeifen ausgestattet, und wenn er ein Segel oder irgend etwas Ungewöhnliches sichtete, konnte er uns unverzüglich verständigen.

Es ist erstaunlich, wie nahe sich Menschen unter solchen Bedingungen kommen können. So ging es mit John und mir. Mit Lucas war ich ja schon vor dem Schiffbruch befreundet. John war fast ein Fremder gewesen. Jetzt wurden wir gute Freunde. Wenn wir allein waren, sprach er offener mit mir als in Lucas' Gegenwart. Er hatte ein sehr gütiges Wesen. Er konnte Lucas verstehen, er vergegenwärtigte sich, wie ihm in seiner Lage zumute wäre, und erwähnte vor ihm nie seine Sorge wegen des zu Ende gehenden Wasservorrats. Aber mit mir sprach er darüber. Er hatte ein Rationierungssystem eingeführt. Wir tranken bei Sonnenaufgang, mittags und bei Sonnenuntergang. »Wasser ist unser kostbarster Besitz«, sagte er. »Ohne Wasser sind wir verloren. Wir würden in kürzester Zeit verdursten. Ein gesunder junger Mensch kann vielleicht einen Monat ohne Nahrung auskommen, aber er braucht Wasser. Wir dürfen nur wenig nehmen. Trinken Sie langsam. Behalten Sie es im Mund, rollen Sie es herum, dann haben Sie am meisten davon. Solange wir Wasser haben, können wir überleben. Wir werden etwas sammeln, wenn es regnet. Wir werden es schaffen.«

Es war tröstlich für mich, mit ihm zusammenzusein. Ich hatte großes Vertrauen zu ihm. Er merkte es, und ich glaube, das gab ihm den Mut und die Kraft, schier Unmögliches zu leisten.

Er und ich erkundeten die Insel auf der Suche nach etwas Genießbarem, während Lucas Wache hielt. Manchmal gingen wir schweigend, manchmal sprachen wir.

Wir hatten uns etwa anderthalb Kilometer vom Ufer entfernt und waren auf einen Hang gestiegen. Von dort konnten wir die Insel deutlich sehen und ringsum den Horizont überblicken. Ein Gefühl unendlicher Verlassenheit überkam mich, und ich glaube, er empfand dasselbe. »Setzen Sie sich eine Weile, Rosetta«, sagte er. »Ich glaube, ich nehme Sie zu hart her.«

Ich lachte. »Sie sind es, John, der hart arbeitet. Ohne Sie hätten wir nicht überlebt.«

»Manchmal denke ich, wir kommen nie mehr fort von dieser Insel.«

»Wir sind doch erst ein paar Tage hier. Natürlich kommen wir fort von hier. Bedenken Sie, wie wir Land entdeckt haben. Wer hätte das gedacht? Ein Schiff wird vorbeikommen... Sie werden sehen.«

»Und wenn es kommt...« Er hielt inne und blickte finster in die Ferne. Ich wartete, daß er fortführe, aber er sagte nur: »Ich glaube, dies ist nicht die Fahrtroute der Schiffe.«

»Wieso nicht? Warten Sie's ab.«

»Seien wir ehrlich. Unser Wasser geht zu Ende.«

»Es wird regnen. Wir sammeln Regenwasser.«

»Wir müssen Nahrung suchen. Die Biskuits werden knapp.«

»Warum reden Sie so? Das sieht Ihnen gar nicht ähnlich.«

»Woher wissen Sie das? Sie kennen mich nicht sehr gut, oder?«

»Ich kenne Sie so gut wie Sie mich. In Situationen wie dieser lernt man sich sehr schnell kennen. Man gibt sich nicht mit Konventionen ab und sieht sich nicht nur in großen Abständen wie seine Bekannten zu Hause. Wir sind die ganze Zeit zusammen, Tag und Nacht. Wir haben gemeinsam unglaubliche Gefahren überstanden. Unter solchen Bedingungen lernt man die Menschen rasch kennen.«

»Erzählen Sie mir von sich«, bat er.

»Was möchten Sie wissen? Vielleicht haben Sie meine Eltern an Bord gesehen. Ich frage mich unentwegt, was wohl aus ihnen geworden ist. Ob sie mit einem Rettungsboot mitgekommen sind? Sie sind so weltfremd. Ich glaube nicht, daß ihnen klar war, was geschah. Sie waren mit den Gedanken in der Vergangenheit. Sie schienen mich oft zu vergessen, außer wenn sie mich sahen. Sie hätten sich mehr für mich interessiert, wenn ich eine mit Hieroglyphen bedeckte Tafel gewesen wäre. Wenigstens haben sie mich nach dem Stein von Rosette genannt.«

Er lächelte, und ich erzählte ihm von meiner glücklichen Kindheit, die ich größtenteils im Erdgeschoß verbracht hatte, von den Hausmädchen, die meine Gefährtinnen waren, von den Mahlzeiten in der Küche, von Mrs. Harlow, Nanny Pollock und Mr. Dollands »Nummern«.

»Ich sehe, Sie brauchen mein Mitleid nicht.«

»O nein. Ich frage mich oft, was Mr. Dolland und die anderen jetzt wohl tun. Sie haben bestimmt von dem Schiffbruch gehört. Ach du meine Güte, sie werden sich schreckliche Sorgen machen. Und was wird aus dem Haus? Und aus ihnen? Ich hoffe so sehr, daß meine Eltern gerettet wurden. Wenn nicht, weiß ich nicht, was aus allen werden soll.«

»Vielleicht werden Sie es nie erfahren.«

»Da fangen Sie schon wieder an. Aber nun zu Ihnen. Was haben Sie von sich zu berichten?«

Er schwieg eine Weile, dann sagte er: »Rosetta, es tut mir so leid.«

»Ist schon gut, wenn Sie's nicht erzählen wollen.«

»Doch, ich will. Es ist mir ein Bedürfnis, es Ihnen zu erzählen. Rosetta, mein Name ist nicht John Plaidy.«

»Nein? Das habe ich mir fast gedacht.«

»Ich heiße Simon Perrivale.«

Ich schwieg. Erinnerungen stürmten auf mich ein. Wie wir am Küchentisch saßen, wie Mr. Dolland seine Brille aufsetzte und uns aus der Zeitung vorlas.

Ich stammelte: »Doch nicht der...«

Er nickte.

»Oh...« begann ich.

Er unterbrach mich. »Sie sind erschrocken. Natürlich. Es tut mir leid. Vielleicht hätte ich es Ihnen nicht sagen sollen. Ich bin unschuldig. Ich möchte, daß Sie das wissen. Sie mögen mir vielleicht nicht glauben...«

»Ich glaube Ihnen«, sagte ich ernst.

»Danke, Rosetta. Sie wissen, ich bin, wie man so sagt, ›auf der Flucht‹.«

»Und warum haben Sie auf einem Schiff angeheuert, als...«

»Decksmann. Ich hatte Glück. Ich wußte, meine Verhaftung stand unmittelbar bevor. Ich war sicher, daß man mich für schuldig erklären würde. Ich hätte keine Chance gehabt. So vieles sprach gegen mich. Aber ich bin unschuldig, Rosetta, ich schwöre es. Ich mußte auf der Stelle fort, um vielleicht später, wenn möglich, meine Unschuld zu beweisen.«

»Vielleicht wäre es besser gewesen, zu bleiben und es durchzustehen.«

»Vielleicht, vielleicht auch nicht. Er war schon tot, als ich hinkam. Das Gewehr lag neben ihm. Ich hob es auf, und da sah es aus, als ob ich schuldig wäre.«

»Sie hätten Ihre Unschuld beweisen können.«

»Nicht sofort. Alles sprach gegen mich. Die Presse hatte entschieden, daß ich der Mörder war, und alle anderen waren derselben Meinung. Da wußte ich, daß ich gegen sie keine Chance hatte. Ich wollte das Land verlassen und ging nach Tilbury. Dort hatte ich unglaubliches Glück. In einer Schenke sprach ich mit einem Matrosen. Er trank sehr viel, weil er nicht wieder auf See wollte. Seine Frau erwartete ein Kind, und er konnte es nicht ertragen, sie zu verlassen. Er war untröstlich. Ich machte mir seine Trunkenheit zunutze. Das hätte ich nicht tun sollen, aber ich sah keinen anderen Ausweg. Ich mußte das Land verlassen, das war meine einzige Chance. Da kam ich auf die Idee, seine Stelle einzunehmen. Er hieß John Plaidy und war Decksmann auf der *Atlantic Star*. Das Schiff lief an diesem Tag aus, es war nach Südafrika bestimmt. Ich dachte, ich könnte dort ein neues Leben beginnen, und vielleicht würde eines Tages die Wahrheit ans Licht kommen, und ich könnte wieder nach Hause. Ich war verzweifelt, Rosetta. Es war ein irrwitziger Plan, aber es klappte. Ich war in ständiger Angst, daß es herauskäme, aber nichts dergleichen geschah. Und dann passierte dies.«

»Ich habe gleich gemerkt, daß Sie anders waren. Irgendwie paßten Sie nicht ins Bild.«

»War es so auffällig?«

»Ein bißchen.«

»Ich fürchtete mich vor Lorimer.«

»Oh, ich verstehe. Er sagte, sein Heim sei nicht weit vom Sitz der Perrivales entfernt.«

»Ja. Er war tatsächlich einmal dort. Ich muß damals siebzehn gewesen sein. Es war eine sehr kurze Begegnung, und man verändert sich sehr mit den Jahren. Er hätte mich nicht wiedererkennen können, trotzdem hatte ich Angst.«

»Und jetzt? Was soll nun werden?« fragte ich.

»Es sieht so aus, als wäre dies das Ende der Geschichte.«

»Was ist an jenem Tag geschehen? Können Sie darüber sprechen?«

»Ich denke, Ihnen kann ich es erzählen. Sie und ich, wir sind... nun ja, wir sind Freunde geworden, richtige Freunde. Wir vertrauen einander, und selbst wenn ich befürchten müßte, daß Sie mich verraten, hier können Sie mir nicht schaden, nicht? An wen könnten Sie mich hier verraten?«

»Es würde mir nicht im Traum einfallen, Sie zu verraten! Außerdem haben Sie mir gesagt, daß Sie unschuldig sind.«

»Ich hatte nie das Gefühl, nach Perrivale zu gehören. Das ist sehr traurig für ein Kind. Ich habe verschwommene Erinnerungen an das, was ich das ›Vorher‹ nannte. Damals war das Leben behaglich und unbeschwert. Ich war fünf, als es sich änderte und das wurde, was ich als das ›Jetzt‹ bezeichnete. Damals gab es eine Frau namens Angel. Sie war mollig und rosig und roch nach Lavendel; sie war immer da, um mich zu trösten. Dann war da noch eine Frau, Tante Ada. Sie lebte nicht mit uns in dem Häuschen, aber sie kam oft zu uns. An solchen Tagen versteckte ich mich unter einem Tisch mit einer roten Decke, samtig und weich. Ich spüre den Stoff noch heute, den leichten Geruch nach Mottenkugeln, und ich höre die schneidende Stimme sagen: ›Warum tust du das nicht, Alice?‹ Es klang vorwurfsvoll. Alice war die gemütvolle, nach Lavendel duftende Angel. Einmal bin ich mit Angel im Zug gefahren. Wir fuhren zu Tante Ada nach Witches' Home, Hexenheim. Ich glaubte damals, Tante Ada sei eine Hexe. Sie mußte eine sein, wenn sie in Hexenheim wohnte. Ich klammerte mich an Angels Hand, als wir eintraten. Es war ein kleines Haus mit bleigefaßten Fenstern, die es dunkel wirken ließen, aber alles darin glänzte. Die ganze Zeit über sagte Tante Ada Angel, was sie tun sollte. Ich wurde in den Garten geschickt. Am Ende des Gartens war ein Gewässer. Ich fürchtete mich, weil ich von Angel getrennt war, und ich dachte, Tante Ada würde ihr sagen, sie solle mich hierlassen. Wie groß war meine Freude, als ich wieder neben Angel im Zug saß. Ich sagte: ›Angel, laß uns nie wieder nach Hexenheim fahren.‹ Wir fuhren nicht mehr hin, aber Tante Ada kam zu uns. Ich hörte sie sagen, du solltest dies tun, du solltest das nicht tun, und Angel sagte: ›Ach weißt du, Ada, das ist nämlich so …‹ Sie sprachen über den Jungen, und ich wußte, damit war ich gemeint. Tante Ada war überzeugt, daß ein Verbrecher aus mir würde, wenn man nicht auf etwas mehr Disziplin halte. Heute würden manche Leute sagen, daß sie recht hatte. Aber so ist es nicht, Rosetta. Ich bin unschuldig.«

»Ich glaube Ihnen«, versicherte ich ihm.

Er schwieg eine Weile, und seine Augen blickten verträumt in die Vergangenheit. Dann fuhr er fort: »Manchmal bekamen wir Besuch von einem Herrn. Ich fand bald heraus, daß es sich um Sir Edward Perrivale handelte. Er brachte Angel und mir Geschenke mit. Sie freute sich immer, wenn er kam, und ich mich auch. Er setzte mich auf sein Knie und sah mich an, und ab und zu gab er ein kleines Kichern von sich. Dann sagte er: ›Braver Junge. Guter Junge.‹ Das war alles. Aber mir gefiel's, es war eine angenehme Abwechslung zu Tante Ada. Eines Tages hatte ich im Garten gespielt, und als ich hereinkam, sah ich Angel auf einem Stuhl am Tisch sitzen. Sie griff sich an die Brust; sie war bleich und keuchte. Ich rief: ›Angel, Angel, *ich* bin da.‹ Mir war bange, weil sie mich nicht ansah. Und plötzlich schloß sie die Augen und war gar nicht mehr wie Angel. Ich hatte Angst und rief andauernd ihren Namen, aber sie fiel nach vorn, mit dem Kopf nach unten. Ich fing an zu schreien. Leute kamen herein. Sie brachten mich fort, und da wußte ich, daß etwas Schreckliches geschehen war. Tante Ada kam, und es war zwecklos, sich unter der Tischdecke zu verstecken. Sie hatte mich rasch gefunden und sagte mir, ich sei ein böser Junge. Es war mir egal, was sie zu mir sagte, ich wünschte nur, Angel wäre da.

Sie war tot. Es war eine seltsame verwirrende Zeit. Ich kann mich nicht an viel erinnern, außer daß ein ständiger Strom von Leuten ins Häuschen kam und es darin ganz anders aussah. Sie lag in einem Sarg im Wohnzimmer, und die Jalousien waren heruntergelassen. Tante Ada brachte mich herein, um ›Abschied von ihr zu nehmen‹. Sie befahl mir, ihr kaltes Gesicht zu küssen. Ich schrie und wollte weglaufen. Das war nicht meine Angel, die da lag, gleichgültig gegen mich und mein Verlangen nach ihr.

Warum erzähle ich Ihnen das alles... und noch dazu aus der Sicht eines Kindes? Warum sage ich nicht einfach, sie ist gestorben, und lasse es dabei bewenden?«

»Sie erzählen es, wie es erzählt werden muß«, sagte ich. »Sie lassen es mich sehen, wie es war, wie Sie es erlebt haben, und genau so will ich es sehen.«

Er fuhr fort: »Ich höre noch das Läuten der Totenglocke. Ich sehe die schwarzgekleideten Gestalten vor mir, und Tante Ada wie eine schauerliche Unheilsprophetin, die mich ständig beobachtete, mich bedrohte.

Sir Edward kam zur Beerdigung. Es wurde sehr viel geredet, und es betraf den ›Jungen‹. Meine Zukunft war ungewiß, und ich hatte große Angst.

Ich fragte Mrs. Stubbs, die immer ins Häuschen kam, um die Fußböden zu schrubben, wo Angel sei, und sie sagte: ›Zerbrich dir darüber nicht dein kleines Köpfchen. Sie hat es gut. Sie ist bei den Engeln im Himmel.‹ Dann hörte ich jemanden sagen: ›Er kommt natürlich zu Ada.‹

Ein schlimmeres Schicksal konnte ich mir nicht vorstellen. Halb hatte ich es erwartet. Ada war Angels Schwester, und da Angel im Himmel war, mußte sich jemand um den ›Jungen‹ kümmern. Ich wußte, was ich zu tun hatte. Ich mußte Angel finden, also machte ich mich auf zum Himmel, wo ich sie sehen und ihr sagen würde, daß sie zurückkommen müsse, sonst bliebe ich bei ihr.

Ich war nicht sehr weit gekommen, als ich einen Landarbeiter traf, der einen Heuwagen fuhr. Er hielt an und rief zu mir herunter: ›Wohin des Wegs, Freundchen?‹ Und ich erwiderte: ›Ich geh' in den Himmel.‹ – ›Das ist ein weiter Weg‹, sagte er. ›Gehst du ganz allein?‹ – ›Ja‹, erklärte ich, ›Angel ist dort. Ich geh' zu ihr.‹ Er sagte: ›Du bist der kleine Simon, nicht wahr? Ich kenn' dich. Komm, spring auf, ich nehm' dich mit.‹ – ›Fährst du denn in den Himmel?‹ – ›Noch nicht, will ich hoffen‹, sagte er. ›Aber ich weiß den Weg, den du nehmen mußt.‹ Er hob mich zu sich hinauf. Und dann brachte er mich zum Häuschen zurück. Sir Edward sah mich als erster. Der Mann, der mich verraten hatte, tippte an die Stirn und sagte: ›Verzeihung, Sir, der Kleine gehört hierher. Hab' ihn auf der Straße aufgelesen. Auf dem Weg zum Himmel, sagt er. Dachte, ich bring' ihn lieber zurück,

Sir.‹ Sir Edward hatte einen merkwürdigen Gesichtsausdruck. Er gab dem Mann Geld und dankte ihm, dann sagte er zu mir: ›Wir wollen uns ein bißchen unterhalten, ja?‹ Wir gingen ins Wohnzimmer, das nach Lilien roch, aber der Sarg war nicht mehr da, und da wußte ich, Angel würde nie wiederkommen, und ich fühlte mich entsetzlich verlassen. Sir Edward setzte mich auf sein Knie. Ich dachte, er würde sagen: ›Braver Junge‹, aber nein, er sagte: ›Du wolltest also den Weg zum Himmel finden, mein Junge?‹ Ich nickte. ›Das ist ein Ort, den man nicht erreichen kann.‹ Ich beobachtete, wie sein Mund sich beim Sprechen bewegte. Er hatte ein Haarbüschel auf der Oberlippe und einen Spitzbart. Genaugenommen einen Knebelbart. ›Warum bist du fortgelaufen?‹ fragte er. Ich war nicht imstande, mich klar auszudrücken. ›Tante Ada‹, sagte ich. Er schien zu verstehen. ›Du willst nicht mit ihr gehen. Aber sie ist deine Tante.‹ Ich schüttelte den Kopf. ›Nein, nein, nein‹, sagte ich. ›Du kannst sie nicht leiden, wie?‹ Ich nickte. ›Schön, schön‹, sagte er. ›Mal sehen, was wir tun können.‹ Er wurde sehr nachdenklich. Ich glaube, daß er sich in diesem Augenblick entschieden hat, denn keine zwei Tage später erfuhr ich, daß ich in ein großes Haus kommen sollte. Sir Edward würde mich in seine Familie aufnehmen.«

Simon lächelte mich an. »Sie werden Ihre Schlüsse gezogen haben. Ich bin sicher, es sind die richtigen. Ich war sein Sohn, sein unehelicher Sohn, obwohl es kaum zu glauben war, so, wie ich ihn später als Menschen kennenlernte. Ich war überzeugt, daß er meine Mutter, Angel, geliebt hat. Alle mußten sie lieben. Ich spürte es, wenn sie zusammen waren, aber er konnte sie natürlich nicht heiraten. Sie war nicht von seinem Stand. Er hatte sich wohl in sie verliebt und sie in dem Häuschen untergebracht, wo er sie von Zeit zu Zeit besuchte. Das hat mir weder Sir Edward noch sonst jemand erzählt. Es war eine Vermutung, aber sie war so plausibel, daß alle sie teilten. Warum hätte er mich sonst in sein Haus aufgenommen und mit seinen Söhnen erzogen?«

»Und so kamen Sie nach Perrivale Court.«

»Ja. Ich war einhalb Jahre älter als Cosmo und drei Jahre älter als Tristan. Das war mein Glück, sonst wäre es mir schlecht ergangen, nehme ich an. Diese zwei Jahre verschafften mir einen Vorteil. Den hatte ich nötig, denn kaum hatte Sir Edward mich in seiner Kinderstube untergebracht, schien er das Interesse an mir zu verlieren, wenngleich ich merkte, daß er mich zuweilen verstohlen betrachtete. Das Personal war mir übel gesinnt. Ohne das Kindermädchen wäre ich wohl genauso schlimm dran gewesen wie bei Tante Ada. Aber das Mädchen hatte Mitleid mit mir. Sie liebte und beschützte mich. Ich werde nie vergessen, was ich der guten Frau zu verdanken habe. Als ich etwa sieben Jahre alt war, bekamen wir einen Hauslehrer, Mr. Welling, mit dem ich mich gut verstand. Er mußte die Gerüchte gehört haben, aber sie berührten ihn nicht. Ich war ernster als Cosmo und Tristan, außerdem hatte ich den Vorteil dieser paar Jahre Altersunterschied.

Und da war natürlich Lady Perrivale, eine furchteinflößende Person. Ich war froh, daß sie meine Existenz kaum wahrzunehmen schien. Sie sprach sehr selten mit mir, und ich hatte den Eindruck, daß sie mich gar nicht sah. Sie war eine hochgewachsene Frau, und alle – ausgenommen Sir Edward – fürchteten sich vor ihr. Jeder im Haus wußte, daß sie Perrivale Court mit ihrem Geld gerettet hatte und daß sie die Tochter eines millionenschweren Kohlenbergwerksbesitzers oder Eisenfabrikanten war; was von beidem, darüber gingen die Meinungen auseinander. Sie war die einzige Tochter, und er wollte einen Adelstitel für sie. Er war bereit, dafür zu bezahlen, und ein beträchtlicher Teil des mit Eisen oder Kohle verdienten Geldes wurde dazu verwendet, das Dach und die Mauern von Perrivale Court zu sanieren. Für Sir Edward muß es eine gute Übereinkunft gewesen sein, denn seine Gattin erhielt ihm nicht nur das Dach über dem Kopf, sondern schenkte ihm auch zwei Söhne. Ich hatte nur den einen Wunsch, ihr aus dem Weg zu gehen. So, nun haben Sie ein Bild von der Familie, in der ich lebte.«

»Ja. Und dann sind Sie in die Schule gekommen?«

»Das war entschieden besser für mich. Dort war ich unter meinesgleichen. Ich war ein guter Schüler und leidlich im Sport. Ich verlor ein wenig von der Aggressivität, die ich in früheren Jahren entwickelt hatte, stets bereit, mich zu verteidigen, bevor überhaupt Anlaß dazu bestand. Ich sah Kränkungen und Beleidigungen, wo gar keine waren. Die Schule tat mir gut. Sie ging nur viel zu schnell vorbei. Wir waren keine Jungen mehr. Auf dem Gut gab es genug Arbeit, um uns alle zu beschäftigen, und wir arbeiteten ziemlich gut zusammen. Wir waren ja jetzt vernünftige Erwachsene.

Ich war vierundzwanzig, als Major Durrell in unsere Gegend zog. Seine Tochter kam mit ihm. Sie war eine Witwe mit einem kleinen Mädchen. Die Witwe war auffallend schön, rote Haare, grüne Augen. Höchst ungewöhnlich. Wir waren alle von ihr gefesselt. Cosmo und Tristan besonders; sie entschied sich aber für Cosmo, und die Verlobung wurde bekanntgegeben.«

Ich sah ihn forschend an. Hatte er die Witwe geliebt, wie vermutet wurde? Hatte die Aussicht, daß sie einen anderen heiraten würde, bei ihm Wut, Verzweiflung, Eifersucht hervorgerufen? Hatte er geplant, die Witwe für sich zu gewinnen? Nein. Ich glaubte ihm. Er hatte mit solcher Aufrichtigkeit gesprochen.

»Ja«, fuhr er fort. »Sie hatte sich für Cosmo entschieden. Lady Perrivale war hoch erfreut. Sie war sehr darauf bedacht, daß ihre Söhne heirateten und ihr Enkelkinder schenkten, und es freute sie, daß Mirabel Cosmos Braut wurde. Mirabels Mutter soll eine Schulfreundin von ihr gewesen sein – ihre beste Freundin, hieß es. Sie hatte den Major geheiratet, und obwohl sie nun tot war, hieß Lady Perrivale den Witwer und seine Tochter wärmstens willkommen. Sie hatte den Major kennengelernt, als ihre Freundin ihn heiratete, und er hatte ihr geschrieben, daß er seinen Abschied vom Militär genommen habe und gedenke, sich irgendwo zur Ruhe zu setzen. Vielleicht in Cornwall? Lady Perrivale war entzückt und fand Seashell Cottage für sie. So sind sie dorthin gekommen. Und ziemlich bald darauf folgte die Verlobung mit Cosmo. Sie sehen, wie sich alles fügte.«

»Ja, ich sehe es allmählich ganz klar«, sagte ich.

»Auf dem Gut gab es dieses Bauernhaus, Bindon Boys. Der Bauer, der es bewohnt und den Hof bewirtschaftet hatte, war ungefähr drei Jahre zuvor gestorben. Das Land war an einen anderen Bauern verpachtet worden, aber das Haus hat keiner übernommen. Es war in schlechtem Zustand und mußte renoviert werden.«

»In den Zeitungen stand eine Menge über Bindon Boys.«

»Wir hatten gemeinsam das Haus besichtigt und beschlossen, was repariert werden sollte.«

Ich nickte. Ich sah die dicken schwarzen Schlagzeilen vor mir: »Der Fall Bindon Boys. Polizei rechnet in Kürze mit Verhaftung.« Ich sah alles jetzt ganz anders als damals, als Mr. Dolland am Küchentisch saß und wir versucht hatten, die Geschichte zusammenzufügen.

»Wir waren mehrmals dort gewesen. Es gab eine Menge Arbeit. Ich erinnere mich deutlich an den Tag. Cosmo und ich wollten uns bei dem Bauernhaus treffen, um die Pläne an Ort und Stelle zu besprechen. Ich ging hin, und dort fand ich ihn – tot, das Gewehr lag neben ihm. Ich konnte es nicht glauben. Ich kniete mich neben ihm hin. An meiner Jacke war Blut. Sein Blut. Ich hob das Gewehr auf, und da kam Tristan herein. Ich erinnere mich an seine Worte: ›Großer Gott, Simon! Du hast ihn getötet!‹ Ich sagte ihm, daß ich eben erst hereingekommen war und Cosmo so vorgefunden hatte. Er starrte auf das Gewehr in meiner Hand, und ich sah, was er dachte.«

Er hielt inne und schloß die Augen, als suche er die Erinnerung auszuschalten. Ich legte ihm meine Hand auf die Schulter. »Ich weiß, daß Sie unschuldig sind, Simon«, sagte ich. »Eines Tages werden Sie es beweisen.«

»Wenn wir nie von dieser Insel fortkommen, wird niemand je die Wahrheit erfahren.«

»Wir werden fortkommen«, sagte ich. »Ich fühle es.«

»Das ist nur die Hoffnung.«

»Hoffnung ist etwas Gutes.«

»Es ist zum Verzweifeln, wenn sie sich als unbegründet erweist.«

»Aber das ist nicht der Fall. Es *wird* ein Schiff kommen. Ich weiß es. Und dann...«

»Ja, was dann? Ich muß mich verstecken. Ich darf nie zurückkehren. Ich wage es nicht. Wenn ich es täte, würde man mich verhaften und sagen, durch meine Flucht hätte ich meine Schuld eingestanden.«

»Was ist wirklich passiert? Haben Sie eine Ahnung?«

»Ich halte es für möglich, daß es der alte Harry Tench war. Er hat Cosmo gehaßt. Er hatte vor einigen Jahren einen Hof gepachtet. Er trank zuviel und hat den Hof heruntergewirtschaftet. Cosmo warf ihn hinaus und setzte einen anderen Pächter auf den Hof. Tench ging fort, aber er kam zurück. Er vagabundierte herum. Er wurde so eine Art wandernder Kesselflicker. Die Leute sagten, er hätte den Perrivales und besonders Cosmo Rache geschworen. Er war seit einigen Wochen nicht in der Gegend gesehen worden, aber wenn er vorhatte, Cosmo zu töten, hätte er sich natürlich gehütet, sich in der Nähe blicken zu lassen. Sein Name fiel während der Ermittlungen, aber man ließ den Verdacht rasch wieder fallen. Ich galt als der Verdächtige. Man machte ein großes Theater um die Feindschaft zwischen Cosmo und mir. Überall schienen sich die Leute an Anzeichen zu erinnern, von denen ich nichts bemerkt hatte. Sie machten viel Aufhebens um Mirabel und ihre Verlobung mit Cosmo.«

»Ich weiß. *Verbrechen aus Leidenschaft.* Haben Sie sie geliebt?«

»O nein. Wir waren alle ein bißchen von ihr geblendet, aber geliebt... nein.«

»Und als ihre Verlobung mit Cosmo bekanntgegeben wurde, haben Sie sich da enttäuscht gezeigt?«

»Tristan und ich haben wohl gesagt, was für ein Glückspilz Cosmo sei und wie wir ihn beneideten oder etwas dergleichen. Wir haben es aber nicht weiter ernst gemeint.«

Wir schwiegen eine Weile, dann fuhr er fort: »Jetzt wissen Sie es. Ich bin froh. Es ist, als wäre mir eine Last von den Schultern genommen. Sagen Sie, sind Sie erschüttert, weil Sie mit einem mutmaßlichen Mörder zusammen sind?«

»Ich kann nur daran denken, daß er mir und Lucas das Leben gerettet hat.«

»Und mein eigenes natürlich.«

»Wenn Sie das nicht getan hätten, wäre keiner von uns hier. Ich bin froh, daß Sie es mir gesagt haben. Ich wünschte, man könnte etwas tun, um die Sache zu bereinigen, damit Sie zurückkehren könnten. Eines Tages können Sie es vielleicht.«

»Sie sind eine Optimistin. Sie meinen, daß wir von dieser gottverlassenen Insel fortkommen. Sie glauben wohl an Wunder.«

»Ich habe in den letzten Tagen einige gesehen.«

Wieder nahm er meine Hand und drückte sie. »Sie haben recht, und ich bin undankbar. Man wird uns rechtzeitig finden, und eines Tages kehre ich vielleicht nach Perrivale Court zurück, und man wird die Wahrheit erfahren.«

»Ganz bestimmt«, sagte ich. Ich stand auf. »Wir haben lange geredet. Lucas wird sich wundern, wo wir bleiben.«

Noch zwei Tage vergingen. Der Wasservorrat war fast erschöpft, und auch die Kokosnüsse gingen zu Ende. Simon hatte einen stabilen Stock gefunden, den Lucas als Krücke benutzte. Sein Bein tue nicht mehr ganz so weh, sagte er, aber ich hatte wenig Vertrauen in unsere Bemühungen, den Bruch einzurichten. Immerhin konnte er ein paar Schritte humpeln, und das heiterte ihn beträchtlich auf.

Wenn wir allein waren, erzählte mir Simon weitere Vorfälle aus seinem Leben, und ich gewann ein klareres Bild, wie alles gewesen war. Ich war wie gebannt davon. Ich hätte so gern geholfen, die Wahrheit aufzudecken und Simons Unschuld zu beweisen. Ich wollte mehr über Harry Tench hören. Für mich stand fest, daß er der Mörder war. Simon meinte, Cosmo hätte den Mann nicht so hart behandeln sollen. Sicher, Harry Tench war ein schlechter Bauer, und wenn das Gut gedeihen sollte, mußte es anständig geführt werden, aber er hätte Harry Tench vielleicht in einer anderen Stellung behalten können. Cosmo hatte befunden, daß er als Arbeiter untauglich sei; mehr noch, er war unverschämt gewesen, und das konnte Cosmo nicht dulden.

Wir erörterten, wie es Harry Tench möglich gewesen sein könnte, Cosmo zu töten. Er hatte keinen festen Wohnsitz. Oft schlief er in Scheunen; er hatte zugegeben, in Bindon Boys geschlafen zu haben. Vielleicht war er dort gewesen, als Cosmo kurz vor Simon ins Haus gekommen war. Vielleicht hatte er die Gelegenheit ergriffen. Und das Gewehr? Dafür mußte es eine Erklärung geben. Man hatte festgestellt, daß es aus der Waffenkammer von Perrivale Court stammte. Wie hatte Harry Tench es sich verschaffen können?

Und so weiter... Sicher war es für Simon eine große Erleichterung, darüber sprechen zu können.

Es war an unserem fünften Tag auf der Insel, am späten Nachmittag. Simon und ich waren den ganzen Morgen umhergewandert. Wir hatten ein paar Beeren gefunden, die vielleicht eßbar waren, und erwogen das Risiko, sie zu versuchen, als wir einen Ruf hörten, gefolgt von einem Pfiff. Es war Lucas. Wir eilten zu ihm. Er deutete auf den Horizont. Es war nur ein Fleck. Bildeten wir es uns ein, oder beschworen wir in Gedanken etwas herauf, was wir so verzweifelt zu sehen wünschten?

Wir beobachteten den Fleck in atemlosem Schweigen. Er nahm langsam Gestalt an.

»Ein Schiff! Es *ist* ein Schiff!« rief Simon.

Die Gefangene des Paschas

Nachdem ich dem Tode lange Zeit so nahe gewesen war, hätte ich gedacht, alles andere würde mir lieber sein als das; doch die Ängste der folgenden Wochen übertrafen alles, was meine Phantasie sich hätte ausmalen können. Wie oft habe ich mir gesagt, es wäre besser gewesen, wenn ich mit dem Schiff untergegangen oder unser kleines Boot in einem Hurrikan zertrümmert worden wäre! Wie haben wir gejubelt, als wir das Schiff am Horizont erblickten, doch dann, kurz nachdem sie uns gerettet hatten, wurde mir klar, wir wären besser auf der Insel geblieben und würden immer noch vergeblich nach Rettung Ausschau halten. Vielleicht hätten wir ja Mittel und Wege gefunden, um zu überleben; wir waren immerhin zusammen und erfreuten uns einer gewissen friedlichen Geborgenheit.

In dem Augenblick, als die finsteren, dunkelhäutigen Kerle ans Ufer wateten, rote Mützen auf dem Kopf, Entermesser an der Seite, war unser Jubel über unsere Rettung einer ängstlichen Spannung gewichen. Wir konnten ihre Sprache nicht verstehen. Ich hielt sie für Araber. Ihr Schiff war keine *Atlantic Star*. Es sah wie eine alte Galeere aus. Ich hatte nicht gedacht, daß es auf hoher See noch Piraten gäbe, doch der Kapitän der *Atlantic Star* hatte uns eines Abends beim Essen erzählt, es gebe nach wie vor Schiffe, die bestimmte Gewässer beführen und dem einen oder anderen ruchlosen Gewerbe nachgingen. Mir war von Anfang an klar, daß wir solchen Kerlen in die Hände gefallen waren.

Das Schiff gefiel mir nicht, die Kerle gefielen mir nicht, und ich merkte Simon und Lucas an, daß sie meinen Argwohn teilten. Wir standen dicht beieinander, wie um uns gegenseitig zu beschützen. Es waren ungefähr zehn Männer. Sie hielten ein Palaver ab und starrten uns prüfend an. Einer kam näher, nahm meine Haare in die Hand und begutachtete sie. Die Kerle umringten uns und schnatterten aufgeregt. Die Sonne hatte mein Haar noch blonder gebleicht, und ich vermutete, daß sie über meine Haarfarbe staunten, die so ganz anders war als ihre.

Ich spürte Simons und Lucas' Unbehagen. Sie waren noch näher an mich herangerückt. Sie würden mich bis auf den Tod verteidigen, und dieses Wissen gab mir ein wenig Trost.

Die Aufmerksamkeit der Kerle galt jetzt Lucas, der auf den Stock gestützt stand, den wir gefunden hatten. Lucas sah bleich und krank aus. Die Kerle palaverten und schüttelten die Köpfe. Sie sahen zu mir und dann zu Simon. Sie lachten und nickten sich zu. Ich hatte schreckliche Angst, daß sie uns mitnehmen und Lucas zurücklassen würden.

Ich sagte: »Wir müssen zusammenhalten.«

»Ja«, brummte Simon. »Die Kerle gefallen mir nicht.«

»Pech, daß sie uns gefunden haben«, murmelte Lucas. »Lieber…«

»Wer mögen die wohl sein?«

Simon schüttelte den Kopf, und ich war wie gelähmt vor Angst. Ich fürchtete mich vor diesen Kerlen, ihren schnatternden Stimmen, ihren verschlagenen Seitenblicken, ihrer Beratung, was sie mit uns anstellen sollten.

Plötzlich faßten sie einen Entschluß. Einer, den ich für den Anführer hielt, machte ihnen ein Zeichen, und vier gingen zu unserem Boot, untersuchten es und nickten den anderen zu. Sie wollten das Boot zu der Galeere bringen.

Simon trat einen Schritt vor, aber ein Mann mit einem Entermesser vertrat ihm den Weg.

»Überlassen Sie es ihnen«, zischte ich.

Nun kamen wir an die Reihe. Der Anführer nickte, und zwei Männer stellten sich mit gezückten Entermessern hinter uns. Sie versetzten uns einen kleinen Stoß. Wir verstanden, was das hieß. Wir sollten auf die Galeere gebracht werden. Lucas humpelte zwischen uns… wenigstens blieben wir drei zusammen.

Simon murmelte: »Wir hätten auf der Insel sowieso nicht mehr lange durchgehalten.«

Es war schwierig, Lucas an Bord zu bringen. Keiner half uns. Wir mußten ein Fallreep erklimmen, was für Lucas nahezu unmöglich war. Simon mußte ihn halb hinauftragen.

Dann standen wir, von neugierigen Kerlen umringt, an Deck. Alle starrten mich an. Einige berührten lachend mein Haar, wanden Strähnen um ihre Finger und zogen daran.

Plötzlich war es ganz still. Ein Mann war erschienen. Ich hielt ihn für den Kapitän. Er war größer als die anderen, und seine dunklen, lebhaften Augen ließen eine Spur Humor erkennen. Eine gewisse Vornehmheit prägte seine scharfgeschnittenen Züge, was mir einen flüchtigen Hoffnungsschimmer gab. Er rief etwas, und die Kerle wichen zurück. Dann sah er uns drei an und neigte in einer Andeutung von einem Gruß den Kopf. »Engländer?« fragte er.

»Ja, ja«, riefen wir.

Er nickte. Damit schienen seine Kenntnisse unserer Sprache erschöpft, aber seine Höflichkeit war tröstlich. Er wandte sich den Kerlen zu und sprach in drohend klingendem Ton zu ihnen. Sie waren sichtlich eingeschüchtert. Dann sagte er zu uns: »Kommen Sie.« Wir folgten ihm in eine kleine Kabine mit einer Koje, und wir waren froh, als wir uns setzen konnten. Der Kapitän hob die Hand. »Essen«, sagte er. Dann ging er hinaus und sperrte die Tür hinter sich zu.

»Was hat das zu bedeuten?« fragte ich.

Lucas meinte, wir sollten als Geiseln gehalten werden. »Das ist ein blühendes Geschäft«, sagte er. »Ich bin überzeugt, daß sie darauf aus sind.«

»Wollen Sie damit sagen, sie befahren die Meere auf der Suche nach schiffbrüchigen Seeleuten?«

»O nein. Sie üben bestimmt ein anderes Gewerbe aus. Vielleicht Schmuggel, oder womöglich kapern sie sogar Schiffe, wie die Piraten in alten Zeiten. Die packen alles an, was Profit verspricht. Sie vermuten, daß wir Angehörige haben. Und wir sind Engländer. Die halten alle Engländer, die ins Ausland reisen, für Millionäre.«

»Ich bin nur froh, daß wir zusammengeblieben sind.«

»Ja«, sagte Lucas. »Ich glaube, sie haben überlegt, ob ich die Mühe wert bin.«

»Was machen wir nun?« fragte Simon. Er sah mich eindringlich an.

»Wir müssen alles tun, was in unserer Macht steht, um zusammenzubleiben«, sagte er.

»Ich bete, daß es uns gelingt.«

Man brachte uns zu essen. Es war scharf gewürzt. Normalerweise
hätte ich es ausgeschlagen, aber wir waren nahezu verhungert, und
da schien jede Kost schmackhaft. Lucas riet uns, mäßig zu essen.

Danach fühlte ich mich etwas besser. Ich fragte mich, wie sie von zu
Hause Lösegeld fordern könnten. Wen wollten sie verständigen?
Mein Vater hatte eine Schwester, die wir in den vergangenen zehn
Jahren kaum gesehen hatten. Würde sie bereit sein, für ihre Nichte
Lösegeld zu zahlen? Vielleicht waren meine Eltern ja unterdessen zu
Hause. Aber reich waren sie nie gewesen.

Und Simon? Er mußte unter allen Umständen verhindern, daß seine
Identität bekannt wurde. Was Lucas betraf, so war er in bezug auf
Lösegeld von uns allen wohl in der besten Situation, denn er kam
aus einer wohlhabenden Familie.

»Ich wünschte, wir wüßten, wo wir sind«, sagte Simon. »Das
könnte uns weiterhelfen.«

Ich fragte mich, ob er Fluchtpläne hatte. Er war sehr einfallsreich,
wie er bei seiner Flucht aus England bewiesen hatte. Da ihm die gelungen war, war es durchaus möglich, daß er abermals entkommen
würde.

So grübelten wir und wünschten uns alle drei auf die Insel zurück.
Die Nahrung mochte knapp, die Hoffnung auf Überleben spärlich
gewesen sein, aber wir waren wenigstens frei gewesen.

In der ersten Nacht hatte ich ein höchst unangenehmes Erlebnis. Es
war dunkel, und wir versuchten zu schlafen. Da hörte ich verstoh-
lene Schritte vor der Tür und dann das Geräusch eines Schlüssels,
der herumgedreht wurde. Ich fuhr hoch, als die Tür leise aufging.
Zwei Männer kamen herein. Ich glaubte in ihnen zwei von den Kerlen zu erkennen, die an Land gekommen waren, um uns zu holen,
aber ich war nicht ganz sicher, da sie in meinen Augen alle ziemlich
gleich aussahen.

Sie waren meinetwegen hier. Sie packten mich. Ich schrie. Lucas
und Simon waren augenblicklich wach.

Die zwei Kerle versuchten, mich aus der Kabine zu zerren, und ihr

Gestöhne und ihre Mienen verrieten mir ihre Absichten. Ich schrie: »Laßt mich los!«

Simon schlug den einen, darauf versetzte der andere ihm einen Hieb, daß er quer durch die Kabine flog. Lucas schwang seinen Stock und drosch auf die Kerle ein.

Es gab ein großes Geschrei, andere erschienen in der Tür. Alle lachten und schnatterten. Simon stand auf. Er kam zu mir, packte mich und zog mich hinter sich. Seine Hand blutete. Eine furchtbare Angst überkam mich. Ich wußte mich in großer Gefahr.

Ich wagte mir nicht auszumalen, was sie mit mir gemacht hätten, wenn der Kapitän nicht erschienen wäre. Er rief einen Befehl aus. Die Kerle machten zerknirschte Gesichter. Er sah mich hinter Simon kauern, Lucas war an meiner Seite. Simon ließ erkennen, wenn einer von ihnen versuchen sollte, mir etwas zuleide zu tun, würde er es mit ihm zu tun bekommen, und mit ihm sei nicht zu spaßen. Lucas suchte mich ebenfalls zu beschützen, aber er war natürlich behindert.

Der Kapitän erfaßte die Situation mit einem Blick. Er kannte die Absichten dieser Kerle. Ich sah exotisch aus mit dem langen blonden Haar, wie es noch keiner gesehen hatte. Dazu war ich eine Frau, und das genügte ihnen.

Der Kapitän verbeugte sich vor mir, wie wenn er sich für das ungehobelte Betragen seiner Leute entschuldigen wolle. Er bedeutete mir, ihm zu folgen.

Simon trat vor. Der Kapitän schüttelte den Kopf. »Ich sorge... Sicherheit«, sagte er. »Ich... nur... ich... der Kapitän.«

Seltsamerweise traute ich ihm. Gewiß, er befehligte ein Schiff, mit dem ein ruchloses Gewerbe betrieben wurde, aber aus irgendeinem Grunde glaubte ich, daß er mir helfen würde. Er war schließlich der Kapitän. Mit dem Versuch, uns ihm zu widersetzen, würden wir nicht weit kommen. Wir waren ihm auf Gnade und Barmherzigkeit ausgeliefert. Sosehr Simon und Lucas sich bemühten, auf die Dauer konnten sie mich nicht beschützen. Ich mußte dem Kapitän vertrauen.

Ich ging hinter ihm zwischen den Kerlen hindurch. Einige streckten ihre Hände aus, wie um mein Haar zu berühren, aber keiner faßte es an. Ich sah, daß sie großen Respekt vor dem Kapitän hatten, der offensichtlich befohlen hatte, mich nicht anzutasten.

Ich wurde in eine kleine Kabine geführt. Ich glaube, sie lag neben der seinen. Er trat zur Seite, um mir den Vortritt zu lassen. Die Kabine war komfortabler als die vorige. Decken und Kissen lagen auf einer Koje, die einem Diwan glich. Hier hatte ich es bequemer. Hinter einem Vorhang waren eine Waschschüssel und ein Krug. Ich konnte mich waschen!

Mit ausgebreiteten Händen wies der Kapitän auf die Kabine und sagte: »Hier sicher... Ich passe auf, sicher.«

»Danke«, sagte ich.

Ich weiß nicht, ob er es verstand, aber der Klang meiner Stimme muß meine Dankbarkeit bekundet haben. Er verbeugte sich, ging hinaus und sperrte die Tür hinter sich zu.

Ich sank aufs Bett. Ich zitterte heftig, als ich mir die Tortur vorstellte, vor der mich der Kapitän bewahrt hatte. Es dauerte lange, bis ich meine Fassung wiedergewann. Ich fragte mich, was *seine* Absichten waren. Vielleicht hatte Lucas recht. Ja, bestimmt hatten sie's auf Lösegeld abgesehen, und in diesem Fall würden sie uns wohlbehalten abliefern wollen.

Ich zog den Vorhang zur Seite und schwelgte in dem Luxus, mich zu waschen. Dann legte ich mich auf den Diwan. Körperlich, geistig und seelisch erschöpft, vergaß ich für kurze Zeit die Gefahren, von denen ich umgeben war, und schlief ein.

Ich glaube, ich habe versucht, jene Tage zu vergessen, in denen ich in einem Zustand ständiger Angst lebte. Jedesmal, wenn ich Schritte hörte, jedesmal, wenn meine Tür aufging, wurde ich von bangen Ahnungen befallen. In solchen Situationen kann die eigene Phantasie der ärgste Feind sein.

Man gab mir regelmäßig zu essen, was gewisse Erholungspausen für meinen ständigen Alarmzustand bedeutete; dennoch war mir bewußt, daß immerfort Gefahr lauerte. Sie hatten etwas mit mir vor, aber was, wußte ich nicht genau. Ich hatte jedoch Vertrauen zu dem Kapitän. Nicht, daß ich mich auf seine Ritterlichkeit verließ, aber seine Haltung besagte, aufgrund dessen, was er mit mir im Sinne habe, müsse ich mit einem gewissen Respekt behandelt werden.

Es gelang mir, ein wenig zu essen. Für mein leibliches Wohl wurde gesorgt. Es war ein Segen, daß ich mich häufig waschen konnte. Ich fragte mich, wohin das Schiff fuhr und welches Schicksal mir bestimmt war. Wo waren Simon und Lucas?

Einmal kam der Kapitän in meine Kabine. Ich hatte mir gerade das Haar gewaschen und ließ es trocknen, als es klopfte. Er starrte unentwegt auf mein Haar, aber er war sehr höflich. Offenbar wollte er sich mit mir unterhalten, doch seine Englischkenntnisse waren erbärmlich.

»Sie... kommen mit Schiff... England?«

»Ja. Aber wir haben Schiffbruch erlitten.«

»Aus England... allein? Nein?« Er schüttelte den Kopf.

»Mit meinen Eltern... mit Vater und Mutter.«

Es war aussichtslos. Er versuchte wohl herauszufinden, aus was für einer Familie ich kam. Hatte sie Geld? Was würde sie es sich kosten lassen, mich auszulösen?

Er gab es auf, doch die Art, wie er mein Haar betrachtete und vor sich hin lächelte, sagte mir, daß das, was er sah, ihn zufriedenstellte.

Und als ich eines Morgens aufwachte, war das Schiff nicht mehr in Bewegung. Die Sonne war aufgegangen, und aus dem kleinen Bullauge erhaschte ich einen Blick auf weiße Häuser. Ich gewahrte Lärm und Geschäftigkeit. Menschen riefen einander aufgeregt zu. Eines war gewiß: Wir hatten unseren Bestimmungsort erreicht. Bald mußte ich mein Schicksal erfahren.

An diesem Morgen dämmerte mir allmählich, wofür ich ausersehen war, und mich erfaßte ein so unsägliches Entsetzen, daß ich mich fragte, ob es nicht besser gewesen wäre, dem Meer nicht auf so wundersame Weise entronnen zu sein.

Der Kapitän brachte mir einen schwarzen Umhang, einen Gesichtsschleier und ein Haarnetz in meine Kabine und bedeutete mir, diese Sachen anzulegen. Mein Haar mußte in dem Netz zusammengefaßt werden, und als ich eingekleidet war, sah ich wie eine der Araberinnen aus, denen man in den Suks orientalischer Städte begegnen kann.

Ich wurde an Land gebracht und erhaschte zu meiner großen Freude einen Blick auf Simon. Gleich darauf erfaßte mich Sorge, weil von Lucas nichts zu sehen war. Simon erkannte mich trotz meiner Verhüllung, und ich spürte seine Furcht. Wir versuchten, uns einander zu nähern, doch wir wurden unsanft zurückgehalten.

Die Sonne blendete, und mir war sehr heiß in meinen Gewändern. Simon war von zwei Männern flankiert, neben mir ging der Kapitän. So wateten wir an Land.

Nie werde ich diesen Gang vergessen. Wir befanden uns in einem Viertel, das ich für die Kasbah hielt. Auf den schmalen, gewundenen Kopfsteinstraßen war ein Gewimmel von Männern in langen Gewändern und Frauen, die wie ich gekleidet waren. Ziegen liefen zwischen uns umher, hungrig aussehende Hunde beschnupperten uns hoffnungsvoll. Ich erblickte eine Ratte, die die Abfälle auf dem Kopfsteinpflaster fraß. Es gab kleine Geschäfte – kaum mehr als Höhlen –, die zur Straße hin offen waren, davor Stände mit billigem Schmuck, Zierat aus Messing, Lederwaren und Lebensmitteln, die in meinen Augen exotisch und unappetitlich waren. Der Geruch war ekelerregend.

Einige Händler riefen dem Kapitän und seinen Leuten einen Gruß zu, und meine böse Vorahnung über das mir zugedachte Schicksal wuchs, denn sie schienen über den Zweck seines Besuches im Bilde zu sein. Ich fragte mich, wie viele andere junge Frauen mit ihm durch diese Straßen gegangen sein mochten. Wenn ich doch nur näher zu Simon gelangen könnte. Und was hatten sie mit Lucas gemacht?

Schließlich kamen wir auf eine breite Straße. Hier wuchsen einige Bäume – vornehmlich staubige Palmen. Die Häuser waren größer, wir bogen in ein Tor ein und befanden uns in einem Hof mit einem Springbrunnen. Um diesen hockten mehrere Männer – Bedienstete, mutmaßte ich, denn sie sprangen bei unserem Eintritt auf und begannen aufgeregt zu reden. Einer kam herbei und verbeugte sich tief vor dem Kapitän, offenbar beflissen, ihm den allergrößten Respekt zu erweisen. Er bat ihn wohl, ihm zu folgen, denn er führte uns durch eine weitere Tür, und dort saß auf einem prunkvollen Sessel auf einem Podest ein kleiner alter Mann. Er war prunkvoll gekleidet, aber winzig und verhutzelt, so daß seine Gewänder sein hohes Alter nur noch unterstrichen. Er wirkte uralt, abgesehen von seinen dunklen, lebhaften Augen, die mich an die eines Affen erinnerten.

Der Kapitän trat vor den Sessel und verbeugte sich, und der alte

Mann machte eine grüßende Geste. Darauf muß der Kapitän seinen Leuten wohl befohlen haben, ihn mit Simon und mir allein zu lassen.

Der Kapitän schob mich vorwärts. Er warf meinen Umhang auf die Erde und zog mir den Gesichtsschleier und das Haarnetz herunter, so daß mir das Haar auf die Schultern fiel. Die lebhaften dunklen Augen weiteten sich. Der Alte murmelte etwas, das den Kapitän zu freuen schien. Die Augen des alten Mannes waren auf mein Haar gerichtet, und zwischen ihm und dem Kapitän begann ein aufgeregtes Palaver. Wie sehr wünschte ich verstehen zu können, was sie sprachen!

Alsdann wurde Simon nach vorn gebracht. Der alte Mann musterte ihn mit seinen listigen Augen abschätzend von oben bis unten. Simon war groß und kräftig, und seine Körperkraft machte anscheinend ebensoviel Eindruck wie meine Haare. Der alte Mann nickte, was ich als Zeichen der Anerkennung deutete.

Der Kapitän trat näher zu dem alten Mann, und sie vertieften sich in ein Gespräch. Das gab Simon und mir Gelegenheit zusammenzurücken. »Wo ist Lucas?« flüsterte ich.

»Ich weiß nicht. Man brachte mich hierher. Er war nicht bei mir.«

»Hoffentlich ist ihm nichts zugestoßen. Wo sind wir?«

»Irgendwo an der Nordküste von Afrika, denke ich.«

»Was werden sie mit uns anstellen? Worüber reden sie?«

»Vermutlich feilschen sie.«

»Feilschen?«

»Es sieht so aus, als würden wir verkauft.«

»Wie Sklaven!«

»So scheint es.«

»Was sollen wir tun?«

»Ich weiß nicht. Eine Gelegenheit abwarten. Vorerst sind wir hilflos. Wir müssen den richtigen Moment abpassen und dann... fort von hier, wenn wir können.«

»Werden wir zusammensein?«

»Ich weiß nicht.«

»Ach, Simon, hoffentlich verlieren wir uns nicht!«

»Beten wir darum zu Gott.«

»Ich habe schreckliche Angst, Simon.«

»Ich nicht minder.«

»Der alte Mann, was ist das für einer?«

»Ein Händler.«

»Ein Menschenhändler?«

»Unter anderem. Er handelt mit allem, was sich anbietet, denke ich, sofern es sich lohnt. Auch mit Menschen.«

»Wir müssen fort von hier.«

»Wie?«

»Weglaufen. Irgendwohin.«

»Wie weit würden wir kommen, was meinen Sie? Nein, warten Sie. Wenn wir zusammenbleiben können, wird es gehen. Wer weiß, vielleicht ergibt sich eine Gelegenheit. Wir werden es schon schaffen.«

»O Simon, ich glaube, es wird uns gelingen.«

Bis heute habe ich den Blick nicht vergessen, den wir wechselten. Ich hütete ihn, um mich in meinen dunkelsten und bangsten Momenten daran zu erinnern. Ich sollte in den kommenden Wochen oft daran denken.

Es gibt Dinge, an die man sich nicht erinnern mag. Man möchte sie verdrängen und so tun, als seien sie nicht geschehen. Manchmal gelingt es, und die Erinnerung verwischt. So schien es mir zu ergehen.

Ich weiß, daß ich im Haus des Händlers war. Es dürfte nur für eine Nacht gewesen sein. Ich erinnere mich an meine schrecklichen Ahnungen, die Bilder, hervorgerufen von einer grausamen Phantasie, die mich ständig mit meinem bevorstehenden Los quälte. Der alte Mann schien wie ein gräßliches Scheusal. Ich hatte nur den einen Trost, daß Simon im Haus war. Das Geschäft mit dem Kapitän betraf uns beide.

Noch am Tag unserer Ankunft verließ der Kapitän das Haus, und ich sah ihn nie wieder.

Tags darauf hüllte man mich in die Kleider, in denen ich gekommen war, und mein Haar wurde vollkommen versteckt wie zuvor. Dann wurden Simon und ich durch die Straßen der Kasbah zum Hafen gebracht, wo ein Schiff wartete. Der alte Mann hatte zwar die Aufsicht über uns, doch ansonsten beachtete er uns nicht. Ich hatte den Eindruck, er war nur da, um zu schützen, was ihm gehörte. Wir waren jetzt sein Eigentum.

Wir hatten keine Ahnung, wohin er uns brachte. An Bord fanden Simon und ich ein-, zweimal Gelegenheit, miteinander zu sprechen. Unser Hauptthema war Lucas. Simon erzählte mir, der Kapitän habe ein paarmal mit ihnen gesprochen. Sie seien nicht schlecht behandelt worden. Der Kapitän habe sich sehr für Lucas interessiert. Simon nahm an, man habe Lucas wohl irgendwohin gebracht. Sie seien getrennt worden und hätten nicht miteinander sprechen können, aber Lucas habe zuversichtlich gewirkt – zumindest nicht über Gebühr beunruhigt. »Ich glaube, einmal dachte er, sie würden ihn über Bord werfen, weil er nicht zur Arbeit taugte. Ich nehme an, sie wollen mich als Arbeiter.«

Ich schwieg. Mir bangte vor dem Schicksal, das mich erwartete.

Simon meinte, das Land, das wir soeben verlassen hatten, könne Algerien gewesen sein. »Es war früher eine Zuflucht für Piraten. Sie standen unter dem Schutz der türkischen Regierung. Vielleicht ist es immer noch ein Schlupfloch für sie. Die Kasbah ist ein idealer Ort für zwielichtige Geschäfte aller Art. Ich könnte mir denken, daß zu bestimmten Zeiten sich nur wenige Menschen dorthin wagen.«

Vermutlich hatte er recht.

Wir fuhren die syrische Küste entlang zu den Dardanellen und wußten alsbald, daß Konstantinopel unser Bestimmungsort war.

Als wir uns dem Bosporus näherten, kam eine Frau in meine Kabine. Sie hatte ein Mädchen bei sich, das etwas Durchsichtiges über dem Arm trug. Es waren Kleidungsstücke, die auf der Koje ausgebreitet wurden. Dann wandten die zwei sich mir zu. Ich hatte die Frauen auf dem Schiff gesehen und mich gefragt, was ihre Aufgabe sein mochte. Nun zeigte sich, daß sie gekommen waren, um mir in diese prachtvollen Kleider zu helfen.

Über lange, an den Fußgelenken zusammengefaßte Pluderhosen aus hauchdünner Seide kam ein Gewand aus schönem, durchscheinendem Stoff. Es glitzerte von Pailletten, die wie Sterne aussahen. Die Frauen lösten mein Haar und drapierten es um meine Schultern. Sie kämmten es, dabei sahen sie sich an, stupsten sich und kicherten.

Als ich fertig angekleidet war, traten sie zurück und klatschten in die Hände.

»Ich will meine anderen Sachen«, sagte ich.

Sie konnten mich nicht verstehen. Sie kicherten und stupsten sich immerzu, strichen mir übers Haar und lächelten mich an.

Der alte Mann kam in die Kabine. Er betrachtete mich und rieb sich die Hände. Meine Angst war größer denn je. Ich wußte, Simon hatte mit seiner Vermutung recht gehabt. Wir sollten in die Sklaverei verkauft werden, er als kräftiger Arbeiter, während ich für einen delikateren Zweck bestimmt war. Ich spürte, daß Simon über mein Schicksal besorgter war als über sein eigenes.

Umhang, Gesichtsschleier und Haarnetz wurden hereingebracht und meine Pracht verborgen. Zusammen mit Simon wurde ich von Bord gebracht. Ein Wagen wartete auf uns, und mit dem älteren Mann sowie einem jüngeren, den ich für einen Schreiber oder Gehilfen hielt, wurden wir durch die Straßen von Konstantinopel kutschiert.

Ich war zu besorgt über mein drohendes Schicksal, um viel auf meine Umgebung zu achten. Später erfuhr ich, daß die Stadt aus zwei Teilen besteht, dem christlichen und dem türkischen, die durch zwei recht schwerfällig konstruierte, jedoch äußerst tragfähige und zweckmäßige Brücken verbunden sind. Verschwommen nahm ich Moscheen und Minaretts wahr, und mit einem Gefühl unendlicher Verlassenheit wurde mir bewußt, daß wir sehr weit von daheim entfernt waren.

Man brachte uns in den türkischen Teil. Ich kam mir verloren vor und hatte schreckliche Angst. Ständig sah ich zu Simon hinüber, um mich zu vergewissern, daß er noch da war.

Mir schien, wir fuhren eine lange Weile. Es war wie eine andere Welt – enge, unglaublich schmutzige Straßen, schöne Gebäude, blendendweiße Türme, die in den strahlendblauen Himmel ragten, Moscheen, Basare; Holzhäuser, kaum mehr als Baracken, Lärm, Menschen überall. Sie stoben vor der nahenden Kutsche auseinander, und immer wieder dachte ich, wir würden jemanden überfahren, doch stets gelang es ihnen, den Pferdehufen auszuweichen.

Schließlich bogen wir in eine stille Straße ein. Bäume und Sträucher leuchteten in bunter Blütenpracht. Wir hielten vor einem hohen, weißen Gebäude, das von der Straße zurückgesetzt war. Als wir aus der Kutsche stiegen, kam ein weißgekleideter Mann aus dem Haus, um uns zu empfangen. Der alte Mann verbeugte sich unterwürfig vor ihm, und der Gruß wurde ein wenig herablassend erwidert. Man führte uns in einen Raum, der nach dem strahlenden Sonnenschein düster wirkte. Auch hier lagen die Fenster in tiefen Nischen und waren mit schweren Gardinen verhängt.

Ein großgewachsener Mann trat auf uns zu. Er trug einen mit einem Edelstein geschmückten Turban und lange weiße Gewänder. Er nahm auf einem thronähnlichen Sessel Platz, und der alte Mann war ehrerbietiger denn je.

Ich dachte beklommen: Wird der mein neuer Besitzer?

Man nahm mir meinen Umhang ab und zeigte mein Haar vor. Der Mann in dem Sessel war sichtlich beeindruckt. Nie im Leben hatte ich mich so gedemütigt gefühlt. Dann nickte er zu Simon hinüber.

An der Tür standen zwei Männer – Wächter, nahm ich an. Einer klatschte in die Hände, und eine Frau kam herein. Sie war füllig, mittelaltrig und kostbar gekleidet, in demselben Stil wie ich. Sie trat vor mich hin, musterte mich, nahm eine Strähne von meinem Haar in die Hand und lächelte matt. Dann schob sie die Ärmel meines Gewandes hoch und pikste mich. Sie runzelte die Stirn und gab kopfschüttelnd kleine Geräusche von sich, die ich als Mißbilligung deutete.

Der alte Mann redete nun sehr schnell; der andere antwortete ihm ruhig und gelassen. Die Frau sprach ein paar Worte und nickte bedächtig. Es machte mich rasend, nicht zu verstehen, was sie sagten. Ich begriff nur, daß es um mich ging und daß sie nicht so zufrieden mit mir waren, wie es der alte Mann gehofft hatte. Sie schienen sich jedoch zu einigen. Der alte Mann faltete die Hände, der andere nickte. Die Frau nickte ebenfalls. Sie erklärte ihnen etwas. Der andere Mann hörte ihr aufmerksam zu, und sie schien ihn zu überzeugen.

Sie winkte mir, ihr zu folgen.

Simon mußte zurückbleiben. Ich warf ihm einen kummervollen Blick zu, und er schickte sich an, mit mir zu gehen. Ein Wächter trat vor und versperrte ihm den Weg, die Hand auf dem Heft seines Schwertes. Ich sah den hilflosen Ausdruck in Simons Gesicht; dann packte die füllige Frau meinen Arm mit festem Griff und führte mich fort.

Ich sollte bald erfahren, daß ich für das Serail eines der bedeutendsten Paschas von Konstantinopel bestimmt war. Die Männer, die ich bisher gesehen hatte, waren alles nur seine Lakaien.

Der Harem ist eine Frauengemeinschaft, die von keinem Mann betreten werden darf, außer von den Eunuchen, wie der gewichtige Herr einer war, den ich mit dem alten Mann hatte feilschen sehen. Wie ich alsbald entdeckte, war er der Obereunuch. Ich sollte ihn noch oft zu sehen bekommen.

Nach einer Weile wurde mir klar, daß ich allen Grund hatte, für das erlittene Ungemach dankbar zu sein; denn nur aufgrund meiner körperlichen Verfassung blieb ich in diesen Wochen verschont. Ich war ein kostbarer Besitz, weil ich so anders war als die Frauen ringsum. Sie hatten alle dunkle Haare und dunkle Augen. Durch meine blauen Augen und blonden Haare hob ich mich von ihnen ab.

Denjenigen, denen es oblag, den übersättigten Sinnen des Paschas Abwechslung zu verschaffen, schien ich allein durch mein anderes Aussehen begehrenswert. Später entdeckte ich, daß ich mich noch durch etwas anderes von den übrigen Haremsdamen unterschied. Die Frauen hier waren von Haus aus unterwürfig. Sie waren in dem Bewußtsein erzogen worden, daß sie das unterlegene Geschlecht seien und ihre Mission auf Erden darin bestehe, den Begierden der Männer willfährig zu sein. Ich dagegen war eine unabhängige Natur. Ich kam aus einem anderen Kulturkreis, und das unterschied mich fast so sehr von ihnen wie meine blauen Augen und blonden Haare.

Als ich jedoch ausgekleidet war und ein parfümiertes Bad nahm, das für mich bereitet worden war, sah die ältere Frau, die uns alle beaufsichtigte, daß meine Haut, wo sie nicht der Sonne ausgesetzt gewesen, sehr hell und weich war. Bevor ich dem Pascha zugeführt wurde, mußte die Helligkeit meiner Haut am ganzen Körper wiederhergestellt sein. Außerdem war ich schlecht ernährt, und der Pascha liebte es nicht, wenn die Frauen zu dünn waren. Meine Anlagen waren vielversprechend, mußten aber vervollkommnet werden, und das würde eine Weile in Anspruch nehmen.

Wie froh war ich darüber! Ich hatte Zeit, mich einzugewöhnen und die Gepflogenheiten des Harems kennenzulernen, und vielleicht konnte ich in Erfahrung bringen, was aus Simon geworden war. Bis jetzt hatte ich großes Glück gehabt; wer weiß, ob nicht noch Hoffnung bestand zu fliehen, bevor ich den Zustand erreichte, in dem man mich der Unterwerfung unter den Mann, der mich gekauft hatte, für würdig befand?

Sobald ich merkte, daß ich – zumindest vorerst – ungeschoren blieb, hob sich meine Stimmung. Hoffnung flammte wieder auf. Ich wollte soviel ich konnte über meine Umgebung erfahren, und natürlich dachte ich viel an meine Gefährten.

Die wichtigste Person im Harem war Rani, die mittelaltrige Frau, die mich begutachtet und noch nicht für würdig befunden hatte, dem Pascha zugeführt zu werden. Hätten wir doch dieselbe Sprache gesprochen, wieviel hätte ich von ihr erfahren können! Die anderen Frauen hatten große Ehrfucht vor ihr. Alle schmeichelten ihr und waren ihr sehr ergeben, denn sie suchte diejenigen aus, die dem Pascha zugeführt wurden. Wenn der Befehl kam, ging sie sehr sorgfältig zu Werke, und es war amüsant zu beobachten, wie währenddessen alle bestrebt waren, auf sich aufmerksam zu machen. Ich stellte mit Erstaunen fest, daß das, wovor mir so bangte, von den übrigen heiß ersehnt wurde.

Im Harem gab es junge Mädchen, die nicht älter als zehn sein konnten, und Frauen, die an die Dreißig sein mußten. Sie führten ein merkwürdiges Leben, und später erfuhr ich, daß einige schon von Kind an dort waren, drauf abgerichtet, einem reichen Mann zu Gefallen zu sein.

Es gab den ganzen Tag wenig zu tun. Ich mußte täglich baden und wurde mit Salben massiert. Es war eine Welt fern der Wirklichkeit. Die Luft war schwer vom Duft von Moschus, Sandelholzöl, Patschuli und Rosenöl. Die Mädchen saßen müßig plaudernd an den Springbrunnen; zuweilen hörte ich das Klimpern eines Musikinstrumentes. Sie pflückten Blumen und flochten sie sich ins Haar, sie besahen ihre Gesichter in winzigen Handspiegeln, sie betrachteten ihre Spiegelbilder in den Wasserbecken. Manchmal machten sie Spiele; sie schwatzten miteinander, kicherten, sagten sich gegenseitig wahr.

Sie schliefen auf Diwans in einem großen, luftigen Raum; sie hatten schöne Kleider. Es war eine ungewöhnliche Daseinsform, sich mit Nichtigkeiten die Zeit zu vertreiben, nur von dem einen Gedanken beherrscht, sich schönzumachen, müßig den Tag verstreichen zu lassen in der Hoffnung, am Abend dafür auserwählt zu werden, das Lager des Paschas zu teilen. Wie stark um diese Ehre gebuhlt wurde, bekam ich bald zu spüren. Ich erregte Aufsehen. Ich vermutete, daß ich, sobald ich für würdig befunden wurde, allein schon wegen meiner Fremdartigkeit auserkoren würde.

Unterdessen schritten die Bemühungen um die Beseitigung der Folgen meines erlittenen Ungemachs voran. Ich kam mir vor wie eine Gans, die für Weihnachten gemästet wird. Es fiel mir schwer, die starkgewürzten Speisen zu essen, und ich ersann Tricks, um sie zu beseitigen, ohne daß Rani es merkte.

Es war ein aufregender Tag für mich, als sich herausstellte, daß eine der reiferen Frauen – und eine der schönsten – Französin war. Sie hieß Nicole, und mir war gleich aufgefallen, daß sie anders war als die anderen. Sie schien auch den höchsten Rang zu bekleiden – nach Rani natürlich.

Als ich eines Tages am Springbrunnen saß, setzte sie sich zu mir. Sie fragte mich auf französisch, ob ich ihre Sprache spreche. Endlich konnte ich mich verständigen! Wie wunderbar! Mein Französisch war zwar nicht perfekt, aber es genügte, um mich mit ihr zu unterhalten.

»Du bist Engländerin?« fragte sie.

Ich bejahte.

»Und wie bist du hierhergekommen?«

In stockendem Französisch erzählte ich ihr von dem Schiffbruch und von unserer Rettung.

Sie berichtete, sie sei seit sieben Jahren im Harem. Sie war Kreolin und aus Martinique gekommen, um in Frankreich die Schule zu besuchen. Auch sie hatte unterwegs Schiffbruch erlitten und war von Korsaren aufgefischt, hierhergebracht und verkauft worden, genau wie ich.

»Du bist all die Jahre hiergewesen?« fragte ich. »Wie hast du das ertragen?«

Sie zuckte die Achseln. »Zuerst«, sagte sie, »hat man große Angst.

Ich war erst sechzehn. Die Klosterschule war mir verhaßt. Hier hatte ich es leichter. Schöne Kleider, das müßige Leben. Und ich war anders, so wie du. Ich gefiel dem Pascha.«

»Du warst wohl die Lieblingsfrau des Paschas«, sagte ich.

Sie nickte. »Weil ich meinen Samir habe.«

Ich hatte Samir gesehen, ein hübsches Kind von ungefähr vier Jahren. Die Frauen machten viel Aufhebens um ihn. Er war das älteste der Haremskinder. Feisal war etwa ein Jahr jünger und ebenfalls ein reizender Knabe. Ich hatte ihn mit einer Frau gesehen, die ich um einige Jahre jünger als Nicole schätzte. Ihr Name war Fatima. Sie war eine sinnliche Schönheit mit üppigem schwarzem Haar und müde blickenden dunklen Augen, maßlos selbstverliebt, träge und eitel. Sie saß stundenlang am Wasserbecken und aß Zuckerkonfekt, mit dem sie auch die kleinen King-Charles-Spaniels fütterte, die ihre ständigen Begleiter waren. Vier Lebewesen liebte Fatima leidenschaftlich – sich selbst, Feisal und ihre zwei Hündchen.

Beide Knaben wurden von Zeit zu Zeit fortgebracht. Eine Menge Vorbereitungen gingen dem voraus. Sie besuchten den Pascha. Es waren noch zwei kleine Jungen im Harem, aber das waren noch Babys. Mädchen gab es keine. Anfangs wunderte ich mich, wieso alle Kinder des Paschas Knaben waren.

Nicole war sehr mitteilsam. Sie erklärte mir, daß eine Frau, die ein Mädchen gebar, fortging, vielleicht heim zu ihrer Familie. Töchter interessierten den Pascha nicht, nur Söhne; und wenn eine Frau einen Sohn gebar, der so hübsch und aufgeweckt war wie Samir, stand sie in hoher Gunst.

Samir, als der Älteste, würde der Erbe des Paschas sein. Deswegen waren die anderen Frauen eifersüchtig auf Nicole. Zuerst hatte der Pascha sie den anderen vorgezogen – aber das konnte vorübergehen, wohingegen Samir immer da war und den Pascha daran erinnerte, daß er fähig war, edle Knaben zu zeugen. Und er begünstigte die Frauen, die ihm halfen, dies zu beweisen.

Nicole erzählte mir, sie habe Samir heimlich Französisch beigebracht, und als der Pascha dies entdeckte, habe sie furchtbare Angst davor gehabt, was er tun würde. Doch sie hatte durch den Obereunuchen erfahren, daß es den Pascha freute, wenn Samir so viel lernte, wie er konnte, und sie fortfahren dürfe, ihn zu unterrichten.

Ich war erstaunt, daß eine Frau aus der westlichen Welt sich so an diese Lebensweise gewöhnen, daß sie stolz auf ihre Stellung sein und alle hassen konnte, die versuchten, ihr diese streitig zu machen. Aber ich war froh, mit ihr reden zu können und etwas über die anderen zu erfahren. Ich hörte von der gewaltigen Rivalität zwischen ihr und Fatima, die von großem Ehrgeiz für ihren Sohn Feisal getrieben wurde. »Weißt du«, sagte Nicole, »wenn Samir nicht wäre, dann wäre Feisal der Erbe des Paschas, und sie wäre die erste Dame. Sie würde zu gern meinen Platz einnehmen.«

»Das wird ihr nicht gelingen. Du bist schöner und viel klüger als sie. Außerdem ist Samir ein wundervoller Knabe.«

»Feisal ist nicht übel«, gab sie zu. »Und falls ich stürbe…«

»Warum solltest du sterben?«

Sie zuckte die Achseln. »Fatima ist sehr eifersüchtig. Vor langer Zeit hat einmal eine Frau eine andere vergiftet. Es wäre nicht schwer zu bewerkstelligen.«

»Sie würde es nicht wagen.«

»Eine hat es gewagt.«

»Aber sie wurde entdeckt.«

»Es ist lange her, noch vor der Zeit des Paschas, aber sie reden noch heute davon. Man hat sie abgeholt und draußen bis zum Hals in der Erde eingegraben. Sie ließen sie langsam in der Sonne sterben. Das war ihre Strafe.«

Ich schauderte.

»Ich würde Fatima dasselbe wünschen, sollte sie meinem Sohn etwas zuleide tun.«

»Du mußt aufpassen, daß sie es nicht tut.«

»Das habe ich auch vor.«

Das Leben war erträglicher, seit ich mich mit Nicole angefreundet hatte. Wir hatten unsere schönen Kleider, unsere Duftwässer, unsere Salben, unser Zuckerkonfekt, unsere trägen Tage; wir waren wie Paradiesvögel im Käfig. Nach dem Ungemach, das ich erlitten hatte, war ich in ein seltsames Dasein geraten.

Ich fragte mich, wie lange das so weitergehen würde.

Der Pascha war fort – eine Nachricht, die mich freute.

Der Harem verfiel in Lethargie. Die Frauen lagen hingestreckt, bewunderten sich verträumt in Handspiegeln, die sie in den Taschen ihrer Pluderhosen verwahrten, knabberten ihr Konfekt, sangen oder spielten auf ihren kleinen Instrumenten, zankten sich.

Zwei stritten sich heftig. Sie wälzten sich auf dem Mosaikboden, zogen sich an den Haaren und traten wild um sich, bis Rani kam und beide schlug; sie erklärte, sie seien in Ungnade gefallen und dürften drei Monate nicht zum Pascha. Das ernüchterte sie rasch.

Dann kehrte der Pascha zurück, und es herrschte große Aufregung. Alle wurden fügsam und beflissen, sie stellten ihre Reize zur Schau, obwohl nur ihre Gefährtinnen und gelegentlich ein Eunuch sie zu sehen bekamen.

Rani wählte sechs aus. Ich sah ihre Augen auf mir ruhen. Mein Schrecken machte Erleichterung Platz, als ich merkte, daß sie mich noch nicht für reif genug befand, der großen Ehre teilhaftig zu werden.

Die sechs Mädchen waren ausgewählt – zwei, die bereits an der Reihe gewesen waren und besondere Gunst gefunden hatten, und vier neue. Wir sahen alle zu, wie sie vorbereitet wurden. Sie wurden gebadet, ihre Haut wurde gesalbt, Duftwasser in ihr Haar gerieben. Ihre Fußsohlen und Handflächen wurden mit Henna gefärbt, ihre Lippen mit Bienenwachs gerötet und ihre Augen mit Kohle vergrößert. Ihre Haare wurden mit Blumen, ihre Hand- und Fußgelenke mit Reifen geschmückt, bevor man die Mädchen in paillettenbesetzte Gewänder steckte.

Wir alle warteten, welche zurückgeschickt würden.

Eine der Jüngsten wurde auserkoren.

»Sie wird sich aufspielen, wenn sie zurückkommt«, sagte Nicole zu mir. »Das tun sie immer, besonders die Jungen. Ich hatte gedacht, du wärst an der Reihe.«

Sie muß mir meinen Abscheu angemerkt haben, denn sie sagte: »Du willst nicht?«

»Ich wünsche von ganzem Herzen, ich könnte fort.«

»Wenn er dich sähe... du wärst diejenige, welche.«

»Ich... nein, nein.«

»Der Tag wird kommen. Vielleicht schon bald.«

»Ich würde alles tun, alles, um zu fliehen.«

Sie wurde nachdenklich.

Nicole erklärte mir, wenn man in den Genuß der kleinen Vergünstigungen kommen wolle, die eine so große Rolle im Haremsleben spielten, müsse man sich mit zwei Personen gutstellen. Die eine war natürlich Rani; die andere war der Obereunuch.

»Er ist überaus wichtig. Ich habe ihn deshalb zu meinem Freund gemacht.«

»Ich sehe, du bist sehr klug.«

»Ich bin schon so lange hier. Dies ist das einzige Zuhause, das ich kenne.«

»Und du hast dich mit alledem abgefunden, auch damit, eine unter vielen zu sein?«

»So ist nun mal das Leben hier«, erwiderte sie. »Samir ist mein Sohn. Er wird eines Tages Pascha sein. Ich werde die Mutter des Paschas sein, und das ist eine sehr ehrenvolle Stellung, das darfst du mir glauben.«

»Wünschst du dir keine normale Ehe, einen Mann und Kinder, ohne dich die ganze Zeit fragen zu müssen, ob du durch eine andere ersetzt wirst?«

»Ich kenne es nicht anders.« Sie machte eine ausgreifende Armbewegung, wie um den Harem zu umfassen. »So geht es allen hier. Sie kennen nichts anderes. Jede will die Favoritin des Paschas sein. Jede wünscht sich einen Sohn, der alle anderen übertrifft und seiner Mutter die erhabene Position verschafft, an der niemand rütteln kann.«

»Und das ist dein Bestreben?«

»Meine Bestrebungen gelten Samir. Sag, was ist dein Bestreben?«

»Hier fortzukommen, nach Hause, zu den Meinen. Die zu finden, die bei mir waren, als das Schiff unterging.«

»Es ist so gut wie gewiß, daß der Pascha dich erwählen wird. Wenn Rani findet, du bist soweit, wird sie dich zu ihm schicken. Du wirst ihm gefallen, weil du anders bist.« Sie schaute mich nachdenklich an. »Er muß dieser dunkelhäutigen Schönheiten überdrüssig sein. Du bist etwas ganz Neues. Wenn du einen Sohn bekommst, ist deine Zukunft gesichert.«

»Ich würde alles tun, um dem zu entfliehen. Nicole, ich habe Angst. Ich will das nicht. Dazu bin ich nicht erzogen, ich habe kein Verständnis dafür. Ich komme mir unrein vor, erniedrigt, wie eine Sklavin, eine Frau ohne Persönlichkeit und ohne eigenes Leben.«

»Du redest seltsam, und doch verstehe ich dich. Anfangs war ich auch keine von ihnen.«

»Aber du hast dich mit diesem Leben abgefunden.«

»Ich war damals noch sehr jung, und jetzt habe ich Samir. Er wird eines Tages Pascha sein. Das wünsche ich mir mehr als alles andere.«

»Dein Wunsch wird in Erfüllung gehen. Samir ist der Älteste.«

»Manchmal fürchte ich mich vor Fatima. Wenn sie zum Pascha geht, nimmt sie einen wirksamen Trank mit. Ich weiß, daß sie ihn braut. Damit wird die Begierde eines Mannes geweckt. Ich habe davon reden hören. Er wird aus zerstampften Rubinen, Pfauenknochen und den Hoden eines Widders hergestellt. Alles wird vermischt und heimlich in den Wein getan. Ich glaube, wenn Fatima zum Pascha geht, probiert sie das aus.«

»Wie kommt sie an die Sachen?«

»Rani hat einen Geheimschrank, der lauter merkwürdiges Zeug enthält. Kräuter, Tränke, alle möglichen Mixturen. Rani versteht viel von diesen Dingen. Sie bewahrt die Zutaten für diesen Trank vielleicht zwischen ihren Duftwässern und Salben auf.«

»Aber du sagst, es ist ein Geheimschrank.«

»Sie hält ihn verschlossen, doch es gibt bestimmt Mittel und Wege, sich den Schlüssel zu verschaffen. Fatima ist schlau, was das betrifft. Ich kenne sie. Sie würde alles tun, einfach alles. Deshalb habe ich Angst.«

»Aber wann sieht sie den Pascha?«

»Wir sind die Mütter seiner Lieblingssöhne, sie und ich. Er befiehlt uns hin und wieder zu sich – eine Art Höflichkeitsbesuch –, um mit uns über unsere Söhne zu sprechen und die Nacht mit uns zu verbringen. Oh, ich fürchte mich vor dieser Frau. Sie hat einen starken Willen. Sie würde alles tun, alles. Sie hat ihre ganze Hoffnung in Feisal gesetzt. Der Pascha ist in ihn vernarrt. Das hat mir der Obereunuch gesagt. Der Obereunuch kann Fatima nicht leiden. Das ist nicht gut für sie. Sie ist manchmal sehr töricht, und törichte Frauen handeln unbesonnen. Als sie bei dem Pascha in Gunst stand, hat sie sich schrecklich aufgespielt. Sie dachte, sie wäre schon die erste Dame. Sie war unhöflich zum Obereunuchen, und jetzt sind sie Feinde. Dumme Fatima. Wenn sie könnte, würde sie Samir und mir etwas zuleide tun.«

»Samir ist der Älteste, und so klug und aufgeweckt.«

»Ich weiß, aber der Pascha hat alles in der Hand. Noch liebt er Samir. Er ist stolz auf ihn. Samir ist der Älteste und sein Lieblingssohn. Solange er das bleibt, ist alles gut. Aber die Entscheidung liegt beim Pascha, und er wird noch viele Söhne haben. Wenn Fatima mir oder Samir etwas antun könnte, würde sie es tun.«

»Ich kann nicht glauben, daß sie es wagen würde.«

»Es ist im Harem schon einmal geschehen.«

»Aber es wird nicht wieder vorkommen. Alle wissen, was damals die Folge war. Das dürfte genügen, um sie abzuschrecken.«

»Ich weiß nicht. Fatima ist eine entschlossene Person. Sie würde für Feisal und ihren eigenen Vorteil viel riskieren. Ich muß wachsam sein.«

»Ich werde ebenfalls achtgeben.«

»Und nun bist du hier. Du wirst einen Sohn haben. Dieser Sohn würde anders sein, so wie du. Zwischen Samir und Feisal, nun, da besteht eine gewisse Ähnlichkeit. Aber dein Sohn würde ganz anders sein.«

Der Gedanke erfüllte mich mit Entsetzen, und ich wich vor ihr zurück.

»Du kannst es nicht ändern«, sagte sie. »Und du willst das wirklich nicht?«

»Ich wünschte beinahe, ich wäre nicht von dem Schiff gerettet worden. Ich wünschte, wir wären auf der Insel geblieben. Könnte ich doch nur fort von hier. Ach Nicole, wenn es doch möglich wäre. Ich würde alles tun, alles.«

Nicole starrte in Gedanken vor sich hin.

Als ich einige Tage darauf am Springbrunnen saß, setzte sie sich zu mir. »Ich habe etwas für dich«, sagte sie.

»Für mich?« fragte ich verwundert.

»Es wird dich freuen. Der Obereunuch hat es mir für dich gegeben. Es ist von dem Mann, der mit dir gekommen ist.«

»Du meinst... Nicole, wo hast du es?«

»Sei vorsichtig. Wir werden vielleicht beobachtet. Fatima sieht alles. Leg deine Hand auf den Sitz. Dann schiebe ich heimlich einen Zettel hinein.«

»Niemand sieht her.«

»Das kann man nie wissen. Wachsame Augen sind überall. Diese Frauen sind müßig, und weil sie nichts zu tun haben, ersinnen sie Intrigen. Sie langweilen sich, suchen Aufregungen, und wenn es keine gibt, schaffen sie sich welche. Sie haben nichts zu tun, als zu beobachten und zu klatschen. Tu, was ich dir sage, wenn du den Zettel haben willst.«

»Oh, und ob ich ihn will.«

»Du mußt ganz vorsichtig sein. Der Obereunuch sagt, das ist sehr wichtig. Er könnte deswegen sein Leben verlieren. Er tut es für mich, weil ich ihn darum bat.«

Meine Hand lag auf dem Sitz. Sie legte ihre daneben, und nach wenigen Sekunden wurde ein zerknittertes Stück Papier unter meine geschoben.

»Lies es jetzt nicht. Versteck es…«

Ich schob es in die Tasche meiner Beinkleider. Ich konnte kaum stillsitzen. Aber Nicole meinte, es sei unklug, aufzustehen und fortzueilen. Jemand könnte Verdacht schöpfen, und dann würde es uns allen schlimm ergehen.

Ich wußte, daß eine Verbindung eines Mannes zu den Haremsdamen einen qualvollen, langsamen Tod zur Folge haben konnte, nicht nur für den Mann, sondern auch für die betroffene Frau. Das war seit Jahrhunderten die Regel gewesen, und ich konnte mir vorstellen, daß sie an diesem Ort, der in ein anderes Zeitalter zurückgefallen – oder ihm nie entwachsen – schien, noch Gültigkeit hatte.

Ich mußte meine Ungeduld zügeln, bis ich schließlich glaubte, mich entfernen zu können, ohne ungebührliche Neugierde zu erregen. Die Frauen waren daran gewöhnt, daß ich mich abseits hielt, wenn ich nicht mit Nicole zusammen war, war sie doch die einzige, mit der ich mich unterhalten konnte. Ich begab mich in den Raum, wo wir schliefen. Hier war niemand, so setzte ich mich auf meinen Diwan und holte den Zettel hervor.

Rosetta,
ich bin in Ihrer Nähe. Ich wurde mit Ihnen hierhergebracht und arbeite im Garten außerhalb des Harems. Ich konnte einem hochstehenden Mann eine Gefälligkeit erweisen, und

sein Stolz verlangt, sich erkenntlich zu zeigen. Er tut es, indem er Ihnen diesen Zettel zukommen läßt. Wir sind uns nahe. Ich denke angestrengt nach. Ich werde etwas unternehmen. Keine Angst. Verlieren Sie nicht den Mut.

S.

Ich war wie gelähmt vor Erleichterung. Den Zettel zerknüllte ich. Ich hätte ihn gern aufbewahrt, unter meinen Kleidern versteckt, an meiner Haut gefühlt, um daran erinnert zu werden, daß Simon ihn geschrieben hatte, daß er in der Nähe war und an mich dachte. Aber ich mußte den Zettel vernichten. Er war gefährlich. Wenn er entdeckt würde, würde er uns vernichten. Ich zerriß ihn in so viele Stücke, wie ich konnte. Die wollte ich zerstreuen, immer ein paar auf einmal, so daß der Zettel nicht entdeckt werden konnte.

Später sprach ich mit Nicole. »Du scheinst glücklicher zu sein«, sagte sie. »Was ich dir gebracht habe, hat dich gefreut.«

»O ja, aber es sieht nicht so aus, als ob das etwas ändern könnte. Geschieht es jemals, daß eine von hier entkommt?«

»Zuweilen besorgt man einer einen Ehemann, wenn der Pascha nicht mehr an ihr interessiert ist und weiß, daß er sie nie mehr begehren wird. Einige sind zu ihren Angehörigen zurückgekehrt.«

»Aber ist schon mal eine geflohen?«

Sie schüttelte den Kopf. »Ich glaube nicht, daß das möglich ist.«

»Nicole«, sagte ich, »ich muß fliehen. Ich muß.«

»Ja«, sagte sie langsam, »du mußt fliehen. Tust du es nicht, wirst du bald zum Pascha geschickt. Deine Haut ist schon ganz weiß. Du hast Fleisch angesetzt und siehst nicht mehr wie ein Skelett aus. Rani ist mit dir zufrieden. Bald ist es soweit, vielleicht beim nächstenmal, wenn es ihn verlangt.«

»Er ist nicht da.«

»Aber er kommt wieder. Wenn er zurückkehrt, hat er immer Verlangen. Rani wird sagen, ›ja, die Blonde, die ist jetzt soweit. Er wird sehr zufrieden mit mir sein, weil ich ihm einen solchen Schatz schicke, etwas, das er noch nie hatte.‹ Du wirst ihm gefallen, sage ich dir. Vielleicht behält er dich bei sich. Du bekommst bestimmt ein Kind. Du wirst dem Pascha sehr gefallen, weil du anders bist. Womöglich wird ihm dein Kind lieber sein als Feisal... lieber als Samir.

Der Obereunuch sagt, der Pascha interessiert sich sehr für den Westen, vor allem für England. Er möchte mehr darüber wissen. Er möchte von der großen Königin hören.«

»Nein, nein«, rief ich. »Ich will nicht. Ich will nicht hierbleiben. Irgendwie komme ich hier weg. Es ist mir egal, was sie mit mir machen, aber ich bleibe nicht hier. Ich will alles tun, alles. Nicole, kannst du mir helfen?«

Sie sah mich fest an, und ein Lächeln erschien auf ihren Lippen. Langsam sagte sie: »Der Obereunuch ist ein Freund von mir. Er wünscht nicht, daß ich als erste Dame abgelöst werde. Er möchte, daß ich die Mutter des nächsten Paschas bin. Wir halten zusammen, er und ich. Ich erfahre durch ihn von draußen, und er erfährt durch mich von hier drinnen. Ich weiß, was hier vorgeht, und kann es ihm berichten. Er vergilt es mir mit Informationen von draußen. Vielleicht...«

»Vielleicht?«

»Nun, vielleicht kann ich etwas in Erfahrung bringen.«

Ich packte ihren Arm und schüttelte sie. »Wenn du mir helfen kannst, Nicole, wenn du etwas weißt...«

»Ich werde dir helfen«, sagte sie. »Niemand darf an Samirs Stelle treten. Außerdem sind wir gute Freundinnen.«

Hoffnung. Sie war das letzte, das mir blieb, und ich machte die Erfahrung, daß sie denen, die sich in einer Notlage befinden, alles bedeuten kann. Der Zettel und was ich von Nicole gehört hatte, gaben mir jetzt die Hoffnung, die ich so nötig hatte.

Ich dachte an alle Gefahren, die ich seit der Nacht, als das Unglück über die *Atlantic Star* hereingebrochen war, durchgemacht hatte. Ich hatte erstaunliches Glück gehabt. Konnte es anhalten? Nicole würde mir helfen, wenn sie konnte, das wußte ich. Nicht nur, weil wir Freundinnen waren, sondern weil sie dachte, ich könnte ihre Stellung bedrohen. Nicole war Realistin. Und der Obereunuch war ihr gewogen. Er hatte zweifellos seine Gründe. Aber spielten die eine Rolle, solange sie mir zugute kamen? Ich war verzweifelt. Ich brauchte jede Hilfe, die ich bekommen konnte.

Ich hatte Grund zur Hoffnung. Zwei der bedeutendsten Personen im Serail waren auf meiner Seite. Und Simon war nicht weit weg. Zum erstenmal seit meiner Ankunft an diesem Ort schien mir die Flucht nicht ganz unmöglich.

Rani bekundete Freude an meiner Erscheinung. Sie brummte zufrieden, wenn sie mich massierte. Mir sank der Mut. Im kalten Lichte der Vernunft schien eine Flucht unendlich fern. Ich hatte mich von einer Welle der Hochstimmung forttragen lassen. Wie konnte ich entfliehen?

An diesem Nachmittag ging ich in den Schlafraum und legte mich auf meinen Diwan. Die Jalousien waren herabgelassen, die schweren Vorhänge machten den Raum kühl und dunkel. Jemand schlich herein. Durch halbgeschlossene Lider sah ich Nicole.

»Bist du krank?« flüsterte sie.

»Krank vor Angst«, erwiderte ich. Sie setzte sich auf den Diwan.

»Ich habe Angst, daß nichts mich retten kann«, fuhr ich fort.

Nicole sagte: »Rani will dich das nächste Mal zu ihm schicken.«

»Ich gehe nicht hin.«

Sie zuckte die Achseln. »Der Obereunuch sagt, der Pascha wird eine Woche fortbleiben. Wenn er zurückkehrt, dann verlangt er...«

»Eine Woche. Ach, Nicole, was soll ich tun?«

»Wir haben eine Woche«, sagte sie.

»Was können wir tun?«

Sie sah mich fest an. »Der Obereunuch kann deinen Bekannten gut leiden. Er möchte ihm helfen. Sie haben miteinander gesprochen. Rani möchte dich unbedingt dem Pascha zeigen. Sie möchte ihn wissen lassen, daß du nichts Besonderes warst, als du herkamst – bis auf dein Haar, und das war ohne Glanz. Jetzt schimmert es. Sie hat dich für den Pascha bereit gemacht, und nun sollst du zu ihm geschickt werden. Er wird dem Mann dankbar sein, der dich hergebracht hat – das war der Obereunuch –, aber Rani war es, die dich gepflegt hat. Doch, wie gesagt, wir haben eine Woche.«

»Was können wir tun? Bitte sag es mir.«

»Das hängt von deinem Freund ab.«

»Was würden sie mit ihm machen, wenn sie wüßten, daß er mir geschrieben hat?«

»Höchstwahrscheinlich kastrieren. Das tun sie vielleicht ohnehin. Es ist das Schicksal vieler junger Männer, die den Paschas verkauft werden. Sie werden zur Gartenarbeit abgestellt, und eine Weile bleiben sie normale junge Männer, aber wenn sie zur Arbeit im Harem gebraucht werden... wie könnte ein Pascha einem normalen jungen

Mann unter so vielen Frauen trauen? Daher die Eunuchen. Das wird höchstwahrscheinlich das Schicksal deines Freundes sein. Er wird nicht immer im Garten bleiben. Eunuchen sind zuverlässige Diener. Sie können sich unter den Haremsdamen bewegen, ohne in Versuchung zu geraten.«

»Ich sehe nicht, was wir tun könnten.«

»Du wirst tun, was man dir sagt. Denk daran, wenn ihr das versucht... ihr könntet entdeckt werden, und dann... alles lieber als das.«

»Ob Simon bereit ist, ein solches Risiko auf sich zu nehmen? Wenn ich daran denke, was mit ihm geschehen kann...«

»Wenn du fliehen willst«, sagte sie, »darf dir kein Fehler unterlaufen. Bald wird Rani dich zum Pascha schicken. Denk daran.«

Ich schwieg. Wie würde ich ein solches Los ertragen können? Zudem sprach Nicole in Rätseln. Welche Pläne konnte es geben? Manchmal glaubte ich, sie sagte das nur, um mich zu trösten.

Die Tage vergingen, und meine ängstliche Spannung steigerte sich immer mehr. Ich sagte mir, daß ich mich wohl über kurz oder lang in das Unvermeidliche würde schicken müssen.

Der Pascha war zurück. Ranis forschender Blick ruhte auf mir. Sie rieb sich zufrieden die Hände; ich wußte, die Zeit war gekommen, und als der Obereunuch Rani an diesem Abend aufsuchte, war mir klar, daß über mein Schicksal entschieden worden war.

Dem Brauch gemäß wurden fünf andere Frauen mit mir ausgesucht; denn es kam Rani nicht zu, die Wahl für den Pascha zu treffen; er allein entschied, welche Frau er auszeichnete.

Unter den fünfen war ein hübsches junges Mädchen mit Namen Aida. Sie muß ungefähr zwölf Jahre alt gewesen sein, schlank, eben zur Frau erblühend. Sie hatte langes dunkles Haar und große Augen, die einen Ausdruck jungfräulicher Unschuld mit erwachender Raffinesse zu verbinden vermochten. Dies mußte einen großen Reiz auf einen Mann ausüben, dessen Sinne sehr wohl infolge übermäßigen Genusses abgestumpft sein mochten.

Auf Aida setzte ich meine ganze Hoffnung. Ich war überzeugt, sie hatte eine gute Chance, auserkoren zu werden. Das Mädchen war ganz aufgeregt, sie tanzte durch den Garten und machte kein Geheimnis aus ihrem Übermut. Fatima murrte, sie sei jetzt schon eingebildet.

Ich sagte zu Nicole: »Sie ist sehr hübsch. Er wird sie gewiß bevorzugen.«

Nicole schüttelte den Kopf. »Hübsch ja, aber das sind Hunderte andere auch, und alle sehen ähnlich aus wie sie, dieselben Haare, dieselben Augen, dieselbe Begeisterung und Willigkeit. Du hebst dich von ihnen ab. Und der Obereunuch sagt, der Pascha interessiert sich sehr für England. Er bewundert die englische Königin.«

Das alles bedrückte mich, und mir war übel vor Angst. Wie mochte der Pascha sein? Gewiß noch recht jung, hatte er doch erst kürzlich das Erbe seines Vaters angetreten. Er sprach etwas Englisch, wie Nicole von dem Obereunuchen erfahren hatte. Vielleicht konnte ich mit ihm reden, ihn für England begeistern, ihn wie eine zweite Scheherazade mit meinen interessanten Schilderungen des Lebens in England hinhalten.

Der Tag schien nicht enden zu wollen. In manchen Augenblicken war ich fast überzeugt, ich träume. Wieso konnte mir dies widerfahren? Wie viele Mädchen, die in England ein ruhiges, konventionelles Leben führten, hatten sich unversehens in einen türkischen Harem versetzt gesehen?

Dann sagte ich mir, ich müsse mich auf mein Los gefaßt machen. Der Pascha würde mein Anderssein bemerken. Als erstes mußte ich beten, daß er mich nicht erkor. Falls er mich nicht erwählte, wurde vielleicht befunden, daß ich nicht für den Harem taugte. Und was dann? Vielleicht konnte ich sie überreden, mich gehenzulassen? Aida war so hübsch. Sie war wie geschaffen für diese Lebensart und hatte zudem Gefallen daran.

Rani kam zu mir. Es war an der Zeit, mit den Vorbereitungen zu beginnen. Sie glättete mit den Händen mein Haar, wobei sie jubelnde Laute ausstieß. Sie zupfte daran und streichelte es. Dann klatschte sie in die Hände, und zwei Mädchen erschienen. Sie stand auf und nickte mir zu. Ich wurde ins Bad gebracht und mit parfümierten Wasserstrahlen übergossen. Nach dem Abtrocknen mußte ich mich hinlegen, während ich mit Salben, die nach Moschus und Patschuli dufteten, eingerieben wurde. Meine Haare wurden parfümiert. Von dem Geruch wurde mir übel, und ich wußte, daß ich ihn nie wieder würde riechen können, ohne an die betäubende Angst zu denken, die ich in diesem Augenblick empfand.

Ich wurde in lavendelfarbene Seidengewänder gehüllt; die Pluderhosen wurden an den Fußgelenken mit edelsteinbesetzten Bündchen zusammengehalten. Zu den Beinkleidern trug ich eine taillenlange Seidentunika mit einem dünnen Gazeschleier darüber. Auf die Seide waren unzählige Pailletten aufgenäht. Ich mußte zugeben, es war ein bezauberndes Kostüm. An den Füßen trug ich edelsteinbesetzte Sandalen aus Satin, die an den Zehenspitzen aufwärts gebogen waren.

Dann wurde mein Haar so frisiert, daß es mir auf die Schultern fiel. Ein fliederfarbener Kranz wurde mir auf den Kopf gesetzt, zwei Kränze kamen um meine Fußgelenke. Meine Lippen wurden gerötet, meine Augen sorgfältig mit Kohle umrandet, so daß sie riesengroß wirkten und das Blau dunkler.

Ich war zur Unterwerfung hergerichtet.

Wahnwitzige Gedanken kamen mir in den Sinn. Was, wenn ich mich weigerte oder wenn ich aus dem Harem zu fliehen versuchte? Aber wie? Die Tore waren verschlossen und wurden von den Eunuchen des Paschas bewacht, hochgewachsenen Männern, alle ihrer Größe wegen ausgesucht. Wie konnte ich fliehen?

Ich mußte der Wahrheit ins Gesicht sehen. Es gab kein Entrinnen.

Rani nahm meine Hand und schüttelte den Kopf. Sie tadelte mich aus irgendeinem Grund. Wohl, weil ich so ein klägliches Gesicht machte. Sie gebot mir, zu lächeln, Freude und Dankbarkeit für die große Ehre zu zeigen, die mir heute nacht zuteil werden konnte. Das aber war mir unmöglich.

Nicole stand bei mir. Sie hatte mitgeholfen, mich anzukleiden. Sie sagte etwas zu Rani, worauf diese zu überlegen schien. Dann nickte sie und gab Nicole einen Schlüssel. Nicole verließ uns.

Ich setzte mich auf den Diwan. Ich fühlte mich vollkommen hilflos. Von so weit her hatte man mich gebracht, damit mir dies geschah. Ich hatte eine Vision, wie der Pascha mich erwählte, wie ich ein Kind bekam, das Samirs und Feisals Rivale wurde. Mein Vater war ein bedeutender Mann, ein Professor, dem eine Abteilung des Britischen Museums unterstand. Ich wollte ihnen sagen, wenn der Pascha Anstalten machte, die Tochter meines Vaters zu behandeln wie ein Sklavenmädchen, würde es Ärger geben. Ich sei Engländerin. Die große Königin lasse nicht zu, daß ihre Untertanen so behandelt würden.

Ich versuchte mir Mut zu machen. Ich wußte, daß ich mir eine Menge Unsinn einredete. Was kümmerte es diese Leute, wer ich war? Sie hatten hier zu befehlen. Ich war nichts.

Vielleicht könnte ich ihm sagen, die anderen Mädchen seien ganz begierig, sein Lager zu teilen? Warum nahm er nicht eine von denen, die so willig waren, und ließ mich laufen? Wäre es möglich, ihm das zu erklären? Und wenn, würde er es verstehen?

Nicole kam mit einem Kelch in der Hand zurück. »Trink das«, sagte sie, »dann fühlst du dich besser.«

»Nein, ich will nicht.«

»Es wird dir guttun.«

»Was ist es?«

Ein anderes Mädchen suchte mich zu überzeugen. Sie schlang die Arme um sich selbst und wiegte sich hin und her.

»Sie will dir sagen, daß es in dir den Wunsch nach Liebe weckt. Es wird es dir erleichtern. Rani hat es angeordnet. Sie meint, du bist nicht willig, und der Pascha wünscht sich willige Frauen.«

Ein Aphrodisiakum, dachte ich. »Ich will nicht«, sagte ich.

Nicole trat dicht an mich heran. »Sei nicht töricht«, zischte sie. Sie sah mir in die Augen und versuchte mir mit Blicken etwas zu sagen. »Nimm es«, fuhr sie fort. »Es wird dir guttun, genau was du jetzt brauchst. Trink, trink... ich bin deine Freundin.«

Ihre Worte hatten einen verborgenen Sinn. Ich leerte den Kelch. Es schmeckte widerlich.

»Bald«, sagte Nicole, »bald...«

Nach wenigen Minuten wurde mir entsetzlich übel. Nicole war mit dem Kelch verschwunden. Ich konnte nicht aufstehen, mir war schwindelig. Ein Mädchen rief nach Rani, die in großer Besorgnis herbeieilte. Schweiß lief mir übers Gesicht, und ich warf einen Blick in einen Spiegel. Ich war sehr blaß.

Rani schrie alle an. Ich wurde auf einen Diwan gelegt. Mir war furchtbar schlecht. Nicole erschien. Ich meinte, sie geheimnisvoll lächeln zu sehen.

Ich wurde dem Pascha *nicht* zugeführt. Ich lag auf meinem Diwan und fühlte mich so elend, daß ich meine letzte Stunde gekommen glaubte.

Nicoles geheimnisvolles Lächeln ging mir nicht aus dem Sinn. Konnte es sein, daß sie mir dies angetan hatte, weil sie fürchtete, ich würde dem Pascha gefallen und ein Kind gebären, das Samir verdrängen würde? Oder war sie wirklich meine Freundin? Wie dem auch sei, sie hatte mich in dieser Nacht vor dem Pascha gerettet.

Schon nach wenigen Tagen ging es mir besser, und mit meiner Genesung kam die Überzeugung, daß Nicole es getan hatte, um mir das zu ersparen, wovor mir so graute. Sicher, gleichzeitig hatte sie sich selbst geholfen. Warum auch nicht? Nicole war Französin und sah das Leben realistisch. Der Gedanke, daß sie sich und mir mit einem Streich helfen konnte, mußte ihr doppelt reizvoll erschienen sein.

Ich konnte nicht so krank gewesen sein, wie ich gedacht hatte, sonst hätte ich mich nicht so rasch erholt.

Nicole erzählte mir, als Rani sie zu dem Schrank schickte, um ein Aphrodisiakum zu holen, wie es manchen Mädchen verabreicht wurde, bevor sie zum erstenmal zum Pascha gingen, habe sie es mit dem Trank vertauscht, von dem mir so übel wurde, daß ich dem Pascha nicht vorgeführt werden konnte. »Hast du es nicht so gewollt?« fragte sie. »Hast du nicht gesagt, du würdest alles tun... alles?«

»Ja, ja. Und ich danke dir, Nicole.«

»Ich sagte dir doch, ich bin deine Freundin. Er hat Aida erwählt. Sie ist noch nicht wieder zurück. Sie muß in hoher Gunst stehen. Das würde sie nicht, wenn du dort gewesen wärest.«

»Ich bin so froh. Sie sehnte sich danach, erwählt zu werden.«

»Das kleine Scheusal wird unerträglich sein, wenn sie zurückkommt. Es ist eine große Ehre für ein Mädchen, wenn der Pascha sie in seinen Gemächern behält. Sie wird sich zu erhaben dünken, um mit uns zu sprechen, und unausstehlich sein. Du wirst sehen.«

Wie ich von meiner Krankheit genas, so genas Rani von ihrer Enttäuschung. Es stimmte sie etwas versöhnlich, daß Aida solches Wohlgefallen gefunden hatte.

Nach drei Tagen kam Aida zurück. Sie war nun eine sehr bedeutende Persönlichkeit. Sie rauschte in den Harem, ihr Gehabe war vollkommen verändert, sie war hochmütig und sah uns alle mit Verachtung an. Sie hatte ein Paar schöne Rubinohrringe und um den Hals ein herrliches Rubinkollier. Ranis Verhalten ihr gegenüber änderte sich. Die kleine Aida war zu einer bedeutenden Haremsdame aufgestiegen.

Sie war überzeugt, daß sie schwanger war.

»Dummes Ding«, sagte Nicole. »Wie will sie das jetzt schon wissen?« Dennoch war Nicole besorgt. »Für eine Weile dürftest du außer Gefahr sein«, tröstete sie mich. »Denn wenn sie ihm so sehr gefiel, daß er sie drei Tage und drei Nächte bei sich behielt, läßt er sie vielleicht wieder zu sich kommen. So war es seinerzeit mit mir. Aida muß die dankbarste Frau im Harem sein, und diese Dankbarkeit gebührt dir.«

»Vielleicht hätte er mich nicht genommen. Womöglich hätte er sie vorgezogen.«

Nicole sah mich ungläubig an.

Mit großer Erleichterung hörte ich von Nicole, die es wiederum von dem Obereunuchen wußte, daß der Pascha für drei Wochen verreist war.

Drei Wochen! In dieser Zeit konnte viel geschehen. Vielleicht hörte ich etwas von Simon. Wenn es möglich wäre, Mittel und Wege zu ersinnen, um von hier fortzukommen... Wenn es jemand konnte, dann er.

Einige Tage vergingen. Aida machte sich sehr unbeliebt. Sie trug ihre Rubine die ganze Zeit; sie setzte sich an den Teich, nahm sie in die Hand und bewunderte sie. Damit zeigte sie allen, welche Gunst ihr zuteil geworden war und wie sehr sie die anderen bemitleidete, weil sie nicht die Schönheit und die Reize besaßen, um den Pascha zu umgarnen. Sie wirkte träge und zeigte Anzeichen von Schwangerschaftsübelkeit. Nicole und die anderen lachten sie aus. Eine stritt so heftig mit ihr, daß sie miteinander rangen und Aidas Gesicht schlimm zerkratzt wurde. Das löste bei Aida einen Tränenstrom aus. Wenn der Pascha zurückkehrte, konnte sie nicht mit einem Kratzer im Gesicht zu ihm gehen.

Rani war wütend, und die beiden Mädchen wurden für drei Tage eingesperrt. Nicole erzählte mir, Rani hätte sie am liebsten verprügelt, aber sie fürchtete, ihren Körpern, insbesondere Aidas, blaue Flecken zuzufügen. Haremsdamen brauchten im allgemeinen keine körperliche Gewalt zu fürchten. Immerhin, meinte Nicole, sei es eine Erleichterung, die hochmütige Kleine loszusein, wenn auch nur für drei Tage.

Als Aida wiederkam, war sie nicht im mindesten zerknirscht. Sie war träge wie immer und noch überzeugter, daß sie schwanger sei und einen Knaben erwarte. Sie schlief mit dem Rubinkollier und verwahrte die Ohrringe in einer edelsteinbesetzten Schatulle neben ihrem Bett. Sobald es Morgen wurde, legte sie sie an.

Meine Freundschaft mit Nicole hatte bewirkt, daß ich gegen mein Naturell von den Intrigen im Harem gefesselt war. Sie erzählte mir, daß ab und zu heftige Streitereien ausbrachen und die Mädchen sehr eifersüchtig aufeinander waren. Aida gehörte wie Fatima zu denen, die Ärger verursachten. Sie waren erwählt worden und konnten es nicht vergessen. Falls Aida schwanger wäre und einen Knaben zur Welt brächte, würde das zu noch mehr Eifersüchteleien führen.

»Aber Samir ist der Älteste«, sagte Nicole. »Er muß der Lieblingssohn bleiben.«

Das werde er gewiß, meinte ich. Nicole war nicht so zuversichtlich. Sie tat alles, damit Samir begünstigt wurde, und sie wußte, daß sie nie aufhören durfte, darauf hinzuarbeiten. Im Augenblick schienen ihre Gedanken ganz auf Aida gerichtet. Da war sie nicht die einzige. Fatima richtete ihr Augenmerk ebenfalls auf Aida. Sie waren die Hauptrivalinnen gewesen, beide hatten Söhne mit Anspruch auf die Reichtümer des Paschas. Jetzt beobachteten beide Aida.

Es war ungewöhnlich, daß ein Mädchen den Pascha drei Nächte hintereinander zufriedenstellte und er sie in seinen Gemächern behielt. Es konnte also kein Zweifel bestehen, daß Aida Eindruck auf ihn gemacht hatte. Mehr noch, sie war lange genug bei ihm gewesen, um schwanger zu werden, und es war durchaus möglich, daß sie sich nun in diesem seligen Zustand befand. Deswegen bereitete sie allen Sorgen, besonders aber Nicole und Fatima.

Es war in den frühen Morgenstunden, und ich lag im Halbschlaf. Die abnehmende Mondsichel schien in den Schlafraum. Durch halbgeschlossene Augen glaubte ich eine Bewegung wahrzunehmen, eine schemenhafte Gestalt, die sich über einen Diwan in der Ecke beugte. Ich schlief wieder ein und dachte nicht mehr an den Vorfall.

Tags darauf machte sich Bestürzung breit. Aidas Rubinohrringe waren mitsamt der Schmuckschatulle, die sie neben ihrem Diwan verwahrte, verschwunden.

Rani kam in den Schlafraum und verlangte zu wissen, was das Theater zu bedeuten habe. Aida kreischte vor Wut und beschuldigte alle, ihre Ohrringe gestohlen zu haben. Sie wollte es dem Pascha melden. Er werde keine Diebinnen in seinem Harem dulden. Wir würden alle ausgepeitscht und hinausgeworfen. Sie müsse ihre schönen Ohrringe wiederhaben. Wenn man sie ihr nicht noch heute zurückgebe, werde sie den Pascha bitten, uns alle zu bestrafen.

Rani war wütend.

»Die kleine Närrin«, sagte Nicole. »Weiß sie denn nicht, daß sie hochstehende Leute nicht reizen darf? Sie hält sich wohl selbst für so bedeutend, daß sie glaubt, auf ihre Unterstützung verzichten zu können.«

Der Schlafraum wurde durchsucht, aber die Ohrringe fanden sich nicht. Fatima sagte, es sei furchtbar, und man müsse auch die Kinder durchsuchen. Manche Kinder seien geborene Diebe, und sollte sich ihr Feisal als ein solcher erweisen, wolle sie zusehen, daß er streng bestraft würde.

Rani sagte, die Ohrringe würden ganz bestimmt bald gefunden. Sie könnten nicht weit weg sein. Es bringe keinen Nutzen, einer anderen den Schmuck zu stehlen. Wann könnte die Diebin ihn tragen?

Ich war mit Nicole in den Gärten. »Das geschieht ihr recht«, sagte sie. »Diese hochmütige kleine Närrin. Sie wird es nicht weit bringen.«

»Eine muß die Ohrringe genommen haben.«

»Vielleicht aus Jux?«

Langsam sagte ich: »Da fällt mir etwas ein. Im Halbschlaf sah ich jemanden im Zimmer stehen, ja, an Aidas Diwan.«

»Wann?«

»Diese Nacht. Ich dachte, ich träume. Ich war in diesem Zustand, wo ich nicht richtig wußte, ob ich wach war oder schlief. Ich habe seltsame Träume, seit ich hier bin, vor allem, seit du mir das Zeug zu trinken gegeben hast. Halb schlafend, halb wach, beinahe Halluzinationen. Ich bin nicht ganz sicher, ob ich es nicht geträumt habe.«

»Wenn du jemand an Aidas Bett gesehen hast, und am nächsten Morgen waren ihre Ohrringe verschwunden, dann hast du wahrscheinlich nicht geträumt.«

In diesem Moment kam Samir herbei. Er hielt etwas Glänzendes in der Hand. »Sieh mal, Maman«, sagte er, »so hübsche Sachen.«

Nicole nahm ihm die Schmuckschatulle ab und öffnete sie. Da lagen die Rubinohrringe. Nicole warf mir einen ängstlichen, bedeutungsvollen Blick zu. »Wo hast du das gefunden, Samir?« fragte sie mit zitternder Stimme.

»In meinem Boot.«

Sein Spielzeugboot war sein ganzer Stolz. Man sah ihn selten ohne es. Er ließ es in den Wasserbecken schwimmen.

Nicole sah mich an und sagte: »Ich muß damit sofort zu Rani.«

Ich hielt sie zurück und sah vorsichtig zu Samir hin. Sie verstand.

»Geh spielen«, sagte sie. »Erzähle niemand, was du gefunden hast. Es ist nichts Wichtiges. Aber sag kein Wort. Versprich es, Samir.«

Er nickte und sauste davon.

Ich sagte: »Langsam erinnere ich mich. Es könnte Fatima gewesen sein, die ich in der Nacht gesehen habe. Was, wenn sie die Ohrringe gestohlen hat? Je mehr ich darüber nachdenke, desto mehr glaube ich, daß sie es war. Hat sie nicht gesagt, wir müßten alle durchsucht werden, sogar die Kinder? Fatima besitzt keinen Scharfsinn. Es ist leicht, ihre Gedanken zu lesen. Sie möchte dir und Samir schaden. Sie hat die Ohrringe gestohlen und in das Boot gelegt, damit alle glauben, es war Samir.«

»Warum?«

»Um ihn zum Dieb zu stempeln.«

»Aber er ist doch noch ein Kind.«

»Vielleicht irre ich mich. Aber was wäre geschehen, wenn man die Ohrringe in seinem Boot gefunden hätte? Er hätte gesagt, er wisse nicht, wie sie dahin gekommen seien. Aber hätte man ihm geglaubt? Es wäre vielleicht dem Pascha zu Ohren gekommen. Aida hätte es gemeldet, wenn er sie wieder hätte rufen lassen, was durchaus möglich ist. Vielleicht wäre der Junge bestraft worden. Der Pascha wäre verstimmt über ihn. Siehst du, worauf ich hinauswill? Aber vielleicht habe ich unrecht.«

»Nein, nein. Ich glaube nicht, daß du unrecht hast.«

»Sie wird vielleicht sagen, Samir hätte die Ohrringe gestohlen, und als der Diebstahl entdeckt wurde, habe er Angst bekommen und sie abgeliefert.«

»Und was nun?«

»Wir müssen sie loswerden. Wirf sie fort. Es wäre nicht gut, wenn man sie bei dir fände. Wie wolltest du es erklären? Wie sind sie in Samirs Boot gekommen? würden sie fragen. Samir muß sie hineingetan haben, würden sie sagen. Eine unangenehme Sache wäre das. Laß sie hier, am Teich. Man wird die Schatulle bald finden, und Samir hat nichts damit zu tun. Das ist bestimmt das beste.«

»Du hast recht«, sagte sie.

»Je eher wir sie los sind, desto besser.«

Sie nickte. Vorsichtig ließ sie die Schatulle beim Teich fallen, und wir schlenderten davon. Ich sagte: »Es war bestimmt Fatima. Ich versuche mich zu erinnern, was ich heute nacht gesehen habe. Es wäre ganz einfach für sie gewesen, von ihrem Diwan zu schleichen, als alle schliefen, und die Schatulle zu nehmen.«

»Ja, es war Fatima. Ich weiß es. Sie hat es getan. Oh, wie ich diese Person hasse! Eines Tages bringe ich sie um.«

Die Schatulle wurde gefunden. Aida sagte, sie verstehe das nicht. Sie habe sie neben ihren Diwan gestellt. Jemand müsse sie fortgenommen und dann Angst bekommen und sie weggeworfen haben. Rani meinte, die Ohrringe seien gefunden, und damit sei der Fall erledigt. Doch das war er nicht. Die Feindschaft zwischen Fatima und Nicole nahm beängstigend zu. Es war nun ziemlich sicher, daß Aida nicht schwanger war, und das verstärkte die Rivalität zwischen Samirs und Feisals Müttern. Aida war mürrisch. Jemand sagte, sie hätte den Diebstahl der Ohrringe vorgetäuscht, um darauf aufmerksam zu machen, daß der Pascha sie einmal gern genug hatte, um sie ihr zu schenken. Es gab viel Gerangel und Gehässigkeit im Harem. Vielleicht, weil die Frauen so wenig zu tun hatten.

Nicole war mir zweifellos dankbar. Sie sah deutlich die Gefahr, die an ihr und Samir vorübergegangen war; denn wäre der Junge als

Dieb gebrandmarkt worden, hätte er womöglich die Gunst des Paschas für immer verloren. Diese gemeine Tat war Fatima durchaus zuzutrauen, davon war Nicole überzeugt.

Nicole wurde mir gegenüber offener. Ich hatte gewußt, daß zwischen ihr und dem Obereunuchen eine besondere Freundschaft bestand, und jetzt vertraute sie mir an, sie seien zusammen auf dem Schiff und schon damals befreundet gewesen. Sie sagte nicht, daß sie verliebt waren, aber es mochte sich wohl angebahnt haben. Als man Nicole in den Harem brachte, war er zur gleichen Zeit an den Pascha verkauft worden. Eunuchen wurden gerade dringend gebraucht, und so war dies sein Schicksal geworden. Da er groß und klug war und gut aussah, war er rasch zu seiner jetzigen Stellung aufgestiegen. Nicole unterrichtete ihn über die Vorgänge im Harem, und er versorgte sie mit Nachrichten von draußen. Beide hatten das beste aus dem Leben gemacht, zu dem sie gezwungen waren.

Seit ich wußte, wie nahe sie sich gestanden hatten, bevor sie in Gefangenschaft geraten waren, verstand ich ihre Beziehung viel besser. Es hatte einige Zeit gedauert, bis sie sich mit diesem Dasein abfanden; doch nun war er Obereunuch, und sie gedachte in Bälde die erste Dame des Harems zu sein.

Die Beziehung zwischen mir und Nicole hatte sich vertieft. Ich hatte ihren Sohn aus einer Lage gerettet, die ihnen ihre Chancen hätten verderben können. Sie sah mich nun als ihre echte Freundin an und wollte mir vergelten, was ich für sie getan hatte. Sie wußte, mehr als alles andere wünschte ich meiner gegenwärtigen Lage zu entfliehen. Einmal, vor langer Zeit, war ihr genauso zumute gewesen, und deshalb hatte sie Verständnis für mich.

Als erstes brachte sie mir wieder ein Briefchen. Sie steckte mir den Zettel heimlich zu, wie schon einmal, und als ich ganz allein war, las ich ihn.

> Geben Sie die Hoffnung nicht auf. Durch einen Freund habe ich erfahren, was auf der anderen Seite der Mauer vorgeht. Wenn sich eine Gelegenheit ergibt, werde ich bereit sein. Seien Sie es auch. Verzweifeln Sie nicht. Wir haben Freunde. Ich vergesse Sie nicht. Es wird uns gelingen.

Es war so tröstlich, das zu lesen.

Manchmal, wenn ich bedrückt war, fragte ich mich, was er tun könnte. Dann wieder beteuerte ich mir, daß er bestimmt etwas unternehmen würde. Ich durfte nicht aufhören zu hoffen.

Nicole gab sehr auf Samir acht. Auch ich behielt ihn im Auge. Wir hatten uns angefreundet; mir schien, er wollte an der Freundschaft zwischen seiner Mutter und mir teilhaben. Er war ein reizendes Kind, hübsch und gesund, und da er alle Menschen liebte, glaubte er, sie liebten ihn auch.

Wenn ich allein am Teich saß, kam er zu mir und zeigte mir sein Boot. Wir ließen es auf dem Wasser schwimmen, und er sah ihm mit verträumten Augen nach.

»Es kommt von weit, weit her«, sagte er.

»Woher?« fragte ich.

»Aus Mar... Mart...«

In einer plötzlichen Eingebung sagte ich: »Martinique.«

Er nickte freudig. »Es fährt in eine Stadt in Frankreich«, sagte er. »Nach Lyon. Da ist eine Schule.«

Seine Mutter hatte ihm wohl ihre Geschichte erzählt; denn er fuhr fort: »Seeräuber.« Er sprach nun sehr laut. »Sie wollen uns kapern, aber wir lassen es nicht zu, nicht? Peng, peng. Haut ab, ihr ollen Seeräuber. Wir wollen euch nicht.« Er wies mit der Hand auf imaginäre Schiffe. Dann drehte er sich lächelnd zu mir um. »Alles in Ordnung. Hab keine Angst. Die sind weg.« Er zeigte auf einen Baum. »Feigen.«

»Ißt du gern Feigen?« fragte ich. Er nickte lebhaft.

Seine Mutter kam hinzu. Sie hatte die letzte Bemerkung gehört. »Er ist unersättlich, was Feigen betrifft, nicht wahr, Samir?«

Er hob die Schultern und nickte.

Daran sollte ich mich später erinnern.

Ich saß am Tisch. Die Tage vergingen, und ich fragte mich, wann der Pascha zurückkehren würde. Konnte ich hoffen, ihm abermals zu entgehen? Ein Trank wie beim letztenmal kam nicht mehr in Frage, sonst würde Rani bestimmt Verdacht schöpfen. Mehr noch, ich dachte mir, daß Rani das Aphrodisiakum diesmal selbst zubereiten würde. Sie war nicht dumm. Es konnte gut sein, daß sie argwöhnte, was geschehen war. Gab es eine Hoffnung? Konnte Simon mir mehr bieten als tröstliche Worte?

Samir kam zu mir. Er hatte eine Feige in der Hand.

»Oh«, sagte ich. »So eine schöne Feige, Samir.«

»Ja. Die hat Fatima mir geschenkt.«

»Fatima!« Ein Schauder durchfuhr mich. »Gib sie mir, Samir.«

Er versteckte sie hinter seinem Rücken. »Die gehört nicht dir. Es ist meine Feige.«

»Zeig sie mir nur mal, ja?«

Er trat einen Schritt zurück und streckte die Hand mit der Feige aus. Ich wollte sie ihm wegnehmen, aber er lief fort, und ich setzte ihm nach. Er rempelte mit voller Wucht gegen seine Mutter, die ihn lachend auffing. Dann sah sie mich an.

»Fatima hat ihm eine Feige geschenkt«, sagte ich.

Sie erbleichte.

»Er hält sie in der Hand. Er will sie mir nicht geben.«

Sie entriß sie ihm. Er verzog das Gesicht. »Ist ja gut«, sagte sie. »Ich hole dir eine neue.«

»Aber das ist meine. Die hat Fatima mir geschenkt.«

»Mach dir nichts draus.« Ihre Stimme zitterte leicht. »Du bekommst eine größere, schönere. Die hier ist nicht gut. Da sind Würmer drin.«

»Zeig her!« rief Samir aufgeregt.

»Zuerst hole ich dir eine gute.«

Sie drückte mir die Feige in die Hand. »Ich bin gleich wieder da«, sagte sie. Sie ging mit Samir fort und kehrte nach wenigen Minuten ohne ihn zurück.

»Was meinst du?« fragte ich.

»Sie ist zu allem fähig.«

»Das glaube ich auch.«

»Rosetta, ich werde die Sache prüfen.« Sie setzte sich mit der Feige in der Hand auf einen Stein und starrte trübsinnig vor sich hin. Eines von Fatimas Hündchen kam in Sicht. Nicole lachte plötzlich auf und rief es zu sich. Sie hielt ihm die Feige hin. Der Hund verschlang sie mit einem Bissen und sah uns an, als verlange er nach mehr.

»Warum hat sie Samir eine Feige geschenkt?« fragte sie.

»Vielleicht hat ihr die Sache mit den Ohrringen leid getan, und sie wollte ihm eine Freude machen.«

Sie sah mich spöttisch an. Dann fiel ihr Blick auf den Hund, der in eine Ecke gekrochen war und sich übergab.

Nicole triumphierte. »Sie ist gemein, so gemein. Sie wollte Samir töten.«

»Das ist nicht gesagt.«

»Dies genügt als Beweis. Sieh dir den Hund an.«

»Es kann etwas anderes gewesen sein.«

»Er war ganz munter, bevor er die Feige fraß.«

»Glaubst du, sie würde so weit gehen? Was würde mit ihr geschehen, wenn sie entdeckt würde?«

»Todesstrafe wegen Mord.«

»Das würde sie doch bedacht haben.«

»Fatima denkt nicht voraus. Sie denkt nur daran, Samir loszuwerden, damit Feisal der Günstling des Paschas wird.«

»Nicole, glaubst du allen Ernstes, sie würde so weit gehen?«

Der Hund krümmte sich nun auf der Erde. Wir starrten ihn entsetzt an. Plötzlich wurden seine Beine steif, und er legte sich auf die Seite.

»Es hätte Samir treffen können«, flüsterte Nicole. »Wenn du ihn nicht mit der Feige gesehen hättest... dafür bringe ich sie um.«

Aida kam hinzu. »Was ist mit dem Hund?« fragte sie.

»Er ist tot«, sagte Nicole.

»Er hat eine Feige gefressen.«

»Eine was?«

»Eine Feige.«

»Wie konnte er daran sterben? Aber das ist ja Fatimas Hund.«

»Ja«, sagte Nicole. »Geh und sag ihr, daß ihr Hund an einer Feige gestorben ist.«

Ich war entsetzt. Ich hatte ihre Rivalitäten nie ganz ernst genommen, aber wenn sie in einem Mordversuch gipfelten, dann sah die Sache anders aus.

Wie zu erwarten stand, war die Angelegenheit damit nicht erledigt. Es lag nicht in Nicoles Natur, eine solche Sache auf sich beruhen zu lassen. Ihre Bemerkungen über die Feige und den Tod des Hundes waren deutlich genug, um Fatima zu zeigen, daß sie sie verdächtigte. Sie hatte Samir die Feige geschenkt – dieselbe Feige, die den Hund vergiftet hatte.

Zwischen Nicole und Fatima herrschte offene Feindschaft. Alles sprach von Fatimas Hündchen, das nach dem Verzehr einer Feige gestorben war.

Rani war beunruhigt. Sie haßte Scherereien im Harem und wiegte sich gern in dem Glauben, alles im Griff zu haben.

Nicole und Fatima wechselten haßerfüllte Blicke. Alle warteten auf den Ausbruch des Konflikts. Ich bat Nicole, vorsichtig zu sein. Es sei das beste, Rani oder den Obereunuch von ihrem Verdacht zu unterrichten, dann könnten die sich mit der Angelegenheit befassen.

Sie meinte: »*Ich* werde mich mit Fatima befassen. Sie glauben vielleicht nicht, daß sie es getan hat. Den Tod des Hundes müsse etwas anderes verursacht haben, werden sie sagen. Sie werden nicht wünschen, daß der Pascha von einem Mordversuch im Harem erfährt.«

Ich sagte ängstlich: »Er wird bald zurück sein. Dann wird er es doch gewiß erfahren?«

»Nein. Solche Sachen kommen ihm nicht zu Ohren. Außerdem werden sie versuchen, alles zu bereinigen, bevor er zurückkommt. Aber das lasse ich nicht zu. Fatima wollte beweisen, daß mein Sohn ein Dieb ist, und als das schiefging, hat sie versucht, ihn zu vergiften.«

»Was ihr ebenfalls nicht gelang.«

»Nein, gottlob. Und das ist dir zu verdanken. Du bist mir eine gute Freundin, und wenn ich kann, will ich es dir vergelten. Ja, ich werde dir das Gute vergelten, das du mir getan hast, und ihr das Böse.«

So konnte es nicht weitergehen.

Fatima trat im Garten auf Nicole zu. »Du verbreitest üble Geschichten über mich«, sagte sie. Ich hatte genug von der Sprache aufgeschnappt, um hier und da ein wenig zu verstehen, daher bekam ich einigermaßen mit, worum es ging.

»Nichts könnte übler sein als die Wahrheit«, rief Nicole. »Du hast versucht, meinen Sohn zu töten.«

»Hab' ich nicht.«

»Du lügst! Du hast eine Feige vergiftet und ihn zu töten versucht. Statt seiner ist dein Hund gestorben, das ist bewiesen.«

»Ich habe ihm die Feige nicht gegeben. Das Kind ist ein Lügner und ein Dieb.«

Darauf hob Nicole die Hand und versetzte Fatima einen schmerzhaften Schlag ins Gesicht. Mit einem Aufschrei sprang Fatima sie an. Ich erschrak, denn ich sah ein Messer in ihrer Hand. Fatima war zum Kampf bereit hergekommen.

Einige Frauen kreischten. »Holt Rani«, sagte eine. »Holt den Eunuchen. Ruft sie her.«

Fatima hatte Nicole das Messer in den Oberschenkel gestoßen, und ihre Beinkleider waren mit Blut getränkt, das nur so hervorschoß.

Rani war herbeigekommen und schrie sie an, sie sollten aufhören. Der Obereunuch war bei ihr. Der große, starke Mann zerrte die tretende, kreischende Fatima von Nicole fort, die heftig blutend auf der Erde lag. Zwei andere Eunuchen, die gerade in den Gärten arbeiteten, erschienen. Rani befahl ihnen, Fatima fortzuschaffen. Der Obereunuch kniete sich neben Nicole. Er sagte etwas zu Rani. Dann hob er Nicole behutsam auf die Arme und trug sie ins Haus.

Ich war entsetzt. Mir war klargewesen, daß es früher oder später Ärger zwischen ihnen geben würde, aber an einen Kampf mit Messern hatte ich nicht gedacht. Es war freilich nur eines im Spiel gewesen, was Fatima einen Vorteil gebracht hatte. Jetzt bangte ich um Nicole. Ich hatte sie liebgewonnen. Sie war die einzige, mit der ich mich unterhalten konnte. Sie war es, die mir das Leben erträglich gemacht hatte.

Dann dachte ich an Samir. Armes Kind, was sollte aus ihm werden? Er war verwirrt und kam trostsuchend zu mir. »Wo ist meine Maman?« fragte er klagend.

»Sie ist krank.«

»Wann wird sie gesund?«

»Wir müssen abwarten«, erklärte ich ihm. Dies war von allen möglichen Antworten die unbefriedigendste, wie ich mich aus meiner eigenen Kindheit erinnerte.

Fatima wurde in Gewahrsam genommen. Ich fragte mich, was mit ihr geschehen würde. Der Vorfall wurde gewiß nicht so leicht abgetan. Sonst würden Recht und Ordnung im Harem untergraben, das aber würden weder Rani noch der Obereunuch zulassen.

Nach dem wenigen, was ich verstehen konnte, sprachen die Frauen über die vergiftete Feige und Fatimas Angriff auf Nicole; Aida und ihr anmaßendes Gehabe waren nicht mehr das Hauptthema.

Rani kochte vor Wut, weil Fatima offensichtlich Zugang zu dem Schrank hatte, in dem die Arzneimittel aufbewahrt wurden. Ich fragte mich, wie oft diese insgeheim verwendet worden sein mochten, um eine unerwünschte Person aus dem Harem zu entfernen. Ich stellte mir vor, wie der Pascha über den Obereunuchen den Befehl erteilte, daß jemand still zu beseitigen sei. Es muß hin und wieder vorgekommen sein. Die Geheimnisse des Schrankes sollten gut bewacht werden, und der Umstand, daß Fatima sich Zugang hatte verschaffen können, mußte zu Bestürzung Anlaß geben.

Der Obereunuch stand in ständiger Verbindung mit Rani. Ich sah ihn oft im Harem.

Nicole war allein in einem Zimmer untergebracht. Ich durfte sie besuchen, vermutlich, weil sie darum gebeten hatte. Man war sehr um sie bemüht und tat alles, um ihre Genesung herbeizuführen.

Ich erschrak bei ihrem Anblick. Ihr Oberschenkel war dick bandagiert, und sie war sehr blaß; sie hatte dunkle Prellungen auf der Stirn.

»Diese Schlange wollte mich beseitigen, wenn sie gekonnt hätte, und fast wäre es ihr gelungen«, sagte sie. »Wie geht es Samir?«

»Er fragt nach dir.«

Ein Lächeln ließ ihr Gesicht aufleuchten. »Ich möchte nicht, daß er mich so sieht.«

»Ich glaube, er will dich aber sehen.«

»Dann vielleicht…«

»Ich sag's ihm. Er wird überglücklich sein.«

»Kümmerst du dich um ihn?«

»So gut ich kann, aber er will zu dir.«

»Die gemeine Hexe ist eingesperrt, ich weiß es. Das ist eine große Erleichterung für mich.«

»Ja, sie ist nicht mehr bei uns.«

»Gott sei Dank. Ich könnte nicht hier liegen, wenn ich wüßte, daß sie noch da wäre… und ich machtlos. Weiß Samir, in welcher Gefahr er war?«

»Er ist noch zu klein.«

»Kinder sind heller, als man glaubt. Sie hören zu. Ihnen entgeht kaum etwas. Manchmal deuten sie die Dinge falsch, aber Samir wird wissen, daß etwas nicht stimmt. Er spürt die Gefahr.«

»Ich kümmere mich um ihn. Mach dir seinetwegen keine Sorgen. Und wenn du ihn sehen möchtest, werden sie es bestimmt erlauben.«

»O ja. Sie wollen nicht, daß ich sterbe. Der Pascha würde Fragen stellen. Er würde sich Gedanken machen, ob wir bei Rani in guten Händen sind. Sie würde womöglich abgelöst. Daran muß sie stets denken. Ich bin schließlich die Mutter seines Sohnes.«

»Und Fatima? Sie ist auch Mutter seines Sohnes.«

»Er hat Fatima nie richtig gern gehabt. Sie ist dumm. Gut, sie ist Feisals Mutter, aber das ist auch alles. Feisal ist ein hübscher Knabe, doch das heißt nicht, daß Fatima deswegen in Gunst bleibt, wenn sie sich als Gefahr für den Harem erweist. Ich hatte kein Messer. Das hatte sie. Sie hätte mich töten können. Sie wollte es. Ich habe viel Blut verloren. Es ist eine tiefe Wunde. Es wird lange dauern, bis sie verheilt ist.«

Am nächsten Tag brachte ich Samir zu ihr. Er sprang auf den Diwan, und sie umarmten sich. Ich hatte Tränen in den Augen, als ich sie beobachtete. Der Jubel des Kindes war groß. Sie war da. Sie war noch krank, das wußte er, aber sie war da. Er saß bei ihr, und sie fragte ihn, was er mache. Was machte das Boot?

»Die Seeräuber hätten es beinahe gekapert«, sagte er.

»Tatsächlich?«

»Ja, aber ich hab's gerade noch gerettet.«

»Das ist eine gute Nachricht.«

»Wann stehst du auf?«

»Bald.«

»Heute?«

»Nein, heute nicht.«

»Morgen?«

»Wir müssen abwarten.« Da war es wieder. Samir seufzte. Das Ungewisse in der Antwort entging ihm nicht.

»Du hast Rosetta«, sagte sie zu ihm.

Er lächelte mich an und streckte mir seine Hand hin. Nicole biß sich auf die Lippe und senkte die Augen. Sie war ebenso gerührt wie ich, und ich war sicher, in diesem Moment fühlte sie eine ebenso große Zuneigung für mich wie ich für sie.

Als ich anderntags bei ihr war, führte Rani den Obereunuchen herein. Nicole sprach auf französisch mit ihm. Sie schilderte ihm, was ich getan hatte und daß meine schnelle Reaktion Samir gerettet habe. »Ihr verdanke ich Samirs Leben«, sagte sie. »Ich muß ihr vergelten, was sie für mich getan hat.«

Er nickte, und ich glaube, der Blick, den sie wechselten, war voller Liebe. Die Tragik ihres Lebens zeigte sich mir deutlicher denn je. Ohne das, was ihnen hier zugestoßen war, hätte alles anders kommen können. Im Geiste sah ich das Schiff. Ich konnte mir vorstellen, wie sie sich trafen, wie sich die Freundschaft anbahnte, so wie es an Bord eines Schiffes geschehen kann, wo die Menschen sich jeden Tag sehen können. In einer solchen Atmosphäre gedeihen Beziehungen. Und so mochte es wohl auch bei diesen beiden jungen Menschen gewesen sein. Was wäre geschehen, wenn es ihnen vergönnt gewesen wäre zusammenzubleiben? Ich stellte sie mir auf See vor; warme Abende, man saß an Deck, der sternklare Himmel, das sachte Plätschern der ruhigen See, während sie dahinglitten. Romantik lag in der Luft. Und dann der Schiffbruch, der Verkauf in die Sklaverei und das Ende einer Liebesgeschichte, die gerade erst begonnen hatte.

Konnte ich es nicht besser verstehen als sonst jemand? War es mir nicht ebenso ergangen?

Und die arme Nicole! Grausam getrennt, dennoch nicht weit auseinander. Tatsächlich sahen sie sich oft; sie als Mitglied eines Harems gebar einem erhabenen Gebieter ein Kind; er verlor seine Männlichkeit, weil er groß und stark war und diesem grausamen Mann von Nutzen sein konnte. Wie konnten Menschen es wagen, an anderen solche Greueltaten zu verüben! Wie konnten sie es wagen, uns aus einer kultivierten Welt zu reißen und ihrer barbarischen Lebensform zu unterwerfen! Doch sie wagten es. Sie hatten die Möglichkeit und im Augenblick die Oberhand – und mit dieser gängelten sie unser Leben.

Nicole ging es besser. Sie besaß eine robuste Gesundheit, und Rani war eine tüchtige Krankenpflegerin. Sie wußte genau, wie die Wunden zu behandeln waren. Wieviel Übung mochte sie in einer Gemeinschaft bekommen haben, wo bloßer Müßiggang Gewalt erzeugte?

Ich brachte Samir täglich zu Nicole. Er war wieder fröhlicher und hatte keine Angst mehr. Seine Mutter war eine Zeitlang krank, aber sie war da, er konnte sie besuchen, und ich war eine leidliche Vertretung.

Eines Tages sagte sie zu mir: »Der Obereunuch war eben bei mir. Er sagt, sie wollen, daß alles bereinigt ist, bevor der Pascha zurückkehrt. Dann muß man ihm nichts erzählen.«

»Und was ist mit Fatima?«

»Rani wird ihm mitteilen, daß man sie fortschicken mußte, heim zu ihrer Familie. Ihr Verhalten habe seit geraumer Zeit Anlaß zur Klage gegeben. Vielleicht sagt Rani ihm sogar, daß Fatima mich mit einem Messer bedroht hat. Wenn Narben zurückbleiben, bedürfen sie einer Erklärung. Es kommt ganz darauf an. Es bleibt noch Zeit bis zu einer Entscheidung. Aber Fatima wird fortgeschickt.«

»Und Feisal?«

»Er bleibt hier. Er ist der Sohn des Paschas. Er kann nicht fort.«

»Ach. Das arme Kind.«

»Hier hat er es besser als bei seiner törichten Mutter.«

»Wer kümmert sich um ihn?«

»Die anderen Frauen. Keine hat etwas gegen Feisal. Er kann nichts dafür, daß er so eine Mutter hat. Fatima bleibt vorerst eingesperrt. Und mit Recht. Sie ist ein wildes Tier.«

»Aber was für eine schreckliche Strafe für das Kind.«

»Fatima verdient den Tod. Sie wollte Samir das Leben nehmen. Immer, wenn ich daran denke, erinnere ich mich, wieviel ich dir verdanke. Ich möchte in niemandes Schuld stehen. Ich habe mit Jean gesprochen, dem Obereunuchen. Er versteht das, und vielleicht kann er dir helfen. Ja, ich glaube, er wird dir helfen.«

Mein Herz klopfte so schnell, daß ich kaum sprechen konnte.

»Wie...« stammelte ich.

»Der Pascha wurde aufgehalten. Er bleibt noch zwei Wochen fort. Bis dahin muß es vollbracht sein.«

»Wie?«

»Wie ich dir schon sagte, Fatima wird fortgeschickt. Eine Kutsche holt sie ab. Der Obereunuch schließt das Tor auf. Draußen wartet der Wagen, um Fatima zu ihrer Familie zu bringen. Sie ist im Harem nicht mehr erwünscht.«

»Geschieht das öfter?«

Nicole schüttelte den Kopf. »Das ist die allerhöchste Ungnade. Hätte sie mich getötet, wäre sie mit dem Tode bestraft worden. Vielleicht beschließt sie, sich umzubringen«, fügte sie genüßlich hinzu.

»O nein!«

Sie lachte. »Das darf sie nicht, denn damit würde sie unsere Pläne zunichte machen. Hör zu.« Sie machte eine kurze Pause. Ich war begierig, mehr zu erfahren. Hoffnung wallte plötzlich in mir auf. »Alle Frauen sind dicht verschleiert, wenn sie ausgehen. Nur die niederen Klassen tragen keinen Schleier. Daher sieht eine Frau so ziemlich wie die andere aus. Oh, du wirst mir fehlen, wir sind doch gute Freundinnen, nicht? Aber du wärst nie eine richtige Haremsdame geworden. Du hast zuviel *Esprit*. Du kannst deinen Stolz nicht vergessen, deine Würde... nein, nicht für alle Rubine der Welt.«

»Nicole, sag mir, was du meinst. Mach es nicht so spannend. Du warst mir eine so gute Freundin. Ich werde nie vergessen, daß du mich einmal mit dem Trank gerettet hast.«

»Aber dir war eine Weile recht übel davon.«

»Das macht nichts. Er hat mich gerettet. Das verschaffte mir einen Aufschub.«

»Eine Kleinigkeit. Hast du nicht meinen Samir gerettet?«

»Wir haben uns gegenseitig geholfen. Und jetzt, bitte, bitte, erzähl mir, was du zu sagen hast.«

»Der Obereunuch will dir helfen... wenn es geht.«

»Und wie?«

»Er kommt, um Fatima abzuholen. Sie wird stark vermummt sein und einen Gesichtsschleier tragen. Und wenn in der Verhüllung nicht Fatima steckte, sondern Rosetta, na, wie fändest du das?«

»Ist es möglich?«

»Vielleicht. Er würde dich aus dem Tor bringen. Niemand würde ahnen, daß es nicht Fatima ist, sondern du. Alle haben gehört, daß sie zu ihrer Familie zurückkehrt.«

»Und wo bleibt Fatima in der Zeit?«

»In ihrem Zimmer. Sie muß sich zu einer bestimmten Zeit bereithalten, aber der Wagen wird eine halbe Stunde zu früh kommen. Das spielt keine Rolle, wird der Obereunuch sagen und die Sache in die

Hand nehmen. Er wird zu mir kommen. Du hältst dich hier in diesem Zimmer bereit. Er geht mit dir hinaus, und wenn die eine oder andere dich sieht – einige wagen es vielleicht, obwohl sie ermahnt werden, drinnen zu bleiben und Fatimas Schande nicht zu beäugen –, so werden sie dich für Fatima halten. Der Obereunuch schließt das Tor auf, und du steigst in die Kutsche, die draußen wartet. Wenn alles nach Plan läuft, wirst du an Fatimas Stelle fortgehen.«

»Wo bringt er mich hin?«

»Zur britischen Botschaft. Dort erzählst du deine Geschichte. Sie werden dich nach Hause schicken. Den Namen des Paschas kannst du nicht nennen, weil du ihn nicht weißt. Außerdem darf sich ein Land nicht in die Angelegenheiten eines anderen einmischen. Die Botschaft hat allein die Aufgabe, dafür zu sorgen, daß du nach Hause kommst.«

»Ich kann es nicht glauben. Es hört sich allzu leicht an.«

»Es ist nicht leicht. Es ist schlau und gut durchdacht. Der Obereunuch ist ein sehr kluger Mann.«

»Und wenn herauskommt, was er getan hat, was dann?«

»Es war ein verständlicher Irrtum. Alle wußten von deiner Abneigung. Es ist dir gelungen, dich als Fatima auszugeben. Er kam, um eine Frau aus dem Harem abzuholen. Die einzige, die Scherereien machen könnte, wäre Rani, aber sie wird nicht so dumm sein, sich mit dem Obereunuchen anzulegen. Sie kann mutmaßen, was sie will, aber sie kann nichts machen. Der Pascha weiß ja nichts von deiner Existenz. Du solltest eine Überraschung für ihn sein. Von daher gibt es keine Schwierigkeiten. Man wird ihm vermutlich erzählen, daß es Ärger im Harem gab und daß Fatima mich mit einem Messer angegriffen hat. Unter diesen Umständen schien es dem Obereunuchen und Rani ratsam, sie heimzuschicken. Verlaß dich drauf, kurz nach deinem Verschwinden wird Fatima fortgeschickt.«

»O Nicole, ich kann es nicht glauben. So lange habe ich gehofft und mir alles mögliche ausgedacht. Und nun wollt ihr das für mich tun. Ich träume doch nicht, oder?«

»Soviel ich weiß, bist du hellwach.«

»Der Obereunuch setzt so viel für mich aufs Spiel.«

»Nein«, sagte sie leise, »für mich.«

»Nicole, was soll ich dir sagen? Daß du das für mich tust...«

»Ich bezahle gern meine Schulden. Es muß gelingen, sonst stehe ich weiter in deiner Schuld.«

»Du schuldest mir nichts. Alles, was ich getan habe...«

»Ich weiß. Aber du hast so viel für mich getan, und es ist mir eine Freude, dir deinen größten Wunsch zu erfüllen.«

»Du hättest selber fliehen können.«

»Es gibt eine Zeit im Leben, da ist es zu spät. Es ist zu spät für uns, aber nicht für dich. Und nun halte dich bereit. Verrate nichts. Wenn es gelingen soll, ist größte Vorsicht geboten.«

»Ich weiß. Ich möchte jetzt nur nachdenken, was ich tun muß. Du hast mich überrascht. Im Moment bin ich ganz verwirrt.«

»Denk nach«, sagte sie. »Du mußt sehr vorsichtig zu Werke gehen. Es ist sehr wichtig, daß es gelingt.«

Ich konnte nicht schlafen. Ich konnte nichts essen. Immer wieder ging ich in Gedanken den Plan durch. Endlich wieder frei sein! Ein Leben ohne diese schreckliche Angst. Meine Erleichterung war so groß, daß ich sie zunächst gar nicht fassen konnte. Wieder Herr meines Schicksals zu sein, eine Person, die ihre Entscheidungen selbst trifft, nicht mehr abhängig von den Launen eines Gebieters, der meine Anwesenheit und Unterwürfigkeit verlangen konnte, wenn es ihm gefiel.

Ich dachte an Simon. Wie mochte es ihm ergehen? Wenn ich frei war, mußte ich bekanntmachen, was ihm zugestoßen war. Er mußte gerettet werden. Man durfte Menschen nicht einfach in die Sklaverei verkaufen. Die Sklaverei war abgeschafft. In der zivilisierten Welt durfte es keine Sklaven geben. Aber ach, das hatte ich ganz vergessen: Simon wollte nicht gefunden werden. Er hielt sich versteckt. Er mußte zwar als Sklave im Garten des Paschas arbeiten, aber wenigstens stand er nicht wegen eines Verbrechens, das er nicht begangen hatte, vor Gericht.

Und was war aus Lucas geworden?

Nein, ich durfte nicht über die Flucht hinausdenken. Wonach ich mich gesehnt und worum ich gebetet hatte, das sollte nun Wirklichkeit werden. Wunderbarerweise hatte ich einflußreiche Freunde gewonnen, die in der Lage waren, mir zu helfen. Und sie würden mir helfen. Es würde gefährlich sein, und ich durfte meine Gedanken nicht ablenken. Ich mußte mich bereithalten für den Augenblick, wenn es soweit war.

Ein paar Tage vergingen. Dann sagte Nicole zu mir: »Morgen ist es soweit. Fatima wartet allein in einem Zimmer darauf, daß sie abgeholt wird. Sie ist bestimmt wütend und hat schreckliche Angst. Sie wird in Schande nach Hause geschickt. Sie verliert Feisal. Rani sagt, sie hat noch Glück gehabt. Sie hätte auch mit dem Tode bestraft werden können. Wenn Samir gestorben wäre oder ich, das wäre Mord gewesen. Du hast sie davor bewahrt. Sie war mehrere Jahre im Harem. Es ist eine furchtbare Schande. Sie würde sich umbringen, wenn sie könnte. Doch genug von ihr. Der Obereunuch kommt und tut, als ob er sie abholte, doch in Wirklichkeit nimmt er dich mit.«

»Aber sie bleibt hier zurück.«

»Natürlich. Er kann euch nicht beide mitnehmen. Doch der Betrug wird nicht entdeckt, bevor du in Sicherheit bist. Es ist Aufgabe des Obereunuchen, Frauen für den Pascha zu finden, und Ranis Aufgabe ist es, sich um sie zu kümmern und sie für ihn vorzubereiten. Was der Pascha nicht kennt, kann er nicht vermissen.«

»Aber was ist mit Rani? Sie hat sich solche Mühe gegeben.«

»Oh, sie wird wütend sein, aber sie kann es sich nicht leisten, es mit dem Obereunuchen zu verderben. Kann sein, daß Fatima am Ende doch hierbleibt. Oder sie beschließen, sie fortzuschicken. Wer weiß? Vielleicht erweist du ihr sogar einen guten Dienst. Ich weiß nicht, wie es ausgehen wird, aber das ist nicht deine Sache. Es wird eine Menge Klatsch und Gerede geben, aber diese Frauen interessieren sich zu sehr für sich selbst, als daß sie lange an andere dächten. Das wird sich legen.«

»Und wenn Fatima am Ende doch bleibt, was wird aus dir und Samir?«

»Sogar Fatima lernt manchmal ihre Lektion. Wenn sie bleibt, wird sie klein beigeben, keine Bange. Sie war der Katastrophe zu nahe, um das Schicksal noch einmal herauszufordern.«

»Hoffentlich bleibt sie hier. Ich hoffe es um Feisals willen.«

»Du vergißt, daß sie meinen Sohn ermorden wollte. Und mich auch, wenn sie die Möglichkeit gehabt hätte.«

»Ich weiß. Aber sie tat es aus Liebe zu ihrem Sohn.«

»Und für sich selbst. Sie möchte so gern die erste Dame sein.«

»Die wirst du sein, Nicole.«

»Das habe ich vor. Mein Samir wird eines Tages Pascha sein, dazu bin ich fest entschlossen. Aber jetzt ist das Wichtigste, daß unser Plan gelingt. Und er wird gelingen. Der Obereunuch sorgt dafür.«

»Ach, Nicole, ich wünschte, du könntest mit mir kommen.«

Sie schüttelte den Kopf. »Ich würde nicht mitgehen, selbst wenn ich könnte. Hier ist mein Leben. Vor Jahren, bevor Samir da war, wäre es etwas anderes gewesen. Ich habe dasselbe empfunden, was du jetzt fühlst. Aber das Schicksal war mir überlegen. Ich konnte nichts machen, und jetzt ist dies mein Leben. Samir wird Pascha. Das wünsche ich mir mehr als alles andere. Dafür bete ich.«

»Und ich bete, daß du es schaffst.«

Sie nickte entschlossen. »Das will ich. Du denkst vielleicht, ich habe einen unmöglichen Ehrgeiz. Aber es ist schon einmal geschehen. Da war ein Mädchen wie ich. Ihr Name war Aimée Dubucq de Rivery. Sie kam von Martinique, wie ich, und war auf dem Heimweg von ihrer Schule in Frankreich. Sie erlitt Schiffbruch und wurde in den Harem eines Sultans verkauft. Ich habe ihre Geschichte vor langer Zeit gelesen, und oft kommt es mir vor, als ob ich sie noch einmal erlebe. Ich weiß, wie ihr zumute war, wie verzweifelt sie anfangs war, bis sie sich in ihr Schicksal fügte, wie sie alles in die Zukunft ihres Sohnes setzte. Sie hat es geschafft, er wurde Sultan. Siehst du, ihr Schicksal ist meinem so ähnlich. Sie hat es geschafft, also schaffe ich es auch.«

»Ja, Nicole«, sagte ich. »Ich weiß, du wirst es schaffen.«

Der Tag war gekommen.

Seit ihrer Verletzung hatte Nicole abseits des Schlafraumes ein kleines Zimmer für sich allein. Die Kleider, die ich tragen sollte, hatte der Obereunuch heimlich in dieses Zimmer geschafft, wenn er Nicole besuchen kam, um zu sehen, wie ihre Genesung voranschritt. Ich zog die Sachen an, und nun sah ich wie irgendeine Frau aus, der man auf der Straße begegnen konnte. Freilich, ich war recht groß, aber ich nehme an, es ließen sich auch Frauen von meiner Größe finden.

Der Obereunuch kam. »Wir müssen vorsichtig sein«, sagte er. »Folgen Sie mir.« Ich verließ mit ihm das Zimmer, nachdem ich Nicole ein letztes Mal Lebewohl gesagt hatte. Niemand war zu sehen. Der Obereunuch hatte den Frauen Anweisung gegeben, im Schlafraum zu bleiben und nicht hinauszuspähen. Keine sollte den Fortgang des in Ungnade gefallenen Mitgliedes der Gemeinschaft sehen.

Es war einfacher, als ich zu hoffen gewagt hatte. Wir gingen zusammen zum Tor. Ich senkte den Kopf wie in demütiger Trauer. Ein Wächter schloß das Tor auf, und wir gingen hindurch, der Obereunuch voran, ich ein paar Schritte hinter ihm. Der Wagen wartete. Der Obereunuch schob mich hinein und stieg eilends neben mir ein. Gleich darauf gab der Kutscher dem Pferd die Peitsche, und wir fuhren davon.

Wir kamen auf die Straße, und nach wenigen Minuten hielt die Kutsche an. Was hatte das zu bedeuten? Man wollte mich doch wohl nicht hier absetzen, so nahe am Wohnsitz des Paschas? Ich war zu durcheinander, um klar zu denken, aber der Gedanke erfüllte mich mit Bangen.

Der Obereunuch stieg aus, gleichzeitig sprang der Kutscher vom Bock. Der Obereunuch nahm dessen Platz ein, und der Kutscher kletterte neben mir in den Wagen.

Ich dachte, ich träume. »Simon!« flüsterte ich. Er legte wortlos seine Arme um mich, und wir hielten uns umklammert.

In diesen Minuten war mir, als sei ich aus einem langen Alptraum erwacht. Ich war nicht nur von allen Ängsten befreit, die mich seit meiner Gefangennahme gepeinigt hatten, sondern Simon war bei mir.

»Sie... auch!« hörte ich mich sagen.

»O Rosetta«, flüsterte er. »Wie froh ich bin!«

»Wann... wie...?« begann ich.

Er erwiderte: »Wir reden später. Fürs erste ist dies genug.«

»Wohin bringt er uns?«

»Wir werden sehen. Er meint es gut mit uns.«

Wir sagten nichts mehr. Wir hielten uns nur fest an den Händen, als fürchteten wir, wieder getrennt zu werden.

Es war noch nicht dunkel, und durch das Wagenfenster erkannte ich einige der Wahrzeichen, die mir auf dem Weg zum Wohnsitz des

Paschas aufgefallen waren, die Burg der Sieben Türme, die Moscheen, die baufälligen Holzhäuser.

Große Erleichterung überkam mich, als wir die Brücke überquerten, die den türkischen vom christlichen Teil der Stadt trennt. Jetzt waren wir auf der Nordseite des Goldenen Horns. Wir fuhren noch eine Weile, dann blieb der Wagen plötzlich stehen, und der Obereunuch kletterte vom Kutschbock. Er bedeutete uns auszusteigen. Er hob die Hand mit einer Geste, die uns zu verstehen gab, daß seine Aufgabe hiermit erfüllt sei.

»Wir wissen nicht, wie wir Ihnen danken sollen«, sagte Simon auf französisch.

Der Obereunuch nickte. »Die Botschaft ist da drüben. Das hohe Gebäude.«

»Ja, aber...«

»Gehen Sie, gehen Sie, bevor man Sie sucht.« Damit kletterte er eilends auf den Kutschbock. »Viel Glück«, rief er, und der Wagen kehrte um.

Simon und ich waren allein in Konstantinopel.

Ein Hochgefühl überkam mich. Wir waren frei... alle beide. Wir brauchten nur in die Botschaft zu gehen und unsere Geschichte zu erzählen, und wir waren in Sicherheit; man würde unsere Familien von unserem Verbleib verständigen und uns dann nach Hause schicken.

Ich rief Simon zu: »Ist das zu fassen!«

»Es ist kaum zu glauben. Ich bringe Sie zur Botschaft. Sie müssen erklären, daß Sie aus einem Harem geflohen sind.«

»Das klingt einfach unglaublich.«

»Man wird Ihnen Glauben schenken. Man weiß dort bestimmt, was hier vorgeht, zumal im türkischen Teil.«

»Gehen wir, Simon. Erzählen wir es ihnen. Bald werden wir auf dem Heimweg sein.«

Er blieb stehen und sah mich fest an. »Ich kann nicht in die Botschaft gehen.«

»Was...?«

»Haben Sie vergessen, daß ich vor der englischen Gerichtsbarkeit geflohen bin? Sie können sich denken, wo die mich hinschicken würden.«

Ich starrte ihn entgeistert an. »Sie meinen, Sie wollen hierbleiben?«

»Warum nicht? Vielleicht für eine Weile, bis ich einen Plan gefaßt habe. Für einen Flüchtling vor der Gerichtsbarkeit ist diese Stadt so gut wie jede andere. Aber ich denke, ich werde versuchen, mich nach Australien durchzuschlagen. Ich habe ja schon Erfahrungen auf einem Schiff gemacht. Ich glaube, da bin ich am besten aufgehoben.«

»Simon, ich kann nicht ohne Sie da hineingehen.«

»Natürlich können Sie. Seien Sie vernünftig. Ich bringe Sie jetzt gleich zur Botschaft, Rosetta. Sie gehen hinein. Erklären Sie alles. Man wird alles tun, um Ihnen zu helfen. Man wird dafür sorgen, daß Sie bald nach Hause kommen. Deswegen wurden Sie schließlich hierhergebracht.«

»Wir beide.«

»Wie sollten sie wissen, daß ich keinen Gebrauch davon machen kann? Sie aber können es. Und es wäre über die Maßen töricht von Ihnen, es nicht zu tun. Sie müssen unverzüglich hineingehen, ich bestehe darauf.«

»Ich könnte bei Ihnen bleiben. Wir würden einen Weg finden...«

»Hören Sie, Rosetta. Wir haben großes Glück gehabt. Sie dürfen diese Chance jetzt nicht vertun. Es wäre äußerst töricht. Wir haben vortreffliche Freunde gefunden, Sie in Nicole, ich in dem Obereunuchen. Sie haben ihr einen Dienst erwiesen, und ich hatte das Glück, mit ihm Freundschaft zu schließen. Unsere Fälle waren ähnlich, somit hatten wir etwas gemeinsam. Er war auf dieselbe Weise ergriffen worden wie ich. Wir konnten uns in seiner Sprache unterhalten. Als er erfuhr, daß Sie und ich zusammengewesen waren, schien ihm das wie ein Zeichen. Er und die Französin, Sie und ich. Das gab uns ein Gefühl der Kameradschaft. Sehen Sie nicht, was für ein unglaubliches Glück wir haben? Wir hätten den Rest unseres Lebens dort verbringen können. Sie als Sklavenmädchen zur Verfügung des Paschas, ich als Haremswächter mit den Eunuchen. Womöglich hätte man mich gar zu einem von ihnen gemacht. Es hätte so kommen können, Rosetta. Und wir sind entflohen. Lassen Sie uns unseren Schutzengeln danken. Jetzt müssen wir dafür sorgen, daß sie uns nicht vergebens behütet haben.«

»Ich weiß, ich weiß. Aber ich kann nicht ohne Sie gehen, Simon.«

Er sah sich um. Wir standen in der Nähe einer Kirche, die sich bei genauerem Hinsehen als eine englische erwies. An der Mauer war eine Tafel. Simon zog mich hin, und wir lasen, daß die Kirche zum Gedenken an die Gefallenen des Krimkrieges erbaut worden war.

»Gehen wir hinein«, sagte Simon. »Dort können wir überlegen und vielleicht reden.«

In der Kirche war es still. Zum Glück war niemand drinnen. Ich hätte in meiner türkischen Kostümierung unpassend ausgesehen. Wir setzten uns in eine Bank nahe dem Eingang, bereit, nötigenfalls zu entwischen.

»So«, sagte Simon. »Wir müssen vernünftig sein.«

»Das sagen Sie andauernd, aber...«

»Es ist unumgänglich.«

»Sie können nicht von mir verlangen, Sie zu verlassen, Simon.«

»Ich werde nie vergessen, daß Sie das gesagt haben.«

»Es hat so lange gedauert. Ich habe mich unentwegt gefragt, was aus Ihnen geworden ist, und jetzt, da wir endlich zusammen sind...«

»Ich weiß.« Er schwieg eine kleine Weile, dann fuhr er fort: »Der Obereunuch hielt mich auf dem laufenden. Ich wußte, daß die Französin Sie vor dem Pascha bewahrt hatte, indem sie Ihnen ein bestimmtes Mittel verabreichte. Er hat ihr das Mittel für Sie besorgt.«

»Das hat er Ihnen erzählt!«

»Ja. Ich hatte von Ihnen gesprochen. Ich hatte ihm von dem Schiffbruch und unserer gemeinsamen Zeit auf der Insel berichtet. Er sagte, das erinnere ihn an sein eigenes Erlebnis. Und die Französin war in den Harem gebracht worden. Ich glaube, weil unser Schicksal so ähnlich war und sich für uns eine Chance ergab, wollte er, daß wir sie nutzen. Er sagte immer zu mir: ›Euch wird es genauso ergehen, es sei denn, ihr kommt hier heraus.‹ Es schien hoffnungslos. Dann ergab sich diese Möglichkeit. Wir haben unwahrscheinliches Glück gehabt, Rosetta.«

»Ich kann immer noch nicht glauben, daß wir jetzt hier zusammen sind. Es scheint, wir wurden von Anfang an behütet. Zuerst das Boot, dann die Insel, und jetzt dies.«

»Wir haben immer eine Chance gehabt und sie genutzt. Und wir dürfen die nicht ausschlagen, die sich uns jetzt bietet.«

»Ich kann Sie nicht verlassen.«

»Denken Sie daran, es war von vornherein mein Plan, aus England fortzukommen. Was würde geschehen, wenn ich jetzt zurückkehrte?«

»Hier können Sie nicht bleiben. Vielleicht sucht man Sie. Was, wenn man Sie findet? Die Strafe für Flucht ist...«

»Sie werden mich nicht finden.«

»Wir könnten beweisen, daß Sie unschuldig sind. Zusammen können wir es schaffen.«

»Nein. Die Zeit ist noch nicht da.«

»Wird sie je kommen?«

»Vielleicht nicht. Aber wenn ich mit Ihnen zurückkehrte, würde man mich sofort festnehmen. Dann wäre ich in derselben Lage wie vor meiner Abreise.«

»Vielleicht hätten Sie nicht fortgehen sollen.«

»Bedenken Sie nur, wäre ich nicht fortgegangen, wären wir uns nie begegnet. Wir wären nie zusammen auf der Insel gewesen. Im Rückblick dünkt sie mich wie ein Paradies.«

»Ein ungemütliches Paradies. Haben Sie vergessen, wie hungrig wir waren, wie wir den Anblick eines Schiffes herbeigesehnt haben?«

»Und dann gerieten wir in die Hände von Korsaren. Nein, das vergesse ich nicht so schnell.«

»Die Insel war kein Paradies.«

»Aber wir waren zusammen.«

»Ja«, sagte ich. »Wir waren zusammen, und so sollte es bleiben.«

Er schüttelte den Kopf. »Dies ist Ihre Chance, Rosetta. Sie müssen sie nutzen. Ich bestehe darauf.«

»Aber ich möchte so gern bei Ihnen bleiben, Simon. Das wünsche ich mir mehr als alles andere.«

»Und ich möchte, daß Sie in Sicherheit sind. Es wird ganz leicht für Sie sein.«

»Nein, es wird das Schwerste, was ich je getan habe.«

»Sie lassen Ihre momentanen Gefühle die Oberhand über Ihren Verstand gewinnen. Morgen würden Sie es bereuen. In der Botschaft wird man ein Bett für Sie haben. Man wird sich Ihre Geschichte mitfühlend anhören und Ihnen jede mögliche Hilfe angedeihen lassen, um sicher nach Hause zu gelangen.«

»Und Sie soll ich hier zurücklassen!«

»Ja«, sagte er kurz und bündig. »Und jetzt bringe ich Sie zur Botschaft. Ach Rosetta, machen Sie nicht so ein Gesicht. Es ist das Beste für Sie. Ich will es so. Es ist eine große Chance, wie sie sich nur einmal im Leben bietet. Sie dürfen sie nicht vertun. Sie sind gefühlsmäßig überdreht. Sie kennen Ihre wahren Empfindungen nicht. Später werden Sie imstande sein, sie zu bewerten. Sie müssen jetzt gehen. Ich verlange es. Ich muß sehen, wie ich zurechtkomme. Das wird schwer genug. Aber ich werde es schaffen... allein.«

»Sie meinen, ich wäre Ihnen eine Last.«

Er zögerte und sah mich fest an. »Ja.«

Da wußte ich, daß ich gehen mußte.

»Es ist das Beste für Sie, Rosetta«, fuhr er sanft fort. »Ich werde Sie nie vergessen. Eines Tages, vielleicht...«

Ich sagte nichts und dachte: Ich werde nie wieder glücklich sein. Wir haben so viel durchgemacht... zusammen.

Er nahm meine Hände und drückte mich an sich. Dann verließen wir gemeinsam die Gedächtniskirche und begaben uns zum Eingang der Botschaft.

Trecorn Manor

Innerhalb weniger Tage war ich aus der phantastischen, unwirklichen Welt in ein normales Leben zurückgekehrt. Ich war erstaunt über die Art und Weise, wie man mich in der Botschaft empfing; fast hätte man meinen können, es sei kein ganz ungewöhnlicher Vorgang, daß junge Mädchen Schiffbruch erlitten und in einen Harem verkauft wurden. Die Piraterie war vor fast einem Jahrhundert abgeschafft worden, aber es gab immer noch Leute, die auf hoher See ihr übles Gewerbe ausübten, und wie in alten Zeiten unterhielten Potentaten hinter hohen Mauern Serails, die von Eunuchen bewacht wurden. Bestimmte Dinge spielten sich nicht in der Öffentlichkeit ab, aber sie waren eine Realität.

Die Botschaft war eine kleine Enklave – ein Stückchen England in einem fremden Land. Von dem Augenblick an, als ich durch das Tor trat, hatte ich das Gefühl, heimgekehrt zu sein. Ich wurde sogleich mit Kleidung versorgt und konnte die fremdländische Kostümierung ablegen. Man stellte mir Fragen, und ich berichtete, was geschehen war. Der Untergang der *Atlantic Star* war hinreichend bekannt. Es hatte einige Überlebende gegeben. Man werde sich sogleich mit London in Verbindung setzen. Ich erzählte von unserer Rettung mit Hilfe eines Decksmannes, von der Ankunft auf der Insel, wo uns Kosaren aufgelesen und in die Sklaverei verkauft hatten. Ich durfte natürlich nichts davon verlauten lassen, daß Simon mit mir entkommen war. Meine Geschichte wurde mir ohne weiteres geglaubt.

Ich mußte mich eine Zeitlang in der Botschaft aufhalten. Ich müsse versuchen, mich zu entspannen, sagte man mir, ich sei nun in Sicherheit. Ich wurde von einem Arzt, einem älteren Engländer, der sehr freundlich und gütig zu mir war, untersucht. Er stellte mir einige Fragen. Ich berichtete, wie ich behandelt worden und daß ich die ganze Zeit unbehelligt geblieben war. Darüber schien er sehr erleichtert. Er meinte, ich sei bei guter Gesundheit, müsse mich aber schonen. Was ich durchgemacht habe, könne eine Wirkung zeitigen, die nicht auf den ersten Blick zu erkennen sei. Wenn ich darüber sprechen wolle, solle ich es tun, wenn nicht, werde mein Wunsch respektiert.

Ich grübelte viel über Simon nach. Die Leute in der Botschaft führten meine Nachdenklichkeit wohl auf die Schrecknisse zurück, denen ich entkommen war. Natürlich fragte ich mich auch, was im Serail vorging, und ich hätte gern gewußt, wie Rani es aufgenommen hatte, als sie entdeckte, daß ich an Fatimas Stelle fortgegangen war. Und was war geschehen, als man Simons Verschwinden bemerkte? Zum Glück hatte der Obereunuch dabei seine Hand im Spiel gehabt; er würde zusehen, daß so wenig Aufhebens wie möglich gemacht wurde. Rani war gewiß sehr wütend, doch selbst sie mußte sich dem Obereunuchen beugen. Und Nicole? Sie hatte ihre Schuld mehr als bezahlt, und ich hoffte inständig, daß sie für alles, was sie für mich getan hatte, entschädigt werden und mit Samir bei dem Pascha in hoher Gunst bleiben möge. Doch das würde ich wohl nie erfahren. Sie waren so plötzlich aus meinem Leben verschwunden, wie sie darin aufgetaucht waren. Und nun genoß ich das Wunder der Freiheit! Bald würde ich zu Hause sein und das Leben eines normalen englischen Mädchens führen. Ich durfte nie aufhören, dankbar zu sein, weil ich diese Tortur heil überstanden hatte – jedoch, indem ich die Freiheit gewann, hatte ich Simon verloren.

An die Tage, die ich in der Botschaft verbrachte, kann ich mich nur noch verschwommen erinnern. Wenn ich morgens erwachte, glaubte ich ein paar Sekunden lang, auf meinem Diwan zu liegen, und die bange Vorahnung kehrte wieder. Wird heute der Befehl ergehen? Ich hatte bis jetzt nicht gewußt, unter welch einer Anspannung ich gelebt hatte. Dann fiel mir ein, wo ich war, und Erleichterung überkam mich, bis ich an Simon dachte. Wie mochte es ihm in der fremden Stadt ergehen? Hatte er auf einem Schiff anheuern können, um nach Australien zu gelangen? Ich nahm an, dort würde er unter den gegebenen Umständen am besten aufgehoben sein. Wie konnte er überleben? Er war jung, kräftig und einfallsreich. Er würde es schaffen. Und sollte er eines Tages imstande sein, seine Unschuld zu beweisen, so würde er nach Hause kommen. Vielleicht würde ich ihn wiedersehen, und unsere Freundschaft könnte dort anknüpfen, wo sie abgerissen war. Er hatte angedeutet, daß er mich liebte. Meinte er es ehrlich, oder war es nur eine Zuneigung, wie sie ganz natürlich zwischen zwei Menschen wächst, die zusammen durchgemacht hatten, was uns widerfahren war?

Ich war frei, heimzukehren, zurück in das Haus in Bloomsbury. Aber war es noch unser Haus? Wo waren meine Eltern geblieben? Waren Mr. Dolland, Mrs. Harlow, Meg und Emily noch in der Küche? Konnten sie bleiben, auch wenn meine Eltern nicht da waren? Wie oft hatte ich mir die Szene ausgemalt, wie Mr. Dolland am Kopf des Tisches saß, die Brille auf die Stirn geschoben, und von dem Schiffbruch erzählte. Wenn aber meine Eltern nicht zurückgekehrt waren, was war dann aus meinen Freunden in der Küche geworden?

Eines Tages ließ der Botschafter mich rufen. Er war ein hochgewachsener, würdiger Herr mit förmlichen Manieren, der freundlich und gütig zu mir war wie alle in der Botschaft. »Ich habe Neuigkeiten«, sagte er. »Gute und schlechte. Die gute Nachricht ist, Ihr Vater hat den Schiffbruch überlebt. Er ist in seinem Haus in Bloombury. Die schlechte Nachricht ist, Ihre Mutter ist auf See geblieben. Ihr Vater wurde unterrichtet, daß Sie wohlauf sind, und er erwartet Ihre Heimkehr. Mr. und Mrs. Deardon treten in wenigen Tagen ihren Heimaturlaub an. Ich halte es für eine gute Idee – und fände es durchaus angebracht –, wenn Sie mit ihnen fahren würden.«

Ich hörte nur halb zu. Meine Mutter tot! Ich versuchte angestrengt, mich an sie zu erinnern, aber ich konnte mich nur auf ihr geistesabwesendes Lächeln besinnen, wenn ihr Blick auf mich fiel. »Ach, das Kind...« und: »Das ist unsere Tochter Rosetta. Ich fürchte, Sie werden bemerken, daß sie noch nie Unterricht hatte.« An Felicity konnte ich mich viel deutlicher erinnern. Und nun war meine Mutter tot. Das grausame Meer hatte sie behalten. Ich hatte sie und meinen Vater immer zusammen vor mir gesehen und fragte mich nun, wie er ohne sie sein mochte.

Mrs. Deardon kam zu mir, eine mollige, gemütliche Dame, die ununterbrochen sprach. Das war mir nur recht, da mir selbst kaum nach Reden zumute war. »Meine Liebe«, rief sie aus, »was für Torturen haben Sie durchgemacht! Aber sei's drum, Jack und ich werden uns Ihrer annehmen. Wir fahren mit dem Schiff von Konstantinopel nach Marseille und dann mit der Eisenbahn durch Frankreich nach Calais. So eine weite Reise! Mir graut jedesmal davor. Aber es muß sein. Und man weiß, daß man mit jeder Minute der Heimat näher kommt.« Sie gehörte zu den Frauen, die einem in fünf Minuten ihre ganze Lebensgeschichte erzählen. Ich erfuhr, daß Jack von jeher im Staatsdienst gewesen war, daß er und sie zusammen studiert hatten, daß sie beide mit zwanzig geheiratet und zwei Kinder hatten, Jack junior, der jetzt im Auswärtigen Amt tätig war, und Martin, der noch die Universität besuchte. Er würde bestimmt in den diplomatischen Dienst gehen. Das war Familientradition.

Mrs. Deardons Redseligkeit bewahrte mich davor, Konversation zu machen und womöglich etwas zu sagen, was ich später bereuen würde. Meine große Befürchtung war, zu einer Indiskretion über Simon verleitet zu werden. Ich mußte seinen Wunsch nach Geheimhaltung unter allen Umständen respektieren. Wenn sein Verbleib bekannt würde, würde man ihn zurückholen und möglicherweise zum Tode verurteilen.

In Begleitung von Mrs. Deardon ging ich aus, um einige Kleider zu kaufen. Sie plauderte die ganze Zeit, während wir nebeneinander in der Kutsche saßen. Sie und Jack waren seit drei Jahren in Konstantinopel. »Was für eine Stadt! Zuerst war ich begeistert, als Jack den Posten angeboten bekam, aber jetzt würde ich alles tun, um hier wegzukommen. Mir wäre eine nette, beschauliche Stadt lieber, Paris, Rom, irgendeine. Nicht zu weit von zu Hause. Hier sind wir *meilenweit* fort, und alles ist so *fremdländisch*. Meine Güte, diese Sitten! Und erst die türkische Seite! Sie haben ja weiß Gott Erfahrung damit gemacht. Pardon, das hätte ich nicht sagen sollen. Meine Liebe, ich weiß, wie Ihnen zumute ist. Verzeihen Sie mir. Schauen Sie! Übers Wasser können Sie nach Skutari sehen. Das hat im Krimkrieg eine große Rolle gespielt, als die wunderbare Florence Nightingale mit ihren Krankenschwestern dorthin kam. Ich glaube, sie haben letztendlich mehr zum Sieg beigetragen, als man gemeinhin weiß. Wir wohnen auf der Nordseite des Goldenen Horns, meine Liebe. Die andere Seite ist recht finster. O je, da fange ich schon wieder an... Wir sind nicht weit von Galata, dem Kaufmannsviertel, das vor Jahrhunderten von Genuesern gegründet wurde. Jack kann Ihnen alles darüber erzählen. Er interessiert sich für solche Dinge. Herrje, die Straßen sind unglaublich laut und schmutzig. Unsere Leute wagen sich nicht dorthin. Wir wohnen in der besten Gegend, in Pera, wo sich die meisten Botschaften und Konsulate befinden. Dort stehen einige sehr vornehme Häuser.« Während sie redete, kam ich ins Träumen. Bilder von der Insel blitzten in mir auf und verschwanden; wie ich mit Simon umherwanderte, während Lucas zurückblieb, um nach einem Schiff Ausschau zu halten. Und dann war die Galeere gekommen. Immer wieder kehrte ich zu der Frage zurück: Wo ist er jetzt? Was wird aus ihm werden? Ob ich es je erfahre?

»Hier gibt es einen sehr guten Schneider. Mal sehen, was er für Sie tun kann. Wir müssen Sie für zu Hause doch anständig ausstaffieren.« So plauderte sie immerfort. Das Angenehme daran war, daß sie keine Antworten erwartete.

Mir kam es sehr lange vor, bis wir aus Konstantinopel ausliefen. Es war ein bewegendes Erlebnis, an Bord des Schiffes zu gehen und über den Bosporus auf das geschichtsträchtige Skutari zu blicken, wo unsere Leute in dem Spital, das sich von weitem wie ein maurisches Schloß ausnahm, so gelitten hatten, und sodann einen letzten Blick auf die Türme und Minaretts von Konstantinopel zu werfen.

Mr. Deardon war ein großer Mann mit ergrauendem Haar und etwas steifem Gehabe, das Urbild des englischen Diplomaten; er war ziemlich unnahbar und vermittelte den Eindruck, daß nichts ihn aus der Fassung bringen oder seine Zurückhaltung erschüttern könne.

Die Fahrt nach Marseille war unangenehm, wie Mrs. Deardon vorausgesagt hatte. Die *Apollo*, die um vieles kleiner war als die *Atlantic Star*, schaukelte in der stürmischen See so heftig, wie ich es schon einmal erlebt hatte, und zeitweise kam ich mir vor wie im Traum und meinte, alles begänne von vorn. Wenn die *Atlantic Star* der Gewalt des Sturmes nicht standgehalten hatte, wie sollte die zierliche *Apollo* das überstehen?

Mrs. Deardon zog sich in ihre Koje zurück und kam nicht wieder zum Vorschein. Ich vermißte ihr Geplapper. Mr. Deardon nahm die Gewalt des Sturmes mit dem Gleichmut hin, den ich von ihm erwartet hatte. Er würde stets gelassen und würdevoll bleiben, einerlei, welche Katastrophen sich ereigneten.

Wenn ich an Deck ging, wurde der Vorfall in mir wieder lebendig, als Simon mich während des starken Sturmes an Deck angetroffen, wie er mich gescholten und hinuntergeschickt hatte, und ich dachte: Mein ganzes Leben wird mit Erinnerungen an ihn verbunden sein.

Endlich war die Tortur vorbei. Mrs. Deardon erholte sich rasch und war so redselig wie zuvor. Mr. Deardon hörte sich ihr unaufhörliches Geschwätz mit gefaßter Resignation an, aber mir war es gerade recht. Ich konnte halbwegs hinhören, während ich meinen eigenen Gedanken nachhing, und durfte gewiß sein, daß, sollte ich bei einer Unaufmerksamkeit ertappt werden, mir augenblicklich aufgrund dessen, was ich durchgemacht hatte, verziehen würde.

Es folgten die lange Fahrt durch Frankreich, die Ankunft in Calais und die Überquerung des Kanals. Der Anblick der weißen Felsen von Dover bewegte uns alle. Mrs. Deardon hatte Tränen in den Augen, und zum erstenmal zeigte sogar ihr Gatte eine gewisse Rührung, die sich in einem Lippenzucken äußerte. »Die Heimat«, sagte Mrs. Deardon. »Es ist immer dasselbe. Man denkt nur an Ostern und Narzissen, und an das grüne Gras. Ein Grün wie unseres gibt es nicht noch einmal. Daran denkt man in der Fremde. Und an den Regen, den segensreichen Regen. In Ägypten kann ein ganzes Jahr vergehen, vielleicht sogar zwei, ohne daß man einen einzigen Regentropfen zu sehen bekommt, nichts als diese gräßlichen Sandstürme. In Ismailia – wie lange waren wir da, Jack? – haben wir fast nie Regen gesehen. So ist das, meine Liebe. Die weißen Felsen, das ist die Heimat. Ihr Anblick tut so wohl.«

Und dann kamen wir nach London. Die Deardons bestanden darauf, mich zu Hause abzusetzen. »Sie müssen mit hineinkommen und meinen Vater kennenlernen«, sagte ich. »Er möchte sich bestimmt gerne bei Ihnen bedanken.«

Mrs. Deardon hätte nur zu gern angenommen, aber Mr. Deardon blieb beharrlich, und hier bewies er sein diplomatisches Geschick.

»Miß Cranleigh möchte sicher mit ihrer Familie allein sein.«

Ich sah ihn dankbar an und sagte: »Mein Vater wird Ihnen ganz bestimmt persönlich danken wollen. Vielleicht kommen Sie bald einmal zum Essen zu uns.«

»Mit dem größten Vergnügen«, sagte Mr. Deardon.

Ich verabschiedete mich in der Droschke, die wartete, bis ich geläutet hatte und die Tür geöffnet wurde. Gleich darauf wies Mr. Deardon den Kutscher diskret an weiterzufahren.

Die Tür wurde von Mr. Dolland geöffnet. Ich stieß einen Freudenschrei aus und warf mich in seine Arme. Er hustete ein wenig. In diesem Moment merkte ich noch nicht, daß unser Haushalt sich verändert hatte. Und da war auch Mrs. Harlow. Ich lief zu ihr. Sie hatte Tränen in den Augen.

»Oh, Miß Rosetta, Miß Rosetta«, rief sie und umarmte mich. »Sie sind es wirklich. Oh, es war schrecklich.«

Und da waren auch Meg und Emily. »Wie wunderbar, euch alle wiederzusehen«, rief ich.

Und dann... Felicity. Wir flogen aufeinander zu und umarmten uns. »Ich mußte einfach herkommen«, sagte sie. »Ich bin für zwei Tage hier. Ich hab' zu James gesagt: ›Ich muß hin.‹«

»Felicity! Felicity! Wie wundervoll, dich zu sehen!«

Ich vernahm ein leises Hüsteln. Über Felicitys Kopf hinweg sah ich meinen Vater. Er wirkte unbeholfen und verlegen. Ich ging zu ihm.

»Vater«, sagte ich. Er nahm mich in seine Arme und hielt mich recht steif. Ich glaube, es war das allererstemal, daß er mich umarmte.

»Willkommen. Willkommen daheim, Rosetta«, begann er. »Ich finde keine Worte...«

Da dachte ich: Er hat mich wirklich gern. Ja. Es ist bloß... er findet keine Worte.

Wenige Schritte hinter ihm stand eine Frau. Im ersten Augenblick dachte ich, meine Mutter sei am Ende doch gerettet worden. Aber es war eine andere. »Tante Maud ist hier«, sagte mein Vater. »Sie ist gekommen, um sich um mich und den Haushalt zu kümmern, als...«

Tante Maud! Die Schwester meines Vaters. Ich hatte sie während meiner Kindheit nur ein-, zweimal gesehen. Groß und hager, sah sie meinem Vater ähnlich, aber sie hatte nichts von seiner Unbeholfenheit. »Wir sind alle unendlich erleichtert, daß du nun heil nach Hause gekommen bist, Rosetta«, sagte sie. »Es war eine bange Zeit für deinen Vater und für uns alle.«

»Ja«, erwiderte ich, »für uns alle.«

»Nun, jetzt bist du da. Dein Zimmer ist bereit. Oh, es ist eine solche Erleichterung, daß du zu Hause bist.«

Ich war vor Verblüffung wie gelähmt. Tante Maud hier, an der Stelle meiner Mutter. Nichts würde je wieder sein wie vorher.

Wie recht ich hatte! Das Haus war verändert. Tante Maud erwies sich als strenge Zuchtmeisterin. In der Küche ging es ordentlich zu. Es kam nicht in Frage, daß ich dort meine Mahlzeiten einnahm. Ich mußte mit Vater und Tante Maud essen, wie es sich gehörte. Zum Glück war Felicity die ersten Tage bei uns.

Ich war sehr gespannt auf das Urteil der Küche. Mr. Dolland meinte taktvoll, Miß Cranleigh sei eine tüchtige Wirtschafterin, und man müsse sie unwillkürlich respektieren. Mrs. Harlow pflichtete ihm bei. »Früher ging's hier drunter und drüber«, sagte sie. »Schön, Mr. Dolland hat wahre Wunder gewirkt, aber ein richtiger Haushalt braucht einen Herrn oder eine Herrin – und eine Herrin ist allemal besser, weil sie weiß, wo's langgeht.«

Tante Maud wußte also offensichtlich, »wo's langging«, aber das alte, unkonventionelle Haus war verschwunden, und ich sehnte mich nach der früheren Atmosphäre. Mr. Dolland gab nach wie vor gelegentlich eine »Nummer« zum besten, doch *Die Glocken* hatten ihren Schrecken für mich verloren. Nachdem ich selbst mehrere entsetzliche Erlebnisse überstanden hatte, konnte mir die Ermordung des polnischen Juden keinen Schauder mehr einjagen. Meg und Emily trauerten den alten Zeiten nach; ich war nur froh, daß die Menschen, mit denen ich sie erlebt hatte, noch da waren.

Bei den Mahlzeiten ging es jetzt ganz anders zu. Alles mußte serviert werden, wie es sich gehörte. Die Unterhaltung wurde nicht mehr von antiken Funden und der Übersetzung eines Stückchens Papyrus beherrscht. Tante Maud sprach über Politik und das Wetter; zu mir sagte sie, sobald Vater die Trauer über Mutters Tod überwunden habe, gedenke sie für seine Kollegen vom Museum, Professoren und dergleichen ein paar Abendgesellschaften zu geben.

Wäre Felicity nicht die ersten Tage bei uns gewesen, hätte ich mich am liebsten in meinem Zimmer eingeschlossen, um mich diesen endlosen Mahlzeiten zu entziehen. Doch Felicity hellte das Gespräch mit amüsanten Geschichten über das Leben in Oxford und über ihren Sohn Jamie auf, der jetzt drei, und die kleine Flora, die noch kein Jahr alt war. »Du mußt sie unbedingt sehen, Rosetta«, sagte sie. »Sicher kann dein Vater dich nach einer Weile entbehren. Natürlich nicht gleich, du bist ja gerade erst nach Hause gekommen.«

»Natürlich, natürlich«, sagte mein Vater.

Ich hatte das Bedürfnis, mich mitzuteilen, und mit Felicity konnte ich offen reden. Trotzdem mußte ich auf der Hut sein – auch vor ihr. Es war schwierig, von meinen Erlebnissen zu sprechen, da Simon eine so wichtige Rolle dabei gespielt hatte, und um ihn nicht zu verraten, war ich sehr zurückhaltend, auf daß mir keine unbesonnene Bemerkung entschlüpfte. Doch da Felicity und ich uns so nahestanden, ahnte sie, daß mir etwas im Kopf herumging. Am Tag nach meiner Ankunft kam sie in mein Zimmer. Sie spürte, daß ich ein Problem hatte, und wollte mir natürlich helfen. Wenn das doch nur irgend jemand könnte!

Felicity platzte unvermittelt heraus: »Sag mir offen, Rosetta, möchtest du reden? Ich weiß, wie schwer es dir fallen muß, über das Geschehene zu sprechen. Aber ich denke, es könnte dir helfen.«

»Ich weiß nicht recht.«

»Ich verstehe. Es muß entsetzlich gewesen sein. Dein Vater hat erzählt, wie sie dich aus den Augen verloren, als du seine Aufzeichnungen holen gingst.«

»Ach ja. Komisch, wie solche Kleinigkeiten ein Leben verändern können.«

»Er macht sich Vorwürfe, Rosetta. Er verrät seine Gefühle nicht, aber das heißt nicht, daß er keine hat.«

»Alles ist jetzt ganz anders«, sagte ich. »Das Haus, alles. Es kann nie mehr sein wie früher.«

»Es ist wirklich gut, daß deine Tante da ist, Rosetta.«

»Wir haben sie selten gesehen, als ich ein Kind war. Ich habe sie kaum erkannt. Es kommt mir eigenartig vor, daß sie jetzt hier ist.«

»Soviel ich weiß, kam sie nicht gut mit deiner Mutter aus. Das kann ich gut verstehen, sie waren ja so verschieden. Deine Eltern waren so in ihre Arbeit vertieft, und deine Tante ist eine so kompetente Hausfrau.«

Ich lächelte gequält. »Mir hat unser Haushalt früher gefallen, inkompetent, wie er geführt wurde.«

»Dein Vater vermißt deine Mutter schrecklich. Sie haben immer alles gemeinsam gemacht. Es ist ein schlimmer Schlag für ihn. Er findet keine...«

»Er findet keine Worte«, sagte ich.

Felicity nickte. »Und du, Rosetta, mußt uns bald besuchen kommen. James würde sich freuen, und die Kinder wirst du einfach liebhaben. Jamie ist ein sehr eigenwilliger kleiner Mann, und Flora fängt gerade an zu krabbeln. Sie sind so niedlich!«

»Ja, ich würde euch gern besuchen.«

»Du brauchst uns nur Bescheid zu geben. Ich muß übermorgen zurück. Aber bei deiner Ankunft mußte ich einfach hiersein.«

»Ich bin so froh, daß du gekommen bist!«

»Hast du übrigens von Lucas Lorimer gehört?«

»Lucas? Nein.«

»Ach. Ich dachte, du wüßtest es. Er ist nämlich zurückgekommen.«

»Er ist zurückgekommen«, wiederholte ich.

»Du weißt es also noch nicht. Er hat uns die Geschichte erzählt. Wir glaubten, du wärest ertrunken, und wir hörten mit großer Erleichterung, daß du den Schiffbruch überlebt hattest. Aber wir waren schrecklich besorgt, als wir hörten, daß du diesen gemeinen Kerlen in die Hände gefallen warst. Ich hatte Alpträume, als ich mir vorstellte, was geschehen war.«

»Erzähl mir von Lucas.«

»Es ist eine traurige Geschichte. Daß ihm das passieren mußte! Ich habe ihn nur einmal gesehen, seit er zurück ist. James und ich waren in Cornwall, James hielt einen Vortrag in Truro, und wir haben in Trecorn Manor vorbeigeschaut. Aber ich habe den Eindruck, er mag keinen Menschen sehen. Trecorn Manor ist ein herrliches altes Anwesen, seit Jahren im Familienbesitz. Lucas' Bruder Carleton hat es geerbt. Das ist ein weiterer wunder Punkt. Für einen Mann wie Lucas ist es immer schwierig, der zweitgeborene Sohn zu sein. Er war so ein vitaler Mensch.«

»Was ist geschehen?«

»Er hat einen Handel mit den Kerlen abgeschlossen, die euch gekapert haben. Er hat sie überredet, ihn gegen ein paar Stücke vom Familienschmuck freizulassen. Wie das vonstatten ging, weiß ich nicht genau. Er wollte offensichtlich nicht darüber sprechen, und man kann ja nicht allzu viele Fragen stellen. Jedenfalls haben sie ihn ziehenlassen. Es war eine Art Freikauf. Der arme Lucas, er wird nie mehr der alte sein. Er ging so gern auf Reisen. James sagte immer, er sei ein Liebhaber der Künste. Aber weißt du, sein Bein, wenn es rechtzeitig behandelt worden wäre… Er war bei mehreren Knochenspezialisten im ganzen Land und im Ausland – in der Schweiz und in Deutschland –, aber es ist immer dieselbe Geschichte. Das Bein ist in der entscheidenden Zeit nicht richtig behandelt worden. Er hinkt schrecklich, er geht am Stock und hat starke Schmerzen. Das Bein wird nie mehr in Ordnung kommen. Das hat ihn verändert. Er war immer so geistreich und amüsant. Jetzt ist er sehr verdrießlich. Daß es ausgerechnet ihn treffen mußte!«

Ich war wieder in der Vergangenheit. Ich sah ihn sich an das Rettungsboot klammern, unsere unbeholfenen Bemühungen, sein Bein zu schienen, ich sah ihn auf der Insel liegen und nach einem Schiff Ausschau halten, während Simon und ich loszogen, um Nahrung zu suchen, und Simon mir sein Geheimnis anvertraute.

»Du siehst ihn also nicht oft.«

»Nein. Dabei ist es gar keine so große Entfernung. Ich habe ihn gebeten, uns zu besuchen, aber er lehnt meine Einladungen ab. Ich glaube, er will nirgends hingehen und niemanden sehen. Für ihn hat sich alles vollkommen verändert. Früher hat er so ein geselliges Leben geführt und es genossen.«

»Ich möchte ihn gern wiedersehen.«

»Ach ja, das wird ihn vielleicht interessieren. Oder aber er möchte nicht erinnert werden. Womöglich versucht er zu vergessen. Ich mache dir einen Vorschlag. Du kommst zu uns, und ich lade ihn auch ein. Vielleicht nimmt er die Strapaze auf sich, um dich zu sehen. Immerhin seid ihr zusammen auf der Insel gewesen.«

»Ach bitte, tu das, Felicity.«

»Aber sicher, und zwar bald.«

Es war eine aufregende Aussicht, aber selbst mit Lucas konnte ich nicht über Simon sprechen. Es war unser Geheimnis, nur wir beide kannten es. Simon hatte mit mir gesprochen, weil er mir vertraute. Ich mußte dieses Vertrauen achten. Würde er durch meine Schuld aufgespürt und zurückgebracht, würde ich mir nie verzeihen. Für Lucas mußte Simon der Decksmann bleiben, der uns das Leben gerettet hatte.

Felicity war abgereist. Das Haus kam mir öde vor. Ich zwang mich, den Tatsachen ins Gesicht zu sehen und zu einem Entschluß zu kommen. Ich hatte mich in dem Glauben gewiegt, Simons Unschuld beweisen zu können. Aber wie? fragte ich mich nun. Wie sollte ich es anstellen? Sein Haus aufsuchen? Die Personen kennenlernen, die eine Rolle in dem Drama spielten, das zu dem Schuß in Bindon Boys geführt hatte? Ich konnte nicht nach Perrivale Court gehen und sagen: »Ich weiß, daß Simon unschuldig ist, und bin gekommen, um die Wahrheit aufzudecken und das Rätsel zu lösen.« Ich konnte nicht auftreten wie ein Ermittlungsbeamter von Scotland Yard!

Ich brauchte Zeit zum Nachdenken. Ich war besessen von dem Drang, seine Unschuld zu beweisen, damit er zurückkehren und ein normales Leben führen konnte. Aber angenommen, ich würde diese scheinbar unmögliche Aufgabe bewältigen, wo sollte ich *ihn* finden? Das ganze Vorhaben war ein Hirngespinst. Es hatte in dieser logischen Welt keinen Platz.

Tante Mauds Einfluß auf das Hauswesen war deutlich zu merken. Die Möbel waren auf Hochglanz poliert. Die Fußböden glänzten, das Messing schimmerte, und jede noch so geringe Kleinigkeit war an dem dafür bestimmten Platz. Tante Maud ging täglich in die Küche und besprach mit Mrs. Harlow die Speisenfolge, und Mr. Dolland wie Mrs. Harlow hatten beide eine neue Würde angenommen. Sogar Meg und Emily verrichteten ihre Arbeiten ordentlicher und kürzten sie nicht ab, um bei den Mahlzeiten zu verweilen und Mr.

Dollands Schilderungen von alten Theaterzeiten zu lauschen; hätten sie sich dieser Ablenkung hingegeben, so wären sie gewiß durch ein ungeduldiges Läuten unterbrochen worden, und Mr. Dolland hätte seine Vorstellung abbrechen müssen, um seine schwarze Jacke anzuziehen und geziemend in der ersten Etage zu erscheinen.

Ich glaube, mir machte das mehr aus als ihnen. Früher waren wir alle so unbekümmert gewesen, aber mir wurde klar, daß gutes Personal einen gutgeführten Haushalt einem glücklichen vorzieht.

Tante Maud betrachtete mich öfters mit nachdenklichem Blick. Ich wußte, daß sie mir bald ihre Pläne aufzwingen würde. In Tante Mauds Augen gab es für eine junge Frau im heiratsfähigen Alter wie mich nur ein Ziel: die Heirat. Die Abendgesellschaften, die sie erwähnt hatte, sollten einem bestimmten Zweck dienen, nämlich der Suche nach einem passenden Mann für mich. Ich stellte ihn mir vor: ernst, beginnende Glatze, gebildet, belesen, vielleicht ein Professor, der sich in der akademischen Welt bereits einen Namen gemacht hatte. So ähnlich wie James Grafton, nur nicht so attraktiv. Vielleicht arbeitete er am Britischen Museum, oder auch in Oxford oder Cambridge. Ich würde in dem Kreis bleiben, in dem meine Familie verkehrte. Tante Maud mochte Vater für geistesabwesend halten – und sie hatte wenig Achtung vor den hausfraulichen Fähigkeiten meiner Mutter gehabt, weswegen wir zu Mutters Lebzeiten so wenig von ihr zu sehen bekamen –, aber er war in seinem Fach hoch angesehen, und deshalb wäre es ratsam, wenn ich jemanden von seiner Profession heiraten würde. Tante Maud dachte bestimmt, daß ich, von ihr geschult, im Gegensatz zu meiner Mutter eine Professorengattin und gute Hausfrau zugleich werden würde.

Sie würde die Angelegenheit in die Hand nehmen, so daß alles seinen konventionellen Weg ginge. Tante Maud haßte es, etwas zu verschwenden – Zeit eingeschlossen. Ohne mein außergewöhnliches Erlebnis hätte sie die entsprechenden Schritte bestimmt längst eingeleitet. So aber war mir eine kleine Erholungspause vergönnt.

Der Arzt mußte Tante Maud wohl geraten haben, mich mit einer gewissen Vorsicht zu behandeln. Man dürfe nicht vergessen, was ich durchgemacht habe, und ich brauche Zeit, um mich wieder an eine normale Lebensweise zu gewöhnen. Tante Maud befolgte seine Anweisungen mit energischer Tüchtigkeit, und mein Vater tat desgleichen und wahrte Distanz. Mrs. Harlow schonte mich auf ihre Weise, indem sie mit mir sprach wie einst, als ich fünf Jahre alt gewesen war. Sogar Mr. Dolland senkte die Stimme, und Meg und Emily betrachteten mich mit ehrfürchtigem Staunen.

Nur ein einziges Mal erwähnte Vater den Schiffbruch. Er erzählte mir, wie sie in eine Menschenmenge eingezwängt worden waren, die auf die Rettungsboote zustrebte. Sie hatten auf mich warten, hatten zurückgehen und mich holen wollen, aber ein Offizier hatte sie an den Armen gepackt und mehr oder weniger gezwungen, mit der Menge zu gehen. »Wir dachten, du wärest jeden Moment wieder bei uns«, sagte er kläglich.

»Es war ein solches Durcheinander«, erwiderte ich.

»Ich habe Mutter verloren, als man uns in die Boote schob…«

»Wir dürfen nicht darüber grübeln«, sagte ich.

»Wenn du nicht umgekehrt wärst, um die Aufzeichnungen zu holen, wären wir alle zusammengeblieben.«

»Nein, nein. Du und Mutter, ihr wurdet getrennt. Wir wären auch getrennt worden.«

Er war so bekümmert, und ich wußte, wir durften nicht darüber sprechen. Er müsse versuchen zu vergessen, sagte ich ihm.

Dies alles bewegte mich tief, und ich verspürte ein großes Verlangen, zu fliehen, nach Cornwall zu gehen, mich nach Perrivale Court zu begeben und mit der unmöglichen Aufgabe zu beginnen, die Wahrheit herauszufinden. Ich brauchte Zeit. Ich brauchte einen Plan. Ich wollte unbedingt etwas tun, aber ich wußte nicht recht, wie beginnen.

Ich ging in die Küche hinunter und versuchte, den Geist der alten Tage wiedereinzufangen. Ich bat Mr. Dolland um »Sein oder Nichtsein« und die Rede vor Harfleur. Er tat mir den Gefallen, aber ich bildete mir ein, er habe seinen früheren Schwung eingebüßt, und alle beobachteten eher mich statt Mr. Dolland.

»Erinnern Sie sich«, fragte ich ihn, »kurz bevor ich abreiste, gab es da nicht einen Mordfall?«

»So? Mal überlegen. Da war dieser Mann, der Frauen wegen ihres Geldes geheiratet hat.«

»Und dann hat er sie umgebracht«, ergänzte Mrs. Harlow.

»Den meinte ich nicht. Ich meine den Fall mit den Brüdern. Einer wurde in einem verlassenen Bauernhaus erschossen. Ist nicht einer geflohen?«

»Oh, ich weiß, was Sie meinen. Das war der Fall Bindon Boys.«

»Ja, richtig. Haben Sie noch etwas darüber gehört?«

»Hm, der Mörder ist getürmt. Ich glaube, man hat ihn nie erwischt.«

»Der war schlauer als die Polizei«, fügte Mrs. Harlow hinzu.

»Jetzt erinnere ich mich«, sagte Mr. Dolland. »Mir fällt alles wieder ein. Es war Simon Perrivale, er wurde als Kind adoptiert. Er hat den Bruder erschossen. Es ging um eine Frau, glaube ich. Eifersucht und so.«

»Sie heben doch Zeitungsausschnitte auf, Mr. Dolland. Haben Sie welche über diesen Fall?«

»Ach, er schneidet nur Theatersachen aus«, sagte Mrs. Harlow. »Dieses Stück und das, und mit welchem Schauspieler und welcher Schauspielerin. Stimmt doch, nicht wahr, Mr. Dolland?«

»Ja«, erwiderte Mr. Dolland. »Die Sachen hebe ich auf. Was wollten Sie über den Fall wissen, Miß Rosetta?«

»Ach, ich habe mich nur gefragt, ob Sie Zeitungsausschnitte aufheben, weiter nichts. Ich weiß, Sie haben Alben angelegt. Ich dachte, weil es kurz vor meiner Abreise war...« Meine Stimme verlor sich.

Sie sahen sich an. »Ach, ich schätze, das ist alles aus und vorbei«, sagte Mrs. Harlow, als beschwichtige sie ein Kind.

»Die Polizei schließt einen Fall nie ab«, widersprach Mr. Dolland, »bevor sie den Mörder gefunden hat und alles aufgeklärt ist. Sie behalten ihn in den Akten. Eines Tages werden sie ihn erwischen. Ein falscher Schritt von ihm, und blitzschnell schnappen sie ihn.«

»Es heißt doch«, sagte Mrs. Harlow, »daß es Mörder immer wieder an den Schauplatz des Verbrechens zurückzieht. So wird es auch diesem Simon Soundso eines Tages ergehen. Darauf gehe ich jede Wette ein.«

Ob er jemals zurückkommt? dachte ich. Was konnte ich tun? Ich hatte nichts als diesen verrückten Traum, seine Unschuld beweisen zu müssen, so daß er ohne Angst zurückkehren könnte. Dann würde er die Freiheit wieder genießen, und wir wären beisammen.

Mehrere Wochen vergingen. Nach einem Leben in ständiger Angst und Anspannung schienen die vorhersagbar friedlichen Tage kein Ende zu nehmen.

Tante Maud versuchte mich für Haushaltsdinge zu interessieren, für alles, was ein junges Mädchen wissen sollte. Sie hielt es unbeirrbar für ihre Pflicht, zu tun, was meine Eltern versäumt hatten: mich auf die Ehe vorzubereiten. Ich müsse lernen, mit Dienstboten umzugehen. Mein Verhalten ihnen gegenüber lasse viel zu wünschen übrig. Ein gewisses Maß an Freundlichkeit sei freilich vonnöten, aber ich müsse mich distanziert geben. Ich sei zu vertraulich, und das ermutige sie, zu mir ebenso vertraulich zu sein. *Ihnen* sei nichts vorzuwerfen. Ich müsse mir eine Mischung aus unmerklicher Herablassung und unvertraulicher Liebenswürdigkeit zu eigen machen, so daß trotz freundschaftlicher Gefühle die Grenze zwischen oben und unten nie verwischen könne. Sie mache mir keinen Vorwurf. Verantwortlich seien andere. Aber es bestehe kein Grund für mich, diesen unbefriedigenden Stil beizubehalten. Als erstes müsse ich lernen, mit dem Personal umzugehen. Ich solle zuhören, wie sie, Tante Maud, die Speisenfolge bestimme; ich möge doch ab und zu zugegen sein, wenn sie der Küche ihren täglichen Besuch abstatte. Ich müsse mich bemühen, meine Kunstfertigkeit bei den Handarbeiten zu verbessern, und mehr Klavier üben. Sie deutete etwas von Musikunterricht an. Bald wolle sie ihren Plan, Leute ins Haus einzuladen, in die Tat umsetzen.

Ich schrieb an Felicity. »Bitte, Felicity, ich möchte fort. Könntest du mich wohl bald einladen?«

Ihre Antwort kam umgehend. »Komm, wann du kannst. Oxford und die Graftons erwarten dich.«

»Ich fahre für eine Weile zu Felicity«, eröffnete ich Tante Maud. Sie lächelte selbstgefällig. Bei Felicity würde ich junge Männer kennenlernen, junge Männer von der richtigen Sorte. Es spielte keine Rolle, an welchem Ort das Vorhaben in Gang gesetzt wurde. Die Operation Verheiratung konnte ebensogut in Oxford beginnen wie in Bloomsbury.

Die Ankunft in Oxford war ein aufregendes Erlebnis. Diese romantische Stadt, wo der Cherwell in die Themse, die hier Isis heißt, mündet, mit ihren zum Himmel aufragenden Türmen und Kirchtürmen, ihrer Aura von Gleichgültigkeit gegen die Alltagswelt, habe ich immer geliebt. Aber das Schönste war, mit Felicity zusammenzusein.

Die Graftons hatten ein Haus nahe der Broad Street, in der Gegend der Colleges Balliol, Trinity und Exeter, nicht weit von der Stelle, wo die Märtyrer Ridley und Latimer wegen ihrer religiösen Überzeugung verbrannt worden waren. Man war ringsum von der Vergangenheit umgeben, und ich fand Ruhe vor Tante Mauds Tüchtigkeit und der durchaus nicht schonenden Fürsorge, die alle im Haus mir so entschieden glaubten angedeihen lassen zu müssen.

Nicht so Felicity. Sie verstand mich besser als die anderen. Sie wußte, daß es Geheimnisse gab, über die ich nicht sprechen konnte. Vielleicht glaubte sie, daß ich mich ihr eines Tages anvertrauen würde. Jedenfalls war sie einsichtig genug, um zu wissen, daß sie abwarten mußte und nicht versuchen durfte, mir meine Geheimnisse zu entreißen.

James war taktvoll und reizend, und die Kinder boten viel Ablenkung. Jamie plapperte immerzu, er zeigte mir seine Bilderbücher und wies stolz auf eine Miezekatze und eine Eisenbahn. Flora beobachtete mich eine Weile mißtrauisch, befand mich aber dann für harmlos und ließ sich von mir auf den Schoß nehmen.

Am Tag nach meiner Ankunft sagte Felicity: »Als ich wußte, daß du kommst, habe ich Lucas Lorimer geschrieben, du würdest dich freuen, wenn er käme; ich nähme an, ihr hättet euch viel zu erzählen.«

»Hat er zugesagt?« fragte ich.

»Noch nicht. Als ich ihn neulich sah, wollte er keinesfalls von seinen Erlebnissen sprechen. Vielleicht fürchtet er, daß dann alles allzu schmerzlich wiederkehrt.«

Den ganzen Tag mußte ich daran denken, wie er an Bord der Korsarengaleere genommen worden war, und an den Augenblick auf der Insel, als sie zu zögern schienen, ob sie ihn mitnehmen sollten oder nicht. Danach hatte ich ihn kaum noch gesehen. Ich wollte ihn so vieles fragen.

Als wir am nächsten Tag beim Frühstück saßen, wurde die Post hereingebracht. Felicity öffnete einen Brief, las, lächelte und blickte, den Brief schwenkend, auf. »Von Lucas«, sagte sie. »Er kommt morgen. Ich bin so froh. Ich dachte mir, daß er dich sehen wollte. Freust du dich, Rosetta?«

»Ja, und wie.«

Sie sah mich besorgt an. »Es wird bestimmt sehr aufregend, und vielleicht…«

»Ach woher. Wir sind doch beide gerettet.«

»Ja, aber was für ein Erlebnis! Ich finde es gut, daß ihr beide euch trefft und offen darüber sprecht. Es hat keinen Sinn, solche Dinge in sich hineinzufressen.«

»Ich freue mich sehr auf ihn.«

Felicity schickte die Kutsche zum Bahnhof, um ihn abzuholen. James fuhr mit. Wir hatten überlegt, ob wir zwei auch mitkommen sollten, aber schließlich fanden wir es besser, zu Hause zu warten.

Bei seinem ersten Anblick war ich tief erschüttert. Freilich hatte ich ihn schon in einem schlimmeren Zustand gesehen, auf der Insel und davor, als wir ihn in das Rettungsboot zogen, doch nun verglich ich ihn mit dem, der er gewesen war, als ich ihn einst kennengelernt hatte. Er hatte Schatten unter den Augen, und Hoffnungslosigkeit hatte das gewisse zynische Funkeln abgelöst. Er war abgemagert und wirkte ausgezehrt. Von der toleranten Belustigung, mit der er die Welt zu betrachten schien, war nichts geblieben. Er sah abgespannt und verbittert aus.

Unsere Begegnung war sehr bewegend. Sein Gesichtsausdruck veränderte sich, als er mich sah. Er lächelte und trat, auf seinen Stock gestützt, auf mich zu. Mit der freien Hand ergriff er die meine und hielt sie eine Weile, dabei sah er mich fest an. »Rosetta.« Seine Lippen zuckten leicht. Die Bewegung, die er offensichtlich empfand, veränderte ihn abermals, so daß er irgendwie wehrlos wirkte. Nie hatte ich diesen Blick bei ihm gesehen. Ich wußte, er erinnerte sich, so wie ich – an die Insel, wo Simon und ich ihn auf dem Ausguck zurückgelassen hatten, während wir zusammen davonwanderten, an die Ankunft der Korsaren, an die Tage, die wir im offenen Boot verbracht hatten.

»O Lucas«, sagte ich. »Es tut so gut, Sie hier zu sehen… gerettet.«

Es folgte ein kurzes Schweigen, während wir uns weiter ansahen, fast als könnten wir nicht glauben, daß wir wirklich und wahrhaftig da waren.

Felicity sagte leise: »Ihr zwei habt euch bestimmt viel zu erzählen. Aber zuerst wollen wir Lucas sein Zimmer zeigen, ja?«

Sie hatte recht. Es gab eine Menge zu erzählen. Der erste Abend war geradezu anstrengend. James und Felicity waren die vollendeten Gastgeber, voller Verständnis; geschickt und locker überspielten sie verlegene Pausen. Felicity war der Inbegriff von Taktgefühl. Sie wußte, daß es Dinge gab, die wir nur allein besprechen wollten. Als James am nächsten Tag in die Universität ging, sagte sie, sie habe etwas zu erledigen. »Verzeiht mir, ich muß euch zwei heute nachmittag euch selbst überlassen.«

Im Garten gab es ein bezauberndes Fleckchen, von einer zartroten Ziegelmauer umgeben, mit einem Teich in der Mitte – das für den Tudorstil typische intime Gärtchen im Garten. Die Rosen standen in voller Blüte, und ich schlug Lucas vor, ich wolle sie ihm zeigen. Es war ein milder Nachmittag, angenehm warm, aber nicht heiß, und wir spazierten langsam – weil es nicht anders ging – in den Garten. Die Luft war still, und innerhalb der Gartenmauer war es, als seien wir in der Zeit um zwei, drei Jahrhunderte zurückgeschritten. »Setzen wir uns hierher«, sagte ich. »Der Teich ist so hübsch, und es ist so friedlich hier.« Lucas schwieg, und ich fuhr fort: »Wir sollten darüber reden, Lucas. Das wollen wir doch beide, nicht wahr?«

»Ja, unbedingt.«

»Kommt es Ihnen wie ein Traum vor?« fragte ich.

»Nein«, versetzte er scharf. »Bittere Wirklichkeit. Ich habe ein ewiges Andenken, wie Sie sehen.«

»Das tut mir leid. Wir konnten es nicht schienen, wir hatten nichts.«

»Mein liebes Mädchen«, sagte er beinahe zornig, »Ihnen mache ich keinen Vorwurf, nur dem Leben, dem Schicksal, wie auch immer Sie es nennen mögen. Schauen Sie – ich muß den Rest meines Lebens in diesem Zustand verbringen.«

»Aber Sie sind wenigstens am Leben – und Sie sind hier.«

Er zuckte die Achseln. »Halten Sie das für einen Grund zum Jubeln?«

»Für einige Menschen ist es das bestimmt. Für Ihre Freunde, Ihre Familie. Sie hinken und haben hin und wieder Schmerzen, aber Ihnen hätte noch viel Schlimmeres zustoßen können.«

»Sie haben recht, mich zu schelten. Ich bin egoistisch, griesgrämig und undankbar.«

»Aber nein, nein. Halten Sie es für möglich, daß sich da etwas machen läßt?«

»Was?«

»Na ja, man kann doch heutzutage so vieles. In der Medizin hat es alle möglichen Entdeckungen gegeben.«

»Der Knochen war gebrochen. Er wurde nicht geschient. Jetzt ist es zu spät, etwas zu machen.«

»Ach Lucas, es tut mir so leid. Hätten wir nur etwas tun können...«

»Sie haben eine ganze Menge getan, und es ist sehr egoistisch von mir, nur an mein eigenes Mißgeschick zu denken. Mir vorzustellen, was Ihnen widerfuhr, ist mir einfach unerträglich.«

»Aber ich bin davongekommen. Ich habe all jene Schrecken nur in Gedanken durchlebt.«

Er wollte genau wissen, was geschehen war, und ich erzählte ihm von meiner Freundschaft mit Nicole und wie sie mir den Trank gegeben und mich so vor den Aufmerksamkeiten des Paschas bewahrt hatte, und daß der Obereunuch, der ein guter Freund von ihr war, den Trank besorgt hatte. Lucas hörte aufmerksam zu. »Gottlob«, sagte er. »Das hätte Sie so tief verwunden können, wie ich es bin, vielleicht noch mehr. Und was ist aus diesem John Plaidy geworden?«

Es folgte ein langes Schweigen. Ich hörte das Summen einer Biene und das helle Zirpen einer Grille. Sei vorsichtig, ermahnte ich mich. Wie leicht könntest du ihn verraten. Bedenke, es ist nicht nur dein Geheimnis. Es ist deins und Simons.

Ich hörte mich sagen: »Er... er wurde an denselben Pascha verkauft.«

»Der Ärmste. Ich kann mir denken, was für ein Schicksal ihm bestimmt sein wird. Er war ein seltsamer Mensch. Ich hatte immer so ein komisches Gefühl bei ihm.«

»Was für ein Gefühl?« fragte ich gespannt.

»Ich hatte das Gefühl, daß bei ihm nicht alles so war, wie es schien. Dann und wann meinte ich, ihn schon mal irgendwo gesehen zu haben. Und manchmal schien es mir, als verberge er etwas.«

»Wie meinen Sie das? Was hätte er verbergen können?«

»Alles mögliche. Ich habe keine Ahnung. Er machte nur so einen Eindruck auf mich. Er war kein Mann von der Sorte, die man sich beim Deckschrubben vorstellt, finden Sie nicht? Ich muß sagen, er war sehr einfallsreich.«

»Ich meine, wir können beide sagen, daß wir ihm unser Leben verdanken.«

»Da haben Sie recht. Ich wüßte gern, was aus ihm geworden ist.«

»Viele Männer waren in den Gärten beschäftigt. Er war groß und stark.«

»Er dürfte einen guten Preis gebracht haben.«

Wieder schwiegen wir. Ich hatte Angst zu sprechen, weil ich womöglich etwas verraten könnte. Lucas fuhr nachdenklich fort: »Es war schon seltsam, wie wir alle zusammen auf der Insel waren, ohne zu wissen, ob man uns finden würde, bevor wir verhungert wären.«

»Wie haben Sie es geschafft, nach Hause zu kommen, Lucas?«

»Ach wissen Sie, ich bin ein listiger Vogel.« Er lächelte, und da war er wieder der Mann, den ich einst kennengelernt hatte. »Ich habe mir die Gelegenheit zunutze gemacht. Ich konnte ein paar Brocken von ihrer Sprache. Das hat mir sehr geholfen. Ich hatte ein paar Worte aufgeschnappt, als ich vor ein paar Jahren rund um die Welt gereist bin. Es ist erstaunlich, wie hilfreich es ist, wenn man sich verständigen kann. Ich bot ihnen Geld für uns drei. Ich sagte, in meiner Heimat sei ich ein sehr reicher Mann. Sie glaubten mir, weil sie merkten, daß ich weit gereist war. Sie oder Plaidy freizulassen kam für sie nicht in Frage. Sie waren zu wertvoll. Ich nicht. Mit einem lahmen Bein war ich nutzlos.«

»Sehen Sie, alles hat seine Vorteile.«

»Es gab Zeiten, da wünschte ich, sie hätten mich über Bord geworfen.«

»Das dürfen Sie nicht sagen. Es bedeutet eine Niederlage hinnehmen – nein, sie begrüßen. Das sollten Sie nicht.«

»Sie haben recht. Es tut gut, mit Ihnen zusammenzusein, Rosetta. Sie waren sehr einfallsreich, als wir auf der Insel waren. Ich habe Ihnen viel zu verdanken.«

»Aber mehr noch...«

»Diesem Plaidy. Der war ein geborener Führer, nicht? Wie geschaffen für die Rolle, die ihm zufiel. Er hat sie gut gespielt, das gebe ich zu. Und ich war das Hindernis. Ich war derjenige, der alles verlangsamt hat.«

»Das haben Sie nicht. Auf der Insel war das gar nicht möglich. Erzählen Sie mir den Rest.«

»Als ich sah, daß ich Sie nicht retten konnte und nichts diese Männer bewegen würde, sich von Ihnen und Plaidy zu trennen, habe ich mich auf meine eigene Sache konzentriert. In dieser Richtung waren sie zugänglicher. Welchen Preis konnten sie für mich bekommen? Einen Mann in meiner Verfassung? Nichts. Ich sagte ihnen, wenn sie mich gehenließen, würde ich ihnen ein wertvolles Schmuckstück schicken. Wenn sie versuchen würden, mich zu verkaufen, würden sie nichts bekommen, denn wer will schon einen Mann, der ohne Stock nicht gehen kann? Wenn sie mich über Bord würfen, würde ihnen das ebenfalls nichts einbringen. Aber wenn sie mein Angebot annähmen, bekämen sie wenigstens etwas für ihre Mühe.«

»Und sie waren einverstanden, Sie gegen das Versprechen eines Schmuckstückes freizulassen?«

»Das war eigentlich eine simple Logik. Sie hatten zwei Möglichkeiten. Mich über Bord werfen oder auf andere Art loswerden und alles verlieren, oder es darauf ankommen lassen, daß ich mein Wort halte und das Schmuckstück schicke. Sie mußten in Betracht ziehen – wie es jeder tun würde –, daß ich mich vielleicht nicht an die Abmachung hielte. In diesem Fall könnten sie mich ebensogut über Bord werfen. Klüger war es natürlich, das Risiko einzugehen, denn dann bestand zumindest die Hoffnung, etwas zu bekommen. So ließen sie mich in Athen frei, ein paar Straßen von der britischen Botschaft entfernt. Der Rest war einfach. Meine Familie wurde verständigt, und ich trat die Heimreise an.«

»Und das Schmuckstück?«

»Ich habe Wort gehalten. Es war ein Ring, der meiner Mutter gehört hatte, eigentlich ein Familienerbstück. Der Schmuck war zwischen meinem Bruder und mir aufgeteilt worden. Es war der Verlobungsring, den meine Mutter und davor die Mutter meines Vaters trug. Hätte ich mich verlobt, so hätte meine Braut ihn bekommen.«

»Sie hätten ihn natürlich nicht schicken müssen.«

»Nein. Aber diese Leute haben ein langes Gedächtnis. Ich wollte mich nicht den Rest meines Lebens fragen müssen, ob das Schicksal mich ihnen noch einmal über den Weg laufen lassen würde. Und angenommen, sie würden einen anderen armen Kerl fangen, und der versuchte meine Taktik? Einmal betrogen, würden sie es vielleicht nicht ein zweites Mal riskieren. Außerdem hätte der Ring vermutlich lange Zeit nutzlos dagelegen. Es ist kaum wahrscheinlich, daß mich eine heiraten will, in meinem Zustand.«

»Haben Sie ihn selbst überbracht und wo?«

»Sie hatten bestimmt, wohin er gebracht werden sollte, in ein altes Gasthaus an der italienischen Küste. Ich wurde ermahnt, nicht von den Anweisungen abzuweichen. Ich glaube, dieses Gasthaus war ein Treffpunkt für Schmuggler. Dort sollte der Ring abgeholt werden. Ich habe ihn nicht selbst hingebracht. Sie sahen ein, daß ich in meiner Verfassung dazu kaum imstande war. Ich beschrieb ihnen, wer ihn bringen würde. Es war Dick Duvane, mein Bursche während meiner Militärzeit. Er ist mein Diener, Vertrauter und häufiger Reisebegleiter. Er ist nicht nur ein Bediensteter, er ist einer meiner besten Freunde. Ich weiß nicht, was ich ohne ihn anfangen würde. Er besitzt mein absolutes Vertrauen.«

»Ich bin froh, daß Sie davongekommen sind, Lucas.«

»Das bin ich auch, nur…«

»Ich verstehe.«

Wir verfielen in Schweigen. Wir waren noch im Garten, als Felicity uns suchen kam.

Dieser Besuch in Oxford hatte mir sehr geholfen. Lucas' logische Betrachtung des Lebens – so bitter sie war – holte mich auf die Erde zurück. Was konnte ich tun? Wie konnte ich Simons Unschuld beweisen? Ich war ja nicht einmal am Schauplatz. Ich wußte nichts über die Familie in Perrivale Court, nur das, was ich von Simon erfahren oder zur Zeit des Mordes in der Zeitung gelesen hatte. Hätte ich nur eine Möglichkeit, nach Perrivale Court zu kommen und die Leute kennenzulernen! Was konnte ich mir davon erhoffen? Ich dachte an Lucas. Was, wenn ich ihn um Hilfe bäte? Er war einfallsreich, das bewies die Art und Weise, wie er sich aus einer gefährlichen Situation befreit hatte. Er wohnte nicht weit von Perrivale Court, war jedoch mit der Familie weder befreundet noch näher bekannt, wenngleich er das Anwesen vor langer Zeit einmal mit seinem Vater besucht hatte. Ich wünschte, ich könnte mit ihm über Simon sprechen, vielleicht gar seine Unterstützung erlangen. Konnte ich das wagen? Ich wußte ja nicht, wie er reagieren würde.

Ich fühlte mich so hilflos wie zuvor, und doch heiterte der Besuch mich ein wenig auf.

Lucas reiste einen Tag früher als ich aus Oxford ab. Beim Abschied sah er bedrückt und sehr verletzlich aus, und ich verspürte ein großes Verlangen, ihn zu trösten. Einen Augenblick glaubte ich, er würde ein weiteres Treffen vorschlagen, doch er tat es nicht.

Felicity und ich begleiteten ihn zum Bahnhof. Er schien uns ungern zu verlassen; er stand am Abteilfenster und sah uns auf dem Bahnsteig stehen, als der Zug davonstampfte und ihn nach Westen brachte.

»Es ist so traurig«, sagte Felicity. »Er ist ein anderer Mensch.«

Am nächsten Tag fuhr ich nach Hause.

Tante Maud wollte wissen, wen ich in Oxford kennengelernt hatte. Ich erklärte ihr, daß es nicht viele Geselligkeiten gegeben habe, weil Felicity meinte, ich brauche Ruhe. Während ich mit ihr und Vater beim Essen saß, entschlüpfte es mir, daß Lucas Lorimer zur gleichen Zeit wie ich in Oxford gewesen war.

Vater merkte sogleich auf. »Ah, der junge Mann, der mit uns auf der *Atlantic Star* war.« Er wandte sich an Tante Maud: »Das war höchst ungewöhnlich. Er hat in seinem Garten in Cornwall einen Stein gefunden. Altägyptisch. Wie er dahin geriet, ist ein Rätsel. Aber es war eine aufregende Entdeckung. Ja, er war mit uns auf der *Atlantic Star*.«

»Er ist einer der Überlebenden«, erklärte ich Tante Maud.

Ich konnte ihren Gedankengang verfolgen. Ich hatte in Oxford also *doch* einen Mann getroffen? Wer war er? War er aus guter Familie? Konnte er eine Frau ernähren?

Ich sagte schroff: »Er ist verkrüppelt. Er wurde bei dem Schiffbruch verletzt.«

Tante Maud sah enttäuscht, dann ergeben drein. Ich konnte mir vorstellen, wie sie die Idee wiederaufnahm, heiratsfähige junge Männer am Eßtisch zu versammeln. Wie ich Felicity und den Frieden in Oxford vermißte!

Tante Maud verfolgte erbarmungslos ihre Taktik. Sie veranstaltete mehrere Abendessen, zu denen Herren, die sie für geeignet hielt, eingeladen wurden. Sie bedrängte Vater, seine Mitarbeiter zum Essen mitzubringen; zu meiner Belustigung und ihrer Verärgerung waren die meisten in mittleren Jahren und so von ihrer Arbeit in Anspruch genommen, daß sie nicht daran dachten, dieser ein Hindernis in Form einer Ehefrau in den Weg zu stellen, oder aber sie waren glücklich verheiratet mit belesenen, tatkräftigen Frauen und hatten lauter Wunderkinder.

Aus den Wochen wurden Monate. Ich war rastlos und sah keinen Ausweg. Felicity stattete uns einen kurzen Besuch ab. Es war schwierig, die Kinder länger lange allein zu lassen. Sie hatte zwar ein gutes Kindermädchen, das es genoß, allein für die Kinder verantwortlich zu sein, aber Felicity trennte sich nicht gern von ihnen. Ich war überzeugt, sie war nur gekommen, weil sie sich um mich sorgte.

Ihr konnte ich erzählen, wie sehr ich die alten Zeiten und unseren fröhlich unorganisierten Haushalt vermißte. Eigentlich hätte ich der unermüdlichen Tante Maud dankbar sein sollen, doch das Leben bestand nicht nur aus polierten Möbeln und pünktlichen Mahlzeiten. Tante Maud war eine dermaßen bestimmende Persönlichkeit, daß sie uns alle unterdrückte, und besonders stark machte sich ihr Einfluß in der Küche bemerkbar, wo ich einst so viele glückliche Stunden verbracht hatte.

»Rosetta, bekümmert dich etwas?« fragte Felicity. Ich zögerte, und sie fuhr fort: »Möchtest du nicht darüber sprechen? Du weißt, ich würde dich verstehen. Aber ich will dich nicht drängen. So schrecklich eine Tortur ist, wenn man sie durchlebt, was nachher kommt, kann zuweilen ebenso schwerwiegend sein. Es ist geschehen, Rosetta. Es ist vorbei. Glaube nicht, ich verstünde nicht, wie es in diesem Harem war. Es muß furchtbar gewesen sein. Aber du hast es hinter dir. Du hast großes Glück gehabt. Das Erlebnis hat natürlich Spuren hinterlassen. Ich mache mir Sorgen um dich, und auch um

Lucas. Ich habe ihn immer gern gehabt. Er war so amüsant. Er hat so lustig von seinen vielen Reisen erzählt, und er war so unbeschwert und weltgewandt. Und jetzt verschließt er sich in seiner Verbitterung. Das ist nicht richtig. Sicher, es ist eine Qual für ihn, der immer so voller Tatendrang war. Ich habe einen ziemlich gewagten Vorschlag. James muß wieder einen Vortrag in Truro halten. Ich werde ihn begleiten und vorschlagen, da wir in Cornwall sind, Lucas zu besuchen. Es wäre schön, wenn du mitkämest, was hältst du davon?«

Ich konnte meine Begeisterung nicht verhehlen. Dorthin gehen, nicht weit von Perrivale Court! Was ich dort allerdings unternehmen sollte, wußte ich noch nicht recht. Ein Gedanke beherrschte alles andere: Ich darf Simon nicht verraten.

»Ich sehe dir an, daß dir die Idee gefällt«, sagte Felicity.

Als die Angelegenheit zur Sprache gebracht wurde, wirkte Tante Maud milde erfreut. Ihre eigenen Bemühungen, mich mit heiratsfähigen jungen Männern zusammenzubringen, waren nicht sehr erfolgreich gewesen. Sie hoffte stets, daß sich etwas Aussichtsreicheres ergeben würde. Die Graftons verkehrten in den richtigen Kreisen. James Grafton war »irgendwas in Oxford«. Tante Maud war über solche Einzelheiten nicht genau im Bilde. Menschen waren entweder passend oder unpassend, und die Graftons – ungeachtet der Tatsache, daß Felicity Erzieherin gewesen war – waren außerordentlich passend. Tante Maud war von der Idee angetan. Mein Vater desgleichen, als sie ihm erklärte, es sei gut für meine Zukunft. Somit war abgemacht, daß ich James und Felicity nach Truro begleiten würde.

Auf Felicitys Veranlassung hatte James an Lucas geschrieben, daß wir nach Cornwall kämen und er dies für eine gute Gelegenheit halte, Trecorn Manor einen Besuch abzustatten. Die umgehende Antwort lautete, daß wir das unbedingt tun und wenigstens ein paar Tage bleiben müßten. Trecorn Manor sei zu weit von Truro entfernt, um nur für einen Tag zu kommen.

Meine Verwandlung war mir wohl anzumerken. Mrs. Harlow meinte: »Sie haben sich immer gut mit dieser Felicity verstanden. Ich weiß noch den Tag, wie sie gekommen ist und wir so eine hochnäsige Madam erwartet haben. Von dem Moment, als sie aus der

Droschke stieg, hatte ich sie gern. Und Sie auch, würde ich sagen.«

»Ja. Sie ist eine wunderbare Freundin. Welch ein Glück für uns, daß sie zu uns kam.«

»Da haben Sie sozusagen den richtigen Stier bei den Hörnern gepackt.«

O ja, ich hatte Felicity wirklich viel zu verdanken.

Trecorn Manor war eine hübsche Villa im Queen-Anne-Stil, erbaut in einer Zeit, die für ihre Eleganz berühmt war. Das Haus stand in einem gepflegten Park. Ich war gespannt darauf, Lucas in seiner heimatlichen Umgebung zu erleben.

Er begrüßte uns herzlich. »Wie schön, daß Sie gekommen sind«, sagte er, und ich spürte, daß er es ernst meinte. Wir wurden seinem Bruder Carleton und dessen Frau Theresa vorgestellt. Carleton sah Lucas ein bißchen ähnlich, aber ich entdeckte bald, daß sie im Wesen ganz verschieden waren. Carleton war gutmütig, gelassen und ging vollkommen in der Verwaltung des Gutes auf – der typische Gutsherr. Theresa war genau die passende Frau für ihn. Sie widmete sich ihrer Familie und erfüllte ihre Aufgaben auf dem Gut mit Charme, Nachsicht und großer Tüchtigkeit – eine ausgezeichnete Ehefrau und Mutter.

Sie hatten zwei Kinder, ein vierjähriges Zwillingspärchen; das Mädchen hieß Jennifer, der Junge Henry. Ich konnte mir vorstellen, daß Carleton und seine Gattin auf dem Gut bewundert und geachtet waren und daß Theresa unermüdlich für die Angelegenheiten der Kirche und Gemeinde tätig war. Sie gehörte zu den Frauen, die schwungvoll und freudig ihre Pflicht erfüllten.

Irgendwie paßte Lucas nicht recht in dieses Bild. Als ich mit Felicity allein war, sagte sie: »Lucas hätte kein besseres Heim haben können.« Ich hatte meine Zweifel. Das sichtbare Wohlergehen mochte einem Mann in seiner Verfassung ein Ärgernis sein. Ein solches Heim hätte er sich vor dem Schiffbruch bestimmt nicht gewünscht. Tatsächlich hatte er durch seine häufige Abwesenheit gezeigt, daß er es nicht ertragen konnte. Es war traurig, daß an sich bewundernswerte Tugenden wie die von Carleton, seiner Frau und Tante Maud für die Menschen in ihrer Umgebung eine alles andere als vollkommene Atmosphäre schufen.

Wir gedachten eine Woche in Cornwall zu bleiben; mehr Zeit konnte James nicht erübrigen, und Felicity wollte die Kinder nicht länger allein lassen.

Man gab uns Zimmer im ersten Stock, die auf Heideland hinausgingen. James und Felicitys lag neben meinem. Theresa führte uns hinauf. »Hoffentlich finden Sie es bequem«, sagte sie. »Schade, daß Sie nur eine Woche bleiben können. Wir haben gern Gäste, aber leider viel zu selten. Ich bin so froh, daß Sie gekommen sind. Lucas freut sich, Sie hierzuhaben...« Ihre Stimme verlor sich.

»Wir haben gezögert herzukommen«, sagte Felicity. »Unser Vorschlag war ziemlich unverfroren.«

»Wir wären Ihnen böse gewesen, wenn Sie die weite Reise gemacht hätten, ohne uns zu besuchen. Carleton und ich machen uns Sorgen um Lucas. Er hat sich so verändert.«

»Er hat Schreckliches durchgemacht«, sagte Felicity.

Theresa legte ihre Hand auf meinen Arm. »Und Sie auch. Ich habe davon gehört. Lucas spricht nicht viel. Carleton sagt, es ist, wie wenn man einen Stein auspreßt, wenn man etwas von Lucas erfahren will. Dabei war er früher so unternehmungslustig. Es hat ihn schwer getroffen. Aber es hat ihn erheblich aufgeheitert, als er hörte, daß Sie kommen.«

»Er unterhält sich gern mit Rosetta«, sagte Felicity. »Sie sind schließlich zusammengewesen. Ich denke immer, Reden hilft den Menschen.«

»Es ist wunderbar, daß Sie beide durchgekommen sind. Wir hatten uns solche Sorgen um Lucas gemacht. Und als wir hörten, er kommt nach Hause... es war wundervoll. Und dann war er so verändert. So, wie Lucas beschaffen ist, war es nie leicht für ihn, der jüngere Bruder zu sein.« Sie zuckte die Achseln und wirkte leicht verlegen, als dächte sie, sie rede zuviel.

Sie hatte natürlich recht. Vor dem Unglück hatte sich Lucas damit abfinden müssen, daß sein älterer Bruder nach dem Tod des Vaters das Oberhaupt der Familie war. Lucas war ein Mensch, der selber gern an der Spitze stand, und es konnte ihm nicht leichtfallen, den zweiten Platz einzunehmen. Deshalb war er nach Quittierung des Militärdienstes viel gereist. Er hatte es mit der Archäologie versucht. Von seiner Entdeckung inspiriert, hatte er ein Buch geschrieben und war im Begriff, einen Vortrag darüber zu halten, als die Katastrophe hereinbrach. Er hatte gerade begonnen, sich sein Leben fern von Trecorn Manor einzurichten, und dann verschlug es ihn dorthin zurück. Ich konnte verstehen, daß er vom Leben enttäuscht war. Ich war gespannt auf die Gespräche mit ihm. Vielleicht würde es mir gelingen, ihn die Zukunft anders sehen zu lassen und ihm ein wenig Hoffnung zu geben. Ich konnte es zumindest versuchen.

Reiten konnte er noch, und das war ein Segen. Er brauchte Hilfe beim Auf- und Absitzen, aber wenn er auf seinem Pferd saß, war er ein ausgezeichneter Reiter. Ich bemerkte eine starke Beziehung zwischen ihm und seinem Pferd Charger, das zu begreifen schien, daß sein Herr sich verändert hatte und Fürsorge benötigte.

Theresa meinte: »Wir sorgen uns nie, wenn er länger ausbleibt. Wenn er Charger reitet, wissen wir, daß er heimgebracht wird, wann er es wünscht.«

Am ersten Abend erkundigte er sich beim Essen, ob ich reite. »Zu Hause hatte ich wenig Gelegenheit«, erwiderte ich. »In der Schule hatten wir allerdings Reitunterricht. Ich bin also kein vollkommener Neuling, aber etwas ungeübt.«

»Sie sollten etwas üben, solange Sie hier sind«, schlug Carleton vor.

»Ja«, pflichtete Lucas bei. »Ich stelle mich als Ihr Lehrer zur Verfügung.«

»Das wird für einen so erfahrenen Reiter vielleicht etwas langweilig«, sagte ich.

»Es wird zweifellos ein Vergnügen«, gab er zurück.

Theresa strahlte uns an. Sie war eine so liebevolle Frau. Ich merkte, sie war glücklich, daß ich hier war, weil sie glaubte, es sei eine Freude für Lucas und wir würden uns gegenseitig guttun.

Wir hatten vereinbart, daß James nach zwei Tagen in Trecorn Manor nach Truro führe, während Felicity und ich dablieben und auf ihn warteten. Er wollte nach getaner Arbeit wiederkommen, und nach ein, zwei Tagen würden wir dann alle zusammen abreisen.

Ich gewöhnte mich rasch ein. Lucas und ich ritten zusammen und sprachen viel miteinander, oft über unser Abenteuer, und ich bin überzeugt, es tat uns beiden gut. Zudem war ich darauf erpicht, etwas über Perrivale Court in Erfahrung zu bringen.

Ich wurde in das Leben in der Kinderstube einbezogen. Jennifer schien Zuneigung zu mir gefaßt zu haben. Ich hatte wenig mit Kindern zu tun gehabt und war unsicher im Umgang mit ihnen, doch Jennifer löste das Problem. Sie klärte mich auf, sie heiße Jennifer Lorimer und wohne in Trecorn Manor. Sie sei vier Jahre alt. Dies alles wurde mit großem Zutrauen geäußert, und es war fast, als verbinde uns eine besondere Vertraulichkeit. Obwohl sie der weibliche Zwilling war, war sie die treibende Kraft. Sie war lebhaft und plapperte viel. Henry war viel stiller, ein ernster kleiner Junge; er folgte Jennifer in allem, und da sie beschlossen hatte, mich gern zu haben, mußte er es ihr gleichtun.

Und in Nanny Crockett fand ich eine weitere Verbündete. Weil ich mich mit den Zwillingen verstand, akzeptierte sie mich. Sie war keineswegs jung und im Kinderzimmer die dominierende Persönlichkeit. Ellen, das vierzehnjährige Kindermädchen, behandelte sie, als sei sie die Königin. Sie war Ende Fünfzig, hatte eisengraue Haare, die sie geflochten und stramm um den Kopf gesteckt trug, und lebhafte graue Augen. Wenn sie etwas mißbilligte, schürzte sie die Lippen, und dann konnte sie unerbittlich sein. Sie hatte feste Ansichten, von denen sie nicht abwich.

»Es war ein Glück für uns, sie zu bekommen«, sagte Theresa. »Sie ist eine sehr erfahrene Kinderfrau. Freilich, sie ist nicht mehr jung, aber das ist kein Nachteil. Sie ist lebhaft wie eine junge Frau und hat zudem Erfahrung.«

Nanny Crockett liebte dann und wann einen kleinen Plausch, und wenn die Kinder ihren Mittagsschlaf hielten und ich nicht mit Lucas zusammen war, war ich bei ihr.

Felicity und Theresa hatten gemeinsame Interessen – die Führung eines Haushalts, die Versorgung von Mann und Kindern. Sie waren ideale Gefährtinnen. Ich stellte mir vor, daß sie über Lucas und mich sprachen. Sie fanden, daß wir »einander guttaten«, und brachten uns mit Entschiedenheit bei jeder Gelegenheit zusammen. Dabei waren ihre Bemühungen gar nicht notwendig, denn Lucas ließ klar erkennen, daß er meine Gesellschaft der aller anderen vorzog. Ich fand, er war seit unserer Ankunft dem Mann, der er einst gewesen, tatsächlich ein wenig ähnlicher geworden. Er lachte gelegentlich und ließ ab und zu eine geistreiche Bemerkung fallen, aber leider oft mit diesem Anflug von Verbitterung, der neuerdings alle seine Äußerungen begleitete.

Bald würde James zurückkehren und diesen eingespielten Tageslauf unterbrechen. Ich genoß meinen Aufenthalt, aber der Drang, die Wahrheit über Simon herauszufinden, war stets vorhanden, und zeitweise befielen mich tiefe Enttäuschung und Verzweiflung. Es machte mich rasend, seinem früheren Zuhause so nahe zu sein, aber wie konnte ich hineinkommen, ohne Verdacht zu erregen? Ich scheute davor zurück, offen Erkundigungen einzuziehen. Da Lucas und Simon sich einmal begegnet waren, konnte ich ihm leicht mit einem einzigen falschen Schritt enthüllen, wer John Plaidy wirklich war. Und wenn er dahinterkam, wie konnte ich wissen, was er unternehmen würde? Sicher, John Plaidy hatte uns das Leben gerettet, aber wenn Lucas ihn für einen Mörder hielt, der sich seiner gerechten Strafe durch Flucht entzogen hatte, was würde er dann für seine Pflicht erachten?

Es wäre eine große Erleichterung gewesen, mit ihm über Simon zu sprechen, aber ich wagte es nicht. Manchmal dachte ich daran, Felicity einzuweihen. Ich war tatsächlich oft drauf und dran, hielt mich aber rechtzeitig zurück. Doch ich wurde immer verzweifelter, und eines Tages beim Mittagessen mußte ich einfach reden. Ich sagte vorsichtig: »Hat es hier in der Nähe nicht einen Mord gegeben?«

Theresa zog die Augenbrauen zusammen. »Sie meinen wohl die Geschichte in Perrivale Court.«

»Ja«, rief ich aus und hoffte, die Bewegung nicht zu zeigen, die ich immer fühlte, wenn diese Geschichte zur Sprache kam. »Ich... ich glaube, dort ist es gewesen.«

»Das war der Adoptivsohn«, sagte Lucas.

»Er war sein Leben lang umsorgt worden«, ergänzte Carleton, »und dann zeigte er seine Dankbarkeit, indem er einen Sohn des Hauses ermordete.«

»Da fällt mir ein, wir haben schon einmal darüber gesprochen«, wandte ich mich an Lucas. »Sagten Sie nicht, Sie seien ihm einmal begegnet?«

»Ja, vor Jahren, ganz kurz.«

»Wie weit ist es von hier?«

Theresa sah Carleton an, der kurz überlegte. »Im Vogelflug würde ich sagen, gut zehn Kilometer, aber da Sie kein Vogel sind, dürfte es etwas weiter sein.«

»Ist eine Ortschaft in der Nähe? Eine Stadt oder ein Dorf?«

Carleton erwiderte: »Es dürfte in der Nähe von... was meinst du, Lucas? Upbridge ist wohl die nächste Stadt.«

»Es sind von dort ungefähr drei Kilometer«, sagte Lucas. »Das nächste Dorf dürfte Tretarrant sein.«

»Das ist kaum mehr als ein Weiler.«

»Ja. Die nächste größere Stadt ist Upbridge.«

»Falls man sie groß nennen kann«, meinte Lucas. »Es ist gewiß keine wimmelnde Metropole.«

»Es ist eine nette Kleinstadt«, sagte Theresa. »Ich bin allerdings nicht oft dort gewesen.«

»Ich nehme an, sie hat nach dem Tod dieses Mannes an Bedeutung gewonnen.«

»Die *Upbridge Times* war natürlich sehr gefragt«, sagte Lucas. »Sie hatte Informationen aus erster Hand. Die Familie war gut bekannt. Ich sehe, Sie haben ein morbides Interesse an dem Ort, Rosetta. Ich mache Ihnen einen Vorschlag. Morgen reiten wir hin, und Sie können sich selbst ein Bild von der berüchtigten Stadt Upbridge machen.«

»Sehr gern«, sagte ich, und mein Herz hämmerte triumphierend. Es war ein Fortschritt.

Am nächsten Tag machten Lucas und ich uns auf den Weg. Als er im Sattel saß, hätte ich beinahe glauben können, daß er sich seit unserer ersten Begegnung nicht verändert hatte.

»Es sind fast dreizehn Kilometer von hier«, sagte er. »Werden Sie das schaffen? Dreizehn Kilometer hin und dreizehn zurück? Ich sage Ihnen, was wir machen. Wir werden unterwegs essen. Ich glaube, diesseits von Tretarrant gibt es ein gutes Wirtshaus. Meinen Sie, daß Sie die Strecke bewältigen?«

»Natürlich. Es ist eine Herausforderung.« Das traf in mehr als einer Hinsicht zu. Dann aber tadelte ich mich: Was nutzt es, sich den Ort nur anzusehen? Trotzdem, wer weiß, was dabei herauskommt?

Lucas fuhr fort: »Das Wirtshaus, das mir vorschwebt, heißt King's Head, glaube ich, Königshaupt. Finden Sie das originell? Besagter

König ist Wilhelm IV. – nicht gerade einer der beliebtesten Monarchen, außer auf Wirtshausschildern. Ich hoffe immer, ein Schild mit Karl I. zu finden. Ein abgetrenntes Haupt, statt einfach nur ein Königshaupt. Aber da Bierbrauer überaus taktvolle Menschen sind, ist er nie auf einem Wirtshausschild zu sehen.«

Ich lachte mit ihm. Er konnte seine Verbitterung für kurze Zeit vergessen, aber die Erinnerung kehrte allzuoft wieder.

Wir kamen an Brombeersträuchern vorüber. »Dieses Jahr gibt es eine gute Ernte«, sagte er. »Erinnern Sie sich, wie wir uns gefreut haben, als wir welche auf der Insel fanden?«

»Wir haben uns über alles gefreut, was eßbar war.«

»Manchmal frage ich mich, was wäre aus uns geworden, wenn die Korsaren nicht gekommen wären?«

»Das weiß der Himmel.«

»Aber wir kamen vom Regen in die Traufe.«

»Doch wir sind der Traufe entkommen.«

»Sie und ich. Und Plaidy? Was ist mit ihm?«

»Das frage ich mich auch.« Ich verstummte. Ich hatte das Gefühl, über kurz oder lang würde ich ihm alles erzählen, trotz meinem Entschluß, es nicht zu tun. Die Versuchung war groß.

»Ich denke, es geht ihm gut. Er schien mir zum Überleben geboren.«

»Das ist ihm hoffentlich zugute gekommen. Übrigens, wie weit ist es noch?«

»Müde?«

»O nein.«

»Ich sage Ihnen, eines Tages werden Sie eine erstklassige Reiterin sein.«

»Ich möchte lieber jetzt eine einigermaßen gute sein.«

»Das sind Sie fast schon.«

»Wenn Sie es sagen, ist es ein großes Kompliment.«

»Seien Sie ehrlich: Bin ich, was man einen alten Brummbären nennt?«

»Sie sind nahe daran. Sie könnten es darin zur Meisterschaft bringen, bevor ich eine erstklassige Reiterin bin.«

Er lachte. »So ist's recht«, sagte er. »Seien Sie offen. Fassen Sie mich nicht mit Samthandschuhen an. Ich habe es satt, geschont zu werden. Carleton und Theresa, ich kann sie denken *hören*: ›Was sollen wir nur sagen, um den armen Kerl nicht aufzuregen?‹«

»Schön, ich werde sagen, was ich denke.«

»Es tut gut, mit Ihnen zusammenzusein, Rosetta. Ich hoffe, Sie werden Trecorn noch lange nicht verlassen.«

»Aber ich fahre mit James und Felicity zurück. Felicity läßt ihre Kinder nicht gern allein.«

Er seufzte. »Wir müssen die Tage, die Sie hier sind, weidlich ausnutzen. Dieser Ausflug war eine ausgezeichnete Idee. Hoffentlich ist es nicht zu weit für Sie.«

»Sagten Sie nicht, eines Tages würde ich eine erstklassige Reiterin sein? Der Tag ist vielleicht gar nicht mehr so fern.«

»Schön. Wir überqueren dieses Feld. Ich glaube, es ist eine Abkürzung.«

Als wir das Feld überquert hatten, hielt er an. »Schauen Sie, diese Aussicht! Liebliche Küste, nicht?«

»Lieblich? Imposant, und so zerklüftet! Lieblich würde ich nicht sagen. Das trifft nicht ganz zu.«

»Sie haben recht. An dieser Küste haben die Freibeuter ihr übles Gewerbe ausgeübt. Sie lockten Schiffe bei rauher See auf die Felsen da draußen, um ihre Ladung zu stehlen. Ich gehe jede Wette ein, daß die Einwohner hier in stürmischen Nächten die Schreie der schiffbrüchigen Matrosen hören. Der Wind kann eigenartige Töne machen, und wenn sie auf abergläubische Ohren treffen, so nennt man das Gespenster!«

»Sind Sie ein geborener Zyniker?«

»Muß ich wohl. Wir können nicht zwei Heilige in der Familie haben.«

»Sie deuten an, daß Carleton ein Heiliger ist. Warum sind die Menschen immer ein bißchen herablassend zu den Heiligen?«

»Die Antwort ist einfach. Weil es uns so schwerfällt, in ihre Fußstapfen zu treten. Wir Sünder müssen uns überlegen fühlen, weil wir es uns besser ergehen lassen.«

»Ergeht es Sündern besser als Heiligen?«

»O ja. Gleichzeitig empfinden sie dies als ungerechtfertigt. Deswegen sind sie zu Heiligen so herablassend. Carleton ist ein guter Mensch. Er hat immer alles richtig gemacht. Die Verwaltung des

Gutes gelernt, die richtige Frau geheiratet, den Erben Henry und die reizende Jennifer gezeugt, die Pächter verehren ihn, das Gut gedeiht unter ihm besser denn je. O ja, er besitzt sämtliche Tugenden. Aber man kann nicht zu viele gute Menschen um sich haben. Sie würden den Markt sättigen und viel von ihrem Glanz einbüßen. Sie sehen also, auch Sünder haben ihren Nutzen.«

»Es ist ein großes Glück, daß Carleton so ein guter Gutsherr ist.«

»Alles an Carleton ist gut.«

»Sie haben auch Ihre Vorzüge, genau wie er.«

»Ja, aber er hat zwei gesunde Beine obendrein.«

Da war sie wieder, die Verbitterung, stets bereit, an die Oberfläche zu kommen. Ich bedauerte, daß ich das Gespräch hatte diese Wendung nehmen lassen.

»Carleton gelingt alles«, fuhr Lucas fort. »So ist es immer gewesen. Bitte mißverstehen Sie mich nicht. Ich weiß, es liegt an seinem Naturell, daß ihm alles gelingt.«

»Lucas«, sagte ich nüchtern, »Sie haben Pech gehabt. Aber das ist vorbei. An Ihrem Zustand ist nun mal nichts zu ändern. Und Ihnen ist noch viel geblieben.«

»Sie haben recht. Ich denke oft an Plaidy und frage mich, was aus ihm geworden ist. Es zeugt von meinem schlimmen Charakter, daß ich daraus ein wenig Trost gewinne. Ich bin wenigstens frei.«

»Ja«, sagte ich, »Sie sind frei.«

»Oh, schauen Sie. Da drüben können Sie das Haus sehen.«

»Welches Haus?«

»Perrivale Court. Geradeaus, ein kleines bißchen nach links.«

Endlich bekam ich es zu sehen. Groß und prächtig, auf einem sanften Hang über dem Meer errichtet. »Sehr eindrucksvoll«, sagte ich.

»Und sehr alt. Im Vergleich dazu ist Trecorn geradezu modern.«

»Könnten wir es uns näher ansehen?«

»Sicher.«

»Schön. Reiten wir hin.«

»Dann müßten Sie aber auf Upbridge verzichten.«

»Ist mir recht.«

»Ich glaube, Sie werden ein bißchen müde.«

»Vielleicht«, gab ich zu. Und ich dachte die ganze Zeit: Das war Simons Heim, seit er mit fünf Jahren hierhergebracht wurde.

Wir ritten weiter. Jetzt konnte ich das Haus deutlich erkennen. Es sah beinahe wie ein Schloß aus, aus grauen Steinen mit Türmen und Zinnen. »Es wirkt mittelalterlich«, sagte ich.

»Zum Teil ist es das zweifellos. Aber die alten Häuser werden im Laufe der Zeit restauriert, und manchmal kommt dabei ein Mischmasch heraus.«

»Und Sie sind einmal dort gewesen?«

»Ja, aber ich kann mich kaum noch daran erinnern. Es war meinem Gedächtnis vollkommen entfallen, bis dieser Mord geschah. Da kam es mir wieder in den Sinn.«

Ich hoffte, daß jemand sich sehen ließe. Vielleicht der Bruder, der noch lebte, oder die schöne Frau, die möglicherweise der Anlaß zu der Tat gewesen war. Ich hätte gern einen Blick auf sie erhascht.

Lucas sagte unvermittelt: »Das King's Head kann nicht weit von hier sein.« Und als der gewundene Pfad von der Küste abbog, rief Lucas: »Ah, da ist es. Bloß, es ist nicht das King's Head. Der richtige Ort, aber der falsche Name. Sailor King, König der Seefahrer. Derselbe Monarch, aber mit einem anderen Beinamen. Kommen Sie. Wir stellen die Pferde in den Stall, sie können eine Ruhepause gebrauchen. Und während sie sich laben, tun wir desgleichen. Wenn danach noch Zeit ist, was ich jedoch bezweifle, schauen wir in Upbridge vorbei. Aber Sie dürfen nicht enttäuscht sein, wenn es nicht klappt.«

Ich versicherte ihm, daß der Tag höchst vergnüglich sei und ich keineswegs enttäuscht sein würde.

Ich half ihm absitzen, so unaufdringlich ich konnte, und nachdem wir uns vergewissert hatten, daß die Pferde in guten Händen waren, gingen wir in die Gaststube. Außer uns war niemand da, und es war angenehm, die Stube ganz für uns zu haben. Der Wirt kam eilfertig herbei. »Nun, was darf es sein, der Herr, meine Dame? Leider gibt es fast nur kalte Speisen, aber ich kann Ihnen prima Fleisch und Schinken anbieten. Und heiße Linsensuppe.«

Wir sagten, das sei genau, was wir brauchten. Man brachte uns Apfelwein in Zinnkrügen, dann trug ein Mädchen das Essen auf, das ausgezeichnet war. Während wir uns gütlich taten, kam die Wirtin, um sich zu erkundigen, ob wir alles hätten, was wir brauchten. Sie war offensichtlich eine redselige Frau, die gern mit ihren Gästen plauderte. Sie wollte wissen, von wie weit wir kamen. Wir erklärten ihr, wir seien von Trecorn Manor.

»Oh, das kenn' ich gut. Schönes altes Haus, freilich nicht so alt wie Perrivale.«

»Ach, Perrivale Court«, sagte ich aufgeregt. »Da sind wir vorbeigekommen. Ist es noch bewohnt?«

»Aber sicher. Die Perrivales wohnen schon ewig dort. Sind mit Wilhelm dem Eroberer gekommen, prahlen sie, und es hat ihnen so gefallen, daß sie bis heute geblieben sind. Jetzt ist bloß noch Sir Tristan da, nachdem Mr. Cosmo...«

»Habe ich nicht etwas darüber in der Zeitung gelesen?« sagte ich. »Ist schon eine Weile her.«

»Ganz recht. Und damals haben die Leute von nichts anderem geredet. Sie vergessen schnell. Der Mensch ist wankelmütig. Wenn man jetzt nach dem Perrivale-Mord fragt, wissen die Jüngeren schon nichts mehr davon. Ich sage, das ist Geschichte, jawohl, und die sollte man kennen.«

»Man könnte meinen, Sie hätten ein morbides Gemüt, wenn Sie sich derartige Vorkommnisse einprägen«, sagte Lucas.

Sie warf ihm einen Blick zu, als ob sie ihn für leicht verrückt hielte, und ich sah, wie der Schalk in ihm aufblitzte und er sie am liebsten davon überzeugt hätte, daß er vollkommen verrückt sei.

»Nun ja«, sagte sie abwehrend, »damals, als es passierte, hat es dort von Menschen gewimmelt, Zeitungsleute, Polizisten und dergleichen. Zwei haben hier unter diesem Dach gewohnt. Um Ermittlungen anzustellen, haben sie gesagt. Wir waren sozusagen mitten im Geschehen.«

»Die Lage ist sehr günstig«, bemerkte Lucas.

»Jetzt muß ich aber wieder an die Arbeit. Ich sollte mich nicht mit Plaudern aufhalten.«

Als sie fort war, sagte ich: »Es wurde gerade interessant. Ich hätte gern noch mehr gehört.«

»Zuschauer haben oft eine verzerrte Sicht.«

»Aber sie sind wenigstens nahe am Schauplatz.«

Das Mädchen trug einen Biskuitauflauf auf. Er schmeckte köstlich und war mit reichlich Sherry versetzt. Ich war froh, daß die Wirtin einem weiteren Plausch schwer widerstehen konnte, und während wir den Auflauf aßen, kam sie, um noch ein wenig zu schwatzen. »Hier kommen nicht viele Leute her«, vertraute sie uns an. »Sicher, die Einheimischen... aber Gäste wie Sie, die kommen nicht oft vorbei. Das war damals anders. Sie wissen ja, was in Perrivale passiert ist.«

»Mord ist gut fürs Geschäft«, bemerkte Lucas.

Sie sah ihn argwöhnisch an. Ich hakte nach: »Sie wissen bestimmt gut über die Familie Bescheid.«

»Aber ja, läßt sich kaum vermeiden, wo ich mein Leben lang hier war, nicht? Ich bin in diesem Gasthaus geboren. Es gehörte meinem Vater, und als ich William heiratete, hat er es übernommen. Mein Sohn – auch ein William – wird es eines Tages ebenso machen, ohne Frage.«

»Eine Dynastie von Wirtsleuten«, murmelte Lucas.

Ich sagte rasch: »Es ist sehr gut, wenn es in der Familie bleibt. Das verleiht einem einen gewissen Stolz, nicht wahr?«

Sie strahlte mich an. Ich merkte, daß sie mich nett fand und für normal genug hielt, um meinem Gefährten zum Trotz Freude an ein wenig Klatsch zu haben. »Sehen Sie die Perrivales oft?« fragte ich.

»O ja, die schneien öfters herein. Ich kann mich um Jahre zurückbesinnen. Ich weiß noch, als sie Simon hierhergebracht haben. Das ist derjenige... Sie wissen schon.«

»Ja«, sagte ich, »ich weiß.«

»Muß gut zwanzig Jahre her sein, als er kam. William und ich hatten gerade geheiratet. Ich kann Ihnen sagen, das hat ein schönes Theater gegeben, als Sir Edward ihn ins Haus brachte und sagte, er bleibt. Ist doch klar, daß es einen gehörigen Krach gab. Welche Frau läßt sich so was schon bieten, frag' ich Sie?«

»Ich bin ganz Ihrer Meinung«, sagte ich.

»Warum holt ein Mann wie der wohl ein fremdes Kind ins Haus? Alle sagten, ihre Ladyschaft war eine Heilige, daß sie das duldete. Dabei war sie sonst gar nicht so. Eher eine Art Dragoner. Doch Sir Edward, der sprach nicht viel, aber er setzte seinen Willen durch. Er sagte, der Junge bleibt, und so ist er geblieben. Nun, was kann man schon erwarten? Man kann aus einem Kieselstein keinen Diamanten schleifen, wie man so sagt.«

»Sie meinen...?«

»Na, wo ist er denn hergekommen, frag' ich Sie? Bestimmt von irgendeinem Hinterhof. Würde mich jedenfalls nicht wundern.«

»Warum sollte Sir Edward ihn in einem Hinterhof wohnen lassen und dann nach Perrivale Court holen?«

»Manchmal plagt einen Menschen das Gewissen, nicht? Wie auch immer, er war da. Wie einen Sohn des Hauses haben sie ihn behandelt. Hatten einen Privatlehrer, bevor sie auf die Schule gingen. Der war ein netter Kerl. Hat uns ein bißchen vom Leben bei denen erzählt. Dann verschwand er, und sie mußten auf die Schule, Simon genauso wie Cosmo und Tristan. Und wie hat er es vergolten? Er ermordet Mr. Cosmo. Und so was nennt man Dankbarkeit!«

»Aber woher wollen Sie wissen, daß er den Mord begangen hat?«

»Das ist doch sonnenklar. Warum wäre er sonst getürmt?«

»Es klingt jedenfalls logisch«, meinte Lucas.

»Es könnte andere Gründe geben«, wandte ich ein.

»Ein eindeutiger Schuldbeweis«, bemerkte Lucas.

»Klar war er schuldig. Eifersüchtig war er. Da war diese Witwe, Mirabel, damals hieß sie Mrs. Blanchard. Jetzt ist sie freilich Lady Perrivale. Wie sie damals herkam mit ihrem Vater, diesem Major… das war ein netter Herr. Und sie war eine Schönheit, so eine Rothaarige. Sie warf ihre Netze nach Mr. Cosmo aus, und wir wußten, nicht lange, und sie würde die Herrin von Perrivale. Cosmo war verrückt nach ihr. Tristan hatte sie auch gern, von Simon gar nicht zu reden. Da waren sie nun alle drei in ein und dieselbe Witwe verliebt. Und was tut Simon? Er lockt Cosmo in das alte Bauernhaus – Bindon Boys nennen sie es – und erschießt ihn mir nichts, dir nichts. Durch den Kopf, hieß es. Der wäre womöglich sogar davongekommen, wenn Mr. Tristan – jetzt Sir Tristan – ihn nicht auf frischer Tat ertappt hätte.«

»Wo ist das Bauernhaus?«

»Ein Stück die Küste entlang. Es steht noch. Eine alte Ruine. Sie wollten es gerade renovieren, als die Sache passierte. Danach haben sie es einfach aufgegeben. Niemand wollte in einem Haus wohnen, wo ein Mord geschehen war. Aber ich rede zuviel. William sagt, das tu' ich immer.«

»Es war sehr interessant.«

Ich verließ das Gasthaus mit gemischten Gefühlen. Ich war etwas bedrückt wegen der Art, wie sie sich über Simon geäußert hatte. Aber es war aufregend, mit jemandem zu reden, der zu der Zeit, als das alles geschah, tatsächlich in seiner Nähe gewohnt hatte. Diese Frau hatte keinen Zweifel an seiner Schuld. Ich fürchtete, dies war die allgemeine Meinung. Durch seine Flucht hatte er seinen Fall gegen sich entschieden.

Als wir fortritten, sagte Lucas: »Sie haben unserer geschwätzigen Wirtin offenbar gefallen. Finden Sie es so spannend, ein wenig Lokalkolorit aufzuschnappen?«

»Ich fand es wirklich interessant.«

»Die meisten Menschen sind von Mord fasziniert. Besonders von einem mysteriösen wie diesem. Aber ist er wirklich so mysteriös?«

»Wieso? Was, glauben Sie, ist die Wahrheit?«

»Die liegt doch auf der Hand, oder? Er ist geflohen.«

Darauf wagte ich nichts zu erwidern. Am liebsten hätte ich hinausgeschrien: Er ist unschuldig! Ich weiß, daß er unschuldig ist! Ich hielt mich nur mit Mühe zurück.

Als wir nach Trecorn Manor kamen, war ich erschöpft. Ich war so darauf erpicht gewesen, Perrivale Court zu sehen, aber ich hatte weiter nichts entdeckt, als daß eine starke Abneigung gegen Simon bestand. Allerdings hatte ich nur die Meinung einer einzigen Person gehört. Doch die Tatsache, daß er geflohen war, würde immer gegen ihn sprechen.

Ich war wieder einmal zu einem gemütlichen Plausch bei Nanny Crockett. Die Zwillinge hielten ihren Mittagsschlaf. Ellen hatte ihren freien Nachmittag und besuchte in einem benachbarten Dorf ihre Eltern.

Ich erfuhr ein wenig über Nanny Crocketts Herkunft. Sie war aus London gekommen, um in Cornwall ihre erste Stelle anzutreten.

»Anfangs schmerzte es, von zu Hause fort zu sein«, sagte sie. »Ich konnte mich nicht eingewöhnen. Ich hab' den Trubel vermißt. Aber dann wachsen einem die Kleinen ans Herz. Ich habe auch die Landschaft liebgewonnen, die Heide und das Meer. Sie sollten sich die Gegend ansehen, es lohnt sich.«

Ich erzählte ihr, wie ich den Ausritt genossen hatte. »Wir sind weit geritten. Bis in die Nähe von Upbridge. Kennen Sie die Stadt?«

»Ob ich Upbridge kenne? Das kann man wohl sagen. Ich hab' eine Zeitlang dort gelebt. Und davor war ich ganz in der Nähe.«

»Kennen Sie Perrivale Court?«

Sie antwortete nicht gleich. Sie hatte einen seltsamen Ausdruck im Gesicht, den ich nicht deuten konnte. Dann sagte sie: »Das will ich meinen. Ich habe fast acht Jahre dort gelebt.«

»Was, Sie haben in Perrivale Court gelebt?«

»Aber ja, ich war doch das Kindermädchen der Jungen.«

»Sie meinen Cosmo, Tristan und Simon?«

»Genau. Ich war dort Kindermädchen, als der kleine Simon ins Haus kam. Den Tag werde ich nie vergessen. Er wurde mir übergeben, und Sir Edward sagte: ›Das ist Simon. Er wird genauso behandelt wie die andern.‹ Und da war er, der arme Tropf. Er war so furchtsam und verwirrt, und ich nahm ihn an die Hand und sagte: ›Gräm dich nicht, Herzchen. Du bist bei Nanny Crockett, und alles wird gut.‹ Sir Edward war mit mir zufrieden, und das war gar nicht so selbstverständlich, kann ich Ihnen sagen. ›Danke, Nanny‹, hat er gesagt. ›Kümmern Sie sich um den Jungen. Er wird sich anfangs ein bißchen fremd fühlen.‹ Wir hatten uns gern, Simon und ich, schon von diesem Augenblick an.«

Ich konnte meine Aufregung kaum unterdrücken. »Eigenartig, ein Kind einfach so ins Haus zu bringen. Gab es gar keine Erklärung?«

»Oh, Sir Edward hielt sich nie mit Erklärungen auf. Er sagte, was zu geschehen hatte, und damit basta. Wenn er bestimmte, der Junge kommt ins Kinderzimmer, dann kam er ins Kinderzimmer.«

»Erzählen Sie mir von dem Jungen. Wie war er?«

»Ein netter kleiner Kerl, sehr aufgeweckt. Sehnte sich nach einer Person namens Angel. Muß wohl seine Mutter gewesen sein. Ich habe ein paar Kleinigkeiten aus ihm herausbekommen, aber Sie wissen ja, wie Kinder sind. Die sehen die Dinge nicht immer so wie wir. Er sprach von Angel und einer Tante Ada, die sein kleines Herz mit Angst und Schrecken erfüllte. Offenbar hatten sie Angel begraben, und danach war er nach Perrivale gebracht worden. Er konnte es nicht ertragen, wenn die Kirchenglocken zu einer Beerdigung läuteten. Einmal fand ich ihn unter dem Bett versteckt, er hielt sich die Ohren zu, um sich vor dem Geräusch zu schützen. Er dachte, diese

Ada würde ihn fortholen, und dann hat Sir Edward ihn nach Perrivale gebracht.«

Während ich ihr lauschte, war ich in Gedanken wieder auf der Insel
und hörte Simons Stimme, die mir erzählte, wie er sich unter dem
Tisch versteckte, wenn Tante Ada kam.

»Es gab natürlich eine Menge Gerede, das kann ich Ihnen sagen.
Wer war der Junge? Warum hatte man ihn ins Haus geholt? Er war
Sir Edwards Sohn, sagten alle, und ich schätze, sie hatten recht.
Aber es war seltsam, denn er gehörte nicht zu den Männern, die hin-
ter den Weibern her sind. Er war so anständig, so streng und auf-
recht.«

»Solche Menschen haben manchmal ein Geheimleben.«

»Das dürfen Sie zweimal sagen. Aber irgendwie konnte man sich Sir
Edward nicht bei so einem Techtelmechtel vorstellen. Er ist schwer
zu beschreiben. Bei ihm mußte alles laufen wie am Schnürchen. Die
Mahlzeiten auf die Sekunde pünktlich. Ein Diener, der früher beim
Militär gewesen war, sagte, es erinnere ihn an ein Heerlager. Nein,
Sir Edward war wirklich kein Schürzenjäger. Nicht wie manche,
von denen ich gehört habe, vor denen keine junge Frau im Hause sicher ist. In Perrivale Court waren sie sicher. Auch die hübsche-
sten.«

»War er freundlich zu dem Jungen?«

»Nicht freundlich, nicht unfreundlich. Er brachte ihn einfach ins
Haus und sagte, er sei zu behandeln wie die beiden andern. Dem
Personal paßte das nicht. Sie wissen, wie Dienstboten sind, sie
fürchten, jemand erhebt sich über sie. Sie fanden, der kleine Simon
habe kein Recht, mit den anderen Jungen das Kinderzimmer zu teilen, und ich schätze, sie haben es ihn spüren lassen.«

»Hat es ihn gewurmt?«

»Wer weiß, was in so einem kleinen Köpfchen vorgeht? Aber er war
helle. Ich schätze, er hat alles mitgekriegt.«

»Aber Sie haben ihn geliebt.«

Sie lächelte versonnen, zärtlich. »Von allen Kindern, die ich je hatte,
war er mein Liebling. Und was ihn betrifft, ich schätze, ich habe den
Platz seiner Angel eingenommen. Zu mir kam er gelaufen, wenn es
Ärger gab – und den gab es zwangsläufig. Er war ja älter als die beiden andern, wenn auch nur ein, zwei Jährchen. Solange sie klein wa-

184

ren, war das ein Vorteil. Aber der Unterschied machte sich bald bemerkbar. Sie waren die Söhne des Hauses, er war der Außenseiter. Sie wissen ja, wie Kinder sind. Cosmo, der Älteste, war eingebildet. Er hielt sich jetzt schon für einen *Sir*. Und Tristan, der konnte ein kleiner Dragoner sein. Das habe ich bei jüngeren Söhnen oft festgestellt. Aber Simon, der war mein Liebling. Ich weiß nicht, woran es lag, vielleicht, weil er auf diese Weise ins Haus gekommen war, seine Mutter vermißte… und dann zu denken, daß er sich in diesen Schlamassel gebracht hat.«

»Sie kennen die Familie so gut«, sagte ich ernst. »Was glauben Sie, was geschehen ist?«

»Ich glaube, nein ich *weiß*, daß er es nicht getan hat. Er war dazu nicht imstande. Er kann es nicht gewesen sein.«

»Er ist geflohen«, sagte ich.

»Ach, das sagen alle. Gut, er ist geflohen, aber er hatte seine Gründe. Er kann für sich sorgen. Er ist immer allein zurechtgekommen. Er findet aus allem einen Ausweg. Das sage ich mir andauernd, denn ich bin etwas besorgt. Nachts wache ich auf und denke: Wo ist er? Dann sage ich mir, wo er auch ist, er weiß, wie er zurechtkommt. Danach fühle ich mich besser. Er wird es schaffen. Wenn die beiden Jungen ihm Streiche spielten, hat er es ihnen immer heimgezahlt. Er war schlau, nicht wahr, und in seiner Lage, da hat er gelernt, allein fertigzuwerden. Er hat immer getan, was das Beste für ihn war, und er wird immer wissen, was das Beste ist.«

»Ich bin in dem Gasthaus gewesen, im Sailor King. Mr. Lucas und ich haben dort gegessen. Die Wirtin schien Simon für schuldig zu halten.«

»Das muß Sarah Marks gewesen sein. Was weiß sie denn schon? Den üblichen Klatsch. Bildet sich ein, sie weiß alles, bloß weil sie die Wirtsfrau ist. Die klatscht für ihr Leben gern. Sie würde jedermanns Ruf zunichte machen, wenn ihr das etwas zum Klatschen gäbe. Ich kenne sie, und ich kenne Simon. Für seine Unschuld lege ich meine Hand ins Feuer.«

»Ach Nanny, was glauben Sie, wo er ist?«

»Das kann man nicht wissen, nicht wahr? Jedenfalls ist er davongekommen. Er wird auf eine Gelegenheit warten.«

»Sie meinen, er würde zurückkommen, wenn er die Sache aufklären könnte?«

»Bestimmt.«

»Würde er Ihnen schreiben, was meinen Sie?«

»Möglicherweise. Er wird wissen, daß ich ihn nicht in Gefahr bringe. Andererseits wird er mich nicht mit hineinziehen wollen. Gibt es da nicht so ein Gesetz?«

»Ich glaube, man nennt es Beihilfe.«

»Stimmt. Aber *mir* wäre es egal. Ich würde hundert Pfund darum geben – wenn ich sie hätte –, um nur ein Wort von ihm zu hören.«

Ich schloß sie ins Herz. Sie war eine Verbündete. Ich hatte sie zum Reden verlockt, und hiernach ging ich oft, wenn die Zwillinge schliefen, ins Kinderzimmer, um mit Nanny Crockett zu plaudern.

Meine Freundschaft mit den Zwillingen machte Fortschritte. Jennifer hatte mich als ihr Eigentum beschlagnahmt, was mich sehr amüsierte. Sie beglückte mich mit Vertraulichkeiten über ihre Puppen. Ich erfuhr ihre Eigenarten, die guten wie die schlechten. Reggie der Bär wollte seine Medizin nicht nehmen, die einäugige Mabel – sie hatte bei einem mysteriösen Unfall ein Auge verloren – fürchtete sich im Dunkeln und mußte nachts zu Jennifer ins Bett genommen werden. Ich dachte mir Abenteuer für sie aus, und beide Kinder hörten verzückt zu.

Die Zeit verging viel zu schnell, und ich mochte gar nicht an Aufbruch denken; aber wir mußten natürlich bald abreisen. Felicity wurde allmählich unruhig, doch sie merkte, daß unser Aufenthalt mir und Lucas guttat, und selbstlos, wie sie war, verdrängte sie ihre eigenen Wünsche und freute sich für uns.

Doch selbst sie konnte nicht ahnen, wie gut es mir tat, in der Nähe von Simons Heim zu sein, vor allem aber Nanny Crocketts Beziehung zu ihm entdeckt zu haben. Felicity war einfach glücklich, mich mit Lucas zu sehen und meine Späße im Kinderzimmer zu beobachten.

Und dann nahmen die Dinge eines Tages eine dramatische Wendung. Der Tag begann ganz gewöhnlich. Beim Frühstück drehte sich das Gespräch um die schweren Regenfälle in der Nacht, dann wandte es sich der alten Mrs. Gregory zu, der Mutter eines Bauern.

»Ich muß sie unbedingt besuchen«, sagte Theresa. »Ich war schon fast einen Monat nicht bei ihr. Sie wird denken, ich hätte sie im Stich gelassen.«

Ich erfuhr, daß Mrs. Gregory bettlägerig und es ihre größte Freude war, Besuch zu haben, der mit ihr plauderte. Theresa, die über alle Angelegenheiten in der Nachbarschaft Bescheid wußte, war ihr besonders willkommen. Sie besuchte die alte Frau so regelmäßig sie konnte und brachte ihr kleine Geschenke mit, Kuchen, Süßigkeiten oder eine Flasche Wein – Sachen, von denen sie annahm, daß sie ihr Freude machten. Aber das Schönste war, wenn sie ein Stündchen blieb und plauderte.

»Bei der Gelegenheit könntest du bei Masons hereinschauen«, meinte Carleton, »und ausrichten, daß Tom Allen diese Woche wegen ihres Daches vorbeikommt.«

»Ich fahre heute vormittag mit dem Gig hinüber«, sagte Theresa.

Es war ein lieblicher Morgen, mild, nicht zu heiß, ideal zum Reiten. Lucas schien aufgeräumter als sonst, und wir schlugen den Weg nach Upbridge ein. Lucas sah mich an und lächelte. »Ihre Lieblingsstrecke«, sagte er. »Ich glaube, Snowdrop geht diesen Weg schon automatisch, ohne Anweisung. Ich nehme an, Sie haben ein morbides Gemüt und sind von diesem Mord fasziniert.«

»Es ist ein schöner Weg«, sagte ich.

An diesem Tag hatte ich wirklich das Gefühl, daß ich Fortschritte machte. Wenige Kilometer vor Upbridge beschlossen wir umzukehren, um nicht zu spät zum Mittagessen zu kommen. Wir hätten auch weiterreiten und uns im Sailor King stärken können, aber da wir nicht gesagt hatten, daß wir nicht zurück sein würden, kehrten wir lieber um.

Wir waren auf einem schmalen, gewundenen Pfad, und als wir um eine Kurve bogen, sahen wir vor uns einen Schäfer, der mit seiner Schafherde den Weg versperrte. Wir hielten an und sahen zu, und währenddessen kam hinter uns eine Reiterin heran, eine junge, bemerkenswert hübsche Frau. Ihr schwarzer Reithut saß keck auf ihren roten Haaren, und ihre schmalen grünen Augen mit den dichten schwarzen Wimpern betrachteten uns mit diesem amüsierten Blick, den die Menschen meistens haben, wenn sie unerwartet vor einem solchen Hindernis stehen.

»Die Zufälle des Landlebens«, sagte sie.

»Mit denen wir uns abfinden müssen«, erwiderte Lucas.

»Sind Sie von weit her?«

»Trecorn Manor.«

»Oh..., dann müssen Sie der Mr. Lorimer sein, der Schiffbruch erlitten hat.«

»Derselbe. Und dies ist Miß Cranleigh, die zur gleichen Zeit Schiffbruch erlitt.«

»Wie interessant! Ich bin Mirabel Perrivale.«

»Ich bin erfreut, Sie kennenzulernen, Lady Perrivale.«

Ich war so überwältigt, daß ich nur staunen konnte. Sie war ausgesprochen schön. Ich konnte mir vorstellen, wie sie alle beeindruckt hatte, als sie hierherzog.

»Den Schafen sei Dank«, sagte sie. »Ah, der Weg ist gleich wieder frei.«

Wir ritten weiter. Als der Pfad sich gabelte, nahm sie die Abzweigung zur Linken, wir wendeten uns nach rechts. »Auf Wiedersehen«, sagten wir, dann war sie verschwunden.

»Eine schöne Frau«, bemerkte ich. »Das ist also Mirabel, die Femme fatale.«

»So sieht sie auch aus, das müssen Sie zugeben.«

»Allerdings. Seltsam, ihr so zu begegnen.«

»Keineswegs. Sie wohnt ja in der Nähe.«

»Und als Sie Trecorn erwähnten, wußte sie gleich, wer Sie sind.«

»Ja, ich bin auf meine Art so berüchtigt wie sie. Das Überleben eines Schiffbruchs ist einiger Aufmerksamkeit wert; es ist nicht dasselbe, wie in einen Mordfall verwickelt zu sein, aber immerhin.«

Als wir Trecorn Manor erreichten, kam ein Stallbursche herausgelaufen. »Ein Unfall ist geschehen«, sagte er.

»Ein Unfall?« rief Lucas. »Wer...?«

»Mrs. Lorimer. Das Gig... sie haben sie gerade gebracht.«

Das Haus war in Trauer. Am Morgen war Theresa noch springlebendig gewesen, jetzt war sie tot. Wir waren alle zu erschüttert, um die tragische Wahrheit in ihrem ganzen Ausmaß zu erfassen.

Offenbar hatte Theresa Mrs. Gregory ihren Besuch abgestattet und die Mitbringsel gebracht; sie hatte eine Stunde mit ihr geplaudert und war dann aufgebrochen. Auf dem Weg zum Mason-Hof hatte sie den hügeligen Pfad eingeschlagen. Diesen Weg war sie schon oft gefahren, er galt nicht als gefährlich. Aber es hatte stark geregnet, und plötzlich gab es auf dem Hang einen Erdrutsch. Er muß direkt vor das Pferd gestürzt sein. Es erschrak und ging durch und raste mit dem Gig den Hügel hinunter ins Tal. Und so war Theresa getötet und Trecorn Manor ein Haus der Trauer geworden.

Felicity sagte zu mir: »Ich bin froh, daß wir hier sind, auch wenn wir nichts tun können, um Carleton zu trösten. Sie waren so glücklich, sie haben so gut zusammengepaßt. Was um alles in der Welt wird er jetzt anfangen?«

»Armer, armer Carleton. Er ist zu erschüttert, um ganz zu erfassen, was geschehen ist. Meinst du, wir sollten noch eine Weile bleiben?«

»Ich denke, wir müssen erst einmal abwarten. Im Augenblick können wir nichts mit ihm besprechen. Vielleicht nach der Beerdigung... dann sehen wir weiter.«

Als sich eine Gelegenheit ergab, fragte ich Lucas, ob er meine, daß wir abreisen sollten.

»O nein, bitte noch nicht«, sagte er. »Mein armer Bruder ist in einer elenden Verfassung, er ist wie betäubt. Wir müssen zuerst an ihn denken. Er war mehr auf sie angewiesen, als ihm selber klar war. Leider haben wir Theresa immer für allzu selbstverständlich gehalten, ihre Güte, ihre Selbstlosigkeit, und wie sie das Gute, das sie für alle tat, immer herunterspielte. Jetzt sehen wir erst, was für ein wunderbarer Mensch sie war. Carleton war glücklich mit ihr, und deswegen wird es um so schlimmer für ihn, sich mit seinem Verlust abzufinden. Er wird sie jede Minute des Tages vermissen. Sie wird uns schrecklich fehlen. Bitte reisen Sie noch nicht ab, Rosetta.«

»James muß aber wieder an die Arbeit.«

»Ja, dann wird er Sie wohl bald abholen kommen.«

Ich nickte.

»Das heißt aber nicht, daß *Sie* fortmüssen.«

»Aber natürlich muß ich mit ihnen fahren.«

»Ich sehe nicht, warum. *Sie* müssen doch an keine Arbeit zurück.«

»Ich... ich bin hier sicher nicht erwünscht, in dieser Zeit.«

»Unsinn. Ihre Gegenwart wird vielmehr eine Hilfe sein.«

Ich erzählte Felicity, was er gesagt hatte.

»Er hat recht«, befand sie. »Du hast ihn verändert. Ich glaube, du warst imstande, mit ihm über jene schreckliche Zeit zu sprechen.«

»Aber ich kann doch nicht ohne euch hierbleiben.«

Sie zog die Augenbrauen zusammen. »Deine Tante Maud wird sicher der Meinung sein, du solltest nach Hause kommen. Aber eigentlich sehe ich nicht, warum du nicht noch eine Weile bleiben solltest. James muß natürlich nach Hause, und ich fahre mit ihm.«

Dabei blieb es, und bald darauf kam James. Er war erschüttert. Unterdessen wurde uns das Ausmaß der Tragödie bewußt, die dieses Haus heimgesucht hatte.

Nanny Crockett sagte: »Hier wird es nie mehr sein wie vorher. Mrs. Lorimer war die einzige, die zusah, daß alles wie am Schnürchen lief. Jetzt wird alles anders. Aber am meisten sorge ich mich um die Kinder. Sie werden ihre Mutter vermissen. Sicher, sie haben mich und jetzt auch Sie, aber herrje, sie werden sie vermissen. Sie ist ständig ins Kinderzimmer hineingeschneit. Die Kleinen waren daran gewöhnt. Ich weiß nicht, wie sich ihr Tod auf sie auswirken wird.«

Es war eine traurige Zeit. Carleton tat mir schrecklich leid. Er ging umher wie in einem wirren Traum. Lucas sagte, es sei unmöglich, etwas mit ihm zu bereden. Er könne nur von Theresa sprechen.

Lucas selbst war tief betroffen. »Das ist das Schlimmste, was Carleton zustoßen konnte. Ich war ein egoistisches Scheusal, als ich über meine Probleme gejammert habe und mir sagte, er sei der Glücklichere von uns beiden, alles falle ihm zu und so weiter. Und nun gibt es keinen Trost für ihn.«

Mir bangte vor dem Begräbnis. Aus der ganzen Nachbarschaft kamen Leute in die Kirche. Ihre Trauer war echt, Theresa war sehr beliebt und geachtet gewesen.

Nanny Crockett behielt die Kinder im Kinderzimmer. Als ich das trübselige Läuten der Glocke hörte, fragte ich mich, was sie wohl denken mochten. Ich dachte an Simon, der vor vielen Jahren eine ähnliche Glocke gehört hatte. Für ihn hatte ihr Klang Unheil bedeutet, den Verlust Angels und den Stoß ins Unbekannte.

Als alle fort waren und es still im Haus war, ging ich ins Kinderzimmer. Nanny Crockett war in tiefes Schwarz gekleidet. Sie schüttelte traurig den Kopf. »Sie stellen dauernd Fragen«, sagte sie. »Was soll man so kleinen Kindern erzählen? Sie verstehen es doch nicht. ›Sie ist im Himmel‹, sage ich. ›Wann kommt sie wieder?‹ fragen sie. ›Wenn die Menschen in den Himmel gehen‹, sage ich, ›dann bleiben sie ein Weilchen.‹ Darauf sagt Jennifer: ›Es wäre unhöflich, gleich wieder fortzugehen, nicht?‹ Ich hätte beinah die Fassung verloren. Dann sagte sie: ›Sie trinkt wohl Tee mit dem lieben Gott, und die Engel sind dabei.‹ Das bricht einem das Herz.«

Die Kinder hatten uns gehört und kamen angelaufen. Sie blieben stehen, sahen mich mit ernsten Gesichtern an. Sie spürten, daß etwas Furchtbares geschehen war und alle sehr traurig darüber waren. Jennifer sah mich an und verzog plötzlich das Gesicht. »Ich will zu meiner Mama«, sagte sie. Ich breitete die Arme aus, und sie stürzte sich hinein; Henry folgte ihr. Ich hielt beide fest umschlungen. Damit stand mein Entschluß fest. Ich konnte nicht gleich abreisen. Ich mußte noch eine Weile bleiben.

Ich war froh, daß ich geblieben war. Ich konnte etwas Nützliches tun und ein wenig Trost in das schwergeprüfte Haus bringen. Ich verbrachte viel Zeit mit den Kindern zu der Stunde, da ihre Mutter bei ihnen zu sein pflegte. Nanny Crockett und mir gelang es, sie über die ersten leidvollen Tage hinwegzutrösten. Sie waren noch zu klein, um ganz zu begreifen, was geschehen war, und wir linderten den Kummer ein wenig, der sie zwangsläufig überkommen mußte. Zuweilen waren sie dermaßen in etwas vertieft, daß sie alles andere vergaßen, doch manchmal wachte eins in der Nacht auf und rief nach der Mama. Dann erwachte das andere, und beide bejammerten den schrecklichen Verlust. Doch meistens waren Nanny Crockett oder ich da, um Trost zu spenden.

Carleton befand sich in einem ständigen Dämmerzustand. Der Schlag traf ihn um so härter, weil er unerwartet gekommen war. Zum Glück gab es auf dem Gut eine Menge Arbeit, die ihn beschäftigt hielt. Wo er auch hinkam, begegnete man ihm mit Mitgefühl und Verständnis. Er würde nie wieder derselbe sein wie vorher. Die Erschütterung traf gerade ihn besonders, weil sein Leben in gleichmäßiger Zufriedenheit verlaufen war und er erwartet hatte, daß es so weitergehen würde. Zeitweise fiel es ihm schwer, zu glauben, daß dies wirklich geschehen war, und er schien außerstande, zu begreifen, daß Theresa nicht mehr da war und nie mehr wiederkehren würde.

Lucas nahm das alles philosophisch. *Er* erwartete nicht, daß das Leben friedlich verliefe. Eine Tragödie war schon über ihn hereingebrochen, und es wunderte ihn nicht, daß nun wieder eine geschehen war. Vielleicht konnte er sie deswegen realistischer betrachten.

Zu mir sagte er: »Sie haben viel für uns getan. Es war ein Segen für uns, daß Sie hier waren, als es passierte.«

»Ich wünschte, ich könnte mehr tun«, erwiderte ich ihm.

»Sie und Nanny Crockett waren großartig mit den Kindern. Und was Carleton betrifft, ihm kann nur die Zeit helfen.«

Wir unternahmen gemeinsam kurze Spazierritte, und so vergingen die Tage.

Die Gouvernante

Ich konnte nicht ewig in Trecorn Manor bleiben, hatte aber nicht die geringste Lust, nach London zurückzukehren. In der Hoffnung, etwas zu entdecken, das mir helfen würde, das Geheimnis zu lüften, war ich nach Trecorn Manor gekommen; nun sah ich ein, wie lächerlich meine Zuversicht gewesen war.

Theresas Tod hatte die andere Tragödie vorübergehend verdrängt, doch nun kehrte mein besessener Wunsch zurück. Wenn ich nach Perrivale Court gelangen und die Hauptbeteiligten des Dramas näher kennenlernen könnte, würde ich vielleicht weiterkommen. Es war eine törichte Hoffnung gewesen, etwas erreichen zu können, indem ich nur in der Nähe des Hauses wohnte. Ich fühlte mich hilflos und allein. Manchmal war ich drauf und dran, Lucas einzuweihen. Er war klug und listig. Ihm würde vielleicht etwas einfallen. Andererseits könnte er meinen Glauben an Simon als romantische Torheit abtun. Er würde auf seine realistische Art sagen: »Der Mann wurde mit der Waffe in der Hand gesehen. Er ist geflohen und wollte sich den Ermittlungen nicht stellen. Das spricht für sich. Daß er zufällig eine gewisse Findigkeit bewies und uns das Leben gerettet hat, macht ihn nicht unschuldig.«

Nein, ich konnte Lucas nicht uneingeschränkt vertrauen, aber ich sehnte mich so sehr danach, mich jemandem anzuvertrauen, jemandem, der mit mir zusammen nachforschen würde, jemandem, der an Simons Unschuld glaubte.

Ich wußte nicht weiter. Ich würde nach Hause müssen. Ich war schon zwei Wochen geblieben, nachdem Felicity und James abgereist waren, dabei hatte ich ursprünglich nur eine Woche bleiben wollen.

Der Gedanke an die Rückkehr nach Bloomsbury und unter Tante Mauds Regiment bedrückte mich. Das konnte ich nicht ertragen. Außerdem mußte ich an meine Zukunft denken. Mein phantastisches Abenteuer hatte mich von der Kindheit ins Erwachsensein katapultiert. Ich fühlte mich verloren und einsam. Könnte ich doch, sagte ich mir unablässig, könnte ich doch Simons Unschuld beweisen. Wenn er doch zurückkehren und wir beisammensein könnten.

Ich glaubte, das Band, das wir geknüpft hatten, würde niemals zerreißen. Wohl hatte Lucas das Abenteuer miterlebt, doch so nahe er uns in jenen Tagen auch stand, er kannte das Geheimnis nicht, und das sonderte ihn ab. Er war sehr scharfsinnig. Oft fragte ich mich, ob er etwas geahnt hatte.

Wie viele Male war ich täglich drauf und dran, ihm mein Herz auszuschütten und ihm alles zu sagen! Er wäre möglicherweise bei der Lösung des Rätsels eine große Hilfe gewesen. Aber konnte ich wagen, es ihm zu erzählen? So grübelte ich, während ein Tag nach dem anderen verging. Ich konnte so nicht weitermachen. Früher oder später mußte ich zu einem Entschluß kommen. Sollte ich mein Vorhaben aufgeben, da es anscheinend hoffnungslos war? Sollte ich nach Bloomsbury zurückkehren und mich in Tante Mauds tüchtige Hände begeben?

Es war ein großer Trost für mich, mit Nanny Crockett zu reden. Sie liebte Simon so, wie – ich gestand es mir nun ein – ich ihn liebte, und das schuf ein starkes Band zwischen uns. Sie war überaus gesprächig, und der Mord von Bindon Boys war für sie ein ebenso fesselndes Thema wie für mich. Sie brachte es zur Sprache, ohne daß ich sie dazu veranlaßte, und allmählich kamen Tatsachen ans Licht, die für mich von entscheidender Bedeutung waren. Sie wußte sogar etliches über die Vorgänge im Haus Perrivale zu jener Zeit. »Ich bin hin und wieder drüben gewesen«, sagte sie. »Als die Jungen zur Schule gingen, habe ich eine Stellung in Upbridge angenommen, ganz in der Nähe. Ein niedliches kleines Ding hatte ich dort, Grace mit Namen. Ich hab' sie sehr liebgewonnen. Sie half mir ein wenig über den Verlust meines Jungen hinweg. Aber der Verlust war ja nicht endgültig. Das hätte Simon nicht geduldet. Er kam mich besuchen, und manchmal ging ich nach Perrivale und trank eine Tasse Tee mit der Haushälterin, Mrs. Ford, einer Freundin von mir. Wir haben uns immer gut verstanden. Sie ist noch dort. Sie hatte sogar den Butler an der Kandare. So ist sie nun mal, aber gutherzig; sie weiß eben, wie man alles in Schuß hält. Dafür ist eine Haushälterin schließlich da. Aber in meine Kinderstube hat sie sich nicht eingemischt, das hat sie nie versucht. Wir waren immer die besten Freundinnen... oder jedenfalls fast immer. Ich ging auf eine Tasse Tee zu ihr, und es war nett, die Neuigkeiten zu erfahren.«

»Und erst, als Sie hierherkamen, haben Sie sie nicht mehr besucht?«

»Ich gehe immer noch ab und zu hin. Wenn Jack Carter eine Fuhre abliefern muß und über Upbridge fährt, holt er mich ab. Er setzt mich am Haus ab, und wenn er alles erledigt hat, kommt er wieder und bringt mich heim. Das ist ein hübscher kleiner Ausflug, und ich bleibe mit den Leuten in Perrivale in Verbindung.«

»Sie gehen immer noch nach Perrivale Court!«

»Es sind ein paar Monate her, seit ich zuletzt dort war. Und als all das passierte, bin ich überhaupt nicht hingegangen. Ich hielt es nicht für angebracht, und dann die Polizei, und alle schnüffelten herum – Sie verstehen.«

»Wann waren Sie zuletzt dort?«

»Das dürfte so vor drei Monaten gewesen sein. Es ist verändert, seit Simon fort ist.«

»Das ist schon eine Weile her.«

»Ja, eine ganze Weile. Wenn in einem Haus ein Mord geschieht, kommt einem alles verändert vor.«

»Erzählen Sie mir von dem Haus. Es interessiert mich.«

»Sie sind wie alle anderen. Einem Mord können Sie nicht widerstehen.«

»Dieser ist ja auch mysteriös, nicht? Sie glauben nicht, daß Simon es getan hat?«

»Nein. Und ich gäbe viel darum, es zu beweisen.«

»Vielleicht liegt die Lösung irgendwo im Haus.«

»Was meinen Sie damit?«

»Jemand hat Cosmo ermordet, vielleicht weiß einer im Haus, wer es war.«

»Irgendwer irgendwo kennt die Wahrheit, das ist mal sicher.«

»Erzählen Sie mir von den Leuten.«

»Also, da war Sir Edward.«

»Er ist tot.«

»Ja. Er starb zu der Zeit, als der Mord geschah. Davor war er sehr krank, sein Tod kam nicht unerwartet.«

»Und die alte Lady Perrivale?«

»Die war ein rechter Dragoner, gewöhnt, ihren Willen durchzusetzen, und Sir Edward ließ sie gewähren, außer bei Dingen wie damals, als er den Jungen ins Haus brachte. Das paßte ihr nicht, versteht sich, aber er sagte, es muß sein, und damit basta. Sie hat nie vergessen, daß sie Perrivale mit *ihrem* Geld gerettet hat. Mrs. Ford sagt, Holzwürmer und Klopfkäfer hätten dem Haus rasch den Garaus gemacht, wenn sie nicht rechtzeitig gekommen wäre. Und sie hatte ihre Söhne, Cosmo und Tristan. Sie war stolz auf sie. Und dann kommt Simon. Manchmal dachte ich, es wäre vielleicht besser für das arme Würmchen gewesen, wenn es offenen Krach gegeben hätte, statt daß sie dauernd hinterhältig auf ihm rumhackten. Es war ja nicht nur ihre Ladyschaft. Die Dienstboten und andere waren genauso. In meiner Kinderstube habe ich das nicht geduldet. Aber das sagte ich Ihnen ja schon.«

»Es interessiert mich. Und jedesmal erfahre ich ein bißchen mehr.«

»Nun, wie gesagt, in Perrivale ging es nicht besonders fröhlich zu. Zwischen Sir Edward und ihrer Ladyschaft stimmte es nicht so recht. So etwas merkt man. Nichts für ungut, er war immer anständig, hat sie stets als Dame des Hauses behandelt, aber man hat was gemerkt. Ihre Ladyschaft war von der Sorte, die bei jedem anderen Mann ihren Willen durchgesetzt hätte. Aber Sir Edward war sonderbar. Er war der Herr, aber ihr Geld hatte das Haus gerettet. Sie wünschte nicht, daß er das je vergaß. Und Sir Edward war sehr streng. Wenn eine von den Mägden mit einem Mann eine Dummheit gemacht hatte, dann mußten die Hochzeitsglocken läuten, bevor das erste Anzeichen des Malheurs zu sehen war. In der Halle wurde jeden Morgen gebetet, und alle im Haus mußten teilnehmen.« Sie verstummte für ein Weilchen, saß da und lächelte in die Ferne. Ich wußte, sie blickte in die Vergangenheit. »Dann kam der Tag, als die Jungen zur Schule gingen, und Nanny Crockett wurde nicht mehr gebraucht. Aber ich bekam die Stelle in Upbridge, einen

Steinwurf entfernt sozusagen, daher fühlte ich mich nicht ganz abgeschnitten. Und Grace war ein liebes kleines Ding. Ihre Eltern waren in Upbridge hochangesehene Leute. Dr. Burrows war ihr Vater.
Sie war das einzige Kind. Ich war bei ihr, bis sie auf die Schule geschickt wurde. Sie sagte zu mir: ›Du wirst die Nanny von meinen
Babies, nicht wahr, Nanny Crockett, wenn ich welche bekomme.‹
Und ich erklärte ihr, daß Nannies alt werden wie alle anderen Menschen und irgendwann auch mal an sich selbst denken müssen. Es ist
traurig, seinen Kleinen Lebewohl zu sagen. Man hängt an ihnen. Sie
sind wie die eigenen Kinder, solange man bei ihnen ist.«
»Ja, ich weiß. Der Abschied ist sehr traurig. Und nach Grace Bur-
rows sind Sie hierhergekommen?«
Sie nickte. »Es war in meinem letzten Jahr bei den Burrows, als es
passiert ist.«
»Dann«, sagte ich, und ich bemerkte den aufgeregten Tonfall in
meiner Stimme, »waren Sie in der Nähe, als es passierte?«
»Ich hab’ sie ein paarmal gesehen.«
»Wen?«
»Die Witwe.«
»Was hielten Sie von ihr?«
Nach kurzem Schweigen sagte sie: »Mit so einer Frau in der Nähe,
da muß ja was passieren. Frauen wie die sind gefährlich. Manche
Leute sagten, sie sei eine Hexe. Für solche Sachen haben sie hier was
übrig. Sie stellen sich gerne vor, wie Menschen auf Besenstielen reiten und Unheil zusammenbrauen. Und in Perrivale gab es Unheil,
nachdem sie aufgetaucht war.«
»Sie meinen, sie hatte etwas damit zu tun?«
»Das denken anscheinend die meisten. So eine wie die kriegten wir
hier nicht oft zu Gesicht. Sie sah sogar anders aus. Die roten Haare
und die grünen Augen, die irgendwie nicht richtig zu der Haarfarbe
paßten. Unversehens war die Witwe hier unter uns, mit einem Kind.
Und die Kleine war fast so seltsam wie ihre Mutter. Aber der Vater
von der Frau, der war ganz anders. Den Major hatten alle gern. Er
war nett zu jedermann. Hat immer gegrüßt. Ein sehr netter Herr.
Ganz anders als sie.«
»Erzählen Sie mir von dem Kind. Sie verstehen eine Menge von Kindern. Was hielten Sie von der Kleinen?«

»Ich kenne nur meine eigenen, alle ihre kleinen Eigenarten und Gewohnheiten, ich kann sie lesen wie ein Buch. Aber dieses Kind, nun ja, ich hatte nicht viel mit ihr zu tun. Wollte ich auch gar nicht. Die wird bestimmt genauso wie ihre Mutter. Kate heißt sie, glaube ich. Ein hübscher, ganz normaler Name. Anders als der ihrer Mutter. Mirabel. Was ist das für ein Name?«

»So heißt sie eben. Und mein Name ist Rosetta. Den finden Sie bestimmt auch merkwürdig.«

»O nein, er ist hübsch. Er bedeutet eigentlich Rose, und was gibt es Schöneres als eine schöne Rose?«

»Sagen Sie, was haben Sie über Mirabel und Kate herausgefunden?«

»Nur, daß sie ein seltsames Paar waren. Sie kamen mit Mirabels Vater und zogen in Seashell Cottage ein, und es war klar, daß die Witwe nach einem netten, reichen Ehemann Ausschau hielt. Sie machte sich an die Perrivales heran. Es hieß, sie hätte jeden von ihnen haben können. Sie entschied sich für Cosmo. Er war der Älteste. Er würde das Gut und den Titel erben, darum mußte es Cosmo sein.«

»Hat die Familie diese Frau, die da aus dem Nichts auftauchte, denn geduldet? Ich könnte mir denken, daß der konventionelle Sir Edward Einwände hatte.«

»Ach, mit Sir Edward ging es ja schon zu Ende. Und Lady Perrivale war von Mirabel entzückt wie alle anderen. Der Major soll ein alter Freund von ihr gewesen sein. Er hatte ihre Schulfreundin geheiratet, und aus dieser Ehe stammte Mirabel. Es war ihr Wunsch gewesen, daß sie sich in Cornwall niederließen. Ich weiß nicht, was daran wahr ist, aber so wird es erzählt. Der Major ging in Perrivale aus und ein. Sie war sehr von ihm angetan. Er gehört zu denen, die mit allen gut auskommen. O ja, Lady Perrivale war sehr für die Heirat.«

»Und dann – geschah der Mord.«

»Alle dachten, Simon wäre wie die anderen von ihr hingerissen. Da hatten sie das Motiv.«

»Er hat es nicht getan, Nanny«, sagte ich ernst. »Warum hätte er das tun sollen? Ich glaube nicht, daß er in die Frau verliebt war.«

»Nein«, sagte sie, »dazu war er viel zu vernünftig. Außerdem war ja gar nicht gesagt, daß sie ihn nehmen würde, nachdem Cosmo tot war. Nein, das ist nicht die Lösung. Ach, ich wünschte, ich wüßte sie.«

»Sie glauben an Simons Unschuld, nicht wahr, Nanny? Ich meine, uneingeschränkt?«

»Ja. Und ich kenne den Jungen besser als sonst jemand.«

»Kennt irgendwer von uns andere Menschen wirklich?«

»Ich kenne meine *Kinder*«, sagte sie fest.

»Wenn Sie ihm helfen könnten, würden Sie es tun, Nanny?«

»Mit allen meinen Kräften.«

Und da erzählte ich es ihr. Die ganze Geschichte, angefangen bei unserer Begegnung an Deck bis zu dem Zeitpunkt, als wir uns vor der Botschaft in Konstantinopel trennten.

Sie war fassungslos. »Und da waren Sie die ganze Zeit hier und haben mir nichts gesagt?«

»Ich konnte Ihrer nicht ganz sicher sein. Ich mußte Simon schützen, verstehen Sie?«

Sie nickte bedächtig. Dann nahm sie meine Hand.

»Nanny«, sagte ich ernst, »mehr als alles andere möchte ich diesen Fall lösen. Ich will die Wahrheit herausfinden.«

»Das will ich auch«, sagte sie.

»Sie wissen eine Menge über diese Leute. Sie haben Zugang zum Haus.«

Sie nickte.

Mit plötzlich aufwallender Hoffnung sagte ich: »Nanny, Sie und ich werden gemeinsam Simons Unschuld beweisen.«

Ihre Augen leuchteten. Ich war so glücklich wie seit langem nicht.

»Wir werden es schaffen«, sagte ich. »Gemeinsam.«

Wie anders war mir nun zumute, da ich mein Geheimnis mit Nanny Crockett teilte! Wir redeten ununterbrochen, gingen dieselben Tatsachen wieder und wieder durch und kamen dabei erstaunlicherweise auf immer neue Ideen. Wir waren überzeugt, daß jemand im Hause Perrivale wußte, wer Cosmo ermordet hatte, und uns verband der glühende Wunsch, die Wahrheit herauszufinden und Simons Unschuld zu beweisen.

Ein paar Tage, nachdem ich Nanny Crockett ins Vertrauen gezogen hatte, hinterließ Jack Carter im Haus eine Nachricht, daß er eine Fuhre habe und über Upbridge müsse; wenn Nanny Crockett mitfahren wolle, werde er sich über ihre Gesellschaft freuen und gleichzeitig ihr einen Gefallen tun, wisse er doch, wie gerne sie die kleine Spritztour mache.

Das erschien wie eine Erhörung unserer Gebete. Nanny Crockett sagte, wenn ich mich um die Kinder kümmere, wolle sie fahren, und sie brach in großer Aufregung auf.

Der Tag wurde mir lang. Lucas sah ich nicht, da ich die ganze Zeit bei den Kindern war. Ich spielte mit ihnen, las ihnen vor und erzählte Geschichten. Sie waren ganz zufrieden, ich aber zählte die Minuten bis zu Nannys Rückkehr. Ich weiß nicht, was ich erwartete. Was hätte sie in so kurzer Zeit entdecken können?

Sie kehrte in einem Zustand unterdrückter Erregung zurück, aber sie wollte mir nichts erzählen, bis die Kinder ihr Abendessen, Milch und Butterbrote, verzehrt hatten und ins Bett gebracht worden waren. Dann setzten wir uns zum Plaudern nieder.

»So«, sagte sie, »gut, daß ich hingefahren bin. Mir scheint, die Madam dort ist in einer vertrackten Lage.«

»Lady Perrivale?«

»Die *junge* Lady Perrivale.« Sie faltete die Hände im Schoß und beäugte mich mit äußerster Zufriedenheit, und wie manche Leute, die eine aufregende Neuigkeit mitzuteilen haben, schien sie großes Vergnügen daran zu finden, sie im Vorgefühl auf die Freude, die sie mir machen würde, noch eine Weile zurückzuhalten.

»Und, und, Nanny?« drängte ich ungeduldig.

»Für die ist es nichts Ungewöhnliches. Es kommt regelmäßig vor, aber langsam verzweifeln sie. Es ist Miß Kate.«

»Was hat sie angestellt, Nanny, und was hat das mit uns zu tun?«

Sie lehnte sich in ihrem Sessel zurück und lächelte mich verschmitzt an, was mich wurmte, da ich völlig im dunkeln tappte. »Also«, fuhr sie fort, »das ist so. Die Gouvernante hat wieder mal gekündigt. Das ist bei denen die Regel. Mit Kate hält es keine länger als eine Woche aus. Aber es bringt den ganzen Haushalt durcheinander. Also, wenn Sie mich fragen, diese Kate muß ein kleiner Teufel sein. Mrs. Ford sagt mir, sie beten alle, daß sie eine Gouvernante finden, die Kate die Erziehung gibt, die sie braucht. Und sie von den Erwachsenen fernhält, schätze ich. Sie finden keine und sind ganz verzweifelt, und Kate lacht sich kaputt, weil eine Gouvernante das letzte ist, was sie im Haus haben will. Sie hatten Gott weiß wie viele, und keine ist geblieben. Mrs. Ford meint, daß es sich bald herumsprechen wird und sie es nicht mal mehr auf einen Versuch ankommen lassen. Sie ist ein kleiner Kobold, diese Kate. Muß immer ihren Willen haben. Mrs. Ford sagt, wenn sie keine finden, die sie zuweilen im Zaum hält, werden Gouvernanten nicht die einzigen sein, die gehen. So steht es in Perrivale.« Sie hielt inne und sah mich fest an. »Ich sagte zu Mrs. Ford: ›Ich überlege…‹ und sie guckte mich scharf an und fragte: ›Was überlegst du, Nanny?‹ Ich sagte: ›Also ich weiß nicht, ob ich nicht voreilig rede, aber ich glaube, ich hab' eine Idee.‹«

»Ja, Nanny«, drängte ich atemlos.

»Ich sag' zu ihr: ›Also ich weiß nicht, vielleicht bin ich voreilig, also verlaß dich nicht drauf. Aber da wohnt eine junge Dame bei uns im Haus… eine überaus gebildete junge Dame. Beste Schulen und so weiter. Sie sagte neulich, sie würde gern was tun. Nicht, daß sie es nötig hätte, bewahre. Aber sie ist ein bißchen rastlos. Sie geht wunderbar mit meinen beiden um, es macht ihr Spaß, ihnen etwas beizubringen. Also, ich weiß nicht genau, es war nur so ein Gedanke, der mir durch den Kopf ging.‹ Sie hätten Mrs. Fords Gesicht sehen sollen. Ich schätze, sie wäre bei denen gut angeschrieben, wenn sie ihnen eine Gouvernante besorgen könnte.«

»Nanny, worauf wollen Sie hinaus?«

»Wir haben doch immer gesagt, wenn Sie in das Haus gelangen könnten… Wir schätzen, das Geheimnis ist irgendwo dort drinnen versteckt. Und von draußen kann man es unmöglich aufdecken.«

Als ich begriff, welche Möglichkeit sich hier auftat, wurde ich schrecklich aufgeregt. »Meinen Sie, die würden mich nehmen?«

»Mit beiden Händen würden sie zugreifen. Sie hätten das Gesicht von Mrs. Ford sehen sollen. Sie hat dauernd gesagt: ›Fragst du sie? Glaubst du, sie macht es?‹ Ich tat sehr vorsichtig. Die sollen denken, daß man Ihnen lange zureden muß. ›Ich kann es nur erwähnen‹, sagte ich zu ihr. ›Ich kann für nichts garantieren, ich weiß wirklich nicht recht.‹ Aber sie wollte es nicht dabei bewenden lassen. Es hat bei ihr eingeschlagen wie ein Blitz.«

»Ich habe keine Erfahrung. Wie soll ich das schaffen?«

»Bedenken Sie doch, wie gut Sie mit den Zwillingen umgehen können.«

»Das sind keine schwierigen Neunjährigen.«

»Das ist richtig. Aber als Mrs. Ford es mir erzählte, war es wie Manna vom Himmel, sozusagen.«

»Es sieht ganz danach aus. Wie sehr habe ich so eine Gelegenheit herbeigesehnt!«

»Und nun ist sie da.«

»Was hat Mrs. Ford sonst noch gesagt?«

»Sie war gespannt, wie lange Sie bleiben, sofern Sie kommen. Sie kann sich nicht vorstellen, daß überhaupt jemand – noch dazu, wenn sie es nicht nötig hat zu arbeiten – Kates Erzieherin sein will. Ich konnte ihr ja nicht erzählen, daß es dafür einen besonderen Grund gibt. Dann wurde sie zuversichtlicher, wohl aus Angst, ich könnte Sie zurückhalten. Sie sagte, schön, vielleicht wird Miß Cranleigh mit ihr fertig, vielleicht waren die anderen einfach nicht gut genug und dergleichen mehr. Sie würde bei ihrer Ladyschaft in hoher Gunst stehen, wenn es ihr gelänge, eine Erzieherin zu finden, die bleibt. Ich sagte ihr, sie solle sich nicht zuviel erhoffen, aber ich würde mit Ihnen sprechen.«

Ich war über den Vorschlag so erstaunt, daß es mir zunächst schwerfiel, seine ganze Tragweite zu erfassen. Ich bemühte mich, ruhig zu bleiben. Ich würde als eine Art bessere Bedienstete in einen fremden Haushalt gehen. Was würde mein Vater denken? Oder Tante Maud? Sie würden es niemals gutheißen. Zudem, wie würde ich mit einem Kind zurechtkommen, das bekanntlich meinen Vorgängerinnen das Leben unerträglich gemacht hatte? Und doch, erst wenige Stunden zuvor hatte ich um eine Gelegenheit gebetet. Ich hatte eins klar erkannt: Wenn ich keinen Zugang zum Haus finden und etwas über seine Bewohner in Erfahrung bringen könnte, würde ich die Wahrheit über die Ermordung von Cosmo Perrivale nie entdecken.

Noch während ich zögerte, wußte ich, daß ich diese von Gott gesandte Gelegenheit mit beiden Händen ergreifen mußte.

Nanny Crockett musterte mich eindringlich; langsam verbreitete sich ein Lächeln auf ihrem Gesicht. Sie wußte, ich würde nach Perrivale Court gehen.

Bald schon war klar, daß ich in Perrivale Court sehr willkommen sein würde. Lady Perrivale hatte wohl jede Hoffnung aufgegeben, eine Erzieherin für ihre Tochter zu bekommen, und so wurde der Vorschlag, daß ich den Posten antreten könnte, mit Begeisterung aufgenommen. Lady Perrivale ließ mich mit der Kutsche in Trecorn Manor abholen, damit wir die Angelegenheit unverzüglich besprechen könnten. Ich war froh, daß Lucas nicht zugegen war, als ich aufbrach. Meine ängstliche Spannung wurde überdeckt von dem Hochgefühl, daß ich mit meiner selbstgestellten Aufgabe vorankam. Ich hatte Nanny Crockett schwören lassen, über das Vorhaben Stillschweigen zu bewahren; denn ich wollte keinesfalls, daß Lucas davon erfuhr, bevor die Sache endgültig besiegelt war. Er würde sich wundern und unangenehme Fragen stellen und natürlich versuchen, es mir auszureden; denn da er meine Beweggründe nicht kannte, würde es ihm schwer begreiflich sein, weshalb ich eine solche Stellung annehmen sollte.

Ich wunderte mich nicht mehr über die erstaunliche Wende des Schicksals, die mir diese Gelegenheit beschert hatte. Mir waren in jüngster Zeit so viele Merkwürdigkeiten begegnet, daß ich auf alles gefaßt war. Ich denke, wenn man einmal den Pfad des konventionellen Lebens verläßt, muß man mit dem Unerwarteten und Ungewöhnlichen rechnen. Und nun preschte ich in einer prachtvollen Kalesche, die von zwei edlen Pferden, einem schwarzen und einem weißen, gezogen und einem Kutscher in der schmucken Livree der Perrivales gelenkt wurde, die Straße entlang.

Wir kamen in Perrivale Court an. In der Ferne konnte ich das Meer sehen. Es war heute hellblau und heiter, glatt und harmlos. Jedesmal, wenn ich das Meer erblickte – in welcher Stimmung es auch sein mochte –, stets würde ich das wütend tobende Element vor mir sehen, das mir und vielen anderen so übel mitgespielt hatte. Nie wieder würde ich dem Meer trauen. Und falls ich nach Perrivale ging, würde ich es täglich sehen und an alles erinnert werden.

Falls ich nach Perrivale ging? Ich mußte hin. Ich war mehr und mehr davon überzeugt, daß ich mir diesen Posten unbedingt sichern mußte.

Das Anwesen wirkte irgendwie zeitlos. Die grauen Mauern, vom Wind der Jahrhunderte mitgenommen, vermittelten den Eindruck einer Festung, und auch die Pechnasen verliehen ihm das Aussehen einer Burg. Lucas hatte gesagt, es sei so oft restauriert worden, daß ihm sein ursprünglicher Stil abhanden gekommen sei.

Ich hatte ein merkwürdiges Gefühl, das ich nicht definieren konnte, als wir unter dem Torhaus hindurch in einen Innenhof gelangten, wo der Kutscher anhielt. Sogleich öffnete sich eine Tür, und eine ältere Frau erschien. Mein Instinkt sagte mir, daß dies Mrs. Ford war.

Sie war herausgekommen, um ihren Schützling persönlich zu begrüßen, und zeigte deutlich ihre Freude, daß ich da war. »Treten Sie ein, Miß Cranleigh«, sagte sie. »Ich bin Mrs. Ford. Lady Perrivale wünscht Sie unverzüglich zu sprechen. Ich bin so froh, daß Sie kommen konnten.« Es war eine überschwengliche Begrüßung, kaum von der Art, wie sie eine Gouvernante erwarten durfte; aber als ich mich auf den Anlaß besann, sank meine Hochstimmung. »Nanny Crockett hat mir *alles* über Sie erzählt«, sagte Mrs. Ford. Nicht alles, dachte ich. Ich konnte mir Nanny Crocketts glühende Schilderung vorstellen. Sie hatte mich bestimmt mit Eigenschaften ausgestattet, die ich gar nicht besaß. »Ich führe Sie sofort zu Ihrer Ladyschaft«, sagte Mrs. Ford. »Wenn Sie mir bitte folgen wollen.«

Wir befanden uns in einer langgestreckten, hohen Halle. Die Wände waren mit Waffen verziert, zu beiden Seiten des Kamins standen Sitzbänke. Unsere Schritte hallten auf dem gekachelten Fußboden, als wir zur Treppe gingen. Es war eine Halle wie viele andere, ausgenommen die herrlichen Buntglasfenster am einen Ende, die rubinrote und saphirblaue Schatten auf den Fliesenboden warfen. Neben dem Treppenhaus war eine Ritterrüstung wie ein Wächter postiert. Sie wirkte lebensecht, und ich warf unwillkürlich einen furchtsamen Blick darauf, als ich Mrs. Ford die Treppe hinauf folgte. Wir gingen einen Flur entlang bis zu einer Tür. Mrs. Ford klopfte an.

»Herein«, sagte eine wohlklingende Stimme.

Mrs. Ford stieß die Tür auf und ließ mir den Vortritt. »Miß Cranleigh, Mylady«, verkündete sie.

Und da saß sie auf einem fast thronartigen Sessel, der mit dunklem Samt bezogen war. Sie trug ein smaragdgrünes Kleid, das ihre rothaarige Schönheit gut zur Geltung brachte. Um den Hals hatte sie ein goldenes Kollier in Form einer Schlange. Sie hatte das herrliche

Haar hochgesteckt, und ihre grünen Augen glitzerten freudig erregt.

»Miß Cranleigh!« rief sie. »Treten Sie näher. Danke, Mrs. Ford. Nehmen Sie Platz, Miß Cranleigh, dann können wir uns ein wenig unterhalten.« Sie war überaus freundlich. Es war ihr sichtlich sehr daran gelegen, daß ich die Stelle antrat. Sie muß verzweifelt sein, dachte ich und schauderte bei dem Gedanken, wie das Kind sein mochte. »Mrs. Ford sagt, Sie möchten meine Tochter unterrichten.«

»Ich habe gehört, daß Sie eine Gouvernante brauchen«, erwiderte ich.

»Kates letzte Gouvernante mußte uns ziemlich überstürzt verlassen, und ich möchte natürlich nicht, daß der Unterricht zu lange unterbrochen wird.«

»Ich muß Ihnen aber sagen, daß ich noch nie unterrichtet habe.«

»Jeder von uns muß einmal irgendwo beginnen.«

»Ihre Tochter ist acht Jahre alt, glaube ich, oder sind es neun?«

»Sie ist gerade neun geworden.«

»Dann wird sie bald fortgeschrittenen Unterricht brauchen. Gedenken Sie, sie in naher Zukunft auf eine Schule zu schicken?«

Ich sah Bestürzung in den grünen Augen. Stellte sie sich vor, wie ihre Tochter aus einer Schule nach der anderen verwiesen wurde?

»Wir haben bislang noch nicht an eine Schule gedacht.«

Wir? Sie meinte wohl Tristan, den Stiefvater des Mädchens. Bilder huschten mir durch den Kopf. Er kommt in das Bauernhaus. Er sieht seinen Bruder tot, und Simon steht da mit der Waffe in der Hand. Ich durfte meine Gedanken nicht schweifen lassen. Dieses Haus würde voll von solchen Hinweisen sein. Aber das hatte ich ja gewollt. Diese Menschen, die für mich bisher nichts als Namen gewesen waren, nahmen nun Gestalt an, waren aus Fleisch und Blut, und ich mußte ihre Rolle in dem Drama bewerten, wenn ich die Wahrheit herausfinden wollte.

Mrs. Perrivale sagte: »Wie ich von Mrs. Ford höre, können Sie gut mit Kindern umgehen.«

»Sie meint die zwei in Trecorn Manor. Sie sind erst vier Jahre alt.«

»Ach ja, Trecorn Manor. Sie sind ja dort zu Besuch. Wir sind uns schon einmal begegnet, nicht wahr? Bei den Schafen. Mr. Lorimer ist es so schrecklich ergangen. Dieser grauenhafte Schiffbruch, ein furchtbares Erlebnis! Aber Sie haben ihn gottlob in besserer Verfassung überstanden als Mr. Lorimer.«

»Ja, ich habe mehr Glück gehabt.«

Sie schwieg einen Augenblick, um Mitgefühl zu bekunden, dann sagte sie strahlend: »Wir wären ja so glücklich, wenn Sie zu uns kämen. Es würde Kate guttun, von einer – Dame unterrichtet zu werden. Mrs. Ford sagte, Sie hätten eine erstklassige Ausbildung genossen.«

»Sie ist nicht überragend.«

Es wurde eine höchst ungewöhnliche Unterredung. Ich versuchte ihr die ganze Zeit zu erklären, warum sie mich nicht beschäftigen sollte, und sie schien um jeden Preis entschlossen, mich einzustellen.

»Wir haben sehr schöne Kinderzimmer. Generationen von Kindern der Familie sind dort aufgewachsen. Das prägt irgendwie.«

Ich bemühte mich, die Bilder von dem verschüchterten kleinen Jungen aus meinen Gedanken zu verbannen, wie er von dem entschlossenen Sir Edward ins Kinderzimmer gebracht worden und zum Glück an die liebevolle Nanny Crockett geraten war.

Meine nächsten Worte beunruhigten sie offensichtlich. »Vielleicht könnte ich Ihre Tochter sehen?« Das war das letzte, was sie wollte. Was sie dachte, war klar: Ein Blick auf das kleine Ungeheuer genügte, und ich würde ablehnen. Sie tat mir beinahe leid. Sie war so darauf erpicht, eine Erzieherin – irgendeine, dachte ich mir – für ihre Tochter zu finden.

Sicher war noch nie eine zukünftige Gouvernante in einer solchen Position gewesen. Mich überkam ein Machtgefühl, das mich amüsierte. Die Entscheidung lag ganz allein bei mir. Die Arbeit würde sicher kein Honigschlecken sein, aber ich mußte wenigstens nicht vor meiner Arbeitgeberin katzbuckeln. Ich kam Simons wegen in dieses Haus und war überzeugt, einige Geheimnisse entdecken zu können, die mich mit etwas Glück möglicherweise zur Wahrheit führen würden.

»Sie ist vielleicht nicht in ihrem Zimmer«, sagte Lady Perrivale.

»Ich möchte sie kennenlernen, bevor ich mich entscheide«, sagte ich fest, und es gelang mir, es wie ein Ultimatum klingen zu lassen.

Zögernd zog sie an der Klingelschnur, und gleich darauf erschien ein Hausmädchen. »Bring bitte Miß Kate zu mir.«

»Ja, Mylady.«

Lady Perrivale wirkte so nervös, daß ich mich gespannt fragte, was mir wohl bevorstünde. Wenn sie ganz unmöglich ist, dachte ich, habe ich zumindest Gelegenheit, mich umzusehen, und wenn es wirklich schlimm wird, kann ich immer noch dem Beispiel der anderen Erzieherinnen folgen und gehen.

Als sie kam, war ich angenehm überrascht, aber das war vielleicht nur, weil ich etwas Schlimmeres erwartet hatte. Sie sah ihrer Mutter sehr ähnlich. Ihre Haare waren nicht ganz so rot, die Augen nicht ganz so grün. Es war eine Spur Blau drin, aber das mag daran gelegen haben, daß sie ein blaues Kleid trug; ihre Wimpern und Brauen waren rotblond, während ihre Mutter einen Großteil ihrer Schönheit den dunklen Brauen und dichten, langen Wimpern verdankte. Aber man sah auf den ersten Blick, daß sie die Tochter ihrer Mutter war.

»Kate, mein Liebling«, sagte Lady Perrivale, »das ist Miß Cranleigh. Wenn du Glück hast, wird sie deine neue Gouvernante.«

Das Mädchen musterte mich abschätzend. »Ich mag keine Gouvernanten«, sagte sie. »Ich will auf die Schule gehen.«

»Das ist aber nicht sehr höflich, nicht?« fragte Lady Perrivale nachsichtig.

»Nein«, sagte ihre Tochter.

»Sollten wir nicht höflich sein?«

»Du vielleicht, Mama. Ich mag nicht.«

Ich lachte und sagte beherzt: »Ich sehe, du hast noch viel zu lernen.«

»Ich lerne nie. Bloß wenn ich will.«

»Das ist aber nicht sehr klug, oder?«

»Warum?«

»Weil du dann ungebildet bleibst.«

»Wenn ich ungebildet sein will, dann bin ich ungebildet.«

»Es liegt natürlich an dir«, erwiderte ich nachsichtig, »aber ich habe noch nie gehört, daß ein kluger Mensch ungebildet sein möchte.«

Ein Blick auf Lady Perrivale sagte mir, daß ihre Furcht, ich würde ihre Tochter ablehnen, wuchs.

»Wirklich, Kate«, sagte sie. »Miß Cranleigh ist den weiten Weg von Trecorn Manor gekommen, um dich zu sehen.«

»Ich weiß. Und von wegen ›den weiten Weg‹. Es ist nicht besonders weit.«

»Du mußt ihr versprechen, eine brave Schülerin zu sein, sonst kommt sie vielleicht nicht.«

Kate zuckte die Achseln.

Zu meiner eigenen Verwunderung tat mir Lady Perrivale beinahe leid. Warum ließ sie, die mir eine Frau mit Durchsetzungsvermögen zu sein schien, einem Kind ein solches Benehmen durchgehen? Kate schien eine gewisse Abneigung gegen ihre Mutter zu hegen, und die Wurzel ihres Betragens mochte der Wunsch sein, sie aus der Fassung zu bringen. Ich fragte mich, warum.

Ich sagte: »Ich denke, wenn ich herkommen soll, um Kate zu unterrichten, sollten wir uns kennenlernen. Vielleicht kann sie mir das Schulzimmer zeigen?«

Kate drehte sich zu mir. Ich merkte ihr an, daß sie mich ganz anders fand als die Gouvernanten, die sie gewöhnt war. Ich stellte mir die armen, notleidenden Frauen vor, die die Stelle unbedingt bekommen wollten und fürchteten, etwas zu tun, das den Verlust des Postens nach sich ziehen könnte.

Ich fühlte mich beschwingter als seit langem. Ich war wahrhaftig in Simons altem Heim, bei den Menschen, die eine Rolle in dem Drama gespielt hatten. Darüber hinaus belebte mich die Aussicht auf Auseinandersetzungen mit diesem Kind.

»Wenn Sie meinen...« begann Lady Perrivale unsicher.

»Ja«, sagte Kate. »Ich zeig' Ihnen das Schulzimmer.«

»Fein«, sagte ich.

Lady Perrivale erhob sich; es sah aus, als wolle sie uns begleiten.

»Ist es nicht besser, wenn Kate und ich allein gehen?« schlug ich vor. »Dann können wir besser sehen, ob wir uns vertragen.«

Ich weiß nicht, was größer war – ihre Erleichterung oder ihre Besorgnis. Sie war froh, die Unterredung zu beenden, aber ihr bangte vor dem, was folgen würde, wenn ich mit Kate allein war.

Kate ging mir die Treppe voran, immer zwei Stufen auf einmal nehmend. »Es ist ganz oben«, sagte sie über die Schulter.

»Schulzimmer liegen meistens unterm Dach.«

»Miß Evans hat immer gekeucht, wenn sie die Treppe hochkam.«

»War Miß Evans die bedauernswerte Dame, die dich vorher unterrichtet hat?«

Sie kicherte. Arme Miß Evans! dachte ich. Einem solchen Geschöpf ausgeliefert zu sein!

»Es ist nicht besonders schön da oben«, fuhr Kate fort. »Da spukt es nämlich. Fürchten Sie sich vor Gespenstern?«

»Das ist schwer zu sagen, da ich noch nie Bekanntschaft mit Gespenstern gemacht habe.«

Wieder kicherte sie. »Warten Sie's nur ab«, sagte sie. »Die machen einem große Angst. In alten Häusern gibt es immer Gespenster. Sie kommen nachts heraus, wenn man schläft, besonders, wenn sie wen nicht leiden können, und Fremde mögen sie gar nicht leiden.«

»So? Ich dachte, sie erscheinen nur Familienangehörigen?«

»Sie verstehen eben nichts von Gespenstern.«

»Du denn?«

»Natürlich. Ich weiß, daß sie gräßliche Sachen machen. Sie klirren mit Ketten und erschrecken nachts die Leute.«

»Vielleicht bist du einem Gerücht aufgesessen.«

»Abwarten«, sagte sie düster, und ihr Blick verriet, daß sie etwas im Schilde führte. »Wenn Sie herkommen, werden Sie verrückt vor Angst, das verspreche ich Ihnen.«

»Danke für das Versprechen. Sind wir jetzt da?«

»Ja, ganz oben unterm Dach. Man kann direkt in den Schacht hinuntersehen, weil die Treppen immer rundherum gehen. An diesem Geländer hat sich mal wer erhängt. Eine Gouvernante.«

»Vielleicht hatte sie eine Schülerin, die dir ähnlich war.«

Das brachte sie zum Lachen, und sie sah mich anerkennend an.

»Aber es muß recht schwierig zu bewerkstelligen gewesen sein«, fuhr ich fort. »Sie muß es sehr geschickt angestellt haben. Dies ist also das Schulzimmer. Was hast du für Bücher?«

»Lauter langweiliges altes Zeug.«

»Du meinst, sie langweilen dich. Vermutlich, weil du sie nicht verstehst.«

»Woher wissen Sie, was ich verstehe?«

»Du hast mir doch gesagt, du lernst nur, wenn du willst, und ich vermute, daß du nicht sehr oft willst. Daher deine Unwissenheit.«

»Sie sind eine komische Gouvernante.«

»Woher weißt du das? Ich bin noch nie Gouvernante gewesen.«

»Ich gebe Ihnen einen guten Rat«, sagte sie verschwörerisch.

»Das ist nett von dir. Was für einen?«

»Kommen Sie nicht hierher. Ich bin nämlich nicht sehr brav.«

»O ja. Das habe ich schon gemerkt.«

»Was...? Wie?«

»Du hast es mir selbst gesagt, und es ist ja auch ganz offensichtlich, nicht?«

»So schlimm bin ich eigentlich gar nicht. Ich lass' mir bloß nicht gern sagen, was ich zu tun habe.«

»Daran ist nichts Außergewöhnliches. Das hast du mit der breiten Masse gemein. Aber es gibt Menschen, die gern lernen. Das sind die Menschen, die ein sinnvolles Leben führen.« Sie starrte mich verdutzt an. »Das Schulzimmer habe ich gesehen«, sagte ich. »Jetzt gehe ich wieder zu deiner Mutter.«

»Sie werden ihr sagen, wie schrecklich ich bin und daß Sie mich nicht leiden können und nicht hierherkommen.«

»Willst du, daß ich ihr das sage?« Sie antwortete nicht, was mich gelinde überraschte und auch freute. Ich fuhr fort: »Sagst du den Leuten oft voraus, was sie tun werden?«

»Natürlich werden Sie nicht kommen. Sie sind nicht arm wie Miß Evans. Sie *müssen* nicht. Keine kommt hierher, wenn sie nicht muß.«

»Wenn du mich zu deiner Mutter bringen möchtest, würde ich mich freuen. Wenn nicht, finde ich den Weg bestimmt auch allein.«

Wir musterten uns wie zwei Generale auf dem Schlachtfeld. Ich merkte, daß sie gegen ihren Willen von mir angetan war. Ich war nicht wie eine gewöhnliche Gouvernante aufgetreten, und sie hatte sich wahrscheinlich nicht wie eine zukünftige Schülerin benommen. Aber ich spürte, daß sie – wie ich – unser kleines Wortgefecht genossen hatte. Ich hielt sie für ein verwöhntes Kind, aber es gab bestimmt, wie meistens in solchen Fällen, noch einen anderen Grund für ihr Benehmen. Mir war nicht klar, wie sie zu ihrer Mutter stand, aber ich war neugierig geworden und wollte es ergründen.

Seltsam, ich fühlte mich hingezogen zu diesem schwierigen Kind, das verzweifelte Gouvernanten vertrieben hatte. Ich wollte mehr über Kate erfahren. Ich wäre zwar ohnehin ins Haus gekommen, aber nach der Begegnung mit Lady Perrivale und ihrer Tochter war ich von ihnen fasziniert.

Kate schob sich an mir vorbei und ging die Treppe hinunter. »Hier entlang«, sagte sie.

Ich folgte ihr in das Zimmer, in dem wir Lady Perrivale verlassen hatten. Sie blickte besorgt auf, als rechne sie mit einer Niederlage.

»Kate hat mir das Schulzimmer gezeigt«, sagte ich. »Es ist schön hell und luftig und so hübsch gelegen da oben.« Ich hielt inne und genoß ein wenig selbstgefällig meine Macht, ehe ich fortfuhr: »Ich habe beschlossen, vorausgesetzt, wir werden uns über die üblichen Einzelheiten einig, auf eine Probezeit von einem Monat zu Ihnen zu kommen, und wenn wir dann feststellen, daß alles zur Zufriedenheit verlaufen ist, sehen wir weiter.«

Sie lächelte strahlend. Sie war überzeugt gewesen, daß die Sache für mich nach dem kurzen Zusammensein mit Kate entschieden wäre. Sie war bereit, alles zu versprechen, und das Gehalt, das sie bot, übertraf bestimmt das, was einer Gouvernante üblicherweise gezahlt wurde.

»Wann...?« fragte sie gespannt.

»Wie wäre es mit Anfang der Woche, gleich Montag?«

»Das wäre wunderbar.«

Kate sah mich erstaunt an. Ich sagte kühl: »Wenn der Wagen mich jetzt nach Trecorn Manor zurückbringen könnte...«

»Selbstverständlich«, sagte Lady Perrivale. »Wir freuen uns darauf, Sie Montag bei uns zu sehen.«

Auf der Rückfahrt triumphierte ich innerlich. Mein Vorhaben würde gelingen. Ich würde Cosmos Mörder finden. Und dann mußte ich Simon ausfindig machen. Wie, wußte ich nicht. Doch das wollte ich mir überlegen, wenn es soweit war.

Welch ein Glück, daß ich mich Nanny Crockett anvertraut habe, dachte ich. Das hatte mich einige Schritte weitergebracht. Ich war sicher, daß dies der einzig mögliche Weg zur Lösung des Falles war.

Nanny Crockett wartete auf mich. Sie konnte ihre Ungeduld kaum zügeln. Ich ließ sie nicht lange zappeln. »Montag fange ich an«, sagte ich.

Sie umarmte mich stürmisch. »Ich hab's ja gewußt. Ich hab's gewußt.«

»Lady Perrivale war wild entschlossen. Keine Bewerberin um einen Posten dürfte jemals so ein außergewöhnliches Vorstellungsgespräch gehabt haben. Man hätte meinen können, *sie* wollte die Stelle bekommen.«

Nanny Crockett sah mich besorgt an. »Haben Sie das Mädchen gesehen?«

Ich nickte. »Sie ist eine Herausforderung. Und wenn es möglich ist, die Wahrheit herauszufinden, muß ich es tun.«

»Um Simons willen. Der Ärmste, irgendwo draußen in der Wildnis. Wenn er doch nur zu uns nach Hause könnte.«

»Wir werden es schaffen, Nanny. Ein Anfang ist gemacht.«

Nachdem ich so weit gekommen war, mußte ich mich den Schwierigkeiten stellen. Ich mußte meinem Vater sagen, daß ich eine Stelle als Gouvernante antrat, worüber er gewiß bestürzt sein würde. Und Tante Maud nicht zu vergessen. Sie würde es mißbilligen, denn ein Gouvernantenposten vergrößerte nicht gerade meine Chancen auf eine gute Partie. Aber bis die beiden es erfuhren, würde ich bereits in Perrivale Court angestellt sein.

Ich mußte Felicity schreiben. Ich war neugierig, wie sie reagieren würde. Wenn sie die wahren Gründe wüßte, würde sie mich natürlich verstehen; sie hatte ja gemerkt, wie unruhig ich war. Sie war selbst Gouvernante gewesen, aber ich war ein ganz anderes Kind als Kate, und Felicity und ich hatten uns von Anfang an gut verstanden.

Auf Lucas' Reaktion war ich nicht gefaßt. Ich sah ihn erst beim Abendessen. Das war seit Theresas Tod eine bedrückende Angelegenheit. Theresas Platz am einen Ende des Tisches gegenüber Carleton war leer, und hin und wieder sah einer von uns verstohlen hin. Das Gespräch war mühsam, und es entstanden Pausen, wenn Lucas und ich überlegten, was wir sagen sollten. Früher hatten wir lange bei den Mahlzeiten verweilt; jetzt wollten alle sie möglichst schnell hinter sich bringen.

»Ich habe Sie den ganzen Tag nicht gesehen«, sagte Lucas. »Heute nachmittag habe ich Sie gesucht.«

»Ich war in Perrivale Court.«

»Perrivale Court!« wiederholte er ungläubig.

»Ja, ich werde dort arbeiten.«

»Was?«

»Als Gouvernante. Lady Perrivale hat eine Tochter – Kate. Ich werde ihre Erzieherin sein.«

»Warum denn nur?«

»Es gibt mir etwas zu tun, und...«

»Eine lächerliche Idee!« Er sah Carleton an, der betrübt auf seinen Teller starrte. »Hast du das gehört? Rosetta will als Gouvernante nach Perrivale Court gehen.«

»Ja, ich habe es gehört«, sagte Carleton.

»Ist das nicht verrückt?«

Carleton hüstelte.

»Montag fange ich an. Ich muß etwas zu tun haben.«

Lucas war sprachlos.

Carleton sagte: »Es war lieb von Ihnen, daß Sie so lange bei uns geblieben sind. Die Kinder haben Sie gern. Wir wußten natürlich, daß Sie nur vorübergehend bleiben, bis sie sich ein wenig von...«

Wir verfielen in Schweigen.

Nach dem Essen drängte Lucas mich in den Salon. »Ich möchte mit Ihnen reden.«

»Ja?«

»Über diesen Unsinn.«

»Das ist kein Unsinn. Es ist vollkommen vernünftig. Ich möchte etwas zu tun haben.«

»Es gibt eine Menge Dinge, die Sie tun können. Wenn Sie so versessen darauf sind, sich um Kinder zu kümmern, warum genügen Ihnen die zwei hier im Hause nicht?«

»Das ist etwas anderes, Lucas.«

»Was soll das heißen, etwas anderes? Ist Ihnen klar, worauf Sie sich einlassen?«

»Wenn ich es unerträglich finde, gehe ich einfach.«

»Dieses Haus! Es hat etwas Eigenartiges. Und Sie dort! Ich kann es mir einfach nicht vorstellen.«

»Viele junge Frauen arbeiten als Gouvernanten.«

»Sie sind dazu nicht ausgebildet.«

»Wer ist das schon? Ich hatte eine ausgezeichnete Erziehung. Ich kann einige Fächer unterrichten.«

»Das ist absurd. Sagen Sie mir, Rosetta, warum tun Sie das? Es muß einen Grund haben.« Ich schwieg einen Augenblick. Wie gern hätte ich es ihm gesagt. Nanny Crockett hatte ich es impulsiv erzählt, aber da wußte ich ja, daß sie an Simon hing und ich einen Schritt in die richtige Richtung tat. Nun schwankte ich. Bei Lucas war ich unsicher. Er mußte dem Mann dankbar sein, der ihm das Leben gerettet hatte, doch Lucas war ein besonnener Realist, und ich konnte nicht wissen, was er unternehmen würde. Er gab sich selbst die Antwort. »Nachdem Sie so viel durchgemacht haben, ist es wohl ganz natürlich, daß Sie unruhig sind. Das Leben daheim kommt Ihnen fade vor, so vorhersagbar. Sie halten nach Veränderung Ausschau. Nur so kann ich es mir erklären, daß Sie nach diesem lächerlichen Angebot greifen.«

»Ich finde es nicht lächerlich, Lucas.«

»Sie kommen so gut mit den Zwillingen aus, und mit Nanny Crockett scheint Sie beinahe etwas wie eine Verschwörung zu verbinden. Sie stecken dauernd zusammen.«

Ich hielt den Atem an. Verschwörung? Es war fast, als ahne er etwas.

Er fragte scharf: »Woher wußten Sie, daß in Perrivale eine Gouvernante gebraucht wird? Von Nanny Crockett, nehme ich an. Wie ich höre, ist sie noch mit jemandem dort befreundet.«

»Hm, ja...«

»Das dachte ich mir. Und Sie haben das unter sich ausgeheckt. Ich sage Ihnen, es ist Wahnsinn. Dieses Haus! Seit dem Mord hat es etwas Abstoßendes. In so ein Haus sollten Sie nicht gehen. Der ganze Aufruhr, und dazu diese Frau, die mit dem Opfer verlobt ist und hinterher prompt den anderen heiratet...«

»Das hat nichts mit der Gouvernante zu tun.«

»Gouvernante!« sagte er verächtlich. »*Sie* und Gouvernante!«

»Warum nicht?«

»Sie sind nicht der Typ.«

»Was ist eine typische Gouvernante? Es gibt sie in allen Variationen, versichere ich Ihnen.«

»Aber Sie passen in keine von diesen Kategorien. Lieber sollten Sie mich heiraten.«

Ich starrte ihn an. »*Was* haben Sie gesagt?«

»Sie sind rastlos. Nach Ihren haarsträubenden Abenteuern erscheint Ihnen alles langweilig. Sie möchten, daß etwas geschieht. Nun gut. Heiraten Sie mich.«

Ich brach in Gelächter aus. »Wirklich, Lucas, wer ist jetzt absurd?«

»Immer noch Sie. Ich bin so ruhig und vernünftig wie immer. Je mehr ich darüber nachdenke, desto besser gefällt mir die Idee.«

»Ihnen liegt doch gar nichts an mir.«

»O doch. Nach mir selbst liebe ich Sie am meisten auf der Welt.«

Wieder mußte ich lachen, und ich fühlte eine gewisse Erleichterung. »Ich nehme Sie natürlich nicht ernst«, sagte ich, »aber dies ist bestimmt der ungewöhnlichste Heiratsantrag, der je gemacht wurde.«

»Er ist jedenfalls aufrichtig.«

»Ja, das glaube ich Ihnen.«

»Und so ungewöhnlich ist er auch nicht. Es ist nur, daß die Menschen nie die ganze Wahrheit sagen. Die meisten lieben sich selbst leidenschaftlich, und wenn sie jemandem ihre Liebe erklären, ist es immer zu ihrem eigenen Besten und Vergnügen. Sie sehen also, ich bin wie die meisten anderen, nur ehrlicher.«

»Ach Lucas, es ist lieb von Ihnen, aber...«

»Es ist überhaupt nicht lieb, und *aber*... ich wußte, daß es ein Aber geben würde.«

»Ich kann Sie wirklich nicht ernst nehmen.«

»Warum nicht? Je mehr ich darüber nachdenke, um so besser erscheint mir diese Lösung. Sie sind bedrückt, was Sie auch anfangen. Für Sie ist alles anders geworden. Ihre aufrechte Tante ist in Ihr altes Heim eingezogen und hat es verändert. Sie haben vor kurzem ein fast unglaubliches Abenteuer überstanden. Etwas Derartiges wird Ihnen nicht wieder zustoßen, daher erscheint Ihnen das Leben ein wenig schal. Sie wissen nicht recht, welchen Weg Sie einschlagen sollen. Aber einen werden Sie einschlagen, egal welchen, wenn er nur aus der Verzweiflung führt. Wenn Sie schon erwägen, als Gouvernante in ein Haus von zwielichtigem Ruf zu gehen, warum dann nicht einen Brummbären heiraten, der zwar ein armer Tropf ist, aber Sie wenigstens gern hat und versteht?«

»Sie drücken sich nicht gerade romantisch aus.«

»Wir reden nicht von Romantik, sondern von der Realität.«

Wieder mußte ich unwillkürlich lachen, und er stimmte mit ein.

»Ach kommen Sie, Rosetta«, fuhr er fort. »Geben Sie diese verrückte Idee auf. Lassen Sie sich meinen Vorschlag wenigstens durch den Kopf gehen. Er hat einiges für sich. Wir sind doch gute Freunde, nicht? Wir haben gemeinsam dem Tod ins Auge gesehen. Ich verstehe Sie so gut, wie nur wenige Menschen Sie je verstehen werden. Und wollen Sie etwa zurück zu Tante Maud und den Plänen, die sie für Sie hat?«

»Das will ich ganz bestimmt nicht«, erwiderte ich. »In einer Beziehung haben Sie recht: Sie verstehen mich, bis zu einem gewissen Grade.«

»Dann lassen Sie diese Idee fallen. Ich schicke Dick Duvane nach Perrivale und lasse ihn ausrichten, sie sollen sich nach einer anderen Gouvernante umsehen. Überlegen Sie sich meinen Vorschlag. Bleiben Sie eine Weile hier. Lassen Sie uns unsere Bekanntschaft vertiefen. Sie müssen nichts überstürzen. Lassen Sie uns Pläne machen.«

»Sie sind so gut zu mir, Lucas.« Ich reichte ihm meine Hand, und er führte sie an seine Lippen.

»Ehrlich, Rosetta«, sagte er ernst. »Ich habe Sie sehr gern.«

»Komme ich wirklich gleich nach Ihnen?«

Er lachte und drückte mich einen Moment an sich.

»Aber…« fuhr ich fort.

»Ja, ich kenne das Aber. Sie gehen nach Perrivale, nicht wahr?«

»Ich muß, Lucas. Es gibt einen Grund.« Eine Warnung blitzte mir durch den Kopf. Wieder einmal war ich drauf und dran, ihm zu erzählen, warum ich nach Perrivale mußte. Dann würde er es verstehen.

Er sah, daß ich fest entschlossen war. »Ich bin immer in der Nähe«, sagte er. »Wir treffen uns im Sailor King. Und wenn Sie es ganz unerträglich finden, brauchen Sie nur fortzugehen und nach Trecorn zu kommen.«

»Das ist tröstlich zu wissen. Und, Lucas, danke für Ihren Antrag. Er bedeutet mir sehr viel.«

»Ich habe Sie nicht zum letztenmal gefragt. Ich werde den Antrag wiederholen. So leicht gebe ich nicht auf.«

»Es kam sehr überraschend für mich. Für Sie selbst auch, glaube ich.«

»Ach, es schwelte seit langem in mir, vielleicht schon auf der Insel.«

»Denken Sie noch oft an jene Zeit?«

»Sie ist immer im Hintergrund. Ich werde beständig daran erinnert. Ich denke auch oft an John Plaidy. Was mag wohl aus ihm geworden sein?«

Ich schwieg, bange wie immer, wenn er Simon erwähnte.

»Ich wüßte gern, ob er noch in dem Serail ist. Armer Kerl. Ihn hat es von uns dreien am schlimmsten getroffen, obwohl keiner unversehrt davongekommen ist.« Seine Miene hatte sich verhärtet. Der Groll gegen das Schicksal, das aus einem gesunden Mann einen Krüppel gemacht hatte, brach immer wieder hervor. »Ich würde viel darum geben, um zu erfahren, was aus ihm geworden ist«, fuhr er fort.

»Wir dürfen nie vergessen, daß wir ohne ihn nicht hier wären«, sagte ich. »Vielleicht hören wir eines Tages von ihm.«

»Das bezweifle ich. Wenn solche Dinge geschehen, verschwinden die Leute aus unserem Leben.«

»Wir sind nicht verschwunden, Lucas.«

»Es ist fast ein Wunder, daß wir jetzt hier sind.«

»Vielleicht kehrt er auch zurück.«

»Wenn er entkommen ist. Was fast unmöglich scheint.«

»Ich bin doch auch entkommen, Lucas.«

»Das ist eine tolle Geschichte, aber wer würde ihm dort heraushelfen? Nein, wir werden ihn nie wiedersehen. Als wir auf der Insel waren, wir drei, da sind wir uns sehr nahegekommen. Aber das ist vorbei. Wir müssen uns davon lösen. Und lassen Sie sich gesagt sein, das wird Ihnen als Mrs. Lorimer viel besser gelingen denn als Gouvernante einer gräßlichen kleinen Kröte in einem Haus, das einmal der Mittelpunkt eines Mordfalles war.«

»Das wird sich zeigen, Lucas«, sagte ich.

Die ersten Tage in Perrivale Court waren so voll von bewegenden Eindrücken, daß ich ganz verwirrt war. Das Haus selbst war faszinierend. Es besaß lauter überraschende Eigenarten. Es war weitläufig, stellenweise wie eine mittelalterliche Burg, dann wieder wie ein

Herrenhaus aus der Tudorzeit, und in manche Räume hatte sich eine moderne Note eingeschlichen.

Lady Perrivale begrüßte mich freundlich, aber kurz und überließ mich Mrs. Ford, die sich von Anfang an als meine Verbündete erwies. Ich war ihr Schützling; sie hatte sich Lady Perrivales Dankbarkeit verdient, weil sie mich ins Haus gebracht hatte, und nun nahm sie mich unter ihre Fittiche und wollte alles tun, damit ich bliebe. Sie führte mich in mein Zimmer. »Wenn Sie irgend etwas brauchen, Miß Cranleigh, sagen Sie es mir. Ich möchte es Ihnen so behaglich machen, wie ich kann. Nanny Crockettt sagt, ich muß mich Ihrer annehmen, und ich verspreche Ihnen, es soll Ihnen an nichts fehlen.«

Mein Zimmer grenzte an die Kinderstube, und Kates Schlafzimmer lag neben meinem. Es war ein hübscher Raum. Das Fenster ging auf einen Innenhof, und jenseits des Hofes waren wieder Fenster. Ich hatte sofort das Gefühl, beobachtet zu werden, und war froh über die schweren Vorhänge.

Ich hatte von Anfang an das Gefühl, in einen Traum geschlittert zu sein. Überwältigt von dem Wissen, mich wahrhaftig in dem Haus zu befinden, wo Simon den größten Teil seiner Kindheit verbracht hatte, sah ich mich in meinem Entschluß bestärkt, seine Unschuld zu beweisen.

Bald schon merkte ich, daß Kate sich für mich interessierte. Sie war sichtlich entschlossen, soviel sie konnte über mich zu erfahren.

Kaum hatte Mrs. Ford mich beim Auspacken allein gelassen, kam Kate in mein Zimmer. Sie klopfte nicht an; sie befand es wohl nicht für nötig, sich bei einer Gouvernante mit Höflichkeiten aufzuhalten. »Sie sind tatsächlich gekommen«, sagte sie. »Erst dachte ich, Sie kommen nicht, dann dachte ich, Sie kommen doch. Sie hätten nicht gesagt, Sie kommen, wenn Sie es nicht ernst gemeint hätten, oder?«

»Natürlich nicht.«

»Viele Leute sagen, daß sie dies und das tun, und dann tun sie's doch nicht.«

»Ich gehöre nicht zu denen.«

Sie setzte sich auf mein Bett. »Gräßliches altes Zimmer, was?«

»Ich finde es hübsch.«

»Als Gouvernante sind Sie wohl nichts Gutes gewöhnt.«

»Zu Hause in London habe ich ein sehr schönes Zimmer.«

»Warum sind Sie dann nicht dageblieben?«

»Du bist nicht sehr wohlgesittet, wie?«

»Nein. Ich bin sehr schlecht gesittet.«

»Na ja, du siehst es wenigstens ein, das ist ein Pluspunkt für dich. Aber daß du offenbar stolz darauf bist, das ist ein Minuspunkt.«

Sie lachte. »Sie sind lustig. Ich tu' und sage, was mir paßt.«

»Das habe ich schon gemerkt.«

»Und niemand wird mich ändern.«

»Dann wirst du es eben selbst tun müssen, nicht?«

Sie sah mich verwundert an, und ich fuhr fort: »Und würdest du bitte von meinem Bett heruntergehen? Ich möchte meine Sachen sortieren.«

»Ist das alles, was Sie haben?«

»Ja.«

»Das ist aber nicht viel. Sie denken wohl, Sie werden den Herrn des Hauses heiraten wie Jane Eyre. Aber das können Sie nicht, weil er schon verheiratet ist. Mit meiner Mutter.«

Ich hob die Augenbrauen.

»Gucken Sie nicht so erstaunt«, sagte sie. »Viele Gouvernanten denken das.«

»Ich bin erstaunt über deine Belesenheit.«

»Was heißt das?«

»In deinem Fall, daß du bestimmte Bücher kennst.«

»Dachten Sie, ich wüßte überhaupt nichts?«

»Meines Wissens hattest du Schwierigkeiten mit deinen Erzieherinnen.«

»Ich lese gern Bücher über Menschen. Es gefällt mir, wenn ihnen gräßliche Dinge zustoßen.«

»Das überrascht mich nicht.«

Sie lachte. »Was wollen Sie mir beibringen?«

»Ein bißchen Geschichte, englische Literatur, Grammatik und natürlich Mathematik.«

Sie zog ein Gesicht. »Ich tu' nichts, was mir nicht paßt.«

»Das wird sich zeigen.«

»Manchmal sind Sie *doch* wie eine Gouvernante.«

»Es freut mich, daß du es bemerkst.«

»Mir gefällt, wie Sie reden. Sie bringen mich zum Lachen.«

»Ich glaube, du bist ziemlich leicht zum Lachen zu bringen.«

»Sie sind nicht wie Miß Evans. Die war so dämlich. Sie hat sich immerzu geängstigt.«

»Vor dir?«

»Natürlich.«

»Und du hast es ausgenutzt.«

»Wie meinen Sie das?«

»Sie hat sich bemüht, ihre Arbeit zu tun, und du hast alles getan, um sie daran zu hindern. Du hast sie so drangsaliert, daß sie gehen mußte.«

»Ich wollte sie hier nicht haben. Sie war eine Nervensäge. Ich glaube, Sie sind keine Nervensäge. Ich bin gespannt, wie lange Sie bleiben.«

»Solange es mir paßt, denke ich.«

Sie lächelte in sich hinein. Sie führte offensichtlich etwas im Schilde. Seltsamerweise fand ich sie äußerst anregend und genoß unsere Wortgefechte. Sie ging mit mir ins Schulzimmer, und ich sah mir die Bücher im Schrank an. Er war gut bestückt. Eine Tafel, mehrere Schreibhefte, Schiefertafeln und Stifte waren vorhanden. »Ich muß dich bitten, mir etwas von deinen früheren Arbeiten zu zeigen«, sagte ich.

Sie zog ein Gesicht. »Wann?«

»Lieber heute als morgen.«

Sie zögerte und schien weglaufen zu wollen. Was sollte ich tun, wenn sie sich weigerte, bei mir zu bleiben? Ich wußte, daß sie dazu durchaus imstande war, und bedauerte meine Vorgängerinnen, deren Möglichkeiten, ihren Lebensunterhalt zu verdienen, von den Launen dieses Geschöpfes abhingen. Ich wollte so lange wie nötig bleiben, aber mein Lebensunterhalt hing wenigstens nicht davon ab.

Im Augenblick fand sie mich jedoch interessant und war zur Zusammenarbeit bereit. Wir verbrachten eine interessante halbe Stunde, wobei ich entdeckte, daß sie nicht ganz so unwissend war, wie ich befürchtet hatte; sie war tatsächlich außerordentlich gescheit. Sie hatte viel gelesen. Zumindest das hatten wir gemeinsam.

Am ersten Tag erfuhr ich ein wenig über das Anwesen. Es gab drei Gutsverwalter, erklärte mir Mrs. Ford. »Nämlich seit... Sie wissen schon, Miß Cranleigh, wir reden nicht darüber. Sehen Sie, Mr. Cosmo war nicht mehr da, und Mr. Simon war auch fort. Erst waren sie zu dritt, und jetzt war nur noch Mr. Tristan übrig. Es war zuviel für ihn. Einen Verwalter hatten sie immer gehabt, auch bevor... und hernach kamen noch zwei dazu. Perrivale ist ein großes Gut, das größte in dieser Gegend. Natürlich ist alles anders, seit *das* passiert ist und Sir Edward tot...«

An diesem ersten Tag bekam ich Tristan flüchtig zu sehen, und von diesem Augenblick an mutmaßte ich, daß er wußte, was in dem alten Bauernhaus wirklich geschehen war. Er sah wie die Verkörperung des Bühnenschurken aus, ein dunkler Typ mit glatten, glänzenden Haaren, die wie eine schwarze Kappe anlagen, besonders mitten auf der Stirn, was ihm ein mysteriöses und etwas unheimliches Aussehen verlieh.

Es war nur eine kurze Begegnung. Kate war mit mir hinausgegangen, um mir den Garten zu zeigen, und er kam gerade mit Lady Perrivale vom Stall. Sie sah schön aus in ihrem dunkelblauen Reitkostüm und dem runden Reithut in derselben Farbe. Ihr Haar leuchtete unter dem dunklen Hut hervor. »Tristan, das ist Miß Cranleigh, die neue Gouvernante«, sagte sie.

Er zog seinen Hut und verbeugte sich überaus höflich.

»Miß Cranleigh und Kate kommen sehr gut miteinander aus«, fuhr sie, mehr optimistisch als wissend, fort.

»Ich hab' ihr das Schulzimmer gezeigt«, sagte Kate. »Und jetzt zeig' ich ihr den Garten.«

»Sehr brav«, bemerkte Lady Perrivale.

»Willkommen in Perrivale«, ließ sich Sir Tristan vernehmen. »Ich hoffe, Ihr Aufenthalt bei uns wird ein langer und glücklicher sein.«

Ich sah Kate feixen und fragte mich, was sie im Schilde führen mochte, um mir den Aufenthalt zu verleiden.

Und auf der Stelle wies ich, ganz und gar unlogisch, Tristan die Rolle des Mörders zu. Ich sagte mir, daß ich zwar keinerlei Beweise gegen ihn hätte, daß meine Schlußfolgerung aber auf meinem sechsten Sinn beruhe.

Bei der Besichtigung der Gartenanlagen war ich sehr nachdenklich. Das fiel Kate auf. Ich merkte, daß ihr sehr wenig entging. »Sie können Stiefel nicht leiden«, sagte sie.

»Wen?«

»Meinen Stiefvater. Ich nenne ihn Stiefel. Das gefällt ihm nicht sonderlich. Meiner Mutter auch nicht.«

»Und deshalb sagst du es erst recht, nehme ich an.«

Wieder dieses Achselzucken, die Grimasse, als sie lachte. »Ich gebe allen Leuten Spitznamen«, sagte sie. »Sie sind Cranny.«

»Ich weiß nicht, ob mir das recht ist.«

»Es muß Ihnen nicht recht sein. Die Leute haben keine Wahl, wenn es um Namen geht. Sie müssen den nehmen, den man ihnen gibt. Sehen Sie mich an. Kate. Wer mag schon Kate heißen? Angelika hätte mir besser gefallen.«

»Das bedeutet Engel. Der Name würde kaum zu dir passen.« Wieder lachte sie. Wir lachten viel an diesem Vormittag. »Morgen um halb zehn beginnen wir mit dem Unterricht«, sagte ich dann. »Er endet um zwölf.«

»Miß Evans hat um zehn angefangen.«

»Wir beginnen um halb zehn.«

Wieder diese Grimasse, aber durchaus gutmütig. Wir kamen viel besser miteinander aus, als ich gedacht hatte. Ob es mir tatsächlich gelingen würde, sie zum Lernen zu bewegen?

Bald sollte ich ein böses Erwachen erleben.

Verständlicherweise fand ich in der ersten Nacht in Perrivale Court keinen Schlaf. Die Ereignisse des Tages gingen mir durch den Kopf. Endlich war ich hier in Simons Heim, beinahe direkt am Schauplatz des Verbrechens, und ich hatte mich der ungeheuerlichen Aufgabe verschrieben, seine Unschuld zu beweisen. Der Gedanke, mich jederzeit an Lucas wenden zu können, war mir ein großer Trost. Sein Heiratsantrag rührte mich. Er hatte mich ehrlich verblüfft. Nie hatte ich in diesem Zusammenhang an ihn gedacht, höchstens einmal flüchtig, als ich Tante Mauds grübelnden Blick sah, nachdem sie erfuhr, daß ich Lucas bei Felicity getroffen hatte.

Jetzt überlegte ich, wie ich mit meiner Suche beginnen sollte. Es schien mir ein nahezu hoffnungsloses Unterfangen, und nur aufgrund der phantastischen Abenteuer, die ich erlebt hatte, konnte ich überhaupt erwägen, mich darauf einzulassen.

Unterdessen mußte ich mit Kate zurechtkommen. Das allein war schon eine schwierige Aufgabe. Der Anfang war einfacher gewesen, als ich gedacht hatte, doch nur, weil es mir gelungen war, sie ein wenig für mich zu interessieren. Ich konnte mir vorstellen, daß es ihr bald langweilig werden würde, und dann würde ihr Kampf gegen mich beginnen. Hoffentlich machte sie mir das Leben nicht unerträglich, bevor ich mit meiner Suche vorangekommen war.

Ich mußte etwas über Cosmo in Erfahrung bringen, der mit der faszinierenden Mirabel, in der ich eine resolute Persönlichkeit erkannte, verlobt gewesen war. Ich stellte meine Besetzung zusammen. Simon kannte ich gut, Tristan hatte ich flüchtig gesehen. Wie sehr war Simon von Mirabel bezaubert gewesen? Ich konnte mir vorstellen, wie anziehend sie auf die meisten Männer wirkte.

Ich mußte eingenickt sein, denn ich wurde plötzlich von einem Geräusch vor meiner Tür geweckt. Ich sah, wie sich der Türgriff langsam drehte. Die Tür wurde leise aufgestoßen, und eine Gestalt huschte herein. Sie war in ein Bettlaken gehüllt, und ich wußte sofort, wer daruntersteckte.

Sie stand an der Tür und flüsterte zischend: »Geh fort. Geh fort, solange noch Zeit ist. Hier kannst du nichts Gutes erwarten.«

Ich tat, als schliefe ich weiter. Sie trat näher ans Bett. Ich hatte die Augen halb geschlossen, und als sie ganz nahe war, packte ich das Laken und zog es herunter. »Hallo, Gespenst«, sagte ich. Sie machte ein enttäuschtes Gesicht. »Das war eine miserable Vorstellung«, fügte ich hinzu. »Ein Bettlaken erkennt man auf Anhieb. Ist dir nichts Besseres eingefallen?«

»Sie haben getan, als ob Sie schliefen. Das war unfair.«

»Du hast getan, als wärst du ein Gespenst, und in der Liebe wie im Krieg ist alles erlaubt. Und dies ist Krieg, da es gewiß nicht Liebe ist.«

»Sie haben sich gefürchtet.«

»Nein.«

»Nicht eine Minute?« fragte sie beinahe flehend.

»Nicht eine Sekunde. Du hättest dir etwas Besseres einfallen lassen können. Wenn du vorhattest, mir als Gespenst zu erscheinen, war es nicht sehr klug, gleich bei unserer ersten Begegnung so viel von Gespenstern zu reden. Da war ich natürlich auf der Hut. Ich sagte mir, das Mädchen könnte ein Gouvernanten-Triezer sein.«

»Ein *was*?« rief sie aus.

»Da siehst du, wie begrenzt dein Wortschatz ist. Das wundert mich nicht, da du ja nicht lernen willst. Du quälst gern Gouvernanten, weil du dir im Vergleich mit ihnen beschränkt vorkommst. Du glaubst, daß sie für den Augenblick in einer schwachen Position sind und du in einer starken. Das ist natürlich feige. So etwas tun Menschen, die ihrer selbst nicht sicher sind.«

»Ich hab' Miß Evans Angst gemacht.«

»Das bezweifle ich nicht. Dir liegt nichts an anderen Menschen, nicht?«

Sie machte ein überraschtes Gesicht.

»Hast du nie daran gedacht, daß Miß Evans sich ihren Lebensunterhalt verdienen mußte und ein unausstehliches Kind nur deshalb unterrichtete, weil sie dazu gezwungen war?«

»Bin ich unausstehlich?«

»Sehr. Aber wenn du außer an dich auch ein wenig an andere denken würdest, könnte sich das bessern.«

»Ich kann Sie nicht leiden.«

»Ich mag dich auch nicht besonders gern.«

»Dann gehen Sie fort, ja?«

»Vielleicht. Du glaubst doch nicht, daß irgendeine bleiben mag, um dich zu unterrichten?«

»Warum nicht?«

»Weil du klipp und klar gesagt hast, daß du nicht lernen willst.«

»Na und?«

»Das zeigt, daß du nichts vom Lernen hältst, und das tun nur dumme Menschen.«

»Dann bin ich dumm?«

»Es sieht so aus. Du könntest dich natürlich ändern. Ich sag' dir was. Wollen wir einen Burgfrieden schließen?«

»Was ist das?«

»So etwas wie ein Abkommen. Man handelt Bedingungen aus.«

»Was für Bedingungen?«

»Wir können sehen, ob dir meine Art zu unterrichten gefällt und ob du bereit bist zu lernen. Wenn nicht, gehe ich fort, und du bekommst eine neue Gouvernante. Das erspart es dir, dir den Kopf zu zerbrechen, wie du mich quälen kannst. Laß uns das anständig angehen, ohne die kindischen Streiche, um mich zu vertreiben.«

»Ist gut«, sagte sie. »Schließen wir einen Burgfrieden.«

»Dann geh jetzt wieder ins Bett. Gute Nacht.«

Sie blieb an der Tür stehen. »Es gibt aber Gespenster im Haus«, sagte sie. »Hier ist ein Mord geschehen. Ist noch gar nicht lange her.«

»Nicht in diesem Haus«, sagte ich.

»Nein, aber es war Stiefels Bruder. Einer wurde ermordet, und der andere ist getürmt. Alle waren in meine Mutter verliebt, bevor sie Stiefel geheiratet hat.«

Sie war eine genaue Beobachterin. Die Veränderung in mir entging ihr nicht. Sie kam zurück und setzte sich aufs Bett.

»Was weißt du darüber?« fragte ich. »Du warst damals nicht im Haus.«

»Nein, ich bin hergekommen, als Mutter Stiefel geheiratet hat. Davor haben wir bei Gramps gewohnt.«

»Bei wem?«

»Bei meinem Großvater. Er wohnt jetzt im Witwerhaus. Er ist dahin gezogen, als Mutter geheiratet hat. Er brauchte jetzt ein besseres Haus, weil er doch der Vater von der Gutsherrin war. Gramps hat sowieso nicht gern in dem kleinen Häuschen gewohnt. Er ist ein wirklich vornehmer Herr. Er ist Major Durrell, und Majore sind sehr wichtige Leute. Sie gewinnen Schlachten. Früher haben wir in London gewohnt, aber das ist viele Jahre her. Dann sind wir hierhergezogen, und da war alles ganz anders.«

»Du hast sie doch sicher gekannt, den, der ermordet wurde, und den, der fortgegangen ist.«

»Ja, irgendwie schon. Sie waren alle in meine Mutter verliebt. Gramps hat immer darüber gelacht. Er war so froh, als sie Stiefel geheiratet hat, weil wir da aus dem Häuschen ausgezogen sind. Aber vorher war dieses ganze Theater. Und dann wurde Cosmo ermordet, und Simon ist abgehauen, weil er nicht gehängt werden wollte. Solche Leute werden nämlich gehängt. Man legt ihnen einen Strick um den Hals, und dann – schaukeln sie. Das tut mächtig weh, aber dann sind sie tot. Davor hatte er Angst. Wer würde sich da nicht fürchten?«

Ich konnte nicht sprechen. Ich sah Simon vor mir, wie er sich aus dem Haus schlich, wie er nach Tilbury ging und den Matrosen namens John Plaidy kennenlernte.

Kate beobachtete mich. »Wenn Menschen ermordet werden, kommen die Gespenster. Sie lassen den Leuten keine Ruhe. Manchmal wollen sie wissen, was wirklich passiert ist.«

»Glaubst du, daß etwas geschehen ist, wovon die Leute nichts wissen?«

Sie sah mich verschlagen an. Ich wußte nicht recht, was ich von ihr zu halten hatte. Vielleicht machte sie sich nur lustig über mich. Ich hatte mein Interesse verraten. Sie merkte wohl, daß ich mich außerordentlich für den Mord interessierte.

»Ich weiß es noch genau«, sagte sie. »Ich war bei Gramps, Mutter war oben. Ein Stallbursche von Perrivale kam an die Tür und sagte: ›Mr. Cosmo wurde erschossen aufgefunden. Er ist tot.‹ Gramp sagte: ›O mein Gott.‹ O mein Gott sagt man nicht. Man darf den Namen des Herrn nicht mißbrauchen. Das steht in der Bibel. Und Gramps ist nach oben zu meiner Mutter gegangen, und ich durfte nicht mitkommen.«

Ich suchte nach passenden Worten, aber mir fiel nichts ein.

»Können Sie reiten, Cranny?« fragte sie scheinbar zusammenhanglos.

Ich nickte.

»Dann sag' ich Ihnen was. Ich bring' Sie nach Bindon Boys, an den Schauplatz des Verbrechens. Das ist Ihnen doch recht, oder?«

»Du bist von dem Verbrechen besessen«, sagte ich. »Das ist doch längst vorbei. Vielleicht reiten wir eines Tages mal hin.«

»Ist gut. Abgemacht.«

»Und jetzt«, sagte ich, »gute Nacht.«

Sie grinste mich an, nahm das Bettlaken und ging hinaus. Ich lag noch lange wach. Ich war gekommen, um Kate etwas beizubringen, aber möglicherweise gab es einiges, was sie mir beibringen konnte.

Kate war fest entschlossen, den Gouvernanten das Leben schwerzumachen, so daß es ihnen unmöglich war zu bleiben, und wenn sie gingen, hatte sie eine Zeitlang ihre Freiheit, bevor die nächste kam und sie ihre Vertreibungstaktik aufs neue anwenden mußte.

Ich war anders als die anderen, hauptsächlich, weil ich nicht auf den Posten angewiesen war, um meinen Lebensunterhalt zu bestreiten. Das nahm der Quälerei etwas von ihrer Würze und verschaffte mir einen Vorteil. Ich versuchte mir klarzumachen, daß alle Kinder einen Zug von Grausamkeit besitzen, weil ihnen die Lebenserfahrung und damit die Fähigkeit fehlt, sich das Ausmaß des von ihnen zugefügten Leids vorzustellen.

Abgesehen davon, daß ich überzeugt war, Kate könne mir bei meinen Nachforschungen von Nutzen sein, wollte ich mich für die anderen Erzieherinnen verwenden, die vor mir gelitten hatten, vor allem aber für diejenigen, die nach mir leiden würden. Ich wollte Kate Menschlichkeit lehren. Seltsamerweise verzweifelte ich nicht an ihr. Ich glaubte, daß etwas geschehen sein mußte, das sie zu diesem herzlosen Geschöpf gemacht hatte, und meinte, es müsse möglich sein, sie zu ändern.

Am nächsten Morgen war sie zu meiner Überraschung zur festgesetzten Zeit im Schulzimmer. Ich erklärte ihr, daß ich einen Stundenplan aufgestellt hätte. Wir würden mit Englisch beginnen, vielleicht für ungefähr eine Stunde, und sehen, wie sich das anließe. Ich wolle sie in Lesen, Rechtschreibung und Grammatik prüfen. Wir würden zusammen Bücher lesen. Ich hatte eine Anzahl Bücher im Schrank gefunden. Ich nahm *Der Graf von Monte Christo* heraus und schlug es auf. Auf dem Vorsatzblatt stand in kindlicher Schrift »Simon Perrivale«. Meine Hände zitterten ein wenig. Es gelang mir, meine Bewegung vor Kates wachsamen Augen zu verbergen. »Hast du dieses Buch gelesen?« fragte ich. Sie schüttelte den Kopf. »Eines Tages werden wir es lesen. Oh, hier ist *Die Schatzinsel*. Das handelt von Seeräubern.«

Ihr Interesse war geweckt. Auf dem Einband war ein Bild von dem langen John Silver mit seinem Papagei auf der Schulter. Sie sagte: »In dem andern Buch stand sein Name, wissen Sie, der von dem Mörder.«

»Wir wissen nicht, daß er es war«, sagte ich und hielt abrupt inne, denn sie sah mich erstaunt an. Ich mußte vorsichtig sein. »Dann haben wir Geschichte, Erdkunde und Rechnen.« Sie machte ein finsteres Gesicht. »Wir werden sehen, wie es klappt«, sagte ich bestimmt.

Der Morgen verging ganz erträglich. Kate konnte ziemlich fließend lesen und hatte zu meiner Freude eine Vorliebe für literarische Bücher. Historische Persönlichkeiten interessierten sie, aber geschichtliche Daten wollte sie sich nicht einprägen. Im Schrank war ein drehbarer Globus, und wir fanden es unterhaltsam, Städte und Länder darauf aufzusuchen. Ich zeigte ihr, wo ich Schiffbruch erlitten hatte. Sie fand die Geschichte spannend. Wir beendeten den Vormittag mit einem Kapitel aus der *Schatzinsel*; Kate war von der ersten Seite an gefesselt. Ich staunte über meinen Erfolg.

Ich hatte beschlossen, daß wir bis zum Mittag arbeiteten. Danach konnte sie bis drei Uhr über ihre Zeit verfügen, anschließend wollten wir im Garten oder in der Umgebung umherwandern, damit sie etwas über das Leben der Pflanzen lernte, oder einfach spazierengehen. Um vier Uhr wollten wir den Unterricht fortsetzen und bis fünf arbeiten. So sah unser Schultag aus.

Am Nachmittag hatte sie keine Lust, für sich allein zu sein, und erbot sich, mir die Umgebung zu zeigen. Es freute mich, daß sie meine Gesellschaft suchte. Sie sprach über *Die Schatzinsel* und erklärte mir, was nach ihrer Meinung passieren werde. Sie wollte mehr über meinen Schiffbruch hören. Sie führte mich auf die Klippen, und dort saßen wir eine Weile und sahen aufs Meer. »Wir haben hier oft eine stürmische See«, sagte sie. »An dieser Küste gab es früher Freibeuter. Mit Laternen haben sie die Schiffe zu den Felsen gelockt. Die Seeleute sollten denken, es wäre der Hafen. Dann haben die Räuber die Fracht gestohlen. Ich wäre gern ein Freibeuter gewesen.«

»Warum möchtest du böse sein?«

»Brav sein ist so langweilig.«

»Auf lange Sicht ist es aber besser.«

»Die kurze Sicht ist mir lieber.« Darauf mußten wir beide lachen.

Unvermittelt sagte sie: »Sehen Sie die Felsen da unten? Da ist neulich ein Mann ertrunken.«

»Hast du ihn gekannt?«

Sie schwieg einen Augenblick, dann sagte sie: »Es war ein Fremder. Er kam aus London. Sie haben ihn auf dem Kirchhof St. Morwenna beerdigt. Ich zeig' Ihnen sein Grab. Möchten Sie es sehen?«

»Ich nehme an, es gehört nicht zu den lohnenden Ausflugszielen dieser Gegend.«

Da lachte sie wieder. »Er war betrunken«, sagte sie. »Er ist von den Klippen direkt auf die Felsen da unten gestürzt.«

»Da muß er aber sehr betrunken gewesen sein.«

»O ja. Es gab einen Riesenrummel deswegen. Lange Zeit hat man nicht gewußt, wer er war.«

»Wie du das Morbide liebst!«

»Was ist das?«

»Das Schauerliche.«

»Ich mag Schauergeschichten.«

»Keine besonders kluge Vorliebe.«

Sie sah mich an und lachte wieder. »Sie sind lustig«, meinte sie.

Als ich mich abends in mein Zimmer zurückzog und den Tag überdachte, konnte ich befinden, daß er unerwartet befriedigend verlaufen war. Ich hatte eine, wenn auch dürftige, Hoffnung, daß ich mich mit Kate verstehen würde.

Mehrere Tage vergingen. Zu meiner heimlichen Freude stellte ich fest, daß meine etwas unüblichen Lehrmethoden bei einer Schülerin wie Kate erfolgreicher waren, als es ein konventioneller Unterricht vielleicht gewesen wäre. Wir lasen viel zusammen. Ich hielt die Lesestunden als eine Art Belohnung für gutes Betragen bei den weniger angenehmen Fächern. Kate hätte auch allein lesen können, aber es war ihr lieber, wenn wir es gemeinsam taten.

Ihre Freuden teilte sie gern, was für sie sprach, zudem unterhielt sie sich gern mit mir über das Gelesene. Manchmal blieb sie beim Lesen stecken, weil sie die Bedeutung eines Wortes nicht kannte. Trotz ihrer Verachtung für das Lernen war sie wißbegierig. Und von der *Schatzinsel* war sie restlos begeistert.

Es wäre zuviel verlangt gewesen, eine vollständige Veränderung des Kindes zu erwarten, nur weil unsere Beziehung sich günstiger entwickelte, als ich zu hoffen gewagt hatte. Am vierten Morgen erschien sie nicht zum Unterricht. Ich ging in ihr Zimmer. Sie sah aus dem Fenster; offensichtlich hatte sie mich erwartet, und ich sah ihr an, daß sie auf eine Auseinandersetzung aus war. »Warum bist du nicht im Schulzimmer?« fragte ich.

»Ich hab' heute keine Lust«, erwiderte sie unbekümmert.

»Es kommt nicht darauf an, ob du Lust hast oder nicht. Jetzt ist Unterrichtszeit.«

»Sie können mich nicht zwingen.«

»Ich werde bestimmt nicht versuchen, dich mit Gewalt hinzuschleppen. Ich werde deiner Mutter sagen, daß du beschlossen hast, nichts zu lernen, und es keinen Sinn hat, daß ich hierbleibe.« Das war ein gewagter Schritt. Ich konnte den Gedanken nicht ertragen, jetzt fortzugehen. Doch ich wußte, daß ich nichts erreichte, wenn ich keine Autorität besaß.

Sie sah mich trotzig an. Mir sank der Mut; ich hoffte nur, daß sie mir nichts anmerkte. Ich war zu weit gegangen, um umzukehren.

»Sie würden im Ernst gehen?« Ich sah die Furcht in ihren Augen, gemischt mit Ungläubigkeit. Ich merkte, daß ihr genauso unbehaglich zumute war wie mir.

Ich sagte fest: »Wenn du nicht ins Schulzimmer kommst, bleibt mir nichts anderes übrig.«

Sie zögerte einen Augenblick. »Na gut«, sagte sie. »Gehen Sie, wenn Sie wollen.«

Ich ging zur Tür. Ich durfte mir meine Verzweiflung nicht anmerken lassen. Wenn dies das Ende wäre, was hätte ich dann erreicht? Aber es gab jetzt kein Zurück. Ich ging hinaus. Sie rührte sich nicht. Ich begann die Treppe hinunterzugehen. Da hörte ich sie: »Kommen Sie zurück, Cranny.«

Ich blieb stehen und drehte mich zu ihr um. »Na gut, ich komme.« Ein Triumphgefühl durchströmte mich, als wir ins Schulzimmer gingen.

Kate war den ganzen Tag gereizt. Warum nur? fragte ich mich. Vielleicht meinte sie, sie sei zu lange brav gewesen.

Am Abend fand ich eine tote Spitzmaus in meinem Bett. Ich wickelte sie sorgsam in Seidenpapier und ging in Kates Zimmer. »Ich glaube, das arme kleine Ding gehört dir«, sagte ich.

Sie machte ein entgeistertes Gesicht. »Wo haben Sie die gefunden?«

»Wo du sie hingelegt hast. In meinem Bett.«

»Ich wette, Sie haben geschrien, als Sie sie fanden.«

»Ich war weder erschrocken noch belustigt. Ich finde es bloß einen albernen klischeehaften Streich.« Ich sah sie über das Wort klischeehaft nachdenken. Sie liebte es, neue Wörter kennenzulernen, aber jetzt war sie nicht in der Stimmung, um nach der Bedeutung zu fragen. Ich fuhr fort: »Ich möchte wissen, wie oft schon ein ungezogenes Kind jemandem eine Maus ins Bett gelegt hat. Es ist wirklich albern. Du tust, was man erwartet, Kate.«

Sie war ein wenig niedergeschlagen. »Sie haben sie mir zurückgebracht. Sie wollten sie in mein Bett legen.«

»So etwas würde ich nie tun. Ich wollte dir nur zeigen, daß dein alberner Streich nicht die Wirkung hat, die du dir davon versprachst. Wenn wir unseren Burgfrieden einhalten wollen, müssen diese kindischen Streiche ein Ende haben. Wir können so viele aufregende Dinge zusammen machen. Wir wollen doch keine Zeit mit schlechter Laune und albernen Streichen verschwenden. Wir können uns unterhalten...«

»Worüber?«

»Über das Leben, über Menschen...«

»Über Mord?« warf sie ein.

Ich dachte: Ja, über einen bestimmten. »Wir können *Die Schatzinsel* zu Ende lesen«, sagte ich.

»›Fünfzehn Mann auf des Totenmanns Kiste‹«, sang sie, »›johoho und die Buddel mit Rum.‹«

Ich lächelte. »Wir können eine Menge Bücher lesen. Du kennst den *Graf von Monte Christo* noch nicht. Es handelt von einem Mann, der ungerechtfertigt im Gefängnis war und ausbricht, um sich zu rächen.« Sie machte vor Begeisterung runde Augen. Ich fuhr fort: »Wenn wir unsere Zeit nicht mit Albernheiten verschwenden, können wir uns das vornehmen. Und noch viele andere.« Sie antwortete nicht, aber ich hatte das Gefühl, wieder einen Kampf gewonnen zu haben. »Was fangen wir nun mit dem armen Mäuschen an?« sagte ich dann.

»Ich werd's begraben.«

»So ist es recht. Und deine dummen Vorurteile gegen Gouvernanten begräbst du gleich mit. Dann können wir vielleicht anfangen, den Unterricht zu genießen.« Mit diesen Worten verließ ich sie. Ich hatte einen triumphalen Sieg errungen.

Das ganze Haus staunte über meinen Umgang mit Kate. Endlich hatte sich eine gefunden, die das Enfant terrible in ein normales Kind verwandeln konnte oder zumindest einen Weg wußte, ihrer Herr zu werden. Mrs. Ford war von mir begeistert. Ehrfürchtig flüsterte sie meinen Namen, als sei ich ein mit militärischem Ruhm bedeckter Kriegsheld. Ich war eine angesehene Person im Haus.

Ungefähr eine Woche nach meiner Ankunft bat mich Lady Perrivale zu sich in den Salon. Sie war sehr huldvoll. »Sie und Kate scheinen sehr gut miteinander auszukommen«, begann sie. »Das ist schön. Ich wußte, daß alles gut würde, wenn wir nur die Richtige bekommen könnten.«

»Ich bin als Erzieherin ganz unerfahren«, daran erinnerte ich sie.

»Aber das ist es ja eben. Die alten Damen haben zu viele Regeln. Sie sind zu sehr im Herkömmlichen gefangen, um ein modernes Kind zu verstehen.«

»Kate ist sehr ungewöhnlich.«

»Natürlich. Aber Sie verstehen sie offensichtlich. Sind Sie vollkommen mit allem zufrieden? Gibt es irgend etwas...«

»Ich bin zufrieden, vielen Dank«, erwiderte ich.

Wie auf ein Stichwort kam Sir Tristan herein. Mich amüsierte die Vorstellung, daß er herbeizitiert worden war, um in das Lob seiner Gattin einzustimmen. Kate mußte ein rechter Plagegeist gewesen sein.

Mir kam der Gedanke, es sei merkwürdig, daß ein Mann, der imstande war, seinen Bruder zu ermorden, bei einem aufsässigen Kind ratlos sein sollte. Ich riß mich zusammen. Es war unsinnig, mich auf Sir Tristan als den Mörder zu versteifen, nur weil er so finster aussah. Obwohl, er hatte natürlich den Titel geerbt, das Gut und... Mirabel.

Seine stechenden Augen musterten mich. Mich plagte das Gewissen. Was würde er wohl sagen, wenn er meine Gedanken lesen könnte? »Wie ich höre, verstehen Sie Kate zu bändigen«, sagte er und fügte mit einem leisen Lachen hinzu: »Eine beachtliche Leistung. Sie, Miß Cranleigh, bringen auf kluge Weise zustande, woran Ihre Vorgängerinnen so kläglich gescheitert sind.«

»Sie ist kein einfaches Kind«, sagte ich.

»Das wissen wir nur zu gut, nicht wahr?« erwiderte er mit einem Blick auf seine Gattin. Sie nickte wehmütig.

»Sie braucht viel Verständnis«, erklärte ich. Wie war Kates Verhältnis zu diesen beiden? fragte ich mich. Sie hatte mir keinen Hinweis gegeben. Was war ihrem Vater zugestoßen? Wie hatte sie die Verlobung ihrer Mutter mit Cosmo und so kurz nach seinem Tod ihre Heirat mit Tristan empfunden? Dies alles hätte ich gern gewußt. Ich glaubte, es würde mir helfen, das Rätsel zu lösen.

»Und Sie scheinen es aufzubringen.«

»Wie ich schon sagte, habe ich noch nie als Gouvernante gearbeitet.«

»Sie sind freilich zu jung«, sagte er und lachte mich herzlich an.

»Und zu bescheiden, stimmt's, meine Liebe?«

»Viel zu bescheiden«, bestätigte Lady Perrivale. »Miß Cranleigh, ich hoffe, daß Sie sich hier nicht langweilen werden.« Sie warf ihrem Gatten einen Blick zu. »Wir meinen, daß Sie uns vielleicht ab und zu, wenn wir eine Abendeinladung geben, Gesellschaft leisten möchten. Ihre Freunde sind ja Nachbarn von uns.«

»Die Lorimers?«

»Ja. Traurig, dieser Unfall. Sie sind sicher noch nicht in der Stimmung, Besuche zu machen. Aber später können wir sie vielleicht einladen, und dann müssen Sie natürlich auch zu unseren Gästen zählen.«

»Das würde mich sehr freuen.«

»Wir möchten nicht, daß Sie sich ausgeschlossen fühlen.«

Ich dachte: So ergeht es einigen Gouvernanten, wenn man einen Gast zuwenig hat und die Zahl ausgleichen will. Wenn die Erzieherin einigermaßen präsentabel ist, wird sie als Lückenbüßerin eingeladen. Andererseits war ihnen sichtlich daran gelegen, mich zu halten. Wie merkwürdig, daß ausgerechnet ich einen Weg gefunden hatte, dieses widerspenstige Kind zu bändigen.

»Sie sind sehr gütig«, sagte ich. »Da wäre nur eines…« Sie waren begierig zu erfahren, worum es sich handelte. »Ob ich gelegentlich einen freien Nachmittag haben könnte? Ich möchte gern die Lorimers besuchen. Es sind Kinder im Haus. Zu der Zeit, als der Unfall geschah, war ich bei ihnen. Ich blieb noch eine Weile, nachdem die Freunde, mit denen ich gekommen war, abgereist waren.«

Zu meiner Belustigung sah ich Besorgnis in Lady Perrivales Augen aufflackern. Kinder? Brauchten sie vielleicht eine Gouvernante?

Wirklich, dachte ich, ich bekomme eine viel zu hohe Meinung von mir. Und alles, weil ich einen Weg gefunden hatte, Kate ein wenig Vernunft beizubringen.

»Selbstverständlich«, sagte Sir Tristan sogleich. »Natürlich müssen Sie sich Zeit nehmen, um Ihre Freunde zu besuchen. Wie wollen Sie hinkommen? Es ist ein ziemliches Stück bis Trecorn Manor, nicht? Reiten Sie?«

»O ja.«

»Schön. Fragen Sie Mason im Stall nach einem passenden Pferd für Sie.«

»Das ist sehr liebenswürdig von Ihnen. Kate hat auch schon vom Reiten gesprochen. Es würde sie bestimmt freuen, wenn wir zusammen ausritten.«

»Ausgezeichnet. Ich glaube, sie ist eine ganz passable Reiterin.«

»Davon bin ich überzeugt. Ich freue mich auf die Ausflüge mit ihr.«

Das war eine äußerst befriedigende Unterredung.

Am nächsten Tag ritten Kate und ich aus. Sie hatte einen kleinen Schimmel, an dem sie sehr hing. Es freute mich, zu sehen, wie liebevoll sie ihn behandelte, ein Zeichen, daß sie doch zur Zuneigung fähig war.

Mason, der Stallmeister, hatte eine kastanienbraune Stute mit Namen Goldie für mich. »Sie ist ein braves Pferdchen«, sagte er. »Wer sie gut behandelt, den behandelt sie auch gut. Sie ist gutmütig, ausgeglichen, liebt Zuwendung und nach dem Ritt ein Stückchen Zukker. Geben Sie ihr das, und sie wird Ihre Sklavin sein.«

Kate war eine gute kleine Reiterin, anfangs geneigt, ein wenig anzugeben, aber als ich sagte, ich wisse, daß sie mit einem Pferd umzugehen verstünde, da man ihr andernfalls nicht erlaubt hätte, ohne Begleitung eines Stallknechts auszureiten, ließ sie es bleiben.

Ich überlegte, wie ich sie taktvoll über ihr häusliches Leben aushorchen könnte. Ich mußte sehr behutsam vorgehen. Sie war überaus aufmerksam und beobachtete mich ebenso wie ich sie.

Sie verkündete, sie werde mit mir nach Bindon Boys reiten. »Das ist das alte Bauernhaus, wo der Mord passiert ist.«

»Ich weiß.«

»Es wird Ihnen gefallen, Cranny. Sie lieben doch alles, was mit dem alten Mord zu tun hat.« Mir war unbehaglich zumute. Ich hatte mein Interesse verraten, und sie hatte es bemerkt. »Ein gräßliches altes Haus. Keiner mag im Dunkeln da reingehen, nicht mal in die Nähe. Bei Tag wollen bestimmt eine Menge Leute hin, aber nicht allein.«

»Ziegelsteine und Mörtel können keinem etwas zuleide tun.«

»Nein. Aber was drinnen ist. Früher war es ein richtiges Bauernhaus. Ich weiß noch, wie es war, bevor... bevor es passiert ist.«

»So?«

»Natürlich. Ich war schließlich kein Baby mehr.«

»Und ihr habt in der Nähe gewohnt, als ihr aus London kamt?«

»Ja, unser Häuschen war ganz in der Nähe von Bindon Boys. Und das Meer war gleich unten am Hügel. Ich zeig's Ihnen, wenn wir hinkommen.«

»Ist es weit?«

»Nein. Ungefähr anderthalb Kilometer.«

»Das ist leicht zu schaffen.«

»Kommen Sie. Reiten wir um die Wette.«

Wir galoppierten über eine Wiese, und dann waren wir am Meer. Ich atmete die belebende Luft tief ein. Kate kam an meine Seite.

»Da«, sagte sie. »Da unten können Sie es sehen. Das ist das alte Bauernhaus, und dort, nicht weit davon, ist Seashell Cottage. Seashell, Seemuschel, so ein alberner Name! Jemand hatte den Namen mit Muscheln vor der Tür auf die Erde geschrieben. Seashell Cottage, alles aus Muscheln. Ich hab' sie immer aufgehoben. Ich hab' Seas weggenommen und Hell Cottage draus gemacht, Höllenhütte.«

Ich lachte. »Genau das hätte ich von dir erwartet.«

»Gramps fand das lustig. Ich sag' Ihnen was. Wenn Sie das Bauernhaus gesehen haben, bringe ich Sie vielleicht zu Gramps. Es wird ihn freuen. Er lernt gern Leute kennen.«

»Das wird sicher hochinteressant.«

»Kommen Sie. Zuerst zum Bauernhaus.« Wir ritten den sanften Hang hinab, und da war es. Es war baufällig. Das Dach sah aus, als würde es jeden Augenblick einstürzen. Die schwere Tür stand ein Stückchen offen. Einen Riegel gab es nicht mehr. »Es sieht aus, als würde es gleich zusammenfallen«, sagte ich.

»Gehen wir rein? Oder haben Sie Angst?«

»Natürlich möchte ich hineingehen.«

»Die Pferde lassen wir hier.«

Wir saßen neben einer alten Steighilfe ab und banden die Pferde an.
Dann stießen wir die Tür auf und traten direkt in einen Raum, den
ich für ein Wohnzimmer hielt. Es war ein großer zweifenstriger
Raum mit zerbrochenen Scheiben. Mehrere Dielenbretter fehlten.
An den Fenstern hingen fadenscheinige Gardinen und an der Decke
staubige Spinnweben.

»Sie rühren es seit dem Mord nicht mehr an«, sagte Kate. »Es ist in
diesem Zimmer passiert. Hier spukt es. Spüren Sie es?«

»Es ist schaurig.«

»Ja, weil es spukt. Bleiben Sie lieber in meiner Nähe.«

Ich lächelte. Sie wollte in diesem Haus keinesfalls zu weit fort von
mir sein.

Ich sah alles deutlich vor mir: Simon, der sein Pferd anband, vermutlich an derselben Stelle, wo wir unsere angebunden hatten. Ah-
nungslos kommt er herein und sieht Cosmo auf der Erde liegen, die
Waffe daneben. Ich sah Simon die Waffe aufheben und Tristan just
in diesem Moment hereinplatzen. Es paßte einfach zu gut.

»Sie gucken so komisch.«

»Ich mußte gerade daran denken.«

Sie nickte. »Ich schätze, Simon hat auf ihn gewartet. Sobald er hereinkam, pengpeng. Nur gut, daß Stiefel ihn auf frischer Tat ertappt
hat. Aber dann ist er getürmt.« Sie trat dicht an mich heran. »Was
glauben Sie, was Simon jetzt macht?«

»Wenn ich das wüßte.«

»Vielleicht verfolgt ihn der Geist. Können Geister reisen? Ein kleines Stück bestimmt. Wo er wohl sein mag? Ich wüßte es gern. Was
haben Sie, Cranny?«

»Nichts.«

»Seit wir hier drinnen sind, gucken Sie so komisch.«

»Unsinn.«

Plötzlich glaubte ich über mir eine Bewegung zu vernehmen. »Sie
haben ja Angst, Cranny.« Sie verstummte plötzlich. Mit geweiteten
Augen drehte sie sich zur Treppe. Sie hatte es auch gehört. Sie trat
dicht neben mich, und als ich sie bei der Hand nahm, hörte ich das

Knarren eines Dielenbrettes. Kate zog an meinem Arm, aber ich rührte mich nicht von der Stelle.

»Das ist der Geist«, flüsterte Kate. In ihrem Gesicht spiegelte sich echte Angst.

»Ich gehe nachsehen«, sagte ich. Sie schüttelte den Kopf und wich furchtsam zurück. Ein paar Sekunden stand sie ganz still. Dann kam sie zu mir. Ich ging die Treppe hinauf, sie folgte mir dicht auf den Fersen. Wir kamen an einen Absatz. Tiefe Atemzüge waren zu hören. Kate umklammerte meine Hand.

Auf dem Treppenabsatz waren drei Türen, alle geschlossen. Ich blieb stehen und horchte. Da hörte ich das Atemgeräusch wieder. Ich stand ganz still und lauschte. Hinter der nächstgelegenen Tür wartete jemand. Ich ging hin und drehte den Knauf, stieß die Tür auf und trat ins Zimmer. Ein Mann stand dort, ungewaschen, ungekämmt. Auf dem Fußboden war ein Bündel Lumpen, daneben eine Papiertüte. Ich bemerkte Krümel auf der Erde. Erleichterung überkam mich. Dieser Mann war auf jeden Fall ein Mensch. Ich wußte nicht, was ich erwartet hatte. Vielleicht fürchtete ich mich, wie Kate, vor Cosmos Geist. Und dies war nur ein alter Landstreicher.

»Ich tu’ niemand was zuleide«, sagte er.

»Das ist Harry Tench«, erklärte Kate.

Harry Tench. Der Name kam mir bekannt vor. Ich hatte ihn in Zusammenhang mit dem Mord gehört.

»Wer sind Sie?« wollte er wissen. »Wer die da ist, weiß ich.« Er zeigte auf Kate. »Und was wollt ihr hier? Ich tu’ niemand was zuleide.«

»Nein«, sagte ich. »Wir wollten uns bloß das Bauernhaus ansehen. Wir haben ein Geräusch gehört und sind heraufgekommen.«

»Hier kommt niemand spionieren. Was hab’ ich getan?«

»Nichts, gar nichts. Tut mir leid, daß wir Sie gestört haben.«

»Hab’ hier bloß geschlafen. Überall haben sie mich weggejagt. Ich hab’ nichts getan. Werfen Sie mich nicht raus.«

»Bestimmt nicht«, sagte Kate, die sich rasch von ihrem Schrecken erholte und schon fast wieder die alte war. »Wir dachten, du wärst ein Geist.«

Er verzog die Lippen zu einem Grinsen und entblößte gelbe Zähne.

»Seien Sie unbesorgt«, sagte ich. »Komm, Kate.« Ich nahm ihre Hand, und wir verließen das Zimmer. Ich machte die Tür zu, und wir gingen die Treppe hinunter. »Komm«, sagte ich, »machen wir, daß wir hier herauskommen.«

Im Davonreiten sagte Kate: »Sie haben sich wirklich gefürchtet, Cranny.«

»Nicht halb so arg wie du. Du wolltest davonlaufen.«

Sie schwieg eine Weile, dann meinte sie: »Er ist sehr mutig, daß er da schläft, in dem Haus, wo der Mord passiert ist. Sie würden da nicht schlafen wollen, stimmt's, Cranny?«

»Ich hätte es gern bequemer als der arme Kerl.«

Wir ritten weiter, und nach kurzer Zeit sagte sie: »Sehen Sie, da ist Seashell Cottage. Da haben wir gewohnt.« Es war ein properes Häuschen mit einem gepflegten Garten und sauberen Spitzengardinen an den Fenstern. Wir ritten nahe genug heran, und ich sah, daß das Seas in der Muschelschrift ersetzt worden war. Das Häuschen war wieder das achtbare Seashell Cottage. Es war schwer vorstellbar, daß Lady Perrivale mit Tochter und Vater in solch einem Haus gelebt hatte.

Ich machte mir Gedanken über Kates Vater. Konnte ich sie nach ihm fragen? In einem geeigneten Moment konnte ich vielleicht ein paar gutüberlegte Fragen stellen. Kate war scharfsinnig, und ich mußte sehr vorsichtig sein.

»Kommen Sie«, sagte sie. »Schauen wir nach, ob Gramps zu Hause ist.«

Das Witwerhaus unterschied sich sehr von Seashell Cottage. Ich hatte es von ferne gesehen, es war nicht sehr weit von Perrivale Court. Zwischen beiden Anwesen war ein Wäldchen, durch das wir nun ritten.

Es war ein bezaubernder Wohnsitz. Er mußte während der Regierungszeit Elisabeths gebaut worden sein, denn die Architektur war eindeutig Tudor – rote Ziegelsteine und Gitterfenster. An den Mauern wuchs wilder Wein, und vor dem Haus war ein mit Blumenbeeten eingefaßter gepflegter Rasen. Wir saßen ab, banden die Pferde an und gingen durch das Tor. Im Haus schien alles still. »Wetten, er ist im Garten«, sagte Kate. Sie ging mir voran um das Haus herum, an einem kleinen Obstgarten vorbei zu einem ummauerten Garten, wie er für die Tudorzeit bezeichnend war, mit Kletterpflanzen an den roten Ziegelmauern und Kräuterbeeten um einen Teich mit einem kleinen Springbrunnen in der Mitte. Was mich am meisten berührte, war der absolute Frieden. Auf einer geschnitzten Holzbank am Teich saß ein Mann. »Gramps«, rief Kate.

Ich war erstaunt, wie jung er aussah. Später wurde mir klar, daß er Mitte Fünfzig sein mußte, aber er wirkte zehn Jahre jünger. Er hielt sich sehr aufrecht und war ausgesprochen stattlich. Ich bemerkte die Ähnlichkeit mit Lady Perrivale und Kate. Seine Haarfarbe glich der ihren, aber an den Schläfen war er weiß, und seine Augen enthielten eine Spur Grün. Doch wie Kate fehlten ihm die dunklen Augenbrauen und Wimpern, die Lady Perrivale zu so einer auffallenden Schönheit machten. Seine Augenbrauen waren so hell, daß sie fast unsichtbar waren, was ihm einen jugendlichen, erstaunten Ausdruck verlieh. Als er uns sah, schritt er auf uns zu. Kate rannte zu ihm. Er fing sie mit den Armen auf und schwenkte sie herum. Sie lachte ausgelassen, und ich dachte froh: Hier ist jemand, den sie wirklich gern hat. Ich sah mit Freude, daß sie zur Zuneigung fähig war.

»He, kleine Kate«, sagte er, »du vergißt deine Manieren. Möchtest du uns nicht vorstellen? Nein, sag nichts. Ich weiß natürlich...«

»Das ist Cranny«, rief Kate.

»Rosetta Cranleigh«, sagte ich.

»Miß Cranleigh, welche Freude, Sie kennenzulernen. Ihr Ruhm hat sich bis ins Witwerhaus verbreitet. Meine Tochter, Lady Perrivale, hat mir erzählt, welch wunderbare Arbeit Sie mit unserem kleinen Filou leisten.«

»Was ist ein Filou?« wollte Kate wissen.

»Es ist besser für dich, wenn du es nicht weißt, nicht wahr, Miß Cranleigh? Ich freue mich so, daß Sie mich besuchen kommen.«

»Das ist *Major* Durrell«, stellte Kate vor. »Majore sind sehr bedeutend, nicht wahr, Gramps?«

»Wenn du es sagst, Liebes.« Er hob eine blasse Augenbraue und sah mich verschwörerisch an. »Eine kleine Erfrischung gefällig?«

»O ja, bitte«, sagte Kate.

»Ein Schluck Wein vielleicht?«

»Und etwas Weingebäck«, bat sie.

»Aber sicher. Schätzchen, lauf zu Mrs. Carne und sag ihr, daß ihr hier seid und was wir brauchen.«

»Ist gut«, sagte Kate.

»Mrs. Carne kommt jeden Werktagvormittag, um mich zu versorgen. Und zweimal wöchentlich kommt sie auch nachmittags, aus Gefälligkeit. Ansonsten verpflege ich mich selbst. Das lernt man beim Militär. Ich bin sehr selbständig, das erspart einem eine Menge Ärger. Setzen Sie sich doch, Miß Cranleigh. Ist dies nicht ein herrliches Fleckchen?«

»O ja. Und so friedlich.«

»Ja, Frieden ist eine sehr wünschenswerte Errungenschaft, wenn man in mein Alter kommt, das können Sie mir glauben.«

»Ich finde, er ist in jedem Alter wünschenswert.«

»Ah, aber die jungen Leute bevorzugen das Abenteuer. Sie wünschen sich Aufregung, einerlei, was sie dafür bezahlen müssen. Ich habe meinen Teil gehabt, und jetzt, dem Himmel sei Dank, kann ich den Frieden genießen. Ich bin so froh, daß Sie meine Enkelin unterrichten und so erfolgreich sind.«

»Es ist noch zu früh, um das zu beurteilen. Ich bin erst kurze Zeit bei ihr.«

»Aber alle sind begeistert. Es gab ja so viele Versuche. Das arme Kind, sie hat es nicht leichtgehabt. Sie ist im Grunde ein braves kleines Ding. Man muß nur den Zugang zu dieser Bravheit finden. Sie braucht Verständnis.«

Ich fand ihn reizend. Er hatte Kate sichtlich gern und bestätigte meine Meinung über sie. »Ja«, sagte ich, »da stimme ich mit Ihnen überein. Man muß den Zugang finden, um sie zu verstehen.«

»Sie wissen, was ich meine. Entwurzelt, ein Stiefvater. Ein Kind muß sich anpassen, und für eine Natur wie Kate ist das nicht leicht.« Er hatte etwas so Offenes. Mit ihm konnte ich mich viel ungezwungener unterhalten, als es mit Kates Mutter oder Stiefvater möglich war. »Wenn es einmal Schwierigkeiten mit Kate gibt«, fuhr er fort, »werden Sie hoffentlich nicht zögern, zu mir zu kommen.«

»Das ist lieb von Ihnen und tröstlich zu wissen.« Schon nach so kurzer Zeit gab er mir das Gefühl, wir seien Verbündete.

Kate kam zurück. Mrs. Carne werde den Wein und das Gebäck gleich bringen, sagte sie.

»So, jetzt wollen wir es uns am Teich gemütlich machen. Ich habe einige neue Goldfische, Kate. Kannst du sie sehen?«

»O ja. Die sind hübsch.«

»Ihr Garten ist gut gepflegt«, bemerkte ich.

»Ich bin selbst ein leidenschaftlicher Gärtner. Ein Garten spendet Frieden, denke ich immer.«

Fortwährend sprach er von Frieden! Warum auch nicht? Es war ein erstrebenswerter Zustand.

Mrs. Carne kam mit den Erfrischungen. Sie war genau, wie ich sie mir vorgestellt hatte, mollig, rotbackig, mittelalt und ihrem Brotherrn sichtlich zugetan, was mich nicht überraschte. Sie war ihm gegenüber beschützerisch, bewundernd und bestimmend. »Da wären wir, Herr Major. Die Plätzchen hab' ich heute früh gebacken.«

»Mrs. Carne, Sie sind ein Engel.«

Sie wehrte das Lob ab: »Tu' ich doch gern.«

»Das ist Miß Cranleigh«, fuhr der Major fort. Es schien nicht notwendig, zu erklären, wieso ich mit Kate gekommen war. Mrs. Crane war gewiß über alle Vorgänge in Perrivale Court bestens im Bilde. Sie nickte mir zu und entfernte sich. »Eine gute Seele«, sagte der Major. »Manchmal behandelt sie mich wie ein Wickelkind, aber ich gestehe, ich lasse mich gern verwöhnen. So, so, mein Garten gefällt Ihnen, ja? Ich mache vieles selbst, Gestaltung, Pflanzen und so weiter. Ein Mann kommt jeden Morgen für die einfachen Arbeiten.«

»Wohnen Sie schon lange hier?«

»Seit der Heirat meiner Tochter. Das Haus war so etwas wie ein Hochzeitsgeschenk. Sie finden es bestimmt ungewöhnlich, daß der Vater der Braut so üppig bedacht wird, aber Mirabel wollte nicht, daß ihr Vater in einem kleinen Häuschen wohnt. Sie ließ es so aussehen, als tue ich ihr mit dem Umzug hierher einen Gefallen.«

»Wir haben Seashell Cottage heute nachmittag gesehen.«

»Es ist eigentlich ganz reizend. Allerdings ohne großen Garten. Kein Vergleich mit dem Witwerhaus.«

»Ich hab' Cranny erzählt, wie ich die Muscheln von Seashell weggenommen und Hell Cottage daraus gemacht hab'.«

»Da sehen Sie, Miß Cranleigh, womit ich mich plagen muß.«

»Du fandest es lustig, Gramps, gib's zu.«

»Na ja, vielleicht. Wo war ich stehengeblieben? Ach ja, eine große Verbesserung gegenüber dem Häuschen, und ich fühle mich hier sehr wohl.«

»Es muß schön sein, wenn man so zufrieden ist.«

»Ja, besonders nach einer ziemlich wechselvollen Laufbahn. Das Militärleben hat nicht nur angenehme Seiten, glauben Sie mir. Und nun dies... meine Tochter glücklich verheiratet und meine Enkelin von ihrer ausgezeichneten Gouvernante auf den rechten Weg gebracht.« Er hob eine Augenbraue. Diese Geste schien eine Gewohnheit von ihm zu sein.

»Gramps war auf der ganzen Welt«, erklärte Kate. »Er war einfach überall.«

»Das ist leicht übertrieben, wie Sie sich denken können, Miß Cranleigh.«

Ich lächelte.

»Majore sind die wichtigsten Männer beim Militär«, fuhr Kate fort.

»Meine liebe Enkelin läßt sämtliche Generale, Feldmarschälle, Obersten und die übrigen außer acht, die sich für die wichtigsten halten.«

»Aber *du* warst es wirklich«, sagte sie.

»Wer könnte so ungehobelt sein und einer so getreuen Anhängerin widersprechen? Es stimmt schon, ich bin ziemlich weit herumgekommen. Indien, Ägypten, was immer die Pflicht befahl.«

»Erzähl, Gramps«, bat Kate.

Beim Wein berichtete er ausführlich. Er sprach von seinem Leben als junger Offizier in Indien. »Eine schöne Zeit, aber das Klima... und diese Ungewißheit. Der Aufstand, ich war freilich zu jung...«

Während er erzählte, sah Kate immer wieder zu mir herüber, um sich zu vergewissern, daß ich gebührend beeindruckt war. Für sie war er eindeutig ein Held. Er erzählte von Ägypten, dem Sudan und Indien. Am Ende sagte er: »Aber ich rede zuviel. Kate ist schuld, sie verführt mich immer zum Erzählen, nicht wahr, Kind?«

»Ich hör's gern«, sagte Kate. »Sie auch, Cranny, oder?«

»Es ist faszinierend«, bestätigte ich.

»Das freut mich. Ich hoffe, es ist ein Anreiz für Sie, mich wieder zu besuchen.«

»Ich wünschte, ich wäre dabeigewesen«, sagte Kate.

»Ach, manche Dinge sind angenehmer zu erzählen als zu erleben.«

»Sicher vermissen Sie die vielen Abenteuer«, meinte ich.

»Ich sagte Ihnen schon, wie sehr ich das friedliche Leben schätze. Ich habe genug von Abenteuern. Jetzt möchte ich's mir wohl sein lassen und den Besuch meiner Lieben genießen... und wissen, daß sie gesund und munter sind.«

»Das ist ein edles Bestreben«, sagte ich. »Oh, wie schnell die Zeit vergangen ist! Wir müssen uns auf den Weg machen, Kate.«

»Versprechen Sie, daß Sie wiederkommen!«

Ich dankte ihm, und Kate sprang auf und schlang die Arme um seinen Hals. Ihr Verhalten erstaunte mich. Sie war wie ein anderes Kind. Diese Zuneigung zwischen ihr und ihrem Großvater freute mich sehr.

Auf dem Heimritt fragte sie: »Ist Gramps nicht wunderbar?«

»Er hatte wirklich ein sehr interessantes Leben.«

»Das interessanteste Leben, das je einer hatte. Sie haben freilich Schiffbruch erlitten, das ist schon was. Sie hätten ihm davon erzählen sollen.«

»Seine Abenteuer sind bestimmt viel interessanter.«

»O ja. Aber Ihre sind auch nicht übel. Sie können es ihm nächstes Mal erzählen.«

Natürlich würde es ein nächtes Mal geben. Ich freute mich schon darauf.

Als ich abends im Bett lag, dachte ich über den ereignisreichen Nachmittag nach. Zuerst Harry Tench, dann der Major. Beide Männer waren zur Zeit des Mordes hier gewesen.

Ich stellte mir vor, wie der Major mit Tochter und Enkelin in Seashell Cottage gewohnt hatte. Von ihm konnte ich vielleicht eine Menge erfahren. Ein Mann wie er hatte vermutlich seine eigenen Theorien über die Vorgänge.

Ich mußte die Bekanntschaft mit dem Major pflegen.

Es war ein lohnender Nachmittag gewesen.

Das Seemannsgrab

Den Besuch bei dem Major betrachtete ich in mehr als einer Hinsicht als großen Erfolg. Kate wurde zugänglicher. Ich fand den Major sehr nett, und sie hatte sich in den Kopf gesetzt, daß der Major mich gut leiden konnte, und da er in ihren Augen ein Held war, stieg ich beträchtlich in ihrer Achtung. Sie sprach viel von ihm und erzählte mir von seinen wunderbaren Abenteuern, von den Schlachten, die er ganz allein gewonnen hatte, und daß der Erfolg des britischen Empires nur ihm zu verdanken sei. Kate konnte nie etwas halbherzig tun oder denken.

Ich war froh über unsere wachsende Freundschaft. Der Unterricht verlief nun ohne Schwierigkeiten. Es war ein kluger Schachzug gewesen, Kate mit spannender Literatur bekannt zu machen. Wir hatten *Die Schatzinsel* beinahe ausgelesen, und *Der Graf von Monte Christo* wartete auf uns. Ich benutzte die Bücher kurzerhand als eine Art Bestechung. »Ich weiß, diese Rechenaufgaben sind ein bißchen schwierig, aber wenn das Ergebnis richtig ist, wollen wir sehen, wie es mit Ben Gunn weitergeht.«

Über meinen Erfolg bei ihr war ich genauso erstaunt wie alle anderen. Kate war nicht einfach ein aufsässiges Mädchen, das um jeden Preis Schwierigkeiten machen wollte. Ich vermutete hinter allem einen Grund und war entschlossen, mehr über sie herauszufinden.

Bei alledem vergaß ich nicht einen Augenblick den Anlaß meines Hierseins. Ich wünschte mir, den Major allein sprechen zu können. Es war schwierig, in Kates Gegenwart heikle Fragen zu stellen. Mein starkes Interesse an dem Mord hatte sie ohnehin schon mißtrauisch gemacht. Ich konnte den Major natürlich nicht ohne weiteres aufsuchen. Aber vielleicht würde sich eine Gelegenheit ergeben.

Kate hatte einen Sinn für das Morbide, deshalb war ich nicht sonderlich überrascht, als ich entdeckte, daß der Kirchhof eine große Faszination auf sie ausübte. Die Kirche war alt und für ihren normannischen Baustil berühmt. Sie war nicht weit von Perrivale Court, und wir kamen oft daran vorüber.

»Stell dir vor«, sagte ich einmal auf dem Ritt dorthin, »sie wurde vor so langer Zeit erbaut, vor fast achthundert Jahren.« Wir nahmen gerade Wilhelm den Eroberer durch, und Kate bekundete großes Interesse für ihn, seit sie von der merkwürdigen Art und Weise erfahren hatte, wie er seiner Gemahlin Mathilde den Hof machte, indem er sie auf der Straße prügelte. Solche Vorfälle entzückten Kate, und ich wies sie stets auf dergleichen hin, um ihr Interesse zu wecken.

»Er hat hier viel gebaut«, sagte sie. »Burgen und Kirchen und so. Und die vielen Menschen auf dem Kirchhof; einige müssen schon viele hundert Jahre da liegen.«

»Das sieht dir ähnlich, daran zu denken, statt auf die schönen normannischen Bögen und Türme zu achten. Die Kirche ist wirklich interessant.«

»Gehen wir hinein«, sagte sie. Wir banden die Pferde an und betraten die Kirche. Die Stille schüchterte Kate etwas ein. Wir lasen die Liste der Pfarrer, die weit zurückreichte.

»Ich finde, nirgends spürt man das Altertümliche so stark wie in einer Kirche«, sagte ich.

»Perrivale ist sehr alt.«

»Ja, aber dort leben Menschen. Da schleicht sich die moderne Zeit ein.«

»Gehen wir auf den Kirchhof.« Wir traten ins Freie und befanden uns zwischen den verfallenden Grabsteinen. »Ich zeig' Ihnen die Gruft der Perrivales, wenn Sie wollen.«

»Ja, die möchte ich gern sehen.«

Wir standen vor der reich geschmückten, imposanten Familiengruft. »Wie viele Menschen mögen hier wohl begraben sein?« fragte Kate.

»Vermutlich eine ganze Reihe.«

»Cosmo liegt hier. Ich wette, er kommt nachts heraus.«

»Du hast ein makabres Gemüt.«

»Was ist makaber?«

Ich erklärte es ihr.

»Ja«, sagte sie, »das macht Kirchhöfe doch erst interessant. Ohne die vielen Toten wäre es hier wie überall. Die Toten sind Geister. Man kann erst ein Geist werden, wenn man gestorben ist. Kommen Sie, ich will Ihnen was zeigen.«

»Noch ein Grab?«

Sie lief voraus, ich folgte ihr. Vor einem Grab blieb sie stehen. Dieses hatte keinerlei Zierat, keine Skulptur, keine Engel oder Cherubim, keinen frommen Grabspruch. Nur einen schlichten Stein mit dem Namen Thomas Parry und einem Datum. Eine unbeholfene Einfassung, die es von den anderen Gräbern trennte, darauf ein Marmeladenglas mit ein paar Zweigen, die offenbar von der Hecke gepflückt worden waren.

»Wer war das?« fragte ich. »Und warum interessierst du dich für sein Grab?«

»Das war der, der von der Klippe gestürzt und ertrunken ist.«

»Oh, ich erinnere mich. Du hast von ihm gesprochen.«

»Er soll betrunken gewesen sein.«

»Das war er bestimmt. Wer mag wohl die Blumen hingestellt haben? Jemand muß seiner gedenken.«

Sie sagte nichts.

»Wer war er?« fragte ich wieder. »Hat man es je erfahren?«

»Er war nicht von hier. Er ist einfach hergekommen und von den Klippen gestürzt.«

»Wie dumm von ihm, sich so zu betrinken.«

»Vielleicht hat ihn jemand hinuntergestoßen.«

»Aber du sagst doch, er war betrunken.«

»Trotzdem. Wetten, daß er nachts herumspukt? Er steigt aus seinem Grab und spaziert über den Kirchhof und redet von Mord.«

Ich lachte sie aus. Sie sah mich mit ernstem Gesicht an, dann zuckte sie die Achseln und ging. Ich folgte ihr und drehte mich noch einmal nach dem traurigen Grab um, das vernachlässigt war, abgesehen von einem Marmeladenglas mit Heckenrosen.

Dick Duvane kam von Trecorn Manor herübergeritten. Er brachte mir Post nebst einem Schreiben von Lucas und sagte, er wolle auf Antwort warten.

Die Briefe waren aus London, einer von meinem Vater und einer von Tante Maud.
Ich öffnete Lucas' Schreiben.

> Liebe Rosetta!
> Wie bekommt Ihnen die Rolle der Gouvernante? Sind Sie es noch nicht leid? Sagen Sie ja, und ich komme Sie holen. Ich muß Sie auf jeden Fall sehen. Können wir uns morgen nachmittag im Sailor King treffen? Oder soll ich zu Ihnen kommen? Ich könnte ein Pferd für Sie mitbringen. Ich möchte mit Ihnen reden.
>
> Immer der Ihre,
> Lucas

Lady Perrivale hatte gesagt, ich könne mir freinehmen, wann ich wolle. Ich schrieb Lucas rasch, daß wir uns anderntags um halb drei am Nachmittag im Sailor King treffen könnten. Danach ging ich mit den Briefen in mein Zimmer. Sie waren so, wie ich es erwartet hatte. Mein Vater schrieb recht gestelzt. Er verstehe nicht, wieso ich es für notwendig halte, eine Stellung anzunehmen. Wenn ich arbeiten wolle, hätte er für mich etwas Geeignetes finden können, vielleicht im Museum. Er hoffe, daß ich bald nach Hause komme und wir über meine Absichten sprechen könnten. Ich wußte nicht, wie ich es Vater erklären sollte. Er tat mir leid. Ich vermutete, Tante Maud hatte ihn veranlaßt, in diesem mißbilligenden Ton zu schreiben. Sie ließ mich über ihre Ansicht nicht im Zweifel.

> Meine liebe Rosetta!
> Wie konntest Du? Eine Gouvernante! Was hast Du Dir dabei gedacht? Ich weiß, es gibt mittellose Frauen, die *gezwungen* sind, eine solche Stelle anzunehmen, aber Du doch nicht. Ich gebe Dir den guten Rat, diesen Unsinn ohne weitere Umstände aufzugeben. Sofort. Die Leute brauchen es nicht zu erfahren, aber wenn es herauskäme, würden wir es als verrückte Kapriole darstellen. Ideal wäre für Dich natürlich eine Ballsaison in London, das aber kommt leider nicht in Frage. Doch Du bist die Tochter eines Professors, der in akademi-

schen Kreisen hochgeachtet ist. Du hättest etliche Möglichkeiten gehabt... aber eine Gouvernante!...

In diesem Ton ging es über mehrere Seiten, die ich überflog. Es war
genau die Reaktion, die ich erwartet hatte, und daher ließ sie mich
ungerührt. Mein bevorstehendes Treffen mit Lucas interessierte
mich viel mehr.
Am nächsten Nachmittag sagte ich zu Kate, daß ich mich mit einem
Freund träfe.
»Kann ich mitkommen?«
»Nein.«
»Warum nicht?«
»Weil du nicht aufgefordert bist.«
»Was soll ich tun, wenn Sie weg sind?«
»Dich amüsieren.«
»Ich will aber mitkommen.«
»Diesmal nicht.«
»Nächstes Mal?«
»Wir können nicht in die Zukunft sehen.«
»Eine Gouvernante, die einen so zum Wahnsinn treibt wie Sie, gibt
es nicht noch mal.«
»Dann passe ich ja gut zu meiner Schülerin.«
Sie lachte. Ich war in der kurzen Zeit, die ich hier war, wirklich weit
gekommen. Wir hatten eine Beziehung zueinander, die ich nicht im
Traum für möglich gehalten hätte.
Sie schickte sich drein, wenn auch verstimmt. Sie hielt mir vor, daß
ich sie vernachlässige. »Ich hab' Ihnen alles gezeigt«, murrte sie.
»Ich hab' Sie zu Gramps und zu dem Grab gebracht.«
»Beides auf deinen Vorschlag. Ich habe nicht darum gebeten. Au-
ßerdem hat jeder Mensch noch ein Privatleben.«
»Und der, mit dem Sie sich treffen, gehört zu Ihrem Privatleben?«
»Da du ihn nicht kennst... ja.«
»Ich werde ihn kennenlernen«, drohte sie.
»Schon möglich, vielleicht eines Tages.«
Sie hätte gern eine Szene gemacht, traute sich aber nicht. Ihr Leben
hatte sich verändert, seit ich hier war. Sie sah mich gewissermaßen
als ihren Schützling. Sie war gern mit mir zusammen, deshalb

machte sie auch so ein Theater, bloß weil ich für ein paar Stunden fortging; aber es war mir gelungen, ihr wirkliche Angst einzuflößen, daß ich für immer gehen könnte, und deshalb hielt sie sich zurück.

Am Abend in meinem Zimmer überdachte ich die letzten Tage. Ich war weit gekommen, wenn auch leider nicht in meinem Hauptanliegen. Da hatte ich mehr oder weniger auf der Stelle getreten, doch in meinem neuen Leben als Kate Blanchards Gouvernante hatte ich erstaunliche Fortschritte gemacht. Allerdings war ich auch Menschen begegnet, die nahe am Schauplatz des Mordes gewesen waren, und das machte mir Hoffnung, etwas herauszubekommen. Ich brauchte Zeit, mich mit ihnen zu unterhalten, sie näher kennenzulernen. Es mußte auf ganz natürliche Weise geschehen, damit sie nichts von meinen wahren Beweggründen ahnten.

Ich hätte gern etwas über Mirabels ersten Mann, Mr. Blanchard, erfahren. Wie mochte er gewesen sein? Wann war er gestorben? Wieviel Zeit war seit seinem Tod vergangen, bis sie mit ihrem Vater und ihrer Tochter nach Cornwall gekommen war? Sie konnten nicht sehr wohlhabend gewesen sein, denn das Häuschen war im Vergleich mit Perrivale Court und dem Witwerhaus eine sehr bescheidene Unterkunft.

Vielleicht war es schlichte Neugierde. Aber nicht nur. Mirabel war eine der Hauptbeteiligten in dem Drama, und es wäre sicher von Nutzen, soviel wie möglich über sie zu wissen.

Dann dachte ich an Lucas und erinnerte mich nicht ohne Zärtlichkeit an seinen Heiratsantrag. Ich spürte ein starkes Verlangen, ihm zu erzählen, weswegen ich in Perrivale war, und ich wußte, daß dieses Verlangen in seiner Gegenwart noch größer sein würde.

Ich setzte mich an mein Fenster und sah auf die Fenster auf der gegenüberliegenden Seite des Innenhofs. Ich versuchte mir einzureden, daß Lucas mir eine Hilfe sein würde. Welche Erleichterung wäre es, ihn ins Vertrauen zu ziehen! Er hatte mich gern, ich kam gleich nach ihm. Ich lächelte, als mir seine Worte einfielen.

Wenn ich ihn schwören ließ, Simon nicht zu verraten... wäre das möglich?

Ich durfte ihm noch nichts sagen. Es war nicht mein Geheimnis. Simon hatte es mit mir geteilt, weil er damit rechnete, daß wir vielleicht nie von der Insel fortkämen, und weil es ihn drängte, sich jemandem anzuvertrauen. Außerdem verband uns eine besondere Beziehung. Das hatten wir beide so empfunden.

Plötzlich fiel mein Blick auf ein Licht in einem Fenster gegenüber. Es war ein matter Schein, von einer Kerze, nahm ich an. Es flackerte, dann war es verschwunden.

Ich erschrak. Mir fiel ein Gespräch mit Kate ein, das wir ein paar Tage zuvor gehabt hatten. Wir standen an meinem Fenster und sahen auf den Innenhof. »Wer bewohnt die Räume da drüben?« hatte ich gefragt.

»Meinen Sie die unterm Dach? Fällt Ihnen dort etwas Besonderes auf?«

»Nein, warum?«

»Ich dachte, Sie hätten den Geist von Stiefels Vater gesehen.«

»Du bist ja regelrecht von Geistern besessen.«

»In großen Häusern ist es nun mal so, vor allem, wenn ein Mord stattgefunden hat. Das da drüben ist das Schlafzimmer von Stiefels Vater. Jetzt geht da kaum noch jemand rein.«

»Warum nicht?«

»Weil er da gestorben ist. Mutter sagt, man muß Respekt bezeigen.«

»Respekt?«

»Nun, er ist dort gestorben.«

»Jemand muß doch dort saubermachen.«

»Das schon. Aber sonst geht keiner rein, bloß Stiefels Mutter und Maria. Sie sind die meiste Zeit da oben.«

»Maria?«

»Ihre Zofe. Da oben spukt es bestimmt. Sir Edward ist da gestorben.«

Ich hatte dies für eine weitere von Kates fixen Ideen gehalten und vergaß es. Doch als ich das Licht sah, lief mir ein leichter Schauer über den Rücken. Ich lachte mich selber aus. Kate steckte mich mit ihrer Besessenheit an. Sie würde sagen, es sei, weil dieses Haus in einen Mordfall verwickelt war. Und sie hatte recht. Dieses Mordes wegen war ich hier.

Lucas erwartete mich im Sailor King. Ich war überglücklich, ihn zu sehen. Er erhob sich und nahm meine Hände. Wir sahen uns ein paar Sekunden prüfend an, dann küßte er mich auf die Wange.

»Das Gouvernantendasein bekommt Ihnen«, sagte er. »Setzen Sie sich. Wie ist es Ihnen ergangen? Ich habe Apfelmost bestellt. Für Tee ist es noch zu früh, finden Sie nicht auch?« Ich bejahte. »Man erlaubt Ihnen also, ein Pferd zu reiten, wie?«

Ich nickte. »Die Leute sind sehr großzügig.«

»Und die Schülerin?«

»Ich bin dabei, sie zu bändigen.«

»Ich habe den Eindruck, Sie sind stolz auf sich.«

»Lucas, wie geht es bei Ihnen zu Hause? Was machen die Kinder?«

»Sie sind sehr gekränkt, weil Sie sie im Stich gelassen haben.«

»Ach wirklich?«

»Allerdings. Sie fragen zwanzigmal am Tag nach Ihnen: ›Wann kommt sie zurück?‹ Ich möchte Ihnen dieselbe Frage stellen.«

»Noch nicht, Lucas.«

»Was befriedigt Sie so daran?«

»Das kann ich nicht erklären, Lucas. Ich wünschte, ich könnte es.« Meine Lippen zitterten, und fast wäre mir das Geständnis entschlüpft. Es ist nicht dein Geheimnis, sagte ich mir.

»Eine Gouvernante! Ausgerechnet...«

»Ich habe Post von zu Hause bekommen.«

»Von Tante Maud?«

Ich nickte. »Und von meinem Vater.«

»Gute alte Tante Maud!«

»Lucas, bitte, verstehen Sie doch.«

»Ich bemühe mich.«

Der Most wurde gebracht, und wir schwiegen ein Weilchen. Dann sagte Lucas: »Sie und ich hatten ein ungewöhnliches Erlebnis, Rosetta. Das hinterläßt Spuren. Sehen Sie uns an. Es hat Sie zur Gouvernante und mich zum Krüppel gemacht.«

»Lieber Lucas.« Ich langte über den Tisch und berührte seine Hand. Er hielt die meine fest und lächelte mich an.

»Es tut mir gut, Sie zu sehen«, sagte er. »Wenn Ihnen das Gouvernantendasein unerträglich werden sollte und Sie nicht zu Tante

Maud zurückwollen… Sie wissen, daß eine Zuflucht auf Sie wartet.«

»Das werde ich nicht vergessen. Es ist mir ein Trost. Ich habe Sie sehr gern, Lucas…«

»Ich warte auf das Aber.«

»Ich wünschte…« begann ich.

»Ich wünschte mir auch etwas. Aber wir wollen nicht sentimental werden. Erzählen Sie mir von Perrivale. Dem Ort scheint etwas Mysteriöses anzuhaften.«

»Ja, dessentwegen, was da passiert ist.«

»Ein unaufgeklärter Mord ist stets unbefriedigend. Es bleibt immer ein Fragezeichen. Womöglich wohnen Sie mit einem Mörder unter einem Dach.«

»Schon möglich.«

»Sie sprechen voll Überzeugung. Nein. Es war ganz eindeutig. Ist der Mann nicht geflohen?«

»Er könnte dafür andere Gründe gehabt haben.«

»Nun, das ist nicht unsere Sache. Aber daß Sie in diesem Haus sind, gefällt mir nicht. Nicht nur wegen des Mordes. Sind Sie viel mit den Leuten zusammen?«

»Meistens mit Kate.«

»Dem kleinen Ungeheuer.«

»Ich finde sie interessant. Wir lesen gerade *Die Schatzinsel* zu Ende.«

»Welch ein Genuß!«

Ich lachte. »Und dann fangen wir mit *Der Graf von Monte Christo* an.«

»Alle Achtung.«

»Spotten Sie nicht. Wenn Sie Kate kennen würden, dann wüßten Sie, was für unglaubliche Fortschritte ich gemacht habe. Ich glaube, das Kind hat mich tatsächlich gern.«

»Was ist daran so ungewöhnlich? Andere haben Sie auch gern.«

»Aber die sind nicht Kate. Es ist faszinierend, Lucas. Das ganze Haus ist faszinierend. Ich habe das Gefühl, daß es damit etwas Besonderes auf sich hat.«

»Ich glaube, Sie wollen auf den Mord hinaus.«

»Der Mord ist nun mal geschehen. Ich denke, wenn eine Gewalttat verübt wird, wirkt sich das auf die Menschen aus… und auch auf die Häuser.«

»Jetzt sehe ich, was Sie interessiert. Sagen Sie, haben Sie etwas entdeckt?«

»Nein, oder nur ganz wenig.«

»Sehen Sie die faszinierende Mirabel oft?«

»Gelegentlich.«

»Ist sie wirklich so faszinierend?«

»Sie ist sehr schön. Erinnern Sie sich, wir haben sie getroffen, als wir von den Schafen aufgehalten wurden. Sie müssen zugeben, sie ist außergewöhnlich.«

»Hm.«

»Ich sehe sie nur in meiner Eigenschaft als Gouvernante. Sie hat mir zu verstehen gegeben, daß sie sehr zufrieden mit mir ist. Anscheinend bin ich die einzige Erzieherin, die es zustande bringt, daß ihre Tochter sich halbwegs wie ein normales Mädchen benimmt. Sie wußte von Anfang an, daß ich die Stelle nicht nehmen *mußte*, und ich drohte zu gehen, wenn es zu schwierig würde. Es ist erstaunlich, was eine gleichgültige Haltung ausmacht.«

»Das war mir schon immer klar. Deshalb gebe ich vor, gleichgültig gegen gewisse Umstände zu sein.«

Ich stützte die Ellenbogen auf den Tisch und sah ihn an. »Ja, Lucas, aber Sie sind nicht so gleichgültig, wie Sie tun.«

»Stimmt. Dieses Gouvernantendasein zum Beispiel ist mir ganz und gar nicht gleichgültig. Erzählen Sie mir mehr von den Leuten. Man hat Sie doch gut behandelt?«

»Tadellos. Ich kann mir freinehmen, wann ich will, und wie Sie sehen, steht mir ein Reitpferd zur Verfügung. Man hat mir eine kastanienbraune Stute ausgesucht, Goldie heißt sie.« Ich lachte. Ich war so glücklich, daß er mich um dieses Treffen gebeten hatte.

»Hört sich gut an.«

»Ja. Lady Perrivale hat mich wissen lassen, daß sie mich nicht als gewöhnliche Erzieherin betrachten. Professorentochter und so. Es ist ganz ähnlich wie damals, als Felicity zu uns kam.«

»Nur daß sie es leichter hatte. Haben Sie ihr schon von Ihrer Torheit berichtet?«

»Noch nicht. Ich bin ja erst kurze Zeit hier. Ich werde ihr schreiben.

Zuerst wollte ich mich einarbeiten. Vorhin habe ich von Mirabel gesprochen, der jungen Lady Perrivale. Es gibt nämlich auch eine alte Lady Perrivale. Ich nenne die junge immer Mirabel, weil sie in den Zeitungen so genannt wurde. Sie und Sir Tristan sind freundlich zu mir.«

»Dann haben Sie schon seine Bekanntschaft gemacht?«

»Nur flüchtig. Von ihm kam das Angebot, daß ich mir ein Reitpferd nehmen könne. Und vielleicht bittet man mich gelegentlich zu einer Abendgesellschaft.«

»Ein Vorrecht guter Gouvernanten, wenn es kein sonderlich wichtiger Anlaß ist und man jemanden braucht, um die Zahl der Gäste auszugleichen.«

»Ich glaube, es gibt einen wichtigen Anlaß. Die Perrivales gedenken Sie und Carleton einzuladen. Sie haben es wegen Theresas Tod verschoben.«

Interesse schien in seinen Augen auf. »Dann werden Sie und ich gemeinsam zu Gast sein?«

»Sie werden doch kommen, wenn Sie eingeladen werden, Lucas?«

»Aber ganz gewiß.«

»Geht es Carleton etwas besser?«

Er hob die Schultern. »Ich glaube nicht, daß er jemals darüber hinwegkommt. Wir sind ein anhänglicher Clan, wir Lorimers.«

»Der arme Carleton, er tut mir so leid.«

»Ich habe ein schlechtes Gewissen. Früher habe ich ihn beneidet, ich habe mich sogar gefragt, warum geht bei ihm alles glatt? Warum muß mir dies passieren, während er glücklich durchs Leben gleitet? Und jetzt ist er schlimmer dran als ich. Ich habe ein untaugliches Bein, aber er hat den Menschen verloren, der ihm mehr bedeutete als alle andern. Ich wünschte, ich könnte etwas tun, aber ich weiß nicht, was.«

»Vielleicht wird er wieder heiraten.«

»Das wäre das Beste für ihn. Er braucht eine Frau. Ohne Theresa ist er verloren. Aber das liegt natürlich in der Zukunft. In Trecorn geht es zur Zeit nicht gerade fröhlich zu. Wenn Sie zurückkämen, würde das die gedrückte Stimmung auflockern.«

»Und die Kinder?«

»Sie sind noch zu klein, um lange zu trauern. Sie fragen wohl nach ihrer Mutter und weinen um sie, aber dann vergessen sie es wieder. Die gute alte Nanny Crockett ist großartig mit ihnen, aber ich verzeihe ihr nicht, daß sie diese Sache eingefädelt hat. Was hat sie nur dazu bewogen?« Er sah mich eindringlich an, und ich merkte, wie ich errötete. »Es muß einen Grund geben«, fuhr er fort.

Ich sagte mir: Erkläre es ihm, das bist du ihm schuldig. Aber ich konnte es nicht. Da es nicht mein Geheimnis war, durfte ich es nicht preisgeben.

Nach einer Weile sagte er: »Ich glaube, ich verstehe. Wir werden nie mehr dieselben sein wie vorher, nicht wahr? Manchmal denke ich an unsere erste Begegnung zurück. Da waren wir anders, alle zwei. Können Sie sich erinnern, wie ich damals war?«

»O ja.«

»Und war ich sehr anders?«

»Ja.«

»Sie waren auch anders. Sie gingen noch zur Schule, Sie waren sehr jung, eifrig, unerfahren. Und dann auf dem Schiff, wie wir an Deck saßen und redeten. Erinnern Sie sich an Madeira? Und wir ahnten nichts von der Katastrophe, die uns bevorstand.«

Während er sprach, erlebte ich alles noch einmal. Er sagte: »Verzeihen Sie. Ich hätte Sie nicht daran erinnern sollen. Es wäre das vernünftigste, alles zu tun, um es zu vergessen.«

»Wir können es nicht vergessen, Lucas. Niemals.«

»Wir könnten, wenn wir fest entschlossen wären. Wir könnten zusammen ein neues Leben anfangen. Wissen Sie noch, wie wir über unsere Initialen gesprochen haben? Ich sagte, es sei bezeichnend, daß das Leben uns zusammengeführt hatte. Und dabei ahnte ich nicht, was für ein Ungemach uns bevorstand. Wie nahe wir uns seitdem gekommen sind! Ich sagte, meine Initialen ergäben HELL, Hadrian Edward Lucas Lorimer, und als RC könnten Sie mich auf den rechten Weg zurückbringen. Erinnern Sie sich?«

»O ja, ich weiß es noch genau.«

»Und es ist wahr. Sie könnten mich retten. Sehen Sie, es ist eingetreten. Was ich sagte, war wie eine Prophezeiung. Sie und ich, wir könnten zusammen alles meistern, wir könnten das Leben schöner machen, als es vorher war.«

»Ach Lucas, ich wünschte…«

»Wir könnten auf der Stelle fortgehen von hier. Wohin es uns beliebt.«

»Sie können Trecorn nicht verlassen, Lucas. Carleton braucht Sie dort.«

»Würde es eine Rolle spielen, wo wir wären? Wir könnten ihm gemeinsam helfen.«

»Ach Lucas, es tut mir so leid. Ich wünschte aufrichtig…«

Er lächelte wehmütig. »Ich verstehe. Nun gut, machen wir das Beste aus dem, was ist. Was auch geschieht, was wir zusammen erlebt haben, macht uns auf immer zu Freunden. Ich muß oft an diesen Plaidy denken. Was wohl aus ihm geworden ist? Ich gäbe etwas darum, wenn ich es wüßte, Sie nicht?« Ich nickte, aus Angst, etwas zu sagen. »Ich verstehe, warum Sie das getan haben, Rosetta«, fuhr er fort. »Weil Sie sich von allem lösen wollten, was vorher war. In gewisser Weise haben Sie ja recht. Deshalb sind Sie in dieses Haus gegangen. Es ist etwas vollkommen Neues. Eine neue Umgebung, eine neue Arbeit. Eine Herausforderung, besonders das Mädchen. Sie haben sich verändert, Rosetta. Ich muß zugeben, ich denke, daß die Kleine Ihnen hilft.«

»Ja, das tut sie bestimmt.«

»Es war mutig von Ihnen, diesen Schritt zu tun. Ich glaube, ich bin eher ein Feigling.«

»O nein, nein. Sie haben mehr gelitten als ich. Und Sie haben es allein geschafft freizukommen.«

»Nur, weil ich ein nutzloser Kerl war.«

»Sie sind nicht nutzlos. Ich habe Sie sehr gern. Ich bewundere Sie und bin so froh, daß Sie mein Freund sind.«

Er nahm meine Hand und hielt sie fest. »Werden Sie immer daran denken?«

»Immer«, sagte ich. »Ich bin so froh, Sie zu sehen. Es gibt mir so ein sicheres Gefühl, zu wissen, daß Sie in der Nähe sind.«

»Ich werde immer da sein. Vielleicht werden Sie sich eines Tages an mich wenden. Und jetzt wollen wir gehen. Kommen Sie, zeigen Sie mir Ihre Goldie. Lassen Sie uns ans Meer reiten und den Strand entlanggaloppieren. Wir wollen uns einreden, daß unsere Schutzengel auf uns herablächeln und daß alle unsere Wünsche in Erfüllung gehen. Ich rede ganz schön sentimental für einen alten Zyniker, nicht?«

»Ja, und ich höre es gern.«

»Wer weiß, was uns am Ende erwartet?«

»Das kann man nie sagen.«

Und damit gingen wir zu den Pferden.

Mrs. Ford hielt mich auf, als ich zum Vormittagsunterricht ins Schulzimmer gehen wollte. »Nanny Crockett kommt heute nachmittag vorbei«, sagte sie. »Jack Carter bringt eine Fuhre zum Turnerhof und setzt sie für ein paar Stunden hier ab. Sie möchte Sie bestimmt gern sehen. Kommen Sie auf eine Tasse Tee in mein Zimmer.«

Ich sagte erfreut zu. Während wir uns unterhielten, wurde es laut in der Halle. Ich hörte die Stimme des Obergärtners. Er sagte etwas von Rosen. Mrs. Ford hob die Augenbrauen. »Dieser Mensch. Man könnte meinen, die ganze Welt hinge von seinen Rosen ab. Gott, macht der einen Lärm da unten. Ich geh' lieber mal nachsehen, was los ist.«

Aus purer Neugierde folgte ich ihr. Mehrere Dienstboten waren in der Halle versammelt. Littleton, der Obergärtner, war sehr aufgebracht. Mrs. Ford fragte in gebieterischem Ton: »Was geht hier vor?«

»Gute Frage, Mrs. Ford«, sagte Littleton. »Vier von meinen schönsten Rosen, in voller Blüte... jemand hat sie gestohlen, direkt vor meiner Nase.«

»Wer war das?«

»Das wüßte ich selber gern. Wenn ich den zu fassen kriege!«

»Vielleicht hat Ihre Ladyschaft sie zu pflücken beliebt.«

»Ihre Ladyschaft rührt die Blumen nie an. Wie hab' ich diese Rosen gehegt. Die ganze Zeit hab' ich gewartet, sie blühen zu sehen. Schön waren sie. Bläulichrosa, eine seltene Farbe für eine Rose. Solche hatte ich noch nie gesehen. Die waren was Besonderes, und ich hab' die ganze Zeit auf die Blüte gewartet. Hab' sie rangezüchtet, und dann kommt jemand daher und pflückt sie, ohne zu fragen.«

»Mr. Littleton«, sagte Mrs. Ford, »das ist bedauerlich, aber ich habe Ihre Rosen nicht angerührt. Wenn Sie dahinterkommen, wer

Ihnen das angetan hat, dann … aber ich kann nicht dulden, daß Sie mein Personal aufhalten. Die Leute haben zu arbeiten.«

Littleton sah Mrs. Ford mit gequälter Miene an. »Das waren meine ganz besonderen Rosen«, sagte er kummervoll.

Ich ließ sie stehen und ging ins Schulzimmer. Der Unterricht gestaltete sich an diesem Vormittag schwierig. Kate wollte von meinem gestrigen Treffen mit Lucas hören. »Ich habe vorher dort gewohnt«, erklärte ich. »Deshalb dachte er, er kommt mal rüber, um mich zu sehen.«

»Hat er Sie gebeten, hier wegzugehen?«

Ich zögerte.

»Also ja«, sagte sie. »Und Sie haben ja gesagt.«

»Nein, hab' ich nicht. Ich habe ihm erzählt, daß wir *Die Schatzinsel* lesen und daß du und ich ganz gut miteinander auskommen. Das stimmt doch, nicht wahr?« Sie nickte. »Und jetzt wollen wir sehen, ob wir diese Rechenaufgaben lösen können. Wenn ja, gibt es eine Extra-Viertelstunde Lesen. Ich glaube, dann werden wir heute mit dem Buch fertig.«

»Ist gut«, sagte sie.

»Nimm die Tafel. Wir fangen gleich an.«

An diesem Morgen mußte ich viel an Simon denken. Das Treffen mit Lucas hatte mich aufgewühlt, und die Aussicht, Nanny Crockett zu sehen, hatte besonders lebhafte Erinnerungen wachgerufen. Als ich in Mrs. Fords Zimmer kam, war Nanny Crockett noch nicht da, aber Mrs. Ford hatte anderen Besuch. Es war der Pfarrer, Hochwürden Arthur James. Mrs. Ford tat sichtlich viel für die Kirche, und er war gekommen, um sich mit ihr wegen des Blumenschmucks zu beraten. Sie stellte mich vor.

»Ich begrüße Sie in Perrivale, Miß Cranleigh«, sagte der Pfarrer. »Ich habe von Mrs. Ford gehört, wie gut Sie mit Kate zurechtkommen.«

»Mrs. Ford war sehr liebenswürdig zu mir.«

»Mrs. Ford ist zu jedermann liebenswürdig. Wer wüßte das besser als wir. Meine Frau und ich fragen uns oft, was wir ohne sie anfangen würden. Wegen der Dekorationen, wissen Sie. Wir sind in so vielen Dingen auf Perrivale angewiesen. Das große Haus… Gartenfeste und so weiter. So ist es seit Generationen. Sir Edward hat sich sehr für die Kirche eingesetzt.«

»O ja, er war sehr fromm«, sagte Mrs. Ford. »Zweimal jeden Sonntag ist er zur Kirche gegangen, und die übrige Familie auch. Und jeden Tag wurde in der Halle gebetet. Ja, Sir Edward war der Kirche sehr ergeben.«

»Wir vermissen ihn schmerzlich«, fügte der Pfarrer hinzu. »Solche wie ihn gibt es nicht viele heutzutage. Die jüngere Generation besitzt diese Ergebenheit nicht. Ich hoffe, Sie mit Ihrer Schutzbefohlenen zu sehen, Miß Cranleigh.«

»Ja, natürlich.«

»Miß Kate macht einem ganz schön zu schaffen«, sagte Mrs. Ford, »aber Miß Cranleigh wirkt Wunder. Ihre Ladyschaft ist sehr zufrieden. Es war meine Idee, sie herzuholen, Herr Pfarrer. Nanny Crockett und ich haben es unter uns abgesprochen. Ihre Ladyschaft kann mir gar nicht genug danken.«

»Sehr erfreulich.«

»Hier ist die Liste«, sagte Mrs. Ford. »Mrs. Terris möchte immer den Altar schmücken. Drum hab' ich sie dort eingeteilt. Und ich dachte, die Fensterbänke könnte man Miß Cherry und ihrer Schwester überlassen, auf der Kirchenseite, meine ich, und die andere Seite Miß Jenkins und Mrs. Purvis.«

Der Pfarrer hatte seine Brille aufgesetzt und studierte die Liste. »Ausgezeichnet, ausgezeichnet. Ich wußte, daß ich mich auf Sie verlassen kann, Mrs. Ford.«

Kurz darauf erhob er sich zum Gehen. Er gab mir die Hand und wiederholte, daß er hoffe, Kate und mich am Sonntag in der Kirche zu sehen, dann brach er auf. Nicht lange danach kam Nanny Crockett. Sie freute sich, mich zu sehen, und Mrs. Ford sah wohlwollend zu, als wir uns begrüßten. »Meiner Treu«, sagte Nanny Crockett, »gut schauen Sie aus. Und was höre ich da? Sie kommen ganz prima mit Miß Kate aus?«

»Die Veränderung bei Miß Kate ist wirklich beachtlich«, sagte Mrs. Ford. »Sir Tristan und Mylady sind sehr zufrieden.«

»Miß Cranleigh kann gut mit Kindern umgehen«, sagte Nanny Crockett. »Manchen ist es gegeben, manchen nicht. Ich habe es gleich bemerkt, als ich sie mit meinen beiden sah.«

»Was machen die Zwillinge?« fragte ich.

»Die armen Würmchen. Eine Mutter verlieren, darüber kommt

man nicht so leicht hinweg. Obwohl sie noch klein sind, Gott sei Dank. Wären sie ein, zwei Jahre älter, hätten sie besser verstanden, was vorging. Jetzt glauben sie, sie ist im Himmel, und das ist für sie, als wäre sie nach Plymouth gefahren. Sie glauben, sie kommt zurück. Dauernd fragen sie, wann. Das bricht einem das Herz. Nach Ihnen fragen sie auch. Sie müssen sie mal besuchen kommen, das würde sie freuen. Sicher, es wird höchstwahrscheinlich Tränen geben, wenn Sie wieder gehen. Nun, ich tu', was ich kann.«

»Und wie geht es Mr. Carleton, Nanny?«

Sie schüttelte den Kopf. »Manchmal denke ich, er kommt nie drüber weg. Der Ärmste. Er läuft durch die Gegend wie im Traum. Und Mr. Lucas, also bei dem weiß man nie, woran man ist. Er grübelt viel, glaube ich. Ein trüber Haushalt ist das. Ich bemüh' mich, die Kinderstube so heiter zu machen, wie ich kann.«

Sie musterte mich scharf und hoffte natürlich, mich allein zu sprechen, damit ich über meine Fortschritte berichten könnte. Welche Fortschritte? fragte ich mich. Wenn ich es recht bedachte, war ich nicht sehr weit gekommen, und abgesehen von meinem bescheidenen Erfolg bei Kate war mein Unterfangen bislang recht fruchtlos verlaufen.

Wir sprachen über Allgemeines, das Wetter, die Ernte, ein bißchen Nachbarschaftsklatsch. Mrs. Ford ließ uns für eine halbe Stunde allein. Sie müsse in die Küche, sagte sie. Sie habe etwas mit der Köchin zu besprechen, und das könne nicht warten. »Ihr zwei könnt euch solange bestimmt allein unterhalten«, meinte sie.

Sobald wir allein waren, platzte Nanny Crockett heraus: »Haben Sie etwas herausgefunden?«

Ich schüttelte den Kopf. »Manchmal frage ich mich, ob ich je etwas finden werde. Ich weiß nicht, wo der Schlüssel zu dem Rätsel liegt.«

»Es wird etwas auftauchen, das hab' ich im Gefühl. Wenn nicht, muß mein armer Junge den Rest seines Lebens im Ausland verbringen, immer unstet. Das darf nicht sein.«

»Aber Nanny, auch wenn wir die Wahrheit entdeckten und er reingewaschen würde, könnten wir nicht leicht mit ihm Verbindung aufnehmen.«

»Es würde doch in der Zeitung stehen, nicht?«

»Aber er ist im Ausland, er würde sie nicht zu sehen bekommen.«

»Uns fällt schon etwas ein. Zuerst müssen wir seine Unschuld beweisen.«

»Ich frage mich oft, wo wir anfangen sollen.«

»Ich glaube, *sie* hat was damit zu tun.«

»Lady Perrivale?«

Sie nickte.

»Inwiefern?«

»Das müssen Sie eben herausfinden. Und er, ihm ist alles zugefallen, nicht? Da hätten wir ein Motiv.«

»Das haben wir alles schon besprochen.«

»Sie wollen doch nicht etwa aufgeben?«

»Nein, nein. Aber ich wünschte, ich könnte Fortschritte machen.«

»Sie sind jedenfalls an Ort und Stelle. Wenn ich irgend etwas tun kann… jederzeit.«

»Sie sind eine gute Verbündete, Nanny.«

»Gut, daß wir nicht weit auseinander sind. Sie kommen sicher mal nach Trecorn, und Jack Carter kann mich ab und zu herbringen. Wir bleiben in Verbindung. Ich kann Ihnen gar nicht sagen, was ich darum gäbe, meinen Jungen wiederzusehen.«

»Das weiß ich.«

Mrs. Ford kam zurück. »Also dieses Haus würde ohne mich glatt zusammenbrechen. Ich hab' der Köchin schon zwanzigmal gesagt, daß ihre Ladyschaft Knoblauch nicht ausstehen kann. Sie wollte den Eintopf mit Knoblauch würzen. Sie war ein paar Monate bei einer französischen Familie, da hat sie die komischen Ideen her. Man muß das Personal ständig im Auge behalten. Ich hab's gerade noch rechtzeitig verhindert. Habt ihr zwei gemütlich geplaudert?«

»Ich sagte eben, wenn Jack Carter mich mitnimmt, komme ich bald wieder.«

»Du bist jederzeit willkommen, das weißt du. Ach, sieh an, der Pfarrer hat seine Brille vergessen. Der würde noch seinen Kopf vergessen, wenn er nicht fest auf seinen Schultern säße. Ohne Brille ist er hilflos. Ich muß sie ihm bringen.«

»Ich bringe sie ihm«, sagte ich. »Ich brauche ein bißchen Bewegung.«

»Oh, würden Sie das tun? Ob er es schon gemerkt hat? Wenn nicht, wird er sie bald vermissen.«

Ich nahm die Brille, und Nanny Crockett sagte, sie müsse gehen. Jack Carter werde jede Minute hier sein, und er habe es nicht gern, wenn man ihn warten lasse.

»Dann geh lieber nach unten«, sagte Mrs. Ford. »Auf Wiedersehen, Nanny, und vergiß nicht, jederzeit... und du kriegst eine Tasse von meinem besten Darjeeling.«

Ich ging mit Nanny Crockett zum Tor, und wir waren kaum ein paar Minuten dort, als Jack Carter vorfuhr. Nanny Crockett kletterte neben ihn, und ich winkte, als das Fuhrwerk davonrollte.

Dann begab ich mich zum Pfarrhaus. Hochwürden Arthur James freute sich, daß er seine Brille wiederhatte. Ich machte die Bekanntschaft seiner Frau, die mit gespielter Strenge sagte, daß er sie ständig verliere und ihm dies wohl eine Lehre sein werde. Ich wurde zum Bleiben aufgefordert, aber ich sagte, ich müsse zurück, da Kate auf mich warte. Ich trat aus dem Pfarrhaus und ging über den Kirchhof. Friedhöfe haben eine seltsame Anziehungskraft. Ich gab der Versuchung nach, hier und da stehenzubleiben und die Inschriften auf den Grabsteinen zu lesen. Es waren Gräber von Menschen, die vor hundert Jahren gelebt hatten. Ich kam an die Gruft der Perrivales. Dort war Cosmo beigesetzt. Wenn er doch nur sprechen und uns sagen könnte, was wirklich geschehen war.

Mein Blick fiel auf ein Marmeladenglas, in dem vier erlesene Rosen standen – rosa mit einem bläulichen Schimmer. Ich traute meinen Augen nicht. Ich trat näher. Da war der billige Grabstein, unauffällig zwischen der Pracht der übrigen Gräber. Und ich wußte sofort, dies waren die Rosen, deren Verlust der Gärtner Littleton am Morgen beklagt hatte. Ich stand da und starrte sie an. Wer hatte sie in das Glas getan? Ich dachte an die Rosenzweige, die offenbar von der Hecke gepflückt worden waren. Aber diese Rosen... Wer hatte sie aus dem Garten von Perrivale genommen und in ein Marmeladenglas auf dem Grab eines Unbekannten gestellt?

Warum hatte Kate mir das Grab gezeigt? Nachdenklich ging ich nach Perrivale Court zurück. Je länger ich darüber nachdachte, um so wahrscheinlicher dünkte es mich, daß Kate die Rosen gepflückt und auf das Grab gestellt hatte.

Sie hatte auf mich gewartet, und ich war kaum ein paar Minuten im Zimmer, als sie hereinkam. Sie setzte sich aufs Bett und sah mich vorwurfsvoll an. »Sie waren schon wieder weg. Gestern haben Sie sich mit diesem Mann getroffen, und heute waren Sie bei Mrs. Ford, und als ich raufkam, hieß es, Sie sind schon gegangen.«

»Der Pfarrer hatte seine Brille vergessen, und ich habe sie ihm gebracht.«

»Blöder alter Mann. Dauernd verliert er was.«

»Manche Leute sind eben ein bißchen vergeßlich. Sie haben oft an wichtigere Dinge zu denken. Hast du von der Aufregung wegen der Rosen heute morgen gehört?«

»Was für Rosen?« fragte sie erschrocken, und da wußte ich, daß ich auf der richtigen Spur war.

»Ganz besondere. Littleton war sehr stolz auf sie. Jemand hat sie abgepflückt. Er war wütend. Ich weiß, wo sie sind.« Sie sah mich aufmerksam an. »Sie sind auf dem Kirchhof«, fuhr ich fort, »auf dem Grab des Mannes, der ertrunken ist. Als du mir sein Grab gezeigt hast, waren Heckenrosen in dem Marmeladenglas. Jetzt sind Littletons kostbare Rosen darin.«

»Ich hab' gemerkt, daß Ihnen die Heckenrosen nicht gefallen haben.«

»Was soll das heißen?«

»Na ja, Wildblumen. Normalerweise stellt man Rosen und Lilien und so was auf Gräber.«

»Kate, du hast die Rosen gepflückt. Du hast sie auf das Grab gestellt.« Sie schwieg. Warum nur? fragte ich mich. »Warst du es?«

»Alle anderen haben was, Statuen und so Zeug. Was sind da ein paar Blumen?«

»Warum hast du es getan, Kate?«

Sie wand sich. »Lesen wir«, sagte sie.

»Ich kann mich nicht aufs Lesen konzentrieren, solange das zwischen uns steht.«

»Zwischen uns! Was meinen Sie damit?« Sie war angriffslustig, was bei ihr ein Zeichen von Abwehr war.

»Sag mir ehrlich, warum du die Blumen auf das Grab gestellt hast, Kate.«

»Weil er keine hatte. Was sind schon ein paar alte Rosen? Außerdem gehören sie nicht Littleton. Sie gehören Stiefel oder meiner Mutter. Sie haben nichts gesagt. Sie würden nicht merken, ob die Blumen im Garten oder auf dem Grab sind.«

»Warum hast du das für diesen Mann getan?«

»Er hatte nichts.«

»Ich merke zum erstenmal, daß du ein weiches Herz hast. Das sieht dir gar nicht ähnlich, Kate.«

Sie warf den Kopf zurück. »Ich hab's getan, weil ich es wollte.«

»Du hast die Blumen abgeschnitten und zum Grab gebracht?«

»Ja. Ich hab' die Wildblumen weggeworfen und frisches Wasser von der Pumpe geholt.«

»Das verstehe ich ja. Aber warum hast du das für diesen Mann getan? Hast du ihn gekannt?«

Sie nickte, und auf einmal sah sie ganz verängstigt und verloren aus, wie umgewandelt. Ich spürte, daß sie durcheinander war und Trost brauchte. Ich nahm sie in die Arme, und zu meiner Überraschung wehrte sie sich nicht. »Wir sind doch gute Freundinnen, Kate, nicht wahr? Mir kannst du es erzählen.«

»Ich hab's keinem erzählt. Ich glaub' nicht, daß sie's wissen wollen.«

»Wer? Deine Mutter?«

»Und Gramps.«

»Wer war dieser Mann, Kate?«

»Ich dachte, er wär' vielleicht mein Vater.«

Vor Verblüffung war ich einen Augenblick lang sprachlos. Der betrunkene Seemann – ihr Vater! »Ich verstehe«, sagte ich schließlich. »Das ist natürlich etwas anderes.«

»Man muß Blumen auf das Grab seines Vaters stellen«, sagte sie. »Niemand hat es getan. Drum hab' ich's gemacht.«

»Eine gute Idee. Daraus kann dir niemand einen Vorwurf machen. Erzähl mir von deinem Vater.«

»Ich konnte ihn nicht leiden. Ich hab' ihn nicht oft gesehen. Wir haben in einer gräßlichen Straße an einem gräßlichen Marktplatz gewohnt. Wir hatten Angst vor ihm. Wir haben oben gewohnt. Unten waren andere Leute. Wir hatten drei Zimmer. Eine Holztreppe ging nach unten in den Garten. Es war nicht wie hier. Es war nicht mal wie Seashell Cottage. Es war schrecklich.«

»Und dort hast du mit deiner Mutter und deinem Vater gewohnt?«
Ich versuchte mir die vornehme Mirabel in der Umgebung vorzustellen, die Kates kurze Schilderung heraufbeschworen hatte.
»Er war nicht oft zu Hause. Er war Seemann. Wenn er zurückkam,
war es schrecklich. Er war immer betrunken, und das war uns zuwi-
der. Er ist eine Weile geblieben, und dann ging er wieder aufs
Schiff.«
»Und dann seid ihr weggezogen?«
Sie nickte. »Gramps ist gekommen und hat uns mitgenommen. Wir
sind in Seashell Cottage eingezogen, und von da an war alles an-
ders.«
»Aber der Mann in dem Grab heißt Tom Parry. Du heißt Kate Blanchard.«
»Von Namen weiß ich nichts. Ich weiß bloß, daß er mein Vater war.
Er war Seemann, und wenn er nach Hause kam, hatte er immer ei-
nen weißen Sack über der Schulter. Meine Mutter hat ihn gehaßt.
Und als Gramps kam, wurde alles anders. Der Seemann, mein Va-
ter, der war nicht mehr da. Wir sind mit Gramps in einen Zug gestie-
gen, und er hat uns nach Seashell Cottage gebracht.«
»Wie alt bist du gewesen, Kate?«
»Ich weiß nicht mehr. Drei oder vier vielleicht. Es ist lange her. Ich
kann mich nicht mehr an alles erinnern, nur hier ein bißchen, da ein
bißchen. Wie ich im Zug sitze, auf Gramps Knie, und er hat mir
Kühe und Schafe auf den Feldern gezeigt. Da war ich sehr glücklich.
Ich wußte, daß Gramps uns fortbrachte und wir meinen Vater nicht
mehr sehen mußten.«
»Und trotzdem hast du ihm Blumen aufs Grab gestellt.«
»Weil ich dachte, er wär' mein Vater.«
»Du bist dir aber nicht sicher.«
»Bin ich wohl... und dann wieder nicht. Ich weiß nicht. Aber er
könnte mein Vater gewesen sein. Ich hab' ihn gehaßt, und er war
tot, aber wenn er mein Vater war, mußte ich ihm doch Blumen aufs
Grab stellen.«
»Er ist also hierhergekommen?«
Sie schwieg einen Augenblick, dann sagte sie: »Ich hab' ihn gesehen.
Ich hatte Angst.«
»Wo hast du ihn gesehen?«

»In Upbridge. Manchmal hab’ ich bei Lily Drake gespielt, oder sie ist nach Seashell Cottage gekommen und hat mit mir gespielt. Gramps hat sich immer so schöne Sachen für uns ausgedacht. Lily war gern bei uns, und ich war gern bei ihr. Mrs. Drake hat uns mit in die Stadt genommen, wenn sie einkaufen ging. Und da hab’ ich ihn gesehen.«

»Woran hast du ihn erkannt?«

Sie sah mich finster an. »Ich kannte ihn, oder? Er hatte einen komischen Gang. Als ob er betrunken wär’, dabei war er’s nicht immer. Er war wohl so oft betrunken, daß er nicht mehr gerade gehen konnte. Ich war mit Mrs. Drake und Lily an einem Stand mit lauter roten Äpfeln und mit Birnen. Und da hab’ ich ihn gesehen. Er mich nicht. Ich hab’ mich hinter Mrs. Drake versteckt. Sie ist sehr dick und hat immer ganz viele Unterröcke an. Da konnte ich mich direkt drin verstecken. Ich hab’ auch gehört, wie er was gesagt hat. Er ist zu einem Stand gegangen und hat den Mann, dem er gehörte, gefragt, ob er eine rothaarige Frau namens Mrs. Parry mit einem kleinen Mädchen kennt. Der Mann hat gesagt, die kennt er nicht. Und ich hab’ gedacht, das ist richtig, denn meine Mutter ist nicht Mrs. Parry. Sie ist Mrs. Blanchard. Aber ich hab’ geglaubt, er wär’ mein Vater.«

»Hast du es deiner Mutter erzählt?«

Sie schüttelte den Kopf. »Aber Gramps hab’ ich’s erzählt.«

»Was hat er gesagt?«

»Ich könnte ihn nicht gesehen haben. Mein Vater sei tot, auf See ertrunken. Der Mann auf dem Markt hätte ihm bloß ähnlich gesehen.«

»Hast du ihm geglaubt?«

»Ja, sicher.«

»Aber du hast doch gesagt, du dachtest, der Mann wäre dein Vater.«

»Das glaub’ ich nicht immer. Manchmal glaub’ ich’s, manchmal nicht. Aber ich dachte, wenn er mein Vater war, muß er Blumen haben.«

Ich drückte sie fest an mich, und ich glaube, sie war dankbar dafür. »O Kate«, sagte ich, »ich bin froh, daß du es mir erzählt hast.«

»Ich auch. Wir haben doch einen Burgfrieden geschlossen, nicht?«

»Ja. Aber den brauchen wir jetzt nicht mehr. Wir sind Freundinnen. Erzähl mir, was dann geschah.«

»Dann ist der Mann, den ich gesehen habe, ertrunken. Er ist von den Klippen gestürzt, als er betrunken war. Das hätte meinem Vater auch passieren können, der Mann war genau wie er. Man kann ganz leicht ausrutschen.«

»Sein Name war Parry. Wie hast du geheißen, als du da in dem Haus gewohnt hast, bevor dein Großvater kam?«

»Das weiß ich nicht mehr. Oder doch, ja, Blanchard, glaube ich.«

»Meinst du, es könnte vielleicht ein anderer Name gewesen sein?«

Sie schüttelte heftig den Kopf. »Nein. Gramps hat gesagt, ich hab' immer Blanchard geheißen, und das war der Name von meinem Vater, und der Mann, den ich in Upbridge gesehen habe, der wäre nicht mein Vater. Es wäre ein anderer Mann, der ihm ähnlich sah. Der wäre auch ein Seemann. Alle Seeleute sähen sich ähnlich. Die Seeleute in der *Schatzinsel* haben alle verschieden ausgesehen, oder? Aber das waren ja auch besondere Männer. Ach Cranny, ich hätte es Ihnen besser nicht erzählt.«

»Doch, es ist gut, daß du es mir gesagt hast. Jetzt wissen wir viel mehr voneinander. Wir haben gemerkt, daß wir richtige Freundinnen sind. Wir werden uns gegenseitig helfen, so gut wir können. Erzähl mir, was geschah, als man den Mann auf dem Felsen fand.«

»Sie haben ihn eben gefunden. Sie sagten, es war ein Seemann, und er war nicht von hier. Er kam aus London. Er hatte nach jemand gefragt, einer Verwandten. So stand es in der Zeitung.«

»Und du hast deinem Großvater gesagt, du dachtest, der Mann wäre dein Vater.«

»Gramps sagte, er wär' nicht mein Vater, und ich dürfte nicht mehr denken, daß er es war. Mein Vater wäre tot, und ich gehöre nicht mehr dahin, wo wir vorher gewohnt haben. Mein Zuhause wäre bei ihm und Mutter in unserem hübschen Seashell Cottage am Meer.«

»Es gab eine ziemliche Aufregung, als man den Toten fand, nicht? Wo hat man ihn gefunden?«

»Auf den Felsen am Fuß der Klippen. Die Flut hätte ihn aufs Meer hinaustragen können, haben sie gesagt, aber sie hat es nicht getan.«

»Was wirst du nun tun, Kate? Weiterhin Blumen auf sein Grab stellen?«

Ihr Gesicht nahm einen trotzigen Ausdruck an. »Ja. Littletons alte Rosen sind mir ganz egal.« Sie lachte und war für einen Augenblick wieder die alte mutwillige Kate. »Ich pflücke noch mehr, wenn ich will. Sie gehören ihm nicht. Eigentlich gehören sie Stiefel. Und meiner Mutter, weil sie Stiefel geheiratet hat, und was seins ist, ist auch ihrs.«

Ich dachte: Im Grunde ihres Herzens glaubt sie, daß der Mann in dem Grab ihr Vater war. Und ich war überzeugt, eine wichtige Entdeckung gemacht zu haben.

Entdeckungen

Was ich von Kate erfahren hatte, ging mir nicht aus dem Sinn. Ich war überzeugt, daß es da einen Zusammenhang mit dem Rätsel gab, das ich zu lösen versuchte. Für mich stand fest, daß der betrunkene Seemann Mirabels erster Mann war. Da sie die Herrin von Perrivale Court zu werden beabsichtigte, durfte er sie auf keinen Fall aufspüren. Ein Ehemann hätte ihre Chancen zunichte gemacht. Und dann hatte man ihn am Fuße der Klippen gefunden. Mirabel wollte ihn unbedingt los sein. Und wenn sie sich auch Cosmos hätte entledigen wollen? Warum? Sie war mit ihm verlobt. Aber dann hatte sie flugs Tristan geheiratet.

Sicher, möglicherweise hatte der Tote nichts mit Mirabel zu tun. Ich besaß lediglich Kates Aussage. Kate hatte eine lebhafte Phantasie. Sie war noch sehr klein gewesen, als sie ihren Vater zuletzt gesehen hatte, und dann diesen Mann, der ihm ähnlich sah. Sie meinte ihn an seinem Gang erkannt zu haben. Viele Seeleute hatten diesen schlingernden Gang, der auf das ständige Ausgleichen ihrer Balance auf einem schwankenden Schiff zurückzuführen war.

Alles war sehr unklar, und ich wußte nicht, was ich glauben sollte. Dennoch hatte ich das Gefühl, einen kleinen Schritt vorangekommen zu sein.

Am nächsten Tag schickte Lady Perrivale nach mir. Sie war sehr freundlich. Sie wirkte so feminin, daß man sich unmöglich vorstellen konnte, wie sie ihren ersten Mann an den Klippenrand lockte und hinunterstieß. Es war eine hirnverbrannte Idee. Der Mann mußte wohl doch ein Fremder gewesen sein. Thomas Parry. Wie konnte er der Ehemann von Mirabel Blanchard sein? Es war möglich, daß sie ihren Namen geändert hatte. Solch wirre Gedanken gingen mir durch den Kopf.

»Soviel ich weiß, haben Sie sich kürzlich mit Ihrem Freund Mr. Lorimer getroffen«, sagte Lady Perrivale.

»O ja.«

»Kate hat es mir erzählt. Sie hat Sie sehr vermißt.« Sie lächelte mich wohlwollend an. »Es wäre nicht nötig gewesen, daß Sie sich im Sailor King treffen. Mr. Lorimer ist hier sehr willkommen, wenn er Sie besuchen möchte. Sie sollen nicht denken, daß Sie keinen Besuch empfangen dürften.«

»Das ist sehr liebenswürdig von Ihnen.«

»Ich gedachte ihn und seinen Bruder ohnehin bald einmal zum Abendessen einzuladen.«

»Ich glaube, sein Bruder ist im Augenblick noch zu erschüttert, um Besuche zu machen. Es war ein furchtbarer Schlag für ihn.«

»O ja, sicher. Ich werde dennoch beide einladen, und vielleicht sagt Mr. Lucas ja zu.«

»Ich bin überzeugt, er wird mit Freuden annehmen.«

»Sie müssen uns selbstverständlich Gesellschaft leisten. Es werden nicht viele Gäste da sein. Eine ganz zwanglose Angelegenheit.«

»Es klingt reizvoll.«

»Ich schicke noch heute ein Schreiben nach Trecorn Manor. Ich hoffe sehr, daß sie annehmen.«

Ich hatte den Eindruck, daß sie die Abendgesellschaft veranstaltete, um mir zu zeigen, daß sie mich, obwohl ich die Gouvernante war, nicht als solche betrachtete. Ich erinnerte mich so gut, wie meine Eltern darauf bedacht gewesen waren, daß Felicity nicht wie ein Dienstbote behandelt wurde, war sie doch auf Empfehlung eines Kollegen meines Vaters zu uns gekommen – allerdings war es bei uns zu Hause keineswegs konventionell zugegangen.

Es freute mich, daß Lady Perrivale so viel Rücksicht auf mich nahm; doch die ganze Zeit, während sie mit mir sprach, sah ich sie in drei schmutzigen Zimmerchen, denen sie entfloh, als Tom Parry aufs Schiff zurückkehrte. Ich stellte mir vor, wie er nach Hause kam und feststellte, daß sie und seine kleine Tochter aus dem Nest geflohen waren, und wie er sich auf die Suche nach ihnen machte.

Ich hätte so gern mit Lucas gesprochen. Wie sehr wünschte ich, ihm alles erzählen zu können. Vielleicht sollte ich es tun. Wenn Thomas Parry von jemandem ermordet worden war, der hier in der Nachbarschaft lebte, warum sollte dieser Jemand nicht auch Cosmo beseitigt haben? Und was konnte Simon mit Tom Parry zu tun gehabt haben? Ich brauchte einen Rat. Ich brauchte Hilfe. Und Lucas war in der Nähe. Ich sehnte mich danach, ihn zu sehen, und war so darauf erpicht, daß er die Einladung annähme, daß ich, als ich den Boten mit dem Schreiben nach Trecorn Manor aufbrechen sah, ungeduldig auf seine Rückkehr wartete. Ich hielt mich im Innenhof auf, als er kam. »Oh, guten Tag, Morris«, sagte ich. »Sie waren in Trecorn Manor?«

»Ja, Miß. Hab' aber kein Glück gehabt. Waren beide aus, Mr. Carleton und Mr. Lucas Lorimer.«

»Dann konnten Sie ihnen das Schreiben nicht übergeben?«

»Nein. Ich mußte es dalassen. Jemand wird die Antwort später überbringen. Schade um den zweifachen Weg.«

Die Antwort kam am nächsten Tag. Ich ging nach unten, weil ich dachte, Dick Duvane würde sie bringen, aber es war nicht Dick. Es war ein Stallbursche von Trecorn. »Oh«, sagte ich, »ich dachte, Dick Duvane wäre gekommen. Gewöhnlich besorgt er diese Dinge für Mr. Lucas.«

»Dick ist zur Zeit nicht da, Miß. Er ist verreist.«

»Ohne Mr. Lucas?«

»Scheint so. Mr. Lucas, der ist auf dem Gut, und Dick Duvane, der ist weg. Im Ausland, hab' ich gehört.«

»Mr. Lucas wird ihn vermissen.«

»O ja, sicher.«

»Soll ich Lady Perrivale das Schreiben geben?«

»Wenn Sie so freundlich sein wollen, Miß.«

Ich brachte es ihr. »Mr. Carleton lehnt ab«, sagte sie. »Er fühlt sich dem nicht gewachsen. Der Ärmste. Aber Mr. Lucas nimmt mit Freuden an.«

Das hatte ich wissen wollen. Die Sache mit Dick Duvane jedoch war mir ein Rätsel, denn er und Lucas hatten immer zusammengesteckt. Aber hin und wieder trennten sie sich wohl doch. Dick war ja auch nicht mit Lucas auf dem Schiff gewesen.

Das Abendessen sollte Ende der Woche stattfinden. Ich war froh, daß ich nicht lange warten mußte, bis ich Lucas wiedersah.

Kate war nach ihrem Bekenntnis ein wenig in sich gekehrt. Sie fragte

sich wohl, ob sie mir nicht zuviel erzählt hatte. Unsere Unterrichts-
stunden verliefen einigermaßen glatt, aber selbst *Der Graf von
Monte Christo* vermochte sie nicht recht zu fesseln. Die Abendgesellschaft interessierte sie nicht weiter, weil sie nicht zugegen sein
würde. Wenn ich etwas tat, war sie gern dabei. Vielleicht bereute sie
ihr Bekenntnis, aber es hatte unsere Beziehung vertieft.

Als der Abend kam, kleidete ich mich sorgfältig an. Ich wählte ein
Kleid in Lapislazuliblau, das mit seinen goldenen Streifen tatsächlich an den gleichnamigen Stein denken ließ. Ich hatte es mitgebracht, als ich Felicity besuchte. Tante Maud meinte, es würden
gewiß Abendgesellschaften stattfinden, zu denen ich etwas Kleid-
sames benötige. Ich steckte mein blondes Haar hoch und stellte
erfreut fest, daß die Farbe des Kleides meine Augen blauer wirken
ließ. Ich darf wohl behaupten, daß ich das Beste aus mir gemacht
hatte.

Kate kam, um mich zu begutachten, bevor ich hinunterging.

»Hübsch sehen Sie aus«, sagte sie.

»Danke für das Kompliment.«

»Es ist wahr. Ist es ein Kompliment, wenn es wahr ist?«

»O ja. Schmeicheleien dagegen können falsch sein.«

»Jetzt hören Sie sich wie eine Gouvernante an.«

»Ich bin ja auch eine Gouvernante.«

Sie setzte sich aufs Bett und lachte mich an. »Das wird ein langweili-
ger Abend«, sagte sie. »Ich weiß nicht, wieso Sie glauben, daß es lustig wird. Ist es, weil dieser alte Lucas kommt?«

»Er ist nicht gerade alt.«

»O doch. Uralt. Sie sind alt, und er ist noch älter.«

»Das meinst du nur, weil du jung bist. Es kommt immer auf das Verhältnis an.«

»Aber er ist alt, und richtig gehen kann er auch nicht.«

»Woher weißt du das?«

»Das hat mir ein Hausmädchen gesagt. Er wäre fast ertrunken.«

»Ja, das stimmt. Ich wäre auch beinahe ertrunken.«

»Aber Sie sind gesund. Er nicht.« Ich schwieg, und sie fuhr fort:
»Der alte Pfarrer kommt mit seiner gräßlichen Frau, und der Dok-
tor. Die allerlangweiligsten Leute, die man sich denken kann.«

»Du magst sie langweilig finden, aber ich nicht. Ich freue mich darauf.«

»Deswegen leuchten Ihre Augen so und sehen blauer aus. Erzählen Sie mir nachher, wie's war.«

»Abgemacht.«

»Versprechen Sie's… alles.«

»Ich erzähle dir alles, soweit ich meine, daß du es wissen darfst.«

»Ich will aber alles wissen.«

»Alles, was gut für dich ist.«

Sie streckte mir die Zunge heraus. »Gouvernante.«

»Das ist nicht gerade der hübscheste Teil deiner Anatomie«, sagte ich.

»Was ist das?«

»Das mußt du selbst herausbekommen. Ich gehe jetzt hinunter.«

Sie zog ein Gesicht. »Na gut. Lassen Sie sich nicht von diesem Lucas überreden, von hier wegzugehen.«

»Bestimmt nicht.«

»Versprochen?«

»Versprochen.«

Sie lächelte. »Ich sag' Ihnen was. Gramps kommt auch, da wird es nicht gar so langweilig.«

Die Gäste trafen bereits ein. Ich ging hinunter, und bald darauf wurde zu Tisch gebeten. Mein Platz war neben Lucas. »Welche Freude!« sagte er.

»Ich bin so froh, daß Sie gekommen sind.«

»Ich habe Ihnen doch gesagt, daß ich kommen würde.«

»Was ist mit Dick Duvane? Ich habe gehört, er sei fort.«

»Nicht für immer. Er ist nur vorübergehend verreist.«

»Das wundert mich. Ich dachte, er sei Ihr guter, getreuer Diener.«

»Ich habe in ihm nie einen gewöhnlichen Diener gesehen, und er selbst sah sich wohl auch nicht als solcher.«

»Deswegen wundert es mich ja, daß er fort ist.«

»Dick und ich sind viel zusammen gereist. Wir haben eine abenteuerliche Zeit verbracht. Jetzt sitze ich zu Hause fest und kann mich nicht mehr so bewegen wie früher. Den armen Dick packt die Unruhe. Er hat sich alleine aufgemacht, nur für kurze Zeit.«

»Ich dachte, er hinge so an Ihnen.«

»Tut er auch. Und ich an ihm. Aber nur, weil ich behindert und in meiner Bewegungsfreiheit beschränkt bin, muß er sich nicht auch beschränken. Und wie ergeht es Ihnen hier? Wir können wohl mitten unter den Perrivales nicht darüber sprechen. Sie dürften sie inzwischen gut kennen.«

»Nicht alle. Die alte Lady Perrivale sehe ich heute zum ersten Mal.«

Er sah über den Tisch zu ihr hinüber. Sie machte einen ehrfurchtgebietenden Eindruck. Ich sah sie tatsächlich zum ersten Mal. Man hatte ihr die Treppe hinunterhelfen müssen. Die meiste Zeit hielt sie sich in ihrem Zimmer auf. Neben ihr saß der Major, und die beiden waren in ein angeregtes Gespräch vertieft, was sie sichtlich genoß. Tristan, am anderen Ende der Tafel, unterhielt sich mit der Frau des Arztes.

Lucas hatte recht. Wir konnten am Eßtisch nicht über die Familie sprechen. Das Tischgespräch drehte sich um Allgemeines, um die Königin und daß sie langsam alt wurde, um die Verdienste von Gladstone und Salisbury und dergleichen mehr. Ich achtete nicht sehr darauf. Ich wäre gern mit Lucas allein gewesen. Es gab so viel zu sagen. Ich brannte darauf, ihn zu fragen, was er von dem betrunkenen Seemann hielt. Wäre es möglich gewesen, mit Lucas allein zu sprechen, ich glaube, ich hätte ihn jetzt in alles eingeweiht.

Die Männer blieben beim Portwein, und ich ging mit den Damen in den Salon. Zu meiner Überraschung kam ich neben der alten Lady Perrivale zu sitzen. Ich dachte, das sei vielleicht arrangiert worden, weil sie Kates Gouvernante in Augenschein nehmen wollte. Sie gehörte zu den Frauen, die schon in der Blüte ihrer Jahre ehrfurchtgebietend wirken. Ich sah es ihrem Gesicht an, daß sie gewohnt war, sich durchzusetzen. Ich erinnerte mich, was ich von ihr gehört hatte. Perrivale Court war mit ihrem Geld renoviert worden, und ich stellte mir vor, daß sie an dem Besitz hing.

»Ich freue mich, daß wir Gelegenheit zu einem Plausch haben, Miß Cranleigh«, sagte sie. »Wie ich von meiner Schwiegertochter höre, kommen Sie mit Kate sehr gut zurecht. Meine Güte, das ist eine Leistung! Wie viele Gouvernanten das Kind hatte! Und nicht eine ist länger als ein, zwei Monate geblieben.«

»Ich bin noch keinen Monat hier, Lady Perrivale.«

»Ich hoffe, Sie werden viele Monate bleiben. Meine Schwiegertochter ist so glücklich über das Resultat. Sie sagt, Kate sei ein anderes Kind geworden.«

»Kate braucht Verständnis.«

»Das brauchen wir wohl alle, Miß Cranleigh.«

»Manche Menschen sind gefestigter als andere.«

»Ich nehme an, Sie sind sehr gefestigt, Miß Cranleigh. Ich bin äußerst ungefestigt. Heute habe ich einen guten Tag. Andernfalls wäre ich nicht hier unten. Sie machen auf mich den Eindruck einer sehr ordentlichen Person.«

»Ich bemühe mich.«

»Wenn man sich bemüht, gelingt es einem auch. Ich habe es aufgegeben, mich zu bemühen. Aber ich war früher genauso. Unordnung und Durcheinander waren mir ein Greuel. Man wird alt, Miß Cranleigh. Da wird manches anders. Wie gefällt es Ihnen in Perrivale Court?«

»Es ist eines der interessantesten Häuser, in denen ich je war.«

»Da sind wir uns einig. Es hat mich auf den ersten Blick gefesselt. Ich bin so froh, daß Tristan verheiratet ist. Ich hoffe, ich werde meine Enkelkinder noch sehen, bevor ich sterbe. Ich hätte gern mehrere.«

»Ich hoffe, daß Ihre Wünsche in Erfüllung gehen.«

»Ich möchte, daß meine Enkelkinder diesen Besitz erben. In den Kindern vermischt sich das Blut der Arkwrights mit dem der Perrivales. Das Geld der Arkwrights hat das Haus zu dem gemacht, was es heute ist, da ist es nur recht und billig, daß es an die Kinder fällt. Es wäre genau die richtige Mischung, nicht wahr...«

Es war ein seltsames Gespräch. Ihre Augen waren leicht verschleiert, und ich fragte mich, ob sie vergessen hätte, mit wem sie sprach. Ich sah, daß Mirabel ihr einen besorgten Blick zuwarf. Die alte Lady Perrivale sah es auch. Sie winkte und lächelte. »Ist meine Schwiegertochter nicht entzückend, Miß Cranleigh? Haben Sie je eine so schöne Frau gesehen?«

»Nein«, sagte ich, »ich glaube nicht.«

»Ich habe ihre Mutter und ihren Vater gekannt. Der gute Major. Es ist so schön, ihn als Nachbarn zu haben. Ihre Mutter war meine beste Freundin. Wir sind zusammen zur Schule gegangen. Deshalb ist der Major nach ihrem Tod hierhergezogen, freilich erst, als er den Abschied vom Militär nahm. Ich sagte: ›Kommen Sie, ziehen Sie nach Cornwall.‹ Ich bin froh, daß er es wahrgemacht hat. So kam die liebe Mirabel in die Familie.«

»Sie hat ihren ersten Mann verloren«, sagte ich zögernd.

»Arme Mirabel. Es ist traurig, als Witwe mit einem Kind zurückzubleiben. Gottlob hat sie ihren wunderbaren Vater, und er hat gerade rechtzeitig den Dienst beim Militär quittiert. Er war uns allen eine Stütze. So ein sympathischer Mensch. Haben Sie seine Bekanntschaft gemacht, ich meine, abgesehen von heute abend?«

»Ja. Kate hat mich mit zu ihm ins Witwerhaus genommen.«

»Das sieht ihr ähnlich. Sie hängt sehr an ihm. Er kann so gut mit Kindern umgehen. Aber er versteht sich ja mit allen Menschen gut. Er betet Mirabel an. Er war froh über die Heirat, genau wie ich. Und so haben wir den Major hier bei uns, einen reizenden Nachbarn. Eigentlich gehört er zur Familie.«

»Er hat ein bezauberndes Heim im Witwerhaus.«

»Es scheint ihm zu gefallen. Ich würde ihn gern dort besuchen, aber ich kann nicht mehr aus dem Haus.«

»Wie bedauerlich.«

»Ja, allerdings. Immerhin habe ich eine gute Hilfe. Sie ist seit Jahren meine Zofe und ständige Gefährtin. Ich bewohne die Räume neben denen, die mein Mann innehatte, als er noch lebte. Sie liegen in einem abgetrennten Flügel des Hauses. Mein Mann war gern für sich allein. Er war sehr fromm, müssen Sie wissen. Ich habe immer gesagt, er hätte Kirchenmann werden sollen. Es war nett, mit Ihnen zu plaudern. Sie müssen mich einmal besuchen kommen. Maria, meine Zofe, wird sich freuen. Sie hält mich stets auf dem laufenden.«

»Ich glaube nicht, daß ich Maria schon begegnet bin.«

»Nein, wohl kaum. Sie ist meistens oben bei mir.«

»Ich glaube, mein Zimmer liegt Ihrem gegenüber.«

»Sie sind oben in der Kinderstube. Ja, das könnte sein, über den Hof. Ah, sehen Sie, da kommen die Herren. Man wird uns gleich trennen. Es war mir ein Vergnügen, Sie kennenzulernen. Und danke für das, was Sie an Kate vollbracht haben. Das Kind war ein rechter Plagegeist. Meine Schwiegertochter sagt, sie sei unendlich erleichtert.«

»Ich habe die vielen Komplimente wirklich nicht verdient.«

Mirabel trat zu uns. Sie lächelte mich an. »Miß Cranleigh muß herüberkommen und sich mit ihrem alten Freund unterhalten«, sagte sie zu der alten Dame. Dann zog sie mich beiseite. »Hoffentlich ist

Ihnen meine Schwiegermutter nicht lästig geworden. Sie redet oft wirr. Seit der Tragödie ist sie ein bißchen wunderlich. Sie nimmt nur selten an solchen Anlässen wie heute abend teil. Aber es ging ihr besser, und sie wollte Sie kennenlernen. Sie ist nicht immer bei klarem Verstand und redet oft unzusammenhängend daher.«

»Aber nein«, sagte ich. »Mit mir hat sie ganz normal gesprochen.«

»Da bin ich sehr froh. Ah, da kommt Mr. Lorimer.«

Lucas trat zu uns. Er hatte jemanden bei sich, und der Abend war fast vorüber, bevor ich mit ihm allein sein konnte. »Schade. Ich wollte Ihnen so viel erzählen.«

»Sie machen mich neugierig.«

»Aber nicht hier, Lucas.«

»Gut, wollen wir uns morgen im Sailor King treffen?«

»Ich werde da sein.«

»Halb drei, wie gehabt?«

»Das ist eine gute Zeit.«

»Ich freue mich«, sagte Lucas.

Der Abend war vorüber. Als ich mich auskleidete, kam Kate in mein Zimmer. »Wie war es?« fragte sie.

»Interessant. Ich hatte einen langen Plausch mit der alten Lady Perrivale.«

»Sie meinen Stiefels Mutter. Sie ist eine alte Hexe.«

»Ich bitte dich, Kate!«

»Jedenfalls ist sie ein bißchen übergeschnappt. Sie wohnt in den Räumen, wo Sir Edward gestorben ist. Sie ist mit der alten Maria immerzu da oben bei dem Geist. Ich kann sie nicht ausstehen.«

»Sie wirkte um dich besorgt.«

»Ach, die mag mich nicht leiden. Aber meine Mutter und Gramps mag sie schon. Haben Sie mit Gramps gesprochen?«

»Nicht richtig, wir haben uns nur begrüßt. Man kommt kaum dazu, mit den Leuten zu reden.«

»Und mit dem alten Lucas?«

»Warum sind alle Leute alt für dich?«

»Weil sie's sind.«

»Nun, zehn Jahre jung sind sie sicherlich nicht. Geh jetzt hinaus, ja? Ich möchte mich schlafen legen.«

»Morgen will ich alles hören.«

»Es gibt eigentlich nichts zu erzählen.«

»Ich glaube, Sie nehmen an den Gesellschaften teil, um einen reichen Mann zu finden.«

»Die meisten Männer haben offenbar schon eine Frau«, sagte ich lächelnd.

»Sie müssen nichts weiter tun, als...«

»Was?«

»Sie ermorden«, sagte sie. »Gute Nacht, Cranny. Bis morgen.« Damit ging sie hinaus.

Ich war verstört. Was ging in dem Kopf des Kindes vor? Was wußte sie? Und wieviel erfand sie? Ich dachte ständig an den Seemann. Ich war so gut wie entschlossen, mich Lucas anzuvertrauen.

Als ich mich am nächsten Tag mit Lucas traf, schwankte ich noch. Doch das erste, was er sagte, nachdem wir uns hingesetzt hatten, war: »Nun aber heraus mit der Sprache. Was geht Ihnen durch den Kopf? Warum erzählen Sie's mir nicht? Sie wollen es schon seit langem, und es ist auf jeden Fall der Grund, weswegen Sie sich heute hier mit mir treffen.«

»Ja, es ist wahr«, sagte ich. »Lucas, Sie müssen mir versprechen, nichts zu tun, wenn ich Sie bitte, nichts zu unternehmen...«

Er sah mich fragend an. »Hat es mit etwas zu tun, das auf der Insel geschah?«

»Hm ja, gewissermaßen.«

»Mit John Plaidy?«

»Ja. Aber er ist nicht John Plaidy, Lucas.«

»Das überrascht mich nicht. Ich habe geahnt, daß es da ein Geheimnis gibt.«

»Versprechen Sie es mir, Lucas. Ich muß Ihr Versprechen haben, bevor ich es Ihnen erzähle.«

»Wie kann ich etwas versprechen, wenn ich nicht weiß, was ich verspreche?«

»Wie kann ich es Ihnen erzählen, wenn ich nicht weiß, daß Sie nichts unternehmen?«

Er lächelte gequält. »Also gut, ich verspreche es.«

»Er ist Simon Perrivale«, sagte ich.

»Was?«

»Ja. Er hat England auf dem Schiff verlassen, indem er den Platz eines Decksmannes einnahm.« Lucas starrte mich an. »Lucas«, sagte ich ernst, »ich möchte seine Unschuld beweisen, damit er zurückkommen kann.«

»Das erklärt alles.«

»Ja. Und ich hatte befürchtet, Sie könnten es für Ihre Pflicht halten, die Behörden zu verständigen.«

»Keine Sorge. Sie haben mein Versprechen, oder? Erzählen Sie mir mehr. Ich nehme an, er gestand es Ihnen auf der Insel, als ich dalag und mich nicht rühren konnte.«

»Ja, so war es. Und da ist noch etwas, das Sie wissen müssen. Er ist in dem Serail gewesen, vielmehr draußen, er hat dort im Garten gearbeitet. Ich habe Ihnen erzählt, daß ich mich mit Nicole angefreundet habe und daß sie die Freundin des Obereunuchen war. Und Simon gelang es, die Gunst des Obereunuchen zu gewinnen. Ich glaube, Simon und Nicole zuliebe hat er uns beiden geholfen. Simon ist mit mir geflohen.«

Lucas war sprachlos.

»Wir wurden zusammen fortgebracht, und vor der britischen Botschaft haben wir uns getrennt. Ich ging hinein und kam bald darauf nach Hause. Simon wagte nicht, sich nach Hause schicken zu lassen. Er wollte versuchen, nach Australien zu gelangen.«

»Und seitdem haben Sie nichts mehr von ihm gehört?«

Ich schüttelte den Kopf.

»Ich verstehe, warum Sie diese verrückte Idee haben, seine Unschuld zu beweisen«, sagte er.

»Es ist nicht verrückt. Ich weiß, daß er unschuldig ist.«

»Weil er es Ihnen gesagt hat?«

»Es ist mehr als das. Ich kenne Simon sehr gut.«

Er schwieg ein paar Sekunden, ehe er sagte: »Wäre es nicht besser für ihn, nach Hause zu kommen und sich zu stellen? Wenn er unschuldig ist...«

»Er ist unschuldig. Aber wie könnte er es beweisen? Alle sind von seiner Schuld überzeugt.«

»Und Sie gedenken sie zu bewegen, ihre Meinung zu ändern?«

»Lucas, ich weiß, daß es möglich ist. Es muß einen Weg geben, dessen bin ich sicher. Wenn ich nur die Lösung finden könnte.«

»Das ist Ihnen das Wichtigste auf der Welt, nicht wahr?«

»Es ist mir wichtiger als alles andere.«

»Ich verstehe. Und welchem Zweck dient es, die Gouvernante dieses Kindes zu spielen?«

»Um den Leuten nahe zu sein, die in den Fall verwickelt sind.«

»Hören Sie, Rosetta. Sie denken nicht logisch. Sie lassen zu, daß Ihre Gefühle Ihrem Verstand im Weg sind. Sie haben phantastische Abenteuer erlebt; Sie wurden in eine Welt verschlagen, die so anders war als die Ihnen bekannte, daß Sie nicht mehr klar denken. Das Melodram, das Sie erlebt haben, übertraf alles, was Sie sich bis dahin vorstellen konnten. Wunderbarerweise haben Sie es überstanden. Es war eine Chance unter tausend. Und weil Ihnen das widerfuhr, erwarten Sie, daß das Leben so weitergeht. Sie waren als Gefangene im Serail, wo alles so ganz anders war. Dort konnten die verrücktesten Dinge geschehen. Jetzt befinden Sie sich in einer anderen Art von Serail, das Sie selbst um sich errichtet haben. Sie sind eine Gefangene Ihrer Phantasie. Sie glauben, Sie werden diesen Mord aufklären, dabei ist doch sonnenklar, was vorgefallen ist. Unschuldige laufen nicht davon. Das sollten Sie wissen. Deutlicher hätte er nicht sagen können: ›Ich bin schuldig.‹ Sie denken nicht logisch, Rosetta. Sie leben in einer Traumwelt.«

»Nanny Crockett glaubt an ihn.«

»Nanny Crockett! Was hat sie damit zu tun?«

»Sie war seine Kinderfrau. Sie kannte ihn besser als sonst irgend jemand. Sie sagt, daß er zu so etwas nicht fähig ist. Sie muß es wissen.«

»Das erklärt Ihre Freundschaft mit ihr. Ich nehme an, sie hat Ihnen diesen Gouvernantenposten eingeredet.«

»Das haben wir gemeinsam bewerkstelligt. Wir dachten nicht daran, daß ich als Gouvernante arbeiten könnte, bis sich die Gelegenheit ergab. Da erkannten wir, daß es eine Möglichkeit war, in das Haus zu gelangen.« Ich sah ihn bittend an.

»Wollen Sie meine Meinung hören?« fragte er.

Ich nickte. »Ja bitte, Lucas.«

»Lassen Sie die Finger davon. Geben Sie diese Posse auf. Kommen Sie nach Trecorn Manor zurück. Heiraten Sie mich und machen Sie gute Miene zum bösen Spiel.«

»Was für ein böses Spiel?«

»Sagen Sie Simon Perrivale Lebewohl. Denken Sie nicht mehr an ihn. Sie müssen das so sehen: Er ist kurz vor der Verhaftung geflohen. Das ist so vielsagend, daß man es nicht ignorieren kann. Käme er zurück, würde er wegen Mordes verurteilt und gehängt. Lassen Sie ihn in Australien, oder wo immer er landet, ein neues Leben führen. Da Sie so von seiner Unschuld überzeugt sind, geben Sie ihm die Chance, von vorn anzufangen.«

»Ich möchte beweisen, daß er zu Unrecht beschuldigt wurde.«

»Sie möchten, daß er zurückkommt.« Er sah mich traurig an. »Ich verstehe vollkommen.« Er zuckte die Achseln und machte ein ernstes Gesicht, als gehe er mit sich selbst zu Rate. Dann sagte er: »Was haben Sie bislang entdeckt?«

»Es gab da einen betrunkenen Seemann.«

»Wer war das?«

»Sein Name war Thomas Parry. Er ist von einer Klippe gestürzt und ertrunken.«

»Moment mal. Ich entsinne mich, es gab damals einen ziemlichen Aufruhr deswegen. Ist schon eine Weile her. Ich glaube, er war aus London. Er hat sich betrunken und ist über den Klippenrand gestürzt. Jetzt fällt es mir wieder ein.«

»Ja«, sagte ich. »Das ist er. Er ist auf dem hiesigen Kirchhof beerdigt. Ich habe entdeckt, daß Kate ihm Blumen aufs Grab stellt. Als ich sie fragte, warum, sagte sie, er sei ihr Vater.«

»Was! Der Ehemann der vornehmen Mirabel?«

»Bei Kate kann man nie wissen. Sie hat eine lebhafte Phantasie. Sie sagte, sie habe ihn in Upbridge auf dem Markt gesehen, wo er sich nach einer Frau namens Parry mit einem kleinen Mädchen erkundigte. Sie erschrak und versteckte sich hinter der Mutter eines Mädchens, zu dem sie zum Spielen gekommen war. Sie hatte Angst vor dem Mann. Sie hat ihren Vater offenbar als brutalen Kerl in Erinnerung.«

»Und ihn hat man am Fuße der Klippen gefunden.«

»Sehen Sie, es kam so gelegen. Wenn Mirabel einen Perrivale zu heiraten hoffte, und dann taucht ein angeblich gestorbener früherer Ehemann auf, konnte das unangenehme Folgen haben.«

»Und für die vornehme Mirabel war er am Fuße der Klippen nützlicher, als wenn er ihr Schwierigkeiten gemacht hätte. Das klingt plausibel.«

»Nicht ganz. Ich habe ja nur Kates Wort. Ich fragte sie, ob sie ihrer Mutter erzählt habe, daß sie ihn gesehen hatte. Sie verneinte. Aber Gramps hatte sie es erzählt. Gramps ist ihr Kosename für Major Durrell, ihren Großvater. Er sagte, sie habe sich geirrt und solle es nicht erwähnen, weil es ihre Mutter beunruhigen würde, und außerdem sei ihr Vater tot. Auf See ertrunken.«

»Was brachte das Kind auf die Idee, er sei ihr Vater?«

»Sie ist ein eigenartiges Kind, sehr phantasievoll. Mir kam der Gedanke, daß sie vielleicht einen Vater vermißte und deshalb einen erfand.«

»Sie hat Sir Tristan als Stiefvater.«

»Er kümmert sich nicht viel um sie. Sie nennt ihn verächtlich Stiefel, aber eigentlich behandelt sie fast alle Menschen verächtlich. Ich habe mir gedacht, daß sie gesehen hatte, wie die Leute Blumen auf Gräber stellten, und weil sie das auch gern tun wollte, erfand sie einen Vater. Der Seemann hatte keine Verwandten, deshalb hat sie ihm Blumen aufs Grab gestellt und ihn als ihren Vater angenommen.«

»Das klingt plausibel, nur, wie soll das Simon Perrivale aus seinen Schwierigkeiten helfen?«

»Ich weiß nicht. Aber angenommen, jemand, der jetzt noch im Haus lebt, hat den Mord begangen. Und wer einen begeht, schreckt womöglich nicht vor einem zweiten zurück. Es könnte ins Bild passen.«

Er sah mich erstaunt an.

»Ich wußte, daß Sie es so aufnehmen würden«, sagte ich. »Ich dachte, Sie würden mir vielleicht helfen.«

»Ich werde Ihnen helfen. Aber ich glaube nicht, daß das irgendwohin führt. Simon war offenbar eifersüchtig auf die andern beiden. Er hat den einen im Zorn getötet und wurde von dem andern ertappt. So weit, so gut. Was den Seemann angeht, könnten Sie recht haben. Das Kind wünschte sich einen Vater und erkor sich den Toten, der keine Verwandten hatte.«

»Sie hat die kostbaren Rosen des Gärtners abgeschnitten, um sie auf das Grab zu stellen.«

»Sehen Sie, das ist die Bestätigung.«

»Trotzdem...«

»Trotzdem«, wiederholte er und lächelte mich seltsam an. »Wenn wir der Sache auf den Grund gehen wollen, müssen wir uns an die Wahrscheinlichkeiten halten. Es besteht eine schwache Möglichkeit, daß hinter dem vorzeitigen Tod eines Seemanns etwas steckt. Hier könnten wir ansetzen.«

»Wie?«

»Indem wir etwas über ihn herausfinden. Wer war er? Wer war seine Frau? Sollte es die gegenwärtige Lady Perrivale gewesen sein, könnte es allmählich so aussehen, als ob wir etwas in der Hand hätten. Und wenn jemand den Seemann tatsächlich beseitigt hat, weil er lästig wurde, dann wäre es möglich, daß dieser Jemand, dem ein Verbrechen gelang, versuchen könnte, ein zweites zu begehen.«

»Ich wußte, daß Sie mir helfen würden, Lucas.«

»Also, fangen wir an, den Fall aufzurollen«, sagte er theatralisch.

»Wie?«

»Nach London fahren. Akten einsehen. Zu schade, daß Dick Duvane nicht hier ist. Er würde sich mit Begeisterung auf diesen Fall stürzen.«

»O Lucas, ich bin so froh.«

»Ich auch«, sagte er. »Es ist eine Abwechslung im täglichen Einerlei.«

Ich kehrte in Hochstimmung nach Perrivale Court zurück. Es war richtig gewesen, Lucas ins Vertrauen zu ziehen.

Lucas war drei Wochen fort. Täglich wartete ich auf Nachricht von ihm. Kate und ich hatten uns aneinander gewöhnt. Sie hatte noch schwierige Momente, machte aber keine Anstalten mehr, den Unterricht zu schwänzen. Wir lasen zusammen und besprachen das Gelesene. Das Seemannsgrab, das sie weiterhin besuchte, erwähnte ich mit keinem Wort. Sie nahm keine Blumen mehr aus dem Garten, sondern begnügte sich mit wildwachsenden.

Ein paar Tage, nachdem Lucas nach London abgereist war, kam Maria, die Zofe der alten Lady Perrivale, zu mir, um mir zu sagen, ihre Herrin wünsche mit mir zu plaudern. Maria gehörte zu den Dienstboten, die, da sie lange Zeit ein und derselben Herrschaft gedient haben, sich für besonders privilegiert halten. Zudem sind sie ihren Vorgesetzten so nützlich, daß man ihnen nichts verweigern kann. Sie betrachten sich als »zur Familie gehörig«. Ich begriff, daß dies, was Maria betraf, für mich von Vorteil sein konnte.

Ich kam zum erstenmal in den Bereich des Hauses auf der gegen-überliegenden Hofseite, den ich von meinem Fenster aus sehen konnte. Maria empfing mich und legte den Finger an die Lippen. »Sie schläft tief und fest«, sagte sie. »Das sieht ihr ähnlich. Sie bittet jemand zu sich, und wenn er kommt, ist sie eingeschlafen.« Sie winkte mir und öffnete eine Tür. Lady Perrivale saß in einem großen Sessel. Ihr Kopf war auf die Seite gesunken. Sie schlief fest. »Wir wollen sie vorerst nicht stören. Sie hatte eine schlimme Nacht. Das kommt ab und zu vor. Alpträume von diesem Sir Edward. Das war ein rechter Tyrann. Herrjemine, aber Sie kannten ihn ja nicht. Es geht auf und ab mit ihr. Manchmal ist sie ganz die alte. Dann wieder ist sie zerstreut.«

»Soll ich später wiederkommen?«

Sie schüttelte den Kopf. »Nehmen Sie derweilen hier Platz. Wenn sie aufwacht, läutet sie oder klopft mit ihrem Stock. Meine Güte, sie ist nicht mehr recht bei sich.«

»Ich denke, so wird es uns allen einmal ergehen.«

Sie nickte. »Ich war bei ihr, als sie hierher nach Cornwall kam. Bin nicht gern von Yorkshire weggegangen. Waren Sie schon mal dort, Miß Cranleigh?«

»Leider nein.«

»Man muß die Täler gesehen haben, und die Sumpflandschaft. Yorkshire ist unglaublich schön.«

»Das glaube ich gern.«

»Hier dagegen? Ich weiß nicht. Hab' mich nie an die Leute gewöh-nen können. Was die für eine Phantasie haben! Uns kann man so was nicht vorwerfen.« Sie sah mich beinahe angriffslustig an, was ich für unverdient hielt, da es nicht in meiner Absicht lag, ihr Phan-tasterei vorzuhalten. »Wir da oben reden klipp und klar, Miß Cran-leigh. Von wegen Phantasie. Elfen, Leute, die aus ihren Gräbern steigen, kleine Männchen in den Bergwerken, Kobolde, die Boote versenken. Ich weiß nicht. Scheint mir 'ne komische Art, das Leben anzugehen.«

»Da haben Sie sicher recht«, pflichtete ich ihr bei.

»Nichts für ungut, aber in einem Haus wie diesem könnte es manch einen gruseln.«

»Nur eine Frau aus Yorkshire nicht.«

Sie grinste mich an. Sie sah in mir zwar nicht gerade eine Geistesverwandte, aber da ich aus London kam, gehörte ich wenigstens nicht zu den phantasievollen Bewohnern Cornwalls.

»Dann sind Sie also mit Lady Perrivale hierhergezogen, als sie heiratete?« sagte ich.

»Ich war vorher schon bei ihr. Und was war das für ein Getue. Heiratet einen Titel. Der alte Arkwright, der hatte die Moneten. Und er ließ sie rollen. Aber Moneten sind nicht alles. Und als sie ›Mylady‹ wurde, da schwebte sie auf Wolken. Dieses Haus, was sie alles dafür getan hat. Es war ein alter, baufälliger Kasten. Dieses Haus, und dann die Ladyschaft, bitte sehr. Dafür mußte sie freilich Sir Edward in Kauf nehmen.«

»War das so eine Tortur?«

»Er war ein seltsamer Kauz. Bei dem wußte man nie, woran man war. Sie war es gewohnt, ihren Willen durchzusetzen. Der alte Arkwright hat sie angebetet. Hübsch war sie, und dann die vielen Moneten. Als einziges Kind war sie die Erbin. Es war ganz klar, worauf es Sir Edward abgesehen hatte.«

»Inwiefern war er seltsam?«

»Er hat nicht viel gesagt. Und immer so anständig. Meine Güte, war der streng.«

»Das habe ich schon gehört.«

»Jeden Sonntag in der Kirche, morgens und abends. Alle mußten hingehen, sogar die Pächter, sonst kriegten sie einen Minuspunkt angekreidet. Er hat sich seinen Platz im Himmel gesichert. Und dann dieser Junge…«

»Ja?« sagte ich begierig, denn sie hielt inne.

»Bringt ihn einfach so ins Haus. Bei jemand anderem hätte man gesagt… Sie wissen, was ich meine. Männer sind nun mal so. Aber von Sir Edward hätte man das nicht gedacht. Ich hab' mich oft gefragt, wer der Junge war. Sein bloßer Anblick war Ihrer Ladyschaft verhaßt. Nun ja, das war verständlich. Nanny Crockett hat sich immer für ihn eingesetzt. Ich hab' mich gewundert, daß Ihre Ladyschaft sie nicht entlassen hat, aber davon wollte Sir Edward nichts wissen. Er hätte sich energisch dagegen verwahrt, obwohl er sich sonst kaum in Hausangelegenheiten eingemischt hat, solange alle zur Kirche gingen und sich jeden Morgen zum Gebet in der Halle einfanden. Ich hab' Ihre Ladyschaft wüten und toben gehört, sie wolle den kleinen Bastard nicht im Haus haben; ja, so weit hat sie sich gehenlassen. Nun, das war verständlich. Ich habe alles mitbekommen, als Zofe und so, und weil ich schon in Yorkshire bei ihr war. Sie wollte ihre eigene Zofe und hat sich für mich entschieden. Es gibt kaum was, das ich nicht mitgekriegt habe. Aber warum erzähle ich Ihnen das alles? Eigentlich ist sie für mich wie ein Kind. Es ist, als würde ich über mich selbst reden. Und Sie, Sie gehören hier irgendwie zur Familie. Sie müssen mit Miß Kate ja allerhand erlebt haben.« Sie kniff die Lippen zusammen, und ich hatte den Eindruck, sie mache sich Vorwürfe, weil sie mit mir, einer fast Fremden, über so intime Angelegenheiten sprach.

»Sie müssen hier eine Menge Veränderungen erlebt haben«, sagte ich.

Sie nickte. »Ich habe immer gern ein bißchen geschwatzt«, sagte sie entschuldigend. »Und den ganzen Tag hier oben, da habe ich nicht oft Gelegenheit dazu. Man ist ein bißchen einsam. Sie sind eine mitfühlende Natur, Miß Cranleigh, das sehe ich Ihnen an. Sie haben für alles Verständnis.«

»Das will ich hoffen. Ich finde es hier sehr interessant, das Haus und die Menschen.«

»O ja. Wie Sie sagten, ich habe etliche Veränderungen miterlebt. In diesen Flügel des Hauses kommen nicht oft Leute. Sie wissen, wie die hier in der Gegend sind, wir sprachen vorhin darüber. Sir Edward ist hier gestorben. Sie glauben, er kommt zurück und spukt als Gespenst hier herum. Man redet darüber. Man hat Lichter gesehen. Die Leute sagen, das ist Sir Edward, der etwas sucht, weil er keine Ruhe findet.«

»Ich habe einmal ein Licht gesehen«, sagte ich. »Ich dachte, es sei eine Kerze. Es flackerte, und dann sah ich es nicht mehr.«

Sie gab mir einen Stups. »Ich kann Ihnen sagen, was das war. Das war sie.« Sie deutete mit dem Kopf zu Lady Perrivales Zimmer hinüber. »Manchmal steht sie nachts auf und zündet eine Kerze an. Ich hab' ihr oft und oft gesagt: ›Eines Tages stecken Sie das ganze Haus in Brand, womöglich Ihr eigenes Nachthemd.‹ Und sie sagt: ›Ich muß es suchen. Ich muß es finden.‹ — ›Was?‹ frag' ich. Und sie kriegt so einen komischen Blick und macht den Mund zu und sagt kein Wort.«

»Glauben Sie, sie sucht wirklich etwas?«

»Die Menschen haben Einbildungen, wenn sie alt werden. Nein, sie sucht nichts. Sie bildet es sich nur ein. Wieder und wieder hab' ich ihr gesagt: ›Wenn Sie etwas verlegt haben, sagen Sie's mir. Ich suche es.‹ Aber nein, es ist nur so eine Phantasie, die sie nachts überkommt. Ich muß allerdings aufpassen. Sie könnte etwas in Brand stecken, und in so einem Haus gibt es viel Holz. Ich verstecke die Zündhölzer. Aber das hindert sie nicht. Ich habe sie nachts herumtasten hören.«

»In ihrem Zimmer?«

»Nein, in seinem, Sir Edwards. Sie hatten nämlich getrennte Zimmer. Ich denke immer, bei getrennten Zimmern, da stimmt was nicht.«

»Sie haben gewiß viel zu tun hier oben, wenn Sie sich um Lady Perrivale kümmern.«

»O ja. Ich mache alles. Reinemachen, Essen kochen. Es kommt nicht oft vor, daß sie an Gesellschaften teilnimmt wie neulich abends. Aber seit letzter Woche geht es ihr besser. Die da unten führen ihr eigenes Leben, und sie ist der gegenwärtigen Lady Perrivale sehr zugetan. Es war ihr Wunsch, daß sie einen der Jungen heiratete.«

»Ich habe gehört, daß sie ihre Mutter kannte.«

»Ja, sie war eine Schulfreundin von ihr. Der Major ist auf ihren Wunsch hierhergekommen; sie hat ihnen Seashell Cottage besorgt, und nicht lange danach hat sich Mirabel mit Mr. Cosmo verlobt.«

»Und er ist gestorben, nicht?«

»Er wurde ermordet. Ich kann Ihnen sagen, das war eine Zeit! Das hat dieser Simon getan. Die waren sich nicht grün.«

»Er ist fortgegangen, nicht wahr?«

»O ja. Getürmt ist er. Der war schon als kleiner Junge gerissen. Das war das einzige, was er tun konnte, sonst... an den Galgen mit ihm. Schätze, er ist auf die Füße gefallen. So einer war der.«

»Was glauben Sie, was passiert ist?«

»Das ist doch klar wie Kloßbrühe. Simon hatte die Nase voll. Er hatte ein Auge auf Mirabel geworfen. Aber er kam bei ihr nicht an.« Sie senkte die Stimme. »Vielleicht irre ich mich, aber ich dachte immer, sie hatte es auf den Titel abgesehen, deshalb hat sie Cosmo genommen. Ich glaube, Simon hat ihn in einem Wutanfall erschossen.«

»Aber wieso hatte er dann gleich eine Waffe bei der Hand?«

»Das ist eine gute Frage. Sieht so aus, als hätte er sie absichtlich mitgenommen, nicht? Herrje. Man kann nie wissen. Nichts ist so verdreht wie die Menschheit, sagt man bei uns in Yorkshire. Und Teufel noch mal, wir haben recht. Nun, alle nehmen an, es geschah aus Eifersucht, und Eifersucht ist etwas Schreckliches. Die kann zu allem führen.«

»Und dann hat Lady Perrivale Tristan geheiratet.«

»Ja. Sie hatten sich schon immer gern, die zwei. Ich hab' schließlich Augen im Kopf. Und ich sag' Ihnen was, mehr als einmal hab' ich zu mir gesagt: ›Hoho, das gibt Ärger, wenn sie den Cosmo heiratet, denn eigentlich will sie den Tristan.‹ Ich hab' da so einiges gesehen.« Sie brach unvermittelt ab und hielt sich den Mund zu. »Ich rede viel zuviel. Es ist so nett, mit jemandem zu plaudern, den es interessiert.«

»Es interessiert mich sehr«, sagte ich.

»Na ja, Sie gehören ja jetzt zur Familie, denke ich. Und schließlich ist es schon eine Weile her. Es ist aus und vorbei.«

Ich sah, daß man sie nur ein klein wenig drängen mußte, damit sie ihre Gewissensbisse überwand, und so drängte ich sie weiter.

»Ja, sicher«, sagte ich. »Aber damals war es bestimmt in aller Munde.«

»Du meine Güte, ja, und ob.«

»Sie sagten, Sie hätten einiges gesehen.«

»Ach, ich weiß nicht. Mir sind nur ein paar Dinge aufgefallen, und drum war ich nicht überrascht, als sie dann den Tristan genommen hat. Die Leute sagten, die Ärmsten haben sich gegenseitig getröstet. Sie wissen ja, wie die Leute reden.« Sie runzelte die Stirn. Ich glaube, sie versuchte sich zu entsinnen, wieviel sie gesagt hatte. »Ihre Ladyschaft und ich, wir hatten so viel Spaß miteinander. Sie hat mir alles erzählt, wir waren wie zwei junge Mädchen. Aber seit Cosmos Tod hat sie sich verändert. Sie können sich nicht vorstellen, wie sie seitdem gealtert ist. Es ist lange her, daß ich einen Plausch wie diesen hatte. Ich sehe jetzt mal lieber nach ihr. Sie nickt dauernd ein. Dann wacht sie plötzlich auf und will wissen, was sich tut.« Sie erhob sich und ging zur Tür. Ich hoffte, daß Lady Perrivale noch nicht aufgewacht wäre, denn das Gespräch mit Maria war sehr interessant und aufschlußreich gewesen. Es war mir immer klargewesen, daß Dienstboten gut über Familiengeheimnisse Bescheid wissen, vielleicht besser als die Familie selbst.

Ich vernahm eine mürrische Stimme: »Maria, was ist? Wollte nicht jemand zu mir kommen?«

»Ja, Sie wollten mit der Gouvernante plaudern. Sie wartet hier, daß Sie aufwachen.«

»Ich bin wach.«

»Ja, jetzt. Da ist sie. Miß Cranleigh...«

Lady Perrivale lächelte mich an. »Bring einen Stuhl, Maria, daß sie sich setzen kann.« Der Stuhl wurde gebracht. »Ganz nahe bei mir«, sagte Lady Perrivale, und Maria gehorchte.

Wir redeten ein Weilchen, aber ich merkte, daß sie mit den Gedanken nicht bei der Sache war. Sie war nicht annähernd so klar bei Sinnen wie neulich abends. Sie wußte nicht genau, welche von den Gouvernanten ich war, dann fiel ihr plötzlich ein, daß ich die erfolgreiche war. Sie sprach über das Haus und schilderte mir, in welchem Zustand es gewesen war, als sie hergekommen war, und wie sie es repariert und ihm zu neuem Leben verholfen hatte. Nach einer kleinen Weile nickte sie ein.

Ich erhob mich leise und sah mich nach Maria um. »Sie hat heute keinen guten Tag«, sagte Maria. »Sie hatte eine schlimme Nacht. Ich wette, sie ist im Dunkeln herumgewandert und hat was gesucht, was nicht da ist.«

»Ich muß jetzt gehen. Es war sehr nett, mit Ihnen zu plaudern.«

»Ich hoffe, ich habe nicht zuviel geredet. Ich lass' mich immer mitreißen, wenn ich mal jemanden zum Plaudern dahabe. Sie müssen wiederkommen. Ein bißchen Klatsch macht mir immer Freude.«

»Ich komme bestimmt«, versprach ich.

Ich ging in mein Zimmer. Dies war kein vergeudeter Nachmittag gewesen.

Eine Nachricht von Lucas wurde überbracht. Er sei zurück und wolle mich möglichst bald sehen. Ich konnte es kaum erwarten, und kurz nach Erhalt der Nachricht saß ich mit Lucas in der Gaststube des Sailor King. »So«, sagte er. »Ich habe einige Entdeckungen gemacht. Kate muß wohl doch phantasiert haben.«

»Oh, da bin ich aber froh. Der Gedanke, daß Lady Perrivale ihren ersten Mann ermordet hat, wäre mir zuwider gewesen.«

»Thomas Parry war anscheinend ein Seemann. Er war mit einer Mabel Tallon verheiratet. Sie war Tänzerin.«

»Lady Perrivale eine Tänzerin!«

»Es wäre denkbar, bevor sie eine vornehme Dame wurde. Aber hören Sie, ist ihr Vater nicht hier?«

»Ja, Major Durrell. Mirabel Durrell hört sich nicht sehr nach Mabel Tallon an.«

»Eine Mabel könnte sich Mirabel nennen.«

»Ja, aber auf den Nachnamen kommt es an.«

»Sie hätte ihn ändern können.«

»Aber da wäre noch ihr Vater.«

»Hören Sie zu, sie haben ein Kind. Ich habe nachgesehen. Es heißt Katharine.«

»Kate! Das könnte sein.«

»Es ist ein ziemlich häufiger Name.«

»Aber es ist das einzige, was passen könnte.«

»Und Sie wollen da einhaken?«

»Nein. Ich glaube, Kate hat sich das Ganze eingebildet. Sie ist einsam. Das habe ich daran gemerkt, daß sie sich so rasch mit mir angefreundet hat. Sie ist eigentlich bemitleidenswert. Weil sie sich einen Vater wünschte, hat sie diesen Seemann adoptiert.«

»Man sollte meinen, sie hätte sich einen würdigeren ausgesucht.«

»Sie mußte nehmen, was da war. Er lag in dem Grab, ein Unbekannter. Und vergessen Sie nicht, sie hatte ihn auf dem Markt gesehen.«

»Meinen Sie wirklich? Oder hat sie sich das eingebildet?«

»Ich glaube, es stimmt, denn er war dort und hat sich nach Frau und Kind erkundigt.«

»Wir wissen jetzt, daß er eine Tochter hatte und daß ihr Name zufällig Katharine war.«

»Es gibt noch andere Verkleinerungsformen für den Namen, Cathy zum Beispiel.«

»Ja, aber Kate ist die gebräuchlichste. Nur, das allein ist zu dürftig, um dort einzuhaken. Und Mirabels Vater ist ein respektabler Mann. Major Durrell. Sie kann ihn kaum mit hineingezogen haben. Nein. Schließen wir dieses Kapitel ab und suchen uns einen anderen Anknüpfungspunkt.«

»Ich habe eine kleine Entdeckung gemacht, als Sie fort waren. Ich habe mit Maria gesprochen, der Zofe von Lady Perrivale. Ich meine die alte Lady Perrivale.«

»Aha. Und was hat sie Ihnen enthüllt?«

»Nicht sehr viel, was ich nicht schon wußte. Aber sie war sehr mitteilsam.«

»Genau was wir brauchen.«

»Sie erinnerte sich, wie Simon ins Haus gebracht wurde und an das Theater und die Bestürzung, weil keiner eine Ahnung hatte, woher er kam. Bei einigen hätte es auf der Hand gelegen, daß der Herr des Hauses sich einen Fehltritt geleistet hatte, aber doch nicht Sir Edward. Es entsprach nicht seiner Natur, derlei Dingen zu frönen. Er war gottesfürchtig, eine Säule der Kirche und sehr darauf bedacht, daß hehre Prinzipien eingehalten wurden.«

»Von anderen. Vielleicht war er sich selbst gegenüber etwas nachsichtiger. Manche Menschen sind so.«

»Ja, sicher. Aber Sir Edward nicht. Und dieser Fehltritt müßte vor seiner Heirat stattgefunden haben.«

»Das kommt ab und zu vor.«

»Bei Menschen wie Sir Edward?«

»Vielleicht. Aber er hat es später bereut, sonst hätte er den Jungen nicht ins Haus geholt. Oder fällt Ihnen ein anderer Grund ein, weshalb Simon ins Haus gebracht wurde?«

»Das gehört wohl zu den Dingen, die wir herausfinden müssen.«

»Vielleicht hatte er Mitleid mit dem Kind, das allein bei dieser Tante zurückblieb.«

»Meinen Sie, die Mutter könnte eine arme Verwandte gewesen sein?«

»Was hätte ihn daran gehindert, das zu sagen? Soweit ich sehen kann, hat er das Kind einfach ins Haus geholt und die Leute ihre eigenen Schlüsse ziehen lassen. Nein, das ergibt einfach keinen Sinn. Es muß ein Fehltritt gewesen sein. Bekanntlich kommen auch die Tugendhaftesten hin und wieder zu Fall.«

»Aber er war so sehr auf Moral bedacht.«

»Reuige Sünder sind oft so.«

»Ich kann mir das bei ihm nicht vorstellen. Es muß etwas dahinterstecken.«

»Hören Sie auf mich, Rosetta. Sie jagen Schatten nach. Sie glauben etwas, weil Sie es glauben wollen. Sie bewegen sich auf gefährlichem Terrain. Angenommen, Sie haben recht. Angenommen, ein Mörder lebt in dem Haus – oder eine Mörderin –, und angenommen, er oder sie kommt dahinter, daß Sie herumschnüffeln? Der Gedanke behagt mir nicht. Wenn diese Person einen Menschen getötet hat, warum sollte sie es nicht wieder tun?«

»Dann glauben Sie also, daß ein Mörder oder eine Mörderin im Haus ist?«

»Das habe ich nicht gesagt. Ich glaube, die Annahme der Polizei ist die wahrscheinlichste und Simon ist der plausibelste Verdächtige. Daß er geflohen ist, scheint diese Annahme zu erhärten.«

»Das sehe ich nicht so.«

»Ich weiß, weil Sie es nicht wollen. Sie kannten den Mann, als wir die ganze Zeit mit ihm zusammen waren. Das war etwas anderes. Wir haben alle um unser Leben gekämpft. Er war heldenhaft und erfindungsreich. Wir beide verdanken ihm unser Leben, aber das heißt nicht, daß er unter anderen Umständen kein Mörder sein könnte.«

»Ach Lucas, das können Sie doch nicht glauben!«

»Ich kannte ihn nicht so gut wie Sie«, sagte er wehmütig.

»Sie waren doch auch die ganze Zeit mit ihm zusammen. Er hat Sie aus dem Meer gezogen. Er war sehr besorgt um Sie.«

»Ich weiß. Aber die Menschen sind kompliziert. Wenn seine leidenschaftliche Eifersucht hochkam, war er vielleicht ein anderer Mensch.«

»Sie wollen mir nicht helfen, weil Sie nicht an ihn glauben.«

»Ich will Ihnen helfen, Rosetta, weil ich an Sie glaube.«

»Das verstehe ich nicht, Lucas.«

»Ich werde Ihnen helfen, so gut ich es vermag, aber ich glaube, Sie haben sich eine aussichtslose Aufgabe vorgenommen, die zudem gefährlich werden kann.«

»Wenn Sie meinen, es könnte gefährlich werden, dann müssen Sie an Simons Unschuld glauben. Sonst hätten die Leute im Haus ja nichts zu verbergen.«

»Ja, kann sein. Aber ich möchte, daß Sie vorsichtig sind. In Ihrer Begeisterung verraten Sie vielleicht Ihre Wißbegierde, und angenommen, Sie hätten recht, dann könnte es gefährlich sein. Bitte passen Sie auf sich auf, Rosetta.«

»Das tue ich. Übrigens, etwas ist bei meinem Gespräch mit Maria herausgekommen. Als Mirabel mit Cosmo verlobt war, hatte sie offenbar eine Liebelei mit Tristan.«

»Ach?«

»Maria meint, Mirabel hatte es von Anfang an auf Tristan abgesehen.«

»Das ist interessant.«

»Ich denke, es könnte ein Motiv sein.«

»Sie hätte die Verlobung lösen und den Bruder wählen können, ohne einen Mord zu begehen.«

»Und auf den Titel und alles, was damit zusammenhängt, verzichten?«

»Das war gewiß wichtig für sie, aber hätte sie dafür einen Mord begangen?«

»Sie könnten es zusammen getan haben, sie und Tristan. Sie hatten etwas zu gewinnen.«

»Das ist das Beste, was Sie bislang vorgebracht haben. Aber ich würde nicht zuviel auf Dienstbotenklatsch geben. Übrigens, ich fahre in ein paar Tagen vielleicht wieder nach London.«

»Ach, so bald schon? Werden Sie lange fort sein?«

»Das kommt darauf an. Genau gesagt, ich möchte mich operieren lassen. Ich denke schon seit geraumer Zeit daran.«

»Davon haben Sie nie etwas gesagt.«

»Ich wollte Sie nicht mit so etwas behelligen.«

»Wie können Sie das sagen! Es geht mich ungeheuer viel an. Erzählen Sie.«

»Es gibt da einen Arzt in London. Er hat eine vollkommen neue Methode. Es kann gelingen oder auch nicht. Das sagt er ganz offen.«

»Lucas! Und Sie erwähnen es so lässig nebenbei!«

»Mir ist dabei durchaus nicht lässig zumute. Ich habe diesen Arzt konsultiert, als ich Erkundigungen wegen des betrunkenen Seemanns anstellte. Ich habe sozusagen zwei Fliegen mit einer Klappe geschlagen.«

»Und Sie sagen es mir jetzt erst!«

»Ich hielt es für besser, meine Abwesenheit zu erklären. Sonst hätten Sie vielleicht auf Nachrichten gewartet. ›Kommen Sie sofort. Mörder entdeckt‹ oder dergleichen.«

»Spotten Sie nicht, Lucas, bitte.«

»Na schön. Tatsache ist, mein Bein ist in einem ziemlich schlechten Zustand. Und es wird immer schlimmer. Dieser überaus tüchtige Knochendoktor hat eine bestimmte Methode entwickelt. Leider kann er mir kein neues Bein geben, aber er kann vielleicht etwas tun. Wenn die Operation gelingt – ich würde zwar immer hinken, aber es könnte eine Verbesserung sein. Und ich bin bereit, es zu wagen.«

»Lucas, ist es gefährlich?«

Er zögerte genau eine Sekunde zu lange. »O nein. Ich könnte nicht verkrüppelter werden, als ich schon bin, aber...«

»Sagen Sie mir die Wahrheit.«

»Um ehrlich zu sein, ich tappe selbst ein bißchen im dunkeln. Aber es besteht Hoffnung, wenn auch nur eine schwache, und ich will die Chance nutzen.«

»Warum haben Sie es mir nicht früher gesagt?«

»Ich wußte noch nicht, ob ich es tun würde. Dann aber dachte ich, warum nicht? Wenn es schiefgeht, kann es nicht viel schlimmer werden, andererseits kann es bedeutend besser werden.«

»Und ich befasse mich mit all dem Kram, während Ihnen dies im Kopf herumgeht.«

»Ihre Angelegenheiten berühren mich sehr, Rosetta«, sagte er ernst.

»Ich mache mir natürlich Sorgen. Mir liegt sehr viel an Ihnen.«

»Das weiß ich. Ich fahre in ein paar Tagen.«

»Wie lange wird es dauern?«

»Das kann ich nicht sagen. Wenn die Operation gelingt, vielleicht einen Monat. Ich gehe in die Klinik dieses Arztes. Sie liegt in der Nähe der Harley Street, in diesem vornehmen Ärzteviertel.«

»Es ist keine angenehme Vorstellung für mich, daß Sie nicht hier sein werden.«

»Versprechen Sie mir, vorsichtig zu sein.«

»Wegen der Nachforschungen? Ich mache natürlich weiter.«

»Tun Sie es nicht zu offensichtlich, und achten Sie nicht allzuviel auf Dienstbotengeschwätz.«

»Das verspreche ich Ihnen, Lucas. Geben Sie mir die Adresse der Klinik?« Er nahm ein Blatt Papier aus seiner Brieftasche und schrieb sie auf. »Ich komme Sie besuchen«, sagte ich.

»Das wird mich freuen.«

»Ich bleibe mit Carleton in Verbindung. Was sagt er dazu, daß Sie fortgehen?«

»Ich glaube, ob ich hier bin oder nicht, ist für ihn kein großer Unterschied. Es bringt ihm Theresa nicht zurück. Es wird ihm nichts ausmachen, wenn ich nicht da bin. Er stürzt sich in seine Arbeit, und das ist das beste für ihn.«

Die Neuigkeit hatte mir den Tag vergällt. Es war bezeichnend für Lucas, eine ernste Sache auf die leichte Schulter zu nehmen. Was war das für eine Operation? War sie gefährlich? Wenn ja, würde er es mir nicht sagen. Ich war sehr beunruhigt.

Wir verließen die Gaststube und gingen zum Stall. »Ich begleite Sie nach Perrivale«, sagte Lucas.

Wir ritten schweigend, bis das Haus in Sicht kam.

»Ach, Lucas«, sagte ich. »Ich wünschte, Sie würden nicht fortgehen. Ich werde Sie sehr vermissen.«

»Daran werde ich denken«, erwiderte er. »Nicht lange, und Sie sehen mich als einen anderen Menschen zum Sailor King galoppieren.« Ich sah ihn traurig an. Darauf sagte er ernst: »Ich mache mir wirklich Sorgen um Sie, Rosetta. Seien Sie vorsichtig. Verzichten Sie auf Ihre Nachforschungen, bis ich zurückkomme. Das wäre das beste.«

»Ich verspreche, sehr vorsichtig zu sein, Lucas.«

Er küßte mir die Hand. »*Au revoir,* Rosetta.«

Ich war niedergeschlagen. Die Zusammenkünfte mit Lucas hatten mir sehr viel bedeutet, und ihrer beraubt zu sein, machte mich unglücklich. Zudem war ich besorgt um ihn. Ich grübelte über die geplante Operation. Hatte er mir etwas verschwiegen?

Als ich mit Kate ausritt, schlug ich vor, eines Tages in Trecorn Manor vorbeizuschauen. »Es ist ziemlich weit. Wir können es nicht an einem Nachmittag schaffen. Aber wie wäre es, wenn wir einen Tag Ferien machten? Ich werde deine Mutter um Erlaubnis fragen.«

Kate war von der Aussicht begeistert, und wie ich erwartet hatte, war es nicht schwer, die gewünschte Erlaubnis zu erhalten.

Meine Reitkünste hatten sich seit meiner Ankunft verbessert, und ich konnte einen längeren Ritt gut durchhalten. Kate war ohnehin eine gute Reiterin. Es freute mich zu sehen, wie sehr unser bevorstehender Ausflug sie begeisterte.

»Es ist sehr vornehm«, bemerkte sie, als sie das Haus erblickte. »Natürlich nicht so vornehm wie Perrivale, aber es kann sich sehen lassen.«

»Die Lorimers würde dein Lob bestimmt freuen.«

»Besuchen wir den alten Lucas?«

»Nein, er ist nicht da.«

»Wo ist er?«

»In einer Klinik.«

»Was ist eine Klinik?«

»Ein Krankenhaus.«

»Was macht er da?«

»Du weißt, daß er sich das Bein verletzt hat.«

»Ja, bei dem Schiffbruch. Er kann nicht gut laufen.«

»Sie wollen sehen, ob sich da etwas machen läßt.«

Sie überlegte. »Wen besuchen wir dann?«

»Seinen Bruder, hoffe ich, und die Zwillinge und Nanny Crokkett.«

Wir ließen unsere Pferde im Stall und gingen ins Haus. Mr. Lorimer war auf dem Gut, aber man verständigte Nanny Crockett von unserem Kommen. Sie kam eilends herunter. »Oh, Miß Cranleigh. Wie schön, Sie zu sehen! Und Miß Kate, na so was!«

»Wo sind die Zwillinge?« fragte Kate.

»Oh, sie wollen Sie bestimmt sehen. Die Kleinen erinnern sich an Sie, Miß Cranleigh.«

»Ich hoffe, Mr. Lorimer sehen zu können.«

»Oh, er ist in London.«

»Ich meine Mr. Carleton.«

»Ich dachte, Sie wollten Mr. Lucas besuchen. Man will irgendwas mit seinem Bein anstellen.« Sie schüttelte den Kopf. »Die sollen ja heute sehr geschickt sein. Ach, ich weiß nicht.«

»Ich wußte, daß er in die Klinik ging. Ich wollte mit Mr. Carleton darüber sprechen.«

»Er wird bald zurück sein, schätze ich. Kommen Sie rauf ins Kinderzimmer und besuchen Sie die Zwillinge.«

Jennifer erkannte mich sogleich und lief zu mir. Henry war unsicher, aber er folgte seiner Schwester. »Nun erzählt mir mal, wie es euch ergangen ist«, sagte ich. »Das hier ist Kate, meine Schülerin.« Kate betrachtete die Zwillinge mit leicht spöttischer Miene. Ich fragte Jennifer, was die einäugige Mabel und Reggie der Bär machten. Sie lachte und sagte, sie seien immer noch so ungezogen. So schwatzte ich eine Weile mit den Kindern. Dann meinte Nanny Crockett, sie sollten Kate die Puppenstube zeigen. Die Zwillinge hüpften vor Wonne. Ich warf Kate, die durchaus imstande war, ihr mangelndes Interesse an solch kindlichem Spielzeug zu zeigen, einen flehenden Blick zu, worauf sie sagte: »O ja.«

Die Puppenstube stand in einer Ecke des Kinderzimmers. Die Kinder gingen hinüber, und Nanny Crockett forderte mich auf, Platz zu nehmen. »Gibt's war Neues?« flüsterte sie.

Ich schüttelte den Kopf. »Es ist schwierig. Ich kann nichts herausfinden. Manchmal glaube ich, es ist ein unmögliches Unterfangen.«

»Ich weiß, daß Sie etwas finden werden. Ich weiß, es gibt etwas zu entdecken, und zwar im Haus. Da liegt das Geheimnis. Ich wünschte, ich könnte dahingelangen.«

»Ich entdecke Kleinigkeiten, aber die führen zu nichts.«

»Versuchen Sie es nur weiter. Haben Sie mal mit Mrs. Ford gesprochen? Sie weiß über fast alles Bescheid.«

»Vielleicht könnten Sie mit ihr reden. Sie sind doch mit ihr befreundet.«

»Ich hab's versucht, aber ich bin nicht weit gekommen.«

»Vielleicht weiß sie nichts, oder wenn, dann meint sie, sie darf nicht über die Familie sprechen.«

»Vielleicht redet sie mit jemand im Haus eher als mit jemand von draußen. Und Sie wohnen ja dort. Sie gehören dazu. Ich bin jetzt draußen.«

Ich sah, daß Kate uns zuhörte, und machte Nanny Crockett ein Zeichen. Sie verstand sogleich, und wir sprachen von den Kindern und daß sie bald eine Gouvernante brauchen würden. Darauf rief Kate: »Sie gehen nicht wieder hierher, nicht wahr, Cranny?«

»Nicht, wenn du weiterhin eine brave Schülerin bist.«

Kate zog ein Gesicht.

Bald meldete ein Hausmädchen, daß Mr. Lorimer zurück sei. Ich ließ Kate im Kinderzimmer und ging zu ihm hinunter. Er sah sehr traurig aus, freute sich aber, mich zu sehen. »Ich mache mir Sorgen um Lucas«, sagte ich. »Was wissen Sie von dieser Operation?«

»Sehr wenig. Er war neulich in London, um diesen Arzt zu konsultieren und sich gründlich untersuchen zu lassen. Und daraufhin entschloß er sich zur Operation.«

»Was glaubt man in der Klinik tun zu können?«

»Es ist etwas unklar. Auf diesem Gebiet sollen große Fortschritte gemacht worden sein. Es ist ein Versuch, wiedergutzumachen, was versäumt wurde, als das Bein unversorgt blieb.«

»Ich bedaure nach wie vor, daß wir nicht wußten, was zu tun war. Wir hätten dies alles verhindern können.«

»Es hat keinen Sinn, daß Sie sich Vorwürfe machen, Rosetta, oder dem Mann, der bei Ihnen war. Sie haben Ihr Bestes getan. Gemeinsam haben Sie ihm das Leben gerettet. Mehr hätten Sie nicht tun können. Glauben Sie mir, er ist Ihnen ewig dankbar. Er redet leichthin über diese Dinge, aber es geht ihm näher, als man meint.«

»Ja, das weiß ich.«

»Er muß selbst am besten wissen, was er tut, Rosetta. Sehen Sie, es besteht eine Chance. Er ist bereit, sie zu nutzen. Es mag sein, wenn die Operation mißlingt, daß er schlechter dran ist als vorher, aber wenn sie gelingt, wird es ihm sehr viel bessergehen.«

»Es ist ein ziemliches Risiko.«

»Ja, soviel ich verstanden habe.«

»Ich nehme an, man wird Sie vom Ergebnis der Operation verständigen, sobald man weiß, wie sie verlaufen ist?«

»Ja, gewiß.«

»Carleton, wenn Sie etwas hören, würden Sie mich benachrichtigen?«

»Selbstverständlich.« Wir schwiegen einen Augenblick, dann sagte

Carleton: »Es war eine schlimme Tragödie für ihn. Es war ihm stets zuwider, wenn mit seiner Gesundheit etwas nicht in Ordnung war. Und diese Behinderung hat ihn schwer getroffen.«

»Ich weiß.«

»Ich wünschte, er würde heiraten. Das würde ihm bestimmt guttun.«

»Vorausgesetzt, es ist eine glückliche Ehe.«

»Eine glückliche Ehe ist der Zustand der Vollkommenheit.«

»Ja, wenn sie vollkommen ist. Ansonsten muß man Kompromisse schließen.«

Ich sah, daß Carleton an seine eigene Ehe dachte. »Und dann«, sagte er traurig, »kann alles enden, ganz plötzlich, und man fragt sich, ob es nicht besser gewesen wäre, man hätte diesen Zustand nie gekannt.«

»Carleton, ich verstehe Sie sehr gut, aber ich meine, Sie sollten dankbar sein für das, was Sie hatten.«

»Ja, Sie haben recht. Ich überlasse mich zu sehr meinem Jammer. Welchen Eindruck machen die Zwillinge auf Sie?«

»Es geht ihnen gut. Nanny Crockett ist großartig. Sie sind gewachsen, nicht?«

»Wir müssen uns bald um eine Gouvernante für sie bemühen.« Er sah mich forschend an.

»Ich bin keine richtige Gouvernante, wie Sie wissen.«

»Wie ich höre, kommen Sie gut mit diesem Mädchen aus.«

»Wie sich mein Ruhm herumspricht!« sagte ich leichthin.

»Sie müssen sich stärken, bevor Sie aufbrechen.«

»O danke. Ich denke, wir könnten etwas gebrauchen. Es ist ein weiter Ritt von hier bis Perrivale. Ich gehe Kate holen.«

»Fein. In ein paar Minuten wird serviert.«

Kate war begeistert, im Speisezimmer von Trecorn zu Mittag zu essen. Carleton war sehr aufmerksam zu ihr und behandelte sie wie eine Erwachsene, was sie sehr genoß. Sie sprach dem Essen zu und erzählte angeregt von Perrivale, was Carleton amüsierte und ihn ein wenig heiterer stimmte. Somit war es eine erfolgreiche Visite.

Carleton begleitete uns zum Stall. »Danke, daß Sie gekommen sind«, sagte er zu Kate und zu mir. »Ich hoffe, Sie wiederholen den Besuch.«

»Ganz bestimmt«, versprach Kate, was mich ebenso freute wie ihn.

Auf dem Rückweg sagte Kate: »Das Mittagessen war prima. Aber die albernen Zwillinge mit ihrer alten Puppenstube waren langweilig.«

»Fandest du die Puppenstube nicht hübsch?«

»Cranny, ich bin kein Kind. Ich spiel' nicht mit Kinderkram. Er will, daß Sie wiederkommen, nicht?«

»Wer?«

»Der alte Carleton.«

»Dein Wortschatz muß sehr begrenzt sein. Du benutzt für fast alles dasselbe Adjektiv.«

»Welches?«

»Alt.«

»Aber er ist doch alt. Er will, daß Sie wiederkommen und die albernen Zwillinge unterrichten, stimmt's?«

»Die sind wenigstens nicht alt. Wie kommst du darauf?«

»Weil Nanny Crockett will, daß Sie zurückkommen.«

»Nicht die alte Nanny Crockett?«

»Ach, die ist so alt, daß man es gar nicht sagen muß. Sie hat gesagt, sie bleibt mit Ihnen in Verbindung, und Carleton hat dasselbe gesagt.«

»Er meinte, wegen seines Bruders. Er gibt mir Bescheid, wie die Operation verlaufen ist.«

»Vielleicht schneiden sie ihm das Bein ab.«

»Das tun sie bestimmt nicht. Aber es sieht dir ähnlich, so etwas zu denken. Sie werden alles tun, daß es besser wird. Er ist ein guter Freund von mir, und ich möchte natürlich wissen, wie es ihm geht. Deshalb werden sein Bruder und Nanny Crockett mich auf dem laufenden halten, wenn sie etwas hören.«

»Ach so«, sagte sie lachend. Und plötzlich fing sie zu singen an.

»Fünfzehn Mann auf des Totenmanns Kiste,
johoho und die Buddel mit Rum.
Sauft, und der Teufel sagt amen dazu...«

Da dachte ich: Ich glaube, sie hat mich wirklich gern.

Während der folgenden Tage war ich sehr niedergeschlagen. Ich merkte, wie wichtig es mir war, Lucas in der Nähe zu wissen. Die Operation machte mir Sorgen. Carleton wußte nicht mehr darüber als ich. Es war bezeichnend für Lucas, bei einer solchen Sache verschwiegen zu sein.

Mir wurde bewußt, wie fruchtlos meine Nachforschungen waren. Lucas fand sie absurd, und er hatte recht. Wenn er nur hier wäre und ich eine Nachricht nach Trecorn schicken könnte, um ihn um ein Treffen zu bitten.

Ich war gespannt, was diese Operation bewirken würde, und fürchtete das Resultat.

Kate spürte meine Melancholie und versuchte mich aufzuheitern. Wenn wir lasen, war ich zerstreut, und das machte sie verwirrt. In dieser Zeit gelangte ich zu der Überzeugung, daß sie mir zugetan sein mußte. Das wäre zu jedem anderen Zeitpunkt sehr tröstlich gewesen, doch im Augenblick konnte ich nur an Lucas denken. Kate bemühte sich, mich zum Sprechen zu verlocken, und ich erzählte ihr von früher, von dem Haus in Bloomsbury, von meinen Eltern und ihrer Arbeit im Britischen Museum. Sie fand es amüsant, daß ich nach dem Stein von Rosette genannt war. Sie sagte: »Bei mir ist es ähnlich. Einen Vater hab' ich zwar nicht, aber meine Mutter hatte immer andere Dinge im Kopf, nicht das Britische Museum, aber lauter andere Dinge.« Zu jeder anderen Zeit hätte ich sie gefragt, was sie dabei empfunden hatte, aber ich war so mit Lucas beschäftigt, daß ich die Gelegenheit ungenutzt verstreichen ließ. Sie wollte alles über Mr. Dolland hören. Ich erzählte ihr von seinen »Nummern«. *Die Glocken* hatten es ihr besonders angetan. »Ich wollte, Ihre Leute wären bei uns«, sagte sie. »Wäre das nicht lustig?« Ich bejahte und sagte, es sei früher immer sehr lustig bei uns gewesen. Sie schob ihren Arm durch meinen und drückte ihn mit selten geäußerter Zuneigung. »Es war nicht schlimm, daß sie sich bloß um das alte Britische Museum gekümmert haben, nicht? Das ist nicht schlimm, wenn man andere Dinge hat.« Ich war gerührt. Sie wollte mir damit zu verstehen geben, daß meine Anwesenheit die Vernachlässigung durch ihre Mutter ausglich. Als ich ihr von Felicitys Ankunft erzählte, quiekte sie vor Entzücken. Ich wußte, warum. Es war die Ähnlichkeit mit meiner Ankunft in Perrivale. »Sie dachten, Sie würden eine gräßliche Gouvernante kriegen«, sagte sie.

»Natürlich eine alte«, ergänzte ich, und wir lachten.

»Alt sind sie alle«, fand sie. »Haben Sie sich was ausgedacht, wie Sie sie vertreiben könnten?«

»Nein. Ich war nicht so ein Ungeheuer wie du.«

Sie wiegte sich vor Vergnügen. »Jetzt gehen Sie nicht mehr weg, Cranny, oder?«

»Wenn du möchtest, daß ich bleibe…«

»Ja.«

»Ich dachte, du haßt alle Gouvernanten.«

»Sie nicht.«

»Ich bin geschmeichelt und geehrt.«

Sie lächelte mich etwas schüchtern an und sagte: »Ich sag' jetzt nicht mehr Cranny. Ich sag' jetzt Rosetta und du. Ich finde es so lustig, daß du nach diesem Dings genannt bist.«

»Es war ein ganz besonderer Stein.«

»Ein alter Stein!«

»Diesmal paßt das Adjektiv.«

»Diese ganzen krakeligen Sachen da drauf, wie Würmer.«

»Hieroglyphen sind keineswegs wie Würmer.«

»Egal. Du bist Rosetta.«

Ich glaube, weil ich ihr von meiner Kindheit erzählt hatte, wollte sie mir von ihrer erzählen. Und das war genau, was ich hören wollte.

»Wir müssen ganz weit weg vom Britischen Museum gewohnt haben«, meinte sie. »Ich hab' nie davon gehört, bis heute. Wir haben immer gewartet, daß er nach Hause käme.«

»Dein Vater?«

Sie nickte. »Es war schrecklich. Meine Mutter hat sich gefürchtet. Aber nicht so arg wie ich, wenn ich ganz allein dort war. Es war dunkel.«

»War das nachts?«

Sie sah verwirrt drein. »Das weiß ich nicht mehr. Es war ein schauerliches Zimmer. Ich hatte ein Bett auf dem Boden in der Ecke. Meine Mutter schlief in einem anderen Bett. Morgens hab' ich immer ihre Haare angeguckt. Sie waren rotgolden und auf dem ganzen Kissen ausgebreitet. Wenn ich morgens aufgewacht bin, wußte ich nicht, was ich tun sollte. Dann war sie da. Später ging sie weg. Eine Frau von unten hat nach mir gesehen.«

»Und du warst dort viel allein.«

»Ja.«

»Was hat deine Mutter gemacht?«

»Ich weiß nicht.«

Ich dachte: eine Tänzerin. Tom Parry war mit einer Tänzerin verheiratet.

»Du hattest Mr. Dolland und Mrs. Harlow.«

»Erzähl's mir, Kate. Erzähl mir alles, woran du dich erinnern kannst.«

»Nein, nein«, rief sie, »ich will nicht. Ich will nicht daran denken.« Sie klammerte sich plötzlich an mich. Ich strich ihr übers Haar.

»Ist ja gut«, sagte ich, »vergessen wir es. Es ist alles vorbei. Du hast mich, wir machen es uns schön. Wir reiten, wir lesen, wir unterhalten uns.«

Ich erfuhr sehr viel. Nicht das, weswegen ich gekommen war, aber über Kate. Sie war ein einsames Kind; ihr Betragen war die Folge ihrer Sehnsucht nach Liebe und Zuwendung. Sie suchte sie sich auf die einzige Art zu verschaffen, die sie kannte. Ich verspürte einen Groll gegen Mirabel, die es versäumt hatte, Kate die Liebe zu geben, die sie brauchte. Damals hatte sie vielleicht arbeiten müssen. Aber jetzt nicht mehr.

Kate machte sich abrupt los, als schäme sie sich ihrer Gefühlsaufwallung. »Als Gramps gekommen ist, war alles gut«, sagte sie.

»Ja, dein Großvater. Er hat dich sehr lieb, nicht?«

Ein Lächeln ließ ihr Gesicht aufleuchten. »Er hat uns fortgeholt und hierhergebracht, und da wurde alles gut. Er kann herrliche Geschichten erzählen. Sie handeln alle von Schlachten.«

»Es muß wundervoll gewesen sein, als er euch fortholte.«

Sie nickte. »Ich weiß es noch, ich war im Zimmer, und er hat sich aufs Bett gesetzt. Er sagte was von einer Verbindung.«

»Einer Verbindung?«

»Einer Verbindung in Cornwall.«

»Oh, er meinte wohl Freunde.«

Sie nickte. Ihre Stimmung hatte sich gewandelt. Sie lächelte jetzt. »Wir sind mit der Eisenbahn gefahren. Es war herrlich. Ich hab' auf Gramps' Knie gesessen. Und dann sind wir in Seashell Cottage eingezogen. Ich fand es schön, weil Gramps da war. Er war immer da, auch wenn es dunkel war. Das Meer hat mir auch gefallen. Ich hab's gern gehört, wenn es an die Klippen schlug. In meinem Zimmer in Seashell Cottage konnte ich es ganz laut hören.«

»Und dann habt ihr euch bald mit den Perrivales angefreundet?«

»O ja. Gramps kannte sie, und sie konnten ihn gut leiden. Alle Leute haben Gramps gern. Meine Mutter mochten sie auch leiden, weil sie so schön ist. Dann sollte sie Cosmo heiraten, und wir sollten von Seashell Cottage in das große Haus ziehen. Mutter war so froh. Gramps auch. Er sollte zwar nicht dort wohnen, aber gefreut hat er sich trotzdem. Dann ist Cosmo gestorben. Da haben wir noch im Cottage gewohnt. Er ist in Bindon Boys gestorben, und der Mörder ist weggelaufen, und da wußten alle, wer es getan hat.«

»Und was geschah dann?«

Sie zog die Augenbrauen zusammen. »Meine Mutter ist weggegangen.«

»Weggegangen? Sie hat doch Tristan geheiratet?«

»Ja, aber vorher ist sie weggegangen.«

»Wohin?«

»Ich weiß nicht. Sie war krank.«

»Krank? Wieso ist sie dann fortgegangen?«

»Ihr war immer übel. Ich hab' sie gehört. Sie hat ganz weiß ausgesehen. Einmal, als ihr schlecht war und sie nicht gemerkt hat, daß ich da war, hat sie sich im Spiegel angeguckt und gesagt: ›O Gott, was nun?‹ Da war ich noch klein. Ich dachte, Gott würde antworten, und dann würde ich wissen, was los war. Jetzt weiß ich, daß die Leute bloß ›o Gott‹ sagen, wenn sie Angst haben oder wütend sind. Sie hatte Angst, weil sie krank war. Dann hat Gramps gesagt: ›Deine Mutter geht für eine Weile fort‹, und ich hab' gesagt: ›Warum?‹, und Gramps hat gesagt, weil es gut für sie wäre. Und dann war sie weg. Gramps hat sie hingebracht. Ich mußte zwei Tage bei Mrs. Drake bleiben. Dann ist Gramps zurückgekommen, und ich bin mit ihm wieder nach Seashell Cottage gegangen. Ich hab' gefragt: ›Wo ist meine Mutter?‹, und er hat gesagt: ›Sie ist bei Freunden zu Besuch.‹ Ich hab' gesagt, ich wüßte gar nicht, daß wir Freunde haben. Da sagte er: ›Du hast mich, Schätzchen. Ich bin dein Freund.‹ Und er hat mich umarmt, und da ging's mir wieder gut. Es war sehr lustig mit Gramps in Seashell Cottage. Er hat gekocht, und ich hab' ihm geholfen, und wir haben viel gelacht.«

Sie lachte bei der Erinnerung. »Und dann?« fragte ich.

»Meine Mutter ist wiedergekommen, und da ging es ihr besser. Ihre Freunde hatten ihr gutgetan. Dann hat sie sich mit Stiefel verlobt, und sie haben geheiratet, und wir sind nach Perrivale Court gezogen. Ich habe gewünscht, Gramps könnte mit uns kommen. Aber er ist ins Witwerhaus gezogen. Er hat gesagt, es ist nicht weit weg, und ich wüßte ja, wo er ist.«

»Und du hast die Freunde nicht gekannt, die deine Mutter besucht hat?«

»Von denen hat nie jemand gesprochen. Ich weiß, daß sie in London gewohnt haben.«

»Hat dir das deine Mutter gesagt oder Gramps?«

»Nein. Aber sie sind mit dem Londoner Zug gefahren. Der geht immer um die Zeit. Ich weiß, daß sie da eingestiegen sind, weil Mrs. Drake mit mir da war, um zu winken. Gramps hatte mich am Abend vorher zu ihr gebracht. Ich hab' gesagt, ich will ihnen winken, und da ist Mrs. Drake mit mir zum Bahnhof gegangen, und ich hab' gesehen, wie sie in den Zug gestiegen sind.«

»Vielleicht sind sie unterwegs ausgestiegen.«

»Nein, ich hab' gehört, wie sie gesagt haben, daß sie nach London fahren.«

»Und Gramps ist zurückgekommen und hat deine Mutter dortgelassen.«

»Er war nur eine Nacht weg. Aber sie war anscheinend eine Ewigkeit fort, vielleicht drei Wochen, ich weiß es nicht genau. Aber ich weiß, wie krank sie war, als sie weggegangen ist. Sie hat keinmal gelächelt.«

»Sie muß sehr krank gewesen sein.«

Kate nickte. Dann erzählte sie mir von den Muscheln, die sie und Gramps am Strand gefunden hatten.

Zwei-, dreimal war ich oben bei der alten Lady Perrivale. Unsere Plaudereien waren nicht sehr ergiebig. Ich hatte gehofft, etwas zu entdecken, wenn sie von der Vergangenheit und den herrlichen Zeiten in ihrer Heimat Yorkshire plapperte.

Ich hoffte immer auf eine Gelegenheit, mit Maria zu sprechen, und da Maria ebenfalls darauf hoffte, mußte es sich eines Tages zwangsläufig ergeben. Einmal, als ich heraufkam, wurde ich von Maria empfangen. Sie legte den Finger an die Lippen und sagte augenzwinkernd: »Ihre Ladyschaft schläft wie ein Murmeltier. Aber kommen Sie herein, Miß Cranleigh, wir warten, bis sie aufwacht. Ich wecke sie nicht gern. Sie hatte nämlich mal wieder eine schlimme Nacht. Das seh' ich ihr jedesmal am Gesicht an. Ist wohl herumgewandert, auf der Suche nach was, das nicht da ist. An die Zündhölzer kann sie jedenfalls nicht heran, dafür hab' ich gesorgt.« Wir setzten uns einander gegenüber. »Meiner Treu«, fuhr sie fort, »Sie und Miß Kate kommen immer besser miteinander aus. Richtig dicke Freunde sind Sie geworden.«

»Ja, wir verstehen uns. Sie ist kein boshaftes Kind.«

»Na, na, so weit würde ich nicht gehen, aber es ist besser geworden mit ihr, seit Sie hier sind, das steht fest.«

»Und wie geht es Lady Perrivale?«

»Mal besser, mal schlechter. Einen Tag ist sie bei klarem Verstand, ganz bei sich, sozusagen, und am nächsten kriegt sie so gut wie nichts mit. Na ja, sie ist nicht mehr die Jüngste. Lang macht sie's nicht mehr, es würde mich nicht wundern. Wenn ich dran denke, wie sie früher war, da war sie die Herrin des Hauses. Und dann, hast du nicht gesehen, ist sie über Nacht wie ein anderer Mensch.«

»Vielleicht hat sie Sir Edward sehr gern gehabt, und die Erschütterung über seinen Tod war zuviel für sie.«

»Ganz im Gegenteil, würde ich sagen. Sie waren nicht gerade, was man ein glückliches älteres Ehepaar nennt. Es gab Meinungsverschiedenheiten zwischen ihnen, und zwar bis zum Schluß, das kann ich Ihnen flüstern. Ich hab' sie fürchterlich streiten gehört. Sie war in Tränen aufgelöst. Er hat sie angeschrien. Ich hab's nicht richtig mitgekriegt...«

Das fand ich bedauerlich, und Maria bedauerte es ebenfalls, das sah ich ihr an.

»Er ist um die Zeit gestorben, als die furchtbare Sache passiert ist, nicht? Ich meine den Mord in dem Bauernhaus.«

»Ach ja, der Mord. Da lag er auf dem Sterbebett. Ich glaube nicht, daß er viel davon mitgekriegt hat. Man tritt schließlich nicht ans Sterbebett eines Mannes und sagt: ›Ihr Sohn ist ermordet worden, und zwar von dem Jungen, den Sie ins Haus gebracht haben.‹ Ich meine, keiner hat ihm was gesagt. Er hat nichts davon gewußt. Kurz danach war er tot.«

»Ein höchst eigenartiger Fall, finden Sie nicht, Maria?«

»Mord ist Mord, von welcher Seite man's auch betrachtet.«

»Ich meine, es war eine sehr rätselhafte Geschichte.«

»Eifersucht, das war's. Er war eifersüchtig auf Cosmo. Manche Leute haben gesagt, er war in die jetzige Lady Perrivale verliebt. Na ja, man muß zugeben, sie ist eine hübsche Person.«

»Sehr hübsch. Sie haben mir erzählt, daß Sir Tristan ihr zugetan war, bevor sein Bruder starb.«

Sie nickte augenzwinkernd. »Komische Geschichte. Aber die Liebe ist ja auch was Komisches. Die Lady kam offenbar gut mit Cosmo aus. Warum auch nicht? Aber ich schätze, das war alles bloß Schein. Ich hab' gemerkt, daß da was war zwischen ihr und Tristan. So was fühlt man, wenn man was von solchen Dingen versteht.«

»Ich habe gehört, sie soll sehr krank gewesen sein und war ein paar Wochen fort, und als sie zurückkam, ging's ihr wieder gut.«

»Ich glaube, das war kurz vor dem Mord. Mir war aufgefallen, sie sah ein bißchen... also wenn sie verheiratet gewesen wäre, hätte ich gesagt, sie könnte in anderen Umständen...«

»Und als sie zurückkam?«

»Da ist es dann passiert. Muß etwa eine Woche danach gewesen sein, wenn ich mich recht entsinne.«

»Und dann hat sie Tristan geheiratet.«

»Ein paar Monate später. Sie konnte es ja nicht überstürzen. Es ging ohnehin schon sehr schnell.«

»Meinen Sie, sie war froh, weil sie Tristan und den Titel und alles bekam?«

Maria runzelte die Stirn. Ich dachte: Ich gehe zu weit. Ich muß vorsichtig sein. Lucas hat mich gewarnt.

»Ach, das könnte ich nicht sagen. Sicher, ich glaube, da war was zwischen ihr und Tristan, also nehme ich an, er war ihr lieber. Cosmo hat sich gern als Herr aufgespielt. Er war der große Cosmo. Eines Tages würde er Sir Cosmo sein. Bloß hat er dafür nicht lange genug gelebt. Die Pachtbauern konnten ihn nicht leiden. Den Tristan mochten sie lieber; sie war also nicht die einzige. Es war eine stille Hochzeit. Ging ja nicht anders, nicht? Ihre Ladyschaft war glücklich, als sie heirateten. Sie hielt große Stücke auf Mirabel. Sie wünschte sie sich als Schwiegertochter. Sie hätten sie und den Major zusammen sehen sollen. Sie hatte schon immer eine Schwäche für ihn, nicht? Lady Mirabels Mutter soll ihre beste Freundin gewesen sein, aber da gab's eine kleine Eifersüchtelei. Es ging um den Major, bloß war er damals noch kein Major. Was er war, weiß ich nicht, aber eine Art von Charmeur ist er immer gewesen. Damals war Ihre Ladyschaft noch Jessie Arkwright. Sie hat mit mir geplaudert, wenn ich ihr die Haare gebürstet habe. Sie war in ihn verliebt, genau wie ihre Freundin.«

»Sie meinen die Schulfreundin, die ihn geheiratet hat?«

Maria nickte. »Eine Zeitlang dachte ich, er würde Jessie heiraten. Aber der alte Arthur hat ein Machtwort gesprochen. Er meinte, der charmante junge Mann hätte es auf Jessies Vermögen abgesehen. Ich dachte, er wollte eigentlich die Schulfreundin, aber natürlich hatte er wie viele andere sein Auge auf das Geld des alten Arkwright geworfen. Jessie bekam oft ihren Willen, aber wo es um sein Geld ging, kannte der alte Arkwright kein Pardon. Jessie werde sich nicht an einen Abenteurer wegwerfen, der hinter seinem Geld her sei, sagte er. Wenn sie den heirate, würde sie keinen Pfennig kriegen. Die arme Jessie war untröstlich, aber dann hat sie Sir Edward geheiratet. Sie ist Lady Perrivale geworden und hierhergekommen. Und der Major hat die Schulfreundin geheiratet. Ja, und als dann Jahre später seine Frau starb, und er hatte eine Tochter, die auch schon verheiratet war und selbst eine kleine Tochter hatte, da hat er Ihrer Ladyschaft geschrieben und seine Freundschaft mit ihr aufgefrischt. Sie war außer sich vor Freude und wollte, daß er hierherzöge. Sie hat ihnen Seashell Cottage besorgt, und seither hat sie Mirabel als ihre Tochter angesehen.«

»War sie nicht eifersüchtig, weil der Major ihre Freundin geheiratet hatte?«

»Sie hat es überwunden. Die Freundin war gestorben, und der Major war hier. Sie ist froh, Mirabel jetzt als ihre Schwiegertochter zu haben. Und der Major geht hier aus und ein.«

»Und die junge Lady Perrivale hat sie gern?«

»O ja. Und es tut der alten Dame gut. Sie war so beunruhigt, als Mirabel fortging. Das war vor der Hochzeit. Sie hat sich richtig Sorgen gemacht. Ich hab' einen Brief von der jungen Lady Perrivale gesehen. ›Liebste Tante Jessie.‹ Sie nannte sie Tante Jessie, als sie hierherkam, und dabei ist es geblieben. Ich sehe den Brief heute noch vor mir. Sie war in einem Haus namens, wie hieß es doch gleich? Ja, ich entsinne mich, Malton House im Londoner Stadtteil Bayswater. Malton hab' ich behalten, weil ich in der Nähe von Malton geboren bin. Malton bei York. Deswegen ist es mir im Gedächtnis geblieben. Als sie zurückkam, hat Ihre Ladyschaft so ein Tamtam um sie gemacht. Und bald danach geschah der Mord.«

»Es muß eine furchtbare Erschütterung für Lady Perrivale gewesen sein, ihren Sohn auf diese Weise zu verlieren.«

»O ja, und Sir Edward ist um dieselbe Zeit gestorben. Es hätte gereicht, um ihr den Rest zu geben. Wir waren alle erstaunt, daß sie es so gut überstanden hat. Aber es hat Spuren hinterlassen. Von da an war sie oft zerstreut, und sie fing an, nachts herumzuschleichen.«

Maria verbreitete sich über die Schwierigkeiten, die sie mit Lady Perrivale hatte, und nannte Beispiele für ihr seltsames Verhalten, um auf ihre Veränderung nach der Tragödie hinzuweisen. Während wir uns unterhielten, kam der Major. »Oh, guten Tag, Herr Major«, sagte Maria. »Ihre Ladyschaft schläft tief und fest. Sie ist heute nacht wieder herumgeschlichen, fürchte ich.«

»Ach du liebe Zeit. Schön, Sie zu sehen, Miß Cranleigh. Sie haben mich lange nicht besucht. Ich muß mit Kate darüber sprechen. Ich habe ihr gesagt, sie solle Sie jedesmal hereinbringen, wenn der Weg Sie bei mir vorbeiführt. Sie treffen mich mit ziemlicher Sicherheit im Garten an.«

»Danke, Herr Major. Ich komme gern.«

»Maria sorgt so gut für Lady Perrivale. Ich weiß nicht, was wir ohne Maria anfingen.«

»Ich weiß nicht, was ich ohne Ihre Ladyschaft anfinge«, erwiderte Maria. »Wir sind seit so vielen Jahren zusammen.«

Ich sagte, ich wolle gehen, da ich annähme, wenn Lady Perrivale aufwache, werde sie entzückt sein, den Major zu sehen, und sie wolle sich ihr Tête-à-tête gewiß nicht von einem anderen Gast verderben lassen. Der Major meinte höflich, sie werde sicher sehr enttäuscht sein, weil sie mich verpaßt hatte.

»Oh, ich kann ohne weiteres morgen wiederkommen.«

Er nahm meine Hand und sagte: »Und nicht vergessen. Ich erwarte Sie bald bei mir.«

Als ich hinunterkam, fand ich eine Nachricht von Carleton vor. Er teilte mir kurz mit, daß Lucas am kommenden Mittwoch operiert würde.

Heute war Freitag.

In London

Ich beschloß nach London zu fahren. Ich wollte dort sein, wenn Lucas operiert wurde, und ihn vorher noch einmal sehen, um ihm zu versichern, daß ich die ganze Zeit an ihn denken und für das Gelingen der Operation beten würde. Wohnen konnte ich bei meinem Vater, das war nicht weit von der Klinik entfernt. Ich wollte in der Nähe sein; Lucas sollte wissen, daß ich da war.

Ich wandte mich an die junge Lady Perrivale. »Ich bitte um Verzeihung, aber ich muß nach London. Ein guter Freund von mir wird operiert, und ich möchte dort sein. Außerdem ist es an der Zeit, daß ich meinen Vater besuche. Ich habe ihn nicht mehr gesehen, seit ich mit meinen Freunden, Professor und Mrs. Crafton, nach Cornwall gekommen bin, und ich bin meiner Familie einige Erklärungen schuldig.«

»Ach du meine Güte«, sagte sie. »Ich fürchte, Kate wird sich sehr aufregen. Sie zwei verstehen sich doch so gut.«

»Ja, aber ich muß fahren. Ich spreche mit ihr. Ich werde es ihr begreiflich machen.«

Und ich sprach mit ihr. »Warum kann ich nicht mitkommen?« fragte sie.

»Weil ich allein hin muß.«

»Ich sehe nicht, warum.«

»Aber ich.«

»Und was fange ich an, wenn du weg bist?«

»Du bist auch zurechtgekommen, bevor ich hier war.«

»Das war was anderes.«

»Ich sag' dir was. Ich suche dir ein paar Bücher zum Lesen aus, und wenn ich wiederkomme, kannst du mir darüber berichten. Ich gebe dir auch einige Aufgaben auf.«

»Wozu soll das gut sein?«

»Damit die Zeit vergeht.«

»Ich will nicht, daß die Zeit vergeht. Ich will nicht, daß du weggehst, wenn ich nicht mitkommen kann.«

»O je, diese Lektion mußt du auch noch lernen. Es kommt nicht immer alles so, wie wir es wollen. Hör zu, Kate, ich muß fort, es geht nicht anders.«

»Du kommst vielleicht nicht zurück.«

»Doch, ich schwöre es.«

Sie holte die Bibel und ließ mich darauf einen Eid ablegen. Danach schien sie etwas zufriedener. Es rührte mich zutiefst, daß ich ihr so viel bedeutete.

Mein Vater freute sich, mich zu sehen. Tante Maud war kühl und mißbilligend, wie ich es erwartet hatte.

Mein Vater meinte: »Das ist eine seltsame Entscheidung, die du da getroffen hast, Rosetta.«

»Ich wollte etwas zu tun haben.«

»Es gibt so viele passendere Dinge, die du tun könntest«, sagte Tante Maud.

»Ich hätte dir Arbeit im Museum verschaffen können«, ergänzte Vater.

»Das wäre viel besser gewesen«, sagte Tante Maud. »Aber als Gouvernante, und das im finstersten Cornwall!«

»Es ist eine sehr angesehene Familie. Sie sind Nachbarn der Lorimers.«

»Ich bin froh, daß du in ihrer Nähe bist«, sagte Vater. »Welche Fächer unterrichtest du?«

»Alle. Es ist nicht schwer.«

Er machte ein erstauntes Gesicht.

»Wie dem auch sei«, sagte Tante Maud, »einerlei, was und wen du unterrichtest, ich finde es ausgesprochen töricht von dir. Gouvernante, ausgerechnet!«

»Felicity war auch eine, vergiß das nicht.«

»Du bist nicht Felicity.«

»Nein, ich bin ich. Ich wollte damit nur sagen, daß sie es sehr gut gemacht hat und sich kein bißchen schämt, weil sie einmal Gouvernante war.«

»Bei einer befreundeten Familie. Und nur aus Gefälligkeit.«

»Gefällig bin ich auch. Sie sind sehr froh, daß sie mich haben.«

Tante Maud machte eine unwillige Geste.

In der Küche wurde ich freudig begrüßt. Mr. Dolland wirkte ein wenig gealtert. Er war an den Schläfen etwas weißer geworden. Mrs. Harlow schien mir korpulenter, als ich sie in Erinnerung hatte. Die Mädchen waren unverändert.

»So, so, Gouvernante sind Sie«, sagte Mrs. Harlow mit einem leichten Naserümpfen.

»Ja, Mrs. Harlow. Und es macht mir Spaß. Ich habe eine kluge und recht ungewöhnliche Schülerin. Sie war sehr unartig, bevor ich kam.«

»Nie hätte ich das für möglich gehalten. Mr. Dolland auch nicht, stimmt's, Mr. Dolland?« Mr. Dolland bestätigte, daß er es nie für möglich gehalten hätte.

»Früher war es immer lustig hier«, sagte ich. »Rezitieren Sie noch *Die Glocken*, Mr. Dolland?«

»Ab und zu, Miß Rosetta.«

»Wie habe ich mich dabei geängstigt! Und ich habe von dem polnischen Juden geträumt. Ich habe Kate, meiner Schülerin, von Ihnen erzählt. Ich würde sie gern einmal mit hierherbringen, damit sie euch alle kennenlernt.«

»Wir vermissen ein Kind im Haus«, sagte Mrs. Harlow im Gedenken an alte Zeiten. Ich trat zu ihr und legte meine Arme um sie. Sie drückte mich an sich. »Ja«, sagte sie und wischte sich dabei die Augen, »wir sprechen oft von den alten Zeiten. Sie waren ein kluges kleines Ding.«

»Ich muß *Die Glocken* hören, bevor ich abreise.«

»Soviel ich weiß, hält Mr. Lorimer sich in London auf.«

»Ja, ich werde ihn besuchen.«

Ich ertappte Mrs. Harlow und Mr. Dolland bei einem verständnisinnigen Blick. Sie machten also Lucas und mich zu einem Paar.

Am nächsten Tag ging ich in die Klinik. Lucas freute sich, mich zu sehen. »Ich bin ganz gerührt, daß Sie gekommen sind«, sagte er.

»Das ist doch selbstverständlich. Ich wollte hier sein, wenn man Sie operiert, und Sie sollen wissen, daß ich die ganze Zeit an Sie denke. Ich komme morgen nachmittag mit meinem Vater oder meiner Tante vorbei und erkundige mich, wie es gegangen ist.«

»Dann ist es vielleicht noch zu früh.«

»Wie dem auch sei, ich komme trotzdem.«

Er hatte ein kleines Zimmer mit einem Bett und einem Tischchen daneben. Er war im Morgenmantel. Man habe ihm nahegelegt, sagte er, die beiden letzten Tage zu ruhen, und er habe die meiste Zeit gelesen. So werde er auf die Operation vorbereitet. »Ich bin so froh, daß Sie gekommen sind, Rosetta. Ich möchte Ihnen etwas sagen. Setzen Sie sich hierher, ans Fenster, damit ich Sie sehen kann.«

»Stört Sie der Verkehrslärm?« fragte ich.

»Nein, ich mag ihn. Er gibt mir das Gefühl, daß draußen das Leben pulsiert.«

»Was wollten Sie mir sagen, Lucas?«

»Ich habe etwas unternommen. Es ist schon eine Weile her, bevor Sie mir eröffneten, daß John Plaidy Simon Perrivale ist.«

»Was haben Sie unternommen, Lucas?«

»Ich habe Dick Duvane auf die Suche nach John Plaidy geschickt.«

»Sie haben... was?«

»Ich hatte nicht viel, woran ich mich halten konnte. Dick ist nach Konstantinopel gereist. Ich dachte, Plaidy arbeitet vielleicht noch bei dem Pascha und es gäbe eine Möglichkeit, jemanden zu bestechen, um ihn herauszuholen. Ich weiß, womit man diese Leute ködern kann. Es war genau die richtige Aufgabe für Dick. Wenn jemand etwas erreichen konnte, dann er.«

»Warum haben Sie das getan, Lucas?«

»Weil ich wußte, wie sehr Sie an ihm hängen. Ich habe mir immer gesagt, daß uns drei etwas verband. Wir hatten so viel zusammen durchgemacht. Das bleibt nicht ohne Wirkung. Aber irgendwie war ich der Außenseiter. Das wurde mir auf der Insel bewußt.«

»Nur, weil Sie nicht gehen konnten. Wir mußten uns zusammen auf die Suche nach etwas Eßbarem machen. Sie waren kein Außenseiter, Lucas.«

»O doch, Ihnen hat er sein Geheimnis anvertraut, und nun setzen Sie alles daran, seine Unschuld zu beweisen.« Ich schwieg. »Es gab Zeiten, da dachte ich, Sie und ich... ja, ich habe es mir gewünscht. Mein Leben hat sich verändert, seit Sie nach Cornwall gekommen sind. Ich bin zuversichtlicher geworden, und mir kam der Gedanke, daß Wunder geschehen können.«

»Wir haben ein Wunder erlebt, sogar mehr als eins. Es sah wirklich so aus, als ob göttliche Fügung, das Schicksal, oder wie immer Sie es nennen mögen, die Hand über uns hielt. Bedenken Sie, wie wir auf dem Meer überlebt haben, und dann auf der Insel, und was für ein Glück ich im Serail gehabt habe. Ich hatte zeitweise das Gefühl, einen guten Schutzengel zu haben. Sie hatten auch einen, Lucas. Wie Sie nach Hause gelangt sind, das war gewiß ein Wunder.«

»Wie das hier«, sagte er mit einem Blick auf sein Bein.

»Ich glaube, niemand von uns ist unversehrt davongekommen. Aber ach, Lucas, das haben Sie für mich getan! Sie haben versucht, ihn aufzuspüren, um ihn mir zurückzubringen!«

»Ich gestehe, daß ich mich zeitweise für einen Narren hielt. Laß ihn, sagte ich mir. Soll er für immer verschwunden bleiben. Dann könnten Sie und ich uns ein gemeinsames Leben einrichten. Doch dann dachte ich: Sie wird sich immer nach ihm sehnen. Sie wird immer an ihn denken. So kam ich zu dem Entschluß, ihn zu suchen und zurückzubringen, sofern das möglich ist.«

»Ich werde nie vergessen, daß Sie das für mich getan haben. Sie haben mir einmal gesagt, daß Sie nach sich selbst mich am meisten lieben und daß alle Menschen sich selbst am meisten lieben, und wenn sie einen anderen lieben, dann wegen der Behaglichkeit und der Freuden, die diese Person Ihnen selbst verschafft. Erinnern Sie sich? Ich glaube nicht, daß dies auf Sie zutrifft.«

Er lachte. »Machen Sie keinen Helden aus mir. Sonst werden Sie furchtbar enttäuscht.«

»Ach, Lucas...«

»Schon gut, schon gut. Genug. Wir wollen nicht sentimental werden. Ich dachte nur, Sie sollten es wissen, das ist alles. Als Sie mir eröffneten, wer er war und daß er gesagt hatte, er wolle versuchen, nach Australien zu kommen, habe ich Dick geschrieben, und nun ist er dorthin unterwegs. Es ist ein dünnbesiedeltes Land. Er könnte dort etwas leichter aufzuspüren sein. Aber selbst wenn wir ihn fänden, er könnte nicht zurückkehren, nicht wahr?«

»Es sei denn, wir beweisen, daß er unschuldig ist.«

Er sah mich traurig an.

»Sie glauben, ich werde es nie beweisen, nicht wahr?« sagte ich.

»Ich glaube, Sie haben sich eine sehr schwere Aufgabe vorgenommen.«

»Aber Sie werden mir helfen, Lucas.«

»Ich bin ziemlich behindert, wie Sie wissen.«

»Es wird Ihnen sehr viel bessergehen, nachdem... das wissen Sie. Sie glauben daran.«

»Das ist ja wohl der Zweck der Sache, oder?«

»Ach, wäre doch morgen schon vorüber. Ich kann's kaum erwarten.«

»Danke, Rosetta.«

»Die Operation muß gelingen. Unbedingt.«

Er nickte. Ich küßte ihn auf die Stirn und ging. Es war mir unmöglich, meine Bewegung zu verbergen, und ich wollte ihn nicht merken lassen, wie bange mir war. Nachdem ich ihn verlassen hatte, bat ich um ein Wort mit dem Chirurgen, und man führte mich zu ihm. Ich sagte ihm, ich wäre ihm dankbar, wenn er mir mitteilen würde, ob die Gefahr bestünde, daß Lucas die Operation nicht überlebte. Als er ein paar Sekunden zögerte, war ich vor Angst wie gelähmt. »Ich nehme an, Sie sind seine Verlobte«, sagte er. Ich ließ ihn in diesem Glauben, denn so würde er bestimmt offener zu mir sein. Er fuhr fort: »Es ist eine langwierige und heikle Operation. Wenn sie gelingt, wird er sehr viel müheloser und ohne Schmerzen gehen können. Ein leichtes Hinken wird jedoch bleiben. Weil die Operation langwierig und kompliziert ist, kann sie das Herz strapazieren, und da liegt die Gefahr. Mr. Lorimer ist kräftig und gesund. Er ist ziemlich robust. Es besteht eine gute Chance, daß er die Operation heil übersteht. Wir dürfen nur die Herzbelastung nicht außer acht lassen.«

»Danke«, sagte ich.

Er legte mir die Hand auf die Schulter. »Ich bin sicher, daß es gutgeht.«

Ich verließ die Klinik sehr beunruhigt. Am liebsten wäre ich zu Lucas zurückgegangen, um ihm zu sagen, wie besorgt ich um ihn war. In diesem Augenblick war das Gelingen der Operation für mich das Wichtigste auf der Welt.

Der folgende Tag schien nicht enden zu wollen. Am späten Nachmittag gingen Vater, Tante Maud und ich in die Klinik. Wir sprachen den Arzt, mit dem ich am Vortag gesprochen hatte. »Er hat es gut überstanden«, sagte er. »Es ist noch zu früh, um den Erfolg der Operation zu beurteilen. Aber Mr. Lorimer geht es gut. Sie können zu ihm hinein, aber höchstens ein paar Minuten. Nur Miß Cranleigh natürlich.«

Lucas lag im Bett, das Bein in einem Gestell. Noch nie hatte ich ihn so wehrlos und verletzlich gesehen. »Guten Tag, Lucas.«

»Rosetta...«

»Man sagt mir, es ist gutgegangen.« Er nickte zu dem Stuhl neben seinem Bett hinüber. Ich setzte mich.

»Schön, daß Sie da sind.«

»Nicht sprechen. Ich darf nur ein paar Minuten bleiben.« Er lächelte matt. »Und Sie werden bald draußen sein.« Eine Schwester schaute herein, und ich stand auf. »Nicht vergessen, ich denke an Sie«, sagte ich und gab ihm einen Kuß. Dann kehrten wir nach Bloomsbury zurück.

Lucas' Befinden war »den Umständen entsprechend«. Er blieb vorerst im Bett, und ich erfuhr, daß der Erfolg der Operation erst abzusehen wäre, wenn er imstande sein würde aufzustehen. Die Besuche mußten kurz ausfallen. Das ließ mir die Tage lang werden, und so beschloß ich eines Tages, mir das Haus anzusehen, wo Mirabel gewohnt hatte, als sie mit ihrer mysteriösen Krankheit nach London gefahren war. Ich konnte nicht vergessen, was Maria gesagt hatte: »Wenn sie verheiratet gewesen wäre, hätte ich gedacht, sie wäre in anderen Umständen.« Maria mußte sich geirrt haben. Es war kein Kind da. Ich wollte wissen, ob Mirabels Fahrt nach London einen Hinweis lieferte.

Malton House in Bayswater. Das war alles, was ich wußte, aber vielleicht war es nicht unmöglich, es zu finden.

In der letzten Woche hatte ich ausschließlich an Lucas gedacht, und da ich ihn nur sehr kurz besuchen durfte, brauchte ich etwas, um mich zu beschäftigen und meine Gedanken von der bangen Ungewißheit abzulenken, ob vielleicht doch nicht alles gutgegangen war.

Ich wollte eines Nachmittags eine Droschke nehmen und sehen, ob ich Malton House finden konnte. Ich durfte nichts unversucht lassen. Wer weiß, ob nicht wichtige Beweise gerade dort auftauchten, wo man sie am wenigsten vermutete. Sicher, mein Drang, Simons Unschuld zu beweisen, war in letzter Zeit hinter meiner Sorge um Lucas zurückgetreten, aber ich hatte meine Suche schon zu intensiv betrieben, um sie jetzt aufzugeben. Ich kannte den Namen des Hauses und des Stadtteils. Ich wollte mit einer Droschke nach Bayswater fahren. Die Droschkenkutscher kannten sich in London aus, das war schließlich ihr Beruf.

Es war an einem frühen Nachmittag. Mein Vater war in seinem Arbeitszimmer beschäftigt. Tante Maud hatte sich hingelegt. Ich trat aus dem Haus und winkte eine Droschke herbei. Der Kutscher sah ein wenig ratlos drein, als ich ihm mein Ziel nannte. »Malton House? Wo soll das sein?«

»In Bayswater.«

»Ist das alles, was Sie wissen?«

Ich bejahte.

»Na gut, fahren wir nach Bayswater. Das ist kein Problem. Warten Sie mal, ich kenne einen Malton Square.«

»Wahrscheinlich ist es dort.«

»Schön, Miß, wir werden sehen.«

Am Malton Square angekommen, verlangsamte er das Tempo und betrachtete im Vorbeifahren die Häuser. Wir sahen eine Frau mit einer Einkaufstasche. Die Frau schritt forsch aus. Der Kutscher fuhr noch langsamer und tippte sich mit der Peitsche an den Hut. »Verzeihung, meine Dame. Kennen Sie hier ein Malton House?«

»Aber ja«, sagte sie. »Da drüben an der Ecke.«

»Danke, Madam.« Die Droschke hielt vor einem Haus.

»Würden Sie bitte auf mich warten?« sagte ich. »Ich bleibe nicht lange.«

»Ich warte um die Ecke«, erwiderte er. »Hier kann ich nicht stehenbleiben.«

»Ist gut.« Das kam mir sehr gelegen, denn er hätte es vielleicht merkwürdig gefunden, daß ich die Fahrt gemacht hatte, um nur einen Blick auf das Haus zu werfen.

Das Haus lag von der Straße zurückgesetzt. Ein paar Stufen führten zum Eingang. Zwischen den wenigen schäbigen Sträuchern im Vorgarten war eine Holztafel, auf der in großen Lettern geschrieben stand: »Malton House. Entbindungsheim«. Und in der Ecke: »Mrs. B. A. Campden«. Ich starrte ein paar Sekunden auf die Tafel, und als ich so davorstand, trat eine Frau zu mir. Ich erkannte sie sogleich als diejenige, die der Droschkenkutscher nach dem Haus gefragt hatte. »Kann ich etwas für Sie tun?« fragte sie.

»Oh, hm, nein, danke«, sagte ich.

»Ich bin Mrs. Campden. Ich sah Sie aus der Droschke steigen.« Die Sache wurde mir peinlich. Sie mußte wissen, daß ich hierher gewollt hatte, weil der Kutscher sie nach dem Haus gefragt hatte. Wie konnte ich ihr erklären, daß ich es mir nur ansehen wollte? »Möchten Sie nicht hereinkommen?« fragte sie. »Drinnen plaudert es sich leichter.«

»Ich, hm, ich wollte nur...«

Sie lächelte. »Ich verstehe.« Sie ließ ihren Blick über mich gleiten. Schon folgte ich ihr die Stufen hinauf. Die Tür war offen, dahinter lag eine Empfangshalle. »Treten Sie näher«, sagte die Frau.

»Ich wollte nur...« begann ich abwehrend. Wie konnte ich ihr erklären, daß ich nur sehen wollte, was für ein Haus dies war? Was mich betraf, schien sie ihre eigenen Schlüsse gezogen zu haben. »Ich möchte Ihre Zeit wirklich nicht in Anspruch nehmen...« fuhr ich fort.

Sie nahm meinen Arm und zog mich in ein Zimmer. »Machen wir es uns gemütlich«, sagte sie und drückte mich in einen Sessel. »Es braucht Ihnen nicht peinlich zu sein. Freilich, die meisten Mädchen werden verlegen. Das ist verständlich. Wir sind hier, um zu helfen.«

Ich war in eine lächerliche Situation geraten, aus der ich mich so schnell wie möglich befreien mußte. Was konnte ich sagen? Wie es erklären? Sie wußte, daß ich zu diesem Haus gewollt hatte. Es war ein äußerst unglücklicher Umstand, daß der Droschkenkutscher sie angesprochen hatte. Ich suchte nach einem Grund, weswegen ich hier sein könnte.

»Ich muß Ihnen natürlich ein paar Fragen stellen«, sagte sie gerade, während sich mein Gehirn verzweifelt anstrengte, einen Vorwand für mein Hiersein zu finden. »Sie brauchen nicht nervös zu sein. Wir bringen das in Ordnung. Haben Sie eine Ahnung, wann die Empfängnis stattgefunden hat?«

Ich war entsetzt. Ich wollte so schnell ich konnte fort von hier. »Sie befinden sich im Irrtum«, sagte ich. »Ich… ich bin nur gekommen, um mich nach einer Freundin zu erkundigen.«

»Einer Freundin?«

»Ich glaube, sie ist vor einiger Zeit hier gewesen. Ich habe sie aus den Augen verloren und dachte mir, vielleicht könnten Sie mir helfen. Sie heißt Mrs. Blanchard…«

»Mrs. Blanchard?« Sie sah mich verständnislos an.

Sie hätte sich ganz bestimmt erinnert. An Mirabel würde sich jeder erinnern, das war bei ihrer ungewöhnlichen Schönheit unvermeidlich. Plötzlich kam mir ein Gedanke, und ich sagte spontan: »Vielleicht nannte sie sich auch Mrs. Parry.« Sobald ich es ausgesprochen hatte, fragte ich mich, was mir einfiele. Aber mir war die Idee gekommen, daß Mirabel ihren Besuch in diesem Haus geheimhalten wollte und den Namen Blanchard vielleicht nicht benutzt hatte. Ich hatte von vornherein den leisen Verdacht gehabt, daß sie tatsächlich die Frau des Seemanns war, dessen Grab Kate besuchte, daß sie also damals wirklich Mrs. Parry hieß. Ich war nicht bei Sinnen. Ich wollte nur fort von hier. »Ich dachte, Sie könnten mir vielleicht ihre Adresse geben«, sagte ich.

»Ich muß Ihnen sagen, daß wir die Adressen unserer Patientinnen niemals preisgeben.«

»Das dachte ich mir beinahe. Haben Sie vielen Dank. Es tut mir leid, daß ich Ihre Zeit beansprucht habe.«

»Wie heißen Sie?«

»Das ist unwichtig. Ich kam gerade vorbei, und da dachte ich…«

Kam gerade vorbei! In einer Droschke, die mich eigens hergefahren hatte! Ich machte die Sache immer schlimmer.

»Sie sind nicht von der Presse, nein?« fragte sie in drohendem Ton.

»Nein, nein, ganz bestimmt nicht. Ich dachte nur, Sie könnten mir vielleicht helfen, meine Freundin zu finden. Es tut mir so leid, daß ich Sie belästigt habe. Ich wäre nicht hereingekommen, wenn…«

»Wenn ich nicht just in diesem Moment gekommen wäre. Sind Sie sicher, daß Sie unsere Dienste nicht benötigen?«

»Ganz sicher. Bitte entschuldigen Sie. Es tut mir so leid, Sie bemüht zu haben. Auf Wiedersehen, und vielen Dank.«

Ich ging zur Tür. Die Frau beobachtete mich mit zusammengekniffenen Augen. Ich zitterte. Die Frau und das Haus machten mir angst. Ich war erleichtert, als ich auf die Straße trat. So ein Schlamassel! Wie sollte ich auch ahnen, daß ich der Besitzerin begegnen würde! So ein Pech, daß sie ausgerechnet in diesem Moment dahergekommen war. Und ich war völlig unvorbereitet gewesen. Ich hatte die Rolle, in die ich geschlüpft war, denkbar schlecht gespielt. Weil ich mich als Gouvernante ganz gut gehalten hatte, bildete ich mir ein, mich als Detektivin betätigen zu können. Ich war gedemütigt und erschüttert und hatte nur noch den einen Wunsch, so schnell wie möglich fortzukommen. Das würde mir eine Lehre sein. Meine Untersuchungsmethoden waren unüberlegt und laienhaft. Ich lief zu der Ecke, wo die Droschke wartete.

»Das ging aber schnell«, sagte der Kutscher.

»Ja.«

»Alles in Ordnung?«

»O ja, ja.«

Ich wußte, was er dachte. Ein Mädchen in Schwierigkeiten geht in eins von diesen Häusern. Entbindungsheim, gut und schön, aber nicht abgeneigt, einem Mädchen in Schwierigkeiten zu helfen.

Ich lehnte mich zurück und ging in Gedanken jede einzelne peinliche Minute durch. Warum hatte ich nur Mrs. Parry erwähnt! Es war mir einfach in den Sinn gekommen, daß sie unter diesem Namen dorthin gegangen sein könnte. Wie töricht von mir! Eins wußte ich mit Sicherheit: Mirabel mußte schwanger gewesen sein, als sie dort hineinging, und sie war es nicht, als sie herauskam. Was konnte das bedeuten? Von wem war das Kind? Von Cosmo? Damals wollte sie Cosmo heiraten. Oder von Tristan? War dies ein wichtiger Beweis? Mir schien, die Beweiskette wurde immer komplizierter, und ich war der Lösung nicht nähergekommen. Als ich nach Hause kam, war ich immer noch erschüttert über die Begegnung.

Am nächsten Tag ging ich Lucas besuchen. Als ich an seine Tür klopfte, machte er auf. »Lucas!«

»Schauen Sie.« Er ging ein paar Schritte.

»Es ist gelungen!« rief ich.

Er nickte mit einem triumphierenden Lächeln.

»O Lucas, wie wunderbar.« Ich warf mich in seine Arme, und er drückte mich an sich.

»Sie haben viel dazu beigetragen«, sagte er.

»Ich?«

»Weil Sie jeden Tag gekommen sind. Weil Sie besorgt waren.«

»Natürlich bin ich gekommen. Natürlich war ich besorgt. Erzählen Sie.«

»Nun, ich bin immer noch ein armer Tropf.«

»So sehen Sie aber nicht aus.«

»Die Operation ist gelungen. Ich muß Übungen machen und dergleichen. Aber es geht mir besser. Ich fühle mich beschwingter. Nicht mehr wie ein alter Klotz.«

»Wunderbar! Es hat sich gelohnt!«

»Ich muß noch ein, zwei Wochen hierbleiben, um gehen zu üben. Ich muß es erst wieder lernen, wie ein Baby.«

Ich konnte ihn nur anlächeln. Fast kamen mir die Tränen. Ich war so glücklich, weil die Operation gelungen war.

»Bleiben Sie noch eine Weile in London?« fragte er.

»Ja. Ich komme Sie jeden Tag besuchen, um die Fortschritte zu sehen.«

»Ich werde immer noch etwas hinken. Alles können sie nicht richten. Aber sie haben viel erreicht. Dieser Mann ist ein Genie. Ich glaube, ich war so etwas wie ein Versuchskaninchen, aber er ist zufrieden mit mir, wenn auch nicht halb so wie mit sich selbst.«

»Wir wollen ihm seinen Ruhm nicht mißgönnen, Lucas. Ich bin so glücklich.«

»Ich habe mich lange nicht so gut gefühlt.«

»Ich bin froh, so froh.«

Auf dem Weg nach draußen fing mich der Chirurg ab. Seine Freude war ihm deutlich anzumerken. »Mr. Lorimer war ein sehr guter Patient«, sagte er. »Er hat einen starken Willen, das war eine große Hilfe.«

»Wir wissen nicht, wie wir Ihnen danken sollen.«

»Mein Lohn ist das Gelingen der Operation.«

Als ich es zu Hause erzählte, meinte Vater, es sei ein Segen, daß die moderne Medizin so weit fortgeschritten sei; Tante Maud zeigte ihre Freude auf eine Art, die mir sagte, sie rechne mit der Möglichkeit, daß Lucas und ich ein Paar würden. Aber in der Küche konnte ich hemmungslos feiern. Mr. Dolland, weise wie immer, stützte die Ellenbogen auf den Tisch, und mit weit größerer Begeisterung als zuvor mein Vater sprach er von den Wundern der heutigen Medizin. Mrs. Harlow seufzte schwärmerisch, daher wußte ich, daß ihre Gedanken sich auf denselben Gleisen bewegten wie die von Tante Maud, nur daß ich mich darüber nicht ärgerte wie über Tante Mauds Spekulationen. Dann erzählte Mrs. Harlow von der Blinddarmoperation ihrer Kusine und wie sie fast unter dem Messer des Chirurgen gestorben wäre. Mr. Dolland entsann sich eines Theaterstückes, in dem ein Mann angeblich ein Krüppel war, der sich nicht aus seinem Sessel erheben konnte, während er doch die ganze Zeit mühelos gehen konnte und in Wirklichkeit der Mörder war. Es war wie in alten Zeiten, und ich war so glücklich wie lange nicht.

Erst ein paar Tage später erzählte ich Lucas von meinem unangenehmen Erlebnis in dem Entbindungsheim. »Aber ich habe wenigstens herausgefunden, daß Mirabel ein Baby erwartete, bevor Cosmo ermordet wurde, und sie es offensichtlich abtreiben ließ.«

»Das ist ja nicht zu fassen! In welchem Zusammenhang, glauben Sie, mag das mit dem Mord stehen?«

»Ich habe keine Ahnung.«

»Wäre das Kind von Cosmo gewesen, hätte sie so tun können, als wäre es eine Frühgeburt, es sei denn, dazu war es schon zu spät.«

»Es hätte von Tristan sein können, und als sie vorhatte, Cosmo zu heiraten, mußte sie etwas unternehmen.«

»Das klingt plausibel. Es ist alles sehr kompliziert. Möglicherweise waren Sie nicht im richtigen Haus. Sie hatten ja nur die Adresse von Maria gehört.«

»Leider hat es uns nicht sehr weit geführt. Das Haus hatte etwas Unheimliches, und diese Mrs. Campden war sehr gereizt, als sie dachte, ich würde Erkundigungen einziehen.«

»Das kann man ihr nicht verdenken. Sie hatte Sie für eine Klientin gehalten.«

»Sie wirkte etwas erschrocken, als sie meinte, ich käme von der Presse.«

»Was vermuten läßt, daß sie die Presse fürchtet, weil das, was sie tut, ungesetzlich ist. Hören Sie, Rosetta. Ich schlage vor, Sie geben die Schnüffelei auf.«

»Das kann ich nicht, Lucas.«

»Sie wissen nicht, worauf Sie sich da einlassen.«

»Und was wird aus Simon?«

»Simon soll nach Hause kommen und seine Probleme selber lösen.«

»Wie könnte er? Man würde ihn verhaften.«

»Ich habe das Gefühl, die Sache wird allmählich mehr als nur ein bißchen unangenehm für Sie.«

»Es macht mir nicht das geringste aus, wenn es unangenehm wird.«

»Aber Sie haben es vielleicht mit gefährlichen Menschen zu tun. Immerhin betreffen Ihre Nachforschungen einen Mord, und wenn Sie glauben, daß Simon nicht der Mörder ist, dann ist es vermutlich jemand anderes im Haus. Was glauben Sie, wie der schuldigen Person bei Ihren Untersuchungen zumute ist?«

»Diese Person merkt ja nichts davon.«

»Was ist mit dieser Frau? Sie schien nicht sehr erfreut. Und wenn sie sich mit Abtreibungen befaßt – zu einem guten Preis, schätze ich –, könnte sie in Schwierigkeiten geraten.«

»Sie hatte eine Tafel draußen. Es ist ein Entbindungsheim. Das ist legal.«

»Es könnte eine Tarnung sein. Ich meine, Sie sollten sich da heraushalten.«

»Ich muß Simon von dem Verdacht reinwaschen.«

Lucas zuckte die Achseln. »Na schön«, sagte er. »Aber halten Sie mich auf dem laufenden.«

»Das tu' ich bestimmt, Lucas.«

Am nächsten Tag kam Felicity nach London. Ich war überglücklich. »Ich mußte herkommen, um Lucas zu sehen«, sagte sie. »Und ich habe geahnt, daß du hier bist. Wie geht es ihm?«

»Er macht gute Fortschritte. Die Operation ist gelungen. Er freut sich bestimmt genauso wie ich, daß du gekommen bist.«

»Ich bin vom Bahnhof direkt hierhergefahren«, fuhr sie fort. »Ich wollte hören, wie es Lucas geht, und zugleich dich besuchen.«

Tante Maud begrüßte Felicity herzlich. »Ich lasse Ihnen sofort ein Zimmer herrichten«, sagte sie. Felicity erwiderte, sie habe daran gedacht, in einem Hotel Quartier zu nehmen.

»Unsinn«, widersprach Tante Maud. »Sie müssen bei uns wohnen. Wenn Sie mich jetzt entschuldigen wollen, ich werde gleich nach dem Rechten sehen.«

Felicity lächelte mich an. »Immer noch dieselbe tüchtige Tante Maud.«

»O ja. Mrs. Harlow sagt, der Haushalt läuft wie am Schnürchen.«

»Und was ist das für eine Geschichte von wegen Gouvernante? Du bist wohl in meine Fußstapfen getreten?«

»Sozusagen.«

Sie sah mich fragend an. »Wir haben uns eine Menge zu erzählen.«

»Richte dich erst mal häuslich ein.« Wir gingen nach oben. Meg legte gerade letzte Hand an das Zimmer. Felicity wechselte ein paar nette Worte mit ihr, dann waren wir allein. Ich setzte mich aufs Bett, während Felicity die wenigen Sachen, die sie mitgebracht hatte, in Schubladen und Schränke räumte.

»Sag mir ehrlich, geht es Lucas wirklich besser?«

»O ja, ohne jeden Zweifel.«

»Ich bin froh, daß du von Cornwall hergekommen bist.«

»Ich mußte einfach.«

Sie nickte. »Wie bist du auf diese Idee mit der Gouvernante gekommen?«

»Keine war mit diesem Mädchen fertig geworden. Es war so etwas wie eine Herausforderung.«

Sie sah mich ungläubig an. Und plötzlich dämmerte es mir, daß ich Felicity längst hätte einweihen sollen. Ihr konnte ich völlig vertrauen. Nanny Crockett und Lucas wußten es bereits, da konnte ich es Felicity nicht länger vorenthalten. Und nachdem ich ihr das Versprechen absoluter Geheimhaltung abgenommen hatte, erzählte ich ihr alles. Sie hörte fassungslos zu. »Ich fand deinen Aufenthalt im Serail schon phantastisch«, sagte sie. »Und nun dies...«

»Daß Menschen in Harems verkauft werden, war früher gang und gäbe«, erwiderte ich. »Es kommt heute nur seltener vor.«

»Und dieser Simon ist tatsächlich Simon Perrivale?«

»Erinnerst du dich an den Fall?«

»Verschwommen. Er hat damals viel Staub aufgewirbelt, nicht? Dann brachten die Zeitungen nichts mehr darüber. Und du bist von seiner Unschuld überzeugt.«

»Ja. Du wärst es auch, Felicity, wenn du ihn kennen würdest.«

»Und ihr wart allein auf der Insel.«

»Lucas war mit uns dort, aber er konnte nicht gehen. Er lag im Boot und hielt nach einem Schiff Ausschau.«

»Hört sich an wie Robinson Crusoe.«

»Das kann man von allen sagen, die Schiffbruch erleiden und auf eine Insel verschlagen werden.«

»Liebst du – diesen – Simon?«

»Es bestand eine sehr starke Bindung zwischen uns.«

»Habt ihr über eure Gefühle gesprochen?«

Ich schüttelte den Kopf. »Nein, nicht richtig. Es war einfach da. Wir waren alle so mit Überleben beschäftigt. Auf der Insel dachten wir, wir wären verloren. Wir hatten nicht genug zu essen und zu trinken, und dann wurden wir aufgelesen, und es gab keine Gelegenheit zum Reden.«

»Er hat sich vor der Botschaft von dir getrennt, und dann bist du nach Hause gekommen, und er ist dageblieben.«

»Man hätte ihn verhaftet, wenn er zurückgekommen wäre.«

»Ja, sicher. Und Lucas hat alles miterlebt… bis zu einem gewissen Grade.«

Ich nickte.

»Ich hatte Lucas immer sehr gern«, sagte sie nachdenklich. »Es war sehr traurig, ihn zu sehen, als er zurückkam. Er war immer so vital. James hat ihn auch gern. Er meint, Lucas sei ein Lebenskünstler. Ich glaube, Lucas liebt dich, Rosetta.«

»Ja.«

»Hat er dir einen Heiratsantrag gemacht?«

»Ja, aber nicht richtig ernst, eher ziemlich schnoddrig.«

»Ich denke, er neigt zur Schnoddrigkeit, wenn seine Gefühle im Spiel sind. Du könntest viel für ihn tun, und ich glaube, er auch für dich. Oh, ich weiß, du denkst, du brauchst ihn nicht, nicht so, wie er dich. Aber das stimmt nicht, Rosetta. Alles, was du durchgemacht hast, meine Liebe, konnte nicht spurlos an dir vorübergehen.«

»Nein, sicher nicht.«

»Lucas war eine Zeitlang dabei. Er würde so vieles verstehen.« Ich schwieg, und sie fuhr fort: »Ich weiß, was du jetzt denkst. Simon war auch dort, und da war diese Bindung zwischen euch.«

»Es hat schon vorher angefangen, als er die Decks schrubbte.«

»Ich weiß, du hast mir davon erzählt. Und jetzt hast du dich dem Beweis seiner Unschuld verschrieben.«

»Ich muß es tun, Felicity.«

»Wenn er zurückkäme, wenn du ihn und Lucas zusammen sähest, dann könntest du dich entscheiden. Lucas ist ein wunderbarer Mensch.«

»Das weiß ich, Felicity. Diese Operation... als ich befürchtete, er könnte sie nicht überleben, da habe ich erkannt, wieviel seine Freundschaft mir bedeutet. Ich habe ihm anvertraut, was ich vorhabe, Felicity, und er hilft mir. Er hat Dick Duvane auf die Suche nach Simon geschickt. Er wollte ihn zurückholen, falls das möglich wäre. Sie dachten, sie würden vielleicht ein Lösegeld für ihn nehmen wie damals für Lucas. Das war, bevor er wußte, daß Simon nicht zurückkommen konnte.«

»Und du wirst nie vollkommen zufrieden sein, wenn du ihn nicht wiedersiehst. Er wird dir nie aus dem Sinn gehen. Du würdest dich immer an ihn erinnern und dich vielleicht in etwas hineinsteigern, was gar nicht da war.«

»Er kann nicht zurückkommen, solange seine Unschuld nicht bewiesen ist.«

»Wie kann er sie aus weiter Ferne beweisen?«

»Wie könnte er sie beweisen, wenn er im Gefängnis säße und auf den Tod wartete?«

»Und deshalb mußt du den Fall aufklären.«

»Ich will es tun. Ich werde nicht aufhören, mich zu bemühen.«

»Ich weiß. Ich kenne deinen Eigensinn von früher.« Sie lachte. »Manche Leute würden es Willenskraft nennen.«

Wir besprachen alles ganz ausführlich. Ich mußte – zum wievielten Mal? – die ganze Geschichte von Anfang an erzählen. Sie sagte, sie wolle sich ein genaues Bild machen. Es war bezeichnend für Felicity, sich bedingungslos für meine Angelegenheiten zu engagieren. »Es wäre interessant zu wissen, warum Sir Edward ihn ins Haus geholt hat«, meinte sie.

»Der Schluß liegt auf der Hand, daß er Sir Edwards Sohn war.«

»Das klingt durchaus wahrscheinlich.«

»Aber das Rätselhafte ist, daß Sir Edward so ein strenger Moral-
apostel war.«

»Auch solche Menschen begehen Fehltritte.«

»Das hat Lucas auch gesagt. Aber soviel ich weiß, war Sir Edward
besonders streng mit denen, die in dieser Hinsicht auf Abwege gerieten.«

»Wie gesagt, das kommt vor, und es ist durchaus möglich, daß der
Schlüssel zu dem Rätsel im Geheimnis von Simons Geburt liegt.
Und wenn man sich mit einem Fall wie diesem befaßt, ist es gut, so-
viel wie möglich über die Beteiligten an dem Drama zu erfahren.
Überleg mal, ob dir nicht noch etwas einfällt, was du über Simons
frühe Kindheit gehört hast.«

»Da war eine böse Tante namens Ada. Er hatte Angst vor ihr, und
als Angel starb, fürchtete er, Ada würde ihn mitnehmen. Sir Edward
schien seine Furcht zu spüren und griff ein. Zumindest hat Simon es
so geschildert.«

»Fällt dir zu der Tante noch etwas ein? Du hast keinen Nachnamen
genannt, nur Ada.«

»Ja. Er hielt sie für eine Hexe. Angel und er haben sie einmal besucht. Sie wohnte in einem Ort namens Witches' Home, Hexenheim, und daß sie dort zu Hause war, schien ihm bezeichnend.«

»Hat er irgend etwas darüber erzählt?«

»Er sagte, glaube ich, unterhalb des Gartens sei Wasser gewesen. Ja,
das hat er gesagt. Es könnte ein Fluß gewesen sein.«

»Ist das alles?«

»Ja. Er kann damals noch nicht fünf gewesen sein, denn mit fünf
Jahren ist er nach Perrivale gekommen.«

»Schön«, sagte Felicity, »wir haben Witches' Home und vermutlich
einen Fluß und Ada.«

»Was hast du vor?«

»Ich dachte, wir könnten versuchen, Ada aufzuspüren. Eine kleine
Unterhaltung mit ihr könnte sich lohnen.«

»Felicity, soll das heißen, daß du…«

»Ich habe eine Idee. Wie wäre es, wenn du für ein paar Tage zu mir
kämst, bevor du nach Cornwall zurückkehrst? James und die Kinder würden sich freuen.«

»Ich habe meine Arbeit. Ich bin ohnehin schon zu lange fortgeblieben.«

»Ach ja, das Enfant terrible. Wie mag es ihr ohne dich ergehen?«

»Gut, hoffe ich. Aber ich muß zurück. Ich kann nicht zu lange freinehmen, obwohl sie sehr großzügig sind.«

»Auf ein paar Tage mehr kommt es doch sicher nicht an. Entlassen werden sie dich deswegen auf keinen Fall. Sie werden froh sein, wenn du wieder da bist.«

»Kate könnte in ihre alten Gewohnheiten zurückfallen, die ich ihr gerade abgewöhne.«

»Dann werden sie dich um so mehr zu schätzen wissen. Ich habe einen Plan. Wir erkundigen uns, ob es einen Ort namens Witches' Home oder so ähnlich gibt. Er liegt vermutlich an einem Fluß oder sonst einem Gewässer. Das könnte uns weiterhelfen.«

»Es hätte auch ein Teich am Ende des Gartens sein können. Alles, was wir haben, ist Ada und Witches' Home. Das ist ähnlich wie bei Thomas Beckets Mutter, als sie nach England kam, und die einzigen englischen Worte, die sie kannte, waren London und Gilbert, und sie ging durch die Straßen der Hauptstadt und rief Gilberts Namen.«

»Es freut mich, daß du dir meine Geschichtslektionen eingeprägt hast.«

»London ist viel größer als Witches' Home.«

»Ich stelle mir Witches' Home als ein kleines Dorf vor, wo jeder über jeden Bescheid weiß.«

»Und wie wollen wir dieses Witches' Home finden?«

»Wir suchen es auf der Landkarte.«

»Kleine Dörfer sind nicht auf Landkarten verzeichnet.«

Sie war bedrückt, aber nur kurz. Dann blitzten ihre Augen auf. »Ich hab's«, sagte sie. »Professor Hapgood. Das ist die Lösung.«

»Wer ist Professor Hapgood?«

»Meine liebe Rosetta, ich lebe nicht umsonst in Oxford. Professor Hapgood ist die größte Kapazität auf dem Gebiet englischer Dörfer. Es ist seine Leidenschaft, sein Lebenswerk, angefangen beim Reichsgrundbuch und noch früher. Wenn es in England einen Ort namens Witches' Home gibt, kann er es uns in kürzester Zeit sagen. Ah, deine Skepsis wird rasch vergehen. Vertrau auf mich, Rosetta, und auf Professor Hapgood.«

Ich war so froh, Felicity eingeweiht zu haben, und schalt mich, weil ich es nicht schon früher getan hatte.

Felicitiy und ich gingen in die Klinik. Lucas ging es deutlich besser, er konnte schon recht mühelos gehen. Er sagte, er habe nun nicht mehr bei jedem Schritt Schmerzen. In der Klinik waren alle sehr zufrieden mit seinen Fortschritten. Er mußte immer noch viel ruhen. In etwa einer Woche sollte er nach Hause entlassen werden.

Ich erzählte ihm, daß ich Felicity ins Vertrauen gezogen hatte und daß wir planten, Tante Ada ausfindig zu machen. Er war belustigt über das Vorhaben und meinte, die Informationen, auf die wir uns stützten, seien sehr dürftig; er ließ sich jedoch von der Erwähnung Professor Hapgoods beeindrucken, dessen Ruf ihm bekannt war. Ich meinte, da Oxford auf dem Weg liege, könne ich von dort aus gleich nach Cornwall fahren. Ich könne meine Rückkehr nicht viel länger aufschieben und würde vielleicht ein paar Tage, bevor Lucas nach Trecorn heimkehrte, in Perrivale eintreffen.

»Ich würde nicht allzuviel Hoffnung in dieses neue Vorhaben setzen«, warnte er mich. »Selbst wenn Sie die Ortschaft finden, was mit Professor Hapgoods Hilfe durchaus möglich ist, bleibt Ihnen immer noch die Suche nach Tante Ada.«

»Das wissen wir«, erklärte ich, »aber wir wollen es versuchen.«

»Viel Glück«, sagte er.

Am nächsten Tag fuhren Felicity und ich nach Oxford. James und die Kinder begrüßten mich freudig. Felicity eröffnete ihnen, daß sie und ich einen kleinen Ausflug vorhätten. Sie wolle mich auf dem Rückweg nach Cornwall ein Stück begleiten, werde aber höchstens zwei Nächte fortbleiben. James hatte immer Verständnis für unsere enge Freundschaft und machte nie Einwände, wenn wir ein wenig Zeit für uns haben wollten. So war es denn abgemacht.

Unsere erste Aufgabe war, uns mit Professor Hapgood in Verbindung zu setzen, der uns gerne weiterhalf. Er führte uns in sein Studierzimmer, das mit dicken Folianten vollgestellt war. Ihm war deutlich anzumerken, daß der Auftrag einer Suche ihn begeisterte.

Einen Ort namens Witches' Home konnte er nicht finden. Das hatten wir beinahe erwartet. »Sie sagten, ein knapp fünfjähriges Kind habe den Namen erwähnt. Es muß ein Ort gewesen sein, der sich

ähnlich anhörte. Witches' Home. Mal sehen. Da hätten wir Wit-
ching Hill, Willinham, Willin-under-Lime, Wodenham. Und wie
wäre es mit Witchenholme? Das könnte sich für ein fünfjähriges
Kind wie Witches' Home anhören. Dann wäre da noch Willenhelme. Diese zwei hören sich am ähnlichsten wie Witches' Home
an.«

»Holme klingt mehr nach home als helme«, meinte ich.

»Ja«, pflichtete der Professor bei. »Lassen Sie mich nachsehen. Witchenholme liegt am Witchen; man kann es kaum einen Fluß nennen, ein Nebenflüßchen von, sehen wir mal...«

»Nebenfluß klingt gut«, sagte Felicity. »Der Junge sagte, unterhalb
des Gartens war ein Gewässer.«

»Mal sehen, wie es mit Willenhelme aussieht. Nein, dort gibt es keinen Fluß. Es liegt im Norden Englands.«

»Das kann es nicht sein. Wo liegt Witchenholme?«

»Nicht weit von Bath.«

Ich sah Felicity erfreut an. »Im Westen. Das könnte es schon eher
sein.«

»Wir versuchen es mit Witchenholme«, sagte Felicity. »Und wenn
es nicht das richtige ist, werden wir Sie wohl noch einmal bemühen,
Herr Professor.«

»Es ist mir ein Vergnügen. Ich bin stolz darauf, den kleinsten Weiler
in England seit den Tagen der normannischen Eroberung aufspüren
zu können, und ich freue mich über jede Möglichkeit, es zu beweisen. Sehen wir weiter. Die nächste größere Ortschaft wäre Rippleton.«

»Gibt es eine Bahnverbindung dorthin?«

»Ja, Rippleton hat einen Bahnhof. Nach Witchenholme sind es von
dort höchstens anderthalb Kilometer.«

»Wir sind Ihnen außerordentlich dankbar.«

»Viel Glück bei der Suche. Und wenn es nicht der richtige Ort ist,
zögern Sie nicht wiederzukommen. Dann probieren wir es noch einmal.«

Als wir ihn verließen, war ich erstaunlich zuversichtlich.

»Und nun«, sagte Felicity, »werden wir durch Witchenholme wan-
dern wie Mrs. Becket durch London, nur daß wir nicht Gilbert rufen, sondern Ada.«

Wir wollten uns für die Nacht ein Zimmer in Rippleton nehmen, einem kleinen Marktflecken. »Es könnte schwierig werden, Ada ausfindig zu machen. Vielleicht brauchen wir zwei Tage dafür«, meinte Felicity. Es tat mir gut, sie bei mir zu haben. Sie hatte sich immer bedingungslos für jedes Vorhaben engagiert. Das war einer ihrer Charakterzüge, die sie zu einer solch mitreißenden Gefährtin machten.

Im Zug sprachen wir während der ganzen Fahrt davon, wie wir es anstellen würden, Ada zu finden, und was wir ihr sagen wollten. Wir waren beide überzeugt, daß wir sie aufspüren würden, was vielleicht etwas naiv war; aber wir waren glücklich zusammenzusein und fühlten uns in die alten Zeiten zurückversetzt, als fast alle Unternehmungen so aufregend gewesen waren.

In Rippleton angekommen, quartierten wir uns im Hotel ein und erkundigten uns nach einer Fahrgelegenheit. Das Hotel verfügte über einen Einspänner und einen Mann, der die Gäste zu den gewünschten Zielen kutschierte. Wir wollten keine Zeit verlieren, und alsbald ratterten wir die Straße nach Witchenholme entlang. Ungefähr hundert Meter vor dem Dorf gab es ein Wirtshaus namens Witchenholme Arms. Hier beschlossen wir anzuhalten und vielleicht ein paar Fragen zu stellen, in der Hoffnung, daß vielleicht jemand eine Ada Soundso kannte, die in der Nähe wohnte. Wir ließen den Kutscher am Wirtshaus warten.

Eine Frau mittleren Alters schenkte am Tresen Bier und Apfelmost aus. Wir fragten sie, ob sie im Dorf jemanden namens Ada kenne. Sie sah uns an, als hielte sie uns für etwas sonderbar – das war ihr gutes Recht –, und sagte: »Ada, Ada, und wie weiter?«

»Das wissen wir eben nicht genau«, sagte Felicity. »Wir haben sie vor langer Zeit kennengelernt, und ihr Nachname ist uns entfallen. Wir wissen nur noch, daß sie Ada hieß.«

Die Frau schüttelte den Kopf. »Ada kenn' ich keine. Meine Stammgäste sind fast alles Männer.«

»Das hatte ich befürchtet«, sagte Felicity. »Trotzdem, vielen Dank.«

Wir verließen das Wirtshaus und machten uns auf den Weg ins Dorf.

»Es stand kaum zu erwarten, daß Tante Ada im Witchenholme Arms verkehrt, nicht?« sagte Felicity.

Das Dorf war sehr klein, genau wie der Professor gesagt hatte. Und es gab einen Fluß, ja, und Häuser, die mit der Rückseite daran grenzten. Ich war sicher, daß dies der richtige Ort war.

Ein Mann fuhr auf einem Fahrrad vorüber. Fast hätten wir ihn angehalten, aber dann wurde uns klar, daß er uns für verrückt halten würde, wenn wir ihn fragten, ob er jemanden namens Ada kenne. Hätten wir doch nur ihren Nachnamen gewußt, dann hätte es viel glaubhafter geklungen.

Auf einmal sagte Felicity: »Schau, da ist der Dorfladen. Wenn jemand etwas weiß, dann vielleicht da drin. Jeder muß ab und zu einkaufen.« Wir betraten den Laden. Es ging ein paar Stufen hinunter, und als die Tür aufging, ertönte über uns eine Klingel. Es roch stark nach Paraffinöl, und der Laden war mit Waren aller Art vollgestopft – es gab Obst, Kuchen, Kekse, Brot, Bonbongläser, Gemüse, Schinken und Geflügel, Schreibpapier, Umschläge, Fliegenfänger und vieles mehr.

»Ja bitte?« sagte eine Stimme. Sie gehörte einem Mädchen von vielleicht vierzehn Jahren, dessen Kopf gerade über den Bonbongläsern auf der Theke sichtbar war.

»Wir sind gekommen«, sagte Felicity, »um zu fragen, ob hier jemand namens Ada bekannt ist.« Das Mädchen starrte uns verwundert an. »Wir sind auf der Suche nach einer alten Freundin«, fuhr Felicity fort. »Wir wissen nur noch, daß sie Ada hieß. Wir dachten, wenn sie hier in der Nähe wohnt, dann würde sie doch sicher in den Laden kommen, nicht?«

»Was…?« stammelte das Mädchen.

»Kennst du die Leute hier in der Gegend?«

»Nein. Ich wohne nicht hier. Nicht immer. Ich bin bloß vorübergehend… ich helfe meiner Tante.«

»Könnten wir sie wohl sprechen?«

»Tante«, rief sie, »Tante Ada!«

Felicity und ich sahen uns erstaunt an. »Tante Ada«, flüsterte Felicity.

»Hier sind Leute, die dich sprechen wollen«, rief das Mädchen.

»Sofort«, sagte eine Stimme. »Komme schon.«

War es möglich? Konnte unsere Suche zu Ende sein? Sobald wir die Frau erblickten, wußten wir, daß sie es nicht war. Niemand hätte sie mit einer Hexe verwechseln können. Das konnte nicht Simons Tante Ada sein. Sie hatte eine sehr mollige Figur, ein rosiges, gutmütiges Gesicht, unordentliche, graumelierte Haare und sehr lebhafte blaue Augen.

»Was kann ich für die Damen tun?« fragte sie strahlend.

»Wir haben eine sehr merkwürdige Bitte«, sagte Felicity. »Wir sind auf der Suche nach einer Frau, und wir glauben, daß sie hier wohnt. Wir können uns nicht an ihren Nachnamen erinnern. Wir wissen nur, daß ihr Vorname Ada ist.«

»Na, ich bin nicht diejenige. Ich heiße Ada. Ada MacGee, das bin ich.«

»Unsere Ada hatte eine Schwester namens Alice.«

»Alice, und weiter?«

»Ihren Nachnamen wissen wir auch nicht. Sie ist gestorben. Wir dachten nur, ob es hier unter den Leuten... Sie müßten doch die meisten kennen... ob es hier eine Ada gibt.«

Ich schätzte, daß sie zu den Frauen gehörte, die gern klatschen. Es machte sie natürlich neugierig, wenn zwei Fremde in ihren Laden kamen, nicht um Äpfel oder Birnen oder einen Krug Paraffinöl zu kaufen, sondern weil sie eine Ada suchten.

»Sie müssen doch fast alle Leute in Witchenholme kennen«, sagte ich beinahe flehend.

»Ja, die meisten kommen immer mal wieder rein. Ist ein bißchen weit bis Rippleton zum Einkaufen. Ada«, fuhr sie fort, »also da hätten wir Ada Parker drüben in Greengates. Sie heißt gar nicht mehr Parker, sie hat wieder geheiratet. Es ist ihr dritter. Wir nennen sie immer Ada Parker, reden sie allerdings nicht so an. Aber Jim Parker war ihr erster Mann. In unserer Gegend bleiben Namen an einem kleben.«

»Vielleicht gehen wir bei ihr vorbei. Gibt es noch mehr?«

»Da hätten wir noch Miß Ferrers. Sie soll Ada heißen. Ich erinnere mich an die Adas, weil ich selber eine bin. Ich hab' nie gehört, daß jemand sie Ada ruft, aber ich bin mir fast sicher, daß sie Ada heißt. Irgend jemand hat's mal gesagt. Die kapselt sich gern ab, hält sich wohl für was Besseres als wir anderen.«

»Wissen Sie, ob sie eine Schwester hatte?«

»Kann ich nicht sagen. Sie wohnt seit Jahren in dem Häuschen. Von einer Schwester weiß ich nichts. Ist 'ne nette kleine Hütte, und sie hält alles blitzsauber. Rowan Cottage heißt das Häuschen, Eschenhütte, wegen dem Baum davor.«

»Sie haben uns sehr geholfen«, sagte Felicity. »Vielen Dank.«

»Na, hoffentlich finden Sie, was Sie suchen.«

»Auf Wiedersehen«, sagten wir und gingen. Die Klingel läutete, als wir die Tür öffneten und auf die Straße traten. »Vielleicht hätten wir etwas kaufen sollen«, meinte ich. »Sie war sehr entgegenkommend.«

»Sie hat es nicht erwartet. Es hat ihr Spaß gemacht, sich mit uns zu unterhalten. Ich denke, wir verzichten auf die vielverehelichte Mrs. Parker und gehen erst zu ihr, wenn die Dame in Rowan Cottage uns enttäuscht. Ich habe es im Gefühl, daß unsere Tante Ada keine drei Ehemänner hatte.«

»Schau«, sagte ich. »Die Häuser grenzen rückwärts an den Fluß.«

Wir waren die Straße entlanggegangen, die anscheinend das ganze Witchenholme ausmachte, ohne Rowan Cottage zu finden. Wir standen da und blickten uns ratlos um. Dann sahen wir ein Haus etwas entfernt von den anderen, und zu unserer Freude stand eine Esche davor.

»Es war anzunehmen, daß sie abseits wohnt«, sagte Felicity. »Erinnere dich, sie hält sich für ›was Besseres‹. Ich stelle sie mir furchterregend vor.«

»Das fand Simon auch.«

»Komm, wagen wir uns in die Höhle der Löwin.«

»Was um alles in der Welt sagen wir nur? ›Sind Sie Tante Ada? Simons Tante Ada?‹ Wie beginnt man so ein Gespräch?« Tapfer ergriff ich den Messingklopfer und ließ ihn mit einem energischen Klappern fallen. Das Geräusch hallte durchs Haus. Kurz darauf wurde die Tür geöffnet.

Da stand sie vor uns, groß und schlank, mit graumelierten Haaren, die streng aus dem Gesicht gekämmt und zu einem Nackenknoten zusammengefaßt waren. Ihre Augen blickten schlau und wachsam hinter dicken Brillengläsern; ihre gestärkte weiße Bluse reichte bis ans Kinn, von Stäbchen gehalten. An ihrem Hals hing eine Goldkette, das Ende hatte sie in den Rockbund gestopft; ich vermutete, daß eine Uhr daran hing.

»Bitte verzeihen Sie die Störung«, sagte ich. »Mrs. MacGee im Laden sagte, daß wir Sie hier finden würden.«

»Ja?« sagte sie kühl.

Felicity ergriff das Wort. »Wir sind auf der Suche nach einer Frau
namens Ada, aber leider kennen wir ihren Nachnamen nicht. Mrs.
MacGee sagte, Sie seien Ada Ferrers, und wir wollten sehen, ob Sie
die Gesuchte sind.«

»Es tut mir leid, ich kenne Sie nicht.«

»Nein, gewiß nicht. Aber hatten Sie zufällig eine Schwester namens
Alice, die einen Sohn hatte, der Simon hieß?«

Ich sah sie hinter der Brille zusammenzucken. Ihre Gesichtsfarbe
veränderte sich leicht, und da wußte ich, daß wir Tante Ada gefunden hatten. Sie wurde sogleich mißtrauisch. »Sind Sie von der
Presse?« fragte sie. »Man hat ihn gefunden, wie? Oh, fängt jetzt alles wieder von vorn an?«

»Miß Ferrers, wir sind nicht von der Presse. Dürfen wir hereinkommen und alles erklären? Wir versuchen, Simons Unschuld zu beweisen.«

Sie zögerte. Dann trat sie unsicher zurück und hielt uns die Tür auf.
Die Diele war klein und sehr reinlich. An einem Kleiderständer hingen ein Tweedmantel und ein Filzhut, die offenbar ihr gehörten,
und auf einem Tischchen standen eine Messingschale und eine Blu-
menvase. Miß Ferrers stieß eine Tür auf, und wir traten in ein
Wohnzimmer, das nach Möbelpolitur roch. »Nehmen Sie Platz«,
sagte sie, und wir setzten uns. Sie setzte sich uns gegenüber. »Wo ist
er?« fragte sie.

»Das wissen wir nicht«, sagte ich. »Ich kann Ihnen nur sagen, daß er
auf einem Schiff war. Ich war auf demselben Schiff. Wir haben
Schiffbruch erlitten, und er und ich haben überlebt. Er hat einem anderen Mann und mir das Leben gerettet. Wir wurden in die Türkei
gebracht, wo ich ihn aus den Augen verlor. Aber in der Zeit, die wir
zusammen waren, hat er mir alles erzählt. Ich bin von seiner Unschuld überzeugt und versuche sie zu beweisen. Ich möchte alle aufsuchen, die mir etwas über ihn erzählen können, etwas, das mir weiterhelfen könnte…«

»Wie können Sie beweisen, daß er diese schreckliche Tat nicht begangen hat?«

»Das weiß ich nicht, aber ich versuche es.«

»Was wollen Sie von mir? Sind Sie ganz bestimmt nicht von der Zeitung?«

»Nein, wirklich nicht. Mein Name ist Rosetta Cranleigh. Vielleicht haben Sie über meine Rettung gelesen. Als ich nach Hause kam, stand es in der Zeitung.«

»War da nicht auch ein Mann, der verkrüppelt wurde?«

»Ja, er war mit uns zusammen.«

Immer noch ungläubig, runzelte sie die Stirn. »Ich weiß nicht«, sagte sie. »Das kommt mir alles etwas merkwürdig vor. Und ich habe genug davon. Ich will kein Wort mehr hören. Ich habe von Anfang an gewußt, daß es schiefgehen würde.«

»Sie meinen, als er noch ein Junge war?«

Sie nickte. »Er hätte zu mir kommen sollen. Ich wollte ihn zu mir nehmen. Nicht, daß ich mir ein Kind gewünscht hätte, ich hatte nie mit Kindern zu tun, aber jemand mußte ihn ja nehmen, und sie war meine Schwester. Wir waren nur zu zweit. Wie konnte sie sich auf so eine Geschichte einlassen?«

»Ich denke, gerade diese Geschichte könnte uns vielleicht weiterhelfen«, sagte ich vorsichtig. »Wenn wir zu den Anfängen zurückkehren könnten...«

»Wie soll das beweisen, daß er es nicht getan hat?«

»Wir hoffen, daß es uns weiterhilft. Wir finden, wir dürfen nichts übergehen. Ich kenne ihn sehr gut. Wir waren unter höchst ungewöhnlichen Umständen zusammen. Wir retteten uns in einem Boot und sind auf einer Insel gestrandet, einer unbewohnten. Bei diesem furchtbaren Erlebnis sind wir uns sehr nahegekommen. Ich bin überzeugt, er kann keinen Menschen getötet haben.«

»Er wurde auf frischer Tat ertappt.«

»Das hätte sich arrangieren lassen, meine ich.«

»Wer sollte so etwas arrangieren?«

»Das müssen wir herausfinden. Ich brauche Ihre Hilfe. Bitte, Miß Ferrers, er ist Ihr Neffe. Sie wollen ihm doch helfen, nicht wahr?«

»Ich sehe nicht, wie *ich* helfen könnte. Ich habe ihn nicht mehr gesehen, seit er fortgeholt wurde.«

»Von Sir Edward Perrivale?«

Sie nickte.

»Warum hat Sir Edward ihn mitgenommen?«

Sie schwieg eine Weile, dann sagte sie: »Gut. Ich erzähle von Anfang an. Alice war schön. Alle haben es gesagt. Es war in gewisser Weise ein Fluch. Wäre sie nicht schön gewesen, wäre ihr das nicht passiert. Sie war ein Dummchen... sanft, wie Dummköpfe nun mal sind. Zärtlich, liebevoll und alles, aber sie hatte keinen Funken Verstand. Unser Vater hatte ein hübsches kleines Wirtshaus auf der anderen Seite von Bath, ein einträgliches Geschäft. Alice und ich haben geholfen, die Gäste zu bedienen. Eines Abends kam Edward Perrivale. Er sah Alice, und dann kam er immer wieder. Ich habe sie gewarnt, ›der ist nichts für dich‹. Sie hätte John Hurrell haben können, der einen ansehnlichen Bauernhof hatte. Er wollte sie heiraten. Aber nein, es mußte dieser Edward sein.«

Ich sah Felicity an. Die Geschichte entwickelte sich, wie wir erwartet hatten. Der brave Mann hatte seine Fehler gehabt und war der Versuchung erlegen, und wie üblich, kam später die Reue.

»Immer wieder habe ich zu ihr gesagt: ›Er ist nichts für dich. Er nimmt sich, was er will, und dann heißt es Lebewohl. So sind sie, diese Kerle. Der ist nichts für dich. Leute von seinem Stand heiraten keine Wirtstöchter.‹ Man sah ihm an, was er für einer war. Ein richtiger Herr, solche hatten wir nicht oft in unserem Wirtshaus. Er war eines Abends ganz zufällig hereingekommen, weil sein Pferd lahmte oder so was. Sonst hätte er nie ein Haus wie unseres betreten. Aber dann ist er immer wieder gekommen, wegen Alice. Sie hat gesagt: ›Er ist anders. Er wird mich heiraten.‹ – ›Der nicht‹, habe ich gesagt. ›Er hat dich am Bändel, das ist es.‹ Sie wollte mir nicht glauben. Und sie sollte recht behalten. Sie haben geheiratet. Ich kann es bezeugen. Sie wurden in der Kirche getraut, eine schlichte Angelegenheit allerdings. Er wollte es nicht anders. Aber geheiratet haben sie. Ich war dabei. Ich kann es bezeugen.«

»Sie waren verheiratet«, sagte ich. »Aber...«

»Ja, sie waren verheiratet. Wir sind streng erzogen. Alice wäre sonst nicht mit ihm gegangen. Und er nicht mit ihr. Er war sehr fromm. Er hat Alice dazu angehalten. O ja, wir mußten jeden Sonntag in die Kirche gehen, darauf hat Vater stets bestanden – aber bei diesem Edward war es noch mehr.«

»Sie waren also tatsächlich verheiratet!«

»Wirklich und wahrhaftig. Er brachte sie in einem hübschen kleinen Haus unter, und er ging fort und kam wieder. Er hat sie regel-mäßig besucht. Ich habe gefragt: ›Wo geht er immer hin?‹ Und Alice sagte: ›Oh, er hat mir alles erklärt. Er hat ein großes Haus in Cornwall. Es ist seit vielen Jahren im Familienbesitz. Er sagt, es würde mir nicht gefallen, und er wolle mich dort nicht haben. Hier bin ich besser aufgehoben.‹ Alice war ein Mädchen, das keine Fragen stellte. Sie wollte immer, daß alles friedlich war. Mehr verlangte sie nicht. Wenn es Ärger gab, wollte sie nichts davon wissen. So war das. Er kam sie besuchen, und dann waren sie wie jedes andere Ehepaar auch. Danach ging er für eine Weile fort. Und dann kam der Junge.«

»Ich verstehe«, sagte ich. »Und als er fünf Jahre alt war, ist Alice gestorben.«

Sie nickte. »Da war dann die Frage, wohin mit Simon. Ich dachte, ich muß ihn zu mir nehmen, sie war ja meine Schwester. Ich wußte nicht, was ich mit dem Jungen anfangen sollte. Vater war ein Jahr zuvor gestorben. Ihm hatte diese Heirat nicht behagt, obwohl er in der Kirche war und sah, daß alles seine Ordnung hatte und dieser Edward bei ihr nie knauserig war. Sie hatte es besser als wir übrigen, und es gab keinen Zweifel, daß sie sein ein und alles war. Als Vater starb, war ich ausreichend bedacht. Er hat mir alles hinterlassen. Er hat gesagt, für Alice sei gut gesorgt. Ich habe dies Häuschen geerbt. Alice war einmal mit dem Jungen hier.«

»Ja«, sagte ich. »Er hat die Ortschaft erwähnt. So habe ich Sie gefunden.«

»Und dann kam heraus, daß der Ermordete Sir Edwards Sohn war. Da habe ich zum erstenmal gehört, daß er *Sir* Edward war. Anfangs dachte ich, er hätte unsere Alice getäuscht, und als er mit ihr in die Kirche ging, wäre er schon verheiratet gewesen. Aber als dann so viel über die Familie in der Zeitung stand, da kam heraus, daß er eine Miß Jessica Arkwright geheiratet hatte und wann, und das war *nach* der Hochzeit mit unserer Alice. Der Ermordete, sein ältester Sohn, war ein gutes Jahr jünger als Simon. Ich fand das alles ein bißchen suspekt, aber es war sonnenklar. Alice war seine Frau, und die andere hatte keinen Anspruch auf den Titel. Unsere Alice war die richtige Lady Perrivale. Darum waren die zwei Söhne, die nachher kamen, unehelich, und nicht Simon. Es ist alles etwas mysteriös. Ich hatte damals genug und wollte kein Wort mehr darüber hören. Sie glauben mir nicht, oder?«

»O doch.«

»Ich kann es auch beweisen. Ich habe den Trauschein. Ich habe zu Alice gesagt: ›Den mußt du immer bei dir haben.‹ Sie war sorglos in solchen Dingen. Ich hatte von Anfang an das Gefühl, daß da etwas faul war. Darum habe ich dafür gesorgt, daß sie den Trauschein aufbewahrte. Nicht, daß Edward von ihr fortwollte, er war ehrlich traurig, als sie starb. Dann habe ich den Trauschein an mich genommen. Ich zeige ihn Ihnen. Sie war verheiratet, und niemand darf behaupten, daß sie es nicht war. Ich habe ihn oben. Ich gehe ihn holen.«

Als wir allein waren, meinte Felicity: »Das hatten wir nicht erwartet.«

»Nein.«

»Es scheint unglaublich. Diese strenge Säule der Kirche ein Bigamist.«

»Falls der Trauschein echt ist...«

»Er muß echt sein. Und sie war bei der Trauung zugegen. Es entspräche nicht ihrem Charakter, das zu sagen, wenn sie nicht dabeigewesen wäre.«

»Vielleicht meint sie die Ehre ihrer Schwester schützen zu müssen?«

Miß Ferrers kam wieder herein und schwenkte stolz das Schriftstück. Wir lasen es. An seiner Echtheit konnte kaum ein Zweifel bestehen.

»Es könnte sein«, sagte ich, »daß jemand diese Urkunde kannte und wußte, daß Simon der wahre Erbe der Güter und des Titels seines Vaters war.«

»Aber er wurde nicht umgebracht.«

»Nein, aber er wurde in die Sache verwickelt.«

»Sie meinen, jemand hat es arrangiert, den älteren Bruder und Simon gleichzeitig loszuwerden.«

»Könnte sein. Es wäre hilfreich, wenn wir diesen Trauschein haben könnten.«

Ich sah sogleich, daß Miß Ferrers die Urkunde unter keinen Umständen aus der Hand geben würde. »Sie können im Kirchenregister nachsehen«, sagte sie. »St. Botolph in Headingly bei Bath. Sie glauben tatsächlich an seine Unschuld, nicht wahr?«

»Ja«, sagte ich bestimmt.

»Es hätte Alice das Herz gebrochen. Ich war froh, daß sie gestorben ist, bevor es geschah. Aber wenn sie am Leben geblieben wäre, wäre er ja nicht in das Haus gekommen. Alice hätte ihn niemals fortgelassen. Sie hat ihn so geliebt.«

»Sie haben uns sehr geholfen«, sagte ich. »Ich kann Ihnen gar nicht sagen, wie dankbar ich Ihnen bin.«

»Wenn Sie seinen Namen reinwaschen können...«

»Ich will es versuchen. Ich will alles tun, was in meiner Macht steht...«

Sie bestand darauf, uns Tee zu machen. Sie unterhielt sich mit uns, während wir ihn tranken, und ging alles noch einmal durch, was sie uns bereits erzählt hatte. Dabei bekamen wir einen Eindruck von ihrer Zuneigung zu Alice, die, wenngleich mit leichter Verachtung verbunden, nichtsdestoweniger echt war. Alice war sanft gewesen, zu vertrauensselig, unklug in der Liebe und hatte alles geglaubt, was man ihr erzählte. Alice war ihre liebe Schwester gewesen, die ihr näher stand als irgend jemand zuvor oder danach.

Ich war froh, daß wir sie von unserer Aufrichtigkeit überzeugt hatten. Als wir Rowan Cottage verließen, wußten wir, daß Sir Edward Perrivale Alice Ferrers geheiratet hatte. Das Datum auf dem Trauschein bewies eindeutig, daß die Hochzeit stattgefunden hatte, bevor er mit der jetzigen verwitweten Lady Perrivale getraut wurde.

Begegnung im Wäldchen

An diesem Abend sprachen Felicity und ich in einem fort von unserer Entdeckung, die unsere kühnsten Hoffnungen übertraf.

»Es ist einfach unglaublich!« sagte ich. »Wie konnte Sir Edward mit seiner strengen moralischen Haltung eine Doppelehe eingehen, zwei Söhne haben, die er als seine eigenen anerkannte, während sein legitimer Sohn, obwohl im selben Haus großgezogen, als Außenseiter behandelt wurde?«

»Wir dürfen nicht vergessen, daß er dem Jungen jede Chance geben wollte.«

»Armer Simon!«

»Er hatte immerhin deine Nanny Crockett.«

»Ohne sie wäre es traurig für ihn gewesen.«

»Oh, es gibt immer einen Ausgleich. Aber warum hat Sir Edward nicht nur gegen das Gesetz verstoßen, sondern auch gegen seine strengen religiösen Prinzipien?«

»Ich habe eine Vermutung. In der Familie Perrivale herrscht eine starke Tradition, deren Wurzel das alte Haus ist. Es war im Verfall begriffen, und Sir Edward befand sich in finanziellen Schwierigkeiten. Er hatte Alice nicht nach Perrivale gebracht. Sosehr er sie liebte, er hielt sie nicht für eine angemessene Gutsherrin. So streng war die Familientradition. Ich nehme an, er wurde in dem Glauben erzogen, die große Familie Perrivale gehe über alles. Sie wurde jahrhundertelang von ihren Mitgliedern aufrechterhalten, die stets ihre Pflicht taten. Und seine Pflicht war es eben, Perrivale zu retten. Da kommt dieser Eisenfabrikant oder Bergwerksbesitzer aus Yorkshire daher. Er ist bereit, das notwendige Geld zur Rettung des Hauses zur Verfügung zu stellen. Sir Edwards Finanzprobleme könnten gelöst werden, aber das hat natürlich seinen Preis: die Vermählung mit der Tochter des reichen Mannes.«

»Sir Edward durfte aber nicht auf diese Bedingung eingehen. Er war schon mit der kleinen Alice verheiratet.«

»Aber wer wußte davon? Nur die Leute auf dem Lande. Alice war verschwiegen und fügsam. Sie war mit allem einverstanden, was er ihr sagte. Sie würde keine Schwierigkeiten machen, selbst wenn sie wüßte, was vorging; aber sie hatte keine Ahnung. Er glaubte, es vollbringen zu können, und so tat er es. Ich könnte mir vorstellen, daß er schwer mit sich gerungen hat. Aber es gab keine andere Möglichkeit, Perrivale zu retten. Er war in dem Glauben erzogen, daß seine erste Pflicht der Tradition galt, dem Namen der Familie. Er war hin und her gerissen. Er mußte sein Haus retten, die Familie mußte in dem gewohnten Stil weiterleben. Alice war nicht imstande, zu leisten, was von ihr verlangt werden würde. Er liebte Alice, er war der Versuchung erlegen, sie zu heiraten. Aber sie eignete sich nicht zur Gemahlin eines Perrivale. Ich kann mir denken, wie es zu alledem kam.«

»Es klingt jedenfalls plausibel, so wie du es darstellst.«

»Ich denke mir, Sir Edward konnte mit dem Geheimnis auf seinem Gewissen nicht sterben. Er hat wohl kurz vor dem Ende ein Geständnis abgelegt. Und wem hätte er es gestehen sollen, wenn nicht der Person, die es am meisten betraf, der Frau, die sich für seine Gemahlin hielt? ›So kann ich nicht von dir gehen. Ich muß jetzt die Wahrheit sagen. Mein Erbe ist Simon, der Junge, den ich ins Haus gebracht habe. Ich habe seine Mutter geheiratet, und das bedeutet, daß ich mit dir nicht richtig verheiratet bin.‹ So muß es vor sich gegangen sein. Maria sagt, sie habe sie heftig streiten hören, und Lady Perrivale sei sehr seltsam geworden, als er starb. Es muß um diese Geschichte gegangen sein.«

»Meinst du, die Lady hatte etwas mit dem Mord zu tun? Es ist kaum anzunehmen, daß sie ihren eigenen Sohn tötete, nur damit Simon beschuldigt würde.«

»Selbstverständlich nicht. Aber sie hat es ihren Söhnen erzählt. Das lag doch nahe, nicht wahr? Oder vielleicht hat Sir Edward es ihnen erzählt. Ja, natürlich, sie waren nach Lady Perrivale am meisten betroffen.«

»Aber Cosmo wurde ermordet.«

»Ich hatte immer eine Ahnung, daß Tristan der Mörder wäre. Meine Vermutung war, daß er Cosmo tötete, weil er den Titel und die Güter wollte… und Mirabel. Stell dir vor, was für ein Gefühl es für ihn gewesen sein muß, an zweiter Stelle zu sein und sich alle Schätze entgehen zu lassen. Allmählich sehe ich klarer. Ich habe immer gemeint, daß Tristan irgendwie beteiligt war. Er hatte alles zu gewinnen. Und Mirabel hat ihn ganz bald nach Cosmos Ermordung geheiratet.«

»Und was ist mit dem Kind, das sie offenbar abgetrieben hat?«

»Das verstehe ich nicht. Es ist zu kompliziert. Aber wenn Tristan wußte, daß Simon der wahre Erbe seines Vaters war, hätte er ihn aus dem Weg haben wollen. Also tötet er Cosmo und richtet es so ein, daß Simon die Schuld zugeschoben wird. Damit sind beide Hindernisse beseitigt. Sir Edward stirbt. Nichts spricht dagegen, daß Tristan der rechtmäßige Erbe ist.«

»Die Sache nimmt Konturen an«, sagte Felicity. »Aber wie willst du das alles beweisen?«

»Das weiß ich noch nicht. Jedenfalls sind wir einen großen Schritt weitergekommen. Das ist dir zu verdanken, Felicity. Ich denke, ich werde wissen, was zu tun ist, wenn der richtige Zeitpunkt kommt.«

»Und in der Zwischenzeit?«

»Wenn ich Lucas sehe, werde ich ihm berichten, was wir entdeckt haben. Er ist sehr scharfsinnig und wird vorschlagen, wie wir weiter vorgehen sollen. Mir ist ein Gedanke gekommen. Lady Perrivale – die alte Lady Perrivale – sucht etwas in Sir Edwards Zimmer. Sie zündet nachts Kerzen an und schleicht suchend umher beziehungsweise hat es getan, bevor Maria aus Angst, sie würde das Haus abbrennen, die Zündhölzer versteckte. Wonach hat sie geguckt, was meinst du?«

»Die simple Logik würde auf ein Testament hindeuten.«

»Sehr richtig. Der letzte Wille von Sir Edward Perrivale, worin er erklärt, daß Simon sein rechtmäßiger Sohn und Erbe ist. Er kann dieses Geheimnis auf seinem Gewissen nicht mit ins Grab nehmen.«

»Und um seine Seele zu läutern, stürzt er diejenigen, die sich jahrelang für seine einzige Familie hielten, in Aufruhr.«

Ich nickte. »Er weiß, wenn jemandem das Testament in die Hände fällt, während er zu krank ist, um zu merken, was vorgeht, dann wird es vernichtet. Darum versteckt er es und nimmt sich vor, es seinem Anwalt oder jemandem, dem er vertrauen kann, zu übergeben, wenn er dazu Gelegenheit hat. Lady Perrivale weiß, daß dieses Testament existiert. Sie muß es finden und um ihrer Söhne willen vernichten. Sie ist nicht ganz klar im Kopf, aber sie hat sich darauf versteift, daß es existiert. Deshalb wandert sie nachts umher und sucht es.«

»Hm. Klingt glaubhaft.«

»Ich besuche Lady Perrivale oft. Vielleicht ergibt sich eine Gelegenheit...«

»Sei lieber vorsichtig.«

»Das sagt Lucas auch immer.«

»Wenn es stimmt und Tristan einmal getötet hat, zögert er womöglich nicht, es ein zweites Mal zu tun, und wer zuviel weiß, könnte in Gefahr geraten.«

»Ich passe auf.«

»Es ist mir wirklich ernst, Rosetta. Ich habe Angst um dich.«

»Keine Bange, ich bin vorsichtig. Sie haben keine Ahnung. Ich bin bloß die Gouvernante.«

»Aber keine gewöhnliche.«

»O doch, eigentlich schon. Ich habe nur zufällig einen Weg gefunden, besser mit Kate zurechtzukommen als die anderen.«

»Du solltest lieber nichts überstürzen.«

»Das verspreche ich dir.«

»Jetzt wollen wir aber ein bißchen schlafen.«

»Felicity, ich kann dir gar nicht sagen, wie dankbar ich dir für deine Hilfe bin.«

»Ach, eigentlich hat es richtig Spaß gemacht. Ich liebe Rätsel.«

»Zum Schönsten, was ich je erlebt habe, gehört der Tag, als du kamst, um mich zu unterrichten.«

»Nun, nach dieser erfreulichen Feststellung wollen wir uns gute Nacht sagen.«

Als ich nach Cornwall kam, begrüßte mich Kate mürrisch. »Du warst lange weg«, sagte sie.

»So lange war es gar nicht. Ich habe eine Freundin getroffen, die früher meine Gouvernante war.« Ich erzählte ihr, wie Felicity ins Haus gekommen war, und daß ich sie mir als ein Scheusal vorgestellt hatte, und wie alle in der Küche sie liebgewannen und sie mit uns die Mahlzeiten einnahm.

Ihre Stimmung schlug um. Sie war wirklich sehr froh, daß ich wieder da war. »Hat Mr. Dolland *Die Glocken* aufgesagt?«

»Ja.«

»Ich wollte, du nähmst mich einmal mit dorthin.«

»Eines Tages tue ich es vielleicht.«

»Eines Tages, eines Tages«, äffte sie mich nach. »Ich will nicht eines Tages. Ich will jetzt. Du hättest mich mitnehmen sollen.«

Ich war froh, als ich mich in mein Zimmer zurückziehen konnte. Ich wollte über alles nachdenken, was geschehen war. Wir hatten mit unseren Theorien recht, davon war ich überzeugt. Sir Edward hatte kurz vor seinem Tode seine aufrüttelnden Enthüllungen gemacht. Wenn Tristan Cosmo tötete und Simon als Mörder gehängt würde, brauchte niemand von der ersten Eheschließung zu erfahren. Das bliebe zwischen Tristan und seiner Mutter. Er konnte sich darauf verlassen, daß sie schwieg. Es sollte nicht bekannt werden, daß sie, die mit Sir Edward gelebt und ihm zwei Söhne geboren hatte, nicht seine Ehefrau gewesen war.

Wie konnte die Wahrheit aufgedeckt, wie konnte Simon entlastet werden? Der Trauschein befand sich in Miß Ada Ferrers Händen. Es gab den Eintrag im Kirchenregister von St. Botolph. Doch selbst wenn bewiesen wurde, daß Simon der wahre Erbe des Vermögens der Perrivales war, würde ihn das nicht von der Anklage freisprechen. Selbst wenn das Testament, sofern es eins gab, gefunden würde, es würde nicht genügen.

Ich hatte das Gefühl, daß wir in eine Sackgasse geraten waren. Wir hatten dunkle Geheimnisse und Mordmotive entdeckt, nicht aber den Mörder. Wenn ich jedoch das Testament finden könnte... Sir Edward konnte sich nur mühsam fortbewegen, nahm ich an. Es müßte sich in seinem Zimmer befinden. Wo würde er wohl eine Urkunde versteckt haben? Ich war mehr und mehr davon überzeugt, daß es ein Testament war, wonach Lady Perrivale suchte, und ich wollte es finden. Das sollte mein nächstes Unternehmen sein. Es könnte sich eine Gelegenheit ergeben, in das Zimmer zu schlüpfen, vielleicht, wenn Lady Perrivale schlief und Maria gerade nicht da war. Wenn ich das Testament vorlegen könnte, hätte ich zumindest ein Motiv vorzuweisen.

Am folgenden Nachmittag ging ich hinauf, um Lady Perrivale zu besuchen. Sie schlief, aber Maria war da. »Schön, daß Sie zurück sind«, sagte sie. »Ihre Ladyschaft hat fast den ganzen Tag geschlafen. Das macht sie neuerdings immer. Der Herr Major ist recht oft gekommen, als Sie fort waren. Seine Besuche heitern sie auf.« Sie zwinkerte mir zu. »Sie hatte ja immer eine Schwäche für ihn.«

»Obwohl er ihre beste Freundin geheiratet hat.«

»O ja. Sie hätte ihn selbst bekommen können, aber der alte Joe Arkwright war unerbittlich, wenn es um Moneten ging. Es brach ihr das Herz, als ihr Vater der Sache ein Ende machte. Natürlich hat sie Sir Edward geheiratet. Es war Joe Arkwrights Wunsch. Das leuchtet ein, Sir Edward und den Titel, denn Jessie brachte die Moneten mit. Was tut der Mensch nicht alles für Geld!«

Mit diesen Worten im Ohr verabschiedete ich mich. Es war wirklich aufschlußreich. Was tut der Mensch nicht alles für Geld!

Zwei Tage später ergab sich eine Gelegenheit. Ich ging zu Lady Perrivale hinauf. Maria war nicht da, Lady Perrivale saß leise schnarchend in ihrem Sessel. Mit wild klopfendem Herzen schlich ich aus dem Zimmer hinaus und in das von Sir Edward hinein. Ich sah das große Himmelbett mit einem Tisch daneben, auf dem eine große Bibel mit Ledereinband und Messingschließe lag. Ich sah mich um. Wo hätte er etwas hingetan, das er verstecken wollte? Weil er der Frau nicht traute, die sich jahrelang für seine Ehefrau gehalten hatte?

Neben dem Fenster stand ein Schrank. Ich öffnete ihn. Er enthielt ein paar Kleidungsstücke und eine Blechschatulle. Ich nahm die Schatulle in die Hand. Sie war verschlossen. Was mochte darin sein? Es war mir unmöglich, sie zu öffnen. Außerdem, wer ein Testament suchte, würde sofort in dem Schrank nachsehen. Ich konnte sicher sein, daß jemand die Schatulle nach Sir Edwards Tod geöffnet und den Inhalt geprüft hatte. Ich blieb einen Moment am Fenster stehen und sah zu meinem Zimmer hinüber, und genau in diesem Augenblick kam der Major in den Innenhof. Er sah hoch, und ich wich schleunigst zurück. Ich war nicht sicher, ob er mich gesehen hatte. Ich glaubte es nicht, aber es war eine Warnung. Ich mußte das Zimmer verlassen. Er würde bestimmt heraufkommen, um Lady Perrivale wie so oft einen Besuch abzustatten.

Maria war immer noch nicht da, und Lady Perrivale schlief weiter. Ich eilte die Treppe hinunter und war in der Halle, als Major Durrell eintrat. »Guten Tag, Miß Cranleigh«, sagte er. »Ein schöner Tag ist das heute.«

Ich pflichtete ihm bei.

»War es schön in London?«

»O ja, danke. Ich hatte meine Familie so lange nicht gesehen.«

»Und wie ich höre, macht Mr. Lorimer gute Fortschritte.«

»Ja.«

»Dann ist ja die Welt in Ordnung.« Er lächelte mir wohlwollend zu und ging die Treppe hinauf.

Es war am nächsten Tag. Kate und ich waren den ganzen Vormittag beim Unterricht gewesen. Der Morgen war recht erfreulich verlaufen. Ich grübelte immer noch über meine Entdeckungen nach und war bedrückt, weil ich nicht wußte, wie ich weiter vorgehen sollte. Ich hatte es für äußerst wichtig gehalten, das Testament zu finden, doch was würde es uns sagen, was wir nicht schon wußten?

Ich wollte allein sein, um nachzudenken. So bald wie möglich mußte ich Lucas sehen. Er würde in Kürze nach Hause kommen. Ich nahm an, daß er unmittelbar nach der Rückkehr ziemlich erschöpft sein würde, aber ich war sehr begierig, ihm zu berichten, was Felicity und ich herausgefunden hatten.

Doch zunächst hatte ich das dringende Bedürfnis, allein zu sein und nachzudenken. Es gelang mir unbemerkt von Kate, die gewiß mitgewollt hätte, aus dem Haus zu schlüpfen, und ich marschierte forsch drauflos. In der Nähe des Witwerhauses sah ich den Major.

»Ah, Miß Cranleigh«, rief er. »Wie schön, Sie zu sehen. Gut schauen Sie aus.«

»Danke schön.«

»Wie geht es inzwischen mit Kate?«

»Sehr gut.«

»Ich mache mir ziemliche Sorgen um das Kind. Ich wollte mich schon lange mit Ihnen über sie unterhalten.«

»Was bedrückt Sie?«

»Wollen Sie nicht hereinkommen? Hier draußen redet es sich nicht so gemütlich.« Er ging mir voraus auf dem Weg zur Eingangstür, die offenstand. Ich sagte ihm, der Garten sehe herrlich aus.

»Ich bin sehr stolz darauf. Ich muß mich mit etwas beschäftigen, nachdem ich nicht mehr beim Militär bin.«

»Es muß schwer sein, sich an das Zivilleben zu gewöhnen. Sie sind aber schon eine ganze Weile pensioniert, nicht wahr?«

»Ja, doch man gewöhnt sich nie ganz daran.«

Der Salon war sehr geräumig, mit Eichenbalken, Gitterfenstern und einem großen Kamin. »Ein reizendes Haus«, sagte ich.

»Ja. Die Tudors waren vielleicht nicht so elegant wie ihre Nachfolger, aber sie verstanden es, Atmosphäre zu schaffen. Nehmen Sie Platz.« Ich setzte mich auf die Bank am Fenster. »Haben Sie es da bequem?« fragte er besorgt.

Ich versicherte ihm, es sei äußerst bequem. »Was bedrückt Sie wegen Kate?« fragte ich.

»Ich hole Ihnen zuerst ein Glas Wein. Beim Trinken plaudert es sich behaglicher.«

»Danke, aber ich möchte lieber nichts.«

»Ach bitte, ich bestehe darauf. Sie müssen ihn kosten. Er ist sehr gut. Ich serviere ihn nur bei besonderen Anlässen.«

»Ach, ist dies ein besonderer Anlaß?«

»Ja, weil ich schon so lange mit Ihnen sprechen wollte, und als Dank an Sie für das, was Sie für Kate tun.«

»Ich weiß, Sie haben sie sehr gern, und Kate Sie auch.«

Er nickte. »Nun, ein Gläschen, ja?«

»Danke, aber nur ein kleines.« Er brachte es mir, dann schenkte er sich selbst ein. »Auf Sie, Miß Cranleigh. Mit meinem tiefempfundenen Dank.«

»Wirklich, Sie übertreiben. Es kommt doch nur darauf an, das Kind kennenzulernen und zu verstehen.«

»Sie hatte so viele... Und Sie haben die Mühe auf sich genommen. Dafür bin ich Ihnen dankbar. Mirabel, meine Tochter, Lady Perrivale, hat neulich zu mir gesagt: ›Die Veränderung bei Kate, seit Miß Cranleigh zu uns kam, ist wirklich beachtlich.‹«

»Warum sind Sie dann besorgt?«

»Darüber möchte ich mit Ihnen reden. Wie schmeckt Ihnen der Wein?«

Ich trank noch einen Schluck. »Sehr angenehm.«

»Trinken Sie aus. Und nehmen Sie noch ein Glas. Ich sagte ja schon, es ist ein ganz besonderer.«

Genau in diesem Augenblick waren Schritte zu hören, die ums Haus kamen. Der Major machte ein bestürztes Gesicht. »Ich bin's, Gramps«, sagte eine wohlbekannte Stimme. »Ich weiß, daß Rosetta hier ist. Ich hab' sie reingehen sehen.«

Ich stellte mein Glas auf ein Tischchen neben der Bank, als Kate hereinkam. »Was tust du hier?« rief sie. »Ich hab' gesehen, wie du weggegangen bist. Ich bin dir nach. Du hast mich nicht gesehen, nicht? Ich bin dir in großem Abstand nachgeschlichen. Dann hab' ich gesehen, wie du mit Gramps gesprochen hast und hier reingegangen bist. Ihr trinkt Wein.«

»Ja«, sagte der Major, und obwohl er seine Enkelin anlächelte, meinte ich Ärger in seinem Gesicht aufflackern zu sehen. Das war verständlich. Er hatte sich vertraulich mit mir über sie unterhalten wollen. In ihrer Gegenwart war das unmöglich. »Komm, setz dich zu Miß Cranleigh.« Er nahm ihren Arm und führte sie zur Bank. Ich merkte nicht recht, was geschah, weil ich Kate ansah, die so vergnügt darüber war, daß sie mich eingeholt hatte. Doch als sie sich setzte, kippte das Glas um, und der Wein ergoß sich über den Teppich.

»Verdammt noch mal«, murmelte der Major.

»Oh«, rief Kate, »du hast geflucht!«

»Verzeihlicherweise«, sagte er. »Das war mein ganz besonderer Wein. Ich wollte Miß Cranleighs Meinung dazu hören.«

»Die wäre nicht weiter von Bedeutung«, sagte ich zu ihm. »Ich verstehe nicht viel von Wein.«

»Und du solltest nicht fluchen, Gramps. Dein Schutzengel schreibt alles in ein Büchlein, und eines Tages mußt du dafür geradestehen.«

»Wenn das alles ist, wofür ich geradestehen muß, ist mir nicht besonders bange. Und ich bin auf jeden Fall sicher, daß du für mich Fürsprache einlegen würdest.«

Kate lachte, und ich sah auf das zersprungene Glas hinunter. Ich bückte mich, aber der Major sagte rasch: »Nicht anfassen. Glasscherben können gefährlich sein, besonders die gräßlichen kleinen Splitter. Lassen Sie es liegen, ich sehe nachher zu, daß es aufgeputzt wird. Ich gebe Ihnen ein frisches Glas.«

Wir rückten von der Bescherung auf dem Fußboden ab in die Fensternische. Kate bat um ein Glas Wein.

»Das ist nichts für kleine Mädchen«, sagte der Major.

»Ach Gramps, sei nicht so ekelhaft.«

»Na gut. Nur ein Schlückchen, ja? Sie sehen, wie sie mich beschwatzt, Miß Cranleigh.«

»Du kannst mir nicht widerstehen, nicht wahr, Gramps?«

»Wir sind Wachs in den Händen unserer betörenden Damen«, sagte er. Ich sah Kate an, daß ihr das gefiel.

Eine halbe Stunde später brachen wir auf und kehrten nach Perrivale Court zurück. Ich gähnte. »Was ist los mit dir?« fragte Kate.

»Du siehst aus, als wolltest du einschlafen.«

»Das macht die harte Arbeit, die ich leisten muß, um dich zu erziehen.«

»Nein, das macht der Wein. Du sagst immer, er macht dich am Tag schläfrig.«

»Du hast recht, so ist es.«

»Warum trinkst du ihn dann?«

»Dein Großvater ist ziemlich beharrlich.«

»Ich weiß«, sagte sie lachend.

Es war am späten Vormittag. Kate und ich hatten den Unterricht beendet und gingen in den Garten. Als wir in die Halle hinunterkamen, trat der Major gerade ein. »Guten Morgen, meine Lieben«, sagte er. »Wie schön, daß ich euch treffe. Ihr wollt gerade nach draußen, wie ich sehe.«

»Willst du die alte Lady Perrivale besuchen, Gramps?« fragte Kate.

»Richtig, und es ist eine große Freude, euch ebenfalls zu sehen. Euer Besuch hat mir Spaß gemacht. Aber es war zu kurz. Ihr müßt wiederkommen.«

»Machen wir«, versicherte Kate.

»Und Miß Cranleigh auch?« Er sah mich an.

»O ja, bestimmt. Gern«, erwiderte ich.

In diesem Augenblick kam ein Stallbursche von Trecorn an die Tür.

»Ah, Miß Cranleigh«, sagte er. »Ich hab' Ihnen was auszurichten. Mr. Lucas ist zurück. Er läßt fragen, ob Sie sich heute nachmittag treffen können. Halb drei im Sailor King.«

»Ja, ja. Ich komme. Geht es ihm gut?«

»Blendend, Miß.«

»Oh, das freut mich.«

Er ging. Kate sagte: »Du willst heute nachmittag schon wieder weg. Immer gehst du in den Sailor King.«

»Nur in meiner Freizeit, Kate.«

»Sie ist ein richtiger kleiner Leuteschinder«, sagte der Major. »Du darfst Miß Cranleigh nicht zu einer Gefangenen machen, Kate. Du würdest nicht wollen, daß jemand das mit dir tut, nicht wahr? Wenn du es tust, fliegt sie womöglich davon und läßt uns allein. Nun, bis bald, hoffe ich. *Au revoir.*« Er ging die Treppe hinauf.

»Immer gehst du in dieses Wirtshaus«, sagte Kate.

»Ich muß mich ab und zu mit meinen Freunden treffen.«

»Warum kann ich nicht mitkommen?«

»Weil du nicht aufgefordert bist.«

»Das ist kein Grund.«

»Es ist der bestmögliche Grund.«

Auf unserem Spaziergang schmollte sie ein wenig. Aber ich konnte nur daran denken, daß ich Lucas sehen würde.

Kurz vor zwei Uhr brach ich auf. Bis zum Gasthaus waren es nicht mehr als fünfzehn, zwanzig Minuten. Ich hätte zu Fuß gehen können, aber ich wollte Goldie Auslauf verschaffen und den Ritt genießen. Zudem konnte ich dann etwas länger bleiben, und Lucas konnte mich zurückbegleiten.

Es war ein lieblicher Nachmittag. Nur ein leiser Windhauch strich durch die Bäume. Niemand war zu sehen. Um diese Zeit waren selten Leute unterwegs. Ich nahm den Küstenweg und wandte mich dann landeinwärts. Ich mußte ein kleines Gehölz durchqueren, das kaum Wald zu nennen war; dennoch standen die Bäume dicht beisammen, und ich genoß es jedesmal, meinen Weg auf dem schmalen

Pfad dazwischen zu nehmen. Ich war sehr pünktlich und würde wohl zehn Minuten vor halb drei am Ziel sein.

Ich weiß nicht, ob es die Vorahnung einer Gefahr war, aber sobald ich in das Wäldchen kam, beschlich mich Unbehagen. Ich hatte das Gefühl, daß dort heute etwas Befremdliches war, daß ich beobachtet wurde. Es war unheimlich. Normalerweise ritt ich ohne einen einzigen Gedanken an die Einsamkeit dort hindurch. Plötzlich hörte ich das Knacken eines Zweiges und gewahrte eine Bewegung im Unterholz. Ein kleines Tier, mutmaßte ich – derlei mußte ich schon hundertmal gehört haben, ohne darauf zu achten. Ich war heute in einer seltsamen Stimmung. Ich wußte, weshalb. Felicity hatte gesagt, was ich tue, sei gefährlich. Lucas hatte dasselbe gesagt. Was, wenn Tristan wußte, was ich tat? Wenn er mich beobachtet hatte, so wie ich ihn? Schuldbeladene Menschen mußten stets auf der Hut sein.

»Komm, Goldie«, sagte ich, »bringen wir es hinter uns.« Dann wurde ich gewahr, daß jemand in dem Wäldchen war, ganz in meiner Nähe. Ich hörte Pferdehufe hinter mir. Am liebsten hätte ich Goldie zum Galopp angetrieben, doch das war unmöglich in dem Gehölz, wo sie sorgsam auf ihre Tritte achten mußte.

»Nanu«, sagte eine Stimme, »wenn das nicht Miß Cranleigh ist.« Es war der Major. Er war unmittelbar hinter mir. »So ein Glück. Sie wollte ich nämlich sprechen.«

»Oh, guten Tag, Herr Major«, sagte ich erleichtert. »Ich habe mich schon gefragt, wer heute hier im Wäldchen sein mag. Gewöhnlich begegnet man um diese Zeit keiner Menschenseele.«

»Alle halten ihr Mittagsschläfchen oder machen Siesta, wie man jetzt sagt.«

»Vermutlich.«

»Ausgerechnet Sie wollte ich sehen. Ich muß ein Wort mit Ihnen reden.«

»Wegen Kate.«

»Ja. Sie hat uns unterbrochen, als ich die gewünschte Gelegenheit für gekommen hielt.«

»Etwas bedrückt Sie, nicht wahr?«

»Ja.«

»Was? Ich finde, sie macht sich sehr gut.«

»Es ist mühsam, so zu schreien. Können wir nicht absteigen und uns da drüben auf den Baumstamm setzen?«

»Ich habe nicht viel Zeit.«

»Ich weiß. Ich habe gehört, wie Sie heute morgen Ihre Verabredung trafen. Aber es dauert höchstens fünf Minuten.«

Wir saßen ab. Er trat zu mir, nahm meinen Arm und führte mich zu dem gefällten Baumstamm.

»Was bekümmert Sie?« fragte ich.

Sein Gesicht war ganz nahe an meinem. »Sie.«

»Wie meinen Sie das?«

»Warum waren Sie bei Mrs. Campden?«

»Mrs. Campden?«

»Malton House, Bayswater.«

Plötzlich war mir kalt vor Angst. Ich antwortete nicht.

»Sie leugnen nicht, daß Sie dort waren. Sie haben sehr schönes Haar, Miß Cranleigh. Eine ungewöhnliche Farbe, sehr auffällig. Ich wußte auf Anhieb, wer es war. Und was tun Sie in Perrivale? Sie sind keine Gouvernante. Sie sind eine naseweise junge Frau.« Er drehte mich mit dem Gesicht zu einem Baum und hielt mich mit einer Hand fest, während er mit der anderen eine Krawatte aus seiner Tasche zog. Eine Sekunde fragte ich mich, wozu, und dann dämmerte mir die entsetzliche Wahrheit. Ich hatte den Mörder gesucht, und hier war er. Und indem ich ihn fand, sollte ich sein neues Opfer werden. Ich dachte an den Seemann, an Cosmo, an Simon, und jetzt war ich an der Reihe. »Die Schuld haben Sie ganz allein bei sich selbst zu suchen«, sagte er. »Ich tue es nicht gern. Es ist mir verhaßt, Ihnen das anzutun. Kate wird sich grämen. Warum mußten Sie schlafende Hunde wecken?«

Eine irrsinnige Hoffnung überkam mich. Wenn er mich umbringen wollte, warum tat er es dann nicht? Warum redete er so mit mir? Es war fast, als würde er es aufschieben. Er sprach die Wahrheit, als er sagte, er tue es nicht gern. Er meinte es tun zu müssen, hielt es für unumgänglich, weil er bereits in ein Labyrinth von Morden verstrickt war. Ich sagte: »Sie haben mit mir vor, was Sie mit dem Seemann gemacht haben. Sie wollen mich töten und die Klippe hinabstürzen. Kate hat mir von dem Seemann erzählt. Jetzt verstehe ich.«

»Sie verstehen... Sie verstehen zuviel. Ich weiß Bescheid, es war

Harry Tench, nicht? Er hat geredet. Ach, Miß Cranleigh, warum mußten Sie sich einmischen?«

Plötzlich merkte ich, daß Goldie davonwanderte. Ich bekam einen furchtbaren Schrecken. Ihm schien klarzuwerden, daß er Zeit verschwendete. Vielleicht dachte er an Lucas, der zum Gasthaus kommen und vergeblich warten würde. Mit einer flinken Bewegung ließ seine Hand von mir. Er brauchte beide Hände, um mich mit der Krawatte zu erdrosseln. Ich versuchte zu entwischen, aber er war schneller.

Im nächsten Augenblick ... Es durfte nicht sein. Es war mir gelungen, den Mörder zu finden. Ich wollte nicht sterben und das Geheimnis mit ins Grab nehmen. Ich mußte eine übermenschliche Anstrengung machen, um mich loszureißen und zu Lucas zu gelangen. Im stillen betete ich zu Lucas, zu Simon, zu Gott. Die anderen mußten es erfahren. Ich mußte Simon retten ... und Lucas wartete auf mich.

Er hatte mir die Krawatte um den Hals geschlungen. Irgendwie gelang es mir, meine Daumen darunterzuschieben, so daß der Druck nachließ. Ich hob ein Bein und trat rückwärts.

Das Glück war mit mir. Damit hatte er nicht gerechnet. Er stieß einen Schmerzensschrei aus, die Krawatte fiel ihm aus der Hand. Ich nutzte die wenigen Sekunden, die ich zum Handeln hatte, und nahm Reißaus. Ich war behende und kämpfte um mein Leben. Ich mußte aus dem Wäldchen herauskommen, bevor er mich einholte. Instinktiv wußte ich, daß er es nicht wagen würde, mich auf freiem Feld anzugreifen, wo leicht jemand am Schauplatz erscheinen konnte.

Ich flitzte durch die Bäume. Er war hinter mir, wohl wissend, daß er mich erwischen mußte, bevor ich ins Freie entkam. Ich hörte ihn, er war mir dicht auf den Fersen. Ich verfing mich in den Zweigen, aber es gelang mir, ihm ein paar Schritte voraus zu bleiben, gerade außerhalb seiner Reichweite. Wenn doch Goldie hier wäre und ich aufsitzen könnte!

Die Bäume wurden spärlicher. Es war nicht mehr weit. Ich würde es schaffen! Er war dicht hinter mir und atmete schwer. Er ist kein junger Mann, sagte ich mir frohlockend. Ich besaß den Vorteil der Jugend.

Lucas! dachte ich. Sie hatten ja so recht. Ich hätte vorsichtiger sein müssen. Der Wein hätte mir eine Warnung sein sollen. Natürlich, der Major hatte mich betäuben und dann die Klippen hinunterwerfen wollen, so wie er es wohl mit dem Seemann gemacht hatte, Mirabels Mann. Ich hatte eine Warnung erhalten und war zu blind gewesen, sie zu erkennen. Aber ich hatte den Mörder gefunden. Mir war Erfolg beschieden, und er hätte mich beinahe das Leben gekostet.

Ich war auf freiem Feld. Stehenzubleiben wagte ich nicht. Ich lief weiter, so schnell ich konnte. Vorsichtig sah ich über die Schulter zurück. Er war nicht mehr da. Ich war entkommen. Und plötzlich sah ich Lucas auf mich zu galoppieren. »Lucas!« keuchte ich, »Lucas!« Er sprang vom Pferd. Dann nahm er mich in die Arme und hielt mich fest.

»Rosetta, Liebste, was ist geschehen?«

»Ich habe ihn gefunden, Lucas, ich habe ihn gefunden! Er wollte mich umbringen.«

»Rosetta, was...?«

»Er ist mir ins Wäldchen gefolgt. Er wollte mich erdrosseln, und dann hätte er mich die Klippen hinuntergeworfen, wie er es mit dem Seemann gemacht hat.«

»Erzählen Sie mir alles ganz genau. Ich dachte, Sie hätten einen Unfall gehabt, als Goldie ohne Sie beim Gasthaus ankam.«

»Goldie... ja, sie ist davongewandert.«

»Ich hielt nach Ihnen Ausschau, als ich sie dahertraben sah. Sie ist geradewegs zum Stall gegangen.«

»Oh, brave Goldie.«

»Ich nehme Sie wohl am besten mit zu mir nach Hause.«

»Nein, nein, ich muß Ihnen berichten. Es bleibt vielleicht nicht viel Zeit.«

»Sie sind ja ganz außer sich. Ich möchte alles hören, was passiert ist. Wer...?«

»Gehen wir ins Gasthaus. Sagen Sie ihnen, ich sei abgeworfen worden. Noch dürfen sie nicht erfahren, was wirklich geschah.«

»Wer war es, Rosetta?«

»Major Durrell.«

»Was?«

Ich griff mir an die Kehle. »Er hatte eine Krawatte... er wollte mich erdrosseln. Ich dachte schon, ich könnte ihn nicht hindern, aber irgendwie gelang es mir zu entkommen. Er konnte mich nicht einholen, ich bin schneller gerannt als er.«

Lucas starrte auf meinen Hals. »Sie haben Druckstellen. Rosetta, um Himmels willen, was ist das für eine Geschichte?«

»Ich will mit Ihnen reden, Lucas. Ich habe die Lösung, glaube ich. Meine Suche war nicht vergebens.«

Ich saß hinter ihm auf, und so ritten wir zum Gasthaus. Meine Gedanken waren so durcheinander, daß ich nicht wußte, wo ich anfangen sollte. Ich hatte einen schweren Schock erlitten und zitterte heftig, doch ich wußte, daß etwas getan werden mußte, und zwar schnell. Und dazu brauchte ich Lucas' Hilfe.

»Sprechen Sie nicht, bis wir im Gasthaus sind«, sagte er. »Ein starker Cognac ist jetzt das Richtige für Sie. Sie zittern, Rosetta.«

»Ich werde nicht jeden Tag beinahe ermordet«, erwiderte ich in dem Versuch zu scherzen.

Die Wirtin kam herausgelaufen, gefolgt von ihrem Mann. »Ach, du meine Güte!« rief sie. »Als das Pferd ohne Sie ankam, da bin ich ganz schön erschrocken!«

»Halb so schlimm«, sagte ich. »Mir ist nicht viel passiert.«

»Bringen wir Miß Cranleigh hinein«, sagte Lucas. »Und dann, bitte, einen Cognac. Das ist das Beste für sie.«

»Sofort, Sir«, sagte der Wirt.

»Bin ich froh, daß Sie heil und gesund sind, Miß«, sagte seine Frau. »Nie hätte ich gedacht, daß Goldie solche Streiche spielen würde. Und kommt dann hierher, fromm wie ein Lämmchen!«

»Ich bin froh, daß sie hierhergekommen ist«, sagte Lucas. »So ein Glück.«

Ich war in der Gaststube, der Cognac wurde gebracht, und endlich war ich mit Lucas allein. »Lassen Sie mich ganz von vorn anfangen. Ich bin unvorsichtig gewesen. Ich hätte etwas ahnen müssen.« Und ich berichtete ihm von dem Wein. »Sehen Sie, er wollte mich betäuben und die Klippe hinunterwerfen, wie er es mit dem Seemann gemacht hat, der zweifelsohne Mirabels Ehemann war und beinahe ihre Chancen in Perrivale zunichte gemacht hätte. Aber dann ist Kate gekommen und hat den Plan des Majors vereitelt. Und als Ihr Stallbursche heute morgen nach Perrivale kam, hörte der Major, wie ich zusagte, heute nachmittag hierherzukommen. Da hat er mir aufgelauert.«

»Das war sehr gewagt.«

»Ja. Mit dem Wein wäre es sehr viel einfacher gewesen, aber ich nehme an, er glaubte rasch handeln zu müssen. Jetzt ist mir klar, daß er verärgert war, als Kate den Plan vereitelte, der so viel leichter durchzuführen gewesen wäre.«

Ich erzählte von unserem Besuch bei Ada Ferrers und was wir dabei entdeckt hatten. »Aber es war der Besuch in dem Entbindungsheim, der mich verraten hat. Ich hatte nämlich Mrs. Parry erwähnt.«

Lucas hielt den Atem an.

»Sobald ich es gesagt hatte, wußte ich, daß es dumm von mir war. Aber ich war überrumpelt worden, und alles war mir so peinlich. Ich hatte mir das Haus nur einmal ansehen wollen. Und dann ging alles schief. Der Major muß die Frau ziemlich gut gekannt haben, deshalb hat er Mirabel zu ihr geschickt. Sie hat mich beschrieben, und da wußte er, daß ich ihm auf der Spur war, und er beschloß, mich zu beseitigen, genau wie er es mit dem Seemann gemacht hatte.«

»Sie meinen also, er hat Cosmo getötet?«

»Ja.«

»Ich dachte, Sie hätten die Tat Tristan zugeschrieben.«

»Ich weiß nicht, ob er auch beteiligt war. Ach, übrigens, der Major erwähnte Harry Tench. Er meinte, ich hätte mit ihm geredet. Tench geriet anfangs in Verdacht und wurde von der Polizei gleich wieder entlassen. Das ist der Landarbeiter, der sein Häuschen Cosmos wegen verlor und ihn deshalb haßte. Er hätte freilich Zeuge des Mordes sein können.«

»Wie...?«

»Weil es in Bindon Boys geschah, wo Harry Tench zu schlafen pflegt. Er hat das verfallene Bauernhaus zu seinem Heim gemacht, weil er kein anderes Obdach hat. Lucas, wir müssen unbedingt mit Harry Tench sprechen, und zwar sofort.«

»Als erstes nehme ich Sie mit nach Trecorn. Sie können jetzt nicht nach Perrivale zurück.«

»Nein, Lucas, ich würde keine Ruhe haben. Ich muß zu Harry Tench, und ich möchte, daß Sie mitkommen.«

»Wann?«

»Jetzt gleich, auf der Stelle. Wer weiß? Vielleicht haben wir schon zu lange gezögert.«

»Meine liebe Rosetta, Sie sind vorhin beinahe ermordet worden. Sie haben einen schweren Schock erlitten.«

»Darüber kann ich später nachdenken. Ich *weiß*, daß es wichtig ist. Ich muß unverzüglich mit ihm sprechen. Ich würde es mir nie verzeihen, wenn etwas passierte. Vielleicht ist der Major schon bei ihm gewesen.«

»Hören Sie, ich gehe allein zu ihm.«

»Nein, Lucas, das ist meine Sache. Ich habe damit angefangen und möchte es zu Ende führen. Ich hoffe, dies ist das Ende.«

Er sah, daß ich fest entschlossen war, und erklärte sich schließlich bereit, mit mir zusammen nach Bindon Boys zu reiten.

Ich saß auf Goldie auf. Ich war erschüttert, doch der Gedanke an weitere Enthüllungen gab mir neuen Auftrieb.

Das Bauernhaus wirkte verlassener denn je. Wir stiegen ab. Die Eingangstür war offen. Einen Riegel gab es schon lange nicht mehr. Das Haus jagte mir Schauder über den Rücken. Cosmo war hierhergekommen und hatte dem Tod ins Auge gesehen. Ich hatte gerade erfahren, was das für ein Gefühl war. Ich hatte es schon einmal erlebt, aber da war die Bedrohung von den Elementen ausgegangen. Gegen einen Mörder um sein Leben zu kämpfen, das war eine andere Erfahrung.

Ein Sonnenstrahl, der durch das schmutzige Fenster schien, beleuchtete die Spinnweben und die Anhäufung von Schmutz und Staub auf dem Fußboden.

»Sind Sie da?« rief Lucas. Seine Stimme hallte durchs Haus. Es kam keine Antwort. Ich wies auf die Treppe. Lucas nickte. Wir kamen zu dem Absatz mit den drei Türen. Wir öffneten eine. Das Zimmer war leer, aber als wir es nebenan versuchten, sahen wir ihn auf einem Haufen alter Kleider liegen. Er hob die Hand vors Gesicht, wie um sich zu schützen. »Tag, Harry«, sagte Lucas. »Haben Sie keine Angst. Wir sind nur gekommen, um mit Ihnen zu reden.«

Er hob den Kopf und stützte sich auf einen Ellenbogen. Er war schmutzig, ungekämmt und sehr mager. Ich war von Mitleid überwältigt.

»Was wollen Sie?« murmelte er.

»Nur ein paar Worte«, sagte Lucas. Harry machte ein bestürztes Gesicht. »Es geht um den Tag, als Mr. Cosmo Perrivale ermordet wurde«, fuhr Lucas fort.

Harry war jetzt wirklich ängstlich. »Ich weiß von nichts. Ich war nicht hier. Ich hab's nicht getan, das hab' ich denen schon gesagt.«

»Wir wissen, daß Sie es nicht getan haben, Harry«, sagte ich. »Wir wissen, daß es der Major war.«

Er starrte mich an.

»Ja«, sagte Lucas. »Es hat keinen Zweck mehr zu schweigen.«

»Was wissen Sie darüber, Harry?« fragte ich sanft.

»Er hat mich um mein Heim gebracht, oder? Was hab' ich denn schon getan? Das Haus ist drei Monate leergestanden, nachdem... mein kleines Häuschen...«

»Es war grausam«, sagte ich beschwichtigend. »Und da sind Sie hierhergekommen.«

»Ich konnt' nirgends anders hin. Es war ein Dach überm Kopf. Und dann wollten sie's renovieren. Ich bin geblieben, ich wollte nicht gehen, bis ich mußte.«

»Natürlich. Und an dem bewußten Tag sind Sie hiergewesen.« Er gab keine Antwort. »Sie können ruhig reden«, sagte ich. »Der Major hat es mir gesagt, also kommt es nicht mehr darauf an, daß Sie schweigen.«

»Er war gut zu mir, jawohl. Ohne ihn wär' ich nicht zu Rande gekommen.«

»Bezahlung für Ihr Stillschweigen?« fragte Lucas.

»Er hat gesagt, ich darf nichts erzählen. Dann würde mir nichts passieren. Er hat gesagt, er bringt mich um, wenn ich was ausplaudere, fast wie im Spaß hat er's gesagt, so wie er immer geredet hat.« Er schüttelte lächelnd den Kopf. Ich sah, daß der Major auch ihn becirct hatte.

»Erzählen Sie uns, was an jenem Tag geschah, Harry«, sagte ich.

»Soll ich wirklich?«

»Ja«, erwiderte ich. »Der Major weiß, daß ich es weiß. Sie können also ohne weiteres reden.«

»Soll ich wirklich?« wiederholte er.

»Ja, bestimmt.«

»Ich will in Ruhe gelassen werden.«

»Das werden Sie, sobald Sie es uns erzählt haben.«

»Ich hab's nicht getan.«

»Das weiß ich. Niemand behauptet, daß Sie es getan haben.«

»Die haben mir Fragen gestellt.«

»Und haben Sie entlassen. Sie wußten, daß Sie es nicht getan hatten.«

»Ich hab' denen nicht erzählt, was ich gesehen hab'.«

»Nein, aber uns werden Sie es erzählen.«

Harry kratzte sich am Kopf. »Den Tag, den werd' ich nie vergessen. Manchmal träum' ich davon. Weil ich da war, wie's passiert ist. Das geht mir nicht aus'm Kopf. Ich war da. Hab' ja nicht gewußt, wann sie kommen würden, zum Ausmessen und so. Aber wenn ich sie gehört hätt', wär' immer noch Zeit gewesen, die Hintertreppe runter- und zur Hintertür rauszuschleichen.«

»Und Sie hörten Mr. Cosmo hereinkommen.«

»Nee, das war nicht Mr. Cosmo, der zuerst gekommen ist. Das war der Major. Drum bin ich nicht gleich abgehauen. Mit dem hatte ich nicht gerechnet.«

»Was hat er gemacht?«

»Er ist reingekommen und zu der Tür hingegangen, wo's in den Keller runtergeht. Er hat sie aufgemacht. Ich dachte mir, was der wohl im Keller will. Er ist aber nicht runtergegangen. Hat bloß hinter der Tür gewartet. Dann ist Mr. Cosmo reingekommen. Es wurde kein Wort gesprochen. Die Kellertür ging auf. Da stand der Major. Er hat das Gewehr hochgenommen und Mr. Cosmo erschossen.«

»Und was geschah dann?«

»Mr. Cosmo ist hingefallen, und der Major hat das Gewehr neben Mr. Cosmo hingelegt. Ich stand auf der Treppe und hab' überlegt, was ich tun soll, da ist Mr. Simon reingekommen. Der Major war schon weg, und Mr. Simon hebt das Gewehr auf, gerade wie Mr. Tristan reinkommt, und der sieht ihn mit dem Gewehr in der Hand da stehen. Mr. Tristan war ganz außer sich, und Mr. Simon genauso. Mr. Tristan fängt zu schreien an, Mr. Simon hätte seinen Bruder ermordet, und Mr. Simon sagt, Mr. Cosmo war tot, wie er reingekommen ist, und ich dachte, es ist Zeit, daß ich abhau'. Da bin ich raus, über die Hintertreppe.«

»So sind Sie Zeuge des Mordes geworden«, sagte Lucas.

»Und woher wußte der Major, daß Sie alles beobachtet haben?« fragte ich.

»Weil er mich da oben auf der Treppe gesehen hat. Er hat sich das damals nicht anmerken lassen, erst später. Da war ich aber nicht in Bindon. Ich war drüben bei Chivers. Der alte Chivers hatte nichts dagegen, daß ich in seiner Scheune penne. Der Major hat mir Geld gegeben und gesagt, er bringt mich um, wenn ich der Polizei erzähle, daß ich ihn gesehen hab'. Der alte Chivers war gut zu mir. Ich mußte ein Plätzchen finden, wenn sie in Bindon anfingen, zu... aber nach alledem haben sie's nicht getan.«

»Harry«, sagte Lucas, »werden Sie das der Polizei erzählen?«

Er wich vor uns zurück. »Ich will nichts damit zu tun haben.«

»Aber Sie werden es. Sie müssen.«

Er schüttelte den Kopf.

»Sie sollten es aber tun«, sagte ich. »Es ist Ihre Pflicht.«

Er verzog das Gesicht.

»Es wird Ihnen nicht schaden«, sagte Lucas. »Schauen Sie, Harry, Sie kommen mit uns und erzählen es der Polizei, und ich sage Ihnen, was ich tun werde. Ich frage meinen Bruder, ob sich in Trecorn auf dem Gut eine kleine Unterkunft für Sie finden läßt. Vielleicht können Sie dann und wann auf einem der Höfe zur Hand gehen. Irgendwo gibt es bestimmt Arbeit für Sie, und Sie bekommen eine eigene kleine Hütte.«

Er starrte Lucas ungläubig an.

»Sie sollen nicht denken, daß das irgend etwas mit dieser Geschichte zu tun hat. Es tut mir leid, daß Sie das Pech hatten, aus Ihrem Heim vertrieben zu werden. Ich werde auf jeden Fall mit meinem Bruder sprechen, aber bitte, bitte kommen Sie und erzählen alles der Polizei.«

»Und wenn nicht, krieg' ich das Häuschen nicht?«

»Das habe ich nicht gesagt. Ich werde mich für Sie verwenden, egal, was Sie tun. Wenn mein Bruder hört, wie hilfsbereit Sie waren, wird er gewiß alles tun, was er kann. Ich rede auf jeden Fall mit ihm, das verspreche ich Ihnen. Aber Sie sollten es der Polizei erzählen.«

»Wir müssen der Polizei sagen, was Sie uns erzählt haben, Harry«, erklärte ich. »Das ist unsere Pflicht. Ein Unschuldiger wurde der Tat bezichtigt, verstehen Sie. Deshalb müssen wir zur Polizei gehen. Man wird Ihnen Fragen stellen. Diesmal müssen Sie die Wahrheit sagen, sonst machen Sie sich strafbar.«

»Ich bin kein Verbrecher. Ich hab' nichts getan. Es war der Major. Der hat geschossen.«

»Ja, ich weiß. Und Sie werden die Wahrheit sagen, wenn Sie gefragt werden.«

»Wann?« fragte Harry.

»Jetzt gleich«, sagte Lucas.

»Ich kann nicht.«

»Doch, Sie können«, sagte Lucas. »Ich nehme Sie hinten auf mein Pferd, und wir bringen Sie hin, jetzt gleich.«

Er hatte recht. Wir mußten zur Polizei, bevor der Major Zeit hatte, zu Harry zu kommen. Ich fragte mich, was er jetzt machte, nachdem sein Versuch, mich umzubringen, gescheitert war.

»In Ordnung«, sagte Harry.

Heimkehr

Die folgenden Monate gehörten zu den traurigsten meines Lebens. Ich wurde Zeugin des Unglücks in Perrivale Court, und indem ich gehandelt hatte, wie ich mußte, um einem Unschuldigen Gerechtigkeit zu verschaffen, war ich in hohem Maße für diesen Kummer verantwortlich.

An dem nämlichen Tag, als der Major mir nach dem Leben getrachtet hatte, war er ins Witwerhaus zurückgekehrt und hatte dem seinen ein Ende gemacht. Indem ich ihm entkommen war, hatte ich ihn der einzigen Chance beraubt, so weiterzuleben, wie es für ihn wichtig war. Als ich aus dem Wäldchen rannte, hatte ich alles vernichtet, was er sein ganzes Leben lang zu erreichen trachtete und wofür er bereit gewesen war zu morden. Als ich alle Teile des Puzzles am richtigen Platz hatte, erkannte ich, wie klug sein ursprünglicher Plan gewesen war, mich zu betäuben und die Klippen hinunterzuwerfen. Ironischerweise hatte ausgerechnet seine Enkelin, die ihn innig liebte und von ihm geliebt wurde, durch einen banalen Zufall seinen Plan vereitelt, indem sie mich das Haus verlassen sah und mir gefolgt war. Andernfalls wäre mein Tod nur ein weiteres Rätsel gewesen.

Sein zweiter Plan war weniger klug, aber er hatte natürlich überstürzt handeln müssen. Er wagte nicht, mich am Leben zu lassen. Ihm bangte davor, welche Erkenntnisse ich Lucas mitteilen würde. Ich hatte mich verraten, als ich das Entbindungsheim aufsuchte, das eine Freundin von ihm leitete. Er war wohl in Panik geraten und mußte mich beseitigen, bevor ich das Sailor King erreichte. Ich glaube, er war überzeugt, daß Harry Tench ihn verraten hätte.

Oft fragte ich mich, was er getan hätte, wenn es ihm gelungen wäre, mich zu ermorden. Meinen Leichnam im Wäldchen versteckt, vielleicht mein Pferd fortlaufen lassen? Womöglich hätte er Goldie mit mir die Klippen hinabgestoßen, damit es wie ein Unfall ausgesehen hätte. Das Schicksal hatte sich gegen ihn gewandt, als Goldie entkam und zu dem Gasthaus lief, wo sie so oft gewesen war.

Viel kam über ihn ans Licht, was für die Familie in Perrivale sehr betrüblich war, denn es bestand kein Zweifel, daß seine Tochter und Kate ihn von Herzen geliebt hatten. Er war überall beliebt gewesen, was zeigt, wie vielschichtig ein Mensch sein kann. Wenn man bedachte, daß er sowohl ein kaltblütiger Mörder als auch ein fürsorglicher Familienvater war! Sein ganzes Dasein war auf Phantasmen gegründet. Er war nie Major gewesen, wie er alle Welt glauben gemacht hatte, sondern hatte als Hauptfeldwebel in einer Versorgungseinheit des Heeres gedient. Wegen anrüchiger Geschäfte mit Vorräten, an denen er beteiligt gewesen, war er unehrenhaft entlassen worden und knapp dem Gefängnis entgangen. Er war ein außergewöhnlicher Mensch mit einer starken Ausstrahlung, der eigentlich Erfolg hätte haben müssen, und ein hingebungsvoller Ehemann. Das Wohl seiner Tochter war ihm so wichtig, daß er bereit war, dafür zu morden.

Vieles hiervon kam durch die Presse ans Licht, doch etliches erfuhr ich erst später. Er hatte im Witwerhaus einen Brief hinterlassen, bevor er sich erschoß. Es war ihm sehr daran gelegen, daß seine Tochter und ihre Familie in keiner Weise hineingezogen würden. Die Schuld liege ganz allein bei ihm. Er hatte gewußt, daß Cosmo an jenem Tag nach Bindon Boys kommen würde, und hatte ihm aufgelauert. Cosmo mußte beseitigt werden, weil er entdeckt hatte, daß Mirabel ihn mit seinem Bruder Tristan hinterging, und er drohte Schwierigkeiten zu machen und alles zu vernichten, was so sorgfältig geplant worden war. Lady Perrivale, die den Major für ihren besten Freund hielt, hatte ihm anvertraut, daß Sir Edward sich zu einer früheren Ehe bekannt hatte. Als nun Simon der Ermordung Cosmos bezichtigt wurde, erschien dies wie eine vom Himmel gesandte Gelegenheit, ihn vom Schauplatz zu entfernen, so daß er keine Bedrohung für Mirabels Zukunft darstellte.

Mirabel selbst machte mir vieles hiervon begreiflich, denn in den folgenden Monaten kamen wir uns sehr nahe. Der Tod des Majors hatte die alte Lady Perrivale so schwer getroffen, daß sie einen Schlaganfall erlitt und wenige Tage danach starb. Maria war daraufhin nach Yorkshire zurückgekehrt. Der Tod des Majors hatte nicht nur Lady Perrivale schwer zugesetzt. Kate war über den Tod ihres Großvaters tief betrübt, und ich war die einzige, die sie aufzurichten vermochte. So sah ich mich in den Familienkreis hineingezogen, und als die Enthüllungen über ihren Vater durch die Presse bekanntgemacht wurden, fand Mirabel ein wenig Trost darin, mit mir zu reden. Jeglicher Schein war verschwunden. Sie war sehr bescheiden. Alles sei ihre Schuld, sagte sie. Sie habe ihr Leben verpfuscht. Ihr Vater habe so viel für sie erreichen wollen. Er habe alles für sie getan. Sie war knapp siebzehn gewesen, als sie Steve Tallon heiratete. Das war, bevor ihr Vater aus dem Militär entlassen wurde. In dem Glauben, daß sie sich damit auf anständige Weise ihren Unterhalt verdienen könne, hatte er sie zu einer Putzmacherin in die Lehre gegeben. Sie hatte dieses Leben gehaßt.

»Mit drei anderen Lehrmädchen in einen Raum gepfercht«, sagte sie. »Viele Stunden Arbeit, keine Freiheit. Wie habe ich den Anblick von Hüten gehaßt! Steve bin ich begegnet, als ich unterwegs war, um eine Lieferung zuzustellen. Wir hatten nicht oft Gelegenheit, Leute kennenzulernen. Ich bin nachts hinausgeschlichen, um mich mit ihm zu treffen. Die Mädels haben mir dabei geholfen. Es erleichterte mir das eintönige Leben. Ich war unbesonnen und so dumm! Ich glaubte, ich würde frei sein, wenn ich ihn heiratete. Er war nur ein Jahr älter als ich. Mein Vater war bitter enttäuscht – und er hatte ja so recht. Armer Steve, er hat sich wirklich bemüht. Er arbeitete in einer Gießerei. Wir hatten sehr wenig Geld. Ich stellte bald fest, daß ich einen furchtbaren Fehler begangen hatte. Wir waren gerade ein Jahr verheiratet, als Steve bei einem schrecklichen Unfall in der Gießerei ums Leben kam. Ich muß damals sehr abgestumpft gewesen sein, denn mein erster Gedanke war, daß ich nun frei sei.

Dann kam ich in einer Tanztruppe unter. Wir sind durch die Londoner Varietétheater getingelt. Manchmal gab es Arbeit, manchmal nicht. Ich träumte davon, einen reichen Mann kennenzulernen, der mich ins Luxusleben entführen würde. Ich war von diesem Traum besessen. Dann kam einer, dem ich glaubte. Er versprach, mich zu heiraten, aber als ich mit Kate schwanger war, ging er fort, und ich sah ihn nie wieder. Ich hatte alles verpfuscht. Als dann Tom Parry daherkam, wollte er mich unbedingt heiraten, und wegen des Kindes nahm ich diesen Ausweg. Ich schien ein Talent zu haben, in hoffnungslosen Situationen zu landen. Ich war vom Regen in die Traufe gekommen. Und ich begann ihn zu hassen.«

Sie schloß die Augen, als wolle sie die Erinnerungen ausschließen. »Rosetta, es war schrecklich. Diese gräßlichen Zimmer. Ich hatte Angst davor, wenn er von der See heimkam. Er hat stark getrunken. Nach Kates Geburt kehrte ich zur Truppe zurück. Ich dachte, wenn ich mir meinen Unterhalt verdiente, könnten wir uns über Wasser halten. Kate mußte ich allein lassen. Ich bin immer erst spät nach Hause gekommen. Dann kam mein Vater vom Militär zurück, unehrenhaft entlassen. Aber es wurde besser, als er bei uns war. Er hatte etwas Geld gespart. Ich wurde fröhlicher. Aber Tom kam dann und wann nach Hause. Ich war froh, daß er nicht oft Urlaub hatte. Kate wuchs heran, und irgendwann hielt ich es nicht mehr aus. Wir müßten ein besseres Leben finden, wenn nicht für uns, dann für sie, sagte Vater. Er kam auf die Idee, mit uns nach Cornwall zu gehen. Er erinnerte sich an Jessica Arkwright, die jetzt Lady Perrivale war. Sie war eine frühere Freundin meiner Mutter, und wie ich gehört hatte, einmal in meinen Vater verliebt gewesen. Wir würden unverzüglich abreisen, sagte er. Aber wir müßten es vorsichtig anstellen. Tom Parry durfte uns nicht finden. Ich änderte meinen Namen ins Mrs. Blanchard. Das machte mir nichts aus. Ich hatte schon drei verschiedene Namen gehabt. Statt Mabel Parry war ich nun Mirabel Blanchard. Und so sind wir hierhergekommen.

Alles wurde anders. Lady Perrivale war sehr freundlich. Sie machte viel Aufhebens um mich, und beide Brüder hatten mich gern. Meinem Vater war sehr daran gelegen, daß ich Cosmo heiratete. Für ihn war es wie ein phantastischer Traum. Ich würde Gutsherrin werden und, wenn Sir Edward starb, einen Titel bekommen. Alles war wundervoll. Natürlich war Tom Parry noch da. Vater sagte, wir müßten ihn einfach vergessen, als habe es ihn nie gegeben.«

»Und Sie konnten sich darauf einlassen?«

Sie nickte. »Ich war verzweifelt. Ich hätte alles getan, um von ihm loszukommen. Dann kam er hierher und suchte mich. Ich habe wirklich gedacht, daß er zu Tode gestürzt sei. Er trank immer zuviel, daher schien es glaubhaft. Ich wäre nie darauf gekommen, daß er – mein Vater – es getan haben könnte. Er war immer so gütig und sanft. Aber auch dann habe ich alles verdorben. Wissen Sie, ich habe immer nur Tristan geliebt. Er war der einzige. Nach Steve Tallon, Tom Parry und Cosmo mußte es diesmal gutgehen. Wir konnten nichts dafür, wir haben uns geliebt. Dann wurde ich schwanger und ging in das entsetzliche Entbindungsheim. Mein Vater kannte die Frau, die es leitete. Aber Cosmo hat gemerkt, was zwischen Tristan und mir war. Er hatte ein hitziges Temperament, er war arrogant und rachsüchtig. Er konnte es nicht ertragen, daß wir ihn hintergangen hatten, und drohte uns zu vernichten; er wolle dafür sorgen, daß Tristan keinen Pfennig erben würde. Wir könnten heiraten, wenn wir wollten, und das Haus verlassen. Ich habe es meinem Vater erzählt. Und dann ist es passiert...«

Sie tat mir leid. Sie hatte genug gelitten. Ich hoffte, daß sie mit Tristan glücklich sein würde.

»Ich kann nicht glauben, daß mein Vater alle diese niederträchtigen Dinge getan hat«, sagte sie. »Daß er gestohlen und betrogen hat, kann ich noch verstehen. Aber Mord... Ich weiß nur, daß er mir der allergütigste Vater war. Er hat mit nichts angefangen. Sein ganzes Leben hat er sich bemüht, einen Platz an der Sonne zu ergattern. Er wollte nicht sein Leben lang in der Kälte zubringen, sagte er. Er wollte einen Platz an der Sonne finden, für mich, für Kate und für sich selbst. Und als er glaubte, ihn gefunden zu haben, und er ihm dann weggeschnappt werden sollte, da... sehen Sie, wie es passiert ist?«

»Ja. Ich sehe es.«

Unsere Freundschaft wuchs. Wir sprachen viel über Kate. Kate sei einsam gewesen, sagte ich. Sie habe sich schlecht betragen, um Aufmerksamkeit zu erregen. Sie bettele darum, beachtet, geliebt zu werden.

»Ja«, erwiderte Mirabel. »Ich war so mit meinen eigenen Angelegenheiten beschäftigt, daß ich sie vernachlässigt habe.«

»Sie hat Sie bewundert. Aber als Kind war sie immer allein zu Hause. Nachts hat sie sich gefürchtet. Sie dachte, niemand wolle sie haben. Sie muß verängstigt gewesen sein, wenn Tom Parry heimkam. Sie brauchte Trost, Geborgenheit.«

»Das hat ihr mein Vater gegeben.«

»Und nun hat sie ihn verloren«, sagte ich. »Wir müssen sehr sanft zu ihr sein.«

»Danke für das, was Sie getan haben«, sagte sie gefühlvoll.

Was hatte ich denn getan? Die Wahrheit aufgedeckt, und mein Handeln hatte die gegenwärtige Situation heraufbeschworen.

Kate erwähnte mir gegenüber ihren Großvater nicht. Ich fragte mich, wieviel sie von dem Vorgefallenen begriff. Wir setzten unseren Unterricht fort und lasen sehr viel. Ihr Übermut hatte sie verlassen. Sie war zahm, ein trauriges kleines Mädchen.

Das Testament wurde verlesen. Man hatte es in der Bibel gefunden, die Sir Edward neben seinem Bett verwahrte. Wieso war zuvor keiner auf die Idee gekommen, dort nachzusehen? Es war, wie wir gedacht hatten. Er hatte geschrieben, daß er schon einmal verheiratet gewesen war, und hatte Simon zu seinem Erben bestimmt. Tristan war ausreichend bedacht, aber Titel und Haus würden an Simon fallen.

Lucas und ich trafen uns oft in der Gaststube des Sailor King. Wie hätte ich diese trübseligen Monate nur ohne ihn überstanden?

Eine gewisse Spannung herrschte zwischen uns. Diese Monate waren eine Zeit des Wartens. Wir wußten, daß über kurz oder lang etwas geschehen mußte. Dick Duvane war in Australien auf der Suche. Aber nun hatten die Anwälte die Angelegenheit in die Hand genommen. Sie wollten Simon Perrivale finden und nach England zurückholen, damit er das Gut übernehme. Sie setzten Anzeigen in sämtliche australische Zeitungen. Kein noch so entlegener Ort wurde ausgelassen, keine Möglichkeit vergessen.

Ich fragte mich allmählich, ob er jemals heimkommen würde. Vielleicht war er nicht nach Australien gelangt. Ihm hätte etwas zugestoßen sein können. Nanny Crockett war überzeugt, daß er zurückkommen würde. Sie betete jeden Abend um seine baldige Heimkehr.

Ein halbes Jahr, nachdem ich in dem Wäldchen beinahe mein Leben verloren hätte, kam eine Nachricht. Dick Duvane schrieb, daß er Simon auf einem Besitz nahe Melbourne gefunden habe. Simon werde nach Hause kommen.

Auch ich bekam einen Brief.

> Liebe Rosetta!
> Dick hat mir alles erzählt, was Sie getan haben. Ich werde es
> nie vergessen. Sie und Lucas, sagt Dick, Sie beide haben so
> viel für mich getan. Ich habe oft an Sie gedacht und komme
> nun nach Hause. Bald werde ich bei Ihnen sein.
>
> Simon

Tristan und Mirabel holten ihn am Bahnhof ab. Mirabel hatte mir
vorgeschlagen, sie zu begleiten, aber ich wollte nicht, daß unsere erste Begegnung in der Öffentlichkeit stattfände. Ich nahm an, es würden etliche Leute am Bahnhof sein, um ihn willkommen zu heißen,
denn es war weithin bekannt, daß er nach Hause kam.
Ich wartete in meinem Zimmer. Ich wußte, daß er sofort zu mir
kommen würde. Wie ich, würde auch er wünschen, daß wir bei unserem Wiedersehen allein wären.
Dann stand er in der Tür. Er hatte sich verändert, wirkte größer. Die
Sonne hatte ihn gebräunt, das Blau seiner Augen schien leuchten-
der. Er streckte seine Hände aus. »Rosetta«, murmelte er. Er sah
mir forschend ins Gesicht. »Danke für das, was Sie getan haben.«
»Ich mußte es tun, Simon.«
»Ich habe die ganze Zeit an Sie gedacht.«
Wir schwiegen. Wir waren irgendwie gehemmt. Er hatte so viel er-
lebt, und ich auch. Ich nahm an, wir hatten uns beide verändert.
»Geht es Ihnen gut?« fragte ich. Es klang so banal. Da stand er vor
mir, strotzend vor Gesundheit. Wir hatten beide etliche entsetzliche
Abenteuer überstanden, und ich fragte ihn, ob es ihm gutgehe.
»Ja«, erwiderte er. »Ihnen auch?« Wieder entstand eine Pause.
Dann sagte er: »Es ist so viel geschehen. Ich muß es Ihnen erzäh-
len.«
»Jetzt, da Sie zu Hause sind, wird sich für Sie alles ändern.«
»Vorerst kommt es mir recht unwirklich vor.«
»Aber es ist wahr, Simon. Sie sind frei.«
Und ich bin auch frei, dachte ich. Einst war ich eine Gefangene in
den Mauern des Serails, und als ich entkam, errichtete ich eine
Mauer um mich, ein Serail von eigener Hand. Mein Gefängniswär-

ter war diesmal nicht der große Pascha, sondern meine Obsession. Ich habe nicht mehr klar gesehen, was um mich vorging, weil ich nur eines sehen konnte, einen Traum, den ich mir geschaffen und meinen Phantasievorstellungen angepaßt hatte, blind für die Wahrheit.

»Und das ist Ihr Werk, Rosetta«, sagte er.

»Nanny Crockett, Lucas und Felicity haben mir geholfen. Sie haben sehr viel getan, vor allem Lucas.«

»Aber Sie waren die treibende Kraft. Das werde ich nie vergessen.«

»Es ist wunderbar, daß es vorbei ist, daß es gelungen ist. Und nun sind Sie hier... und frei.«

Es *war* wunderbar, versicherte ich mir. Mein Traum war wahr geworden. Ich hatte lange auf diese Begegnung gewartet, ich hatte von ihr geträumt, für sie gelebt. Warum mußte sie nun von Traurigkeit überschattet sein? Ich war freilich übermäßig erregt und bewegt. Das war nur natürlich.

Simon sagte: »Wir unterhalten uns später. Es gibt so viel zu sagen.«

»Ja. Wir wollen später darüber sprechen. Im Augenblick erscheint es einfach zuviel. Und die anderen warten auf Sie. Sie werden mit Ihnen reden wollen.«

Er verstand.

Und wirklich warteten eine Menge Leute auf ihn. Seine Entlastung war überall verbreitet worden. Er war der Held des Tages. Es war zwar schon eine geraume Zeit her, seit seine Unschuld bekannt geworden war, aber seine Rückkehr nach England hatte das Interesse an dem Fall wiederaufleben lassen. Viele Leute wollten mit ihm sprechen, ihn beglückwünschen, ihm ihr Mitgefühl ausdrücken wegen all dem, was er erlitten hatte. Ich war froh, daß er so beschäftigt war. Er war ein anderer geworden. Er war nun Sir Simon Perrivale, nicht mehr ein einfacher Decksmann, ein Schiffbrüchiger, ein Mann auf der Flucht.

Am ersten Abend speiste ich mit der Familie.

»Wir dachten, du möchtest deine Ruhe haben«, sagte Tristan zu Simon. »Nur die Familie. Später wirst du bestimmt mit Einladungen überschwemmt, und es dürfte schwierig werden, einige auszuschlagen. Wir werden Gäste einladen müssen...«

»Das geht rasch vorüber«, sagte Simon. »Ich werde eine Eintagsfliege sein.«

Das Tischgespräch drehte sich hauptsächlich um Australien. Simon war begeistert, das sah ich ihm an. Er hatte einen kleinen Besitz erworben. »Land ist dort billig zu haben«, sagte er. »Ich war ganz versessen darauf.«

Ich sah ihn vor mir, wie er dort arbeitete, Pläne für ein neues Leben machte, in dem Glauben, er würde nie nach Hause zurückkehren. Doch er wäre wohl immer auf der Hut gewesen, nie gewiß, ob seine Vergangenheit ihn nicht einholte. Jetzt war er frei. Kein Wunder, daß er sich ein wenig fremd vorkam – genau wie ich. Es mußte ihn zutiefst bewegen, in das Haus zurückzukehren, in dem er als verängstigter kleiner Junge groß geworden war und in dem er das Entsetzen erlebt hatte, des Mordes bezichtigt zu werden.

Am nächsten Tag kam Lucas herüber. Auch er hatte sich verändert. Er erinnerte mich stark an den Mann, dem ich erstmals im Haus von Felicity und James begegnet war. Wohl hinkte er, aber es fiel kaum auf. Er hatte seine Lässigkeit, seine zynische Lebenseinstellung wiedergewonnen.

Simon sagte: »Ich habe Ihnen zu danken für das, was Sie für mich getan haben, Lucas.«

»Ein bescheidenes Entgelt für ein Leben, und ich hätte dem meinen Lebewohl gesagt, wenn Sie mich nicht ins Boot gehievt und sich um mich gekümmert hätten, obwohl ich Ihnen eine Last war. Im übrigen habe ich auf Rosettas Befehl gehandelt.«

»Das ist nicht wahr, Lucas«, widersprach ich. »Sie haben alles darangesetzt, zu tun, was Sie konnten.«

»Danke, Lucas«, sagte Simon.

»Sie machen mich verlegen«, erwiderte Lucas. »Vergessen wir es. Zu viel Dankbarkeit ist für beide peinlich, für den, der sie gibt, und für den, der sie empfängt.«

Er blieb nicht lange.

»Guter alter Lucas!« sagte Simon. »Er hat sich wirklich kaum verändert.«

»Nein«, sagte ich, um ein strahlendes Lächeln bemüht.

Ich mußte immerzu an Lucas denken. Er hatte mich wirklich geliebt, er hatte geholfen, Simon zurückzuholen. Er hatte mir Simon zum Geschenk gemacht. Das war wahre Liebe, fand ich.

Ein paar Tage vergingen. Im Haus herrschte ein reges Kommen und Gehen. Kate war in sich gekehrt. Sie stellte keine Fragen, aber ich merkte, daß sie Simon und mich scharf beobachtete. Seit dem Tod ihres Großvaters hatte sie sich sehr verändert. Sie hatte ihn innig geliebt und sehr bewundert; sie hatte zu ihm aufgeschaut, dem Gardemajor, dem tapfersten Mann in der Armee, wie sie mir einmal sagte, dem Helden jeder Schlacht. Sie war zutiefst erschüttert. Sie hatte eine Menge über ihn erfahren, aber sie sprach nie von ihm. Sie war mehr denn je auf mich angewiesen und blickte bang in die Zukunft.

Simon sprach jetzt offener mit mir. Wir hatten die anfängliche Hemmung überwunden. »Tristan ist für dieses Gut geschaffen«, sagte er. »Er und Cosmo wurden in dem Glauben erzogen, daß es einmal ihnen gehören würde. Ich hatte dieses Gefühl nie. Dem guten Tristan würde es das Herz brechen, wenn er von hier fortmüßte.«

»Könnte er nicht bleiben? Es gibt genug zu tun.«

»Aber er dachte, das Gut gehöre ihm. Er hatte ganz allein zu bestimmen. Das ist eine andere Situation. Wissen Sie, ich denke daran, nach Australien zurückzugehen. Ich könnte einen großen Besitz erwerben und Arbeiter einstellen. Was halten Sie von dem Land?«

Ich dachte, jetzt kommt's. Er wird mir einen Antrag machen. Dem Gedanken folgte sogleich ein anderer. Australien? Ich würde Lucas nie wiedersehen.

Simon bemerkte den Ausdruck in meinen Augen und sagte: »Das war die ganze Zeit mein Traum. Ich wollte es zu etwas bringen und Ihnen irgendwann eine Nachricht zukommen lassen. Ich wollte Sie bitten, zu mir zu kommen. Wir vergessen, daß die Menschen sich verändern. Wir sind geneigt, zu denken, sie blieben immer gleich. Ich habe Sie mir immer so vorgestellt, wie Sie auf der Insel waren und wie ich Sie bei der Botschaft verlassen habe. Sie sind anders...«

»Sie auch, Simon«, sagte ich. »Das Leben verändert die Menschen. Ich habe so viel erlebt... nachher. Und Sie haben viel erlebt.«

»Sie könnten England nicht verlassen«, sagte er. »Jetzt nicht mehr. Wenn wir damals zusammengeblieben wären, wer weiß, vielleicht wäre es anders gekommen. Was Sie sich wünschen, das ist hier. Sie müssen tun, was für Sie das beste ist. Wir dürfen uns nicht von unserer romantischen, abenteuerlichen Vergangenheit blenden lassen. Wir sind nicht mehr dieselben, die sich vor der Botschaft Lebewohl gesagt haben.«

»Damals war es Ihr sehnlicher Wunsch, nach England zurückzukehren.«

Er nickte. »Wir müssen der Wahrheit ins Auge sehen«, sagte er traurig. »Wir haben gefährliche Zeiten durchgemacht, Rosetta. Jetzt müssen wir sicher sein, daß wir auf dem rechten Kurs sind. Sie werden mir immer als ein ganz besonderer Mensch in Erinnerung bleiben. Ich werde Sie niemals vergessen.«

»Ich Sie auch nicht, Simon.«

Mir war, als sei eine große Last von mir genommen. Ich ritt nach Trecorn Manor. Lucas hörte mich und kam aus dem Haus. »Ich möchte mit Ihnen reden, Lucas«, sagte ich. »Simon und ich haben uns ausgesprochen. Wir verstehen uns vollkommen.«

»Ja, natürlich«, sagte Lucas.

»Simon möchte nach Australien zurückkehren.«

»O ja, das habe ich mir beinahe gedacht. Und Sie gehen mit ihm.«

»Nein, Lucas, das könnte ich nicht. Wie könnte ich Sie verlassen?«

Er sah mich an. Diesen Blick hatte ich noch nie bei ihm gesehen. »Bist du sicher?« fragte er.

»Ich bin absolut sicher, daß es das einzige ist, was ich niemals tun werde.«

äte